Armin Risi

UNSICHTBARE WELTEN

Armin Risi

UNSICHTBARE WELTEN

Der Kosmos ist multidimensional

GOVINDA-VERLAG

Kontaktadresse des Verlages:
Govinda-Verlag, Postfach 152, 8032 Zürich, Schweiz

Website des Verlages: govinda.ch
Website des Autors: armin-risi.ch

Das vorliegende Buch war Band 2 der früheren Trilogie „Der multidimensionale Kosmos", ist aber ein in sich abgeschlossenes Werk.

Trilogie „Der multidimensionale Kosmos":

- *Gott und die Götter*
- *Unsichtbare Welten*
- *Machtwechsel auf der Erde (vergriffen)*

10. Auflage – April 2023

Bildnachweis: S. 351

Lektorat & Layout: Armin Risi, Mantrarūpa Ćućuz | mantrarupa.org
Schlusslektorat: Melanie Risi-Meier | melanie-meier.de
Einbandgestaltung: Ronald Zürrer; unter Verwendung eines Gemäldes von Urs Amann (siehe S. 351)

Gesamtherstellung: Finidr
Printed in Czech Republic

ISBN 978-3-905831-86-3

FSC www.fsc.org MIX Aus verantwortungsvollen Quellen FSC® C014138

Inhalt

Anhang

Und der Adler, der vom Indus kommt,
[...] ruft es laut:
„Nenne, was vor Augen dir ist.
Nicht länger darf Geheimnis mehr
Das Ungesprochene bleiben [...]"

– Friedrich Hölderlin (1801)[1]

Anstelle eines Vorwortes
eine Vorgeschichte:

Unsichtbare Welten – Spurensuche in Borneo

Alle Religionen und alle Naturvölker sprechen von der Existenz unsichtbarer Welten und Wesen, ebenso die früheren Hochkulturen und alle esoterischen und spirituellen Traditionen. Nur der „moderne“ Mensch glaubt plötzlich zu wissen, dass es keine unsichtbaren Welten und Wesen gibt – und hat mit seiner Art von Wissenschaft und Fortschritt während der letzten dreihundert Jahre eine um sich greifende Zerstörung heraufbeschworen.

Heute ist unschwer zu erkennen, dass der Kurs, den die Menschheit eingeschlagen hat, weder zu Frieden noch zu neuer Weisheit geführt hat. Vieles ging im Lauf der Zeit verloren, nicht zuletzt ein großer Teil des menschlichen Urwissens. „Urwissen“ (im Sanskrit *veda* genannt) ist das Wissen um die höheren Zusammenhänge von Erde, Mensch und Kosmos auf der Grundlage der Erkenntnis, dass der Kosmos multidimensional ist. Eines der erstaunlichsten Zeugnisse für dieses Urwissen sind die Sanskritschriften der altindischen (vedischen) Hochkultur, sowohl hinsichtlich ihres Umfangs als auch der Vielseitigkeit ihrer Inhalte. Hinzu kommt, dass diese Kultur nie untergegangen ist und das Sanskrit nie zu einer toten Sprache wurde. Die Lebendigkeit und Dynamik der vedischen Überlieferung beruht auf Wurzeln, die viele Jahrtausende zurückreichen und von geistigen Quellen ausgehen.

Überlieferungen oder zumindest Spuren dieses Urwissens lassen sich auf allen Kontinenten und in allen Kulturen finden. Ein Beispiel hierfür ist der folgende Bericht aus Borneo, wo ich im Herbst 1999, kurz nach der Veröffentlichung des Buches *Machtwechsel auf der Erde,* mit einer kleinen Gruppe von Freunden eine Exkursion durchführte, die insgesamt sechs Wochen dauerte.

An diesem exotischen Reiseziel wollten wir Nachkommen von indigenen Volksstämmen treffen, die noch nicht gänzlich von der modernen Zivilisation vereinnahmt worden waren. Was wissen solche Menschen über den multidimensionalen Kosmos, über astrale Welten, über die Hintergründe der heutigen Weltsituation? Diese Fragestellung bewog uns, fernab von Touristenpfaden den Kontakt zu möglichst traditionsverbundenen Einheimischen zu suchen.

Borneo ist die viertgrößte Insel der Welt und gehört heute zu einem Drittel zu Malaysia und zu zwei Dritteln zu Indonesien. Der malaiische Teil wird *Ostmalaysia* genannt, der indonesische *Kalimantan.* Unsere Reise beschränkte sich auf Ostmalaysia mit seinen zwei Bundesländern Sabah und Sarawak. Sabah umfasst die ganze Nordspitze Borneos und wird dominiert vom 4100 m hohen Mount Kinabalu, dem höchsten Berg Südostasiens. Wenn man bedenkt, dass dieser Berg nur wenige Kilometer vom tropischen Meer entfernt ist (6° nördlich des Äquators), bekommt man eine Vorstellung von der eindrucksvoll gegensätzlichen Naturszenerie. Vom Meeresstrand bis zum allesüberragenden Mount Kinabalu sind es nur fünfzig Kilometer – aber über viertausend Meter Höhenunterschied! Dieser Berg gilt den Ureinwohnern auch heute noch als heiliger Ort. Die Etymologie seines Namens ist unklar, aber die häufigste Meinung besagt, dass er von *akina-balu* abgeleitet ist, was in einem einheimischen Dialekt „Ort der jenseitigen Seelen" bedeutet.

Bevor wir die „Feldforschung" begannen, wollte ich mich näher über das Weltbild der Urbevölkerung informieren. Die Suche wurde belohnt, als ich in der *Sabah State Library* von Kota Kinabalu ein Buch fand, das ein Dr. Ivor Evans im Jahr 1953 bei der Cambridge University Press veröffentlicht hatte: *The Religion of the Tempasuk Dusuns of North Borneo.*

Wie alle Urvölker sprechen auch die alten Borneo-Stämme von einer Hierarchie höherer Welten und von einer kosmischen Herkunft des Menschen, das heißt von einer Herabkunft des irdischen Lebens aus den höheren Dimensionen („Himmeln"). Dr. Evans schreibt in diesem Zusammenhang:

> Die Gottheiten werden manchmal als *Tuminaruk* bezeichnet. Dieser Begriff lässt sich ableiten vom Verb *minaruk,* „schaffen, schöpfen". [...] Wie es aussieht, richten die Einheimischen an diese Gottheiten nicht oft Gebete. Vielleicht glauben sie, diese seien zu sehr über menschliche Angelegenheiten erhaben. [...] Alle Gottheiten und Wesen vom Himmel gebrauchen drachenähnliche „Fahrzeuge" *(saragundik),* wenn sie auf die Erde herabsteigen oder sich wieder in die Lüfte erheben wollen. (p. 216)

Die Welten der „Gottheiten und Wesen vom Himmel" sind hierarchisch unterteilt, der unterste Himmel heißt *Tawan:* „Das ist der Himmel, den wir mit unseren Augen zu sehen vermögen. Tawan ist das übliche Dusun-Wort für ‚Himmel' im Sinn von Firmament, Himmelszelt." (p. 41) Wenn der sichtbare Himmel (Tawan) der „unterste Himmel" ist, bedeutet dies, dass oberhalb der sichtbaren Welt höhere Welten existieren, die nicht dreidimensional verdichtet sind wie die irdische Welt. In der schamanischen Tradition wird mit den Wesen der unsichtbaren Welten kommuniziert und sogar verhandelt.

Das Glück brachte uns mit Hermann zusammen, einem jungen Idealisten aus Deutschland, der auf Borneo lebte, um die Sprache der Einheimischen zu lernen, weil er sich für die Ureinwohner einsetzen wollte. Er erzählte uns, dass die Urvölker Nord-Borneos keine patriarchalen Strukturen haben. Die sprichwörtlichen Medizinmänner sind hier Medizinfrauen (genannt *Bobohizan,* im örtlichen Dialekt *Boboljan*), über die viele Wundergeschichten erzählt werden, ähnlich wie über die philippinischen Heiler. Die Boboljan-Schamaninnen sind jedoch sehr rar geworden, weil die christliche Missionierung und die islamische Staatsführung diese Stammeskulturen nicht unterstützen, um es neutral zu formulieren. Umso mehr stellte sich uns die Frage: Wo finden wir solche Schamaninnen?

Hermann kannte ein touristisch unberührtes Dorf, wo noch eine Boboljan lebt. Aber er sagte sogleich, er könne nicht garantieren, dass es uns möglich sein werde, sie zu treffen und zu sprechen. Die Boboljan-Frauen haben sich wegen der feindseligen religiösen Situation aus den Dörfern zurückgezogen und leben quasi im Untergrund. Hermann warnte uns auch, dort gebe es kein fließendes Wasser, keine modernen Toiletten und keinen Strom, am Abend und in der Nacht also auch kein Licht – was unsere Vorfreude auf die anspruchsvolle Urwaldromantik nur noch erhöhte.

Und so fuhren wir mit dem Auto hinaus ins „Niemandsland“. Diese heiße Spur (35 °C im Schatten!) führte uns zum Eingeborenenstamm der Rungus in der nördlichen Spitze Borneos, auf der Landzunge namens Kudat. Nachdem wir die Hauptstraße verlassen hatten, ging die Reise noch für einige Zeit über holprige Straßen und Karrenwege, bis wir auf einer Lichtung ein kleines Dorf erreichten: zwei Langhäuser auf Stelzen und ein paar barackenähnliche Holzverschläge. Es war schon später Abend und stockdunkel, als wir unangemeldet ankamen. Wir wurden freudig empfangen und neugierig umringt.

Am folgenden Tag äußerten wir durch Hermann dem Dorfhäuptling gegenüber unseren Wunsch, mit einer Boboljan zu sprechen. Dies wurde zur Kenntnis genommen, aber die Tage vergingen, und es geschah nichts. Wir wollten nicht insistieren und genossen einfach die Ruhe im Dorf oder machten mit den Dschungeljungs abenteuerliche Bootsfahrten flussabwärts zum Meeresstrand oder gingen mit ihnen querfeldein zu Badestellen am Bach und hin zu Palmen mit reifen Kokosnüssen.

Dann, am Abend des achten Tages, kamen plötzlich von allen Seiten Einheimische in unser Langhaus, darunter auch viele, die wir bisher noch nie gesehen hatten. Die Kunde von den fremden Gästen musste sich in den umliegenden Dörfern verbreitet haben, und wir hatten anscheinend das Vertrauen dieser Menschen gewonnen. Einige Männer brachten traditionelle Gongs mit und knüpften sie an die Dachbalken, begannen mit ersten leichten Schlägen und Rhythmen, dann war es wieder still. Eine zeitlose Stimmung lebte auf, und plötzlich erschien von irgendwoher die Boboljan, gefolgt von einer zweiten. Begleitet wurden sie vom Dorfältesten. Anscheinend war er es gewesen, der die Erlaubnis zu dieser Feier mit den fremden Gästen gegeben hatte.

Die drei trugen die Stammestracht. Nach der Begrüßung erklangen die Gongs wieder, und der Gang des Langhauses wurde zur Bühne. Wir wurden in ihren Tanz eingeweiht: ein langsames, zeitlupenhaftes Drehen. Nur die beiden Schamaninnen und der Dorfälteste tanzten – und wir, die Gäste aus dem fernen Westen. Alle anderen saßen und schauten uns zu.

Die drei Einheimischen bewegten sich langsam, sich um die eigene Achse drehend, wie schwebend, außerhalb der Zeit, und wir mit ihnen, während die Gongklänge den Raum und die Nacht erfüllten, konstant klingend, nicht dröhnend und doch mit einer langgezogenen feinen Steigerung, was zu einer Art Trance führte.

Einige der versammelten Rungus saßen andächtig mit geschlossenen Augen, andere schauten uns freundlich zu, einige schmunzelten, Kinder lachten. Wir fühlten etwas von der Welt der Rungus, so wie sie schon seit unvordenklichen Zeiten besteht, und wir waren aufgenommen.

Der Abend wurde schnell zu einer dunklen Kulisse, denn in der Äquatorgegend wird es ohne Dämmerung Nacht. Nach der Feier setzten wir uns auf den Boden des Langhauses, und nun konnte ich der Schamanin meine Fragen stellen. Der ganze Kreis lauschte gebannt. Eine junge Dorfbewohnerin übersetzte vom Rungu-Dialekt auf Malaiisch, und Hermann übersetzte von Malaiisch auf Deutsch. Die alte Frau sprach mit abwesendem Blick, sprach auch, als die Übersetzung lief. Sie schien in eine andere Welt zu blicken, in der sie fast mehr zu Hause war als hier auf der physischen Ebene.

Ich fragte sie nach der Herkunft der Menschen und der Orang-Utans, die in dieser Gegend frei gelebt hatten, als der Urwald noch stand. Sind wir mit den Affen verwandt? Die Schamanin verneinte vehement: Der

Exotische Begegnung im Langhaus: die Boboljan-Schamanin (rechts im Bild) zusammen mit der zweiten Schamanin und dem Dorfältesten, alle in traditioneller Tracht.

Mensch ist kein Tier, der Mensch ist nicht einfach ein intelligenter Affe. Die Tiere und die Menschen haben eigene Eltern in den höheren Welten. Sie erzählte, wie der Mensch vor langer Zeit aus den Himmeln auf die Erde kam. Ich fragte sie nach den unsichtbaren Welten und Wesen. Sie antwortete, es gebe zwei Arten von Geistern, die guten und die bösen. Die bösen Geister seien überall, und der Mensch müsse lernen, mit ihnen zu leben, ihre Regeln nicht zu verletzen und ihre Wünsche zu erfüllen; ansonsten könne ein ganzes Dorf krank werden, oder Feuer komme ins Langhaus, oder die Tiere stürben. Ihre Aufgabe als Schamanin bestehe darin, den Einfluss der bösen Wesen abzuwehren. Ich fragte, ob die guten

Wesen ihr dabei helfen. Sie lächelte und sagte nicht viel, und was sie sagte, blieb in ihrer Sprache, denn die Anwesenden diskutierten nun ebenfalls und stellten Fragen. Ich bekam den Eindruck, dass diese Situation für das Dorf neu war: dass die Schamanin spricht und Fragen beantwortet. Die Jungen hörten ihr mit Staunen und großem Interesse zu.

Als nächstes fragte ich nach dem Einfluss der unsichtbaren Wesen auf unsere Welt und auf das Weltgeschehen. Die Schamanin antwortete betroffen und mit Leidenschaft. Sie erinnere sich daran, wie hier noch überall Urwald war, mit großen hohen Bäumen und vielen Tieren. Jetzt steht das kleine Dorf mitten in einem Meer von Ölpalmen, der Urwald wurde ermordet, zusammen mit vielen Tieren und Menschen. Die junge Dorfbewohnerin vergaß oft zu übersetzen, wagte vielleicht auch nicht, die Schamanin zu unterbrechen, denn die Atmosphäre war knisternd, fast schon unheimlich. Wir saßen in der dunklen tropischen Nacht, nur einige Kerzen und Petrollampen warfen gespenstische Schatten. Die Schamanin sprach und sprach, sie sprach zu ihren Leuten und nicht zu uns. Aber ein bestimmtes Wort, das mehrfach fiel, verstanden wir auch ohne Übersetzung, weil wir es aus dem Sanskrit kannten: *Nāga*. Dieses Wort hatte hier, weit entfernt von Indien, die gleiche Bedeutung. Die Boboljan erklärte, dies seien die Schlangengeister (modern: die reptiloiden Astralwesen); einige seien gut oder neutral, andere bösartig und blutrünstig; dies seien unsichtbare Wesen, die aber als Menschen inkarnieren können oder Menschen benutzen. Manche dieser Schlangenwesen seien sogar in der Lage, sich in Menschen zu verwandeln; sie habe Menschen gekannt, die am Oberkörper, hauptsächlich am Brustkorb unter den Armen, eine schuppige Schlangenhaut gehabt hätten. Mehrere Zuhörende schalteten sich ein und erzählten lebhaft von eigenen Erfahrungen mit solchen Wesen. Ich fragte nicht mehr nach einer Übersetzung. Hermann fasste später einige der Schauergeschichten zusammen.

Als wir bei einem anderen Dorfstamm weiter im Süden (Sarawak) die gleichen Fragen stellten, führte uns ein Eingeweihter an einen ehemaligen Dschungelrand, der heute eine überwucherte Straßenböschung ist. Dort zeigte er uns eine Gruppe von liegenden Totem-Holzstelen; vielleicht könne ich hier weitere Antworten finden.

Und ob! Die Stelen – alle etwa zweieinhalb Meter hoch bzw. lang, sie lagen ja nun am Boden – zeugten von der vielseitigen indigenen Volkskunst. Jede der Stelen enthielt Elemente der animistischen Weltsicht. Vor allem eine der Stelen fiel sogleich auf: ein aufrecht stehender Mann mit einem überproportional großen Kopf, einem Riesenschnurrbart und europäischen Gesichtszügen; er trägt die traditionellen Insignien eines mächtigen Mannes: einen Turban und große Ohrringe. Der Mann ist also ein hochrangiger Machthaber – und auf seinem Kopf hockt ein katzenähnliches (astrales?) Tier und besetzt sein Kronen-Chakra. Das Maul des Tiers berührt oder „beatmet" eine Spirale auf einem liegenden Halbmond: das Stirn-Chakra des Mannes. Das sechste und siebte Chakra sind unter dem Einfluss dieses Tieres! Der starre, emotionslose Blick des Mannes zeigt, dass er fremdbestimmt und feinstofflich gesteuert ist. Von welcher Art diese astrale Fremdbestimmung ist, zeigt das Reptilwesen (Nāga) zwischen seinen Beinen. Diesem Wesen „opfert" der Mann eine

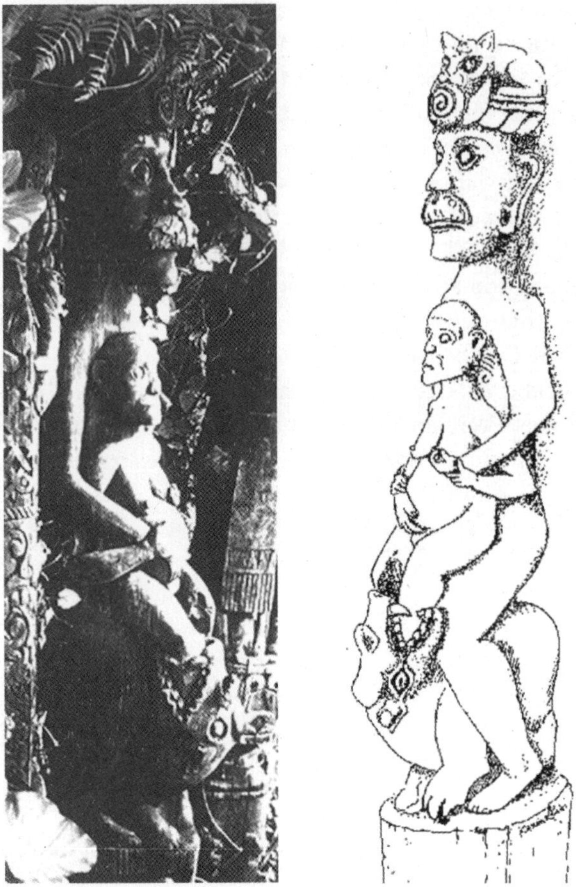

Die Drachenstele (rechte und linke Seitenansicht).
Der Drache hat Reißzähne und asymmetrisch positionierte Augen.

kahlgeschorene einheimische Frau, die nackt und schwanger ist. Die eine Hand des Mannes ist an ihrer linken Brust, die andere auf ihrem Bauch, und er, der ebenfalls nackt ist, liefert die Frau – Repräsentantin der indigenen Menschheit – einer blutrünstigen Macht aus. Die Aussage dieser Schnitzerei war erschütternd und offensichtlich zugleich.

Die beschriebenen Stelen waren nicht sehr alt, vielleicht dreißig bis fünfzig Jahre, aber sie erzählen eine alte Geschichte – die Geschichte der Menschheit, die einer „Erlösung vom Bösen" bedarf. Wie uns erklärt wurde, waren diese Stelen das Werk von Künstlern, die entsprechend ihrer schamanischen Tradition hellsichtige Eingeweihte sind und das, was sie sehen, durch ihre Werke zum Ausdruck bringen. Dass dabei derart makabre Darstellungen entstehen, ist eher selten. Auch sind nicht alle Künstler solche Eingeweihte. Die meisten Werke sind konventionell, seien es Schnitzereien, Malereien oder Stoffe. (Die unterschiedlichen Stoffmuster entsprängen aber nicht einfach der Fantasie, betonte man uns gegenüber, sondern seien Abbilder energetischer Muster.)

Wie bereits erwähnt, werden die schamanischen Traditionen schon seit längerer Zeit von den Vertretern der religiösen wie auch der materialistischen Seite bekämpft. Die indigene Kunst wird weitgehend auf die Herstellung von klischeehaften Souvenirs reduziert. Hier nun lagen diese authentisch-schamanischen Stelen zusammengekarrt im wilden Gestrüpp. Die Dorfbewohner hofften vielleicht noch, dass irgendwann ein Kunsthändler aufkreuzt, der ihnen die eine oder andere Holzskulptur für einen guten Preis abkauft. Wir hätten ihnen diese Freude gern gemacht, aber als Souvenir war uns die Drachenstele zu „düster" und als Reisegepäck zu schwer.

Einleitung

Schon viele Zivilisationen sind auf der Erde erschienen und wieder untergegangen. Keine blieb bestehen. Das gilt auch für die unsere. Im Zyklus der Zeiten ist die Menschheit heute an einem Punkt der Extreme angelangt, an einem epochalen Wendepunkt.

Gemäß der Zyklenbeschreibung der vedischen Hochkultur leben wir heute im „dunklen Zeitalter", im Kali-Yuga (siehe Glossar), das jetzt, nach fünftausend Jahren, in ein neues, lichtvolles Zeitalter übergehen wird. Jenseits des Ozeans sah eine andere uralte Zivilisation genau dasselbe voraus: die Mayas in Mittelamerika. Ihr Kalender sagt, dass dieses Zeitalter um 3113 v. Chr. begann und – nach dreizehn Baktun-Unterzyklen von je 144 000 Tagen – an der Wintersonnenwende 2012 endete, mit einer Übergangszeit von 25 Jahren vor und nach diesem Stichdatum.

Auch in Europa kennen wir schon seit zweitausend Jahren Hinweise auf das „Ende der Zeiten". In der Geheimen Offenbarung („Apokalypse"), dem letzten Buch der Bibel, wird gesagt, dass in der Endzeit diktatorische Mächte versuchen werden, die Weltherrschaft zu erringen. Diese Mächte entspringen dem „Geist, der die ganze Welt täuscht" (Offb 12,9), dargestellt durch das Bild des Drachen, der aus den Himmeln auf die Erde gestürzt wird. Gemäß dieser Vision wird es auf der Erde zu drastischen Umwälzungen kommen. (Alle machtorientierten Gruppierungen – sowohl die religiösen als auch die säkularen – hoffen, dass die Erde danach so aussehen wird, wie es *ihrer* Vorstellung entspricht.)

Wie ich im Buch *Gott und die Götter,* Kapitel 7, „Vedische und abendländische Prophezeiungen", darlege, existieren neben den negativen Prophezeiungen auch Berichte über Einblicke in eine positive Zukunft. Denn negative Prophezeiungen sind nicht feststehende Zukunftsbilder, sondern warnende Hinweise, die zeigen, was geschehen kann, wenn wir keinen Kurswechsel vollziehen und nicht umdenken. Um zu erkennen, wie weitreichend das Umdenken sein muss, ist es erforderlich, auch über die drohenden Gefahren zu sprechen. Das Aufgreifen solcher Themen ist jedoch nicht unproblematisch: *Where attention goes, energy flows.* „Worauf wir unsere Aufmerksamkeit richten, dorthin fließt unsere Energie." Wenn wir an das Negative denken, begeben wir uns in seinen Einflussbereich, was aber nicht bedeutet, dass wir davon beeinflusst werden müssen. Das wäre nur dann der Fall, wenn wir dem Negativen mit Angst, Ohnmacht, Hass oder Faszination (!) begegnen würden.

Wenn ich diese Themen erwähne, tue ich dies vor dem Hintergrund der positiven und spirituellen Zusammenhänge. Unsere Diskussion des Negativen ist kein Kontaktieren der Dunkelheit, sondern ein *Beleuchten* der Dunkelheit. Sie zu ignorieren oder zu verdrängen wäre die denkbar schlechteste Reaktion, denn die Existenz der Dunkelheit ist ja gerade davon abhängig, dass das Licht fernbleibt.

Was heute geschieht, ist die Konsequenz des Lebensstils, den die Gesellschaft gutheißt und verteidigt. In diesem Sinn ist das Negative nichts anderes als ein Spiegel, der zeigt, was korrigiert werden muss: nicht etwa das Spiegelbild, sondern das, was sich spiegelt! Solange wir nur das Spiegelbild behandeln (durch oberflächliche Aktionen und Symptombekämpfung), verkennen wir die wahren Ursachen.

Tatsächlich zeichnen sich heute viele Erkenntnisse ab, die deutlich machen, dass in unserem Universum höherdimensionale Faktoren eine entscheidende Rolle spielen. „Parallelwelten", „Multiversum", „morphogenetische Felder" – auch viele Vordenker der Wissenschaft sprechen heute von unsichtbaren Welten und höheren Dimensionen. Mit diesem neuen, holistischen („ganzheitlichen") Weltbild nähern sie sich dem, was die Eingeweihten der alten Mysterienschulen seit jeher sahen und beschrieben: Die physikalische Materie ist nicht die einzige Realität; die grobstoffliche Welt ist verbunden mit feinstofflichen Welten; der Kosmos ist multidimensional, ebenso der Mensch („wie oben, so unten"); als geistige Wesen schaffen wir unsere eigenen Realitäten.

Dieses Wissen ist heute weitgehend verlorengegangen, vor allem an den Hochschulen. Umso wichtiger ist die Wiederentdeckung und Neubelebung des Urwissens, denn wenn es gelingt, das Neuzeitliche mit dem Zeitlosen zu verbinden, würde dies helfen, die heute vorherrschenden Tendenzen der Einseitigkeiten und Extreme – Materialismus und religiösen Dogmatismus – zu überwinden.

Zusammenfassung von Band 1

Das vorliegende Buch war Band 2 der vormaligen Trilogie „Der multidimensionale Kosmos", ist aber ein in sich abgeschlossenes Werk und setzt nicht die Kenntnis von Band 1, *Gott und die Götter,* voraus. In *Unsichtbare Welten* werden jedoch einige der zentralen Punkte von Band 1 aufgegriffen und weiter ausgeführt. Diese Berührungspunkte sollen im Folgenden kurz zusammengefasst werden.

Das multidimensionale Weltbild besagt: Die sichtbare Materie ist nicht die einzige Realität; sie ist die letzte, „oberflächliche" Schicht einer vielschichtigen Realität. Die Materie manifestiert sich in unterschiedlichsten Erscheinungsformen, die sich grundsätzlich in zwei Kategorien aufteilen lassen: das Grobstoffliche und das Feinstoffliche.

Das Grobstoffliche umfasst die physikalische Materie („Erde", „Wasser", „Feuer" und „Luft") sowie den „Äther", im Sanskrit *kha,* im Ägyptischen *ka* genannt (Stichwort Mer-Ka-Ba). „Äther" bezeichnet in der hier gegebenen Definition das fünfte Element oder die fünfte Essenz *(quinta essentia)* der grobstofflichen Materie. Der Begriff „Quintessenz" geht auf dieses umfassende und fast verlorene Wissen zurück. Das Äther- oder Vitalfeld ist im wahrsten Sinn des Wortes die Quintessenz („fünfte Essenz") der grobstofflichen Materie. Äther ist nicht physisch, aber immer noch grobstofflich, weshalb auch im Grobstofflichen bereits zwei Körper unterschieden werden: der physische Körper und der Ätherkörper (Vitalkörper). Alle Lebewesen, auch Tiere und Pflanzen, haben einen Vitalkörper. Der Vital- oder Ätherkörper ist die am wenigsten verdichtete Form der grobstofflichen Materie und ist das Informationsfeld für die Formung und Aufrechterhaltung des physischen Körpers, weshalb es heute auch „morphogenetisches Feld" genannt wird. Die unsichtbaren Welten (Dimensionen) beginnen für die meisten Menschen bereits auf der Ebene des „Äthers", also noch im Bereich des Grobstofflichen, weshalb die materialistische Wissenschaft die Existenz eines Vitalkörpers bzw. eines morphogenetischen Feldes bestreitet. Alle ganzheitlichen Therapieformen und die moderne Informationsmedizin hingegen setzen genau bei dieser Quintessenz unserer Gesundheit an.

Die irdische Welt ist eingebettet in eine Hierarchie von höheren Dimensionen. Die synonymen Begriffe „höhere Dimensionen" und „höherdimensionale Welten" beziehen sich auf materielle Verdichtungsstufen einer höheren Frequenz, die für die physischen Augen der Menschen unsichtbar sind. Bei diesen Begriffen geht es um eine feinstoffliche und nicht um eine spirituelle Abstufung. „Höherdimensional" ist also nicht unbedingt gleichbedeutend mit einer hohen spirituellen Entwicklung, denn in diesen Bereichen existieren auch gottabgewandte Wesen. Nicht nur die Lichtwelten, auch die Dunkelwelten sind höherdimensional. Das breite Spektrum von höherdimensionalen Welten erstreckt sich von den niederen, erdnahen Astralwelten bis hin zur höchsten Lichtwelt, die im Sanskrit „Welt des Brahmā" genannt wird.

Der Begriff „astral" ist abgeleitet vom lateinischen Wort *astrum*, „Stern, Gestirn, Sternbild", und *astralis*, „die Gestirne betreffend". Im alten Sprachgebrauch wurde das Licht der Sterne Astrallicht genannt. In einer weiteren Bedeutung wird auch von „Astralebenen" und „Astralwelten" gesprochen, womit die feinstofflichen Paralellebenen eines physischen Himmelskörpers gemeint sind. Die Astralebenen der grobstofflichen Planeten und Sterne sind verbunden mit Astralwelten der nächsthöheren Ebenen. Die Hierarchie des multidimensionalen Kosmos beginnt mit der feinsten Dimension der Materie, durch die das gesamte Universum miteinander verbunden ist. Diese höchste Lichtwelt („Welt des Brahmā") war in der Schöpfungsabfolge *die erste Welt.* Aus ihr gingen in weiteren Schöpfungsschritten die nächsten Dimensionswelten hervor, eine aus der anderen mit zunehmender feinstofflicher „Verdichtung". Als letzter Schöpfungsschritt dieser Involution entstand – auf der „untersten" Stufe der Verdichtungshierarchie – die physikalische Welt: das, was wir umgangssprachlich und auch wissenschaftlich „Universum" nennen.

Wie der Kosmos, so ist auch der Mensch ein multidimensionales Wesen. Er hat verschiedene feinstoffliche Parallelkörper, die als Astralkörper, Mentalkörper, Emotionalkörper, Kausalkörper usw. bezeichnet werden. Diese Energiekörper werden als lichtstrahlend wahrgenommen, was einer der Gründe war, warum der Begriff „Sternenkörper" (Astralkörper) geprägt wurde. Wenn der feinstoffliche Körper durch lichtvolle Bewusstseinskräfte aktiviert und gestärkt ist, wird er auch „Lichtkörper" (Mer-Ka-Ba oder Merkaba) genannt. In den Schulen der heiligen Geometrie wird der Lichtkörper als sternförmig dargestellt (Sterntetraeder). Der Begriff „astral" wird heute meistens als Synonym für „feinstofflich materiell" verwendet, im Gegensatz zu „grobstofflich materiell".

Das Unsichtbare ist nicht sinnlich, aber „übersinnlich" wahrnehmbar. Nur schon unsere Welt, die Erde, umfasst unsichtbare, übersinnliche Aspekte, d.h. ätherische und astrale Ebenen. Mit anderen Worten, nicht alles Unsichtbare ist „außerirdisch".

Der Begriff „außerirdisch" bezieht sich auf Faktoren, die nicht irdisch sind, d.h. nicht von der Erde stammen. In einem multidimensionalen Zusammenhang meint dieser Begriff Lebensformen, Einflüsse und Informationen aus astralen und feinstofflichen Parallelebenen anderer Himmelskörper (Planeten und Sterne). So ist es möglich, dass Wesen aus den astralen oder feinstofflichen Bereichen der Erde selbst(!) oder der Venus, des Mars, der Plejaden usw. mit den Menschen in Kontakt treten.

Was hier wie Science-Fiction klingt, hat einen konkreten Bezug zu jedem Menschen, denn wir alle sind Teil dieses multidimensionalen Kosmos. Nach dem Tod durchlaufen wir einige dieser unsichtbaren Bereiche – die für uns dann nicht mehr unsichtbar sind! Aber auch schon während des irdischen Lebens bestehen Verbindungen und Einflüsse, was heute jedoch von vielen Menschen unterschätzt oder ignoriert wird. Deshalb wählte ich anfänglich für das vorliegende Buch (1. Auflage 1998) den provokativen Untertitel „Astrale und außerirdische Wesen im Hintergrund des Weltgeschehens". Als ich es 2008 für die fünfte Auflage überarbeitete, formulierte ich auch den Untertitel neu: „Kosmische Hierarchien und die Bedeutung des menschlichen Lebens". Jetzt, für die vollständig überarbeitete Neuauflage (2022), habe ich den Titel der vormaligen Trilogie in den Untertitel eingebaut, um die Hauptaussage des ganzheitlichen Urwissens in einem Satz zusammenzufassen: *Unsichtbare Welten – Der Kosmos ist multidimensional.*

In Teil I des vorliegenden Buches („Was bedeutet ‚multidimensional'?") wird, ausgehend von den bekannten Fakten der Sterbeforschung, die Realität der unsichtbaren Welten nachgewiesen, soweit sie sich objektiv und argumentativ nachweisen lässt. Wenn der Kosmos multidimensional ist, müssten viele Menschen Erfahrungen gemacht haben, die dies bestätigen – und dem ist auch so. In den früheren Mysterienschulen wurden diese Erkenntnisse systematisch gelehrt, und in der heutigen Zeit werden viele Menschen, meist unvorbereitet und überraschend, mit diesen Realitäten konfrontiert. Wie erwähnt, existiert das Materielle grundsätzlich in zwei Kategorien: in grobstofflichen und in feinstofflichen Formen. Beide Ebenen sind Projektionsflächen. Jenseits von beiden befindet sich die Instanz, die sowohl das Grobstoffliche als auch das Feinstoffliche wahrnimmt, nämlich die Individualität (wörtl. „das unteilbare Sein") des Bewusstseins: die Seele (im Sanskrit *ātmā* und *jīva* genannt). Bewusstsein ist die spirituelle Energie der Seele. „Spirituell" bedeutet: nicht materiell, weder grobstofflich noch feinstofflich, sondern ewig, d. h. jenseits von Raum und Zeit. Das Materielle definiert sich auf allen Ebenen über Raum und Zeit. (Raum und Zeit existieren auch in den feinstofflichen Welten, jedoch auf eine ganz andere Weise als in der grobstofflichen Welt.) Unsere Freiheit und Verantwortung besteht darin zu wählen, worauf wir unser Bewusstsein richten, und die Resonanz unseres Bewusstseins wiederum bestimmt, mit welchen Frequenzen (Welten und Wesen) wir in Kontakt kommen.

In Teil II („Die höherdimensionalen Welten und ihr Einfluss auf die Menschheit") geht es um die Fragen: Welche Arten von höherdimensionalen Welten und Wesen gibt es? Welche Mentalität und Bewusstseinsform entspricht den Lichtwelten, welche den Dunkelwelten? Beides sind – für den Menschen – unsichtbare Welten, und aus diesen unsichtbaren Welten wirken verschiedene Wesen auf die Erde ein: einige inspirieren, andere manipulieren. Nicht alle sind selbstlos. Auch bei den höherdimensionalen Wesen müssen wir unterscheiden.

Das materielle Universum ist ein Spielfeld, auf dem ein Machtspiel ausgetragen wird, mit Spielern in unterschiedlichsten Rollen. Die Entscheidung, welche Rolle wir einnehmen – und insbesondere die Entscheidung, ob wir überhaupt Teil dieses Machtspiels sein wollen –, hängt von der Ausrichtung des eigenen Bewusstseins ab. Diese wiederum ist Ausdruck des freien Willens, der das höchste Gut eines jeden Individuums ist. Wir sind Teil des Ganzen, und weil das Ganze (Gott) Bewusstsein und Wille ist, haben auch wir Bewusstsein und Willen. Die Frage ist: Wie sehr ist unser Wille im Einklang und in Einheit mit Gottes Willen? „Dein Reich komme, dein Wille geschehe, wie im Himmel, so auf Erden."

Teil I

Was bedeutet „multidimensional“?

„Weil du frei von Neid/Arroganz bist (anasūya), werde ich dir das Verborgenste offenbaren. Dieses Wissen und die entsprechenden Erkenntnisse geben dir eine Sicht, die dich vom Unguten (aśubha) befreit.***

Dies ist höchste Erkenntnis (rāja-vidyā) und höchstes Geheimnis (rāja-guhya, „Mysterienwissen“), denn es ist rein und jenseits von Dunkelheit [ohne trennendes Denken]. Es vermittelt eine direkte Wahrnehmung der eigenen Berufung (dharma) und führt zu einer Freude und Erfüllung, die unvergänglich (avyayam) ist.“ (Kṛṣṇa in der Bhagavad-Gītā, 9.1–2)

---

* „das Verborgenste“ *(guhyatamam):* das Innerste, das wir nur dann erkennen, wenn wir es „ent-decken“, d.h. wenn wir unsere Sicht von Ego-Bedeckungen befreien.

** „Dieses Wissen und die entsprechenden Erkenntnisse“ *(jñānaṁ vijñāna-sahitam):* Dieses Wissen ist nicht nur theoretisch, es führt zu inneren Erkenntnissen, die eine Sicht eröffnen, die uns vom Unguten (*aśubha*, „Nicht-*śubha*“) befreit. *Śubha* bedeutet: „schön, wahr, gut, edel, erhebend; das, was glücklich macht, Glück bringt“. Als Substantiv bedeutet *śubha* auch „Wasser“, wörtlich: das Klare, Durchsichtige. Mit anderen Worten: „Wenn du dies erkannt hast, wirst du nie mehr die Sicht des Guten, Wahren und Schönen verlieren.“

Kapitel 1

Altes Wissen, moderne Unwissenheit: Die Realität der unsichtbaren Welten

Im Leben geht es um Leben und Tod. „Todsicher" ist ein alltägliches Wort. Die Gewissheit des Todes jedoch scheint für die Menschen im Alltag keine praktischen Konsequenzen zu haben. In der modernen Schul- und Allgemeinbildung ist die Frage nach der Bedeutung des Todes nebensächlich oder sogar unwichtig. Dies ist jedoch nicht unproblematisch, denn wer blind ist für das Leben nach dem Tod, ist auch blind für das Leben *vor* dem Tod.

Der Tod wird oft als die größte Prüfung des Lebens bezeichnet, aber nur wenige bereiten sich bewusst auf diese Prüfung vor. Wenn man es in der heutigen Zivilisation wagt, einem alten Menschen gegenüber anzudeuten, dass er sich auf den Tod vorbereiten sollte, wird dies meistens als eine geschmacklose Frechheit aufgefasst.

Der Tod ist nicht etwas Unbegreifliches, sondern ein Phänomen, das man erforschen kann. In den vergangenen einhundert Jahren hat sich sogar eine fachübergreifende Forschungsrichtung entwickelt, die sich „Sterbeforschung" (Thanatologie) nennt. Obwohl diese grenzwissenschaftlichen Forscher im Bereich der Wissenschaft ein Außenseiterdasein fristen, haben sie zahlreiche experimentelle und faktische Befunde zusammengetragen, die nur einen Schluss zulassen: dass die unsichtbaren Welten und Wesen Realität sind. Einige relevante und besonders eindrückliche Beispiele werden im vorliegenden und in den folgenden Kapiteln angeführt.

Die Spaltung des gegenwärtigen Zeitalters – missbrauchte Religion auf der einen Seite, Materialismus/Atheismus auf der anderen – hat den destruktiven Mächten Tür und Tor geöffnet, weshalb sie es sind, die schon seit längerer Zeit auf der Erde den Kurs angeben. Bei der Frage nach den höheren Gesetzen des Kosmos geht es also nicht nur um Leben und Tod, sondern auch um *Über*leben und Tod ...

Organische Materie = Leben?

„Das, was den vergänglichen Körper [mit Bewusstsein] durchdringt, ist selbst nicht vergänglich. [...] Es ist nicht materiell, sondern spirituell, ist ohne Anfang und ohne Ende, ist die ewige, individuelle, bewusste und unvergängliche Seele, die nicht stirbt, wenn der Körper stirbt.“ – Bhagavad-Gītā 2.17a/20

Die Naturwissenschaft lehrt, dass alle Vorgänge in der Materie, sowohl in der anorganischen als auch in der organischen, auf vier grundlegenden physikalischen Kräften beruhen; mit ihnen lasse sich „alles“ in der Welt erklären. Diese vier Grundkräfte sind: die starke und die schwache Kernkraft innerhalb der Atome, die elektromagnetische Kraft zwischen den Atomen und die Gravitationskraft zwischen großen Atomverbänden. Die materialistische Wissenschaft reduziert das Bild des Universums auf das Wirken dieser vier Kräfte. Dabei geht sie von der Annahme aus, die gesamte Realität bestehe ausschließlich aus der dem Menschen bekannten Materie, und auf diesem Dogma ist das gesamte heute vorherrschende „wissenschaftliche“ Weltbild aufgebaut.

Wer materialistisch denkt, glaubt, dass alle Lebewesen nur Gebilde aus organischer Materie seien. Aus der Sicht der spirituellen Wissenschaft liegt hier der grundlegende Fehler der „modernen“ Wissenschaft: in der Annahme, der Mensch sei nichts anderes als sein Körper.

Wie die nachfolgenden Ausführungen zeigen, wird der Unterschied von Bewusstsein und Körper deutlich erkennbar, wenn die Seele den Körper verlässt, sei es zeitweilig bei einer Nahtoderfahrung oder bei einer Astralreise oder dann endgültig im Moment des Sterbens.

Ist der Mensch nur ein Bioroboter?

Sind die Menschen nur Bioroboter, die aus einer mutierenden Primatenlinie entstanden? Die meisten „offiziellen“ Wissenschaftler sagen ja. Würden sie nein sagen, geständen sie damit ein, dass ihre Theorien über die Herkunft des Menschen falsch sind, ebenso ihre Theorien über den Ursprung des Lebens. Das Weltbild, das diesen Theorien zugrunde liegt, zieht ausschließlich Materie in Betracht und geht davon aus, dass sich die Materie nur nach den bekannten vier Grundkräften bewegt – ohne jegliche „Störfaktoren“ wie ein selbständiges Bewusstsein, höhere Gesetze oder unsichtbare Wesen. Es wird behauptet, bisher sei noch kein einziges Indiz gefunden worden, das darauf hinweise, dass diese materialistische Ansicht falsch sei und dass irgendwelche immateriellen Faktoren existieren; Wahrnehmung, Gedächtnis, Gefühle, Krankheiten usw. seien nur die Wirkung physikalisch-organischer Abläufe im Gehirn; mit dem Tod des Gehirns kämen auch das Bewusstsein und alle Bewusstseinsabläufe zu einem definitiven Ende.

Was ist dann der Unterschied zwischen einem lebenden und einem toten Körper? Nach dem Tod werden im Körper zahllose Lebewesen aktiv und beginnen ein völlig neues Verhalten. Es sind die gleichen Bakterien und Mikroben, die für Jahrzehnte unauffällig der Erhaltung des gesamten Körpers dienten. Und plötzlich „wissen" alle, dass sie jetzt nicht mehr zusammenarbeiten müssen. Sie leben nur noch für sich und lösen den Körper auf, den sie bis vor kurzem noch gemeinsam aufrechterhielten.

Offensichtlich ist in jedem lebenden Körper eine übergeordnete Instanz präsent, von der die Billionen von Zellen und Lebewesen im Körper koordiniert werden. Diese Instanz kann nicht einfach die Gesamtheit der im Körper befindlichen Zellen sein, denn wir sehen, was diese Gesamtheit – wenn sie *auf sich alleine* gestellt ist – anrichtet: die Zerstörung der Gesamtform. Der lebende Körper ist also mehr als nur die Summe seiner physischen Bestandteile.

Was ist diese Instanz, die einen solchen Unterschied im Körper bewirkt, wie er drastischer nicht sein könnte? Es gibt offensichtlich eine Instanz, die durch ihre Anwesenheit bzw. Abwesenheit den Unterschied von „Leben" und „Tod" ausmacht. Im Sanskrit wird diese Instanz *ātmā* genannt: die ewige, spirituelle Seele. Die Indizien und logischen Argumente für die Realität des *ātmā* sind derart offensichtlich, dass es fast schon verdächtig ist, wie sehr die Materialisten sich weigern, die mögliche Existenz einer Seele auch nur in Betracht zu ziehen.

Im Folgenden sollen die wichtigsten dieser Indizien und Argumente aufgeführt werden. Diese Fallbeispiele und Befunde stammen aus unterschiedlichsten grenzwissenschaftlichen Forschungsbereichen, und sie alle weisen darauf hin, dass ...

- ... das Bewusstsein nicht vom Körper erzeugt wird;
- ... man auch ohne den sterblichen Körper denken und Dinge wahrnehmen kann;
- ... es Körpergestalten gibt, die nicht aus organischer Materie bestehen;
- ... jenseits der grobstofflichen Materie höherdimensionale (feinstoffliche) Welten existieren;
- ... die Menschen (und alle lebenden Wesen) nicht materielle Körper sind, sondern materielle Körper *haben*.

Die meisten Menschen, die paranormale Erfahrungen machen, kommen ungewollt und unvorbereitet in eine solche Situation (durch Nahtoderfahrungen, telepathische Eindrücke, spontane Erinnerungen an frühere Leben, usw.). Aber diese Erfahrungen lassen sich auch bewusst „induzieren“: durch Astralreisen, hypnotische Experimente, Rückführungen, telepathische Kontakte, psychoaktive Substanzen und okkulte Praktiken. All diese Techniken sind nicht problemlos und bergen Gefahren in sich, die in den folgenden Ausführungen auch erwähnt werden. Aber diese Techniken werden angewandt und führen zu konkreten Erkenntnissen, die ernstgenommen werden sollten, denn sie dokumentieren die Realität der höherdimensionalen Welten und Wesen.

Wer stirbt, ist nicht tot!

„Ich muss immer heimlich lächeln, wenn ich höre, wie die Leute daran zweifeln, ob es ein Weiterleben danach gibt, oder einfach behaupten: ‚Mit dem Tod ist alles aus.‘ Ich denke dann für mich: ‚Die haben ja keine Ahnung.‘“

– Ein Mann, der eine Nahtoderfahrung hatte[2]

Wären die Lebewesen bloß Produkte der Materie, müsste es möglich sein, aus Materie Lebewesen herzustellen – oder zumindest ein Samenkorn. Die chemischen Bestandteile eines Samenkorns sind allesamt bekannt, aber es ist nicht möglich, diese Bestandteile auf eine künstliche Weise so zusammenzufügen, dass aus ihnen eine Pflanze keimt, die ihrerseits wieder Samenkörner hervorbringt. Ein Samenkorn ist mehr als nur die Summe seiner chemischen Bestandteile, und das gilt für alle Lebewesen, so auch für den Menschen.

Dank der heutigen Apparatemedizin geschieht es relativ oft, dass „klinisch Tote“ wieder belebt werden, das heißt, Menschen, deren Hirn- und Herzfunktion für eine kurze Zeit gleich Null gewesen war, kehren wieder ins Leben zurück. Sie können sich dabei nicht selten an das erinnern, was sie erlebten und wahrnahmen, während sie aus irdischer Sicht tot waren. Sie standen an der Schwelle des Todes und haben in diesem außerkörperlichen Bereich zwischen Erdenleben und Tod einen Einblick in die Welten des Jenseits bekommen.

Die Fähigkeit, Menschen, die als klinisch tot galten, wieder ins Leben zurückzurufen, kann mit Recht als eine der wertvollsten Errungenschaften der modernen Wissenschaft bezeichnet werden. Aber ihr Weltbild wird durch diese Errungenschaft keineswegs bestätigt. Im Gegenteil! Was diese wiederbelebten Menschen beschreiben, widerspricht dem Weltbild des Materialismus in jeder Hinsicht, denn aus ihren Berichten geht hervor, dass das Bewusstsein nicht auf den Körper beschränkt und nicht vom Körper abhängig ist. Die eigentliche Person, die sieht, hört und fühlt, ist vom sterblichen Körper verschieden und kann den Körper verlassen! An einem Punkt *muss* sie den Körper sogar verlassen, nämlich beim Tod.

Der Pionier der wissenschaftlichen Erforschung des Phänomens „Nahtoderfahrung" (*Near Death Experience,* NDE) ist derjenige, der diesen Begriff in den 1970er Jahren geprägt hat: der Amerikaner Dr. phil. und Dr. med. Raymond A. Moody (*1944). Über viele Jahre hinweg sammelte Dr. Moody Erlebnisberichte von wiederbelebten Menschen und stellte in diesen Nahtoderfahrungen verblüffende Parallelen fest. Sein erstes Buch, *Life after Life: The Investigation of a Phenomenon – Survival of Bodily Death* (1975),[3] und die folgenden erreichten international eine Gesamtauflage von mehreren Millionen Exemplaren und lösten vielerorts, auch in wissenschaftlichen Kreisen, nachdenkliche Diskussionen aus. Ist mit dem Tod vielleicht doch nicht alles vorbei?

Menschen, die Erfahrungen machen, die mit der Welt des „normalen" Lebens nicht vereinbar sind, sprechen meistens nicht oder nur im Geheimen darüber. Die ideologischen Programmierungen in unserer Gesellschaft sind derart erkenntnisfeindlich, dass Menschen mit „paranormalen" Erfahrungen von der großen Mehrheit nur Unverständnis und Spott ernten. Das ist umso tragischer, als diese Menschen oftmals selbst nicht genau wissen, was sie von ihren Erlebnissen halten sollen. Dies trifft insbesondere auf das heikle und verdrängte Thema des Todes zu.

Auch Raymond Moody hörte anfänglich nur unter vorgehaltener Hand von Nahtoderfahrungen: zum ersten Mal als Student, als ein Psychiatrieprofessor in einem privaten Kreis erwähnte, er sei einmal klinisch tot gewesen. Als ihm später – mittlerweile war er Dozent für Philosophie – weitere Berichte dieser Art zu Ohren kamen, staunte er über die Ähnlichkeiten. Nahtoderfahrungen konnten also nicht bloß Einbildungen oder Halluzinationen sein. Er begann, in seinen Vorlesungen gezielte Anspielungen zu machen: „Zu meiner Verblüffung stellte es sich heraus, dass in fast jedem meiner Kurse mit durchschnittlich dreißig Studenten mindestens einer nach der Stunde zu mir kam und mir von einer eigenen Erfahrung mit dem Beinahe-Tod erzählte."[4]

Als er sein erstes Buch veröffentlichte, stieß er auf eine unerwartete Resonanz. Viele Menschen erkannten in Dr. Moody eine sachverständige und einfühlsame Person und wagten es deshalb, ihm ihre Erlebnisse mitzuteilen. Was im ersten Buch zum Teil nur skizzenhaft beschrieben worden war, wurde nun von Tausenden von Menschen, die klinisch tot gewesen waren, bestätigt, und das brachte viele neue Details mit immer wiederkehrenden Parallelen an den Tag.

Seit den 1980er Jahren haben sich viele weitere Forscher und Autoren mit Nahtoderfahrungen befasst, und sie alle kamen zu ähnlichen Ergebnissen und Erkenntnissen wie Raymond Moody.[5] Nahtoderfahrungen vermitteln erste wichtige Einblicke in die höherdimensionalen Welten. Deshalb sollen in den folgenden Abschnitten die wichtigsten Erkenntnisse zusammenfassend erläutert werden.

Nahtoderfahrungen: die Ent-hüllung des feinstofflichen Körpers

Viele Menschen, die klinisch tot waren, stellten – meistens zu ihrem eigenen Erstaunen – fest, dass sie immer noch lebten und immer noch einen Körper hatten, der jedoch von ganz anderer Natur war als die sterbliche Hülle, die sie verlassen hatten. Im „enthüllten" Zustand machten sie die verwirrende Erfahrung, dass sie ihren Körper von außerhalb, oftmals von oberhalb sahen, weil sie schweben und sich schwerelos bewegen konnten. Die Wahrnehmung erfolgte nicht mehr durch die Sinnesorgane des Körpers, sondern durch den feinstofflichen Körper. Ein bewusstloser Mensch ist nicht bewusstlos, das Bewusstsein hat sich einfach vom grobstofflichen Körper gelöst und nimmt nun eine Außenposition ein.

Bei einer außerkörperlichen Erfahrung wird deutlich, dass wir als Menschen zwei Körper haben: einen physischen, grobstofflichen Körper und einen feinstofflichen Körper. Die Begriffe „grobstofflich" und „feinstofflich" sind sehr treffend, denn sie weisen darauf hin, dass beide Körper *stofflich,* d. h. materiell sind und sich vom immateriellen Individuum, der spirituellen Seele, unterscheiden.

Aus den Berichten über Nahtoderfahrungen geht hervor, dass im feinstofflichen Körper die Sinneswahrnehmung viel intensiver ist als im grobstofflichen. Die Menschen berichten, dass sie alles, was an der Unfallstelle oder im Operationsraum vor sich ging, sahen und hörten. Sie waren auch in der Lage, sich in andere Räume zu begeben, und zwar durch Mauern und geschlossene Türen hindurch. Wenn die scheintoten Patienten nach der Wiederbelebung „zu sich kommen", überraschen sie die Ärzte oft mit detaillierten Beschreibungen der Operation oder sogar mit Angaben über Vorgänge in einem Nebenraum *während* der

Operation. Die Patienten erklären, dass sie diese Dinge nicht mit dem Körper auf dem Operationstisch wahrnahmen, sondern mit einem anderen Körper aus einer Perspektive *außerhalb des physischen Körpers.* Diese Aussagen sind Beweise für die beschriebenen Erfahrungen und widerlegen den Einwand, es habe sich nur um Halluzinationen gehandelt, die aufgrund von Sauerstoffmangel im Gehirn oder aufgrund der vielen Medikamente aufgetreten seien.

Die Patienten können ihren „außerkörperlichen" Körper nicht klar definieren: er sei ähnlich wie Rauch oder Energie, er sei schwerelos, unsichtbar, aber verstärkt wahrnehmungsfähig. Mit diesem Körper sind sie in der Lage, durch Hindernisse hindurchzuschweben, und auch die Menschen laufen einfach durch sie hindurch. Im außerkörperlichen Zustand hören und sehen sie die Menschen, aber die Menschen sehen *sie* nicht. Sie leben in einer feinstofflichen Parallelwelt:

> „Ich verweilte eine Zeitlang und schaute zu, wie der Arzt und die Schwestern sich an meinem Körper zu schaffen machten, und ich wartete gespannt, was nun wohl kommen würde ... Ich befand mich am Kopfende meines Bettes, während ich ihnen zusah und meinen Körper betrachtete. Da streckte zu einem bestimmten Zeitpunkt eine der Schwestern die Hand nach der Sauerstoffmaske an der Wand über meinem Kopfende aus, und sie hat dabei durch meinen Hals *hindurchgegriffen!*"[6]

Wenn das Nahtoderlebnis nicht bereits in dieser Phase unterbrochen wird, fühlt sich die „enthüllte" Person plötzlich in eine Art Tunnel, Gang oder Tal hineingezogen. Diese Dimensionskanäle werden auch in den Sanskritschriften erwähnt und heißen dort *nāḍi.* Der Körper des Menschen beruht auf 101 Haupt-Nāḍis, die auf der physischen Ebene Nerven- und Drüsensysteme bilden. Auf der feinstofflichen Ebene sind sie „jenseitige" Empfangs- und Verbindungslinien. Welcher Dimensionskanal sich für die Seele öffnet, wenn sie den Körper verlässt, wird durch das Resonanz- und das Karma-Gesetz bestimmt.

Sehr oft geschieht es, dass die Person Bekannten und Verwandten begegnet, die bereits verstorben sind. Manchmal befinden sich unter ihnen auch entfernte Bekannte, von denen die Person noch gar nicht weiß, dass sie bereits gestorben sind. Auch das ist ein gewichtiges Argument gegen die materialistische Behauptung, diese Erfahrungen seien allesamt nur Halluzinationen. (Natürlich wird nicht bestritten, dass Menschen aufgrund von Medikamenten oder anderen Faktoren Halluzinationen erleben und dass gewisse Berichte auch irreale oder surreale Eindrücke enthalten können.)

„Das Leben, das im materiellen Körper erscheint, stammt von der spirituellen Seele (Ātmā). Genauso wie ein Mensch einen Schatten hat, so hat die Seele in der materiellen Welt einen vergänglichen Körper. Gemäß dem Karma wird die spirituelle Seele mit ihrem feinstofflichen Körper in den nächsten grobstofflichen Körper getragen./ Genau wie ein König seinen Generälen befiehlt: ‚Beherrscht diese und jene Ländereien!', so wirkt das Bewusstsein der Seele auf den feinstofflichen Körper ein, und dementsprechend erfüllen die Prāṇa-Energieströme ihre verschiedenen Funktionen. Sonst würden im grobstofflichen Körper keine Lebensfunktionen stattfinden, wie Sinneswahrnehmung, Verdauung, Ausscheidung, Bewegung, Muskeltätigkeit und Körperwärme./ Der Ātmā befindet sich auf transzendentale Weise in der Herzgegend, von wo 101 Nāḍi-Kanäle ausgehen, jeder mit einhundert Nebenästen. Jeder dieser Nebenäste hat zweiundsiebzigtausend Verästelungen. In diesen Bahnen bewegt sich der Vyāna-Vāyu [einer der Prāṇa-Energieströme]./ Wenn jemand stirbt und den Körper verlässt, verlässt die Seele in ihrem feinstofflichen Körper den toten Körper durch eine dieser Nāḍis. Hier wirkt der Energiestrom Udāna-Vāyu, der einen göttlichen Menschen in höhere Bereiche bringt und einen gottlosen Menschen in niedere, dunkle Bereiche. Ein Mensch, bei dem Laster und Tugenden gemischt sind, wird unter den Menschen wiedergeboren. [...] Die Ausrichtung des Bewusstseins im Moment des Todes bestimmt die Umstände der nächsten Geburt. Die Seele in ihrem feinstofflichen Körper, getragen von der Udāna-Vāyu, findet sich dann in einer Welt, die den Auswirkungen der individuellen Karma-Entscheidungen entsprechen. [...] Wer versteht, was der wahre Ursprung des Lebens ist, und erkennt, wie die Seele in einen vergänglichen Körper eingeht und durch die fünffachen Prāṇa-Energieströme an diesen Körper gebunden wird, und dann aus diesem Wissen um die wahre Natur des Selbst heraus handelt, erreicht die Unsterblichkeit. Dieser Seele ist es gewiss, in die Welt der ewigen Glückseligkeit einzugehen." (*Praśna-Upaniṣad* 3.3–7/10/12)

„Die Nāḍis im Körper sind zahlreich und haben verschiedenste Formen. Vom Chakra unterhalb des Nabels gehen 72 000 untergeordnete Nāḍis aus und winden sich spiralförmig um den Nabel. Sie tragen die Lebenskraft des Menschen." (*Garuḍa-Purāṇa* 1.67.7–8)

„Im Körper gibt es 101 Haupt-Nāḍis, die alle vom Herzen, dem Sitz der Seele, ausgehen. Von diesen feinstofflichen Energiekanälen [die sich im grobstofflichen Körper als Nervenbahnen abzeichnen] geht nur einer direkt nach oben zum höchsten Chakra des Körpers, und er setzt sich fort bis zur Ebene der Sonne. Wer den Körper durch dieses Nāḍi-Tor verlässt, erreicht die Unsterblichkeit. Die anderen Nāḍis behalten die Seele in unterschiedlichen Formen von materieller Bindung." (*Kaṭha-Upaniṣad* 2.3.16)

Quellentexte: Das Verlassen des Körpers und die Nāḍi-Kanäle

Der Lebensfilm und das Gewissen

Ein häufiges Element in Nahtoderfahrungen ist das Erscheinen eines Wesens, das hell leuchtet, aber nicht blendet. Alle, die einem solchen Lichtwesen begegnen, spüren eine grenzenlose Liebe, die von ihm ausgeht. Sehr oft beginnt in dieser Phase der Lebensfilm, das heißt, man sieht das eigene Leben als „Film", der in der Zeit rückwärts läuft. Dabei tauchen auch viele vergessene Details auf. „Als ich ‚tot' war, stellte mir die Stimme [des Lichtwesens] eine Frage: ‚Ist dein Leben es auch wert?' Was sie meinte, war: Ob mir das Leben, das ich bis jetzt geführt hatte, im Lichte dessen, was ich jetzt wusste, immer noch lohnend erschiene."[7]

Das Lichtwesen weist darauf hin, dass insbesondere zwei Dinge im Leben von entscheidender Wichtigkeit sind: andere Menschen zu lieben und Wissen zu erwerben.[8]

Alles, was man im Leben getan hat – alles Gute, Ungute und Heimliche –, ist in den Bildern des Lebensfilmes gespeichert. Aus dieser jenseitigen Position erkennt man das Wirken des Karma-Gesetzes deutlich und plastisch: „Es zeigte sich mir nicht nur, was ich einmal getan hatte, sondern darüber hinaus auch noch, *welche Folgen meine Taten für andere Menschen hatten.* Und zwar ging das nicht so vor sich wie beim Betrachten von Filmszenen, denn ich konnte alles *fühlen.* Das Gefühl war beteiligt, zumal ich nun mit diesem Wissen versehen war. Ich entdeckte, dass sogar unsere Gedanken nicht verlorengehen. Jeder Gedanke war erhalten geblieben. Unsere Gedanken gehen nicht verloren."[9]

Die „Gespräche" im feinstofflichen Bereich erfolgen nicht über Worte, sondern über Gedanken. Das ist für diejenigen, die sich plötzlich in einem astralen Zustand befinden, eine völlig neue und ungewohnte Erfahrung. Aber sie betonen, dass diese Art der Kommunikation direkter und unmissverständlicher sei als das Sprechen mit Worten. In den nichtphysischen Dimensionen ist die telepathische Art der Kommunikation normal und erlaubt Kontakte, die weder durch Sprache noch durch Distanzen begrenzt sind. (Daher sind mediale Kontakte mit dem Jenseits oder mit höherdimensionalen Wesen durchaus möglich.)

Irgendwann kommen die scheintoten Personen in ihrem außerkörperlichen Zustand an eine Grenze, die den endgültigen Tod bedeuten würde. Spätestens an dieser Stelle wird ihnen mitgeteilt, dass der Zeitpunkt ihres Todes noch nicht gekommen sei und dass sie wieder in ihren irdischen Körper zurückkehren werden.

Eine Nahtoderfahrung ist eine „Gnade" und „Einweihung": Man bekommt Einblick in die jenseitige Welt und kehrt mit bewusster

Erinnerung in denselben Körper zurück. Der Tod ist ähnlich, aber mit dem großen Unterschied, dass man dann in einen *neuen* Körper eingeht und meistens keine bewusste Erinnerung an den vorherigen außerkörperlichen Zustand hat. In der griechischen Mythologie heißt es, dass der Mensch vor der Geburt aus dem Fluss Lethe („Fluss des Vergessens") trinkt. Die bewusste Erinnerung wird gelöscht, damit der freie Wille nicht beeinträchtigt wird. Der Mensch macht inhaltlich, was das seelische Lernen betrifft, im nächsten Leben dort weiter, wo er im vorherigen aufgehört hat. Aber im Unterbewusstsein bleibt die Erinnerung erhalten! Diese unbewusste Erinnerung an den Lebensfilm nennen wir *Gewissen*. Das Gewissen wird also nicht nur von den Eltern und der Gesellschaft geprägt, wie die meisten Psychologen meinen, sondern auch – und vor allem – durch die Erlebnisse in der astralen Zwischenexistenz.

Gibt es eine Hölle?

Viele Religionen verbreiten Horrorvisionen einer Hölle, in der die Sünder aufs Schlimmste bestraft und gequält werden. Gewisse Predigerstimmen behaupten sogar, dieser höllische Zustand sei ewig. Raymond Moody hingegen weist darauf hin, dass sich unter dem von ihm gesammelten Material „nicht ein Zeugnis findet, in dem von einem Zustand berichtet wurde, der an die alte Höllenvorstellung erinnert." Er betont jedoch, dass irdische Missetaten nach dem Tod durchaus Konsequenzen haben: „Ich muss allerdings hinzufügen, dass ich nie mit jemandem ein Interview geführt habe, der vor seiner Begegnung mit dem Tode so ein richtig übler Typ gewesen ist. Die Leute, mit denen ich gesprochen habe, waren ganz normale, anständige Menschen. [...] Es war also gar nicht zu erwarten, dass diese Seelen in den ‚feurigen Pfuhl und Schwefel' geworfen werden würden. Wiederum schließt nichts von dem, was ich erfahren habe, die mögliche Existenz einer Hölle aus."[10]

Inexistent ist jedoch eine Hölle, wie sie von den Angstreligionen angedroht wird, denn die vielen Menschen mit Nahtoderfahrungen waren keine „Erlösten" im Sinn dieser Religionen, und dennoch machte niemand von ihnen eine höllische Erfahrung. Ganz im Gegenteil.

Karma-Reaktionen, auch negative Reaktionen, sind immer ganz persönlich und vom Leben der jeweiligen Person abhängig. Ein berühmtes Beispiel hierfür ist der durch Raymond Moody bekannt gewordene Fall von Dannion Brinkley. Im Vorwort zu Brinkleys Buch *Zurück ins Leben* (orig. *Saved by the Light*, 1994) schreibt Moody: „Von den über 20000 von mir untersuchten Nahtoderfahrungen ist dies die vollständigste und erstaunlichste."

Dannion Brinkley war von Jugend an ein brutaler Schlägertyp gewesen. Im Vietnamkrieg hatte er ein Killerkommando angeführt und viele Menschen umgebracht. Ein solcher Sünder müsste gemäß normalreligiösem Urteil schlimmste Höllenstrafen erleiden. Dannion Brinkleys Schicksal ist jedoch ein typisches Beispiel für die vielschichtige und absolut individuelle Wirkungsweise des Karma-Gesetzes. Ein paar Jahre nach der Rückkehr aus Vietnam, im Jahr 1975, wurde er in einer Telefonkabine von einem Blitz getroffen und war für zwanzig Minuten klinisch tot. Während dieser Nahtoderfahrung bekam er seinen Lebensfilm zu sehen und erlebte mit eigenen Gefühlen das gesamte Leid seiner Opfer und ihrer Angehörigen. Dabei wurde er jedoch nicht von Teufeln gepeinigt; auch er begegnete einem Lichtwesen, das ihm mit Liebe, ohne Vorwürfe, beistand.

> Als ich dieses Wesen anblickte, hatte ich die Empfindung, dass niemand mich mehr lieben konnte, dass niemand mehr Sympathie, Aufmunterung und nicht urteilendes Mitgefühl für mich haben könnte als dieses Wesen. [...] Das Lichtwesen hüllte mich ein, und in diesem Augenblick begann mein ganzes Leben an mir vorüberzuziehen. Ich fühlte und sah alles, was mir jemals begegnet war. [...] Von Anfang bis Ende war ich mit der unerträglichen Tatsache konfrontiert, dass ich ein unangenehmer Zeitgenosse gewesen war, ein egoistischer und böser Mensch. [...]
>
> In der Lebensrückschau musste ich jetzt all den Tod und die Zerstörung sehen, die ich durch meine Handlungen angerichtet hatte. „Wir alle sind ein Glied in der großen Kette der Menschheit", sagte das Wesen zu mir. „Was man tut, wirkt sich auf die anderen Glieder in dieser Kette aus." [...] Ich betrachtete das Lichtwesen und war von tiefer Trauer und Scham erfüllt. Ich erwartete einen Tadel, eine Art kosmischer Erschütterung meiner Seele. Ich hatte Rückschau auf mein Leben gehalten, und derjenige, den ich gesehen hatte, war ein ganz und gar wertloser Mensch. Was hatte ich verdient, wenn nicht Tadel [Strafe]? Als ich zu dem Lichtwesen hinblickte, hatte ich eine Empfindung, wie wenn es mich berühren würde. Durch diese Berührung durchströmte mich eine Liebe und Freude, die man nur mit der gütigen Zuneigung vergleichen kann, die ein Großvater für sein Enkelkind empfindet. „Wer du bist, ist der Unterschied, den Gott ausmacht", sagte das Wesen. „Und dieser Unterschied ist Liebe." [...] Ich hatte den Schmerz der Reflexion verspürt, aber ich hatte hierdurch das Wissen gewonnen, das ich einsetzen konnte, um mein Leben zu korrigieren.[11]

Nach der Konfrontation mit all dem Leid, das er direkt und indirekt verursacht hatte, wurde er in einen Kristalldom geführt, wo er von dreizehn Engeln weitere Unterweisungen bekam; Teil davon waren konkrete Zukunftsvisionen.

Obwohl Dannion Brinkley, äußerlich gesehen, extrem gewalttätig gewesen war und in Vietnam viele Menschen ermordet hatte, schlummerten in ihm auch gute Neigungen, und aus irgendwelchen Gründen kam ihm eine ganz besondere Lebensaufgabe zu. Die erhebende Erfahrung im Jenseits bedeutet jedoch nicht, dass ihm keine weiteren Karma-Reaktionen zugekommen wären. Diese bekam er zu spüren, als er in seinem verbrannten Körper „zu sich" kam. Er litt für mehrere Jahre unter unsäglichen Schmerzen und musste sich mehreren schwierigen Operationen unterziehen. Er besaß aber die Kraft, dies alles durchzustehen und dahinter den höheren Sinn zu erkennen, weil die Erlebnisse in der Engelwelt ihn von Grund auf gewandelt hatten. Nachdem seine Verletzungen und Verbrennungen verheilt waren, trat er (ab 1994) mit Büchern und Vorträgen an die Öffentlichkeit, und er widmete sich dem Dienst am Mitmenschen. Bis 2020 leistete er über zwanzigtausend Stunden Volunteer-Arbeit in Spitälern, und das trotz eigener Schmerzen und gesundheitlicher Probleme. Dannion Brinkley zählt zu den wichtigsten Zeugen einer Nahtoderfahrung. Bei ihm kommt hinzu, dass er während seiner außerkörperlichen Reise zahlreiche Zukunftsbilder empfing, die sich als prophetisch erwiesen. Vieles ist eingetroffen, anderes nicht oder noch nicht. Brisant sind die Bilder hinsichtlich einer diktatorischen Neuen Weltordnung und der Einführung von Implantier-Chips für Menschen.[12]

Wie die Ergebnisse der neueren Sterbeforschung zeigen, erleben aber auch „normale" und „brave" Menschen angesichts des Todes manchmal höllische Zustände. Man sollte sich also nicht von den vielen lichterfüllten Nahtoderfahrungen täuschen lassen und denken, nach dem Tod sei alles nur paradiesisch.

> Bisherige Beschreibungen erweckten den Eindruck, im Nahtod erfahre man eine beschauliche Reise zu den Toren des Himmels. In Wirklichkeit kann es durchaus sein, dass die Erfahrung mehr einem Besuch in der Hölle gleicht. So lautet das Fazit der größten Untersuchung von Nahtoderfahrungen, die bisher in Großbritannien durchgeführt wurde. Die Vorstellung, die Begegnung mit dem Tod sei immer glückselig und friedvoll, hat sich als Wunschvorstellung erwiesen. Die beteiligten Wissenschaftler stellten fest, dass von 230 untersuchten Personen beinahe die Hälfte „negative" Begegnungen hatte, die mehr an Alpträume erinnern als an eine Kommunikation mit Engeln.

Dieser erstaunliche Bericht erschien in der angesehenen englischen Zeitung *The Sunday Times,* 5. Oktober 1997, mit der Überschrift *Horrors of a Near-Death Hell* („Schrecken einer Nahtod-Hölle"). Die Menschen, die solche Nahtoderfahrungen durchmachten, sprachen z. B. von dunklen Gestalten, die nach ihnen griffen und sie in eine tiefe Schwärze hinunterzerren wollten. Mehrere Zeugen erwähnten, sie hätten dreibeinige Astralwesen gesehen, die hässlich und furchterregend waren. Typische Erfahrungen waren auch Zustände des Gelähmtseins, beklemmende Präsenzen, dämonische Fratzen und feinstoffliche Schmerzen. (Ähnliche Berichte kennt die Menschheit schon seit Jahrtausenden. In vielen Fällen wurde dieses Wissen jedoch von Priestern und Theokraten verfälscht und als Machtmittel eingesetzt, einerseits durch magische Manipulation, andererseits durch Androhungen von Höllenstrafen.)

Trotz der vielen dokumentierten Fälle und wissenschaftlichen Untersuchungen weigern sich die meisten heutigen Wissenschaftler, das Offensichtliche anzuerkennen. „Diese Erfahrungen werden auf unterschiedlichste Weise erklärt", heißt es zum Schluss des Artikels über die Untersuchung in England. „Die einen sprechen von Beweisen für das Leben nach dem Tod, andere weisen auf die berauschende Wirkung der starken Medikamente hin, die in diesen Krisensituationen verabreicht werden, und auf einen möglichen Sauerstoffmangel im Gehirn. Gewisse Psychologen äußern sich noch skeptischer: In Todesnähe geschehe es leicht, dass Menschen Halluzinationen zum Opfer fallen und von Dingen fantasieren, die sie früher einmal gesehen oder gehört haben."

Merkmale der nichtphysischen Dimensionen

„Früher in der Geometrie hieß es immer, es gebe nur drei Dimensionen, und ich habe das ja auch immer bereitwillig geglaubt. Aber das war falsch – es gibt tatsächlich mehr. Natürlich ist unsere Welt – die, in der wir gegenwärtig leben – dreidimensional, aber die folgende ist es mit Sicherheit nicht."

– Eine Frau, die klinisch tot gewesen war[13]

Die grenzwissenschaftlichen und parapsychologischen Untersuchungen von Nahtoderfahrungen eröffnen einen ersten Einblick in die multidimensionale Realität. Aus ihnen gehen folgende grundlegenden Erkenntnisse hervor:

- Es gibt grobstoffliche und feinstoffliche Körper und ebenso grobstoffliche und feinstoffliche (astrale) Welten.
- Das Feinstoffliche ist von der grobstofflichen Warte aus nicht zu sehen. Aber die Wesen der feinstofflichen Dimension können die grob-

stoffliche Welt auf ihre eigene Weise wahrnehmen. Die jenseitigen „Verstorbenen" sind in der Regel nicht in der Lage, sich direkt mitzuteilen und Einfluss auf die grobstoffliche Welt auszuüben.

- Die höherdimensionalen Wesen, die der neuangekommenen Seele beistehen, befinden sich nicht alle auf derselben Stufe, sondern sind in Hierarchien eingeordnet: „Durch dieses Stadium deiner Existenz habe ich dir geholfen, aber nun muss ich dich anderen übergeben."[14]
- In den höherdimensionalen Welten existieren nicht nur Lichtwesen, sondern auch dunkle Astralwesen.
- Auf der feinstofflichen Ebene wird nicht mit Worten gesprochen, sondern man verständigt sich durch telepathische Verbindung. Über die Begegnung mit den göttlichen Lichtwesen „heißt es, dass dabei direkte, ungehinderte Gedankenübertragung stattfinde, und zwar auf eine so klare Weise, dass sowohl Missverständnisse als auch jegliches Lügen dem Licht gegenüber von vornherein ausgeschlossen seien".[15]
- In den feinstofflichen („jenseitigen") Welten gelten die Gesetze der grobstofflichen Materie nicht mehr. Wesen mit einem feinstofflichen Körper leben in einer anderen Zeitdimension und werden nicht durch die grobstoffliche Materie begrenzt. Sie sind schwerelos, unsichtbar und können durch grobstoffliche Objekte hindurchgehen.
- Immer wieder wird berichtet, dass auf der feinstofflichen Ebene die Fortbewegung blitzartig erfolgen kann. Man stellt sich das Ziel geistig vor, und schon ist man dort. (Es ist anzunehmen, dass gewisse Wesen im Universum diesbezüglich über Fähigkeiten verfügen – auf natürliche oder „technische" Weise –, die für die Menschen unvorstellbar sind.)
- Der feinstoffliche Körper ist nicht die wahre Identität des Selbst, denn er stellt immer noch eine äußere, wahrgenommene Hülle dar.

All diese Berichte beziehen sich nur auf einen ganz bestimmten Zwischenbereich der astralen Dimensionsebenen: auf die Welt der „Toten". Die entkörperten Menschen sehen nur einen beschränkten Ausschnitt der feinstofflichen Welten. „Botschaften aus dem Jenseits", empfangen über spiritistische oder telepathische Kontakte, sind also nicht unbedingt eine Quelle von absoluter Wahrheit, aber in vielen Fällen Ausdruck von höherer Erkenntnis.

Frequenz und Resonanz

Die astralen Welten sind Parallelwelten, die aufgrund ihrer höherdimensionalen Beschaffenheit die dreidimensionale Welt überlagern und durchdringen. Das heißt, im dreidimensionalen Raum des Menschen sind *parallel und gleichzeitig* zahlreiche andere Welten (und Wesen!) gegenwärtig, ähnlich wie unsere Wohnung von zahlreichen Fernseh- und Rundfunkprogrammen umgeben und durchdrungen ist. Sie schwingen allesamt im „Äther", gleichzeitig und am gleichen Ort, jedoch mit unterschiedlicher Frequenz, weshalb sie sich nicht vermischen. Obwohl sich die Menschen mitten in diesen Schwingungen bewegen, sind sie nicht in der Lage, diese direkt wahrzunehmen. Erst mit dem geeigneten Empfänger wird es möglich, sich in diese Programme einzuschalten, wobei jedes Programm eine in sich geschlossene „Welt" darstellt, mit eigenen Klängen, Informationen und Kreationen.

Diese Analogie veranschaulicht, wie im Universum gleichzeitig parallele Dimensionsebenen existieren. Das „Jenseits", von dem die Menschen in ihren Nahtoderfahrungen erzählen, ist nur eine von zahllosen Dimensionsebenen, nämlich eine erdverbundene Astralwelt, in der die Lebenswege der Menschen gespeichert und mit weiteren Welten verbunden werden. Reinkarnationstherapeuten bezeichnen die Welten des Jenseits auch als „Zwischenwelten". Diese spiegeln einerseits die irdischen Verhältnisse wider (Lebensart, Glaubensvorstellungen usw.), andererseits sind sie eine Durchgangsstation in himmlische bis „höllische" Astralwelten als Vorbereitung für die nächste Geburt. Welche Art von jenseitigen Welten wir durchlaufen, hängt von der *Bewusstseinsausrichtung* während des irdischen Lebens ab, denn diese Ausrichtung bestimmt, mit welchen Realitäten (Frequenzen) wir in Resonanz gehen. Die Ausrichtung unseres Bewusstseins – unserer Gedanken, Emotionen und Interessen – ist das entscheidende Kriterium dafür, in welche Verhaltensmuster und Schicksale wir geraten. Durch die Resonanz unseres Bewusstseins schaffen bzw. wählen wir unsere eigene Realität.

Resonanz ist das höchste Gesetz, noch höher als das Gesetz des Karma, denn durch eine *spirituelle* Resonanz (Bewusstseinsausrichtung) können wir uns von Karma-Bindungen befreien. Das Karma-Gesetz verläuft gemäß dem Prinzip von Aktion und Reaktion und ist abhängig vom Kausalitätsprinzip Ursache und Wirkung. Dieses Schöpfungsgesetz besagt: Wenn wir auf der Kausalebene neue Ursachen setzen, verändern sich die Wirkungen auf der Ebene von Aktion und Reaktion.

Geistwesen: die erdgebundenen Seelen

„Die Erlebnisse, die man ‚Erscheinungen' nennt, die ganze sogenannte ‚Geisterwelt', der Tod, all diese uns so anverwandten Dinge sind durch die tägliche Abwehr aus dem Leben so sehr hinausgedrängt worden, dass die Sinne, mit denen wir sie fassen könnten, verkümmert sind. Von Gott gar nicht zu reden." – Rainer Maria Rilke (1904)[16]

Nahtoderfahrungen sind bei weitem nicht die einzigen Hinweise auf die nichtphysischen Dimensionen. Man kann dem Tod begegnen, aber auch Toten. Verstorbene verabschieden sich manchmal bei nahen Verwandten, in seltenen Fällen erscheinen sie sogar, indem sie ihren feinstofflichen Körper kurz zur physischen Sichtbarkeit bringen (Apparitionen). Gewisse Wesen tun das sporadisch über eine längere Zeit hinweg (die sog. Geister und Gespenster), und manchmal machen sie sogar mit grotesken Aktionen auf sich aufmerksam (Poltergeister).

Normalerweise verlassen die Seelen der Verstorbenen die astralen Jenseitsbereiche schnell und gelangen in weiterführende Existenzebenen. Einige jedoch bleiben für eine gewisse Zeit in den erdgebundenen Bereichen des „Jenseits", weil sie an den Gegebenheiten ihres letzten Lebens hängen bzw. hängengeblieben sind:

- an ihrem Körper, den sie zurücklassen mussten;
- an alten Umständen (Haus, Familie, Besitztümer);
- an alten Beziehungen (vereinnahmende oder eifersüchtige „Liebe", Hass, Neid, Rachsucht usw.);
- an unverarbeiteten oder grausamen Todesumständen (Tod in einem Zustand des Schocks oder der Panik, z. B. in Kriegen).

Das Phänomen der Geistwesen entdeckte auch Dr. Moody, als er vermehrt auf Menschen stieß, die *lange* klinisch tot gewesen waren (bis zu zwanzig Minuten). Diese Menschen berichteten von einem düsteren Bereich, in dem sich Astralwesen aufhalten, die aus irgendwelchen Gründen nicht über die niedere Astralebene hinauskommen:

> Sie schienen irgendwo dazwischen festzusitzen, weder im Geistigen noch im Körperlichen. Es muss auf einer Zwischenstufe gewesen sein. [...] Es kann sein, dass sie noch Berührungspunkte haben mit der Körperwelt. Sie werden von irgend etwas niedergezogen, denn allesamt schienen sie vornübergeneigt und abwärts zu schauen, hinunter auf die Körperwelt.[17]

> Sie erinnerten mich an Spukgestalten, von denen ich Beschreibungen gelesen hatte. Sie gehörten zu dem durchsichtigen Typ von Gespenstern. Es gab dort, wie es schien, ein ungeheures Gewimmel und Getümmel von diesen Wesen.[18]

Diejenigen, die einen Einblick in diese graue Dimension der Geistwesen bekamen, bestätigten allesamt, dass deren Existenz trostlos ist, aber nicht ewig: „Diese ‚abgestumpften Geister' schienen sich dort nur so lange aufzuhalten, bis sie ihre jeweilige Problematik, ihre besondere Schwierigkeit, die sie in einem solchen Zustand der Verwirrung festhielt, überwunden hatten."[19]

Viele von ihnen versuchten, mit den Menschen Kontakt aufzunehmen. Ein wiederbelebter Mann berichtete zum Beispiel, er habe „irgendeinen ganz gewöhnlichen Mann auf der Straße laufen sehen, und ohne dass es diesem bewusst gewesen wäre, sei einer von diesen bekümmerten Geistern über seinem Kopf einhergeschwebt. [...] Sie wollten sich immer verständlich machen, aber es ging nicht, sie kamen nicht durch. Die Menschen schienen keine Ahnung zu haben von ihrer Existenz."[20]

Das Leben in der feinstofflichen Zwischenwelt ist für Geistwesen sehr leidvoll. Diese „armen Seelen" verspüren noch genau die gleichen Wünsche und Impulse wie vor dem Tod: Hunger- und Durstgefühle, sexuelle Dränge und gegebenenfalls auch Wut, Rachegefühle oder „alte" Süchte. Aber sie haben keine Möglichkeit, diesen Neigungen nachzugehen, denn sie besitzen keinen grobstofflichen Körper mehr. Sie nehmen ihre Triebe viel intensiver wahr, können sich aber nur dann Erleichterung verschaffen, wenn sie sich mit dem Körper eines lebenden Menschen verbinden. Dies ist von Seiten des Geistes immer eine Art von Parasitendasein, denn sie zehren von der Lebensenergie der „Wirtsperson".

Wie sie nach dieser Energie streben, ist unterschiedlich. Einige feinstoffliche Wesen sind ortsgebunden, weil sie derart gelähmt oder gebannt sind, dass sie sich nicht einmal fortbewegen können. Andere Geistwesen irren herum, sind aber relativ harmlos. Wieder andere sind „böse" oder verzweifelt, da sie mit allen Mitteln irgendwie nach Energie jagen. Auf der Suche nach feinstofflicher Nahrung halten sie sich an Orten auf, wo Menschen ihre Energien auf unkontrollierte Weise freisetzen (wie z. B. Kneipen, Drogenorte, Rockkonzerte, Discos und Bordelle), an unreinen Orten (vermodernde Gewölbe, alte Gebäude, schmutzige Toiletten usw.) oder an Orten, wo Tier- oder Menschenblut fließt. An all diesen Orten versuchen sie, die freigesetzten Energien anzuzapfen und sich Zugang zum Energiekörper der anwesenden Menschen zu verschaffen.

„Der Körper ist nicht das wahre Selbst (die Seele). Dass die Seele vom Körper verschieden ist, wird erkennbar beim Schlaf und beim Tod./ Wenn der Körper mit dem Selbst identisch wäre, dürfte er keinem Wandel unterliegen. Die Sinnesorgane, wie das Auge und alle anderen, sind nur Werkzeuge, die Sinneseindrücke vermitteln, sind also nicht die Seele [das bewusste Wesen, das die Sinneseindrücke wahrnimmt]./ Ebenso sind der Verstand und die Intelligenz nicht das Selbst, denn sie sind nur Vermittler, genauso wie eine Lampe für das Licht." (*Agni-Purāṇa* 377.2-4a)

„In der materiellen Welt ist alles vorübergehend, sogar das Gestorbensein. Wenn die Seele den Körper verlässt, geht sie zusammen mit ihren guten und schlechten Karma-Reaktionen in einen neuen Körper ein, ähnlich wie jemand in ein neues Haus zieht, wenn das alte abbrannte." (*Garuḍa-Purāṇa* 2.3.95)

„Alle Lebewesen *(jīva)* sind ewiglich meine Teile. In der materiellen Welt unterliegen sie der Bedingtheit der sechs Sinne, den Geist *(manas)* miteinbezogen [das heißt, sie haben einen grobstofflichen und einen feinstofflichen Körper]./ Die Seele nimmt einen bestimmten Körper an und gibt ihn wieder auf, um einen anderen anzunehmen, und trägt dabei alle feinstofflichen Eindrücke mit sich, so wie die Luft Düfte und Gerüche mit sich trägt./ Der feinstoffliche Körper ist der Faktor, der verursacht, welchen grobstofflichen Körper das Lebewesen bekommt, mit einer entsprechenden Art von Ohren, Augen, Zunge, Nase und Tastsinn. Auf diese Weise genießt es eine bestimmte Auswahl von Sinnesobjekten. [...] Wer wahres Wissen empfangen hat, erkennt, wie die spirituelle Seele [entsprechend der Prägung des feinstofflichen Körpers] immer wieder neue grobstoffliche Körper annimmt." (*Bhagavad-Gītā* 15.7-10)

„Die Geistwesen, die ihre alte Identifikation nicht aufgeben können, kehren an ihre ehemalige Wohnstätte zurück, verharren auf dem Dach und betrachten ihre Familie. Sie verursachen ihren Angehörigen Krankheit und Ängste. [...] Während dieses Wesen sich im Menschenkörper befand, war es seinen Verwandten zugetan. Doch nach dem Tod entwickelt es [wenn es seine alten Identifikationen und Ansprüche beibehält] feindselige Gefühle gegen sie. [...] Im Kali-Yuga werden viele Menschen aufgrund dharma-widriger Handlungen nach dem Tod zu Geistwesen *(pretas)*. Vom Satya-Yuga bis zum Ende des Dvāpara-Yugas gab es keinen Menschen, der ein Preta wurde oder unter dem Einfluss von Pretas litt." (*Garuḍa-Purāṇa* 2.20.8/15/17f.)

„Wer beide Körper [den grobstofflichen und den feinstofflichen] überwindet, findet das wahre Leben." (*Vedānta-Sūtra* 4.1.19)

Quellentexte: Der feinstoffliche Körper und Geistwesen

Eine solche Koexistenz kann sich bei den betroffenen Menschen in unterschiedlichster Form äußern: von einer unbemerkten Begleitung über Unzufriedenheit, Ruhelosigkeit und Süchte bis hin zu Krankheit, Verrücktheit, Epilepsie („Angegriffensein"), Besessenheit und Kurzschlusshandlungen wie Selbstmord, Totschlag oder sexuelle Gewaltakte. Nicht immer, aber sehr oft sind bei solchen Symptomen und Handlungen im Hintergrund feinstoffliche Wesen mitbeteiligt.

Die materialistische Psychologie und Psychiatrie zeichnet sich diesbezüglich durch eine grobe Unwissenheit aus, weil sie den möglichen Einfluss astraler Wesen ignoriert und sogar bestreitet. Dies führt dazu, dass die „Patienten" mit Psychopharmaka behandelt werden, was in vielen Fällen problematisch sein kann. Bei gewissen chemischen Mitteln besteht die Gefahr, dass sie die grobstoffliche *und feinstoffliche* Konstitution des Menschen schwächen, wodurch er der feinstofflichen Beeinflussung nur noch mehr ausgeliefert wird.

Je bewusster ein Mensch lebt, desto weniger kann er astral beeinflusst werden. Wer sich vom Diktat der eigenen Gefühlswallungen, Gedankenflüsse und Triebe befreit und ein Leben der Reinheit und Empathie führt, wird von negativen Wesen vielleicht berührt, aber nie beeinflusst; vielmehr ist ein solcher Mensch stark genug, um mit seiner eigenen Ausstrahlung die dunklen Einflüsse zurückzudrängen und Licht in die Dunkelheit zu bringen.

Astralreisen und Drogen

Nahtoderfahrungen geschehen unverhofft und plötzlich, und so ist es nicht überraschend, dass astral-interessierte Menschen versuchen, außerkörperliche Erfahrungen und paranormale Erlebnisse willentlich, d.h. „künstlich" zu induzieren. Dies kann in einem spiritistischen, schamanischen oder magischen Umfeld geschehen. Es existieren viele „Tricks", über die es möglich ist, den feinstofflichen Körper kontrolliert vom grobstofflichen Körper zu lösen, z.B. durch Fasten und geistige Übungen oder auch durch psychoaktive Substanzen. Durch solche Methoden, so problematisch sie im Einzelnen sein mögen, wird die Erforschung der astralen Welten zu einem wiederholbaren (grenz)wissenschaftlichen Experiment. Einige Menschen verfügen auch spontan – ohne Vorwissen und ohne Schulung – über die Fähigkeit des Astralreisens, wahrscheinlich deshalb, weil sie die entsprechenden Schulungen bereits in einem vorangegangenen Leben absolviert haben.

Menschen mit der Fähigkeit des astralen Reisens wurden auch schon wissenschaftlichen Experimenten unterzogen. Diese bestanden darin, dass sie bestimmte Orte astral besuchen und auskundschaften sollten. Die paranormal begabten Probanden verfielen in einen scheinbar bewusstlosen Zustand und waren danach in der Lage, den besagten Ort mit zahlreichen Details zu beschreiben. Bekannt geworden sind die Untersuchungen von Prof. Hornell Hart von der Duke-Universität und von Prof. Charles Hart, Universität Berkeley.[21]

Astralreisen sind verlockend, da sie aufregende Ausflüge in die weite Welt des multidimensionalen Kosmos versprechen. Sie sind jedoch gefährlich, weil man sich in unbekannte feinstoffliche Hoheitsgebiete begibt. Die Gefahr ist auch groß, dass während der Abwesenheit des feinstofflichen Körpers fremde Astralwesen den „leeren" grobstofflichen Körper besetzen wollen und teilweise sogar Fuß fassen.

Noch gefährlicher sind Astralabenteuer durch natürliche oder chemische Drogen. Bei einem Rauschzustand geschieht Ähnliches wie bei einer Nahtoderfahrung, nämlich dass der feinstoffliche Körper den verletzten (hier: durch Gifte beeinflussten) Körper zeitweilig verlässt. Je häufiger dies vollzogen wird, desto schwieriger wird es, die Verbindung des grobstofflichen und des feinstofflichen Körpers intakt („dicht" und „bündig") zu halten. Wie eine treffende Redewendung sagt: Man ist dann nicht mehr ganz dicht.

Durch Schwachstellen in der Aura kann es feinstofflichen Parasiten gelingen, den Menschen psychisch und physisch zu beeinflussen. Kurzfristig kann sich diese Beeinflussung auch in einer medialen Fähigkeit äußern, die es erlaubt, astrale Wesen zu kontaktieren, Informationen über andere Menschen zu beziehen oder gewisse Ereignisse vorauszusagen. Die Astralwesen, die sich über solche Kanäle Gehör verschaffen, geben sich oft die Namen von hohen Engeln und aufgestiegenen Meistern und verkünden zum Verwechseln ähnliche Lehren, weshalb manchmal auch eine gewisse Anhängerschaft aufgebaut werden kann. (Damit soll jedoch nicht gesagt werden, dass alle medial begabten Menschen unter einem negativen Astraleinfluss stehen. Im Gegenteil: Hellsichtigkeit und Medialität sind natürliche Potentiale des Menschen. Das Problem beginnt dort, wo Menschen versuchen, die Aktivierung dieser Fähigkeiten mit Drogen oder magischen Experimenten zu erzwingen.)

Astralreisen, die durch okkulte Praktiken oder Drogen ausgelöst werden, sind problematisch und gefährlich, aber sie liefern den empirischen Nachweis, dass jeder Mensch zwei materielle Körper hat, einen grobstofflichen und einen feinstofflichen, und dass es parallele Dimensionsebenen gibt. Diese können in experimenteller Wiederholung besucht werden und wurden von vielen Mystikern, Schamanen und Okkultisten auch schon besucht – mit unterschiedlichen Erlebnissen und mit unterschiedlichem Ausgang.

Negative und positive Astralwesen

„Du meinst wohl, es sei etwas ganz Neues und Unerhörtes, was du hier wahrnimmst. Es ist dies so alt wie die Menschheit. Von den Tagen der ersten Menschen bis heute ist die Geisterwelt mit den Menschen in Verbindung getreten, die gute Geisterwelt und freilich auch die böse. [...] Es wird die Zeit kommen, wo auch eure Wissenschaft das Bekenntnis ablegen muss, dass die Geisterwelt, sowohl die gute als auch die böse, in euer Leben und euer Schicksal in der mannigfachsten Weise sichtbar und fühlbar eingreift. [...] Die Geister sind nichts Formloses, wie es in der ganzen Schöpfung nichts Formloses gibt. Sie haben Gestalt und Form und sind trotzdem nicht an Raum und Zeit gebunden wie die materiellen Gestalten."

– Johannes Greber (1932): *Der Verkehr mit der Geisterwelt Gottes*[22]

Die Astralwelten zeichnen sich durch eine Beschaffenheit aus, die unvorstellbar vielfältiger und vielschichtiger ist als die grobstoffliche Welt. Das Jenseits, das bei Nahtoderfahrungen gesehen wird, ist nur einer von zahllosen Bereichen der Astralwelt. Was die Verstorbenen in diesem Bereich erleben, entspricht den göttlichen Gesetzen von Frequenz und Resonanz sowie Aktion und Reaktion. Das Jenseits ist weder positiv noch negativ, sondern ist der Bereich der göttlichen Gerechtigkeit, wo die Weichen für das nächste Leben gestellt werden.

Die Astralwelten jenseits des Jenseits sind bis auf eine bestimmte Stufe gemäß der Dualität in Licht- und Dunkelwelten aufgeteilt. Jenseits dieser Bereiche existiert die Dualität nur noch potentiell, denn dies sind die höchsten Lichtwelten des multidimensionalen Kosmos, die Kausalwelten des Brahmā und der ersten Brahmā-„Generationen".

Sowohl die gottzugewandten als auch die gottabgewandten Wesen wirken auf die untergeordneten Astralbereiche und auf die Menschheit ein: die einen inspirierend, die anderen manipulierend. Letztere versuchen, durch Übergriffe ihren Einfluss – d. h. ihren Energiezufluss – zu vergrößern. Wenn Menschen bzw. „Unmenschen" z. B. Kriege oder Hasswellen schüren, könnte es sein, dass sie in Resonanz mit dunklen Astralwesen stehen und entsprechende Ereignisse inszenieren, um deren Einfluss auf der Erde zu verstärken.

Die Erde jedoch existierte, lang bevor dunkle Einflüsse die irdische physische Ebene erreichten. Der Aufwand, den die negativen Wesen schon seit Jahrtausenden betreiben, um sich auf der Erde Macht und Herrschaft zu verschaffen, zeigt, wie unnatürlich und schöpfungswidrig ihre Unterfangen sind. Bis vor fünftausend Jahren, so erfahren wir aus der vedischen Überlieferung, erschienen die Lichtwesen in besonderen Momenten noch allgemein sichtbar auf der Erde. Mit dem Beginn des Kali-Yugas wurden die Kontakte seltener und für die entsprechenden Menschen auch gefährlicher, da die Gesellschaft solche „Ketzer“, „Falschgläubige“, „Hexen“ usw. oftmals verteufelte und bekämpfte.

Glücklicherweise änderte sich dies vielerorts, und paranormal begabte Menschen müssen nicht mehr mit Inquisition und Verfolgung rechnen. In den vergangenen einhundert Jahren sind viele Männer und Frauen aufgetreten, die mit verblüffenden paranormalen und medialen Fähigkeiten von sich reden machten und auch die Aufmerksamkeit der Wissenschaft auf sich zogen. Im nächsten Kapitel werden einige gut belegte Fälle vorgestellt, und zwar solche, die gleichzeitig auch weitere Einblicke in geheime oder verheimlichte Aspekte der Astralwelten vermitteln.

Kapitel 2

Kontakt mit den unsichtbaren Welten

Die physische Existenz des Menschen und der Erde ist mit verschachtelten feinstofflichen Dimensionen verbunden. Eine dieser Parallelwelten ist jene, in der sich die Verstorbenen nach dem Verlassen ihres grobstofflichen Körpers wiederfinden. Zum Bereich des „Jenseits“ gehören auch die erdnahen Astralbereiche, in denen niederfrequente Geistwesen verharren. Wie in Kapitel 1 beschrieben, leiden solche Wesen unter ihrem körperlosen Zustand und streben danach, mit Menschen in Verbindung zu treten, um sich auf irgendeine Weise mit fremder Lebensenergie zu stärken. Weil sie nur darauf warten, dass sich jemand mit ihnen verbindet, ist es nicht schwierig, solche Wesen medial zu kontaktieren. Der Versuch von Seiten der Menschen, mit erdgebundenen oder erdnahen Astralwesen in Kontakt zu treten, wird *Spiritismus* genannt.

Oberhalb der niederen Astralebenen existieren verschiedenste Hierarchien von mächtigen feinstofflichen Wesen, die in den höheren Dimensionen „geboren“ wurden und dort zu Hause sind. Sie sind deshalb nicht hilflos und haltlos wie die entkörperten Wesen der niederen Astralebenen. Sie sind Meister ihrer Energien und haben eine für die Menschen erstaunliche Macht über die Materie. Die Kontaktaufnahme und Beschwörung dieser mächtigen feinstofflichen Wesen wird *Magie* genannt, im Gegensatz zum *Spiritismus* und *Animismus,* der nur niedere Astralwesen zu kontaktieren vermag.

Wie in Kapitel 2 gezeigt wird, sind seit vielen Jahrzehnten zahlreiche Beispiele von Menschen bekannt, die eine außerordentliche mediale Begabung aufwiesen und diese unter Beweis stellten, wodurch sie demonstrierten, dass astrale Welten und Wesen eine Realität sind. Diese Menschen hatten die schwierige und oft auch undankbare Aufgabe, metaphysische Wahrheiten auf der physischen Ebene nachprüfbar zu machen. Denn die Welt fordert Beweise, aber wenn sie diese dann bekommt, reagiert sie meistens nur mit Ablehnung und Verteidigung des eigenen Weltbildes.

Ist alles Paranormale dämonisch?

Der Übergang von Spiritismus zu Magie ist fließend, weil auch in der Magie öfters auf die Welt der Astralwesen zurückgegriffen wird, sei es, um sich diese Wesen dienstbar zu machen, sei es, um ein okkultes Experiment durchzuführen, z. B. Objektlevitationen („Tischerücken"), Materialisationen oder Informationsbeschaffung mittels eines Ouija-Brettes usw. Hier ist die Grenze zur schwarzen Magie sehr dünn, und es besteht die Gefahr, dass astrale Wesen die Aura der Praktizierenden „anzapfen", dass also eine feinstoffliche Besetzung entsteht. Deswegen ist es verständlich und auch berechtigt, dass vor solchen magischen Aktivitäten gewarnt wird. „Die ich rief, die Geister, werd' ich nun nicht los", lässt Goethe den verzweifelten Zauberlehrling sagen.

Der Kontakt mit den geistigen Welten wäre jedoch für die Menschen etwas Normales, nicht „Paranormales", wenn die Gesellschaft das entsprechende Bewusstsein und Unterscheidungsvermögen fördern würde. Wir sind immer mit höheren Energiefeldern in Kontakt, meistens jedoch unbewusst, weil wir nur die physischen Aspekte der Welt sehen. Jedes Eintauchen in die Natur, jede Begegnung mit Menschen, Tieren und Pflanzen, jedes Wort und jeder Gedanke ist eine Verbindung mit lebendigen Energiefeldern, die zeitlich und räumlich weit über unsere Wahrnehmung hinausgehen. Spirituelle Traditionen arbeiten mit diesen Energiefeldern und wissen um die Mysterien von Symbolen, Synchronizitäten und feinstofflichen Verbindungen.

Ein Beispiel hierfür ist die „Visionssuche" *(Vision Quest)* in schamanischen Kulturen. Menschen mit besonderen Fragen und Anliegen (Stammesälteste, Häuptlinge usw.) oder auch Jugendliche, die eine Einweihung durchlaufen, begeben sich für eine *Vision Quest* für einige Tage allein in die Natur und schaffen sich durch die mystische Ausrichtung ihres Bewusstseins einen heiligen Zeit-Raum, d. h. eine Atmosphäre der inneren Verbundenheit mit dem lebendigen Kosmos. Was in diesen besonderen Tagen und Nächten geschieht – ansonsten normale Ereignisse wie das Erscheinen eines Vogels oder der Ruf eines Tieres oder ein Traum oder ein Gedanke –, hat nun eine „magische" Bedeutung, eben weil durch die Ausrichtung des Bewusstseins (und durch den Segen und die Gebete der Stammesmitglieder) ein heiliger Zeit-Raum, ein Dimensionstor, geschaffen wurde.

Ähnliches können auch moderne Menschen erleben, selbst wenn sie nicht die Möglichkeit oder die Zeit haben, im Stil der Naturvölker einen Retreat zu machen. Auch sie können sich mit diesen höheren Energiefeldern verbinden, um Informationen und Inspirationen zu bekommen: durch Meditation, Gebete und mediale Sensitivität oder mit Hilfsmitteln, wie z. B. Tarot-Karten oder ein Pendel. Entscheidend ist immer die Reinheit der Motivation, verbunden mit der entsprechenden inneren Ausrichtung.

Viele Religionsanhänger behaupten, jede multidimensionale Aktivität (Meditation, Yoga, Astrologie, Medialität usw.) bedeute automatisch Kontakt mit Dämonen und bösen Geistern. Weil sie ein Monopol auf „Offenbarung" erheben, wollen sie den Menschen den selbständigen Kontakt mit der geistigen Welt verbieten. Dabei heißt es auch in der Bibel, dass das Unterscheiden der Geister eine göttliche Geistesgabe ist (1. Kor 12,10). Offensichtlich sind nicht alle „Geister" (Wesen der feinstofflichen Welten) negativ und dunkel. Und in der Bibel finden wir die berühmteste *Vision Quest* der Menschheitsgeschichte: Jesu vierzig Tage in der Wüste.

> Als Jesus [nach der Taufe durch Johannes im Jordan] aus dem Wasser stieg, sah er, dass der Himmel sich auftat und der Geist Gottes wie eine Taube auf ihn herabkam. Und es erklang eine Stimme vom Himmel, die sagte: „Du bist mein Sohn, dir gilt meine Liebe, dich habe ich erwählt."/ Gleich danach führte der Geist Gottes Jesus in die Wüste, und er war vierzig Tage lang in der Wüste, wo er vom Satan in Versuchung gebracht wurde und mit den wilden Tieren lebte, und die Engel Gottes dienten ihm. (Mk 1,10–12)

Die Warnungen vor Magie und geistigen Kontakten sind ernstzunehmen und berechtigt, aber dies sind offensichtlich keine absoluten Verbote. Interessanterweise waren es drei „Weise aus dem Morgenland", die über die Sterne (Astrologie!) als erste von Jesu Geburt erfuhren und die Bedeutung dieses Ereignisses erkannten (siehe Mt 2,1–11). Das Wort, das im Matthäus-Evangelium (2,1) für diese Weisen verwendet wird, ist *mágoi*, „Magier; Gelehrte; Kenner der geheimen Wissenschaften".

Was die Bibel verbietet, ist das Beschwören von Geistern und das Rufen von unsichtbaren Wesen zu selbstischen Zwecken, denn dadurch kommt man unweigerlich in den Einflussbereich dunkler Kräfte. Von Natur aus sind wir jedoch immer mit der inneren Quelle und den Lichtwesen verbunden, und von dort, „aus dem Geist Gottes", dürfen, ja sollen wir Hilfe und Inspiration empfangen: „Verachtet nicht die Worte aus dem Geist Gottes. Prüfet alles, und das Gute behaltet. Und von jeder Art des Bösen haltet euch fern." (1 Thess 5,20–22)

„Verachtet nicht die Worte aus dem Geist Gottes" ist eine allgemeine und universelle Aussage und bezieht sich auf göttlich offenbarte Worte in *allen* Religionen und Traditionen. Mit anderen Worten: Begrenzt den

Geist Gottes nicht auf eure eigene Religion und auf euer eigenes Buch – „und von jeder Art des Bösen haltet euch fern.“ Zu „jeder Art des Bösen“ gehört auch der sektiererische Geist, der die Menschen im Namen von Religion usw. spaltet.

Kurze Darstellung der medialen Arbeitsweisen

Ein Mensch, der in der Lage ist, überirdische Kontakte herzustellen und astrale Wesen durch sich sprechen bzw. wirken zu lassen, wird Medium („Vermittlerperson“) genannt. Es werden grundlegend zwei Kategorien von Medien unterschieden: Trance-Medien und Halbtrance-Medien.

Trance-Medien sind Menschen, die ihr eigenes Bewusstsein aus dem Körper zurückziehen, um ihn einem höherdimensionalen oder körperlosen Wesen zur Verfügung zu stellen. Wenn sich ein unsichtbares Wesen durch dieses geliehene „Instrument“ ausdrückt, verändern sich die Stimme und die Ausdrucksweise des Mediums entsprechend dem Wesen, das sich meldet. Beispiele für Trance-Medien sind Jenseitsmedien und Arztmedien. Letztere verschreiben unter feinstofflicher Führung Heilmittel, geben Ratschläge oder führen Operationen durch – manchmal sogar ohne Instrumente, nur mit bloßen Fingern!

Halbtrance-Medien sind z. B. Schreibmedien, die im Alpha-Zustand Botschaften niederschreiben; Sprechmedien, die in astraler Inspiration oder Kommunikation sprechen; Kunstmedien, die im Stil verstorbener Künstler Gemälde oder Musikstücke schaffen, und physikalische Medien, die sichtbare Phänomene manifestieren, z. B. Erscheinungen von Verstorbenen, Materialisationen oder geistiges Bewegen von Gegenständen.

Neben den Medien, die hauptsächlich mit Verstorbenen Kontakt aufnehmen, verkehren andere Medien telepathisch mit göttlichen bzw. weniger göttlichen Wesen des multidimensionalen Kosmos. Solche „Channelings“ können in Volltrance oder in Halbtrance geschehen. Wie bereits bei den Nahtoderfahrungen ersichtlich wurde, ist die Telepathie (Gedankenübermittlung) in den nichtphysischen Dimensionen eine natürliche, selbstverständliche Art der Kommunikation.

Paranormalen Fähigkeiten beschränken sich aber nicht auf Medialität. Andere paranormale Fähigkeiten bestehen darin, Gedanken zu lesen, entfernte Dinge zu sehen, in geschlossenen Büchern zu lesen, usw.

Das Unsichtbare als konkrete Realität

„Könnten alle Menschen die Scheu vor außergewöhnlichen, noch nicht erklärbaren Sinneswahrnehmungen, wie sie seit Jahrtausenden bekannt und bezeugt sind, ablegen, so würden ungeheure schöpferische Kräfte frei werden. [...] Hundert Jahre intensiver Forschung haben die jahrtausendealte, oft geleugnete und doch nie vergessene Tatsache des Fortlebens allen Lebens für all diejenigen bestätigt, die sich den zahlreichen nüchtern und kritisch erarbeiteten Beweisen ohne Voreingenommenheit näherten.“

– Arthur Ford (1896–1971), eines der bedeutendsten Trance-Medien des 20. Jahrhunderts[23]

Menschen, die medial tätig sind, haben – wie die Menschen in allen Berufen – unterschiedlichste Qualität. Es soll nicht verheimlicht werden, dass alle nachfolgend erwähnten Großmeister der Medialität von gewissen Kritikern als „entlarvt“ bezeichnet wurden. In diesen Fällen waren die Kritiker jedoch von vornherein Gegner jeglicher paranormalen Realität – „weil nicht sein kann, was nicht sein darf“, eine Einstellung, die vorgefassten religiösen oder ideologischen Überzeugungen entsprang. Deshalb sprachen sie von Zaubertricks oder schlichtweg von Betrug, was im Fall der hier angeführten Beispiele angesichts der Fakten aber eine absurde Behauptung ist.

Eines der berühmtesten Medien des 20. Jahrhunderts ist der Amerikaner *Edgar Cayce* (1877–1945). Seine Methode bestand darin, dass er Fragen von hilfesuchenden Menschen beantwortete, indem er sich in einen Trance-Schlaf legte, worauf meist nicht näher identifizierte Wesen durch ihn sprachen. Edgar Cayce (ausgesprochen: *kèyssi*) wurde deshalb auch „der schlafende Prophet“ genannt. Nach dem Erwachen konnte er sich nicht erinnern, welche Fragen gestellt worden waren und was er geantwortet hatte. Er selbst begegnete seiner medialen Fähigkeit, die er bereits als Kind hatte, mit Zurückhaltung und Skepsis und hörte als junger Mann sogar auf, Trance-Sitzungen zu geben, weil vermeintliche Hilfesuchende immer wieder versuchten, die Situation des „schlafenden Propheten“ für eigennützige Zwecke zu missbrauchen, z. B. mit Fragen über Börsenkurse oder wer beim nächsten Pferderennen gewinnen werde.

Nach einigen Jahren (1918) kam es aber zu einer Wende. Sein Sohn erlitt bei einem Unfall eine schwere Augenverletzung, und die Ärzte sagten, die einzige Möglichkeit sei das Herausoperieren des einen Auges. Da führte der verzweifelte Vater als letzte Hoffnung wieder eine Trance-Sitzung durch. Und das Wunder geschah: Edgar Cayce empfing eine Botschaft, die es erlaubte, das Auge des Knaben – entgegen aller Prognosen der Ärzte – vollständig zu retten.

Aus Dankbarkeit entschloss sich Edgar Cayce, diese Hilfe auch wieder anderen Menschen anzubieten, und so führte er im Lauf der nächsten 27 Jahre in seiner Freizeit über 14 000 Trance-Sitzungen durch. Er verlangte nie eine Bezahlung, und er legte größten Wert darauf, die Menschen durch seine Botschaften nicht zu manipulieren. Über die Hälfte seiner Sitzungen waren medizinische Ratschläge, oft mit konkreten Rezepten zur Arzneiherstellung. Die umfangreichen Cayce-Archive in Virginia Beach enthalten Hunderte von dokumentierten Heilungsgeschichten mit Ärzteberichten. Wie konnte Edgar Cayce ohne geringste medizinische Kenntnisse (er war von Beruf Fotograf) in Tausenden von Fällen richtige Diagnosen und genauste Anweisungen zur Herstellung von natürlichen, höchst wirksamen Arzneien geben?

In den Trance-Sitzungen oder *Readings,* wie Cayce sie nannte, wurden aber nicht nur medizinische Ratschläge, sondern auch psychologischer Beistand und Lebenshilfe vermittelt, z. B. bei Berufs- oder Eheproblemen. Die psychologischen Readings waren sehr tiefgründig und erwähnten nicht selten auch Zusammenhänge mit Situationen in früheren Leben der betroffenen Person. Edgar Cayce, Christ und Gegner aller okkulten Praktiken, war bestürzt, als er aus der Trance erwachte und zum ersten Mal von seinen „unchristlichen" Botschaften hörte. Die Reinkarnationslehre war ihm fern und fremd. Aber aufgrund seiner Offenheit und ernsthaften Auseinandersetzung mit dem Thema erkannte er, dass die Perspektive der Reinkarnation nicht im Widerspruch zu den Lehren Jesu steht.

Um auf die tiefenpsychologischen Wurzeln eines Problems hinzuweisen, offenbarten die Trance-Botschaften manchmal Informationen aus mehreren vergangenen Leben der ratsuchenden Person. Die Angaben konnten dabei zehn- bis hunderttausend Jahre in die Vergangenheit zurückgehen – und wovon sprachen die Botschaften? Von Höhlenbewohnern und alten Naturvölkern? Ja, aber auch von Hochkulturen wie Ägypten, Atlantis und Lemurien – und von einer geistigen Herkunft des Menschen. Manchmal, aber ziemlich selten, sprach er auch über Entwicklungen und Ereignisse in der Zukunft.[24]

Als Edgar Cayces Ruhm wuchs, kamen auch hochstehende Persönlichkeiten aus politischen, wirtschaftlichen und kulturellen Kreisen zu ihm und wurden genauso empfangen wie die einfachen Menschen, die Rat suchten. Ihm ging es nur um das Wohl des jeweiligen Menschen, egal ob dieser berühmt oder nicht berühmt war. Eine öffentliche oder offizielle Anerkennung war nicht seine Ambition, und deshalb kam es nie zu einer wissenschaftlichen Untersuchung seiner Fähigkeiten.

Aber auch die Wissenschaft und die Öffentlichkeit kamen nicht umhin, sich mit der Herausforderung durch das Paranormale zu beschäftigen. Dafür „sorgte" Cayces Landsmann *Arthur Ford* (1896–1971), der gerade darin seine Lebensaufgabe sah: die Erbringung des experimentellen Beweises für das Weiterleben der Seelen nach dem Tod, was auch die Existenz astraler Welten miteinschließt.

Arthur Ford, Kind einer frommen Schifferfamilie aus Florida, Soldat im Ersten Weltkrieg und danach für eine gewisse Zeit christlicher Pastor, besaß umfassende mediale Fähigkeiten, die er in sich selbst mit Erstaunen entdeckte. Die Geistlichen, die er aufsuchte, waren allesamt verwirrt und rieten entweder zu frommer Buße oder zu Teufelsaustreibung. Erst der indische Heilige Paramahansa Yogananda konnte dem jungen Arthur Ford weiterhelfen und gab ihm Hinweise, wie man mit solchen Fähigkeiten richtig umgeht.

Ford reiste nach Indien, was zu einem Schlüsselereignis in seinem Leben wurde: „Schlagartig kam mir dort zu Bewusstsein, dass Weisheit auch in anderen Kulturen entstehen kann als in derjenigen, in die ich zufällig hineingeboren war – eine Kultur, die, wie ich nun erkannte, in mancher Hinsicht erstaunlich primitiv war. [...] Wenn Gelehrte und Wissenschaftler gezielter darauf hinarbeiten würden, die fruchtbare Verbindung zwischen Wissenschaft und Religion aufzuzeigen, könnte dies das Ende der Frustration bedeuten, der Millionen von Menschen heute in einer den Materialismus überbewertenden, technologisch zersplitterten Welt ausgesetzt sind."[25]

Nach der Rückkehr aus Indien begann Arthur Ford mit ersten Vortragsreisen und öffentlichen Auftritten als Volltrance-Medium, wodurch er sehr schnell großes Aufsehen erregte. Über seine damaligen Erfahrungen mit der jenseitigen Welt berichtet er folgendes: „Je mehr ich meine Jenseitskontakte intensivierte und je sicherer ich gegenüber meinen Zuhörern wurde, desto mehr meldeten sich zu Wort: aus dem Publikum und aus der anderen Welt. Es gab unter den Verstorbenen nicht nur jene Schwierigen, die in Ruhe gelassen werden wollten, sondern auch solche, die es gar nicht erwarten konnten, mit den Lebenden ins Gespräch zu kommen. Manchmal hatte ich den Wunsch, die große Zahl Verstorbener, die auf mich eindrangen, zurückzuhalten. Es sprachen zu viele zur gleichen Zeit, und es entstand ein heilloses Durcheinander. Es müsste eine Methode oder irgendein Wesen geben, dachte ich, das eine Reihenfolge der Übermittlung herstellen könnte. Ich wollte nicht nur immer denjenigen, der sich am lautesten meldete, herannehmen. Ich brauchte so etwas wie einen Ordner, einen ‚Moderator'.“[26]

Im Jahr 1924 meldete sich dann ein jenseitiges Wesen, das von nun an Fords „Kontrollgeist“ sein sollte: „Wenn Ford aufwacht, dann sagt ihm, dass ich von nun an sein Partner sein werde und dass ich mich Fletcher nenne.“ Er nannte den Namen, den er zu Lebzeiten gehabt hatte, sowie viele nachprüfbare Details, bestand jedoch auf einer Geheimhaltung vor der Öffentlichkeit, damit die ehemaligen Familienmitglieder nicht gestört würden. Fletcher brüstete sich nicht mit einer spektakulären Identität: „Arthur Ford ist ein Landsmann von mir und ein Altersgenosse. In unserer Kindheit wohnten wir nicht weit voneinander entfernt. [...] Bei Kriegsausbruch meldete ich mich freiwillig und fiel an der belgischen Front [...] Sie können das alles nachprüfen.“[27]

Zwischen Arthur Ford und Fletcher entwickelte sich eine harmonische Beziehung. Für die restlichen Lebensjahre, fast ein halbes Jahrhundert, war Ford vielfach unterwegs – in Amerika, Europa und Australien –, um sich jedem noch so kritischen und skeptischen Publikum zu stellen. Dazu gehörten Ärzte und Theologen, Wissenschaftler und Psychologen, Kriminalisten und Journalisten, die verschiedenste Untersuchungen und Prüfungen durchführten. Ford war zu allen Schikanen bereit, einfach um den materialistisch voreingenommenen Menschen eine Chance zu geben, ihr beschränktes Weltbild zu hinterfragen. Er erlaubte sogar, dass man ihn während Trance-Sitzungen mit Nadeln stach, damit die Skeptiker sich überzeugen konnten, dass er nicht nur eine Show machte. Aber er spürte nichts und wachte nicht auf.

Ford konnte unter allen Umständen – in privaten Kreisen, vor großem Publikum, vor laufenden Fernsehkameras – auf Wunsch in Trance gehen, worauf sein Leitgeist Fletcher die Szene übernahm und sich an das Publikum wandte. Er beantwortete Fragen oder identifizierte anwesende Individuen, indem er Wesen aus dem Jenseits dolmetschte oder sie selbst zu Wort kommen ließ. Dabei änderte sich Fords Stimme, so dass die angesprochenen Personen nicht nur die Informationen, sondern auch die Stimme als echt erkannten. Die Séancen wurden anfänglich mitstenografiert und in den späteren Jahren auf Tonband aufgenommen.

Aus der Fülle von schicksalhaften Ereignissen und Begegnungen seien hier zwei typische Beispiele angeführt: Einmal beschrieb Fletcher einen jungen Mann, der sich im Publikum befinden müsse. Es machte den Anschein, dass ein verstorbener Vater sich an seinen Sohn wenden wollte. Als die Details zu offensichtlich wurden, erhob sich ein junger Mann und rief empört: „Offenbar meint das Wesen mich! Aber ich bin nicht sein Sohn. Mein Vater sitzt hier neben mir!" Fletcher, der durch Ford sprach, verstummte irritiert. Hatte ihn sein jenseitiger „Studiogast" reingelegt? Da stand der als Vater bezeichnete Mann auf und sprach verlegen: „Mein Sohn, ich habe es bis heute nicht übers Herz gebracht, dir die Wahrheit zu gestehen, aber nun musst du es wissen: Deine Eltern sind ums Leben gekommen, als du noch ein kleines Kind warst. Wir haben dich adoptiert. Derjenige, der von ‚drüben' mit dir sprechen wollte, ist tatsächlich dein Vater. Ich habe ihn gut gekannt."[28]

Das zweite Beispiel ist die Journalistin und Autorin Ruth Montgomery (1912 - 2001). Sie war eine Skeptikerin und wollte alle Hellseher, Magier und Trance-Medien als Betrüger entlarven, so auch den berühmten Arthur Ford. Sie besuchte ihn überraschend nach einem Vortrag und stellte sich als die Entlarverin und Kultgegnerin Ruth Montgomery vor. Ford reagierte nicht etwa erschrocken, sondern fragte lächelnd, ob sie gern Fletcher kennenlernen möchte. Was Ruth an diesem Abend und in den nachfolgenden Begegnungen hörte und erlebte, überzeugte sie und veränderte ihre Weltsicht von Grund auf. Fletcher und die Jenseitigen lieferten eine solche Fülle von nachprüfbaren, unbekannten Details, dass der skeptischen Materialistin keine andere Erklärung mehr blieb, als die Realität von medialen Informationen und Kontakten zu akzeptieren. Sie wurde zu einer aktiven und gewissenhaften Berichterstatterin über parapsychologische Phänomene, und ihre Bücher erlangten hohe Auflagen; einige wurden auch ins Deutsche übersetzt.

In ihrem Buch *A Search for the Truth* erwähnt sie die Geschichte ihrer Begegnung mit Arthur Ford. Sie testete Ford nicht nur als Trance-Medium, sondern auch als Medium für Psychometrie (Hellsehen durch Berühren von Gegenständen): „Obwohl Ford hauptsächlich als Trance-Medium und weniger als Psychometrie-Medium tätig war, gab ich ihm einmal eine Taschenuhr und fragte ihn, ob er mir etwas über den Besitzer sagen könne. Er hielt die Uhr ein paar Minuten zwischen den Händen, und dann begann er sich die Arme zu massieren, als ob sie ihn schmerzten. ‚Die Uhr gehört Ihrem Vater', sagte er. ‚Er litt an Schmerzen, die von seinen Schultern bis in seine Hände gingen. Ich spüre seinen Schmerz.' Es war tatsächlich so, wie Ford sagte: Als mein Vater älter wurde, stand er nachts des öfteren auf und ließ sich heißes Wasser über die Arme laufen, um die schrecklichen Schmerzen zu lindern, die die Ärzte nicht heilen konnten. Da dies nur im engsten Familienkreis bekannt war, konnte Ford es unmöglich auf gewöhnlichem Weg erfahren haben."

Durch Arthur Ford wurden übersinnliche Kontakte mit Verstorbenen Gegenstand wiederholbarer und nachprüfbarer Experimente. Während fünfzig Jahren machte er präzise Aussagen über Tausende von Menschen, die er nie gekannt hatte und von denen er nicht wissen konnte, dass sie im Publikum auftauchen würden. Er enthüllte verblüffende Details, die nur die betreffenden verstorbenen Personen wissen konnten. Oft kannten auch die fragenden Personen diese Details nicht und mussten Nachforschungen anstellen, um herauszufinden, ob die von Ford erwähnten Sachverhalte den Tatsachen entsprachen – was ausnahmslos der Fall war. Es ist unmöglich, dass Ford während Jahrzehnten all diese Informationen heimlich im Voraus ermittelte, wie gewisse Kritiker behaupteten,[29] oder sie aus den Gedanken des Gegenübers las. Während diese Informationen übermittelt wurden, war Ford ohnehin in Trance und nahm nichts und niemanden wahr, weshalb er nach dem Erwachen auch nie wusste, was er bzw. Fletcher gesagt hatte.

Ein anderer Vorwurf lautete manchmal, seine Angaben seien zwar richtig, aber banal und belanglos. Ford stritt das auch nicht ab und wies darauf hin, worum es in seinen Auftritten ging: unwiderlegbar zu beweisen, dass hier ganz bestimmte verstorbene Personen aus dem Jenseits sprechen. Die vielen haarspalterischen Details seien notwendig, um die skeptischen und argwöhnischen Menschen eines materialistischen Zeitalters zu überzeugen. Sobald Durchsagen philosophisch oder religiös würden, seien sie nicht mehr konkret überprüfbar, und die Skeptiker würden einwenden: „So etwas kann jeder sagen." Deshalb konzentrierten sie sich auf Details, die nicht jeder, sondern eben nur eine ganz bestimmte – verstorbene! – Person wissen konnte. Auf diese Weise waren die Banalitäten nicht mehr Banalitäten, sondern Beweise für die Weiterexistenz der Seelen nach dem Tod und Beweise für die Realität der unsichtbaren Welten.

Nicht Fords oder Fletchers Unfähigkeit, sondern die Voreingenommenheit der Kritiker verunmöglichten Durchsagen mit spiritueller Bedeutung. Ford betont: „Immer wieder hat sich erwiesen, dass dann, wenn ein Vertrauensverhältnis hergestellt war, auch Botschaften von größerer Wichtigkeit, ja von außerordentlicher Tragweite zu uns kamen."[30]

Fords Beweise für das Weiterleben der Seelen nach dem Tod waren für Hunderttausende von Menschen überzeugend. Aber die Herrscher der Welt leiten dieses Wissen weder an die Schulen noch an die Massenmedien weiter und bauen es auch nicht in die Gesellschaft ein. „Ich habe in mehr als vierzig Jahren rund achttausend Séancen abgehalten, und die fähigsten und hartnäckigsten Wissenschaftler dreier Generationen haben mein Wirken und mich selbst unzählige Male unter die Lupe genommen. Sie haben Elektronengeräte eingesetzt und Detektive [...]. Sie haben getestet und analysiert, was es zu testen und zu analysieren gab, und am Ende haben sie auch das Faktum der aufgetretenen Phänomene bestätigt – geklärt und als realen Sachverhalt in unseren Wissenskatalog aufgenommen haben sie es noch nicht."[31]

Ein Medium, das die Dunkelmächte durchschaute

Einer der bedeutendsten Meister der magischen Wissenschaft des 20. Jahrhunderts ist heute weitgehend unbekannt, aber nicht, weil er unbeachtet oder unseriös gewesen wäre, sondern weil seine Biografie in vieler Hinsicht sehr brisant ist. Die Rede ist vom tschechischen Magier *Frabato,* der mit bürgerlichem Namen Franz Bardon hieß und schon in jungen Jahren seine Fähigkeiten öffentlich unter Beweis stellte. Er war ein Magier und nicht einfach ein Zauberkünstler. Diese beiden Kategorien sollten nicht gleichgesetzt oder verwechselt werden. Zauberkünstler arbeiten mit Kunstgriffen und Illusionen, mit denen sie dem Publikum scheinbar magische Vorgänge vorspielen, wohingegen ein Magier mit höherdimensionalen Energien und evtl. auch mit astralen Wesen arbeitet, also echte magische Wunder vollbringt.

Frabato stammte aus einer einfachen Arbeiterfamilie, war aber schon als junger Mann ein meisterhafter Magier. Wie war das möglich? Diese Frage ist eng mit seiner rätselhaften Biografie verbunden. Franz Bardon (1909–1958) sagte nämlich über sich selbst, er habe 1923 den Körper eines todkranken Vierzehnjährigen übernommen, denn eine normale Geburt bringe ein Vergessen der bereits angeeigneten Fähigkeiten mit sich und sei zeitaufwendig – und damals habe die Zeit zu sehr gedrängt. Viktor Bardon, der esoterisch veranlagte Vater des jungen Franz, hatte sich danach gesehnt, einen Lehrer zu finden, um mehr über die Wahrheiten von Gottes Schöpfung zu erfahren. Das Gebet des Vaters und die Notwendigkeit der eigenen Inkarnation, so erklärte Frabato, hätten dazu geführt, dass er – mit höherer Erlaubnis – in den Körper des jungen Franz Bardon eingegangen sei, als dieser im Sterben lag. Damals war die Kindersterblichkeit sehr hoch. Von Viktor Bardons zwölf Kindern erreichten nur fünf das Erwachsenenalter, wobei das Überleben des Franz an ein

Wunder grenzte. Franz lag sterbend darnieder, gewann jedoch plötzlich seine Lebenskräfte zurück und wurde wieder gesund. Er blieb aber für Krankheiten anfällig, hatte einen geschädigten Stoffwechsel und wurde später übergewichtig.

Skeptische Kritiker weisen diese Geschichte der Körperübernahme (heute ist dieses Phänomen als *Walk-In* bekannt) als Humbug zurück. Böse Zungen behaupten sogar, dies sei für Franz Bardon nur eine Ausrede gewesen, um sein Kettenrauchen und Kaffeetrinken zu rechtfertigen. Denn er sagte, er tue dies, um der Last des Bardon-Körpers entgegenzuwirken, da die Unterfunktion der Schilddrüse eine konstante Müdigkeit erzeugte. Zudem muss auch erwähnt werden, dass er mehrere Male für ein ganzes Jahr keine einzige Zigarette rauchte, um das Rauchen nicht zu einer Sucht werden zu lassen. Trotz seiner physischen Beschwerden schlief er nur wenige Stunden pro Tag und absolvierte als Familienvater, Heiler, Magier, Forscher und Autor ein intensives Tagespensum.

Tatsache ist, dass sich im Leben des vierzehnjährigen Franz Bardon nach der Genesung eine drastische Änderung vollzog. „Durch seine Veränderungen im Charakter sowie auch in der Schrift waren alle seine Lehrer überrascht. Sein Vater hat in ihm dann den eigenen Guru erkannt, den ihm die Göttliche Vorsehung geschickt hatte. Bald äußerten sich bei ihm auch die hellseherischen Fähigkeiten. Er wurde bekannt in der näheren und weiteren Umgebung", schreibt Dr. Lubomir Bardon, Franz Bardons Sohn, in der Biografie über seinen Vater.[32]

Franz Bardon war noch keine zwanzig Jahre alt, als er in seiner Heimat und in Deutschland als Magier bekannt wurde. Er trat mit seinen aufsehenerregenden Fähigkeiten an die Öffentlichkeit, um die Menschen auf die Realität höherer Energien und Wesen aufmerksam zu machen. Angesichts der spannungsgeladenen Zeit, in der sich der Zweite Weltkrieg anbahnte, erwähnte Frabato warnend, dass die dunklen Mächte ebenfalls mit magischen Praktiken arbeiten, jedoch auf eine missbräuchliche Weise, um die Menschheit neben allen korrupten Machenschaften zusätzlich auch noch durch astrale Einflüsse zu manipulieren.

Frabato konnte Gedanken lesen, anhand von Gegenständen Aussagen über deren Besitzer machen, er beherrschte die Fernwahrnehmung und konnte Gegenstände materialisieren und zum Verschwinden bringen. Er löste Spontanheilungen aus und ließ Verstorbene durch sich hindurch sprechen. Diese Leistungen sind nicht sehr gut dokumentiert, aber seine Biografie beweist, dass die Augenzeugen mit ihren Berichten nicht übertrieben. Er wurde mehrere Male von den Nazis verhaftet, geheime Logen wurden auf ihn aufmerksam, letztlich sogar der „Führer" persönlich. Hitler, der bekanntlich mit okkulten Gesellschaften in Verbindung stand, erkannte die hohe Macht des Franz Bardon und umwarb ihn buchstäblich, indem er ihm hohe Ämter in der Regierung und andere Verlockungen anbot. Franz Bardon, der das wahre Gesicht dieses Regimes erkannte, lehnte jegliche Mitarbeit ab, bis Hitler beschloss, ihn mit Gewalt gefügig zu machen. Im Jahr 1941 wurde er von den Nazis verhaftet und in Gefangenschaft schlimmen Folterungen und Demütigungen ausgesetzt. Als keine Methode nützte, um Bardons Willen zu brechen, wurde er entlassen, in der Hoffnung, dass er seinen Verletzungen erliegen werde. Hitler fühlte sich von Bardon durchschaut, schreckte aber offensichtlich davor zurück, ihn ermorden zu lassen, wahrscheinlich, weil er ihn im Diesseits „festhalten" und überwachen wollte und immer noch hoffte, ihn zu „gewinnen".

Kurz vor Ende des Krieges wurde Frabato wiederum verhaftet, und dieses Mal wurde er zum Tode verurteilt, doch bevor das Urteil vollstreckt werden konnte, wurde das Konzentrationslager bombardiert. Frabato wurde von Mitgefangenen befreit und konnte fliehen.[33]

Besitzlos und von Krankheit gezeichnet, kehrte er in seine Heimat, die Tschechoslowakei, zurück. Nachdem er sich etwas erholt hatte, begann er, als Heilpraktiker zu arbeiten, wurde aber noch im selben Jahr wegen Ärztemangels in den Staatsdienst einberufen und als Leiter eines Krankenhauses eingesetzt. Neben neuen öffentlichen Erfolgen als Magier machte er auch als Heiler auf sich aufmerksam, weil er sogar Menschen mit „unheilbaren" Krankheiten heilte.

Ein bemerkenswertes Detail aus dieser Zeit: Wie wir von Lubomir Bardon erfahren, hing in Franz Bardons Arbeitszimmer ein Bild von Mahā-Lakṣmī, dem Mutteraspekt Gottes in der altindischen (vedischen) Offenbarung. Es ist erstaunlich, dass jemand in der sozialistischen Tschechoslowakei Anfang der 1950er Jahre ein solch weitreichendes Wissen (und ein solches Bild!) besaß.

Aufgrund seiner hellsichtigen Fähigkeiten machte Bardon auch heikle Aussagen über gewisse Hintergründe des Zweiten Weltkrieges: wer hinter Hitler stand, welche unsichtbaren Mächte in diesem Krieg wirkten, usw. Er verfasste drei wichtige Werke über Magie und Kabbala[34] mit detaillierten und komplizierten Beschreibungen der Ritual- und Evokationsmagie in Verbindung mit den positiven Wesenheiten der Astralwelt. Bardon betont in seinen Werken, dass nur wenige Individuen fähig sein werden, dieses Wissen theoretisch zu verstehen und praktisch anzuwenden, aber er offenbare es auf höhere Verfügung dennoch, um die Öffentlichkeit zu informieren und aufzuklären. Auf diese Weise verriet er indirekt auch die geheimen Riten der okkulten Logen, warnte eindringlich vor solchen Machenschaften und schilderte nachdrücklich, was das Schicksal jener Menschen ist, die sich aufgrund von Machtinteressen auf Pakte mit negativen Astralwesen einlassen.

1958 wurde Franz Bardon erneut verhaftet. Unter dem Vorwand der „illegalen Arzneiherstellung" kam er in Untersuchungshaft. Nach vier Monaten Haft starb er unter dubiosen Umständen. Seine Familie durfte den Leichnam nicht sehen. Alles, was sie bekam, war ein plombierter Sarg, der schnell und ohne Aufsehen begraben werden musste.[35]

Jenseitsforschung und ignorierte Erkenntnisse

„Viele Jahrhunderte lang wurde die Erforschung dieser [übersinnlichen] Phänomene durch bestimmte gesellschaftliche Gruppen verhindert. Weil man befürchtete, das Volk könnte Dinge erfahren, die nicht für seine Ohren bestimmt waren? Oder weil man für die eigenen Doktrinen fürchtete, die angesichts neuer Erkenntnisse verblasst wären?

Eines ist sicher: Wer die Wahrheit als höchstes Gut ansieht, der wird der Suche nach der Erkenntnis kein Hindernis in den Weg legen, unabhängig davon, ob es sich bei dem angestrebten Wissen um physikalische Aspekte des Universums oder um geistige Zusammenhänge handelt."

– Rosemary Brown, eines der bedeutendsten Jenseitsmedien des 20. Jahrhunderts[36]

Bereits in der zweiten Hälfte des 19. Jahrhunderts entstanden erste wissenschaftliche Vereinigungen, die trotz der Widerstände von kirchlicher und gesellschaftlicher Seite den Mut fassten, spiritistische und paranormale Phänomene ernsthaft zu untersuchen. Einer der Pioniere auf diesem Gebiet war Dr. Frederic Myers (1843 - 1901), Dozent für Altphilologie an der Cambridge-Universität. 1883 gründete er zusammen mit dem bekannten Cambridge-Professor Henry Sidgwick (1838 - 1900) die Gesellschaft für Parapsychologie *(Society for Psychical Research, SPR),* die heute noch besteht. Sidgwick war der erste Präsident dieser Gesellschaft. Nach seinem Tod im Jahr 1900 übernahm Myers sein Amt.

Frederic Myers versuchte, parapsychologische Phänomene möglichst kritisch zu untersuchen, wurde dabei aber auch von einigen spiritistisch und medial arbeitenden Personen getäuscht. Zudem hatte er mit Skeptikern zu kämpfen, die bestrebt waren, alles Nichtmaterialistische zu diskreditieren und pseudokritisch zu zerreden. Myers sammelte viele Berichte über Apparitionen, Jenseitskontakte und sonstige Hinweise auf die Realität der feinstofflichen Welten. Sein zentrales Anliegen war die Frage, ob ein Leben nach dem Tod faktisch nachweisbar ist. Als die Zahl der bezeugten Fälle von astralen Phänomenen und Jenseitskontakten in die Hunderte ging, akzeptierte er das von allen Religionen und mystischen Traditionen schon immer bestätigte Weiterleben nach dem Tod als Tatsache und stellte die nächste Frage: *Welche Bedingungen und Gesetze herrschen in den feinstofflichen Welten?* Als echter Wissenschaftler wollte er dies persönlich erforschen und nahm sich vor, seine Arbeit über den Tod hinaus fortzusetzen – er wusste ja, dass das Weiterleben nach dem Tod auch für ihn eine Realität sein würde.

Sein zweibändiges Werk *Human Personality and Its Survival of Biological Death* gelangte erst nach seinem Tod zur Veröffentlichung.* Aber mit diesem Meilenstein der Parapsychologie war sein Lebenswerk noch lange nicht abgeschlossen! Einige Jahre nach seinem Tod meldete sich Dr. Myers wieder – und zwar auf eine ausgeklügelte Weise, die seinen eigenen ehemaligen Ansprüchen genügen musste. Er meldete sich bei Schreibmedien in Amerika und Europa, die sich gegenseitig nicht kannten, und gab ihnen immer nur Bruchstücke von Texten. Die Fragmente ergaben erst dann Sinn, wenn man sie nach einem ganz bestimmten Code zusammensetzte. So ging es fünfundzwanzig Jahre lang! Jedes der übermittelten Fragmente wurde von Dr. Myers aus dem Jenseits schreibmedial signiert, und die Unterschriften waren bei all den verschiedenen Medien immer gleich.[37]

Über dieses langjährige interkontinentale Puzzlespiel entstanden mehr als eintausend handschriftliche Seiten mit anspruchsvollen Beschreibungen der jenseitigen Welten. Er machte dabei keinen Hehl daraus, dass er sich nicht auf der höchsten jenseitigen Stufe befand und daher nur aus einer begrenzten Perspektive sprechen konnte.

> Nach zwanzig Jahren „jenseitiger Jenseitsforschung" konzipierte Myers die sieben Hauptstadien des Lebens nach dem Tode [...]. Stufe Eins bezeichnet den Augenblick des Todes. Stufe Zwei ist der Zustand des Individuums unmittelbar nach dem Hinübergang. Myers bezeichnet diese Phase wechselweise als „Zwischenregion" und „Hades". Diese Stufe ist kurz und wird

* Als diese zwei Bücher 1961 neu aufgelegt wurden, schrieb der Schriftsteller Aldous Huxley das Vorwort. Huxley wurde vor allem durch sein dystopisches Buch *Schöne neue Welt* bekannt.

> durch den Eintritt in eine stabilere Welt, die „Region der Illusion" (Stufe Drei), abgelöst. Es folgt Stufe Vier, die „Region der Farbe" oder die „Welt des Eidos" genannt. Hochqualifizierte Seelen dürfen dann in die „Region der Flamme" oder die „Welt des Helios" (Stufe Fünf) aufsteigen. Die Stufen Sechs und Sieben, „Region des Lichts" und „Zeitlosigkeit", sind von so vollendeter spiritueller Natur, so nahe dem Gipfel der göttlichen Kreativität, dass keine Worte sie zu beschreiben vermögen. [...] „Ich bin bisher nur bis zum Eidos, der Stufe Vier, gelangt", schrieb Myers durch die Hand von Miss Cummins, „mein Wissen ist deshalb leider begrenzt."[38]

Dr. Myers beschrieb in seinen Abhandlungen auch die Telepathie, die Reinkarnation und die verschiedenen Stufen der Evolution des Bewusstseins sowie die Vielfalt der höheren Lebensformen im multidimensionalen Kosmos. Der jenseitige Frederic Myers sah auch die verheerenden Folgen des Materialismus voraus, die sich mittlerweile Schlag auf Schlag einstellen:

> „Niemand vermag das Geheimnis der Zukunft ganz zu erfahren", schrieb Myers [aus dem Jenseits, ca. 1930]. „Aber die Seelen, die in Eidos [Stufe Vier] weilen, vermögen nebelhaft die Richtung des menschlichen Denkens zu sehen und infolgedessen zukünftige Entwicklungen vorauszusagen." Die eigenen diesbezüglichen Beobachtungen erregten seine große Besorgnis: „Ich bitte die heutigen Männer und Frauen inständig, das menschliche Wesen nicht als Maschine zu betrachten. In dem rastlosen Lärm all jener monströsen Räder und Rädchen, die unsere heutige Zivilisation unaufhörlich in Bewegung halten, bleibt wenig Muße und Ruhe für stille Betrachtung oder philosophische Meditation, aus denen alles wahre Wissen entspringt. Welch düsteres Geschick erwartet die Kinder der Zukunft, wenn sie jener seelenlosen Kreatur, der Maschine, der letzten, vollendeten Verkörperung des Gottes ‚Materialismus', zum Opfer fallen!"[39]

Diese Warnung aus dem Jenseits sollte spätestens heute angesichts der Gefahren durch die globale Digitalisierung (totalitäre Machtstrukturen) ernst genommen werden, sonst wird die Warnung zu einer erfüllten Prophezeiung. Aber kehren wir zurück zu den Pionierinnen und Pionieren der Parapsychologie, die schon früh den Weg für eine Erweiterung der wissenschaftlichen und religiösen Denkstrukturen bereiteten.

Eines der bekanntesten Phänomene, das in vielen Situationen kritisch geprüft und untersucht wurde, war Gladys Osborne Leonard (1882–1968). Sie war übersinnlich hochbegabt und war – wie Arthur Ford – ein Trance-Medium mit feinstofflicher Verbindungsperson im Jenseits. Bei ihr war dies ihre Ururgroßmutter namens Feda, eine amerikanische Ureinwohnerin. Frau Leonard erbrachte unter minuziös kontrollierten Umständen wiederholt den Beweis für die tatsächliche Existenz jenseitiger

Welten und telepathischer Kräfte – und das bereits in den ersten Jahrzehnten des 20. Jahrhunderts.[40]

Berühmt wurde sie als telepathisches Medium. Sie ließ sich sogar auf das Experiment ein, in geschlossenen Büchern zu lesen. Diese Fähigkeit war leicht zu prüfen und ließ nicht viele Tricks offen, und Frau Leonard nahm willig an zahlreichen Experimenten teil, um ihre Fähigkeit des Fernlesens unter Beweis zu stellen.

Im *Journal of the Society for Psychical Research* wurden viele Berichte über die Experimente mit Gladys Osborne Leonard veröffentlicht. Das Aufsehen, das sie erregte, rief auch notorische Skeptiker aufs Feld, die ihr „Diagnosen" wie z. B. eine gespaltene Persönlichkeit erstellten. Gerade beim Fernlesen unterliefen ihr des öfteren Fehler, aber eigentlich müsste nur schon das richtige „Lesen" eines einzigen Satzes als Beweis für eine telepathische Fähigkeit angesehen werden. Die Skeptiker jedoch – und auch pseudokritische Parapsychologen – konzentrierten sich nur auf ihre Fehler.* Was sie über Gladys Osborne Leonard sagten, gilt heute weitgehend als abschließendes Urteil. Wer jedoch die originalen Berichte liest, erkennt sehr schnell, warum Frau Leonard damals eine solch große Aufmerksamkeit auf sich zog. Der bekannte Reinkarnationsforscher Prof. Ian Stevenson nennt sie „eines der besten und am besten untersuchten Medien aller Zeiten".[41]

Reinkarnation: ewige Seele in der vergänglichen Welt

Die bisher erwähnten Beispiele aus der Parapsychologie und Sterbeforschung weisen alle auf die Existenz von astralen Welten und Wesen hin. Weitere wichtige Beiträge zur Ergründung des Geheimnisses von Leben und Tod bekommen wir aus der Reinkarnationsforschung.

Innerhalb der Polarität der materiellen Welt sind auch die Pole „Leben" und „Tod" nur relative Begriffe. In Wirklichkeit sind wir weder jung noch alt, weder „lebendig" noch „tot", sondern *ewig*. Das bedeutet: Wir leben nach dem Tod des gegenwärtigen Körpers weiter und haben schon vor der Geburt des gegenwärtigen Körpers gelebt. Dieser Kreislauf von

---

* Dieser negative Trend blieb nicht ohne Folgen. Eines der berühmtesten Mitglieder der *Society for Psychical Research*, der Sherlock-Holmes-Autor Sir Arthur Conan Doyle, verließ die die SPR kurz vor seinem Tod im Jahr 1930 zusammen mit 83 weiteren Mitgliedern, weil sie alle der Ansicht waren, den leitenden Wissenschaftlern der SPR gehe es nicht mehr um eine neutrale Untersuchung parapsychologischer Phänomene, sondern nur noch um deren Widerlegung und Ablehnung.

„Bist du dein Kopf? Bist du dein Bauch? Bist du deine Füße? Oder gehören sie dir? Du bist verschieden von all diesen äußerlichen Teilen. O König! Denke gründlich und ernsthaft darüber nach, wer du bist!" (*Agni-Purāṇa* 380.37-38a)

„Tod bedeutet, dass die Seele den Körper verlässt. Der Körper stirbt, doch die Seele stirbt nie." (*Chāndogya-Upaniṣad* 6.11.3)

„So wie der Raum in einem Krug unberührt an derselben Stelle bleibt, auch wenn der Krug bewegt wird – denn *der Krug* wird bewegt und nicht der Raum –, und wie der Raum im Krug unberührt bleibt, selbst wenn der Krug zerbricht, so bleibt auch die Seele immer unberührt bestehen." (*Brahma-Bindu-Upaniṣad* 13)

„Für die Seele gibt es weder Geburt noch Tod. Sie ist nicht entstanden, entsteht nicht und wird nie entstehen. Sie ist ungeboren, ewig, immerwährend und urerst. Sie stirbt nicht, wenn der Körper stirbt." (*Bhagavad-Gītā* 2.20)

„Das, worauf das Bewusstsein im Moment des Todes gerichtet ist, wenn man den Körper verlässt, bestimmt den Ort, wo man hingeht, denn das Bewusstsein prägt das Dasein *(tad-bhāva-bhāvitaḥ).*" (*Bhagavad-Gītā* 8.6)

„Diejenigen, die in *sattva-guṇa* (Resonanz von Tugend/Reinheit) leben, gehen nach dem Tod auf eine höhere Daseinsebene. Diejenigen, die in *rajo-guṇa* (Resonanz von Leidenschaft/irdischer Identifikation) leben, bleiben in den mittleren Welten [in den physischen Welten „zwischen" den Lichtwelten und den dunklen Welten], und diejenigen, die den verderblichen Tätigkeiten des *tamo-guṇa* nachgehen, gehen nach unten [verlieren ihren gegenwärtigen Status]." (*Bhagavad-Gītā* 14.18)

„Ein schlafender Mensch, der sich selbst im Traum sieht, identifiziert sich mit seinem Traum. Ebenso identifiziert man sich im Wachzustand mit dem gegenwärtigen Körper und ist nicht in der Lage, die früheren oder zukünftigen Leben zu sehen." (*Śrīmad-Bhāgavatam* 6.1.49)

„Die Identifikation mit dem Körper ist die Ursache für all die Schmerzen und Probleme, die der Mensch erfährt, denn diese existieren nur in Bezug auf den grobstofflichen und den feinstofflichen Körper [und nicht in Bezug auf unser wahres, spirituelles Wesen]./ Denke deshalb tiefgründig über die Stellung des Ātmā nach und versuche zu verstehen, was Körper, was Geist und was Seele ist. Auf diese Weise wirst du die Dualität überwinden und auch die Illusion zu glauben, etwas Vergängliches sei ewig. Du wirst Ausgeglichenheit, Furchtlosigkeit und Zufriedenheit erlangen." (*Śrīmad-Bhāgavatam* 6.15.25-26)

Quellentexte: Wir sind nicht der Körper (Reinkarnation)

Geburt und Tod wird *Reinkarnation* (Wiederverkörperung) oder *Seelenwanderung* genannt.

Die Perspektive der Reinkarnation wird verhüllt durch die Tatsache, dass es den Menschen normalerweise nicht möglich ist, sich an frühere Leben zu erinnern. Das hat gute Gründe, denn könnten wir uns an frühere Leben erinnern, würden diese Erinnerungen als lebendige Bilder das gegenwärtige Leben überlagern, und wir wären aufgrund der vielen gleichzeitigen Identifikationen buchstäblich ver-rückt. Mit der neuen Geburt bekommen wir jedoch die Gelegenheit, im wahrsten Sinn des Wortes „ein neues Leben" anzufangen. Für das Leben in der Gegenwart ist es nicht erforderlich, die früheren Leben bewusst zu kennen, denn die Umstände des gegenwärtigen Lebens entstehen aus der Summe aller vorangegangenen Existenzen und stellen deren natürliche Fortsetzung dar. (Aber nicht alles, was den Menschen zustößt oder angetan wird, ist „selbstverschuldet", d. h. verursacht durch eigene frühere Aktionen. Wer das meint, missversteht das Karma-Gesetz, siehe S. 115.)

Wenn wir als spirituelle Individuen (Seelen) Teile des Ganzen sind, bedeutet dies, dass wir ewig sind, weil das Ganze (Gott) ewig ist. Das wiederum bedeutet, dass der Anfang unseres gegenwärtigen Körpers nicht der Anfangs unseres Seins ist und der Tod des Körpers nicht das Ende. Dass dem so ist, wird durch verschiedenste Indizien und Zeugnisse bestätigt:

- durch göttliche Offenbarungen in allen Kulturen, durch die spirituellen Kernaussagen aller Religionen, durch das Wissen der alten Mysterienschulen und indigenen Traditionen;
- durch persönliche Erfahrungen und Erkenntnisse zahlloser Menschen innerhalb und außerhalb der oben genannten Schulen und Traditionen in der Vergangenheit und Gegenwart;
- durch spiritistische, magische und mediale Phänomene, insbesondere mediale Kontakte mit dem Jenseits;
- durch Astralreisen und außerkörperliche Wahrnehmung des multidimensionalen Kosmos;
- durch Nahtoderfahrungen als heute bekannteste Form einer Astralreise bzw. außerkörperlichen Erfahrung;
- durch bewusste Reinkarnationserinnerungen, insbesondere Kinder, die sich an frühere Leben erinnern;
- durch Rückführungen (im Wachzustand, in Halbtrance oder unter Hypnose) und die vielen Heilerfolge der Reinkarnationstherapie und verwandter Formen der Psychologie;[42]

- Xenoglossie: das Phänomen, dass Menschen, die in Hypnose in ein früheres Leben zurückgeführt werden, plötzlich Dialekte oder Sprachen sprechen, die sie im gegenwärtigen Leben nie gelernt haben, manchmal auch tote Sprachen wie Altgriechisch, Latein oder Altägyptisch, manchmal sogar nicht mehr identifizierbare Sprachen.[43]

Neben der Xenoglossie sind die Fälle von Kindern, die sich an ihr früheres Leben erinnern, am eindrücklichsten, denn diese Erinnerungen sind spontan und natürlich – und nicht „künstlich“ induziert wie bei Hypnose-Sessions. Aber beide Arten von Erinnerungen bestätigen dasselbe: die Realität der Reinkarnation. Die Kinder beschreiben viele nachprüfbare Details und erkennen bei einer Gegenüberstellung die damaligen Verwandten und Bekannten wieder, oft mit der Angabe von weiteren Details.[44] Im Verlauf des Heranwachsens verblassen diese Erinnerungen in den meisten Fällen, denn mit dem Erreichen der Pubertät ist der Vorgang der Inkarnation (die Verbindung der Seele und des feinstofflichen Körpers mit dem grobstofflichen Körper) abgeschlossen, und man ist „endgültig“ in der Materie „angekommen“.

Die Tatsache, dass die meisten dieser Kinder ihre Erinnerung an das vorangegangene Leben im Lauf weniger Jahre verlieren, widerlegt auch das Gegenargument, das besagt: Wenn Kinder sich an das Leben einer verstorbenen Person erinnern, dürfe man daraus nicht den Schluss ziehen, das Kind und diese Person seien dieselbe Seele; es spreche vielmehr der Geist dieser verstorbenen Person durch das Kind oder ein Dämon, der die verstorbene Person imitiere. Wäre dies der Fall, läge eine Art von Besessenheit oder Fremdbestimmung vor, und das wiederum würde bedeuten, dass das Bewusstsein und die Ausdrucksweise dieser Kinder sich während des Sprechens verändern müsste. Hinzu kommt, dass Geister und „Dämonen“ ihre Opfer nie freiwillig loslassen. Die Kinder erinnern sich jedoch *bei normalem Bewusstsein* an ihr früheres Leben, und die Erinnerungen entschwinden auf natürliche Weise, ohne Probleme, ohne Komplikationen – und ohne Exorzismus. Was diese Kinder sagen, ist im Prinzip ja auch nichts Besonderes, sondern entspricht dem, was große Heilige, Mystiker und Philosophen schon seit Menschengedenken formulieren: dass die Seele unsterblich ist und während ihres Daseins in der materiellen Welt verschiedene Leben durchläuft.

Wissen und Gewissheit

Wer bereit ist zu lernen und aus diesem Grund aufrichtig nach Wissen sucht, wird es finden – mit Details und Beweisen. Gott und die Götter verlangen nicht, dass wir blind etwas glauben. Wer experimentelle Beweise fordert, bekommt sie, denn sie existieren, wie die hier angeführten Beispiele zeigen (und es gäbe Tausende von anderen, die man genauso gut anführen könnte).

Auf die Gefahr, dass man sich durch Jenseitskontakte mit den feinstofflichen Sphären verstricken kann, wurde in diesem Kapitel mehrere Male hingewiesen. Wer das göttliche Wissen über die Ewigkeit der Seele verinnerlicht hat, braucht keine Jenseitskontakte, keine parapsychologischen Experimente und auch keine Hypnosesitzungen als Beweis. Wird das Wissen um die höheren Dimensionen und die Reinkarnation jedoch verfälscht, unterdrückt oder sogar bekämpft, dann sind diese parapsychologischen Techniken und Forschungen eine legitime Methode, um aus eigener Kraft wieder zu diesem Wissen vorzudringen. Ebenso können Jenseitskontakte vielen Menschen in der heutigen Zeit echten Trost spenden und zugleich ein tiefgehendes unvergessliches Erlebnis vermitteln.*

Heute haben wir in unseren Breitengraden glücklicherweise die Freiheit, derartige Forschungen durchzuführen und das über lange Zeit ideologisch verbotene Wissen wieder zu aktivieren. Denn die Welt der Menschen ist direkt mit den feinstofflichen Ebenen vernetzt. Nichts in der grobstofflichen Welt – weder in der Natur noch in unserem Körper, noch

---

* Eines der aktivsten und erfolgreichsten Jenseitsmedien der Gegenwart ist der Amerikaner Matt Fraser (geb. 1991). Er hat indianische Wurzeln und sah schon als Kind feinstoffliche Wesen, aber er unterdrückte diese angeborene Fähigkeit zuerst. Heute sagt er oft: „Ich war wie der Bub im Film *The Sixth Sense*." Er arbeitet nicht in Tieftrance, sondern spricht aus seinem (para)normalen Tagesbewusstsein heraus. Mit 21 Jahren veröffentlichte er sein erstes Buch, *The Secrets to Unlocking Your Psychic Ability* (2012). Sein Erfolg als Jungstar mit öffentlichen Auftritten, TV-Interviews usw. provozierte sehr bald auch Kritiker (und Neider), die beweisen wollten, dass diese Jenseitskontakte nur Bluff seien und auf „Cold Reading" beruhen, d.h. Interpretation der äußeren Erscheinung und der Körpersprache der angesprochenen Person. Matt Fraser erwähnt jedoch in seinen öffentlichen Auftritten, auch vor Kamera, immer konkrete Details, die unmöglich durch Cold Reading zu erkennen wären. Zudem sind viele der Angesprochenen sogleich zutiefst berührt und emotionell bewegt, weil sie – selbst wenn sie anfänglich skeptisch waren – intuitiv spüren und erkennen, dass hier tatsächlich die besagte verstorbene Person zu ihnen spricht.
YouTube-Kanal „Matt Fraser": youtube.com/user/SimplyPsychic/videos

im Weltgeschehen – geschieht unabhängig und zufällig (ohne Ursache). Die grobstoffliche Materie allein hat keine unabhängige Existenz und kann aus sich selbst heraus keine kreative Dynamik erzeugen. Hinter allen grobstofflichen Erscheinungen und Vorgängen wirken feinstoffliche Einflüsse und bewusste Impulse. Dieser Schlüssel zur materiellen Existenz ist das Thema von Kapitel 3.

Kapitel 3

Die Wirkung der feinstofflichen Energien auf das Grobstoffliche

Alle Vorgänge in der Materie folgen Naturgesetzen. Nichts geschieht unabhängig. Hierin sind sich alle einig. Unterschiede zeigen sich jedoch in der Erklärung, *wovon* die Vorgänge in der Materie abhängig sind. Einige sind der Ansicht, alles sei mit dem Wirken der physikalischen Gesetze erklärbar; auch die organischen und psychischen Lebensvorgänge seien nur Funktionen der Materie. Dieser Glaube wird *Materialismus* genannt. Andere widersprechen dieser Ansicht: man dürfe Lebensvorgänge nicht auf körperliche Mechanismen beschränken; ein Lebewesen sei mehr als nur ein physischer Körper.

Die Konsequenzen dieser unterschiedlichen Weltanschauungen sind gewaltig. Diejenigen, die nur an die Materie glauben, halten sich selbst für die Herren der Materie, weil sie jenseits des Wahrnehmbaren nichts und niemanden sehen. Sie meinen, um etwas in der Welt zu verändern, müsse man das Materielle verändern. Diese Geisteshaltung zeigt sich besonders deutlich in der wissenschaftlichen Forschung. Die Wissenschaftler und ihre Sponsoren wollen wissen, was die Materie „im Innersten zusammenhält", um dadurch Macht über die Materie zu erlangen. Die Technik, die mit dieser Mentalität entwickelt wird, dient in der praktischen Anwendung vor allem der Kontrolle und Unterdrückung der Menschheit, wobei auch der technomagische Aspekt (Wirkung dieser Technik auf das menschliche Bewusstsein) nicht zu unterschätzen ist. Wir erinnern uns, was der junge Goethe schon ca. 1775 seinen „Doktor Faust" im berühmten Eröffnungsmonolog sagen ließ:

Mich plagen keine Skrupel noch Zweifel,
Fürchte mich weder vor Hölle noch Teufel –
[...] Drum hab' ich mich der Magie ergeben,
Ob mir durch Geistes Kraft und Mund
Nicht manch Geheimnis würde kund;
Daß ich erkenne, was die Welt
Im Innersten zusammenhält [...]

„Atom“ und „Individuum“

„Was die Welt im Innersten zusammenhält“: Gesucht wird schon seit Jahrhunderten die kleinste Einheit, aus der die Materie besteht: das Unteilbare (griechisch: *átomos*).

Auf der Suche nach dem Unteilbaren zeichnet sich jedoch eine ernüchternde Erkenntnis ab, nämlich dass es diese kleinste Einheit nicht gibt. Materie entpuppt sich in ihren innersten Strukturen als Energie, die sich endlos wandelt. Die scheinbar kleinsten Partikel zerfallen innerhalb von Milliardstelbruchteilen einer Sekunde, das heißt, sobald man sie dingfest machen will, nehmen sie andere Formen an. Man kann sie nicht isolieren. Sie sind Teile des Ganzen und lassen sich nicht vom Ganzen trennen.

Gesucht wird das, was unteilbar ist: das Atom. Was bisher als „Atom“ bezeichnet wurde, hat sich als teilbar erwiesen, ist also nicht *átomos.* Materielle Größen sind immer teilbar. Das Unteilbare ist demnach selbst nicht materiell. Es ist *spirituell.*

Materie besteht nicht aus irgendwelchen atomaren Bauklötzchen, die man wie Lego-Steine zusammenstecken kann. Dies geht auch direkt aus den ursprünglichen Begriffen hervor: Was im Griechischen *átomos* genannt wird, heißt im Lateinischen *individuum!** Was die Materie im Innersten zusammenhält und formt, ist das Unteilbare, das *individuum, átomos,* im Sanskrit *ātmā:* die spirituelle Seele, das bewusste Individuum. „Unteilbar“ bedeutet *ewig* und *unvergänglich,* denn würde es irgendeinmal vergehen und zerfallen, wäre es nicht unteilbar.

Allein schon vom Wort *átomos* lässt sich ableiten, dass alle materiellen Lebensformen im Innersten von spirituellen Seelen (Individuen) zusammengehalten werden. Wenn der Körper beim Tod die Verbindung zu diesem Innersten verliert, zerfällt die Form. Das gilt für alle Arten von Körpern: mikrobische, pflanzliche, tierische, menschliche, kosmische („Himmelskörper“). Auch Planeten, Sonnen usw. sind beseelt. Hinter allen Formen und Vorgängen in der sichtbaren Welt wirken bewusste Impulse und entsprechende feinstoffliche Einflüsse. Immer ist es das Bewusstsein von Individuen, das die feinstofflichen Informationsfelder programmiert. Mit *Bewusstsein* ist die Energie der Seele gemeint: Über das Bewusstsein „informiert“ die Seele den feinstofflichen Körper, der seiner-

---

* Individuum: Das Wort ist eine Entlehnung des 16. Jahrhunderts aus dem gleichbedeutenden mittellateinischen Wort *individuum* < lat. *individuum*, „das Unteilbare“, das als Lehnübersetzung von griech. *átomos* mit verneinendem *in-* zu lat. *dividere* („trennen; zerteilen“) gebildet ist. (aus: Duden 7, *Das Herkunftswörterbuch*)

seits zur Matrix des grobstofflichen Körpers wird. Dieser Körper kann ein „Himmelskörper" sein oder ein individueller Körper (beim Menschen) oder ein Kollektivfeld von Lebewesen (Mikroben, Pflanzen, Tiere). So wie die Seele eines Menschen Billionen von Zellen beseelt und koordiniert, so können feinstoffliche Schöpferwesen als „Gruppenseelen" ihre jeweiligen Gruppen von Tieren oder Pflanzen beseelen und koordinieren (Näheres zur Theorie der „Gruppenseelen" in Kap. 9). Weil alle Individuen für sich einmalig und einzigartig sind, sind auch alle grobstofflichen Körper einzigartig und nie völlig gleich – bei den Menschen sowieso, aber auch bei den Tieren und Pflanzen bis hin zu den Mikroben.

Wie die feinstoffliche Energie die grobstoffliche Materie formt

Der feinstoffliche Körper ist ein hochsensibler Empfänger und reagiert auf jeden Bewusstseinsimpuls mit einer entsprechenden Formung und Färbung. Der feinstoffliche Körper wirkt über den Vitalkörper („Ätherkörper", S. 21) auf den grobstofflichen Körper ein. Die Verbindung bzw. Überlappung des Vitalkörpers mit dem feinstofflichen Körper wird „Aura" genannt. Hellsichtige Menschen können die Form und Farbe der Aura sehen und daraus wichtige Informationen beziehen („die Aura lesen"). Es ist auch möglich, sich anbahnende physische Probleme und Krankheiten zu erkennen. Die Aura-Hellsichtigkeit kann auch technisch „imitiert" werden, wie wir dies z.B. in der Bioresonanz-Therapie und in der Informationsmedizin sehen. In diesen umstrittenen Forschungsbereichen wurden unterschiedlichste Apparate und Computersysteme entwickelt, wie Operon, Etascan, TimeWaver usw., die den Vitalkörper des Menschen scannen und die dadurch erhaltenen Informationen diagnostisch und therapeutisch auswerten.

Die Wirkung des feinstofflichen Körpers ist nicht auf ein einziges Menschenleben beschränkt. Wenn ein Mensch stirbt, das heißt, wenn die Seele den Körper verlässt, löst sich die Verbindung von Körper-Geist-Seele auf, und was bleibt, ist die Entität von Geist-Seele. Der feinstoffliche Körper („Geist") ist der Informationsträger, der die inhaltliche Kontinuität der verschiedenen physischen Inkarnationen ermöglicht. Er ist das „Missing Link" der Seelenwanderung. Folgendes Beispiel kann dies illustrieren:

Prof. Ian Stevenson (S. 68, Anm. 44) machte bei seiner langjährigen Untersuchung von Kindern, die sich an ihr vorangegangenes Leben erinnern, eine aufschlussreiche Beobachtung. Häufig kam es vor, dass Kinder erzählten, sie seien in ihrem letzten Leben ermordet worden, und viele dieser wiedergeborenen Ermordeten wiesen eine verblüffende Gemeinsamkeit auf: An der Stelle, wo die Person durch Stiche oder Schüsse tödlich verletzt worden war, hatten sich im neuen Körper *Muttermale* gebildet! Wie ist es möglich, dass Merkmale des abgelegten grobstofflichen Körpers bis ins nächste Leben erhalten bleiben und dort im neuen Körper sichtbare Spuren herausbilden?

Wenn sich das Bewusstsein des Opfers im Moment der Ermordung schlagartig auf die tödliche Wunde konzentriert, entsteht durch diesen Schmerz und Schock im feinstofflichen Körper an derselben Stelle ein Brennpunkt von geballter Mentalenergie. Auf diese Weise überträgt sich die grobstoffliche Verletzung auf den feinstofflichen Körper und wird dort gespeichert. Geht dieses Wesen dann in einen neuen Körper ein, verbinden sich die Seele und der feinstoffliche Körper mit der befruchteten Eizelle, worauf gemäß dem feinstofflichen Informationsfeld die Form des grobstofflichen Körpers gebildet wird. So kommt es, dass sich an der besagten Stelle eine geballte Wucherung von Pigmentzellen abzeichnet. (Das bedeutet allerdings nicht, dass jedes Muttermal eine tödliche Wunde aus dem letzten Leben anzeigt.)

An diesem extremen Beispiel verrät die Natur dem aufmerksamen Beobachter ihr wichtigstes biologisches Geheimnis: Die grobstofflichen Formen bilden sich gemäß der Matrix des feinstofflichen Körpers. Die feinstoffliche Energie programmiert die grobstoffliche Materie und bestimmt, welche Formen sie hervorbringt. Das Feinstoffliche formt das Grobstoffliche!

Dieses Prinzip ist bei allen biologischen Vorgängen wirksam: bei der Fortpflanzung, beim Wachstum, bei der Regeneration, konstant bei jeder Zell- und Organtätigkeit, usw. Dies geschieht auf solch selbstverständliche und natürliche Art und Weise, dass es kaum jemand als wundersame Wirkung wahrnimmt. Manchmal jedoch übernimmt die feinstoffliche Energie derart radikal das Steuer, dass die grobstoffliche Form buchstäblich mitgerissen wird. Dann lenkt die feinstoffliche Energie den Körper nicht mehr, wie gewöhnlich, gemäß den Gesetzen der grobstofflichen, sondern gemäß den Gesetzen der *feinstofflichen* Dimension. Und in dieser haben geistige Impulse eine sofortige Wirkung!

Hier einige markante Beispiele für eine sofortige oder schnelle Wirkung des Feinstofflichen auf das Grobstoffliche:

Positive geistige Impulse (Geistheilungen): Die Wirkung des Bewusstseins auf den Körper wird durch Spontanheilungen und Wunderheilungen offenkundig. Wenn ein Mensch durch Erkenntnis und Inspiration („Gnade") negative Gedankenmuster überwindet, bedeutet dieses neue Selbst- und Gottvertrauen eine Durchlichtung des feinstofflichen Körpers, was direkt in die Physis strahlt und Wunder bewirken kann. So geschah es schon oft und geschieht es auch heute: Blinde sehen, Lahme gehen, Krebszellen bilden sich zurück, Krankheiten verschwinden „spontan".

In einem biblischen Ausmaß zeigte sich das Phänomen der Geistheilung durch das Wirken von Bruno Gröning (1906–1959), der nach dem Zweiten Weltkrieg in Deutschland an die Öffentlichkeit trat. Tausende von Menschen strömten zu ihm, es geschahen zahllose Heilungen und Fernheilungen. Wie Bruno Gröning betonte, war diese Wirkung nicht von seiner physischen Präsenz abhängig. Die Heilungen geschahen auch nach seinem Verscheiden und geschehen bis zum heutigen Tag, mit zunehmend globaler Reichweite. In seiner Nachfolge wurde 1992 die „Medizinisch-wissenschaftliche Fachgruppe" des Bruno-Gröning-Freundeskreises gegründet, eine weltweite Verbindung von mehreren hundert Ärzten, die alle Heilungen, die gemeldet werden, untersucht und dokumentiert. Mittlerweile sind es weit über zehntausend.[45]

Heilungen ereignen sich auch an heiligen Orten rund um die Welt. Ein berühmtes Beispiel für eine solche Wunderheilung ist der Fall von Vittorio Michelli aus dem Jahr 1962. Er litt an einem fortschreitenden Sarkom-Knochenkrebs in der Hüfte. Die Knochen bildeten sich zurück und zerfielen in eine weiche Masse. Seine Ärzte prognostizierten seinen baldigen Tod. Vittorio Michelli pilgerte als letzte Hoffnung zur Heilquelle des Maria-Heiligtums in Lourdes (in den französischen Pyrenäen). Als er mit dem Wasser in Berührung kam, empfand er auf der Stelle ein ungeahntes Wohlgefühl. Lebenskraft kehrte in seinen vom Tod gezeichneten Körper zurück, und bei der nächsten Röntgenaufnahme stellten die Ärzte eine wundersame Veränderung fest: Der Tumor hatte sich verkleinert, und die Hüftknochen bildeten sich wieder nach! Vittorio besuchte Lourdes noch mehrere Male, und die Ärzte verfolgten die Heilung Schritt für Schritt mit Röntgenbildern. 1969 war Vittorio wieder ein gesunder Mann mit vollständig regenerierten Knochen.[46]

Die Beispiele von Spontanheilungen und Geistheilungen sind zahllos, viele von ihnen sind auch wissenschaftlich dokumentiert. Wunderheilungen geschehen jedoch schon seit Jahrhunderten und Jahrtausenden:

„‚Sei getrost, meine Tochter. Dein Glaube hat dich gerettet!' Und die Frau war von jener Stunde an gesund." (Mt 9.22)
„Siehe, du bist gesund geworden. Sündige nicht mehr, damit dir nicht noch Schlimmeres widerfährt!" (Joh 5.14)
„Ändert euer Leben! Gott will jetzt seine Herrschaft aufrichten und sein Werk vollenden!" (Mt 4.17)

Placebo-Effekt: Wenn jemand glaubt, ein wirksames Medikament bekommen zu haben, kann sich eine Heilung oder eine Besserung des Gesundheitszustandes einstellen, obwohl faktisch bloß eine wirkungslose Attrappe verabreicht wurde. Solche Placebo-Effekte sind jedoch beschränkt und können in keiner Weise die vielen bezeugten Wunderheilungen erklären. Der Begriff *Placebo* kommt aus dem Lateinischen und bedeutet als positiver Glaubenssatz „es wird mir nützen". In Anlehnung an diesen bekannten Begriff wurde in letzter Zeit auch der Begriff *Nocebo* geprägt („es wird mir schaden"). Dies führt uns zur nächsten Kategorie von Beispielen, die zeigen, wie geistige Impulse auf die Materie, insbesondere den eigenen Körper, wirken können.

Negative emotionale und mentale Impulse: Die Schulmedizin hat den Begriff „psychosomatische Krankheiten" geprägt, der besagt, dass problematische psychische Faktoren physische (somatische) Krankheitssymptome auslösen können. Dieses Prinzip kann in Form des Nocebo-Effekts sehr tragische Formen annehmen, was von der Schulmedizin weitgehend verkannt oder sogar geleugnet wird. Wenn die Ärzte Diagnosen wie z. B. „Krebs" oder „Sie haben noch sechs Monate zu leben" aussprechen, erschrecken die betroffenen Menschen buchstäblich *zu Tode!* Die meisten sterben dann auch – ohne die Kraft, den Willen oder den Glauben, mit anderen Heilmethoden das „Todesurteil" überwinden zu können. Sie sterben also nicht so sehr wegen der Krankheit, sondern wegen ihres *Glaubens* an die Krankheit ...

Der Nocebo- wie der Placebo-Effekt geben direkte Einblicke in die feinstofflichen Wurzeln unserer psychosomatischen Strukturen. Was bei diesen Effekten unbewusst negativ bzw. positiv wirkt, kann auf *eine bewusste Weise* positiv gelenkt werden. Die theoretischen Grundlagen dazu erarbeitete Dr. Bruce Lipton, einer der Pioniere des neuen Forschungszweiges namens Epigenetik. Sein grundlegendes Buch zu diesem Thema (erschienen 2005) hat den Titel *Biology of Belief – Unleashing the Power of Consciousness, Matter and Miracles,* wörtlich „Die Biologie des Glaubens – Wie man die Kraft des Bewusstseins, der Materie und der Wunder freisetzt/entfesselt". Titel der deutschen Ausgabe: *Intelligente Zellen – Wie Erfahrungen unsere Gene steuern.*

Hypnotische Veränderung des Bewusstseins: Die Materie ist keine isolierte oder unabhängige Substanz, sondern eine multidimensionale Energie. Was wir wahrnehmen, ist abhängig vom Zustand unseres Bewusstseins. Dies kann leicht durch eine hypnotische Veränderung des Bewusstseins nachgewiesen werden: Wenn man einem hypnotisierten Menschen suggeriert, man lege ihm eine glühende Münze in die Hand, entwickelt sich auf der Handfläche eine Brandblase![47] Die feinstoffliche Vorstellung genügt, um eine grobstoffliche Reaktion auszulösen.

Die hypnotische Wirkung auf das Bewusstsein kann sogar noch weitergehen: Suggeriert man einer hypnotisierten Person, ein Brett sei für sie unsichtbar, dann nimmt sie dieses Brett nicht mehr wahr. Wenn man dahinter z. B. eine Armbanduhr verbirgt, sieht die hypnotisierte Person nicht das Brett, sondern die Uhr und kann die Uhrzeit ablesen. Die hypnotisierte Person blickt durch die Materie hindurch![48]

Einmal mehr zeigt sich, dass es nicht nur *eine* objektive Realität gibt. Das, was als „objektiv" bezeichnet wird, auch das wissenschaftlich Objektive, ist immer subjektiv und relativ. Denn materielle Gegenstände sind keine absoluten Objekte. Auf der nuklearen Ebene sind sie flexible Energiemuster mit unendlichem Potential zu neuen Formen. Zudem sehen materielle Objekte aus höheren Ebenen des multidimensionalen Kosmos ganz anders aus als für uns auf der Erde.

Leben ohne Nahrung: Eine nochmals andere Wirkungsweise der feinstofflichen Energien zeigt sich bei Menschen, die in der Lage sind, ohne Nahrung zu leben. Solche Mystikerinnen und Mystiker können die feinstofflichen Lebensenergien direkt in ihre Physis absorbieren. Zwei bekannte Beispiele aus Mitteleuropa sind der Schweizer Nationalheilige Niklaus von Flüe („Bruder Klaus", 1417-1487), der im Buch *Gott und die Götter* in einem prophetischen Zusammenhang zitiert wird, und die stigmatisierte Therese Neumann („Resl von Konnersreuth", 1898-1962). Sie nahm während der letzten sechsunddreißig Jahre ihres Lebens weder Nahrung noch Getränke zu sich (außer der Hostie der täglichen Kommunion). Sie erlebte an jedem Freitag in visionären Bildern die Leiden Jesu, sprach in Trance manchmal Aramäisch (Xenoglossie, siehe S. 68) und materialisierte an ihrem Körper die Wunden Jesu. Durch diese Wunden verlor sie viel Blut, aber sie gewann nach kurzer Zeit auf unerklärliche Weise ihre Vitalität und ihr Normalgewicht zurück – ohne Nahrung oder Flüssigkeit zu sich zu nehmen! Sie war eine stämmige und bodenständige Frau, packte bei vielen Arbeiten mit an, machte Krankenbesuche, beriet Menschen, usw. Die Nahrungslosigkeit, die sich bei ihr seit Ende 1926 eingestellt hatte, wurde untersucht und überwacht – und vielfach bestätigt. Aber schon bald verbreiteten feindselige Personen Verleumdungen. Ab 1933 kamen auch das Nazi-Regime und dessen Presse hinzu. (Der Chefredakteur der Tageszeitung *Münchner Neueste Nachrichten,* Fritz Gerlich, der über Therese Neumann sachlich positiv schrieb, wurde bereits 1934 im KZ Dachau hingerichtet.) Ab 1927 und vor allem nach dem Ende des Zweiten Weltkriegs kamen Tausende von Menschen nach Konnersreuth, 1935 auch Paramahansa Yogananda.[49]

In der heutigen Zeit ist das Phänomen „Leben ohne Nahrung" ein sehr kontroverses Thema, einerseits, weil dadurch das materialistische Weltbild in Frage gestellt wird, andererseits auch, weil Mitte der 1990er Jahre eine gefährliche Methode der „Lichtnahrung" bekannt wurde, propagiert durch die Australierin Ellen Greve (geb. 1957) alias Jasmuheen. Sie wollte zeigen, dass die Lichtnahrung nicht auf einige wenige Heilige beschränkt ist, sondern systematisch erlernt werden kann: zuerst durch gezielte Vorbereitungen (vegane Ernährung und geistige Ausrichtung) und dann durch einen intensiven Startkurs von drei Wochen ohne Nahrung und Trinken. Dadurch wurde es tatsächlich möglich, dass einige Menschen während Monaten oder sogar Jahren nur noch von Wasser lebten. Gleichzeitig wurden auch Berichte von Menschen bekannt, die Schäden erlitten, anscheinend kam es sogar zu Todesfällen. Sehr bald lehrte Jashmuheen auch „Sanfte Wege zur Lichtnahrung".[50]

So problematisch dieser 21-Tage-Prozess ist, so zeigt er doch, dass es grundsätzlich möglich ist, direkt aus der Lebensenergie (Prāṇa) zu leben. Alle, die dem Jashmuheen-Weg folgten, gaben die Lichtnahrung früher oder später wieder auf, aber diese zum Teil Jahre dauernden Selbstexperimente führten zu einigen eindrücklichen Erfahrungsberichten.[51]

Ein wissenschaftlich begleitetes Experiment mit Lichtnahrung machte der Chemiker Dr. Michael Werner (geb. 1949), Anthroposoph und für einige Jahre Chemielehrer an einer Waldorfschule. 2005 veröffentlichte er das Buch *Leben durch Lichtnahrung – Der Erfahrungsbericht eines Wissenschaftlers.* 2004 willigte er ein, sich von Ärzten der Universität Bern zehn Tage lang untersuchen zu lassen. Dazu begab er sich in ein abgeschlossenes Zimmer der Intensivstation des Inselspitals Bern und nahm nur Wasser und kalorienfreien Tee zu sich. Während dieser zehn

Tage nahm er 2,6 kg ab, weshalb die Ärzte den Schluss zogen, dass hier keine Lichtnahrung vorliege, sondern ein normaler Fastenvorgang. Die Skeptiker veröffentlichten daraufhin Artikel mit Schlagzeilen wie „Schweizer Lichtesser entlarvt". Die plausible Erklärung von Dr. Werner, dass diese körperliche Reaktion auf die Isolation, die fehlende Natur und die trockene Luft des geschlossenen Zimmers zurückzuführen sei, wollten die Skeptiker weder in Betracht ziehen noch wahrhaben.

Ebenfalls in anthroposophischen Kreisen tätig ist Judith von Halle (geb. 1972), von Beruf Architektin, die sagt, seit der Karwoche 2004 hätten sich bei ihr die Wundmale Christi entwickelt, und seit dieser Zeit nehme sie nur noch Wasser zu sich. „Der Umstand der Nahrungslosigkeit, welcher bei einer Stigmatisation häufig vorzukommen scheint, wird vielfach angezweifelt, scheint aber den Tatsachen zu entsprechen."[52] Sie ist Autorin von über zwanzig Büchern. 2016 veröffentlichte sie, mit 44, den ersten Band ihrer mystischen Memoiren: *Schwanenflügel – Eine spirituelle Autobiografie.*

All diese Beispiele zeigen, dass unser physischer Körper letztlich – mit oder ohne Lichtnahrung – von höherer Energie abhängig ist. Der Mensch lebt tatsächlich nicht vom Brot allein. „Ätherisches Leben wird durch kosmische Strahlen gespeist, die unsere Umgebung mit wunderbarem Licht erhellen und – in irgendeiner mir unverständlichen Weise – das Leben unserer Körper erhalten", schrieb der jenseitige Dr. Frederic Myers.[53]

Die feinstoffliche Energie als morphogenetisches Feld

„Wenn ihr keine Zeichen und Wunder seht, glaubt ihr nicht!"

– Johannes 4.48

Hinter jeder grobstofflichen Form wirkt ein feinstoffliches „Programm", das seinerseits von einer immateriellen (spirituellen) Quelle „programmiert" wird. Dieses natürliche Zusammenspiel der Energien wirkt in jedem Lebewesen so harmonisch und unauffällig, dass man bei oberflächlicher Betrachtung glauben könnte, es existiere und agiere nur die sichtbare Materie.

Betrachten wir die Entstehung eines Menschenkörpers: Wenn Samen- und Eizelle verschmelzen und sich zum ersten Mal teilen, liegen zwei identische Zellen vor, mit der gleichen Genstruktur und der gleichen Zellsubstanz. Das ändert sich auch bei den nachfolgenden Zellteilungen nicht. Wenn bei der Zellteilung irgendeine Abweichung auftreten würde, entstände eine Missbildung. Da sich alle Zellen aber identisch kopieren, müsste eigentlich ein undifferenzierter Körper, eine gleichförmige Fleischkugel, entstehen! Obwohl alle Zellen *die gleiche* Information enthalten, „wissen" sie irgendwie, welche unterschiedliche Position und Funktion ihnen zukommt. Die Zellen gruppieren sich zu Knochen, Organen, Blutkörperchen, Muskeln usw. Diese Morphogenese („Formbildung"), die sich während des gesamten Lebens fortsetzt (Stoffwechsel, Bluterneuerung, Zellneubildung, Wundheilung usw.), gehört zu den großen ungeklärten Rätseln der Biologie.

Genauso wie ein Computer nur funktioniert, wenn er mit Energie und Programmen versorgt wird, so funktioniert auch der komplizierteste aller Computer, der grobstoffliche Körper, nur, weil eine höhere Energie und ein feinstoffliches Programm in ihm wirken. Aus sich selbst heraus könnte die Materie des Körpers diese Faktoren nicht hervorbringen, denn die Lebensenergie und das feinstoffliche Programm sind ja die *Voraussetzung,* dass der Körper überhaupt entsteht und existiert.

Auch einfache bioelektrische Messungen weisen darauf hin, dass die Morphogenese von einem höheren Energiefeld gelenkt wird. An der Universität von Yale, einer der renommiertesten Universitäten Amerikas, führte Harold Saxton Burr (1889–1973), Professor für Anatomie, während mehr als zwanzig Jahren eine eigenwillige Freizeitforschung durch: Er maß die energetischen Spannungsverhältnisse im direkten Umfeld von lebenden Organismen und entdeckte dabei, dass pflanzliche und tierische Lebewesen von einem „elektrodynamischen Schatten" umgeben sind, der der Form des physischen Körpers ähnelt. Als er Froscheier untersuchte, zeigten die Messungen ein energetisches Muster, das einem ausgewachsenen Frosch glich! Ähnliches entdeckte er auch bei anderen Tieren. Dieses Energiefeld nannte er „Elektrodynamisches Feld des Lebens", „Lebensfeld" oder einfach „L-Feld" und stellte die Theorie auf, dass das L-Feld die zelluläre Differenzierung und die Formbildung lebender Organismen steuere:

> Wenn Eisenfeilspäne auf ein Blatt Papier gestreut werden und ein Magnet unter das Papier gehalten wird, dann ordnen sich die Späne zu Mustern, die den Kraftlinien des Magnetfeldes entsprechen. Wenn die Späne entfernt und neue Späne auf das Papier gestreut werden, nehmen sie die gleiche Anordnung an wie die alten. Etwas ähnliches – aber unendlich komplizierter – geschieht im menschlichen Körper. Seine Moleküle und Zellen werden immer wieder entfernt und mit frischer Substanz aus der Nahrung, die wir zu uns nehmen, neu aufgebaut. Aber dank dem steuernden L-Feld werden die neuen Moleküle genauso gebaut wie die alten und ordnen sich im selben Muster an.[54]

Prof. Burr veröffentlichte über fünfzig Artikel in medizinischen und naturwissenschaftlichen Fachzeitschriften, doch seine Theorie des L-Feldes wurde weitgehend abgelehnt oder nicht beachtet, weil sie dem vorherrschenden Weltbild widersprach und nicht in die Konzepte der technologischen und pharmazeutischen „Sponsoren" passte. Wird die Konstruktion und Funktion des grobstofflichen Körpers tatsächlich von einem übergeordneten Informationsfeld gelenkt? Die echte, ergebnisoffene Forschung sagt ja! Großes Aufsehen erregte diesbezüglich der englische Biologe Dr. Rupert Sheldrake. In seinem ersten Buch, *A New Science of Life* (1981), dt. *Das schöpferische Universum,* führt er zahlreiche Beispiele von Tieren und Pflanzen an, die nicht einfach mit körperlichen Funktionen und mit genetischer Information erklärt werden können: Überlebensstrategien, Instinktverhalten, Neubildung verlorener Körperteile, Embryonalentwicklung, Lernfähigkeit usw.

Eines der Beispiele, das Sheldrake anführt, ist das makabre Experiment mit einem Wassermolch, dem man die Linse eines gesunden Auges wegoperierte. Die Linse wuchs wieder nach, und zwar aus dem oberen Rand der verletzten Iris. Das ist verblüffend, denn in der embryonalen Entwicklung wird die Linse auf eine andere Weise gebildet (aus der Haut). Der Verlust der Linse kommt in der Natur nie vor, ihre Regeneration kann also nicht „evolutionär" in den Genen vorprogrammiert worden sein. Es muss ein höheres, *nichtphysisches* Konstruktionsmuster existieren!

In seinen Publikationen bekennt sich Sheldrake zu einer holistischen Wissenschaft und wendet sich gegen die materialistische Vorstellung, die besagt, dass ...

> [...] sich alles im Universum gewissermaßen von Grund auf mit den Eigenschaften der subatomaren Partikel oder der Atome oder der Moleküle erklären lasse. Vielmehr erkennt sie [die holistische Wissenschaft] die Existenz *hierarchisch organisierter Systeme* an, die auf allen Ebenen unterschiedlicher Komplexität Eigenschaften aufweisen, die nicht vollständig begriffen werden können, wenn man die Teile dieser Systeme voneinander isoliert betrachtet. *Auf jeder Stufe ist das Ganze mehr als die Summe seiner Teile.*[55]

Sheldrake postuliert deshalb die Existenz von *morphogenetischen Feldern* (Felder, die die Morphogenese steuern):

> Solche Felder existieren nach unserer Hypothese für alle Arten von Organismen, für die allereinfachsten wie Atome ebenso wie für sehr komplexe wie Giraffen und Galaxien. Sie organisieren, integrieren und koordinieren alle Einzelaspekte eines Organismus so, dass das Ganze sich gemäß den in ihm liegenden Zielen entwickeln kann. Sie bewahren die Ganzheit des

> Systems und verleihen ihm die Fähigkeit, sich nach Beschädigungen wieder zu regenerieren.[56]

Gemäß Sheldrakes Beobachtungen wirken die morphogenetischen Felder über Raum und Zeit hinweg als das *Gedächtnis der Natur,*[57] denn sie bewirken (ohne physikalischen Informations- oder Genaustausch), dass die Mitglieder einer Spezies lokal und weltweit in einer „morphischen Resonanz" stehen. Neben den genetisch bedingten Faktoren liegen jeder organischen Form und jedem „instinktiven" Verhalten unsichtbare Informationsfelder zugrunde, die nicht reduktionistisch erklärbar sind.

Sheldrake definiert die morphogenetischen Felder über ihre nichtphysikalischen Eigenschaften, und er entdeckt in der Natur auf Schritt und Tritt solche Eigenschaften, was ihn zu einem „neuen Verständnis der Lebendigkeit und Heiligkeit der Natur" führt.[58] Doch haftet der Theorie der morphogenetischen Felder eine häufige wissenschaftliche Schwäche an: Man gibt einem nicht erklärten Phänomen einen Namen und meint, es damit erklärt zu haben. Man analysiert die Eigenschaften eines Phänomens und arbeitet mit diesen Eigenschaften, ohne zu wissen, was die *Ursache* dieser Eigenschaften ist. Die Wissenschaft arbeitet mit vielen Alibi-Begriffen dieser Art: Energie, Elektrizität, Gravitation, holografisches Universum, Synchronizität, Biogenese, Morphogenese, assoziatives Gedächtnis, Instinkt, Kognition usw.

Wenn morphogenetische Felder tatsächlich existieren und für die Lebensfunktionen und organischen Konstruktionen verantwortlich sind, dann sind sie in unserer Welt allgegenwärtig, nicht an Raum und Zeit gebunden und nicht einmal materiell, zumindest nicht physisch-materiell. Sheldrake weist darauf hin, dass er von der Existenz verschiedener morphogenetischer Felder ausgeht, die über eine *hierarchische Ordnung* verbunden sind – von den irdischen Körpern bis hin zu den Galaxien (siehe obiges Zitat): „Sie organisieren, integrieren und koordinieren alle Einzelaspekte eines Organismus so, dass das Ganze sich gemäß den in ihm liegenden Zielen entwickeln kann. Sie bewahren die Ganzheit des Systems ...", letztlich die Ganzheit des gesamten Universums.

Die feinstofflichen Dimensionen des Kosmos

Das Konzept von Energie- und Bewusstseinsfeldern ist nicht neu. Im Sanskrit wird hierfür das Wort *kṣetra* („Feld") verwendet, wörtlich: „das, was einem Besitzer zugeteilt ist bzw. einem Besitzer gehört". Kṣetra ist auch die gewöhnliche Bezeichnung für ein landwirtschaftliches Feld oder ein Schlachtfeld, z. B. Kurukṣetra. In Bezug auf die Bewusstseinsfelder bedeutet Kṣetra „der Bereich, den ein Lebewesen mit seinem Bewusstsein durchdringt". Beim Menschen ist dies zunächst der grobstoffliche Körper. Das Bewusstsein des Menschen durchdringt den Körper und ist auf die körperlichen Sinnesorgane beschränkt. Der Mensch sieht nur, was die Augen wahrnehmen, und hört nur, was die Ohren wahrnehmen. Ist das Bewusstsein nicht nur auf die Sinnesorgane beschränkt, spricht man von *übersinnlicher* Wahrnehmung. Eine solche Wahrnehmung ist durchaus möglich, und zwar dann, wenn der feinstoffliche Körper verfeinert ist und nicht mehr nur durch die Sinnesorgane des grobstofflichen Körpers wirkt.

Der grobstoffliche Körper ist offensichtlich nicht das einzige Kṣetra des Menschen. Das eigentliche Bewusstseinsfeld des Menschen ist der feinstoffliche Körper, der die grobstoffliche Sinneswahrnehmung überhaupt erst ermöglicht. Der feinstoffliche Körper selbst hat eine eigene, „übersinnliche" Wahrnehmung, was bei außerkörperlichen Erfahrungen deutlich wird.

Im Sanskrit wird die Seele auch Kṣetra-jña genannt, „das, was ein Kṣetra beseelt; das, was sich eines Kṣetras bewusst ist". In diesem Sinn sind alle Ksetra-jña-Wesen *interdimensionale* Wesen – auch die Menschen –, weil sie als spirituelle Seelen feinstoffliche und grobstoffliche „Welten" beseelen und verbinden. Dies gilt auch für Planeten, Sterne, Sonnensysteme und Galaxien, ja für das Universum als Gesamtes – jede dieser materiellen Einheiten stellt das Bewusstseinsfeld eines „interdimensionalen" Individuums dar.

Das Ksetra-jña-Wesen, das einen Planeten beseelt und sich dieses Planeten bewusst ist, kann als „planetares" Wesen bezeichnet werden. Das für uns wichtigste planetare Wesen ist natürlich die Erde. Ähnlich wie wir Menschen unseren Körper wahrnehmen und fühlen, fühlt und spürt die Erde alles, was auf ihr geschieht, und alles, was ihr angetan wird. Und was wir der Erde antun, tun wir uns selbst an. Dies versucht „Mutter Erde" ihren Menschenkindern schon lange klarzumachen, auf indirekte und immer mehr auch auf direkte Weise ...

Über den planetaren Wesen stehen die solaren Wesen, die den einzelnen Sonnensystemen zugeordnet sind. Ein „Sonnengott“ ist sich seines gesamten Sonnensystems bewusst, und ein galaktisches Wesen umfasst mit seinem Bewusstsein eine gesamte Galaxie. Darüber existieren noch höhere, intergalaktische Wesen, bis hin zu jenem Wesen, dessen Bewusstsein das gesamte Universum durchdringt. Im Sanskrit wird diese universale Gottheit Brahmā[59] genannt.

Alle Lebewesen innerhalb eines Universums bewegen sich also im Bewusstseinsfeld des Brahmā, des höchsten Lichtwesens. Die Menschen stehen innerhalb der sich überlagernden Bewusstseinsfelder der kosmischen Hierarchie auf einer sehr niederen Stufe und befinden sich im Bewusstseinsfeld zahlreicher höherer Wesen: des universalen Wesens (Brahmā), der intergalaktischen und galaktischen Wesen, des solaren und planetaren Wesens usw.

Die morphogenetischen Felder sind also nicht bloß abstrakte Energiefelder, sondern *Bewusstseinsfelder* (Kṣetras).

Schöpfungsordnung und kosmische Intelligenz

Die Kṣetras der Lebewesen sind nicht getrennte „private“ Bereiche, die für sich isoliert existieren. Alle Lebewesen (und damit alle Kṣetras) sind durch das kosmisch-immanente Bewusstsein Gottes miteinander verbunden. Diese universelle Seele wird im Sanskrit *Paramātmā,* „Überseele“, genannt.*

Das Leben aller Wesen in der materiellen Welt ist nur dank der Koordination und „Interaktion“ durch die Überseele möglich. Die Überseele ist die kosmische Intelligenz hinter allen materiellen Strukturen, hinter allen Lebensvorgängen und hinter allen karmischen Fügungen. Deshalb heißt es mit Recht, dass nichts in unserem Leben Zufall ist.

In jedem Kṣetra wirken also *zwei* Arten von Bewusstsein – die individuelle Seele (Ātmā) und die universelle Seele (Paramātmā). Erstere wäre außerstande, ihr Kṣetra allein am Leben zu erhalten. Der gesamte Kör-

---

* *Param* bedeutet einerseits „höchst“ im Sinne eines Superlativs (vergleichbar mit engl. *most*), andererseits auch „absolut; transzendental“. Der Paramātmā ist der immanente (der in der Materie innewohnende) Aspekt Gottes, der selbst nicht von der Materie berührt oder begrenzt wird. Gott in diesem Aspekt wird im Sanskrit Viṣṇu genannt, „der Alldurchdringende“, d. h. die göttliche Schöpferwesenheit, die – als Trinität – innerhalb und außerhalb der materiellen Schöpfung ist (siehe *Gott und die Götter,* Stichwortverzeichnis Viṣṇu).

per wird durch Funktionen aufrechterhalten, die nicht dem Willen und Bewusstsein des Ātmā unterstehen. Die Verdauung, der Stoffwechsel, die Zellerneuerung, der Haarwuchs usw. – all diese physischen Funktionen gehen vonstatten, ohne dass wir wissen wie. Dasselbe gilt auch für die „Funktion" des Lernens, Sicherinnerns und Vergessens. Letztlich ist jeder Gedanke, jede Bewusstseinsregung und jede Körperbewegung ein Rätsel bzw. ein Wunder. Allein für einen scheinbar einfachen Vorgang wie das Gehen mit Hilfe unserer zwei Beine sind Millionen von uns nicht bewussten Einzelaktionen erforderlich: die Übertragung unseres Bewusstseinsimpulses in körperliche Informationen, die Energieumsetzung, die Nervenreaktionen, die Muskelkontraktionen, die entsprechenden Bewegungsmuster, die Aufrechterhaltung des Gleichgewichts, die Koordination mit dem Gesamtkörper, das Berücksichtigen der äußeren Umstände, usw.

Wie überträgt sich der Impuls des Ātmā, der inkarnierten Seele, auf den materiellen Körper? Und wie ist es möglich, dass im Körper durch diesen Impuls gleichzeitig Millionen von feinstofflichen und grobstofflichen Reaktionen ausgelöst werden und koordiniert ablaufen, ohne dass der Mensch weiß, wie dies geschieht? Wie und warum kann sich ein materieller Körper intelligent und zielgerichtet verhalten? Diese Fragen beziehen sich nicht nur auf den Menschen, sondern auch auf das instinktive Verhalten der Tiere und auf das vegetative Verhalten der Pflanzen.

Während die materialistische Wissenschaft behauptet, all diese „neurophysiologischen" Vorgänge seien mit materiellen Funktionen zu erklären, und während die holistische Wissenschaft vermutet, sie seien auf implizite oder morphogenetische Felder, vielleicht sogar auf ein bewusstes Selbst zurückzuführen, weist die vedische Wissenschaft darauf hin, dass weder die Materie noch die feinstoffliche Energie, noch die individuelle Seele (Ātmā) für sich allein fähig wären, die Lebensfunktionen des Körpers aufrechtzuerhalten:

> „Die Überseele weilt im Herzen eines jeden, o Arjuna, und lenkt die Wege aller Lebewesen, deren Körper wie ein Fahrzeug aus materieller Energie ist *(yantrārūḍhāni māyayā).*" (*Bhagavad-Gītā* 18.61)

Die Überseele ist in der materiellen Welt alldurchdringend und allgegenwärtig. Das heißt, sie umfasst alle Atome, alle Universen und alle Lebewesen und ermöglicht dadurch, dass die Materie perfekt „informierte" Formen annimmt und sich zu immer neuen Konstellationen fügt, innerhalb derer das Leben aller Lebewesen – von Brahmā bis zu den irdi-

„Die äußeren Ursachen und Wirkungen werden durch die Materie verursacht, aber der Mensch ist [aufgrund seiner Wünsche und Karma-Handlungen] die Ursache dessen, was er als Freud und Leid erfährt./ Das karmische Wesen *(puruṣa)* erfährt materielle Situationen gemäß der Wirkung der Guṇas, und diese Guṇa-Resonanz *(guṇa-saṅga)* entscheidet, ob seine Geburten zu einem Aufstieg oder Abstieg *(sat-asat)* führen./ Im Körper wirkt aber noch eine andere, eine höchste Instanz: die allgegenwärtige, alleslenkende Quelle aller Energien, die im Herzen eines jeden als Beobachter und Erlaubnisgeber (*upadraṣṭā* und *anumantā*) gegenwärtig ist und Überseele *(paramātma)* genannt wird./ Diejenigen, die das Prinzip des *puruṣa* (Seele und Überseele) sowie die Materie *(prakṛti)* mitsamt den Guṇas verstehen, werden ungeachtet ihrer jetzigen Situierung das Höchste erlangen/ nie wieder in materielle Bindung fallen („nicht wiedergeboren werden")./ Einige erkennen die Überseele in ihrem Innern durch Meditation, andere durch die Entwicklung von Wissen und wieder andere durch Karma-Yoga." (*Bhagavad-Gītā* 13.21–25)

„Wäre die Ātmā-Seele die einzige Seele, die Schöpferin des Universums, dann müsste sie die Schöpfung so lenken können, dass für sie keine leidvollen Situationen entstehen." (*Vedānta-Sūtra* 2.1.21)

„Schmerz und andere Erfahrungen gehören zum materiellen Körper und nicht zur Seele. Genauso wie Wasser nicht mit Feuer vereint werden kann und die Vereinigung nur mittels des verbindenden Topfes möglich wird, so scheinen Schmerz und alle anderen materiellen Faktoren mit der Seele verbunden zu sein, obwohl sie nicht Teil der Seele sind." (*Agni-Purāṇa* 379.20)

„Es genügt nicht, nur zu wissen, was wir nicht sind: der Körper. Wir müssen auch wissen, *was* wir sind: ein ewiger Teil des Unendlichen [...] und wir müssen wissen, was das Unendliche ist: die transzendente Wesenheit Gottes, ohne Anfang und ohne Ende, der Urschöpfer, der auch immanent in der Schöpfung gegenwärtig ist, von dem wir, die bewussten Wesen, wie auch die unbewussten Lebewesen Teile sind. Wer Gott auf diese Weise erkennt, wird frei von aller materiellen Bindung." (*Śvetāśvatara-Upaniṣad* 5.9/14)

„Über den Sinnesorganen stehen die fünf Sinnesobjekte [Klang, Form, Berührung, Geschmack und Geruch]. Über diesen stehen die feinstofflichen Elemente: das Mentale und die Intelligenz *(manaḥ ... buddhi)*. Darüber steht der Ātmā, der von all diesen Elementen verschieden ist./ Höher ist das Unmanifestierte [das Brahman], aber Viṣṇu *(puruṣa)* steht über allem, ohne dass es noch etwas Höheres gäbe, denn er ist alles [die Ganzheit]. Viṣṇu ist das höchste Ziel aller Lebewesen./ Dieser Höchste, obwohl in der materiellen Welt überall gegenwärtig [als Paramātmā], ist nicht für alle Menschen wahrnehmbar. Wer jedoch spirituelles Wissen entwickelt *(buddhyā)*, erkennt die Überseele mit den Augen der Seele." (*Kaṭha-Upaniṣad* 1.3.10–12)

Quellentexte: Seele und Überseele

schen Bakterien – abläuft. Wenn es heißt, die Überseele lenke „die Wege aller Lebewesen", bedeutet dies aber nicht, dass Gott diese Wege vorgibt und die Lebewesen gemäß Prädestination nach *seinem* Willen leben und leiden lässt. Alle bewussten Wesen (Lichtwesen, Menschen, Dunkelwesen) haben einen freien Willen und handeln gemäß ihrer Bewusstseinsausrichtung. Damit dieses Handeln jedoch praktisch ablaufen kann, müssen Körper bewegt, Reaktionen koordiniert und entsprechende Fügungen organisiert werden – und dies geschieht durch das neutrale Wirken der Überseele. Sie ist das allwissende und allgegenwärtige Verbindungsglied zwischen den äußeren Vorgängen und den inneren Ursachen, die von den Lebewesen gesetzt werden. Mit anderen Worten, die Allwissenheit und die Allmacht Gottes beeinflussen unseren freien Willen in keiner Weise.

Mittlerweile gelangen auch Physiker zur Erkenntnis, dass das Universum nur funktionieren kann, weil alle Teile, auch die kleinsten, mit einem übergeordneten Ganzen verbunden sind und gleichzeitig die Information des Ganzen in jedem Teil enthalten ist.[60] Das heißt, die Information des gesamten Universums muss in jedem Atom enthalten sein, sonst „wüssten" die Atome nicht, wie sie sich zu einem funktionierenden Universum zusammenzufügen haben. Diese Physiker sagen deshalb, das Universum sei „holografisch" – was nichts anderes ist als eine abstrahierte Umschreibung für die Wirkungsweise des Paramātmā:

> Viṣṇu ist in alle Wesen gleichzeitig eingegangen *(praviṣṭa)* und nicht eingegangen *(apraviṣṭa)* [ist sowohl immanent als auch transzendent]. Der Allumfassende befindet sich innerhalb und außerhalb aller Dinge als der Faktor, der alles kennt und lenkt. (*Śrīmad-Bhāgavatam* 7.12.15)

Wer die Funktion und Konstruktion der Materie und der Lebewesen betrachtet, kann allein durch logisches Denken zur Erkenntnis gelangen, dass es nicht nur eine individuelle Seele, sondern auch eine allgegenwärtige Überseele geben muss. Dies zu erkennen wäre eine der wichtigsten Lebensaufgaben des Menschen:

> Gott befindet sich [als Paramātmā] in jedem Lebewesen, zusammen mit dem Ātmā: *lakṣitaḥ svātmanā hariḥ*. Dies kann man durch inneres Unterscheiden und Schauen *(buddhi-ādibhiḥ)* direkt wahrnehmen oder anhand des Beobachtbaren durch logisches Denken erkennen. (*Śrīmad-Bhāgavatam* 2.2.35)

Die hier beschriebene Logik ist einfach: Die unerklärlichen Lebensfunktionen finden nicht bloß exklusiv in unserem eigenen Körper statt, sondern im Körper eines jeden Lebewesens in allen Dimensionen des

Universums. Das bedeutet, dass die Kraft, die das Leben auf allen Dimensionsebenen erlaubt, alldurchdringend sein muss, und das ist Viṣṇu, der „Alldurchdringende“, der „Erhalter allen Lebens“, einer der vielen Namen Gottes.

Allpräsenz, Immanenz und Transzendenz

„Multidimensionaler Kosmos“ bedeutet, dass der Kosmos (von grch. *kósmos,* „das Geordnete“) aus verschachtelten Informationsfeldern, d.h. Dimensionswelten besteht: Über den planetaren Wesen stehen die solaren Wesen, über ihnen die galaktischen Wesen, über ihnen noch höhere Wesen, bis hin zu jenem Wesen, dessen Bewusstsein das gesamte Universum durchdringt: Brahmā. Es gibt zahllose Universen und zahllose Brahmās, aber in jedem Universum nur einen.

Diese heilige Ordnung („Hierarchie“) von höherdimensionalen Welten und Wesen legt den logischen Schluss nahe, dass es auch ein Bewusstsein geben muss, das *alldurchdringend* und *allumfassend* ist und alle Universen mit allen Brahmās und allen anderen Wesen in sich vereint. Dieses unbegrenzte Bewusstsein kann mit dem Begriff „Gott“ umschrieben werden, obwohl Gott mehr ist als nur kosmisches Bewusstsein. Wer Gott nur „kosmisch“ sieht, beschränkt das Absolute auf den Bereich der Materie und verkennt den transzendenten Aspekt Gottes. Gemäß vedischer Offenbarung umfasst das Absolute in seiner Gesamtheit gleichzeitig *drei* Aspekte: Allpräsenz, Immanenz, Transzendenz.

- Gott als allpräsente, alldurchdringende Energie: die neutrale Einheit allen Seins (sanskr. Brahman);
- Gott als immanente kosmische Intelligenz: die universelle Seele oder Überseele (Paramātmā), Gott *in* der Materie;
- Gott als absolutes Bewusstsein (Bhagavān): Gott *jenseits* der Materie; der transzendente, allumfassende Urgrund, der Brahman und Paramātmā beinhaltet und zugleich „Individuum“ ist (wörtl. „unteilbares Sein“), mit Bewusst-Sein und Willen. Erst mit dieser Ganzheit kommt der Aspekt von „Gott ist Liebe“ und Gottes Willen hinzu: „Dein Wille geschehe!“

Natürlich sind diese drei Aspekte in Gott, der Ganzheit, nie getrennt. Die Aufteilung in drei Aspekte ist nur für das verstandesmäßige Denken erforderlich und auch hilfreich, damit wir die Ganzheit nicht nur einseitig definieren. Um einen bildlichen Vergleich anzuführen: Wir können bei einer Kerzenflamme drei Aspekte unterscheiden, die plasmatisch-bewegliche Form, das Licht und die Hitze. Für einen praktischen Zweck können wir z. B. nur das Licht nutzen, indem wir im Kerzenschein lesen. Es wäre aber ein folgenschwerer Fehler, das Feuer auf das Licht zu beschränken und zu meinen, das Feuer sei nur hell, aber nicht heiß. Genauso ist es ein theologischer bzw. ideologischer Fehler, die drei Aspekte Gottes zu trennen und dann einseitig den einen zu verabsolutieren.

Wie erwähnt, sind die drei Aspekte in Gott, der Ganzheit, nie getrennt. Die „theoretische" Unterteilung in drei Aspekte ergibt sich nur aus der Sicht des Menschen und wurde deshalb – als Hilfe für die Menschen – in allen Religionen offenbart, manchmal explizit, manchmal implizit. Ein sehr schönes Beispiel finden wir im Islam, wenn gesagt wird, Gott habe 99 Hauptnamen.* Die Zahl 99 = 3 × 33 ist eine auffällige Wiedergabe der Zahl 3, und ich vermute, dass je 33 dieser Namen Gottes die Allpräsenz, die Immanenz und die Transzendenz beschreiben. Die bekanntesten Gottesnamen aus dem Koran sind *ar-Raḥmān,* „der Allgütige", und *ar-Raḥīm,* „der Allbarmherzige", und können der Transzendenz zugeordnet werden. Gottesnamen wie *al-Aḥad,* „der Eine, Unteilbare", und *an-Nūr,* „das Licht", können der Allpräsenz zugeordnet werden, Gottesnamen wie *al-Awwal,* „der Erste, der Anfanglose", und *al-Aḫir,* „der Abschließende, der Endlose", der Immanenz. Aber gerade diese Auflistung von 99 Gottesnamen zeigt, dass die Unterteilung in drei Kategorien nie „kategorisch" ist, denn die drei Aspekte (und 99 Gottesnamen) sind Ausdruck derselben Absolutheit: Einheit in der Vielheit, Vielheit in der Einheit.

* Siehe: en.wikipedia.org/wiki/Names_of_God_in_Islam

„Die Materie ist eine Energie, die unendlich wandelbar ist, denn sie ist eine Energie Gottes, des Unendlichen, der das gesamte Universum umfasst und im Herzen aller verkörperten Lebewesen als Überseele gegenwärtig ist.“ (*Bhagavad-Gītā* 8.4)

„Obwohl sich Viṣṇu in zahllose Formen erweitert, bleibt er das eine ungeteilte absolute Wesen. Viṣṇu in seinen zahllosen Formen umfasst unbegrenzte Individualität mit ungeteilter Identität. Seine Schöpfung besteht aus Millionen von Universen, die alle seiner ungeteilten Energie entspringen. Alle Universen befinden sich in ihm, und gleichzeitig befindet er sich in jedem der kleinsten Einheiten (*paramāṇu*, „Atome“), die in jedem Universum überall [materiell allgegenwärtig] sind. Alles ist in ihm, und er ist in allem – gleichzeitig. Ihn, Govinda [Kṛṣṇa], den urersten Vollkommenen, verehre ich mit all meiner Liebe und Hingabe.“ (*Brahma-Saṁhitā* 5.35)

„Diejenigen, die es erschauen *(tad-vidaḥ)*, erkennen den Körper als Feld *(kṣetra)*, das beseelt ist vom *kṣetra-jña* (vom Wesen, das dieses Feld mit Bewusstsein erfüllt)./ O Bhārata [Arjuna], wisse, dass auch ich Kṣetra-jña bin, doch [im Unterschied zu den Ātmā-Seelen] bin ich mir der Körper *aller* Lebewesen bewusst. Wissen über den Körper und die Seele *(kṣetra-kṣetrajñayor jñānam)*, das ist für mich/ aus meiner Sicht wirkliches Wissen.“ (*Bhagavad-Gītā* 13.2-3)

„Die Überseele ist die ursprüngliche Quelle aller Sinne, doch sie selbst ist ohne Sinne. Sie wird nie durch Materie gebunden oder begrenzt, und dennoch ist sie die Erhalterin aller Lebewesen in der materiellen Welt. Sie steht über den Guṇas, und gleichzeitig beherrscht sie die Guṇas./ Sie ist innerhalb und außerhalb aller Lebewesen präsent, sowohl der grobstofflichen als auch der feinstofflichen. Weil ihr Wesen immateriell ist [jenseits des Grobstofflichen und Feinstofflichen], ist sie direkt nicht wahrnehmbar *(avijñeyam)*. Sie ist weit entfernt und zugleich sehr nah./ Sie ist nie aufgeteilt, obwohl es scheint, als sei sie aufgeteilt auf alle Lebewesen. Sie ist die Erhalterin eines jeden Lebewesens, aber auch die Kraft, die alles auflöst und alles hervorbringt, wodurch ihr Wirken direkt wahrnehmbar wird *(jñeyam)*./ Sie ist die Lichtquelle in allem, was Licht ausstrahlt. Sie befindet sich jenseits der Dunkelheit der Materie und ist unmanifestiert [transzendental]. Sie ist das Wissen, sie ist der Gegenstand des Wissens, und sie ist das Ziel des Wissens. Sie befindet sich im Herzen eines jeden.“ (*Bhagavad-Gītā* 13.15-18)

„Wisse, dass alles, was du existieren siehst, ob sich bewegend oder sich nicht bewegend, die Verbindung eines Kṣetra-Feldes mit einem Kṣetra-jña (Lebewesen) ist. [...] Die Überseele ist überall, in allen Lebewesen, in gleichem Maße gegenwärtig.“ (*Bhagavad-Gītā* 13.27/29)

Quellentexte: Morphogenetische Felder und die Überseele

Kapitel 4

Bewusstsein: die Energie der Seele (und Überseele)

Was ist Bewusstsein? Jeder Sinnesreiz erreicht über die Nerven das Gehirn; aber wo ist die empfangende Instanz, die diese Sinneseindrücke *wahrnimmt* und sich des Körpers und der Gedanken, Gefühle und Wünsche *bewusst* ist? Die materialistische Wissenschaft vertritt in diesen Fragen den Glauben, dass Bewusstsein nichts anderes sei als eine Funktion des Gehirns; irgendwie geschehe es, dass die Materie sich selbst wahrnehme, aber mit dem Tod werde diese Funktion beendet, und jegliches Bewusstsein erlösche.

Im Gegensatz zur materialistischen Wissenschaft beschränkt die spirituelle Wissenschaft den Menschen nicht auf den Körper, sondern erkennt die Dreiheit von Körper, Geist und Seele, und dies sowohl in Bezug auf den einzelnen Menschen als auch auf den multidimensionalen Kosmos. So wie der Mensch einen grobstofflichen und feinstofflichen Körper hat, die beide durch den Ātmā beseelt werden, so besteht auch der Kosmos aus grobstofflichen und feinstofflichen Welten, die alle letztlich vom Paramātmā, dem kosmisch-alldurchdringenden Ātmā, beseelt und „in Ordnung gehalten" werden.

Erst wenn der Mensch sich selbst als lebendige Verbindung von Körper, Geist und Seele versteht, kann er auch die „Welt" als multidimensionale und spirituelle Ganzheit verstehen und wahrhaft verantwortungsbewusst handeln. Deswegen sagen alle Weisheitstraditionen als erstes Gebot: „Erkenne dich selbst" – bekannt vor allem in der griechischen Formulierung *gnōthi seautón* (im Apollo-Tempel von Delphi). Die vedische Wissenschaft definiert die Materie als „unendlich wandelbare Energie" (*Bhagavad-Gītā* 8.4; siehe Zitat auf S. 90), und sie warnt, dass der Mensch sich in dieser Unendlichkeit verliert, wenn er nicht die solide Grundlage einer umfassenden Selbst- und Gotteserkenntnis hat.

Individuelle Seele und universelle Seele

Wie am Schluss des letzten Kapitels ausgeführt, ist der Ātmā (die individuelle Seele) nicht imstande, seine Lebensvorgänge und Schicksalswege in ihrer Gesamtheit selbst zu koordinieren. Diese universell vernetzten Zusammenhänge setzen eine universelle Intelligenz voraus, und die vedische Wissenschaft beschreibt sie auf eine umfassende Weise: Die „kosmische Intelligenz" ist der immanente, allbewusste Aspekt Gottes, die Seele des Universums (Paramātmā). Sie fügt und lenkt alle materiellen Abläufe, einerseits gemäß dem Schöpfungsplan und den Raum-Zeit-Vorgaben der irdischen Zyklen, andererseits entsprechend dem Karma-Gesetz und dem freien Willen der Menschen. Wir verursachen mit unseren Handlungen (Aktionen) entsprechende Reaktionen, und diese werden – zusammen mit den ständig neuen Willensimpulsen aller anderen Menschen – vom Paramātmā zeitgleich registriert und ausgewertet, so dass die von den Menschen ausgelösten Reaktionen und Impulse Form annehmen können, gemäß Karma, Resonanz und den höheren Faktoren. („Der Mensch denkt, und Gott lenkt.")

Wenn der Mensch ernsthaft forscht und nachdenkt, kann er aus eigener Kraft zur Erkenntnis gelangen, dass es eine universelle Seele geben muss und dass jedes Individuum mit dieser göttlichen Führung (Über-Ich, Überseele) verbunden ist. Ein neuzeitliches Beispiel kann dies bestätigen. Es handelt sich um eine Aussage des berühmten Psychologen C. G. Jung (1875–1961); doch ist er nicht während seiner Lebenszeit zu dieser hohen Erkenntnis gelangt, sondern erst „durch Forschungen und Nachdenken" in der astralen Welt. Dies erklärte er gegenüber dem englischen Medium Rosemary Brown (sie wurde berühmt, weil sie neue musikalische Werke von Meisterkomponisten wie Mozart, Beethoven, Liszt und Chopin medial niederschrieb). Veröffentlicht wurde diese Aussage in ihrem Buch *Immortals at my Elbow,* das 1974 erschien (dt. *Kompositionen aus dem Jenseits,* 1981). Selbst wenn das folgende Zitat Frau Browns eigene Worte wären, verdienten sie es, hier erwähnt zu werden, denn sie sind ein seltenes Beispiel dafür, dass das Geheimnis des Über-Ich (Paramātmā) explizit erkannt und beschrieben wird:

> Wie Jung mir erklärte, ist er durch Forschungen und Nachdenken zu dem Schluss gekommen, dass der Geist jedes Menschen mit einem Über-Ich verbunden ist, wobei das durchschnittliche Individuum von der Existenz dieser Bindung nichts weiß. Das Über-Ich ist jene Höchste Intelligenz, die wir Gott nennen. Es steuert die automatischen Körperfunktionen und ist ständig bemüht, den Körper im Zustand der Gesundheit zu halten. Es tritt den unge-

sunden Umwelteinflüssen entgegen, sucht Wunden zu heilen und den Verlust von Fähigkeiten auszugleichen. Der Geist des zivilisierten Menschen versucht nun aber, je weiter die Evolution fortschreitet, diese Steuerung in eigene Regie zu übernehmen. Das Ich wird als unabhängige Autorität aufgebaut. Wenn diese Autorität sich von der Höchsten Intelligenz lossagt, wird es in eigenbestimmter Weise handeln, was sich sehr schädlich für Dritte und im Endeffekt auch zerstörerisch für den Menschen selbst auswirken kann.[61]

Seele und Überseele: die spirituellen Quellen des Lebens

Betrachten wir nochmals die Kernaussage des obigen Zitats: „Das Über-Ich ist jene Höchste Intelligenz, die wir Gott nennen. Es steuert die automatischen Körperfunktionen und ist ständig bemüht, den Körper im Zustand der Gesundheit zu halten." Diese Steuerung umfasst nicht nur die Menschen, sondern auch die Tiere und Pflanzen (und alle Wesen im multidimensionalen Kosmos), was bedeutet, dass sie alldurchdringend und allwissend ist – deshalb: „Höchste Intelligenz". Wenn der Mensch sich von dieser Intelligenz („Über-Ich") lossagt und sein Ich als „unabhängige Autorität" aufbaut, verliert er seine innere Beziehung zur Natur und damit die Wahrnehmung der natürlichen Zusammenhänge, die nie nur materiell sind. Doch genau dies behaupten die Vertreter des materialistischen Weltbildes: Alle Lebewesen (Pflanzen, Tiere, Menschen) seien nichts anderes als lebende Körper, und der Körper sei ausschließlich ein physikalisches und chemisches Produkt.

Der französische Philosoph *René Descartes* (1596–1650) prägte die Begriffe *animal machine* und *bête machine,* womit er die Tiere als biologische Maschinen bezeichnete und sie dadurch vom Menschen unterschied. Es dauerte allerdings nicht lange, bis ein konsequenter Materialismus auch diese Schranke aufhob. Der französische Arzt und Physiker *Julien Offray de La Mettrie* (1709–1751) trat offen als Atheist auf und veröffentlichte 1747 ein Manifest mit dem Titel *L'Homme-Machine* („Maschine Mensch"), weshalb er in den letzten Jahren seines Lebens „Monsieur Machine" genannt wurde und diesen zweifelhaften Ehrentitel gern auch selbst verwendete. La Mettrie sagte, dass das, was Descartes über die Tiere gesagt habe, nämlich dass sie nur biologische Mechanismen oder „Automate" seien, auch für den Menschen gelte; Bewusstsein sei nur ein Produkt des Gehirns; dies werde dadurch nachgewiesen, dass das Bewusstsein durch chemische Substanzen beeinflusst werden könne; ebenso zeige sich dies im Schlaf, wo der scheinbare Unterschied von Körper und Bewusstsein aufgehoben sei.

Die vedische Wissenschaft macht einen ähnlichen Vergleich, setzt diesen aber in den erforderlichen größeren Zusammenhang. Die *Bhagavad-Gītā* bezeichnet den Körper der Lebewesen als Fahrzeug oder Instrument (siehe Zitat auf S. 85; verwendet wird das Wort *yantra*) und betont, dass der Körper nicht von sich aus existieren kann, sondern dass zwei Arten von Ātmās den Körper beseelen und steuern: die individuelle Seele (Ātmā) und die universelle Seele (Paramātmā).

Die immanente Präsenz des Paramātmā ist eigentlich offensichtlich und wird auch von der Naturwissenschaft beschrieben, aber nur indirekt und anhand der Symptome: „Instinkt", „Entwicklung", „die Natur", „morphogenetische Felder", „holografisches Universum" usw. Die Adjektive *morphogenetisch* und *holografisch* sind sehr treffende Beschreibungen für das Wesen und die Wirkungsweise des Paramātmā.

Die hier skizzierte multidimensionale Sichtweise lässt durchaus Fragen offen, die aber diskutiert, erforscht und beantwortet werden können. Erneut ist der Hinweis wichtig, dass die angeblich wissenschaftlichen Welterklärungen, die heute überall verbreitet werden, keine bewiesenen Tatsachen sind, sondern Interpretationen auf der Grundlage eines materialistischen Weltbildes:

> Wir stellen uns auf die Seite der Wissenschaft trotz der offenkundigen Absurdität in einigen ihrer Konstrukte [...], weil wir bereits von vornherein eine Entscheidung getroffen haben, eine Grundsatzentscheidung für den Materialismus. Es ist nicht so, dass die Methode und die Vorgabe der Wissenschaft an sich uns zwingen würden, eine materialistische Erklärung der Erscheinungswelt anzunehmen. Vielmehr ist das Umgekehrte der Fall: Durch unsere *a priori* [von vornherein] getroffene Grundsatzentscheidung für materielle Ursachen sind wir gezwungen, Forschungsansätze und Erklärungskonzepte zu entwickeln, die zu materialistischen Erklärungen führen [...]. Darüber hinaus ist dieser Materialismus absolut, denn wir können keinen göttlichen Fuß in der Tür zulassen.[62]

Die Aussage in diesem einzigartig ehrlichen Materialismus-Credo ist klar: Nichts zwingt uns, einen materialistischen Glauben anzunehmen. Es ist eine innere Grundsatzentscheidung, die nichts mit den wissenschaftlichen Gegebenheiten zu tun hat. Diese Grundsatzentscheidung ist Ausdruck einer inneren Haltung und Mentalität, die an nichts Übernatürliches glauben *will* und deshalb mit Verbissenheit Theorien sucht, die alles Nichtmaterielle ausschließen. Und diese ideologische Entscheidung wird mit einem Absolutheitsanspruch vertreten: „Darüber hinaus ist dieser Materialismus absolut ..." (Die heute einflussreichste Theorie, die diesem A-priori-Materialismus entspringt, ist die Evolutionstheorie.)

Dualismus und Monismus

„Ich weile als Überseele im Herzen aller Lebewesen, und von mir kommen Erinnerung, Wissen und Vergessen. Das, was durch alle Veden letztlich zu erkennen ist, bin ich.“ – Bhagavad-Gītā 15.15

Wie ist es möglich, dass der grobstoffliche Körper, der feinstoffliche Geist und die spirituelle Seele zusammenhängend funktionieren? Der *Dualismus* geht von der Zweiheit von ewiger Seele und materiellem Körper aus, hat damit aber die Schwierigkeit, erklären zu müssen, wie die beiden kategorisch verschiedenen Existenzen – Seele und Körper – miteinander verbunden sind. Der bereits erwähnte Philosoph René Descartes mutmaßte, der Verbindungspunkt von Geist und Materie sei die Zirbeldrüse im Gehirn, andere meinten, es sei das Herz. Doch wie kann ein immaterieller Geist organisch wirken?

Weil der Dualismus nicht zu erklären vermag, wie etwas Spirituelles (die Seele) sich mit etwas Materiellem verbindet, lehnen die meisten Wissenschaftler heute die Unterscheidung von Seele und Körper ab und bekennen sich zum *Monismus**. Die materialistische Version dieser Theorie besagt, es gebe letztlich nur *eine* Substanz, und das sei die Materie; sie organisiere sich selbst und bringe bei einer genügend komplexen Struktur *lebende* organische Formen hervor, mit „Geist“ und „Bewusstsein“ als späten Nebenprodukten der (angeblichen) Evolution. Die Problematik ist hier aber noch fundamentaler als beim Dualismus. Wie kann sich Materie „von selbst“ zu höheren Strukturen organisieren? Wie kann Materie Bewusstsein hervorbringen und dann „sich selbst“ wahrnehmen?

Der Widerstreit von Dualismus und Monismus kann durch die vedische Wissenschaft gelöst werden, denn diese erklärt, dass Bewusstsein und Materie zwei *parallele Energien* sind, getrennt und dennoch zusammenhängend, da sie *denselben Ursprung* haben, dieselbe göttliche Quelle, die als Urgrund unendlich und allgegenwärtig ist. Die vedische Wissenschaft findet dank ihrer ganzheitlichen Sicht (klare Unterscheidung von Einheit und Ganzheit) eine Synthese von Dualismus und Monismus:

---

* Monismus: von grch. *mónos* („eins; einzig“); die Lehre, die besagt, dass alles Existierende – sowohl Materie als auch Geist (Körper und Seele) – letztlich auf eine einzige Substanz oder Seinsessenz zurückgeführt werden könne. Synonyme Sanskritbegriffe sind Advaita („keine Dualität“) und Nirviśeṣa („unterschiedslose Einheit“). Monismus ist eine Verabsolutierung der Einheit und eine (fälschliche) Gleichsetzung von Einheit und Ganzheit.

das gleichzeitige Eins- und Verschiedensein von Energie und Energieursprung, Teil und Ganzem, Seele und Gott.*

Körper, Geist und Seele sind nicht absolut voneinander getrennt. Das Spirituelle (das Individuum und dessen Energie, das Bewusstsein) und das Materielle (die feinstofflichen und die grobstofflichen Elemente) sind parallele Energien. Die geometrische Definition von Parallelen liefert eine ideale Analogie: Parallelen sind Linien, die sich *im Unendlichen schneiden*. Als „Parallelen“ sind die spirituelle und die materielle Energie getrennt und vermischen sich nie, aber sie schneiden sich „im Unendlichen“. Unendlich bedeutet unbegrenzt, allgegenwärtig, überall. Wenn sich die Materie und das Spirituelle unbegrenzt und überall „schneiden“ (berühren und verbinden), bedeutet das, dass *überall* – in der gesamten materiellen Welt, und nicht nur auf der Erde! – Lebewesen existieren: lebende Wesen, in denen die spirituelle und die materielle Energie eine „nahtlose“ Einheit von Körper und Seele bilden, wobei der Körper der meisten Wesen feinstofflich ist. Aber diese Berührung und Verbindung ist nur im Unendlichen und durch den Unendlichen möglich. Also muss das Unendliche auch in jedem Lebewesen gegenwärtig sein – und das ist die Überseele (Paramātmā), die Seele der Schöpfung.

Wenn ein Individuum das große Ganze (Gott) nicht sehen will, ermöglicht ihm die Überseele diese Illusion, denn von ihr kommt alles: Wissen, Erinnerung und *Vergessen* (siehe Zitat am Anfang dieses Unterkapitels). Hierzu gehört auch das Vergessen der eigenen natürlichen Position als Teil des Ganzen. Pointiert ausgedrückt: Wir können Gott nur vergessen, weil Gott uns dies erlaubt. Wer diese Option wählt, fällt in die Illusion der Trennung (sanskr. *māyā*) und konstruiert sich dann Konzepte der Ego-Rechtfertigung, sei es im Namen von „Gott“, sei es im Namen von „Einheit“.

Aufgrund der Ganzheitlichkeit unseres Seins sind Selbsterkenntnis und Gotteserkenntnis nicht zu trennen. Sie gehören zusammen wie Yin und Yang. Die Ewigkeit und Unendlichkeit Gottes (die spirituelle und die materielle Seite der Ganzheit) können nur durch innere Einsicht bzw. Offenbarung erkannt werden. Deshalb geben uns die Mystikerinnen und Mystiker aller Zeiten und Kulturen zu verstehen, dass „Stille“ (Meditation, Andacht, spirituelle Demut) die Grundlage wirklicher Erkenntnis ist.

---

* Diese Erklärung wird im Sanskrit *Bheda-Abheda-Tattva*, „Erkenntnis des gleichzeitigen Verschieden- und Nichtverschiedenseins“, genannt und wurde als zukunftsweisende Klarheit vom Yuga-Avatāra *Caitanya Mahāprabhu* (1486 - 1533) offenbart (siehe *Gott und die Götter*, Kap. 6: „Buddha, Śaṅkara, Caitanya“).

„Mystisch" ist abgeleitet vom altgriechischen Verb *mýein*, „(Augen und Mund) schließen", und bezieht sich auf die Ebenen jenseits der Grenzen von Verstand und Intellekt. Das größte Hindernis für ganzheitliche Erkenntnis ist intellektuelle Arroganz, weil diese immer einer einseitigen Wahrnehmung und spaltenden Mentalität entspringt, entweder aufgrund von atheistisch-materialistischer oder religiös-dogmatischer Programmierung.

Der feinstoffliche und der grobstoffliche Körper: nicht die wahre Identität des Selbst

Eine materielle Existenz ist nur möglich, wenn das spirituelle Individuum sich mit der grobstofflichen und feinstofflichen Materie identifiziert. Diese Identifikation (als Frau oder Mann, jung oder alt, usw.) ist aber verschieden von der wahren Identität der Seele. Identifikation und Identität sind nicht dasselbe.

Die *Seele*, das sind wir: das wahrnehmende Individuum. Unser Wahrnehmungsvermögen entspringt der Energie der Seele, dem *Bewusstsein*. Mit anderen Worten: Wir sind nicht der grobstoffliche Körper, und wir sind nicht der feinstoffliche Körper. Jeder Gedanke, jedes Gefühl und jeder Wunsch beeinflusst die Farbe, die Schwingung und die Muster des feinstofflichen Körpers. Alles, was sich in uns regt, und alles, was uns bewegt, beeinflusst unseren feinstofflichen Körper. Doch wir sind nicht unsere Gedanken, Gefühle und Wünsche. Wir sind nicht frei in dem, was wir denken, fühlen und wünschen. Gedanken kommen und gehen, ohne dass wir eine wirkliche Kontrolle über sie haben. An gewisse Dinge haben wir noch nie gedacht, und andere Gedanken gehören zu unserem normalen Alltag.

Die Gedanken, Gefühle und Wünsche unterliegen nicht direkt unserem freien Willen, denn sie entstehen dadurch, dass sich unser Bewusstsein im feinstofflichen Körper spiegelt. Der freie Wille beginnt nicht auf der Ebene der Widerspiegelung, sondern bei der *Wahl der Ausrichtung unseres Bewusstseins.* Gemäß dieser Ausrichtung lösen wir bestimmte Gedanken, Gefühle und Wünsche aus, die wir erst wieder ändern können, wenn wir die Ausrichtung unseres Bewusstseins ändern.

Unser freier Wille besteht also darin, dass wir entscheiden können, worauf wir unser Bewusstsein richten. Das ist unsere einzige wirkliche Freiheit, und mit dieser Freiheit ist eine große, schicksalbestimmende Verantwortung verbunden. Wenn wir uns in dieser Ausrichtung manipulieren lassen, ist dies nur möglich, weil wir die entsprechende Resonanz entgegenbringen. Deshalb wird um das Bewusstsein (die Lebensenergie!) der Menschen gekämpft. Die Welt wird mit unwichtigen und halbwahren bzw. unvollständigen Informationen überflutet. Je mehr „Informationen", desto weniger Wissen – Wissen im Sinn von Durchblick, Erkenntnis und innerem Gewinn. Spirituelle Information wäre ebenfalls vorhanden. Sie wird zwar nicht über die Massenmedien verbreitet, aber „wer sucht, der findet". Suchen ist ein Ausdruck des freien Willens, und wer gewillt ist, mehr zu erfahren, findet diese Informationen auch.

Spiritueller Fortschritt in der Gesellschaft würde bedeuten, dass die Menschen lernen, ihr Bewusstsein von spaltenden Projektionen zu lösen. Materielle Identifikationen wären dann nicht mehr Ursache von Feindschaft, Ausbeutung und destruktiver Konkurrenz.

Die Frage von Identifikation und Identität ist nicht nur theoretisch und philosophisch, sondern hat viele direkte praktische Konsequenzen. Wenn wir bis zu dieser Frage vordringen und sie „multidimensional" beantworten, ist der Weg der Heilung und des Friedens plötzlich ein offenes Geheimnis.

„Resonanz" und „Aktion-Reaktion": die zwei wichtigsten Schicksalsgesetze

In all den bisherigen Ausführungen über spirituelle Wissenschaft und Psychologie geht es letztlich um die einfache, aber entscheidende Einsicht: *Wir sind nie unabhängig.* Gottesbewusste Wesen erkennen dies und dienen als Teil dem Ganzen. Selbstische Wesen verkennen dies und dienen eigenwillig nur den eigenen Vorstellungen und Interessen.

Als ewige, spirituelle Individuen befinden wir uns zeitweilig in materiellen Körpern. Der erste Aspekt unserer Abhängigkeit ist immer der Körper, und auch der Körper ist von vielen Faktoren abhängig. Ein weiterer Aspekt unserer Abhängigkeit sind unsere Gedanken, Gefühle und Wünsche, die ebenfalls von vielen Faktoren abhängig sind, primär von der Ausrichtung unseres Bewusstseins.

Mit der „Frequenz" unseres Bewusstseins gehen wir in Resonanz mit entsprechenden Gedanken, Gefühlen und Wünschen. Die drei grundlegenden Kategorien der Resonanz werden in der vedischen Psychologie *Guṇa* genannt. Dieses vielschichtige Wort bedeutet je nach Zusammenhang „Saite (eines Instruments)" sowie „Frequenz und Resonanz", aber auch „Seil; Fessel" und analog dazu „das, was den *Ātmā* an die Materie bindet". Im Aspekt der Frequenz sind die Guṇas unterschiedliche Wirkungsweisen der materiellen Energie – schöpfend, erhaltend und auflösend – und damit Ausdruck der entsprechenden Gottesaspekte Brahmā, Viṣṇu und Śiva. Im Aspekt der Resonanz sind die Guṇas psychologische Kategorien, und die Menschen (kosmisch gesehen: alle karmischen Wesen) sind herausgefordert, mit den Guṇa-Kräften möglichst konstruktiv und harmonisch umzugehen. Fallen sie aus der gesunden Proportionalität dieser drei Kräfte, entstehen Missverhältnisse und Einseitigkeiten (siehe Tafeln 1 und 2). Ausführliche Erklärungen des Guṇa-Themas finden sich im Buch *Gott und die Götter.*

Im Kosmos ermöglicht das Zusammenwirken der drei Guṇa-Strömungen auf allen Ebenen geregelte Abläufe:

- Schöpfung/Entstehung (durch die Brahmā-Energie),
- bestehende Existenz und Aufrechterhaltung der göttlichen Ordnung (durch die Viṣṇu-Energie),
- Zerstörung/Auflösung/Umwandlung (durch die Śiva-Energie).

Im Licht der göttlichen Schöpfungsordnung wirken die Guṇa-Strömungen entsprechend ihrer natürlichen Funktion und bewirken durch ihre unterschiedlichen Verbindungen fließende Übergänge.

> „Es existiert kein Wesen, weder auf der Erde noch in den Lichtwelten der Devas oder sonstwo, das vom Einfluss der drei zur materiellen Energie *(prakṛti)* gehörenden Guṇas frei ist.“ (*Bhagavad-Gītā* 18.40)

Alle karmischen Wesen leben im Einflussbereich der drei Guṇas, und die Frage ist, wie bewusst sie (wir!) diese Schöpfungskräfte wahrnehmen und verwenden. Können wir diese Energien in unserem Leben harmonisch integrieren und mit ihnen so umgehen, dass sie für uns wie Saiten auf einem Instrument sind, oder verhalten wir uns so, dass sie für uns zu Seilen und Fesseln werden?

Der Mensch steht immer in einer Wechselwirkung mit seiner Umgebung (Natur, Mitmenschen, soziales Umfeld usw.) und bewegt sich im Wirkungsbereich der Gesetze „Resonanz“ (Guṇa) und „Aktion und Reaktion“ (Karma). Trotz dieser Abhängigkeiten ist es möglich, so zu handeln, dass man von Karma-Bindungen frei bleibt. Wie dies möglich ist, wird in der *Bhagavad-Gītā* an vielen Stellen erklärt, zum Beispiel:

> „Alles, was materielle Handlungsabläufe ermöglicht, geschieht durch das Wirken der materiellen Energie *(prakṛti)* mit ihren Guṇa-Frequenzen, aber ein Mensch, dessen Bewusstsein durch äußere Identifikationen *(ahaṅkāra)* verwirrt ist, denkt: ‚Ich bin der Handelnde‘ *(kartāham).*/ Diejenigen jedoch, die das Spirituelle verstehen *(tattva-vit),* sehen den Unterschied zwischen dem

> eigenen Selbst und den Wirkungsweisen der Materie *(guṇa-karma),* dazu gehörend das Wechselspiel der Sinne mit den Sinnesobjekten *(guṇā guṇesu).* Weil sie dies erkennen, entwickeln sie keine Anhaftung [das heißt, sie sind in ihrer Zufriedenheit und Freude nicht von den Sinnen und den Sinnesobjekten abhängig]./ Diejenigen, die durch die Guṇas verwirrt sind, entwickeln Anhaftung an die Wirkungen und Objekte der Materie *(guṇa-karma).* Wer diese Zusammenhänge versteht *(kṛtsna-vit),* sollte diejenigen, die sie nicht verstehen *(akṛtsna-vidaḥ),* weder verwirren noch entmutigen./ Weihe all deine Tätigkeiten mir, richte dein Bewusstsein auf mich, und kämpfe (erfülle deine Pflicht), selbstlos, ohne Verlangen nach Gewinn und frei von Trübsal (Unmotiviertheit)! [Arjunas Pflicht als General war das Kämpfen.]/ Die Menschen, die dem, was ich hier sage, immer und ohne Abweichung folgen, mit Vertrauen und Hingabe und ohne Neid/Arroganz *(anasūyantaḥ),* werden von ihren Handlungen nicht gebunden." (*Bhagavad-Gītā* 3.27–31)

Kein Lebewesen ist in seinen Handlungen unabhängig, auch der Mensch nicht. Sogar in seinen Gedanken und Wünschen ist der Mensch nicht frei, denn Gedanken und Wünsche werden vom Einfluss der Guṇas diktiert. Die Gedanken und Wünsche wiederum bestimmen das Handeln des Menschen, und in seinem Handeln ist der Mensch erst recht abhängig von zahllosen Faktoren. Deshalb erklärt die *Bhagavad-Gītā,* dass alles, was materielle Handlungsabläufe ermöglicht, durch das Wirken der materiellen Energie *(prakṛti)* mit ihren Guṇa-Frequenzen geschieht, aber ein Mensch, dessen Bewusstsein durch äußere Identifikationen verwirrt ist, denkt: „Ich bin der Handelnde" *(kartāham).*

Nur aufgrund der Überseele ist es der Seele möglich, sich mit etwas zu identifizieren, was sie nicht ist, nämlich mit dem materiellen Körper und den damit verbundenen Rollenspielen. Diese Identifikation wird im Sanskrit *ahaṅkāra* („Ich-Macher") genannt. Ohne diesen Schöpfungsfaktor wäre keine Schöpfung möglich. Durch das Ahaṅkāra entsteht ein materielles Ich, aber solange wir wissen, dass dies nicht unser wahres Ich ist, stehen wir über der Bindung und Konditionierung durch dieses projizierte Ich. Wenn sich karmische Wesen jedoch in ihrer Identifikation verlieren, definieren sie sich nur noch über ihre Projektionen und fallen in Illusion *(māyā),* weil sie ihre spirituelle Identität, das wahre Ich, vergessen. Dadurch entsteht das „falsche Ich": das über Illusion definierte Ich mit all den damit verbundenen Selbsttäuschungen, angefangen mit dem Denken, wir selbst würden handeln und unser Handeln bestimmen – während in Wirklichkeit unser Handeln von unserem Denken und Wünschen bestimmt wird und dieses wiederum von den Guṇas. Wie und in welchem Ausmaß wir von den Guṇa- und Karma-Faktoren beeinflusst

Wahres Ich: Seele (Individuum)

→Bewusstsein (Energie der Seele)
→freier Wille: Ausrichtung des Bewusstseins

Identifikation (Ahaṅkāra): grundlegender Schöpfungsfaktor, der es ermöglicht, dass sich das Individuum mit materiellen Projektionen identifiziert.

→Wie sehr identifiziert sich die Seele mit Materie?

3 verschiedene Identifikationsstufen (Guṇas):

Sattva-Guṇa („Tugend; Reinheit"):	erhebend
Rajo-Guṇa („Leidenschaft"):	im Kreis drehend
Tamo-Guṇa („Unwissenheit"):	verdunkelnd

Entsprechend der Intensität der Identifikation aktivieren wir bestimmte Guṇa-Verhaltensmuster und bieten mehr oder weniger Angriffsfläche für materielle Einflüsse.

- **Materielle Ver-wicklung:** Je weniger man sich der eigenen spirituellen Identität bewusst ist, desto mehr wird die innere Zufriedenheit von äußeren Objekten abhängig, und man wird anfällig für Beeinflussung und Manipulation.
  →Ohne die Fähigkeit der Identifikation (Ahaṅkāra) könnten spirituelle Seelen nicht in der materiellen Welt leben. Gesunde Identifikation bedeutet, die eigene materielle Situation mit ihren Herausforderungen anzunehmen und im Bewusstsein der höheren spirituellen Zusammenhänge zu meistern. Diese innere Meisterschaft geht verloren, wenn der Mensch sich nur über materielle Kriterien (über den eigenen Körper, über Ideologien, Dogmen usw.) definiert.

- **Spirituelle Ent-wicklung:** Wer sich seiner spirituellen Identität bewusst ist und dementsprechend handelt, erkennt sich selbst als spirituelles Individuum und identifiziert sich nicht mit den Zielscheiben der Manipulation (feinstofflicher und grobstofflicher Körper).
  →Der Körper ist nicht mehr Objekt der Identifikation, sondern Instrument der spirituellen Entwicklung.
  →Eine solche Person ist unbestechlich, selbstlos und furchtlos und sieht alles Vergängliche im Licht der spirituellen Wirklichkeit und Ewigkeit.

Tafel 1: Die Psychologie von Identität und Identifikation

Sattva-Guṇa („Tugend, Reinheit; Licht [als Symbol]“; Gottesaspekt: Viṣṇu): erhebend, harmonierend, bewahrend; die Kraft der Konstanz und Kontinuität; Verantwortung; das, was etwas Geschaffenes aufrechterhält und betreut; die Kraft des Seins (koordiniert das Verwenden bzw. Loslassen von Rajo- und Tamo-Guṇa). Sattva-Guṇa fördert die innere Ruhe, Kraft und Klarheit und die Entwicklung von spirituellem Wissen.

Bei zu starker Identifikation: „spirituelle“ Arroganz, Gefahr von Selbstzufriedenheit, Starrheit und Elitedenken.

Rajo-Guṇa („Leidenschaft, Motivation durch Identifikation“; Gottesaspekt: Brahmā): erschaffend, aufbauend, etwas anfangend; Identifikation mit der eigenen materiellen Situation und Ambition; die Kraft von Werden und Machen (sollte von Sattva-Guṇa, der Kraft des Seins, gelenkt und getragen sein).

Bei Einseitigkeit und zu starker Identifikation: Ehrgeiz, Konkurrenzdenken und Egozentriertheit; nur Interesse am eigenen Profit und am Erfolg der eigenen Gruppierung (Familie, Dynastie, Firma, Partei, Institution, Religion usw.); im Kreis drehend (Neues schaffen, Altes zerstören; Produktion und Konsumförderung); kein Interesse an echten spirituellen Zielen; Neigung zu eigennütziger „Religion“ bzw. Magie; Religion als Machtmittel; hohe Wahrscheinlichkeit, noch tiefer in die materielle Identifikation hineinzugeraten (Absinken in die Einseitigkeiten der Tamo-Guṇa).

Tamo-Guṇa („Dunkelheit, Chaos, Strukturauflösung; Unwissenheit“; Gottesaspekt: Śiva): abbauend, umwandelnd, zerstörend; Kraft des Habens und Besitzens und damit auch des Loslassens und Auflösens von Strukturen, die umgewandelt werden müssen (sollte von Sattva-Guṇa, der Kraft des Seins, gelenkt und getragen sein und in einem gesunden Verhältnis mit der Kraft von Werden und Machen, Rajo-Guṇa, stehen).

Bei Einseitigkeit und zu starker Identifikation: zerstörerisch, verdunkelnd; erniedrigend, belastend, selbstzerstörend; Gleichgültigkeit, Selbstmitleid, Selbstsabotage; kurzsichtiges Genießen, das einem selbst und anderen schadet; verbitterte oder rebellische Resignation („Ist mir egal! Kommt auch nicht mehr drauf an! Geht mich nichts an!“); Sich-gehen-Lassen in eine grobstoffliche oder astrale Verirrung und Dekadenz; spiritistische Pakte, um „auf Teufel komm raus“ (um jeden Preis/koste es, was es wolle) das zu bekommen, was man will. Oder als weitere Varianten: Eintauchen in Nihilismus und Sarkasmus; Angst und widerstandslose Passivität; gedankenloses Mitläufertum; Identifikation mit der Masse und der Norm des geringsten Widerstandes.

Tafel 2: Die Guṇas – Stufen der Identifikation mit der Materie und die entsprechenden Verhaltensmuster

werden, bestimmen wir selbst mit der Ausrichtung unseres Bewusstseins („Verbunden mit der Quelle oder nicht verbunden mit der Quelle?") und den entsprechenden Gedanken, Wünschen und Handlungen.

Im multidimensionalen Kosmos leben unendlich viele Individuen, die ständig neue Karma- und Willensimpulse erzeugen. Gleichzeitig wirken auf der Ebene der mikro- und makrokosmischen Natur unendlich viele physikalische und biologische Dynamiken. Die Unendlichkeit dieses konstanten Flusses von Faktoren und Impulsen wird von der Überseele (Paramātmā) in Echtzeit registriert und auf vollkommen neutrale Weise ausgewertet und koordiniert. Sie ist als kosmische Intelligenz die allgegenwärtige „Computerzentrale" aller feinstofflichen und grobstofflichen Energien. In diesem Sinn ist Gott (Viṣṇu) der Diener aller Lebewesen, denn er formt und bewegt die Materie gemäß ihren Vorgaben. Bei den Tieren, Pflanzen, Mikroben usw. äußert sich dies durch die morphogenetischen und biologischen Funktionen (inkl. Instinkt und artspezifischer „Intelligenz"). Bei den Menschen kommt die Auswertung der Karma- und Willensimpulse und der höheren Faktoren hinzu.

Manipulation des Bewusstseins

Der Körper ist nicht unser Besitz, sondern eine Leihgabe. Auch unsere Talente und die Intelligenz, die wir haben, sind Gaben („Begabungen"), und unsere Gefühle, Gedanken und Wünsche sind flüchtige Produkte der feinstofflich-materiellen Energie, die durch die momentane Ausrichtung des Bewusstseins entstehen.

Unser einzig wahrer „Besitz" ist unser individuelles Bewusstsein. Bewusstsein ist unsere Energie, die Energie der Seele, und mit ihr wählen wir unsere Realitäten: welchen Aspekten der Welt wir unsere Aufmerksamkeit schenken (und *nicht* schenken), welche Gedanken, Gefühle und Wünsche wir demzufolge entwickeln (und *nicht* entwickeln) und welche Handlungen wir ausführen.

Die Ausrichtung des Bewusstseins formt und färbt, vergiftet oder durchlichtet den feinstofflichen Körper und über ihn den grobstofflichen Körper. Deshalb ist es nicht gleichgültig, was wir wünschen, fühlen, denken, hören, sagen, tun, lesen, essen usw. Welche Eindrücke wir in den feinstofflichen Körper eindringen lassen, welche Regungen wir in uns aufkommen lassen, welche Schwingungen wir aussenden und empfangen, ist unsere persönliche Verantwortung. Alles, was wir denken, fühlen, wünschen und tun, hinterlässt Spuren und Eindrücke im feinstofflichen Körper, die dann auf der grobstofflichen Ebene zum Ausdruck kommen oder sich Ausdruck verschaffen.

Die Ausrichtung unseres Bewusstseins lässt sich mit einem Scheinwerfer in einem dunklen Theatersaal vergleichen. Der Scheinwerfer beleuchtet immer einen ganz bestimmten Ausschnitt der Bühne und lässt anderes im Dunkeln. Ebenso beleuchten und beleben wir mit der Ausrichtung unseres Bewusstseins bestimmte Bereiche der Materie. Schlagzeilen, Zeitungsbilder, TV-Berichte usw. sind nur „tote“ Print- bzw. Elektrosignale. Erst wenn wir sie konsumieren, werden sie zu lebendiger Information – aber nicht auf dem Papier oder Screen, sondern in uns! Durch die Frequenz unseres Bewusstseins gehen wir in Resonanz mit äußeren Einflüssen. Jede Wahrnehmung ist immer eine Form von psychophysischer Magie und Alchemie: Durch unser Bewusstsein nehmen wir Buchstaben und Bilder in uns auf und transformieren sie in Information, die wir in Form von Mentalenergie (Gedanken, Emotionen, Reflexionen) in die Welt strahlen. Wir wirken gleichzeitig als Empfänger und als Sender von Information und verstärken diese – einfach dadurch, dass wir unser Bewusstsein auf sie richten. Jeder Wahrnehmungsvorgang ist in einem esoterischen Sinn medial, denn wir wirken als Medium der Außenwelt und „channeln“ die bewusst und unbewusst aufgenommenen Gedanken, Bilder und Programme.

Aufgrund des Frequenz-Resonanz-Mechanismus setzt psychologische Manipulation immer beim Bewusstsein an. Die Menschen sollen dazu gebracht werden, ihr Bewusstsein auf bestimmte Dinge zu richten und auf bestimmte Dinge *nicht.* Weil das Individuum und sein Bewusstsein nicht materiell sind, besteht der erste Schritt der Manipulation darin, das Bewusstsein der Menschen auf die Materie und auf äußerliche Dinge zu richten. Die Menschen sollen ihre spirituelle Identität vergessen und nur noch die „gewünschten“ Projektionen und Informationen in sich aufnehmen. Je mehr die Menschen sich mit der Materie (mit ihrem Körper, mit ihrer Nation, Religion, Ideologie usw.) identifizieren, desto manipulierbarer werden sie, weil sie zunehmend von Fremdprogrammierungen abhängig werden.

Wenn die Menschen wüssten, wie sehr ihr feinstofflicher Körper und mittlerweile auch ihr grobstofflicher Körper von all diesen Einflüssen geprägt werden, wären sie viel vorsichtiger in ihrer Entscheidung, *wem* sie ihr Vertrauen und ihre Aufmerksamkeit – d. h. ihre Bewusstseinsenergie – schenken und wem nicht.

Die Ursache von Machtstreben und Energieraub

Warum haben gewisse Individuen die Tendenz, andere beherrschen und unterwerfen zu wollen? Hier könnten unterschiedliche psychologische Erklärungen angeführt werden, die alle mehr oder weniger bekannt sind. Aus spiritueller Sicht beginnt das Warum jenseits der psychischen Faktoren, denn was sich auf den rationalen, mentalen und emotionalen Ebenen spiegelt, hat seine Ursachen in der Seelenebene, d.h. im ursprünglichen freien Willen des Individuums. Als Seelen sind wir Teile des Ganzen, „Teile Gottes". Die göttliche Harmonie („Ordnung") ist in sich so vollkommen, dass sie den Seelen auch die Möglichkeit bietet, *nicht* in Harmonie zu sein. Dadurch gelangt der freie Wille zur Anwendung, denn jedes Individuum bestimmt durch seine Bewusstseinsausrichtung selbst, ob es – symbolisch gesprochen – im Licht sein will oder nicht. *Niemand muss im Licht sein, und niemand muss das Licht verlassen.*

Wer sich vom Licht trennt, tut dies aus eigenem Willen, und Trennung vom Licht bedeutet „Dunkelheit". Da der Teil aber nie vom Ganzen getrennt ist, ist die Illusion der Trennung *(māyā)* nur möglich, wenn der Teil seine wahre Identität vergisst. Geschieht dies, verliert die Seele ihre Verbindung zur göttlichen Quelle. Trennung von der Quelle bedeutet auch Trennung von der natürlichen „Energieversorgung", und aufgrund dieser Trennung beginnen Seelen („gefallene Engel"), Energie von anderen Lebewesen zu rauben. Diese spaltende („diabolische") Bewusstseinsausrichtung und Mentalität ist die archetypische Ursache für Machtstreben, Übergriffe und Gewaltanwendung. Die Ganzheit (Gott) gibt uns also die Freiheit, die Ganzheit nicht mehr zu sehen und uns nur noch über die Materie und über Projektionen zu identifizieren.

Psychologisch gesprochen, bedeutet die Trennung von der göttlichen Quelle auch den Verlust der Erfahrung von wahrer Liebe und Einheit. In diesem existentiellen Vakuum beginnt die „getrennte" Seele, in der Materie nach Ersatzbefriedigung zu suchen, was immer mit Manipulation und Machtausübung verbunden ist, sei es in einer subtilen Form oder direkt durch Betrug, Gewalt usw. Die Trennung von der Quelle ist eine Sackgasse (engl. *dead end*), die immer tiefer in die Dunkelheit führt. Religionen sprechen hier von „Hölle" und betonen die Notwendigkeit der „Bekehrung", was im bildlichen Sinn einfach bedeutet: umkehren, den falschen Weg loslassen und aufhören, Böses zu tun, auch im Denken und Wünschen.

„Zu keiner Zeit kann ein Mensch inaktiv bleiben *(akarma-kṛt),* nicht einmal für einen Moment. In Wirklichkeit wird er veranlasst, praktisch automatisch *(avaśaḥ)* seine Karma-Handlungen auszuführen, denn die Handlungen erfolgen gemäß dem Einfluss der Guṇas und der entsprechenden Neigung. [Das heißt, die durch das eigene Karma und die entsprechende Guṇa-Resonanz verursachte Neigung zwingt einen, auf ganz bestimmte Art und Weise zu denken und zu handeln.]" (*Śrīmad-Bhāgavatam* 6.1.53)

„Die Seele ist selbstleuchtend und ist verschieden vom sichtbaren grobstofflichen *(vyakta)* und vom unsichtbaren feinstofflichen *(avyakta)* Körper. So wie der Raum der Hintergrund aller materiellen Formen ist, so ist die Seele immerwährend *(dhruva,* „standhaft", hier: unberührt von allen Wandlungen des Körpers), d. h. sie stirbt nicht, wenn der Körper stirbt. Die Seele ist ohne Ende *(ananta)* und kann mit nichts Materiellem verglichen werden./ Mein lieber König, erkenne auf diese Weise dein wahres Selbst *(ātmā)* als das, was den Körper beseelt *(ātma-stham),* erkenne dies mit Unterscheidungsvermögen *(buddhi)* und klarem Denken *(anumāna),* und verbinde dich durch dieses erleuchtete Bewusstsein mit der allgegenwärtigen Quelle (*vāsudeva*)!" (*Śrīmad-Bhāgavatam* 12.5.8-9)

„Jede Handlung, die ein Mensch ausführt, ist von fünf Faktoren abhängig: vom Körper [die physische Kapazität], vom handelnden Individuum [mit seinen Wünschen und Neigungen], von den Sinnesorganen [und ihrer Kapazität], von den verschiedenen Arten von Bemühungen [entsprechend dem Einfluss der Guṇas] und letztlich von der Überseele [die alle Faktoren gemäß dem Karma koordiniert]./ Jede richtige oder falsche Handlung, die ein Mensch mit Körper, Geist oder Worten ausführt, wird von diesen fünf Faktoren verursacht./ Wenn jemand sich für den alleinigen Handelnden hält und diese fünf Faktoren nicht in Betracht zieht, liegt dies an mangelndem Unterscheidungsvermögen *(akṛta-buddhitvāt),* weshalb ein solcher Mensch in die Irre geht *(durmatiḥ).*" (*Bhagavad-Gītā* 18.14-16)

„Selbstbeherrschung/Meisterschaft *(ātma-vaśyaiḥ)* bedeutet, von Anhaftung und Aversion frei zu sein und zu handeln, ohne von den Sinnen und Sinnesobjekten beherrscht zu werden. Ein Mensch, der auf diese Weise der göttlichen Ordnung folgt *(vidheyātmā),* empfängt Barmherzigkeit *(prasādam).*"[63] [Wer Ego-Wünsche aufgibt und Gottes Willen dient, erlangt „Barmherzigkeit", d. h. erlebt göttliche Fügungen, Zeichen und Inspirationen, die nicht durch das eigene Karma verursacht sind und die man nicht erzwingen oder „verdienen" kann. Dadurch wird es möglich, Entscheidungen zu treffen, die das Karma-Muster durchbrechen.] (*Bhagavad-Gītā* 2.64)

Quellentexte: Die Abhängigkeit des Individuums

Lebensenergie durch Bewusstsein und Emotionen

Die Ausrichtung des Bewusstseins ist ein direkter Ausdruck des freien Willens – und der stärkste Ausdruck des freien Willens ist das, was wir als göttliche Liebe oder bedingungslose („selbstlose") Liebe bezeichnen. Was immer aus Liebe getan wird, hat die höchste Kraft. Es macht einen großen Unterschied, ob jemand etwas aus dem eigenen Innersten heraus liebend gern und freiwillig tut oder interesselos und gleichgültig oder sogar unter Zwang und Angst. Alles, was über Gewalt, Manipulation und Einschüchterung aufgebaut wird, hat keine wirkliche Grundlage. Indirekt wissen auch die dunklen Mächte, dass das Machtvollste das ist, was aus Liebe, d. h. freiwillig getan wird. Deshalb streben sie danach, dass die Menschen möglichst „freiwillig" der Spaltung dienen. Um dies zu erreichen, schüren sie religiös-dogmatische und politische Ideologien und heizen die Emotionen mit Feindbildern an. „Und weil das Böse überhandnimmt, wird die Liebe in vielen Menschen erkalten." (Mt 24,12)

In unserer Sprache kennen wir Begriffe wie „unmenschlich", „vom Teufel geritten" und „kaltblütig", was in einer metaphysischen Diagnose auch als „emotionslos" bezeichnet werden kann. Was sich auf der Erde an Negativität niederschlägt, hat immer auch Ursachen im Feinstofflichen. Und tatsächlich existieren feinstoffliche Wesen, die emotionslos sind (aber nie seelenlos). Der moderne Mensch ist geneigt, die Existenz solcher Wesen in den Bereich der Mythologie oder Science-Fiction zu verweisen, aber alte und heutige Quellen des Geheimwissens beinhalten auch diese Faktoren des multidimensionalen Kosmos.

In der Vorgeschichte (S. 16) wurden bereits die Nāgas erwähnt, ein Begriff, der aus dem Sanskrit stammt und eine vielschichtige Bedeutung hat: von „Schlange" im zoologischen Sinn bis hin zu feinstofflichen und schwarzmagischen Bezügen. Das Klischee der Reptiloiden und Echsenwesen ist heute so bekannt, dass es zu den häufigsten Schlagwörtern gehört, mit denen Verschwörungsleugner jede Art von Verschwörungstheorie lächerlich machen. Aber wie erwähnt: Alte und heutige Quellen des Geheimwissens beinhalten auch diese dunklen Faktoren des multidimensionalen Kosmos. Nāgas sind halbphysische Lebensformen. „Halbphysisch" bedeutet, dass sie in den Grenzbereichen der physischen und astralen Welten, d. h. in den niederen Astralsphären, leben. Von dort aus können sie relativ leicht in die irdische Welt hineinwirken, indem sie gewisse Menschen „überschatten" oder besetzen. Eine weitere Möglichkeit ist, dass sie sich inkarnieren und als „echte" Menschen erscheinen. (Das vedische Wissen betont jedoch, dass nicht alle Nāgas emotionslos und negativ sind. Nāga-Wesen existieren auch in den Lichtwelten und gehören zur unendlichen Vielfalt von Gottes Schöpfung.)

Wenn Menschen beginnen, schöpfungswidrige Machtmittel zu entwickeln, fördern sie eine Art von Wissenschaft, die technisch bis in die Atome und in die Gene vordringt. Dies lässt ahnen, dass sie den Zugang zu ihrem eigenen Innersten verloren haben und deshalb das Innerste der Materie knacken wollen, um dadurch die Welt nach ihren „eigenen" Vorstellungen zu gestalten.

Einmal mehr zeigt sich, dass die karmischen Wesen die Freiheit und Verantwortung haben zu entscheiden, ob sie im Geist des „Dein Wille geschehe" leben wollen oder ob sie sich von anderen Zielen vereinnahmen lassen. Diese Entscheidungen können fließend sein, haben aber immer entsprechende Konsequenzen. Im abschließenden Kapitel von Teil I soll als Orientierungshilfe aufgezeigt werden, wie man gemäß vedischer Psycho-logik unterscheiden kann, was negative, positive und was spirituelle Bewusstseinsausrichtungen sind. Denn das Ziel all dieser Ausführungen soll es sein, über die Dualität von „positiv" und „negativ" hinauszugelangen und das eigene Bewusstsein wieder auf das ursprüngliche, spirituelle Ziel zu richten.

Kapitel 5

Macht über die Materie – negative, positive und spirituelle Motive

Die Spur der Sterbeforschung, der Parapsychologie und der spirituellen Wissenschaft führt zur Erkenntnis, dass wir in unserer materiellen Existenz multidimensionale Wesen sind, das heißt, wir haben nicht nur einen grobstofflichen, sondern auch einen feinstofflichen Körper. Ebenso besteht die Welt, in der wir leben, aus grobstofflichen und feinstofflichen Ebenen. Dass der Kosmos multidimensional ist, ist eine der grundlegendsten und wichtigsten Erkenntnisse, aber unsere Sicht sollte auch über die höherdimensionale Materie hinausgehen. Denn so, wie jenseits des grobstofflichen und feinstofflichen Körpers die spirituelle Seele gegenwärtig ist, so ist jenseits aller materiellen Dimensionen die *ewige spirituelle Welt* allgegenwärtig, welche die natürliche Heimat der Seele ist. Die Frage, warum wir uns dann überhaupt in der materiellen Welt befinden, wurde bereits in Kapitel 4 grundsätzlich beantwortet und wird im Verlauf des Buches aus weiteren Blickwinkeln beleuchtet.

Das Ziel unserer Wanderung durch die materiellen Welten ist das Erlangen der Erkenntnis unseres wahren Selbst. Das Wandern der ewigen Seele von Körper zu Körper muss kein ewiger Kreislauf sein. In Wirklichkeit sind all diese Körper wie die Körper in einem Traum, die nicht mehr existieren, sobald man erwacht. Göttliche Offenbarungen erkennt man daran, dass sie das Erwachen der spirituellen Seele fördern und den Menschen in die Freiheit der Selbstverantwortung führen.

Hier, im letzten Kapitel von Teil I, soll dargelegt werden, welches bewusste Sein (Bewusst-Sein) dieser spirituellen Frequenz entspricht. Denn vieles, was für spirituell und religiös gehalten wird, gehört immer noch zur materiellen Dualität, d.h. in den Bereich der positiven und negativen „Fronten“. Welche Motive bewegen die Individuen, positiv oder negativ zu handeln? Durch den Vergleich der positiven und der negativen Motive wird ersichtlich, was der *spirituelle* Sinn dieses Rollenspiels ist: die Loslösung von falschen Identifikationen und das Erkennen der eigenen ewigen Identität. Jenseits aller vergänglichen Projektionen – *wer bin ich?* Was ist meine wirkliche Kraft und Macht? Was ist meine Berufung?

Was bedeutet „Macht"?

Der grobstoffliche Körper, den wir beim Tod verlassen, und der feinstoffliche Körper, den wir ins Jenseits mitnehmen, sind materielle Hüllen, von denen wir – als Seele – verschieden sind. Wir „sind" nicht unser grob- und feinstofflicher Körper, wir *beseelen* diese Körper. Das Bewusstsein ist die Energie der spirituellen Seele, und mit dieser Energie haben wir Macht über die Materie, da wir sie beleben und steuern. Wie im letzten Kapitel beschrieben, ist diese Macht von vielen Faktoren abhängig, aber die Art und Weise, wie wir sie verwenden („Worauf richte ich mein Bewusstsein? Was belebe und unterstütze ich mit meinem Bewusstsein?"), ist Ausdruck unseres freien Willens. Diese Freiheit ist mit Verantwortung verbunden. Alles, was wir tun, hat Konsequenzen, und diese sind abhängig von der Art der Motive, mit denen wir handeln.

Macht ist die die Kraft, die es mir ermöglicht, das zu verwirklichen, was ich will. Diese Definition zeigt die Wichtigkeit des Motivs unseres Handelns, denn unser Motiv bestimmt die Art, wie wir unsere Macht verwenden.

Eine andere Definition von Macht ist: die Anwendung der eigenen Kraft und Energie. Wie weit bin ich in der Lage, diese Kraft einzusetzen? Wo fühle ich mich ohnmächtig? Was will ich? Was ist mein Wille?

Alle Menschen streben nach irgendeiner Form von Macht über die Materie, auch diejenigen, die spirituellen Zielen dienen, d. h. Zielen, die sich nicht über materielle Identifikationen wie Nation, Religion und Ideologie definieren. Wie bereits erwähnt, leben wir immer mit materiellen Identifikationen, aber diese sollten nicht unsere Selbstwahrnehmung dominieren. Religiös gesprochen, bedeutet Handeln mit spirituellen Motiven: Mein Wille ist, dass „dein Wille geschehe, wie im Himmel, so auf Erden".

Spirituelle Motive bewirken ein Handeln ohne Ego-Ambitionen. Wenn Menschen auf diese Weise ihre innere spirituelle Macht aktivieren, hat die Materie keine Macht mehr über sie. Das Materielle kann sie weder verführen noch verblenden, weil sie keine materiellen Motive haben. Sie leben im spirituellen Bewusst-Sein und sind „in der Welt, aber nicht von der Welt" (Joh 17,11/16).

Im Licht dieser Perspektive wird es einfacher, positive und negative Motive sowie positive und spirituelle Motive zu unterscheiden.

Unterscheidung von „positiv" und „negativ"

Wenn wir von positiven und negativen Motiven sprechen, sind dies Begriffe der Dualität im Sinn von „gut, gottzugewandt" und „schlecht bzw. böse, gottabgewandt". Dualität darf nicht mit Polarität gleichgesetzt werden. In der Polarität sind „positiv" und „negativ" gleichwertige, sich gegenseitig bedingende Pole der materiellen Schöpfungsdynamik, wie männlich und weiblich, Raum und Zeit, Ursache und Wirkung, Schöpfung und Auflösung, Geburt und Tod, Yin und Yang usw. In der Polarität bezeichnet der negative Pol einfach das Gegen-Teil eines mit ihm verbundenen anderen „Teils" der materiellen Welt.

In der Ganzheit hat jeder Teil Gegen-Teile, die zusammen untergeordnete Ganzheiten (Polaritäten, Schöpfungseinheiten) bilden. In der kosmischen Schöpfungsdynamik wirken Schöpferwesen mit freiem Willen, und dieser freie Wille beinhaltet die Freiheit, sich *nicht* als Teil des Ganzen zu sehen. Jeder Teil ist in die Ganzheit eingeordnet, ist ein *Diener* des Ganzen, ein Diener Gottes. In der materiellen Welt bietet sich die Möglichkeit, diese ursprüngliche Identität abzulehnen und in die Trennung zu gehen. Niemand muss im Licht sein, und niemand muss das Licht verlassen.

Das Licht bietet die Freiheit, sich von ihm zu trennen und Dunkelheit zu schaffen. Wer dies tut oder auch nur die Neigung dazu hat, fällt in die Illusion zu denken, „Dunkelheit" sei eine höhere oder bessere Form von Licht. Denn Licht schafft keine Dunkelheit und „kann" keine Dunkelheit schaffen, braucht aber auch keine Dunkelheit (Trennung, Illusion), um Licht zu sein.

Auf der Ebene der Dualität kann das Böse auch als das „Negative" bezeichnet werden, denn im wörtlichen Sinn bedeutet *negativ* „verneinend; ablehnend", vom lateinischen Verb *negare,* „nein sagen". Das Böse ist in diesem Sinn tatsächlich negativ, weil es die göttliche Ordnung verneint und eine eigene Welt-Ordnung durchsetzen will. Der Begriff „negativ" hat zudem den Vorteil, dass er den Gegensatz zu „positiv" darstellt und impliziert, dass letztlich beide Seiten transzendiert werden müssen, wenn man „Erlösung" (Loslösung von der Spaltung und Trennung) erreichen will. Positive Motive sind gut, aber nicht gut genug. Das wirklich Natürliche und Befreiende ist das Leben mit spirituellen Motiven, denn in unserer Essenz sind wir spirituell, nicht materiell.

Nicht „urteilen", aber unterscheiden

Wenn von „positiv" und „negativ" gesprochen wird, lautet ein häufiger Einwand: „Man soll nicht urteilen und etwas als positiv und etwas anderes als negativ bezeichnen. Das ist trennendes Denken! Man soll nie werten und nie urteilen. Denn das Negative gibt es gar nicht! Nichts ist schlecht oder falsch. Alles hat einen Sinn."

Das sind typische Halbwahrheiten. Wer so argumentiert, wertet und urteilt selbst, indem er sagt, Urteilen sei schlecht und Nichturteilen sei gut. Einerseits stimmt es: „Alles hat einen Sinn", auch das Negative. Aber das ändert nichts daran, dass das Negative negativ ist.

Was ist mit „nicht urteilen" gemeint? Der in der Esoterik viel zitierte Satz „Urteile nicht!" ist ein Wort Jesu aus der Bergpredigt und lautet im Zusammenhang:

> „Richtet nicht, damit ihr nicht gerichtet werdet! Denn mit welchem Gericht ihr richtet, mit dem werdet ihr gerichtet werden [*oder im Wortlaut der Einheitsübersetzung:* Verurteilt nicht andere, damit Gott nicht euch verurteilt. Denn euer Urteil wird auf euch zurückfallen], und mit welchem Maß ihr messt, mit dem werdet ihr gemessen werden. Was siehst du den Splitter im Auge deines Bruders, aber siehst nicht den Balken in deinem Auge? [...] Gebt das Heilige nicht den Hunden und werft eure Perlen nicht vor die Schweine, damit sie diese nicht mit ihren Füßen zertreten und sich dann auch noch gegen euch wenden und euch zerreißen." (Mt 7,1-3/6)

„Urteile nicht!" heißt also nicht: Unterscheide nicht! Jesus lehrte zwar „Urteile nicht", aber er war nicht naiv und machte sehr wohl Unterscheidungen. Er wusste, dass manipulierbare Menschen dazu neigen, sich gegen ihre Wohltäter zu wenden, weil sie auf die Propaganda der herrschenden Mächte hereinfallen und glauben, das Heilige und die Perlen seien etwas Böses, das man bekämpfen müsse. Jesus selbst ist ja das berühmteste Opfer von hetzerischer Verleumdung, und die Welt kann nicht sagen, sie habe diese Mechanismen nicht gekannt.

Es ist also ein großes Missverständnis zu sagen, man dürfe nicht unterscheiden, was gut und was böse ist. Wie im weiteren Verlauf des Buches noch dargelegt wird, glauben gerade die obersten Stufen der Machtpyramide an Philosophien, die besagen, das Böse sei „notwendig" und nicht wirklich böse, weil man nur dank des Bösen wissen könne, was gut sei. Sie wissen, dass die meisten Menschen solche Ideologien und die entsprechenden Aktionen nicht gutheißen würden, und behandeln diese vermeintlichen Wahrheiten deshalb als „Geheimlehren", die nur für die hohen Eingeweihten und Adepten bestimmt seien. Sie glauben, dass es letztlich weder „gut" noch „böse" gibt, denn „alles ist eins; alles ist relativ". Bezeichnenderweise glauben das auch viele Menschen in der modernen Esoterik, ohne jedoch zu überlegen, was diese populären Slogans in ausformulierter Konsequenz bedeuten.

Das Gebot „Urteile/Verurteile/Richte nicht!" bedeutet: „Du, Mensch, der du nicht allwissend bist, beschränke andere Menschen nicht auf ihre schlechten Taten. Tue in jeder Situation das, was in deiner Verantwortung ist, und vertraue dabei auf die höhere Gerechtigkeit. Erkenne hinter allem, was geschieht, den höheren Sinn und die spirituelle Herausforderung. Erkenne, worum's im Leben wirklich geht!"

Diese Ratschläge gründen in der Erkenntnis, dass wir, als spirituelle Seelen, nicht Teil der materiellen Welt und nicht Teil der Dualität sind. „Urteile nicht" bedeutet daher auch: Sei nicht Teil der Dualität. Beziehe nicht Partei innerhalb der Dualität! Denn die Dualität stellt das Spannungsfeld des Karma-Gesetzes dar. Solange man innerhalb der Dualität Partei bezieht, untersteht man dem Karma-Gesetz und schafft Karma-Reaktionen. Karma-Reaktionen, seien sie gut oder schlecht, binden die spirituelle Seele an die materielle Welt.

Jesus formulierte mit seiner Aussage „Urteile nicht" eine Wahrheit, die in der vedischen Offenbarung umfassend erklärt wird: *Befreie dich von Karma-Bindungen! Befreie dich von der Dualität!* Das bedeutet nicht, die Dualität zu ignorieren, sondern sie zu transzendieren.

Intelligenz = Unterscheidungsvermögen

Das bekannteste Sanskritwort für „Intelligenz" ist *buddhi.* Jemand, der *buddhi*-Meisterschaft erlangt hat, wird Buddha genannt, was zeigt, dass Intelligenz *(buddhi)* viel mehr beinhaltet, als das heutige Schulsystem nahelegt. Das Wort *buddhi* besteht aus *budh,* „bewusst sein, wach sein, wahrnehmen, erkennen", und *dhi,* „Bewusstseinszustand, Bewusstseinsausrichtung". *Buddhi* ist das Unterscheidungsvermögen, mit dem wir Gedanken, Wünsche und Emotionen sortieren und Distanz zu diesen Ebenen halten, indem wir durch geistige Präsenz und Zentriertheit bewusst denken und handeln. Hier geht es um Achtsamkeit, klares Wahrnehmen und Freiheit von impulsiven Reaktionen.

In der vedischen Metaphysik ist *buddhi* der siebte bzw. zweite von insgesamt acht Faktoren unserer materiellen Existenz. Zu diesen acht Faktoren gehören die fünf grobstofflichen „Elemente" Erde, Wasser, Feuer, Luft und Äther (siehe S. 21) sowie die drei feinstofflichen „Elemente" *manas, buddhi* und *ahaṅkāra*. Das Sanskritwort *manas* findet sich über die indoeuropäische Sprachverbindung auch im lateinischen Wort *mens* (Genitiv *mentis*) und bezieht sich auf die mentale Ebene unserer Psyche: die Ebene der Gedanken, der projizierten Wünsche und der Emotionen (siehe Kapitel 4, Unterkapitel „Der feinstoffliche und der grobstoffliche Körper: nicht die wahre Identität des Selbst"). *Ahaṅkāra* ist das grundlegende Schöpfungs- und Existenzprinzip, die „Identifikation" (siehe S. 99 f. und 101).

Die *buddhi*-Instanz befindet sich „zwischen" *ahaṅkāra* und *manas* und bedeutet Intelligenz im wörtlichen Sinn von „Unterscheidungsvermögen" (von lat. *inter,* „zwischen", und *legere,* „lesen; auslesen; wählen"). Die *buddhi*-Instanz sollte nicht von der *manas*-Ebene dominiert werden, es sollte umgekehrt sein: Mit unserer Intelligenz sollten wir unterscheiden und bestimmen, welche Gedanken, Wünsche und Emotionen wir in uns zulassen und manifestieren. Intelligenz *(buddhi)* ist das ganzheitliche Unterscheidungsvermögen, insbesondere das Erkennen: Was ist materiell, was ist spirituell? Was führt ins Licht, was in die Dunkelheit? Was trennt mich von der Quelle, was verbindet mich mit der Quelle? Jeder Mensch sollte „Buddha" sein, und die Schulen (vom Kindergarten bis zu den Universitäten) müssten diese Art von Intelligenz fördern – und nicht nur den Intellekt.*

Die Bedeutung des menschlichen Lebens

Wenn die Menschen sich nur noch auf materielle, vergängliche Lebensinhalte beschränken, kennen sie keine höheren Ziele mehr. Was bleibt, ist das Streben nach einer möglichst angenehmen oder vorteilhaften Position innerhalb des Materiellen, und man versucht, die eigene Kraft und Macht für dieses Ziel (Eigeninteresse) einzusetzen, mit entsprechenden „Freunden" und „Feinden". Solche Handlungsmuster sind nichts anderes als unterschiedliche Ausformungen einer falschen Identifikation mit der Materie (= Ego). Eine der wichtigsten Aufgaben der Intelligenz ist

* Intelligenz (*buddhi,* lat. *intelligentia*) besteht aus dem gesunden Zusammenwirken von Verstand (lat. *intellectus*) und Vernunft (lat. *ratio*). Das heißt, wir können Informationen aufnehmen und verstehen – was die Funktion des Intellekts ist –, aber erst, wenn wir die Informationen richtig anwenden, also vernünftig handeln (= Anwendung der *ratio*), sind wir „intelligent"; ausführlich dargelegt im Buch *Der radikale Mittelweg,* Kap. 22: „Philosophie des Geistes".

es, zwischen Identifikation (Projektion) und spiritueller Identität, dem wahren Selbst, zu unterscheiden.

Das Leben als Mensch auf der Erde ist von entscheidender Bedeutung, denn die Erde ist ein Ort des freien Willens, weshalb die Erde sehr umkämpft ist. In den abgespaltenen Welten (Dunkelwelten) herrscht nur Dunkelheit, und in den Lichtwelten herrscht nur Licht, obwohl Licht nicht herrscht, sondern einfach „ist". Das Licht muss nichts „werden", sondern ist, was es ist. Deswegen sagt Gott in der Bibel über sich selbst: „Ich bin, der ich bin." (2 Mose 3,14)

Wenn in Bezug auf die Dualität von „Licht" und „Dunkelheit" gesprochen wird, ist dies immer symbolisch gemeint: Licht als das Sein im Bewusst-Sein der Ganzheit, Dunkelheit als das, was sich von diesem Bewusst-Sein abgespalten hat. Die Licht- und Dunkelwelten sind feinstoffliche Parallelwelten, die existenziell („kategorisch") getrennt sind, weil Licht und Dunkelheit sich gegenseitig ausschließen: Die Dunkelwelten sind deswegen dunkel, weil in ihnen – symbolisch gesprochen – kein Licht vorhanden ist, und im Licht existiert keine Dunkelheit (Trennung). Aber beide Hemisphären überschneiden sich im Bereich der physisch verdichteten Welt. Deshalb ist es nur hier in „unserer" Welt möglich, dass Licht und Dunkelheit nebeneinander existieren, und das ist der göttliche Schöpfungsplan: dass die Dunkelheit wieder mit dem Licht in Berührung kommt. Dunkelheit kann sich nicht aus eigener Kraft auflösen. Nur Licht kann Dunkelheit auflösen – und erlösen.

> „Das Licht strahlt in der Finsternis, und die Finsternis hat es nicht angenommen. [...] Das Licht kam in die Welt, aber die Menschen liebten die Finsternis mehr als das Licht, denn ihre Taten waren böse. Jeder, der Böses tut, hasst das Licht [...]" (Joh 1,14/3,19f.)

Die Lichtwesen dienen der Heilung und Versöhnung und kommen in die Welt, um den Seelen aus den abgespaltenen Welten die Hand zu reichen. Aber die erste Reaktion der Dunkelheit auf das Licht ist meistens Ablehnung, Existenzangst und Bekämpfung. „Die Dunkelheit hasst das Licht ..." Das ist der Hauptgrund hinter Übergriffen und Gewaltakten wie Ausbeutung und Kriegen – und nicht etwa das schlechte Karma der Betroffenen, wie Zyniker behaupten. Die Weltgeschichte zeigt, dass auf der Erde tatsächlich Licht und Dunkelheit nebeneinander existieren. Man spricht sogar von „inkarnierten Engeln" und „inkarnierten Teufeln".

Jeder Mensch hat die Chance, sich mit dem Licht zu verbinden. Deswegen heißt es, dass das Leben eine Schule ist, in der es darum geht zu lernen, mit den eigenen Freiheiten und der eigenen geistigen Kraft („Macht") richtig umzugehen. Das Licht muss nichts „werden", sondern nur sein, was es ist. In Ableitung vom Gotteswort „Ich bin, der ich bin" ist ein wichtiges Ziel in der spirituellen Entwicklung das „Ich-bin-Bewusstsein". Oder in poetischer Formulierung:

Strahlen Gottes sind wir hier auf Erden,
Brauchen's nur zu sein und nicht zu werden.

Devas und Asuras

Man soll nicht urteilen, aber man soll unterscheiden. Die *Bhagavad-Gītā* betont beides. Hier zwei Beispiele für das Nichturteilen: *samaḥ sarveṣu bhūteṣu* (18.54): „Sei allen Wesen gegenüber neutral (unparteiisch)!"; *suhṛdaṁ sarva-bhūtānām* (5.29): „Begegne allen Wesen mit demselben Wohlwollen!"

Man soll beiden Seiten der Dualität gleichermaßen wohlgesonnen sein und nicht in Kategorien von „Freund" und „Feind" denken, selbst wenn man aufgrund weltlicher Pflichten und Notwendigkeiten – wie Arjuna – innerhalb der Dualität Partei beziehen muss, um gegen Ungerechtigkeit und Missstände zu kämpfen. Die Frage ist immer: Mit welchem Motiv handle ich? Was sind meine Kriterien? Die *Bhagavad-Gītā* betont deshalb auch das Unterscheiden und verrät als Schöpfungsgeheimnis, dass sich innerhalb des Spannungsfeldes der Dualität letztlich nur zwei Arten von karmischen Wesen gegenüberstehen:

> *dvau bhūta-sargau loke 'smin daiva āsura:* „Zwei *(dvau)* Kategorien von Schöpferwesen *(bhūta-sargau)*[64] gibt es in der materiellen Welt *(loke 'smin):* die Devas und die Asuras." (*Bhagavad-Gītā* 16.6)

Daiva ist abgeleitet von der Wortwurzel *div,* „lichtvoll; himmlisch; göttlich" (siehe auch lat. *divinus*). Das entsprechende Substantiv lautet *Deva,* „göttliches Wesen; Lichtwesen". Die Devas werden auch *Suras,* „die Mächtigen; die Leuchtenden", genannt (mit derselben Wurzel wie das Sanskritwort *sūrya,* „Sonne"). Ihnen gegenüber stehen die *Asuras,* die „Gegengötter": die Rivalen der Suras, die negativen Mächte oder dunklen Mächte. Diese existieren sowohl auf irdischen als auch auf höherdimensionalen Ebenen, von den niederen Astralebenen bis hin zu den „Imperien" der hohen Astralfürsten.

Auf der Grundlage der *Bhagavad-Gītā* verwende ich im vorliegenden Buch hauptsächlich die Sanskritbegriffe *Devas* und *Asuras.*

Das Streben nach Souveränität

In der materiellen Welt kann man leicht in laufende „Geschichten" hineingezogen werden. Einige laufen schon seit Jahrhunderten oder Jahrtausenden, andere wurden neu gestartet, einige auch von uns selbst. Wir sind immer Teil von vielen „Geschichten", von unserer eigenen und der von anderen (Familie, Religion, Nation usw.). Das Teilsein an diesen Handlungssträngen lässt sich oftmals nicht vermeiden, die Frage dabei ist nur, ob und inwieweit wir uns darin karmisch verstricken lassen.

Solange wir uns mit der Dualität identifizieren, verursacht jede Aktion Reaktionen gemäß dem Gesetz des Karma, und die Handelnden bleiben im Kreislauf von Geburt und Tod, um immer wieder das zu ernten, was sie gesät haben, sowohl die „Belohnungen" (für das Gute) als auch die „Bestrafungen" (für die Verstöße gegen die Schöpfungsgesetze). Aus beidem kann man lernen – oder auch nicht.

Die Menschen identifizieren sich so sehr mit dem Prinzip von Aktion und Reaktion, dass sie von jeder Handlung, die sie ausführen, wie selbstverständlich ein materielles Ergebnis für sich erwarten: Gewinn, Profit, Anerkennung, Macht. Diese Mentalität wird in der vedischen Philosophie als „Weg des egobezogenen Handelns" *(karma-kāṇḍa)* bezeichnet.

Das praktische Leben zeigt jedoch, dass die Karma-Reaktionen oft ganz anders ausfallen, als man sich wünscht. Menschen, die diese Tücken des materiellen Daseins erkennen, versuchen, vom Auf und Ab des Karma-Daseins weniger beeinflusst zu werden. Sie begeben sich deshalb auf den „Weg des egobezogenen Wissens" *(jñāna-kanda)*, denn Wissen ist Macht. Wer weiß, wie die feinstofflichen Mechanismen des Handelns funktionieren, hat große Vorteile gegenüber denen, die das nicht wissen. Auch in der heutigen Zeit sind Möglichkeiten vorhanden, sich Wissen über die feinstofflichen Energien anzueignen, um dann mit diesen Energien bewusster umgehen zu können. Viele Autosuggestions- und Mentaltechniken dienen dieser Zielsetzung, und die Erfolge zeigen, dass die Menschen tatsächlich einen Nutzen erfahren. Die Techniken funktionieren. Wer sie konsequent anwendet, bekommt eine sehr effiziente Macht über die Materie, was eine große verführerische Kraft in sich birgt. Denn Macht über die Materie bedeutet auch Macht über die Menschen – Stichwort „Magie" (siehe Kapitel 8), wobei magische Manipulationen viel subtiler und „moderner" sein können, als das sogenannte Allgemeinwissen vermuten lässt.

Das Training des Mentalkörpers und der Mental-Power bedingt eine große Anstrengung und Disziplin (im Sanskrit *tapasya* genannt). Man nimmt Übungen und Verzichte auf sich, um materielle Ziele zu erreichen. Im Extremfall wird diese Bemühung zu Askese, das heißt, die Adepten nehmen körperliche Kasteiungen auf sich. Die Sanskritschriften führen mehrere Beispiele von großen Asuras an, die sich mit eisernem Willen und strengster Disziplin unmenschlichen Formen von Askese unterzogen. Diese Asuras waren sich völlig bewusst, dass sie weder der feinstoffliche noch der grobstoffliche Körper sind, und empfanden daher null Identifikation mit dem Körper (aber extreme Identifikation mit dem Ego). Es gelang ihnen dadurch, magische Superkräfte zu entwickeln, die kurzfristig niemand zu bezwingen vermochte, nicht einmal die mächtigsten Devas, weshalb diese Extremsituationen zu einem direkten Eingreifen Gottes führten, indem eine Gott-Inkarnation (sanskr. *avatāra*) auf der Erde oder im Kosmos erschien. Wir sprechen hier von einer „Mythologie", die wie selbstverständlich von der Multidimensionalität des Kosmos und von der Wirklichkeit der ewigen spirituellen Welt als Urgrund der materiellen Welt ausgeht. (Heute tendieren wir dazu, diese Geschichten als mythische oder symbolische Fantasie zu sehen, was aber an ihren essenziellen Inhalten nichts ändert.)

Das erste Ziel aller Wege spiritueller Entwicklung ist die Loslösung von materiellen Identifikationen. Man erkennt: „Was bin ich nicht?" Die Frage, die dabei offen bleibt, ist: „Wer bin ich – jenseits von alledem, was ich nicht bin?"

Durch Meditationsübungen erkennen wir bei konsequenter Praxis, dass die Gedanken und mentalen Bilder, die konstant vor dem inneren Auge auftauchen, nur Projektionen sind. Wir erkennen, dass das wahre Ich nicht materiell ist. *Ahaṁ brahmāsmi,* so lautet einer der bekanntesten Sanskrit-Aphorismen aus den Upaniṣaden: „Ich bin Brahman; ich bin von spiritueller Natur."

Im praktischen Leben bedeutet diese Brahman-Erkenntnis, dass wir uns nicht mehr von den Einflüssen der Dualität beherrschen lassen. Wir ruhen innerlich in einem Bewusstsein der Nondualität und Neutralität, weil wir die Vergänglichkeit alles Materiellen durchschauen. Die Bewusstseinsreife der Nondualität und Neutralität ist die Grundlage jeder weiteren spirituellen Entwicklung. Ohne diese Bewusstseinsreife führen religiöse und säkulare Wege nicht zu einer echten, spirituellen Souveränität, sondern zu Fanatismus, Nihilismus, Egoismus usw.

Hier zeigt sich ein weiterer Grund, warum die relative Freiheit von der materiellen Dualität als eine Position der Neutralität bezeichnet wird. Brahman-Erkenntnis ist eine Bewusstseinsebene, die sowohl von mächtigen positiven als auch von mächtigen negativen Wesen erreicht werden kann. Diese Neutralität ist die Grundlage einer inneren Souveränität, weil man über der Materie steht und sich nicht mehr über die Dualität definiert. Die Verführung hierbei ist, die innere Souveränität zur Erlangung von materieller Überlegenheit und Macht einzusetzen. Man kann sozusagen „im Nirvāṇa“ Anlauf holen, um in der materiellen Welt eine möglichst starke Ego-Souveränität zu erlangen. Diese Scheinerleuchtung wird von der vedische Offenbarung „die letzte Falle Māyās“ genannt: Man strebt nach Einheit und Neutralität und glaubt am Schluss, selbst „Gott“ zu sein (siehe S. 126).

Praktische Konsequenzen der einseitigen „Einheit“

Die hohen Eingeweihten unter den Asuras, die aus eigener Kraft eine relative Neutralität erreichen, erkennen, dass sie vom feinstofflichen und grobstofflichen Körper verschieden sind: „Ich bin Brahman, ich bin Energie.“ Sie verabsolutieren die Nondualität (Einheit) und ignorieren oder bestreiten die Individualität Gottes und der Teile Gottes, weshalb sie das Immaterielle (sich selbst und das Absolute) ausschließlich durch eine Verneinung des Materiellen definieren. Dadurch erkennen sie zwar, was sie *nicht* sind, aber nicht, was und *wer* sie sind.

Wenn man sich selbst und das Absolute durch Verneinung (Negation) definiert, kommt man nicht über die eigene Einseitigkeit hinaus und bleibt in Halbwahrheiten hängen. Der spirituelle Urgrund kann nicht einfach durch eine Verneinung des Materiellen erkannt werden, genauso wie man in der Dunkelheit Licht nicht einfach durch eine Verneinung der Dunkelheit erreicht. Man kann zwar sagen: „Licht ist Abwesenheit von Dunkelheit“, aber damit ist die Dunkelheit nicht überwunden, und man hat nicht erkannt, was Licht wirklich ist. Ähnlich verhält es sich, wenn „Erleuchtete“ aus der Perspektive der Dunkelheit von Licht, Einheit und Gott sprechen. Das Absolute, das sie meinen, ist nur ein durch Verneinung definiertes Konzept: eine nonduale Einheit, die sie fälschlicherweise für „Brahman“ oder „Nirvāṇa“ halten. Für sie ist Gott nichts anderes als diese undifferenzierte Einheit (Nondualität), weshalb sie meinen, die Vielheit in der Einheit (die Vielheit der Seelen, die Individualität) sei nur eine Illusion des materiellen Egos.

Nach diesem Fehler am Anfang der Rechnung kombinieren sie „logisch“ weiter, aber in die falsche Richtung: nur die „Einheit“ sei Wirklichkeit, und weil in dieser Einheit keine Vielfalt existiere, sei auch der

Unterschied von Teil und Ganzem nicht vorhanden; letztlich sei alles „eins". Trotz dieser schönklingenden Philosophie werden nicht alle Menschen gleich behandelt und mit der gleichen Gerechtigkeit bedacht. Im Gegenteil, die elitären Geheimlehren sagen, dass nur diejenigen, die obige „Wahrheiten" erkannt hätten, fähig und berechtigt seien, Macht auszuüben, über Krieg und Frieden zu entscheiden, usw. Weil sie glauben, die Vielheit (Individualität) der Seelen sei nur eine Illusion, glauben sie auch, dass die Menschen „in Wirklichkeit" keine Individuen seien; das Ziel sei, jegliche Individualität aufzulösen und in der „Einheit" aufzugehen. Dieser Glaube schlug sich auch in politischen Ideologien nieder, und diese sind in den letzten 150 Jahren sehr einflussreich geworden. Ihr Anliegen ist es, Ungerechtigkeiten zu bekämpfen, aber weil sie selbst einer Einseitigkeit entspringen, bewirken sie nur, dass die Menschen von der einen Seite der Spaltung zur anderen wechseln und das „Alte" in neuer Form wiederholen, nicht selten sogar noch grausamer und extremer. Wer „den gewaltsamen Umsturz aller bisherigen Gesellschaftsordnung" fordert, wie dies im *Kommunistischen Manifest* der Fall ist, will Veränderungen mit Gewalt erzwingen. Aber was sind das für Veränderungen und „Revolutionen", die Gewalt säen und rechtfertigen?

Die materialistisch-monistischen Theorien sind also gar nicht so harmlos und friedlich, wie das Schlagwort „Einheit" suggeriert. Wenn man glaubt, Bewusstsein und Individualität seien ein Produkt der Materie, glaubt man auch, das Absolute sei nur „Nondualität" ohne Individualität, d. h. eine Energie-Einheit ohne Bewusstsein, Liebe und Willen. Dies würde bedeuten, dass es in „Wirklichkeit" – so wie die Asuras sie definieren – keine Liebe, kein Gut und Böse und keine Verantwortung vor Gott gibt, denn dies alles sind Aspekte der Individualität. Gebete wie „Dein Reich komme, dein Wille geschehe" sind aus dieser Sicht leere Phrasen, die kein Ergebnis zeitigen, und die Geschichte der letzten fünf Jahrtausende scheint diese Sicht zu bestätigen. Die Asuras glauben also zu wissen, dass man letztlich vor nichts und niemandem verantwortlich sei – und genau nach diesem Grundsatz handeln sie. Das einzige Prinzip, dem sie folgen, ist die *Notwendigkeit.* Sie tun, was „notwendig" ist, und was „notwendig" ist, bestimmen sie, denn sie glauben, sie seien die einzigen, die erkannt hätten, was das Absolute „in Wirklichkeit" sei.

Hier schließt sich der Kreis mit den Ausführungen zu Beginn dieses Buches, denn die Ansicht, Leben und Bewusstsein seien nur materielle Produkte (Ergebnisse der „Evolution"), ist heute die offizielle wissenschaftliche Lehrmeinung!

Monismus und Nihilismus

Zusammenfassend lässt sich sagen, dass die Ganzheit (Gott) so vollkommen und vollständig ist, dass sie auch relative Aspekte umfasst, nämlich in Form der materiellen Welt. Auch die Materie ist eine Energie Gottes. Die parallele Gegenwart der materiellen und der spirituellen Welt erlaubt es allen Individuen, ihren freien Willen anzuwenden, indem sie wählen, worauf sie ihr Bewusstsein richten: auf die liebende Harmonie mit Gott oder auf eine eigenwillige Illusion. Die Illusion des Unabhängigseins entspringt dem Unwillen, Teil des Ganzen zu sein. Man könnte hier archetypisch von einem Neid auf Gott sprechen: „Wenn ich nicht Gott sein kann, soll niemand Gott sein, oder alle sollen Gott sein."

„Alle sollen Gott sein" entspricht der Philosophie des atheistischen Monismus. „Niemand soll Gott sein" entspricht der Philosophie des Nihilismus (von lat. *nihil*, „nichts"). Nihilismus ist der Glaube, alles Existente sei letztlich inexistent, sowohl Gott als auch die Teile Gottes; alles komme aus dem Nichts, und deshalb habe alles letztlich keine Essenz und keinen Sinn. Im Extrem führt dies zu einer Überzeugung von der Nichtigkeit und Sinnlosigkeit alles Seienden. Leitsätze des Nihilismus sind: „Nichts hat einen inhärenten Sinn; es gibt keine absoluten Werte; es gibt keine wirkliche Wahrheit." Alle atheistischen Weltbilder sind letztlich nihilistisch.*

Im Sanskrit werden die atheistisch-monistischen Lehren unter dem Begriff Māyāvāda zusammengefasst: „die Māyā-Lehre", d.h. die Lehre (*vāda*), dass jegliche Vielheit inkl. Individualität Illusion (*māyā*) ist. Der Begriff „atheistischer Monismus" besagt aber auch, dass nicht jeder Monismus atheistisch ist. Die theistischen Formen des Monismus gehen von der Brahman-Erkenntnis aus, in der alles als Energie Gottes gesehen wird, aber sie verneinen dabei den Aspekt der Individualität nicht. Im Gegensatz zu den undifferenzierten Leitsätzen des atheistischen Monismus („Alles ist eins; es gibt keinen Gott außerhalb von uns; alles ist Gott") lautet der Leitsatz des theistischen Monismus: „Gott ist alles, aber nicht alles ist Gott." Das heißt, die Ganzheit umfasst und beinhaltet alles, aber

---

* Atheist: jemand, der nicht an einen Gott mit Bewusstsein und Willen glaubt, d.h. die Nondualität (Einheit von Materie oder Einheit von „Energie") verabsolutiert und die „Individualität" des Absoluten ablehnt und bestreitet. Wenn ein Atheist sein gottloses Weltbild dazu verwendet, gewaltsame oder manipulative Formen von Machtausübung zu rechtfertigen, ist er ein Asura. Jeder Asura ist ein Atheist (bzw. Antitheist, ein Asura im Namen „Gottes"), aber nicht jeder Atheist ist ein Asura!

nicht alles ist absolut, obwohl beides – das Absolute und das Relative – Aspekte der Ganzheit sind.

Demgegenüber machen die Weltbilder des atheistischen Monismus und des Nihilismus den Fehler, dass sie Einheit mit Ganzheit gleichsetzen, was zeigt, dass sie beide auf der gleichen Halbwahrheit beruhen, denn nur dort, wo alles nichts ist, ist alles eins.

Ein illustratives (und „exotisches“) Beispiel hierfür sind die geheim-esoterischen Lehren der ursprünglichen Scientology. Der Gründer, L. Ron Hubbard, wird von vielen seiner frühen Anhänger für eine Inkarnation Buddhas gehalten. Auch er lehrte, dass das Absolute nichts anderes als das Nichts sei; aus dieser Einheit entstünden Energietropfen (im Scientology-Jargon „Thetane“ genannt), die für eine gewisse Zeit Machtspiele durchführen; die positiven und die negativen Kräfte seien die zwei Seiten des kosmischen Kräftespiels, doch die negative Seite verletze die Spielregeln schon seit langer Zeit auf extreme Weise, weshalb die Menschheit nun informiert und deprogrammiert werden müsse; letztlich sei aber jede Individualität eine Illusion; ein Thetan, der zu dieser Erkenntnis erwache, könne wieder ins „Nichts“ zurückkehren.

> Vielleicht sollten wir uns einmal in geraffter Form die Implikationen von Hubbards Weltsicht vor Augen führen. Wenn alle Existenzzustände tatsächlich nur durch Verantwortungslosigkeit herbeigeführt wurden, wenn Materie, Energie, Raum und Zeit erzwungene und nicht „natürliche“ Zustände sind, dann wäre – falls jeder Thetan [jedes Individuum] Verantwortung für seinen Anteil an der Gesamtschöpfung übernähme – die letzte Konsequenz hiervon, dass sich das physikalische Universum auflöst und jedes Teilchen dahin zurückgeht, wo es hergekommen ist, nämlich ins Nichts. Um die Verdaulichkeit dieses Gedankengutes zu fördern, ist es vielleicht hilfreich, darauf zu verweisen, dass Hubbard nicht der einzige ist, dem es solche gewaltigen Zielsetzungen angetan haben. Siddhartha Gautama, der historische Buddha vor 2500 Jahren, machte sich auf, „alle fühlenden Wesen“ von Samsara zu befreien, dem Rad der Wiedergeburten.[65]

Wenn sich Vertreter solcher Weltbilder auf buddhistische Nirvāṇa-Lehren berufen, so sollten wir wissen, dass Buddha selbst keinen Nihilismus lehrte. Buddha offenbarte einen Befreiungsweg aus der Dualität, ohne jedoch zu sagen, was man erreicht, wenn man die Dualität überwindet. Diese Offenbarung überließ er späteren Gottgesandten und Avatāras (siehe S. 96).

Die „lieben" und die „bösen" Asuras

„Gott" ist ein Wort, mit dem unterschiedlichste Konzepte verbunden werden. Deshalb sprechen manchmal auch Atheisten von Gott, meinen damit aber nur „Energie", „Einheit" oder „die Natur", „das Universum". Ebenso sprechen viele Religionsvertreter von Gott, meinen dabei aber nur *ihren* Gott, den „Gott" gemäß ihren Ego-Vorstellungen. Beide Einseitigkeiten dienen dem diabolischen (wörtl. „spaltenden") Geist. Und im Hintergrund beider wirken Intelligenzen, die sich von der Quelle getrennt haben, sonst würden sie nicht auf diese Weise handeln und wirken.

Asuras mögen sich auf Gott berufen oder nicht, sie streben in beiden Fällen nach einer materiellen „Einheit", in der nur noch sie herrschen. Sie glauben, *ihr* Zweck heilige alle Mittel, zudem sei letztlich alles (auch Krieg, Gewalt, Ungerechtigkeit usw.) ohnehin nur eine Illusion, genauso wie alle Vorstellungen von Individualität, Verantwortung und Karma. Einige mächtige Asuras – die „bösen" Asuras – gehen bis in die Extreme der Verantwortungslosigkeit und Skrupellosigkeit. Sie fürchten sich nicht vor Karma-Reaktionen, nicht einmal vor der eigenen Zerstörung, eben weil sie Individualität – auch ihre eigene – für eine Illusion halten.

Ihnen gegenüber stehen die „lieben" Asuras. Sie vertreten zwar dasselbe Weltbild, aber sie können das ungehemmte Treiben der bösen Asuras nicht mehr unterstützen, weil das Spiel auf diese Weise keinen Spaß mehr macht. Sie wollen, dass die Machtspiele innerhalb von fairen Spielregeln bleiben, denn sie meinen, „Gut und Böse" sei eine Polarität wie Yin und Yang oder wie Schach mit den schwarzen und weißen Figuren. Wenn letztlich alles nur eine Illusion ist, müsste niemand leiden, aber unter der Herrschaft der bösen Asuras leiden die meisten Untertanen „gottjämmerlich".

Mit anderen Worten: Unter den Mächten, die glauben, alles sei eins, herrscht keine Einheit. Manchmal beginnen die „lieben" Asuras sogar, gegen die „bösen" zu kämpfen und deren Opfer zu informieren, wie böse die Bösen tatsächlich sind. Früher machten sie selbst mit, aber als es ihnen „zu viel" wurde – oder als sie rausgeworfen wurden –, nahmen sie eine Gegenposition ein.

Eine weitere Möglichkeit ist, dass Wesen der Dunkelheit das Licht entdecken und vom Licht fasziniert sind, denn Licht ist eine Zaubermacht, mit der man Dunkelheit besiegen kann. „Wenn Licht die größte Macht ist, dann will ich ins Licht!" Die Motivation beruht auf einer Ego-Perspektive, aber sie bewirkt, dass man sich dem Licht zuwendet und in eine „Dämmerzone" kommt. Die Bereiche der Religion, Esoterik und

Magie beinhalten in vieler Hinsicht sehr weitreichende Dämmerzonen. Nicht alle, die von „Licht" (Liebe, Einheit, Gott) sprechen, sind tatsächlich im Licht. Aber das Licht gibt allen die gleiche Chance: „Gott lässt seine Sonne aufgehen über den Bösen und über den Guten und lässt regnen über Gerechte und Ungerechte." (Mt 43,45)

Jesus unterscheidet offensichtlich zwischen Guten und Bösen und zwischen Gerechten und Ungerechten, aber er spricht über diese Dualität aus einer spirituellen Perspektive, die das wahre Wohl aller Menschen vor Augen hat, auch das Wohl (die „Erlösung") der lieben und der bösen Asuras:

> „Ihr habt gehört, dass gesagt ist: ‚Du sollst deinen Nächsten lieben und deinen Feind hassen.' Ich aber sage euch: Liebet eure Feinde; segnet die, die euch fluchen; tut wohl denen, die euch hassen; bittet für die, die euch beleidigen und verfolgen, auf dass ihr Kinder seid eures Vaters im Himmel; denn er lässt seine Sonne aufgehen über den Bösen und über den Guten und lässt regnen über Gerechte und Ungerechte." (Mt 5,43 - 45)

Ganzheit: gleichzeitige Einheit und Vielheit

Die monistischen Einheit-Theorien klingen scheinbar logisch und sind attraktiv, denn sie sind nicht unwahr, sondern halbwahr. Die vedische Offenbarung bestätigt, dass in Wirklichkeit alles Brahman ist, was einfach bedeutet: „Alles ist göttliche Energie."

> *Sarvaṁ hy etad brahma*: „Alles ist letztlich Brahman." (*Māṇḍūkya-Upaniṣad* 2)

„Alles ist Brahman" bedeutet aber *nicht* „alles ist eins"! „Alles ist Brahman" bedeutet, dass alles *qualitativ* (der ursprünglichen Eigenschaft nach) eins ist, denn alles ist eine Energie aus der Einheit Gottes („Einheit" im Sinn von *Gesamtheit*). Die göttliche Einheit ist aber *nicht unterschiedslos* eins. Wäre sie nur „eins", wäre sie nicht vollkommen und ganz, da ihr etwas fehlen würde, nämlich die Vielheit, womit der Aspekt der Individualität gemeint ist. In der Nondualität gilt das qualitative Einssein, in der Individualität das quantitative Verschiedensein, denn die Teile des Ganzen sind quantitativ nie das Ganze.

Die Ganzheit umfasst sowohl die Einheit (Energie, Nondualität) als auch die Vielheit (Bewusstsein, Individualität). „Alles ist Brahman" bedeutet: alles ist göttliche Energie, eine lebendige Einheit, alles ist verbunden und zusammenhängend. Qualitativ sind wir eins mit Gott, quantitativ verschieden, da wir immer Teil des Ganzen sind, aber als Teil sind wir nie getrennt vom Ganzen, also „eins". Da wir ewiglich unteilbare („individuelle") Einheiten sind, also Seelen oder Monaden, haben wir als Teil des Ganzen Bewusstsein, Willen und Freiheit und damit auch Verantwortung. Wir sind Teil der Ganzheit, aber wir können in die Illusion fallen, von der Ganzheit getrennt zu sein, was bewirkt, dass wir die Ganzheit (Gott) nicht mehr sehen. Wir können uns von Gott trennen, aber Gott trennt sich nie von uns. In diesem Licht werden Faktoren wie göttliche Offenbarung, Wunder, Gebetserhörung, innere Führung, Ermächtigung und „Gnade" (S. 237) nachvollziehbar und absolut plausibel.

Die Illusion einer falschen Einheit entspringt dem Unwillen, Teil des Ganzen zu sein. Man will nicht „Teil" sein, denn Teil zu sein bedeutet, dass man sich in das Ganze einfügt. Wie die weiteren Ausführungen zeigen, ist überhaupt nichts Schlimmes daran, sich zu fügen und einzuordnen. Vielmehr ist die liebende Einheit mit Gott die natürliche Freiheit und Erfüllung eines jeden Individuums.

Macht oder Vollmacht?

„Ein Yogī – ein Mensch, der in Gottverbundenheit (yoga) lebt – ist fortgeschrittener als ein Asket (tapasvī) und fortgeschrittener als Menschen auf dem Weg des egobezogenen Wissens (jñāna) und des egobezogenen Handelns (karma). Deshalb, o Arjuna, sei ein Yogī./ Und von allen Yogīs ist derjenige, der großen Glauben besitzt, der in mir seine Ruhe gefunden hat und zu meiner [Gottes] Ehre lebt, am engsten mit mir in Yoga vereint."

– *Bhagavad-Gītā* 6.46–47

Die vedische Offenbarung betont, dass die Materie ebenfalls eine göttliche Energie (Brahman) ist; als solche ist sie real und ewig wie die spirituelle Energie, aber sie hat die Funktion, ewiglich vergängliche Formen hervorzubringen, angefangen mit den Universen. Wenn sich die ewigen Individuen zu stark mit diesen vergänglichen Formen identifizieren, z. B. mit ihrem Körper und mit Besitztümern, ist dies *māyā* (Illusion). Nur die falsche Projektion und Identifikation ist Illusion, nicht die Materie oder die Schöpfung an sich.

Der Glaube, die Schöpfung oder die gesamte Materie sei Illusion, entspringt einer einseitigen Auffassung von Einheit: „Alles ist eins. Alles ist Energie. Es gibt keinen Gott außerhalb von mir. Der Mensch ist vor keiner göttlichen Instanz verantwortlich." Gott ist aus dieser Sicht nur „Energie", und Energie hat weder Bewusstsein noch Willen, aber *der Mensch* hat Bewusstsein und Willen! Diese falsche Logik sagt, der Mensch habe etwas, was Gott nicht hat, nämlich Bewusstsein und Willen, was bedeute, dass der Mensch Gott sei, ja sogar „mehr als Gott", aber dies gelte nur für die „Erleuchteten". Solche einseitig-monistischen Geheimlehren sind der Grund, warum auf den hohen Stufen gewisser Machtpyramiden die Eingeweihten glauben, sie dürften „Gott spielen" und gemäß ihren eigenen Maßstäben über Gut und Böse, Frieden und Krieg, Unterdrückung und „Freiheit" usw. entscheiden. Sie meinen, sie hätten das Recht und sogar die Aufgabe, der Welt Form und Ordnung zu verleihen, und versuchen deshalb mit Macht und Gewalt, ihre eigene „Weltordnung" aufzubauen. (Viele Science-Fiction-Filme, wie *Star Wars* und *Star Trek,* zeichnen diese Situation sogar in kosmischen Dimensionen.)

Die Asura-Mentalität hat ihre Ursache in der Trennung von der unendlichen Quelle und strebt gezwungenermaßen nach möglichst „unendlicher", sprich totaler (totalitärer) Macht. Die göttliche (absolute) Quelle kann jedoch nicht aus eigener Kraft erkannt werden, sondern nur, wenn sie sich offenbart. Das Empfangen dieser Offenbarung setzt Glauben und Liebe voraus, doch genau diese Bewusstseinsdimensionen sind den Asuras fremd, weshalb sie in ihren Halbwahrheiten gefangen bleiben – bis sie ihre Asura-Mentalität ablegen und über ihren Schatten springen.

Die Asuras handeln gegen die Schöpfungsordnung, was sich darin zeigt, dass sie einen gewaltigen Energieaufwand betreiben müssen, um ihre Machtsysteme voranzutreiben. Systeme, die der göttlichen Ordnung entsprechen, müssen nichts erzwingen und keine Gewalt anwenden. Sie schöpfen ihre Energie aus der allgegenwärtigen Urquelle, mit der wir von Natur aus immer verbunden sind. Diese Verbindung (sanskr. *yoga*) beruht auf Gottvertrauen, das uns die Kraft gibt, alles Ego-Denken und Erzwingen-Wollen loszulassen. *„Vertraue und glaube, es hilft, es heilt die göttliche Kraft"* (eine der wichtigsten Aussagen des Wunderheilers Bruno Gröning und auch seine Grabinschrift).

Die *Bhagavad-Gītā* bezeichnet diese im Grunde einfache Erkenntnis als Geheimnis (*guhya,* siehe Zitate auf S. 25 und 232), aber nicht, weil sie aufgrund elitärer Inhalte geheimgehalten werden müsste, sondern weil sie nicht intellektuell und theoretisch erlernt werden kann. Spirituelle Erkenntnis ist ein offenes Geheimnis, eine individuelle Wahrheit, die jeder nur für sich und innerlich („subjektiv") finden kann – mit Wahrheitsliebe, Intuition und Lebenserfahrung und durch Offenbarung (Inspiration, plötzlicher Einblick, Aha-Erlebnis, innere Klarheit, Im-Fluss-Sein). Das Verbundensein mit der göttlichen Quelle kann auf unterschiedlichste

Positive Mentalität: Erkennen und Anerkennen der eigenen Abhängigkeit; leben in Harmonie mit den Schöpfungsgesetzen, um innerhalb der materiellen Welt in Frieden leben zu können; deshalb beträchtliche Freiheit von Neid auf andere, die mehr genießen oder mehr besitzen; Potential, spirituelle Ziele zu verstehen.

Negative Mentalität: Wunsch, unabhängig und eigenwillig zu leben; deshalb Neigung, sich Macht über die Materie zu verschaffen, um die eigenen Ansprüche durchzusetzen; Neid auf andere, Konkurrenzdenken, Egoismus, Unzufriedenheit, Aggressivität, Gewaltbereitschaft.

Spirituelle Mentalität: Harmonie mit der Schöpfung und dem Schöpfer, beinhaltet Liebe zu allen Teilen Gottes (Feindesliebe, Nächstenliebe, Tierliebe, Naturliebe); Handeln im Bewusstsein der Einheit mit Gottes Willen, d. h. im Bewusstsein der göttlichen Liebe, denn Gottes Wille ist „Einheit in der Vielheit, Vielheit in der Einheit"; dazu gehört das Unterscheiden, ohne zu urteilen: Was dient dieser Liebe und Einheit? Was ist spaltend (diabolisch)?

Prüfstein: Man respektiert und liebt sowohl die Einheit als auch die Vielheit im Licht der Ganzheit (Gott) und ist deshalb frei von religiösen bzw. ideologischen Absolutheits- und Machtansprüchen.

Tafel 3: Positive, negative und spirituelle Motive

Weise beschrieben werden: „Ich habe mich leer gemacht und göttliche Fülle erlebt." „Der Schlüssel ist das Loslassen, das absichtslose Handeln." „Ich übe das Nicht-Tun und lasse ‚es' geschehen."

Die vedische Psychologie spricht hier von Akarma, „Nicht-Tun" (= Handeln mit spirituellen Motiven), im Gegensatz zu Karma und Vikarma: Handeln mit positiven bzw. negativen Motiven.* Akarma ist ein Handeln, das nicht ego-bezogenen Zielen dient. Akarma bedeutet selbstloses Handeln, womit „egoloses" Handeln gemeint ist: handeln und leben frei von Ego-Diktaten und Ego-Kriterien. Wir sind dann selbstlos, wenn wir das große Ganze sehen und diesem großen Ganzen (Gott) dienen, was immer zu unserem eigenen Besten und zum Besten aller ist. „Wir geben unser Bestes", und das Beste beruht im Selbst, im Spirituellen, im Selbst- und Gottvertrauen. Wer sich auf diese Weise vom Allmächtigen abhängig macht, wird bevollmächtigt, Taten zu vollbringen, die nicht vom persönlichen Karma abhängig sind. Wir können über uns selbst hinaus-

* Siehe: *Gott und die Götter,* Kapitel 8, „Karma, Schicksal und freier Wille", und Kapitel 9, „Die Überwindung von Dualität und Karma-Bindung".

wachsen. Der Schlüssel zum wahren Lebenserfolg ist nicht „Macht“, sondern *Vollmacht.* Macht verschafft man sich selbst mit eigenen, unvollkommenen Mitteln. Vollmacht *bekommt* man vom Vollkommenen. Vollmacht und Ermächtigung kann man nicht erzwingen. Es sind die selbstlosen Menschen, die in einem spirituellen Sinn ermächtigt werden, und *sie* verändern die Welt zum Wohle aller Menschen und aller Lebewesen.[66]

Bedeutung von „Vollmacht“

Spirituelle Vollmacht hat nichts mit Ehrentiteln zu tun. Religiöse Würdenträger mögen vielleicht von bestimmten Institutionen bevollmächtigt sein, aber nicht unbedingt von Gott. Das Kriterium ist die Selbstlosigkeit. Wenn ein Würdenträger tätig ist, um den Einfluss seiner Institution und Religion zu vergrößern, ist er nicht selbstlos. Diejenigen, die ohne Machtansprüche gottesbewusst leben, können bevollmächtigt („ermächtigt“) werden, in anderen Menschen den Funken der selbstlosen Liebe zu entfachen bzw. zu stärken. Spirituelle Ermächtigung kann viele Formen annehmen. Einige sind ermächtigt, zahlreiche Menschen zu erreichen und mit großem Radius tätig zu sein. Andere wirken licht- und liebevoll im Beruf, im Kreis von Freunden und in der Familie, was sich z. B. darin zeigt, dass man als Mutter/Vater für die Kinder sorgt, ohne dafür Ehre oder Belohnung zu erwarten, nicht einmal von den Kindern. Letztlich bedeutet Vollmacht nicht, andere Menschen zu verändern, sondern sich selbst. Jeder Mensch bringt innere Schwächen und Schatten mit, die „bearbeitet“ und geheilt werden wollen, damit das Seelenlicht das eigene Dasein erhellen und in die Welt strahlen kann – dank göttlicher Hilfe („Gnade“), Inspiration und Ermächtigung.

Der berühmteste Bevollmächtigte ist zweifellos derjenige, den die Welt heute als Jesus Christus kennt. Die folgenden Worte stammen aus dem Johannes-Evangelium (5,19–20, Einheitsübersetzung, Abschnitt „Die Vollmacht des Sohnes“):

> „Ich versichere euch: der Sohn kann nichts von sich aus tun. Er handelt nur nach dem Vorbild seines Vaters. Was dieser tut, das tut auch der Sohn. Der Vater gibt dem Sohn Einblick in alles, was er tut; denn er liebt ihn. Er wird ihm noch viel größere Aufgaben übertragen, und ihr werdet darüber erstaunt sein.“

Unabhängigkeit und Freiheit – wovon?

„Ich bin das Licht der Welt; wer mir folgt, wird nicht mehr in der Finsternis umherirren, sondern wird das Licht haben, das zum Leben führt.[...] Wenn ihr meinen Worten folgt, folgt ihr mir wahrhaftig. Dann werdet ihr die Wahrheit erkennen und die Wahrheit wird euch frei machen."

— Joh 8,12/31f.

Wir sind immer abhängig. Die Frage ist nicht: Wollen wir abhängig sein oder nicht? Sondern: *Wovon* wollen wir abhängig sein? Wovon wollen wir frei sein?

Wahre Freiheit besteht darin, von Illusion frei zu sein. Dies wird möglich, wenn wir uns vom höchsten Unabhängigen abhängig machen; das sind wir sowieso schon, denn wir sind ewiglich Teile des Ganzen. Selbsterkenntnis bedeutet zu erkennen, dass wir nie unabhängige Handelnde sind, sondern immer „nur" Instrument. Wahre Freiheit ist Abhängigkeit vom wahrhaft Freien, von Gott:

> „Der Vater, der immer in mir ist, vollbringt durch mich seine Taten. [...] Wahrlich, wahrlich, ich sage euch: Wer an mich glaubt, der wird auch die Werke tun, die ich tue, und wird größere als diese tun, denn ich gehe zum Vater. Was ihr in meinem Namen erbitten werdet, das werde ich tun, damit der Vater im Sohn verherrlicht wird." (Joh 14,10/12f.)

Dasselbe sagt auch Kṛṣṇa in der *Bhagavad-Gītā,* zum Beispiel hier (11.33), in freier Übersetzung: „Verwende deine Eigenschaften vollständig in meinem Dienst. Das ist dein wahrer Sieg und deine wahre Vollkommenheit. Das ist das einzige, was du in Wirklichkeit sein kannst: ein Instrument in meinen Händen."

In unserem täglichen Leben sind wir in einer ähnlichen Situation wie Arjuna auf dem Schlachtfeld. Die Aussagen Kṛṣṇas in der *Bhagavad-Gītā* fasse ich pragmatisch mit folgenden Worten zusammen, und das ist auch mein persönliches Lebensmotto:

> Wir tun, was wir können *(= dharma)*
> und geben unser Bestes *(= bhakti),*
> und das ist unsere persönliche Vollkommenheit.
> (Unser Bestes mag nicht vollkommen sein, aber das ist
> Gott sei Dank nicht das Kriterium.)

materiell (Relativität/Polarität)			Positiv	Negativ
	Neutralität	Brahman/ Nirvāṇa-Position	Loslösung von falschen Identifikationen mit dem grob- und feinstofflichen Körper; inneres Gleichgewicht, innerer Friede →Erkenntnis der Einheit und Verbundenheit allen Seins (Allpräsenz Gottes) →innere Neutralität und Souveränität, man steht über der Dualität →**neutrale Harmonie mit Gott**	Erkenntnis, was man *nicht* ist →Verabsolutierung der Einheit („alles ist eins“, auch Gut und Böse) →Pseudoneutralität, ego-motivierte Souveränität →atheistischer Monismus, Nihilismus oder pseudoreligiöser Dogmatismus (Verneinen oder Vereinnahmen von Gott) →Glaube, erleuchtet oder „besser als die anderen“ zu sein →Rechtfertigung des Negativen →**Machtstreben im Namen von „Einheit“**
	von Dualität zu Polarität	Jñāna-Weg	Erkenntnis, dass das Selbst vom grob- und feinstofflichen Körper verschieden ist →erste Stufen der Loslösung von falschen Identifikationen mit der Materie durch esoterisches Wissen, Yoga, Meditation, Gebet usw. →Ziel: neue Wissenshorizonte, Selbstbestimmung, Erkennen der Schöpfungsgesetze (Unterschied Polarität-Dualität), Leben im Schöpfungsgleichgewicht	Erkenntnis, dass das Selbst vom grob- und feinstofflichen Körper verschieden ist →Verwendung von Esoterik, Magie, Religion usw. als Mittel, dem eigenen Ego zu dienen und sich über die „anderen“ zu erheben (Selbstgerechtigkeit, Scheinheiligkeit, Arroganz). Ziel: Macht und Erfolg durch „mehr wissen“ →**Handeln mit Manipulation, Lüge usw.**
		Karma-Weg	Streben nach Ergebnissen für sich selbst gemäß den Schöpfungsgesetzen und mit ehrlichen Mitteln (Karma-Handlungen).	Streben nach Ergebnissen für sich selbst mit unehrlichen, schädlichen oder gewalttätigen Mitteln (Vikarma-Handlungen).

Tafel 4: Von Ego-Motivation zu Selbstverwirklichung und Gotteserkenntnis. Die Erkenntnis, dass unsere wahre Identität vom grobstofflichen und feinstofflichen Körper verschieden ist, bietet die Grundlage, materielle Identifikationen zu überwinden; doch nur die Negation des Materiellen (zu erkennen, was man *nicht* ist), ist noch keine ganzheitliche Erkenntnis. Die Materie ist getragen und beseelt von spiritueller Energie (Brahman), kosmischer Intelligenz (Paramātmā) und göttlichem Bewusstsein (Bhagavān), und wir sind Teil dieses Ganzen. Ziel ist, dass wir in diesem Bewusstsein leben, verbunden mit dem Urgrund der materiellen Welt, der ewigen, spirituellen Welt (die „Heimat" und das natürliche „Element" der Seele).

spirituell (absolut)	Immanenz und Transzendenz	Bhagavān-Erkenntnis:	Erkenntnis, dass Gott sowohl immanent als auch transzendent ist, d.h. präsent in der Schöpfung und jenseits der Schöpfung → Erkenntnis, dass Gott nicht nur Einheit, sondern GANZHEIT ist: sowohl Einheit als auch Vielheit, sowohl Energie als auch Bewusstsein, sowohl Nondualität als auch Individualität → Gott als Bhagavān, „Inbegriff *(vān)* aller Vollkommenheit *(bhaga)*", d.h. als Individuum („unteilbares ewiges Sein") → Erst in diesem allumfassende Aspekt (Nondualität, Immanenz *und Transzendenz*) werden Gottes Liebe und Wille offenbar, inkl. „Gnade" (siehe S. 237). → Erkenntnis des Selbst als gleichzeitig eins mit und verschieden von Gott („ich sehe mich als Teil des Ganzen, als Teil Gottes") → die lebendige Einheit von Seele und Gott ist LIEBE: gleichzeitiges Zwei- und Einssein („Dein Wille geschehe") → Gottesliebe (sanskr. *bhakti*): **aktives Harmonieren mit Gott auf der Seelenebene** (liebendes Dienen in Gottes Schöpfungsplan im Licht der spirituellen Welt, des allpräsenten Urgrundes der materiellen Welt).
		Paramātmā-Erkenntnis:	Erkenntnis, dass die Allpräsenz nicht nur Energie, sondern auch Bewusstsein ist → Immanenz Gottes in der materiellen Welt als kosmische Intelligenz, die auf neutrale Weise die Wege aller Lebewesen koordiniert, gemäß den materiellen Gegebenheiten („Natur", Schöpfungszyklen) und gemäß den Bewusstseins- und Karma-Impulsen der karmischen Wesen → Erkenntnis der ewigen Abhängigkeit und Verbindung (Teil und Ganzes) → **aktives Harmonieren mit Gott innerhalb der materiellen Welt** (verantwortungsbewusstes Dienen in Gottes Schöpfung). Ab dieser Stufe beginnt das Akarma-Handeln (Handeln ohne Bindung an Karma-Reaktionen).

Teil II

Die höherdimensionalen Welten und ihr Einfluss auf die Menschheit

„Im Satya-Yuga leben auf der Erde nur göttliche Wesen und noch keine Asuras und Asura-Beeinflusste. Im Tretā-Yuga sind diese zu einem Viertel und im Dvāpara-Yuga zur Hälfte gegenwärtig. Seit der Übergangszeit vom Dvāpara- zum Kali-Yuga erscheinen sie in denselben Völkern und Familien. [...] Im Kali-Yuga leben auf der Erde göttliche und dämonische Wesen, und die restlichen sind die Menschen [d.h. all jene, die noch unentschieden sind]." – Padma-Purāṇa 1.76.118f./123a

„Im Satya-Yuga war der zentrale Weg für spirituellen Fortschritt (Yuga-Dharma) die zurückgezogene asketische Yoga-Meditation über Viṣṇu, im Tretā-Yuga die Ausführung von rituellen Zeremonien und im Dvāpara-Yuga die Verehrung Gottes im Tempel. Denselben Nutzen, den man durch diese Vorgänge erlangte, kann man im Kali-Yuga einfach durch hari-kīrtana, *den Lobpreis Gottes [theistische Erkenntnis, Meditation, Singen der Namen Gottes usw.], erlangen." – Śrīmad-Bhāgavatam* 12.3.52

„Ein Satya-Yuga wird zu einem Kali-Yuga für den, der sein Bewusstsein nicht auf Govinda (Gott, den Quell aller Freude) richtet. Ein Kali-Yuga wird zu einem Satya-Yuga für den, der im Herzen mit Gott, der unerschütterlichen Quelle von Kraft (Acyuta), verbunden ist." – Garuḍa-Purāṇa 1.230.23a

Kapitel 6

Die Erdenwelt in der Mitte der kosmischen Hierarchien

Erst seit relativ kurzer Zeit (etwa seit dreihundert Jahren) glaubt der „aufgeklärte“ Mensch plötzlich zu wissen, dass es keine unsichtbaren Welten gibt – und hat gerade während dieser Zeit die Welt an den Abgrund der Selbstzerstörung geführt. Wenn wir in den Fragen des „subjektiven“ Forschens von Beweisen sprechen können, wäre nicht gerade *dies* ein Beweis – ein Beweis für die Falschheit des materialistischen Weltbildes? Existieren die höherdimensionalen Welten und Wesen vielleicht doch? Wäre die Unkenntnis dieser Tatsache dann nicht die tiefe Ursache für den Teufelskreis, in den die Menschheit geraten ist?

Heute liegen genügend Indizien vor, die auf die Existenz höherdimensionaler Welten hinweisen: einerseits die vielen Zeugnisse, Phänomene und Experimente, die in Teil I erwähnt wurden (wobei zahllose weitere Beispiele angeführt werden könnten), andererseits der oben erwähnte indirekte Beweis, nämlich der große Schaden, den jene Menschen anrichten, die keine Kenntnis von den höherdimensionalen Zusammenhängen des Lebens haben.

Es ist gefährlich, blindgläubig zu sein, aber ebenso gefährlich ist es, blind skeptisch zu sein und trotz aller Hinweise an einem unschlüssigen Nicht-wissen-Wollen festzuhalten. Die Skeptiker und Agnostiker, die auf eine pseudointellektuelle Weise alles ständig in Frage stellen, sollten wissen, dass sie damit der Menschheit einen sehr schlechten Dienst erweisen und den Fortschritt zu einem ganzheitlichen Weltbild behindern. Die „Skeptischen“ sind gegenüber allem skeptisch, nur gegenüber ihrem eigenen Skeptizismus nicht.

Die Beispiele, die in Teil I angeführt wurden, zeigen, dass die Existenz von höherdimensionalen Welten und Wesen so gut wie bewiesen ist. Wir wollen deshalb nicht bei einem agnostischen Skeptizismus stehenbleiben und das Offensichtliche endlos anzweifeln, sondern gehen weiter zu den nächsten – und naheliegenden – Fragen: Welche Kategorien von unsichtbaren Welten und Wesen gibt es? Wie lassen sie sich unterscheiden? Dies ist das Thema von Kapitel 6: die Hierarchien im multidimensionalen

Kosmos, die bis auf hohe Ebenen in einer Struktur der Dualität bestehen. Das heißt, es gibt Lichtwelten auf der einen Seite, Schattenwelten (Spiegelsphären) auf der anderen. Im Sanskrit werden sie Loka- und Tala-Welten genannt. In den folgenden Kapiteln stellt sich dann die Frage, welche Arten von Wesen in diesen Welten und Gegenwelten leben und warum – aufgrund welcher Mentalität – eine bestimmte Seele in dieser oder jener Welt „geboren" wird. Welche Bewusstseinsausrichtung ist mit den jeweiligen Welten verbunden? Welche Beziehung besteht zwischen der Welt der Menschen und diesen feinstofflichen Welten?

Hierarchie:
die Verdichtungsstufen der materiellen Dimensionen

Den Wortteil *-archie* kennen wir aus Begriffen wie Monarchie, Oligarchie, Anarchie, Synarchie und Hierarchie. „Hierarchie" ist von grch. *hierós* („heilig, göttlich") und *árchein* („Ordnung verleihen") abgeleitet, bedeutet wörtlich also „eine heilige Ordnung". Die Ordnung des Kosmos ist Ausdruck der natürlichen Harmonie und Schöpfungsdynamik und kann nie umgestoßen werden. Wer diese Ordnung zu stören versucht, wird immer wieder in die Ordnung zurückgewiesen. Die Welt der Materie existiert nicht isoliert, sondern ist ein Aspekt der absoluten Ganzheit, die – aufgrund ihrer göttlichen Vollkommenheit – sowohl spirituelle als auch materielle Welten umfasst.

Wir Menschen leben in einer Welt, in der die Materie ihre dichteste Form manifestiert. In der Hierarchie der sieben physikalischen Verdichtungsstufen befindet sich die irdische Welt „zuunterst", d. h. im Bereich der größten Materieverdichtung. Dieser Bereich wird im Sanskrit Bhūrloka, „Erdenwelt", genannt. Bhūrloka ist die kosmisch-grobstoffliche Ebene, die „quer" durch das Universum geht, denn die Materie entfaltet sich auf fraktale und holografische Weise – mit zahllosen erdähnlichen Planeten in unserer Galaxie und in allen anderen Galaxien. Diese sind für uns Menschen aber nicht relevant, weshalb Bhūrloka einfach als „Erde" im multidimensionalen Sinn verstanden werden kann. (Die anderen Erdplaneten sind für uns höchstens als Stationen der Reinkarnation relevant.)

Die sieben Loka-Welten (mit der physikalischen Welt als „letzte" oder „unterste" Stufe in der Verdichtungshierarchie) entstehen als direkte Schöpfung, die Tala-Welten als indirekte Schöpfung, so wie Dunkelheit nur indirekt und mittelbar entsteht, nämlich wenn jemand eine Abspaltung vom Licht verursacht.

Bildlich gesprochen, sind die Loka-Welten die „oberen" Welten, die Tala-Welten die „unteren". In der Skala der sieben Lichtwelten und sieben Gegenwelten befindet sich die „Erdenwelt" oder „Erdzone" (Bhūrloka) – und mit ihr auch unsere Erde – in der Mitte, weshalb sie auch „mittlere" Welt genannt wird. Dieser unterste Bereich der Lichtwelten ist der Grenzbereich, wo die Lichtwelten die Dunkelwelten berühren. Deshalb sind auf der Erde sowohl positive als auch negative Einflüsse präsent. (Wenn hier von einer Mittelstellung der Erde gesprochen wird, ist damit natürlich nicht gemeint, die Erde sei das Zentrum des Universums, wie im Mittelalter geglaubt wurde.)

Im Folgenden soll die vedische Genesis (Schöpfungsbeschreibung) zusammengefasst* und weitergeführt werden, indem auch Informationen aus abendländischen und neuoffenbarten Wissensquellen herangezogen werden.

Vedische Genesis und Kosmologie

Die Seherinnen und Seher aller alten Kulturen erklären, dass sie ihr Wissen durch innere Schau aus den höheren und höchsten Dimensionen empfangen haben. Dies gilt auch für die Meta-Physiker der vedischen Kultur. Die von ihnen verfassten Schriften nehmen viele Erkenntnisse der modernen Wissenschaft um Jahrtausende vorweg und gehen gleichzeitig weit über sie hinaus. Dank ihrer Einsicht in die multidimensionale Natur von Raum und Zeit wussten sie, dass die Materie unterschiedlichste Verdichtungszustände annimmt, wodurch Dimensionsebenen (Parallelwelten) entstehen, die in einer kosmisch-hierarchischen Ordnung vereint sind. All diese Welten existieren in einem eigenen Schwingungsspektrum, „während" der gesamte materielle Kosmos auf einem spirituellen Urgrund ruht, der im Bezug zur Materie sowohl immanent als auch transzendent ist.

Gemäß der vedischen Schöpfungsbeschreibung entsteht und vergeht die materielle Schöpfung in einem zyklischen Rhythmus vor dem Hinter-Grund ewiger, göttlicher Vor-Bilder (Urbilder jenseits von Raum und Zeit). Weil Gott, der allgegenwärtige Urgrund, ewig ist, sind auch die Energien Gottes und die Teile Gottes (die Seelen) ewig. Die Ganzheit umfasst eine ewig bestehende Welt (die spirituelle Welt) und eine sich ewig wandelnde Welt (die materielle Welt). Die Materie (Prakṛti) ist eine

* Eine ausführliche Beschreibung findet sich im Buch *Gott und die Götter*, Kap. 2, „Vedische Kosmogonie", und Kap. 4, „Multidimensionale Zeit und Ewigkeit".

ewige Energie, die ewiglich vergängliche Formen hervorbringt, angefangen mit den materiellen Universen. In seinen unendlichen Zyklen spiegelt das Vergängliche das Ewige.

Die Universen werden von Viṣṇu, dem Schöpferaspekt Gottes, ewiglich ausgeatmet und eingeatmet und ausgeatmet und so weiter. Die Universen gehen in Samenform aus Viṣṇu hervor und nehmen in der Folge an Größe zu (Expansion), bis sie in eine Kontraktion übergehen und nach einer kosmischen Zeitspanne wieder in Viṣṇu eingehen. Die Materie als göttliche Energie ist ewig, aber sie bringt unendlich viele vergängliche Formen hervor, so wie ein Meer konstant neue Wellen bildet.

Gott als Schöpfer (Viṣṇu) ist das Medium „zwischen" der spirituellen und der materiellen Welt, wobei die materielle Welt durch Viṣṇu entsteht und nur durch Viṣṇu existiert. Gemäß diesen Wirkungsebenen werden drei Viṣṇu-Formen unterschieden. Die erste ist jene außerhalb der Materie, durch die alle Materie erscheint und getragen wird. Das ist die oben beschriebene Viṣṇu-Form, von der die unendlich vielen Universen ausgehen. Viṣṇu ist *außerhalb* aller Universen und zugleich – durch die zweite und dritte Form – auch *innerhalb*. Die zweite Form geht als beseelende Instanz in die samenförmigen Ur-Universen ein und bewirkt, dass jedes Ur-Universum beseelt und befruchtet wird und „zu Leben erwacht". Zu diesem Zeit-Punkt, d. h. Raum-und-Zeit-Anfangspunkt, existieren die Universen in einer rein feinstofflichen Form, nun jedoch – durch den zweiten Viṣṇu – mit aktiviertem Potential zu kosmischer Involution und Expansion.

Durch die erste und zweite Form des Viṣṇu entsteht die materielle Welt mit all ihren Universen (= Schöpfung), aber Schöpfung beinhaltet nicht nur die Entstehung, sondern auch die Aufrechterhaltung und Koordination des Geschaffenen. Zu diesem Zweck ist die dritte Form des Viṣṇu als universelle Seele („Überseele", Paramātmā) in der Gesamtheit aller geschaffenen Formen immanent gegenwärtig: in allen fein- und grobstofflich-materiellen Welten und Wesen.

Wir sprechen beim Thema Schöpfung von Unendlichkeiten innerhalb der Unendlichkeit der materiellen Welt, und dies nur schon in Bezug auf das eine Universum, in dem wir leben („unser" Universum). Betrachten wir nochmals die zweite Viṣṇu-Form, die bewirkt, dass das samenförmige Universum expandiert und fruchtbar wird. Aus diesem zweiten Viṣṇu erscheint eine kosmische „Lotosblume" (die zentrale Urmaterie), aus der das erste Lebewesen im Universum „geboren" wird, die Schöpfergottheit Brahmā. Brahmās gibt es in allen Universen, aber in jedem Universum nur einen.

Brahmās Welt ist die erste und höchste Dimensionsebene innerhalb des Universums; sie besteht aus der feinstofflichsten Form von Materie und ist universell alldurchdringend. Innerhalb dieses feinstofflichen Raumes entstehen alle weiteren Schöpfungen des Universums: Dimensionswelten, die feinstofflich immer dichter werden, bis als „letzter" Schritt die grobstoffliche Welt entsteht. In den Uranfängen des Universums existierten also noch keine irdisch sichtbaren Himmelskörper. Diese entstanden erst im Rahmen des letzten Schrittes, als sie durch die *physische* Verdichtung (Materialisation) „Form annahmen".

Erkenntnisse aus der vedischen Genesis

Die vedische Wissenschaft eröffnet eine multidimensionale Weltsicht und vermag dadurch viele Erkenntnisse der modernen Kosmologie zu erklären und in einen höheren Zusammenhang zu stellen:

- *Das Universum bestand ursprünglich aus komprimierter Urmaterie.* Die vedische Genesis sagt, dass die Ur-Universen, die von Viṣṇu ausgehen, samenförmig sind.
- *Die komprimierte Urmaterie wird durch einen „Urknall" bzw. Ur-Sprung (Ur-Quantensprung) aktiviert und bildet dadurch ein sich expandierendes Universum.* Das Ur-Universum entsteht durch den „Atem" des Viṣṇu, dehnt sich aus und geht dann wieder in Viṣṇu ein, um beim nächsten „Ausatmen" neu zu erscheinen. Jeder Anfang ist mit einem Ende verbunden und jedes Ende mit einem neuen Anfang, auch auf universaler Ebene.
- *Die ursprüngliche Materie folgte noch nicht den heute messbaren Naturgesetzen.* Die Materie war ursprünglich nur feinstofflich und hatte noch keine physikalische Raum-Zeit-Form. Sie war unmanifestiert *(avyakta)* und war Chaos, „Null-Ordnung". Die vedische Physik beschreibt das Chaos in zwei differenzierten Aspekten: Pradhāna, das „Ur-Sächliche", das materielle Nichts, und Mahat-tattva, das „große Ganze", das potentielle Alles.
- *Die ursprüngliche Materie dehnt sich nicht linear, sondern inflationär aus.*[67] Viṣṇu geht durch eine Parallelerweiterung in jedes der zahllosen Universen ein und lässt durch seine beseelende Gegenwart die Chaos-Materie Struktur und Form annehmen, angefangen mit Raum und Zeit. Dadurch wird Chaos zu Kosmos, „Kosmos" in einem multidimensionalen Sinn.

- *Der universale Raum ist in sich gekrümmt.* Das Universum ist begrenzt, aber endlos. Wir kennen dies auch aus unserer 3D-Erfahrungswelt: die Oberfläche einer Kugel ist begrenzt, aber endlos, ebenso eine Möbiusschleife, vgl. das mathematische Symbol für Unendlichkeit: ∞
- *Quantenphysische Modelle weisen auf die Realität von Parallelwelten hin.* Wenn die moderne Physik in ihren kühnsten Hypothesen von Parallelwelten spricht, dann meint sie nur grobstofflich-materielle Welten. Der multidimensionale Kosmos beinhaltet aber nicht nur grobstoffliche, sondern zuallererst feinstoffliche Parallelwelten, die existierten, bevor die physikalischen Welten entstanden.
- *Die Erde und das Universum sind Jahrmilliarden alt.* Die jetzige Erde ist gemäß der vedischen Kosmogonie rund 4 + 2 Milliarden Jahre alt (Berechnung entsprechend Brahmās „Nacht" und „Tag"; siehe Kapitel 4 in *Gott und die Götter*). Die Erde ist jedoch nicht in einem linearen Sinn Jahrmilliarden alt. Sie wird zyklisch erneuert und „rebootet" (im Rhythmus der Manvantaras und Yugas), das letzte Mal während der relativ lange dauernden Übergangszeit (72 000 Jahre) im Vorfeld des gegenwärtigen Yugas, das dann vor rund fünf- bis siebentausend Jahren begann. Damit lässt sich auch erklären, warum Wissenschaftler des Junge-Erde-Kreationismus meinen, die Erde sei erst siebentausend Jahre alt. Das stimmt für den *heutigen* physikalischen Zustand der Erde, der aus linearer Sicht tatsächlich nicht viel älter sein kann, wie besagte Wissenschaftler mit geophysikalischen und geochemischen Argumenten aufzeigen.
- *Raum und Zeit bedingen sich gegenseitig. Raum und Zeit sind relativ.* Dem ist so, weil die Materie innerhalb des Universums durch Brahmā kontinuierliche Verdichtungsstufen bildet, alle mit einer eigenen Schwingungsfrequenz und einem entsprechenden Raum-Zeit-Kontinuum. Dies wird im Folgenden weiter vertieft.

Die Relativität von Raum und Zeit

Raum und Zeit bedingen sich gegenseitig. Man kann Raum nicht unabhängig von Zeit und Zeit nicht unabhängig von Raum verstehen oder das eine vom anderen trennen, was auch durch den Begriff „Raumzeit" zum Ausdruck kommt, den Albert Einstein prägte. Die Relativitätstheorie und die holistische Interpretation der Quantenphysik geben der modernen Wissenschaft heute theoretische Ansätze, um die Multidimensionalität von Raum und Zeit zu verstehen.

Die Existenz der verschiedenen Welten ist vergleichbar mit den Frequenzbereichen im irdischen Äther. Sie alle sind Teil desselben „Äthers", aber sie überschneiden und vermischen sich nicht, weshalb sie parallel von Fernseh-, Radio- und Funksendern benutzt werden können, einfach im jeweils eigenen Frequenzbereich. Auf Parallelebenen unserer Welt werden zahllose Programme und „Schwingungen" drahtlos übermittelt, die für uns aber unsichtbar und inexistent sind, es sei denn, wir empfangen sie mit einem entsprechend eingeschalteten und eingestellten Gerät. Ebenso verhält es sich mit dem multidimensionalen Kosmos: Im selben Kosmos existieren auf unterschiedlichen Frequenzebenen zahllose Dimensionsebenen, die hierarchisch übereinander gelagert sind und für den Menschen unsichtbar und inexistent sind, es sei denn, wir gehen mit einem „kosmischen WLAN" auf Empfang.

Zu allen Zeiten lebten Menschen auf der Erde, die diesen transdimensionalen Empfang hatten. Sie konnten „medial" mit höheren Dimensionen in Verbindung treten. Einige reisten sogar körperlich in die höheren Dimensionen, was aus irdischer Perspektive bedeutet, dass sie sich dematerialisierten und dann rematerialisierten. Auch heute haben viele Menschen die Fähigkeit, mehr oder weniger bewusst mit den unsichtbaren Welten in Verbindung zu treten, das heißt, sie sind medial oder sensitiv begabt. Eigentlich hat jeder Mensch diese Fähigkeit. Der Kontakt mit den höheren Welten und Wesen ist direkt nicht erforderlich, aber möglich und manchmal für gewisse Informationen und Offenbarungen auch notwendig. Die Menschen der Vorzeit empfingen über mediale Verbindungen viele wichtige Erkenntnisse aus den höheren Welten. So wird gesagt, dass große Teile der vedischen Schriften von solch transdimensional wahrnehmenden Menschen (im Sanskrit „Ṛṣis" genannt*) empfangen und niedergeschrieben wurden.

Die vedische Wissenschaft weiß aufgrund ihrer transdimensionalen Forschung, dass die Zeit in den höheren, weniger verdichteten Welten relativ langsamer verläuft als in denjenigen, wo die Materie dichter ist. Aus der Sicht der höherdimensionalen Welten läuft auf der Erde alles wie im Zeitraffer ab. Aus der Sicht der Erde jedoch scheint in diesen Dimensionen die Zeit fast stillzustehen. Der Grund hierfür ist, dass in jeder die-

* Der Begriff *ṛṣi*, „Weiser; Seher; Dimensionsreisender", kann von zwei Verben abgeleitet werden: (1) *ṛṣ*, „reisen; fließen; sich bewegen" und dann auch „sich schnell bewegen/verändern; in einen anderen Bewusstseinszustand übergehen" (von dieser Wurzel leiten sich die deutschen Wörter „rasen"; „rasend [ekstatisch] sein" ab), und (2) *dṛś*, „sehen; wahrnehmen; erkennen; Einblick bekommen".

ser Welten eine eigene Art von Raum und Zeit herrscht, d.h. ein eigenes Raum-Zeit-Kontinuum. Alle Dimensionswelten sind Teil desselben Brahmā-Kosmos, weshalb ihre Raum-Zeit-Verhältnisse vergleichbar und „kompatibel" sind, obwohl Zeit in den höheren Welten ganz anders wahrgenommen wird als Zeit in der irdischen Form von uns Menschen. Die vedische Wissenschaft gibt für den Verlauf von „Zeit" als multidimensionales Phänomen aus irdischer Perspektive konkrete Angaben:

360 irdische Jahre =	1 Jahr auf Svargaloka
3030 irdische Jahre =	1 Jahr auf Sapta-Ṛṣi-Loka (Gestirn der Sieben Weisen)
9090 irdische Jahre =	1 Jahr auf Dhruvaloka
3,1 Mio. irdische Jahre =	1 Jahr in der Welt Manus
8,64 Milliarden Jahre =	24 Stunden in der Welt Brahmās

Oder anders ausgedrückt: 1 irdisches Jahr = 24 Stunden der Devas auf Svargaloka = knapp 3 Stunden auf Sapta-Ṛṣi-Loka = knapp 1 Stunde auf Dhruvaloka = 10 Sekunden Manus = eine knappe Hunderttausendstelsekunde in der Dimensionswelt Brahmās. Würden wir für 100 000 Jahre nach Brahmā-Loka hochschauen, sähen wir den Ablauf von nicht mehr als einer einzigen Brahmā-Sekunde!

Diese Zeitangaben beschreiben nicht nur die Zeitverhältnisse innerhalb der verschiedenen Dimensionen des Universums, sondern auch die *relativen Distanzen*. Für die Menschen mögen gewisse Sternenwelten Millionen und Milliarden von Lichtjahren entfernt sein, aber für die halbphysischen Wesen dieser Welten ist die Erde nur ein paar Jahre, Tage oder Stunden entfernt. Im sogenannten Hyperraum sind dreidimensionale Distanzen sogar inexistent! Die vedischen Schriften sprechen in diesem Zusammenhang von der Manas-Geschwindigkeit, der „Geschwindigkeit des Geistes", denn die Mentalenergie braucht den Raum nicht linear zu durchqueren. Diese Erfahrung machen auch wir als Menschen, wenn wir an einen entfernten Ort denken. Ein Gedanke genügt, und schon befinden wir uns gedanklich z.B. in Hawaii. Es ist nicht erforderlich, dass wir von Europa aus zuerst in Gedanken den Atlantik und dann den nordamerikanischen Kontinent überqueren, bis wir endlich am Ziel ankommen. In Gedanken können wir uns sofort an jeden x-beliebigen Ort „teleportieren". Höherdimensionale Wesen sind fähig, dies auch körperlich und technisch zu tun. Sie brauchen nur an den Zielort zu „denken", und schon erscheinen sie „gedankenschnell" in jener Dimension oder auf jenem Planeten, auf den sie ihr Bewusstsein gerichtet haben.

Aus dieser Perspektive betrachtet, ist das Universum also nicht bloß ein leeres All mit verstreuten Planeten, sondern ein multidimensional verbundener und lebendiger Kosmos.

Kosmische Hierarchien

Man kann das Universum nicht verstehen, wenn man nur die irdisch wahrnehmbaren Aspekte betrachtet, genauso wenig wie man einen Menschen verstehen kann, wenn man nur seinen grobstofflichen Körper betrachtet. Wie jede lebende Einheit umfasst auch das Universum feinstoffliche Dimensionen und wird von Bewusstsein beseelt und geformt. Alle Welten, auch die höchsten, unterliegen der Polarität der Vergänglichkeit, weil die Existenz in diesen höchsten Himmeln ebenfalls noch nicht ewig ist. Auch die Lichtwesen erleben existenzielle Veränderungen und Umwandlungen (was auf der Erde „Tod" bedeuten würde), bis sie in die Welt des ewigen, spirituellen Seins erhoben werden.

Alle Welten unterliegen der Polarität der Vergänglichkeit, aber nicht alle unterliegen der Dualität. Dennoch ist die Dualität der Licht- und Dunkelwelten im Universum sehr weitreichend. Nur die drei höchsten Welten sind jenseits der Bereiche der Dualität „positiv" und „negativ" (im Sinn von gottzugewandt und gottabgewandt). Dort leben jene Lichtwesen, die niemals gefallen sind und auch niemals „in kosmischer Mission" in die dichteren Welten gingen, sowie all die Seelen, die wieder dorthin erhoben wurden bzw. dorthin zurückkehrten. Sie alle haben eine entsprechende Berufung und Lebensaufgabe innerhalb der Schöpfung, die sie auf eine kosmisch-vollkommene Weise erfüllen.

Die Lichtwesen, die „kosmisch-vollkommen" sind, sind auch „spirituell-vollkommen", obwohl sie sich noch in der materiellen Welt befinden. Aus der Sicht der Ewigkeit sind beide Kategorien von Vollkommenheit gleichwertig, dennoch sind sie aus einer linearen Sicht zu unterscheiden, denn wer noch in der materiellen Welt ist, ist „noch nicht" in der spirituellen Welt – obwohl es durchaus möglich ist, existenziell in der materiellen Welt zu leben, innerlich aber in der spirituellen.

Diejenigen, die das ewige Selbst auf spirituell-vollkommene Weise erkennen und leben, lassen die Materie gesamthaft hinter sich und „erwachen" in der ewigen Welt (im Reich Gottes) jenseits aller grobstofflichen und feinstofflichen Welten. Dieses ewige Sein erreicht die Seele entweder direkt durch ein entsprechend ausgerichtetes Bewusstsein oder durch eine aufsteigende Bewusstseinsevolution, die durch die höheren und höchsten Lichtwelten führt.

> „Die Verehrer der Devas gehen [nach dem Tod] zu den Devas. Die Ahnenverehrer gehen zu den Ahnen. Diejenigen, die niedere Astralwesen verehren, gehen zu solchen Wesen, und diejenigen, die mich verehren, kommen zu mir [in die ewige Welt]." (*Bhagavad-Gītā* 9.25)

Die gottzugewandten Wesen sind auf dem Weg der aufsteigenden Bewusstseinsevolution und werden zu aufgestiegenen Meistern, zu planetaren, solaren und galaktischen Wesen, die von Erzengeln geführt werden. Über ihnen (im organisatorischen Sinn) stehen die Schöpferwesen, aus denen die „Prototypen" spezifischer Lebensformen hervorgegangen sind. Über ihnen allen wirkt die höchste Schöpfergottheit im Universum, im Sanskrit Brahmā genannt, das erste und einzige Lichtwesen, das direkt von Gott erschaffen wurde. Im Griechischen ist dies der kosmische Christós, im Hebräischen der Atīk-yōmīn, „der Alte der Tage", was ein anderer Name für Elohim ist, weil er (die Schöpfergottheit) schon da war, bevor die Schöpfungstage begannen. (Am ersten Tag sprach Elohim: Es werde Licht. Und es ward Licht. Am zweiten Tag trennte er das Himmelsgewölbe von der Erde. Am dritten Tag trennte er das Festland vom Meer, usw.)

Die Lichtwesen können beiderlei Geschlechts sein, was für sie jedoch keine „biologische", sondern eine energetische Unterscheidung ist (zwei Pole der gleichen Einheit). Oft wirken sie als „Dualpaare", wie z. B. Brahmā und Sarasvatī oder Śiva und Śakti. Auch die Erzengel haben eine maskuline und eine feminine Form.

Der esoterische Begriff „Dualpaare" oder „Dualseelen" bezieht sich auf die Polarität von feminin und maskulin (Yin und Yang) und nicht etwa auf eine Dualität. Dualpaare existieren als Abbild der göttlichen Urbilder, denn die ursprünglichen Aspekte Gottes umfassen immer die polare Einheit absoluter Individualität. Im ganzheitlichen Verständnis ist Gott der Ursprung aller Beziehungen und vereinigt in sich die Vollkommenheit des „männlichen" und des „weiblichen" Aspekts. Gott ist keine statische Einheit, sondern eine dynamische Ganzheit (Nondualität *und* Individualität). Wenn Gott das Höchste Wesen genannt wird, bezieht sich dies nicht auf einen isolierten Gott, sondern auf die allumfassende Ganzheit, die in Essenz eine Einheit von absoluter Liebe ist, die immer beide Pole umfasst: lieben und geliebt sein. Der weibliche Aspekt Gottes wird im Sanskrit *Rādhā* („die Liebende") und der männliche Aspekt

Kṛṣṇa („der Allanziehende") genannt. Rādhā-Kṛṣṇa ist in der vedischen Gottesoffenbarung der ursprüngliche Aspekt Gottes – mit unendlich vielen Parallelformen: Sītā-Rāma, Lakṣmī-Nārāyaṇa, Śrī-Viṣṇu, Śakti-Śiva, usw. Gott ist sowohl gebende als auch erwidernde Liebe, ist also nicht nur „Vater", sondern auch „Mutter". Aber die göttlichen Yin- und Yang-Pole sind „nur" in Bezug zur Schöpfung Vater und Mutter. Gott ist für die „Kinder Gottes" Vater und Mutter, aber gegenseitig (im absoluten Sein jenseits der Schöpfung) sind Gottvater und Gottmutter Liebende und Geliebter, Liebender und Geliebte, im Sanskrit Rādhā-Kṛṣṇa.

Gemäß diesem spirituellen Urbild und Urgrund ist auch das Materielle als dynamische Polarität angelegt, als lebendige Einheit, die Schöpfung ermöglicht, und dies auf allen Ebenen, von den höchsten Lichtwelten bis hin zu den physischen Welten.

Dualität im Universum

Gemäß der vedischen Beschreibung unterteilen sich die Dimensionswelten des materiellen Universums grundsätzlich in sieben aufsteigende Existenzebenen und sieben Schattenwelten. Die höchste Dimension des Universums ist die Lichtwelt des Brahmā. Auch Brahmā, der Schöpfergott dieses Universums, ist ein erschaffenes Wesen. Er ist die Gottheit im „höchsten Himmel". Aus irdischer Sicht ist die Brahmā-Welt der „siebte Himmel". „Sich fühlen wie im siebten Himmel" – dies ist eine Redewendung, die auf ein ehemals tiefes Weltverständnis zurückgeht.

Die höchsten Lichtwelten sind im wahrsten Sinn des Wortes das Elysium („das Gefilde der Seligen"). Unterhalb von ihnen entfaltet sich die Dualität der umkämpften Lichtwelten und der Schattenwelten. Letztere entstanden in der Schöpfungsabfolge in einer späteren und sekundären Phase, als Schöpferwesen sich vom Licht trennten (weil sie meinten, „Dunkelheit" sei eine höhere Form von Licht, siehe S. 111). Die feinstofflichen Schatten- und Dunkelwelten (Unterwelten) werden im Sanskrit als Tala-Welten* bezeichnet, aber auch als *Bila-Svarga,* „Spiegelsphären; Imitationshimmel", denn diese Welten können durchaus himmlisch sein, aber nur in einem astral-niederfrequenten Sinn. „Dunkel" bedeutet also nicht etwa leidvoll oder höllisch. In den Schattenreichen leben ebenfalls hochentwickelte Wesen mit übermenschlichen Fähigkeiten: Astral-

* *tala:* „Ebene; Handfläche, Fußsohle; das unten Gelegene; Untergeschoß, Keller; Unterwelt"

fürsten, dunkle „Meister", Technomagier usw. In diesen Bereichen befinden sich auch die einflussreichen Imitatoren der hohen Lichtwesen, die auf die Erde einwirken, indem sie sich z. B. als Christus, Michael, Melchisedek oder Maitreya ausgeben.

Relevant ist hier auch wieder der Hinweis, dass die höherdimensionalen Welten mit ganz anderen Raum-Zeit-Verhältnissen verbunden sind als die Erde. Die Menschen müssen also damit rechnen, dass hinter astralen und außerirdischen Einflüssen Wesen wirksam sind, die in Zeitspannen von Jahrtausenden rechnen. Sie planen langfristig über viele irdische Generationen hinweg.

Da sich die physikalische Dimensionsebene aufgrund ihrer Mittelstellung im Überschneidungsbereich der „oberen" und „unteren" Welten befindet, ist es nicht überraschend, dass sich auf der Erde Wesen beider Seiten bemerkbar machen:

- physisch durch Inkarnation
- interdimensional durch Erscheinungen (Apparitionen, Materialisationen, Ufos, Lichterscheinungen, Maria-Erscheinungen)
- astral durch Inspiration oder Manipulation (Warnungen, Heilkräfte, Offenbarungen, mediale Kontakte, magische Interaktionen, astral projizierte Mentalbilder, usw.)

Die höheren Welten und die Unterwelten – Beschreibungen aus abendländischen Quellen

Das Wissen um die multidimensionale Unterteilung des Universums ist auch in vielen abendländischen Traditionen zu finden. Die antike Lehre der Sphärenharmonie vergleicht die Struktur der höherdimensionalen Hierarchien mit den Oktaven der Musik, die über siebenstufige Schritte entstehen, so dass der achte Ton dem ersten entspricht, einfach in der nächsthöheren Dimension. Ebenso sind die kosmischen Welten in Stufen unterteilt, indem sie wie Oktaven in parallelen Schwingungsebenen existieren. Gemäß griechischer Kosmologie (nach Pythagoras) umfasst das Universum sieben Sphärendimensionen, in denen zuoberst der „kosmische Baumeister" waltet: der Ur-Demiurg, von dem die Materie des gesamten Universums Form bekommt.

Den ersten Versuch, den östlichen Wissensschatz zu erforschen und einer breiteren Öffentlichkeit zugänglich zu machen, unternahm Helena Petrovna Blavatsky (1831–1891), die Gründerin der Theosophischen Gesellschaft. Sie wollte östliche und abendländische (insbesondere freimaurerische) Geheimlehren in einer Synthese vereinen, wobei sich aber – aus vedischer Sicht – verschiedene Irrtümer und Halbwahrheiten einschlichen. Zudem sah sie sich in Konkurrenz, ja Feindschaft mit den christlichen Kirchen und vertrat mit ihrer „Geheimlehre" einen atheistischen Monismus[68] bzw. einen okkulten Dualismus: der Gott der jüdisch-christlichen Kirchen sei der eigentliche Satan, während der von den Kirchen verteufelte Satan, „Luzifer", der eigentliche Gott sei; letztlich gebe es aber weder Gott noch Teufel, da alles eins sei.

Trotz berechtigter Kritikpunkte darf würdigend festgehalten werden, dass Helena Blavatsky mit ihren Schriften und Initiativen eine esoterische (nichtmaterialistische) Weltsicht eröffnete, die für die damalige Zeit revolutionär war. In ihrem monumentalen Werk *Die Geheimlehre* erwähnt sie explizit die Siebnerunterteilung des Universums:

> Der höchsten dieser Welten, so wird uns gelehrt, gehören die sieben Klassen der rein göttlichen Geister an; den sechs niedrigeren gehören Hierarchien an, die gelegentlich vom Menschen gesehen und gehört werden können und welche mit ihrer irdischen Nachkommenschaft in Verkehr stehen; mit einer Nachkommenschaft, die unauflöslich mit ihnen verbunden ist, indem jedes Prinzip im Menschen seine direkte Quelle in der Natur dieser großen Wesen hat. [...] Der ganze Kosmos wird von einer nahezu endlosen Reihe von Hierarchien fühlender Wesen geleitet, gelenkt und belebt, von denen jedes eine Sendung zu erfüllen hat, [...] aber sie sind „Sendboten" bloß in dem Sinne, dass sie die Ausführer der karmischen und kosmischen Gesetze sind. Sie sind in ihren einzelnen Abstufungen von Bewusstsein und Intelligenz unendlich verschieden; und sie alle reine Geister zu nennen, ohne irgendwelche irdische Beimischung, „woran die Zeit zu nagen pflegt", heißt nur, einer poetischen Phantasie zu huldigen. Denn jedes von diesen Wesen war entweder ein Mensch oder bereitet sich vor, einer zu werden.[69]

Die vedische Beschreibung des multidimensionalen Kosmos wurde auch von anderen theosophischen Autoren aufgegriffen, im folgenden Beispiel sogar unter direkter Berufung auf die „brâhmanische Literatur":

> Die kosmischen Elemente, Welten oder Sphären sind im besonderen in Lokas eingeteilt – ein Sanskritwort, das „Orte" im Sinne von Welten bedeutet – und in Talas. [...] Diese Lokas und Talas befinden sich nicht übereinander wie die Sprossen einer Leiter; sie durchdringen einander.
>
> In der brâhmanischen Literatur wird gewöhnlich gesagt, die Lokas seien die „Himmel" und die Talas die „Höllen". Das ist eine Art, eine tiefe Wahrheit auszudrücken. Aber wir müssen diesen Wörtern gegenüber wegen der falschen religiösen Ideen, die in Europa damit verbunden sind, vorsichtig sein.[70]

[Garuḍa sprach:] „Von Bhūrloka bis Satyaloka habe ich alle Orte gesehen, außer Yamas Planeten. Unter all diesen Welten sah ich auch die Erde, die dicht besiedelt ist mit verschiedensten Arten von Lebewesen. Diese Welt ist die beste in dem Sinn, dass sie allen Menschen ein genussreiches Leben ermöglicht und gleichzeitig Gelegenheit bietet, nach höchster Selbsterkenntnis zu streben." (*Garuḍa-Purāṇa* 2.1.24)

„O König, deine Zweifel [über die Schöpfung des Grobstofflichen aus dem Feinstofflichen] entstehen nur, weil du in irdischen Maßstäben denkst, denn ihr Menschen habt grobstoffliche Körper und zeugt Kinder auf irdische Weise, während die ursprüngliche Schöpfung feinstofflich ist und der Rajo-Guṇa untersteht. Die Devas haben himmlische Körper und bringen ihre Nachkommen auf entsprechende Weise hervor. Die himmlischen Wesen entstehen auf völlig andere Weise, und es ist sehr schwierig für euch Menschen, die ihr sinnliche Körper habt, dieses große Geheimnis zu verstehen. Nur Wesen, deren Geisteskraft überirdisch ist, können himmlische Schöpfungen erzeugen; deshalb können nur diejenigen dieses große Geheimnis verstehen, die selbst von überirdischer Natur sind, genau wie nur eine Schlange die Spur einer anderen Schlange erkennen kann und wie nur Vögel Luftstraßen sehen können. O König, irdische Einschränkungen gelten für die Devas nicht." (*Matsya-Purāṇa* 1.4.3-5)

„Es gibt zwei Pfade für die karmischen Wesen, den göttlichen *(daiva)* und den gottlosen *(asura).* Aufrichtige Hingabe in Verbindung mit der höchsten Quelle, Viṣṇu, ist göttlich. Alles, was nicht in dieser Verbindung ist, ist gottlos." (*Agni-Purāṇa* 383.12)

„Viele der Wesen, die von körperlichen Leiden frei sind und sich in den himmlischen Regionen mit Vimānas fortbewegen, waren früher Bewohner des Erdplaneten, die fromme Handlungen ausführten und dadurch Zugang zu diesen Dimensionen erlangten." (*Brahma-Purāṇa* 25.8)

„Unterhalb von Bhūrloka befinden sich die sieben Tala-Welten, die auch als Bila-Svarga („Imitationshimmel") bezeichnet werden. [...] Dort leben zahllose Nāgas und Asuras, unter ihnen Maya Dānava, der große *māyāvin* („Technomagier"). Mit diesen Techniken können sie ohne Gott und Selbsterkenntnis ein Leben des illusorischen Genusses führen. [...] Da es in diesen Welten keinen Sonnenschein gibt, ist die Zeit nicht in Tage und Nächte unterteilt, und deshalb kennen diese Wesen die Angst, die durch den Lauf der Zeit verursacht wird, nicht." (*Śrīmad-Bhāgavatam* 5.24.8-11)

„Alle Welten im materiellen Universum, bis hin zur Welt des Brahmā, sind dem Kreislauf unterworfen [sind nicht ewig]. Wer aber in mein Reich gelangt, o Arjuna, wird niemals wieder geboren." (*Bhagavad-Gītā* 8.16)

Quellentexte: Reinkarnation in den sieben Lokas und Talas

Der Verfasser dieser Studien, Gottfried von Purucker (1874–1942), betont, dass die Lokas und Talas nicht bloß symbolische Darstellungen sind, aber auch nicht „Himmel" und „Höllen" im naiv-religiösen Sinn. Es sind konkrete Welten im multidimensionalen Kosmos, die von entsprechenden Wesen bewohnt werden:

> In den sieben Lokas und den sieben Talas [...] gibt es unzählige Heere von Wesen. [...] Die entsprechenden Bewohner der verschiedenen Lokas und Talas leben in ihrer eigenen Welt, gehen ihren eigenen Beschäftigungen nach, wirken ihr eigenes karmisches Schicksal ebenso wie wir in unserer Welt. Es ist nur der menschliche Egoismus, der so törichterweise darauf besteht, unsere Rasse sei die einzige Rasse intelligenter Wesen in dem grenzenlosen Kosmos.[71]

Die positiven und negativen Parallelwelten sind Stationen auf dem Bogen der auf- und absteigenden Reinkarnation, und die Wesen dieser Welten können auch einen direkten Einfluss auf die Menschen ausüben:

> [Dies sind] jene Welten, jene Prozesse und jene Reihenfolge [Hierarchie] von Wesen in der Natur, durch welche wir in die Manifestation „hinabsteigen" oder durch welche wir uns auf der anderen Seite erheben und in spirituelle Größe hineinwachsen. [...] Tugend, Reinheit, Güte, Mitleid, Barmherzigkeit, Erbarmen, all dies sind Zeichen, dass die Wesenheit, die sie besitzt, den Geist im Innern entwickelt und sich erhebt, den leuchtenden Bogen [die Lokas] entlang aufsteigt. Wo wir Selbstsucht, Unreinheit, Lieblosigkeit, Grausamkeit, Betrug und Heuchelei sehen, sind sie die Zeichen, dass die Wesenheit, die sie besitzt, unter dem Einfluss oder der Vorherrschaft des absteigenden oder schattenhaften Bogens der Talas steht.[72]

Die Vielfalt der Welten in Gottes Schöpfung wird auch in der jüdischen Tradition beschrieben. Der erste Satz der Thora lautet: „Am Anfang schuf Elohim die Himmel und die Erde." Gleich am Anfang der Bibel (Gen 1,1) erfahren die Menschen also, dass die Schöpfung mehrere Himmel umfasst, denn „Himmel" steht im Plural: „die Himmel" *(šāmayim)*. Und all diese Welten sind bewohnt: „So entstanden die Himmel und die Erde mit allem, was lebt." (Gen 2,1)*

---

* Die hebräisch-englische Torah-Ausgabe *Etz Hayim* übersetzt diesen Satz mit „The heaven and the earth were finished, and all their array", und kommentiert: „Das Wort, das als ‚array' *(tzaba)* übersetzt wird, bezieht sich normalerweise nur auf den Himmel. In diesem Satz wird die Bedeutung erweitert und bezieht sich auch auf die Erde." *Array* bedeutet: „die Anordnungen; das Aufgebot; eine große Anzahl; Mannschaften; Schlachtordnung." Luther übersetzte deshalb: „Also ward vollendet Himmel und Erde mit ihrem ganzen Heer."

Die folgenden Ausführungen stammen aus dem Buch *Leben im Diesseits und Jenseits,* verfasst von Dr. Friedrich Weinreb (1910–1988), einem der größten Gelehrten innerhalb der Vielfalt der jüdischen Traditionen:

> Auf diese Weise werden Erde und Himmel geschieden. Die unterste, die siebente Erde, ist äußerst fern vom Ort, den der siebente Himmel in den Himmeln einnimmt. Es lässt sich kein größerer Abstand denken. [...] Die siebente Welt dient uns zum Aufenthalt, es ist unsere Realität. Sie enthält die Namen der anderen und steht doch auch außerhalb der anderen, den anderen gegenüber. Wie der siebte Tag den sechs Tagen der Schöpfung gegenübersteht. Das gleiche gilt für den siebten Himmel. Dort steht der Thron Gottes. Das Niedrigste steht dem höchsten gegenüber, auch das ist eine Konsequenz der Zweiheit.[73]

> [Die Oberflächlichkeit] kann zum alleinigen Genuss des Äußerlichen verleiten. [...] Befriedigung schlechthin. Und dabei lässt man sogar diese unsere siebente Welt hinter sich und begibt sich ins Reich der Unterwelten, jener sieben Welten, die, im Gegensatz zu den sieben anderen, keinerlei Sinn mehr aufweisen. [...] Die sieben Unterwelten sind von unzähligen Wesen bevölkert, die nichts anderes als Sinnlosigkeit verkörpern, ja, die jeden Sinnes spotten.[74]

Friedrich Weinreb erklärt hier, dass Gottes direkte Schöpfung sieben Himmel umfasst und dass die Erde „die siebente Welt" (von oben gezählt) ist und den anderen, höheren Himmeln gegenübersteht wie die sechs Schöpfungstage dem siebten. Das weist einerseits auf die besondere Stellung der Erde hin (wie der Sabbat innerhalb der sieben Wochentage), zeigt andererseits aber auch, dass die Erde „dem höchsten [Himmel]" als „das Niedrigste" gegenübersteht, als „eine Konsequenz der Zweiheit [Polarität]". Außerhalb dieser 6+1 Himmel befinden sich die sieben „Unterwelten". Der Hinweis, dass die Wesen dieser Unterwelten „nichts anderes als Sinnlosigkeit verkörpern", bekommt eine zusätzliche Bedeutung, wenn man sich an die Ausführungen über den Monismus und Nihilismus erinnert (S. 121).

Im obigen Zitat wird gesagt, dass im siebten Himmel der Thron Gottes steht. Offensichtlich muss der Begriff „Gott" differenziert verstanden werden. Der siebte Himmel gehört immer noch zum erschaffenen Universum. Der Gott des siebten Himmels ist der Schöpfergott innerhalb unseres Universums, aber das Absolute ist nicht auf die Materie beschränkt. Im folgenden Zitat wird betont, dass das „Höchste Wesen" des siebten Himmels nicht der absolute Gott ist, dass zwischen beiden aber keine materielle Trennung besteht („Das ist DER EINE"). Dieser Text stammt von Max Heindel (1865–1919), einem der wichtigsten neuzeitlichen Exponenten der Rosenkreuzer-Tradition. Heindel versuchte, theosophische

Lehren, vegetarische Ideale und christliche Mystik zu vereinen, und sah darin „das esoterische Christentum der Zukunft“:

> Nach den Lehren der Rosenkreuzer zerfällt das Weltall in sieben verschiedene Welten oder Zustände der Materie, wie folgt: 1. Die Welt Gottes; 2. Die Welt der Ur-Geister; 3. Die Welt des göttlichen Geistes; 4. Die Welt des Lebens-Geistes; 5. Die Gedanken-Welt; 6. Die Empfindungs-Welt; 7. Die physische oder Körper-Welt. [...] Die Materie dieser Welten variiert auch in den Graden ihrer Dichtigkeit. Die physische Welt ist unter allen sieben die dichteste. Jede Welt teilt sich wieder in sieben Regionen oder Unterabteilungen. [...]
>
> Sie [die sieben kosmischen Ebenen] sind Zustände der Geist-Materie, die einander durchdringen, so dass Gott [Brahmā] und die erwähnten anderen großen Wesen im Raume nicht weit voneinander sind. Sie durchdringen jeden Teil ihrer eigenen und jener Reiche, die von größerer Dichtigkeit sind als das ihre. Sie sind alle in unserer Welt gegenwärtig; keiner von uns könnte außerhalb dieser großen Intelligenzen existieren, die unsere Welt mit ihrem Leben durchfluten und erhalten. [...] Von den sechs kosmischen Ebenen, die über unserer eigenen liegen, wissen wir nichts, außer dass uns gesagt wurde, dass sie großen Hierarchien von Wesen unbeschreiblicher Herrlichkeit als Feld ihrer Betätigung dienen. [...] Versuchen wir den Ursprung des Urhebers unseres Sonnensystems zu entdecken, so müssen wir zur höchsten der sieben kosmischen Ebenen vordringen. Wir sind dann im Reiche des Höchsten Wesens, das aus dem ABSOLUTEN ausstrahlte. [...] Manifestation schließt Begrenzung mit ein. Darum können wir das Absolute als grenzenloses Wesen, als die Wurzel des Seins, charakterisieren. Aus der Wurzel des Seins – dem Absoluten – geht im Anfang der Manifestation das Höchste Wesen hervor. Das ist DER EINE. Im 1. Kapitel des Johannes-Evangeliums wird dieses große Wesen Gott genannt.[75]

Die sieben sich überlagernden Ebenen des Kosmos bestehen aus „Geist-Materie“ unterschiedlicher Dichte. „Von den sechs kosmischen Ebenen, die über unserer eigenen liegen, wissen wir nichts“, sagt Max Heindel, außer dass „sie großen Hierarchien von Wesen unbeschreiblicher Herrlichkeit als Feld ihrer Betätigung dienen.“ Die höchste der sieben kosmischen Ebenen ist das „Reich des Höchsten Wesens“. Gemeint ist das höchste Wesen des Universums, das hier auch Gott genannt wird. Gewisse esoterische Traditionen unterscheiden zwischen Gott und dem Absoluten: Gott ist die Schöpfergottheit, der Baumeister des Universums, und das Absolute ist die Einheit, der Urgrund von allem. Wenn das Absolute bloß als abstrakte oder energetische Einheit gesehen wird, entsteht ein gefährlicher einseitiger Monismus. Im obigen Zitat wird dieser Fehler mit einer einfachen Logik vermieden: Jede materielle Schöpfung („Manifestation“) bedeutet Begrenzung; wenn also das höchste Wesen des Universums aus dem Absoluten hervorgeht, können wir daraus erkennen, dass das Absolute ebenfalls „Wesen" und nicht bloß Energie ist. Wir können „das Absolute als grenzenloses Wesen, als die Wurzel des Seins, charakterisieren". Die Wurzel allen Seins ist auch Mutter-Vater des höchsten Wesens im Universum – und aller Wesen. Das *Wesen*tliche ist immer die Ganzheit: Energie *und* Bewusstsein, Nondualität *und* Individualität. Wenn die Lichtwesen der höheren Welten bereits „Wesen unbeschreiblicher Herrlichkeit" sind, dann gilt dies erst recht für das „grenzenlose Wesen", das der ewige Urgrund aller Schöpfungen ist! *„Die Himmel rühmen des Ewigen Ehre ..."*[76]

Das Konzept der Parallelwelten in der Wissenschaft

Auch die Wissenschaft zieht mittlerweile „die Vorstellung von parallelen Universen ernsthaft als Lösung für Probleme im weiten Bereich der modernen Physik und Kosmologie in Betracht", schreibt Dr. Fred Alan Wolf in seinem Buch *Parallele Universen – Die Suche nach anderen Welten.*[77]

> Das Hauptproblem der heutigen Naturwissenschaft ist die Vereinheitlichung – die Zusammenfassung äußerst verschiedener Ideen und Konzepte, von kleinster subatomarer Materie bis hin zur größten Galaxie. Zurzeit umfasst unser Wissen ein riesiges Spektrum von Ideen. Bei unseren Versuchen, diese Ideen zu vereinigen, stoßen wir auf große Lücken. Die an Science-fiction erinnernde Idee, unser Universum sei nicht das einzige [...], ist der neueste Vorschlag der modernen Physik, die sich um eine Vereinheitlichung unseres Wissens bemüht. Wenn es diese anderen Welten nicht gäbe, blieben die von der neuen Physik zu Tage gebrachten Wissenslücken unüberbrückbar – und unsere früheren Denkweisen können sie nicht füllen.[78]

> Diese Erkenntnisse sind aber ohne eine neue Sichtweise der gesamten Wirklichkeit unverständlich. Mit unseren bisherigen Vorstellungen von der physikalischen Welt können wir diese Probleme nicht lösen. Sie [unsere bisherigen Vorstellungen!] werden so selbst zum Problem [...]. Die Hoffnung, die Ideen innerhalb dieses weiten Spektrums menschlichen Wissens in Einklang zu bringen, beruht auf der Existenz dieser anderen Universen – Universen, die Seite an Seite mit unserer eigenen Welt existieren und auf gespenstische Weise möglicherweise sogar denselben Raum füllen wie diese unsere Welt.[79]

Die moderne Wissenschaft wird ihre unüberbrückbaren Wissenslücken in der Erforschung der Materie erst dann überwinden können, wenn sie tatsächlich „eine neue Sichtweise der gesamten [!] Wirklichkeit" erlangt, das heißt, sich von ihren materialistischen Dogmen befreit.

Was die Menschen mit ihren Teleskopen zu sehen vermögen, sind nur die Himmelskörper der siebten Verdichtungsstufe (Bhūrloka) und die äußersten elektromagnetischen „Echos" der Welten der sechsten und fünften Verdichtungsstufe (Bhuvar- und Svarloka). Die hierarchischen Unterteilungen des Universums dürfen also nicht dreidimensional-kosmografisch aufgefasst werden. Die sechs höheren Lokas sind nicht irgendwelche Galaxien oder Galaxienhaufen, die man auf einer Sternenkarte lokalisieren könnte, sondern Parallelwelten mit einer jeweils eigenen feinstofflichen Beschaffenheit.

Im *Brahmāṇḍa-Purāṇa* (1.2.19.155–156) findet sich folgende Zusammenfassung, verbunden mit einem klaren Hinweis auf „das wahre Ziel des Lebens innerhalb dieser Welten":

> All diese Welten (Bhuvar- und Svarloka) und die Erdzone (Bhūrloka), die aus sieben Unterteilungen besteht, befinden sich innerhalb des eiförmigen [in sich gekrümmten] Universums. Die Gesamtheit der Welten wird wie folgt unterteilt: Bhūrloka, Bhuvarloka, Svarloka, Maharloka, Janoloka, Tapoloka und Satyaloka [Brahmā-Loka]. Das ist die Unterteilung der Welten, und es genügt zu wissen, dass es diese Welten gibt und dass jenseits davon die spirituelle Welt gegenwärtig ist, die zu erreichen das wahre Ziel des Lebens innerhalb dieser [materiellen] Welten ist.

Bhūrloka umfasst also den größten Teil des *für die Menschen sichtbaren* Universums und beinhaltet auch höherdimensionale Bereiche. Nicht nur die Hierarchie des Universums, sondern auch Bhūrloka ist siebenfach unterteilt. Die folgenden Informationen über Bhūrloka, die „Erdzone", und die angrenzenden Sphären stammen aus einer westlichen Schrift, in der die Magie neutral als Wissenschaft beschrieben wird. Der Verfasser ist der bereits erwähnte Franz Bardon. Seine Ausführungen sind ein weiteres Beispiel dafür, dass die vedischen Beschreibungen nicht isoliert dastehen, sondern von vielen anderen Weltbildern bestätigt und auch ergänzt werden:

> Die nächstfolgende, über unserer grobstofflichen Welt sich befindende Sphäre ist die Erdzone, auch die Erdgürtelzone genannt. Diese Zone hat verschiedene Dichtigkeitsgrade, sogenannte Unterebenen, in die sich die Menschen nach dem Ablegen des grobstofflichen Körpers begeben. Es ist dies die sogenannte Astralwelt [...]./ Außer dem Menschen, der sich nach seinem Ableben auf die Astralebene begibt, wird die Erdzone noch von vielen anderen Wesen bewohnt. [...] In der astralen Welt der Erdgürtelzone walten und wirken die Kräfte genauso wie in der grobstofflichen Welt, nur feinstofflicher.[80]

In Bezug auf die Erde und die Erdzone nennt diese Quelle sieben Sphären: die Mond-, Merkur-, Venus-, Sonnen-, Mars-, Jupiter- und Saturnsphäre. Dies sind Begriffe aus der alchimistischen Tradition, die nichts mit den Planeten und der Sonne unseres Sonnensystems zu tun haben. Diese Namen beziehen sich auf die sieben Unterteilungen der kosmischen Erdzone bzw. „Erdgürtelzone" (Bhūrloka):

> Mit der Saturnsphäre ist zwar die allgemeine Sphärenmagie beendet, d. h. die Hierarchie der uns bekannten sieben Sphären erklärlich beschrieben, aber der wahre Eingeweihte [...] wird sicherlich wahrgenommen haben, dass es hinter der Saturnsphäre noch mehrere andere Sphären gibt, die jedoch auf unsere Erde respektive auf unsere Erdgürtelzone fast keinen direkten Einfluss ausüben [...], dass es außer unserem Universum, also unserem Makrokosmos, unserem planetarischen System, außer den Hierarchien und Sphären, die ich alle hier aufgezählt habe, noch viele und bei weitem größere Kosmen gibt, die ganz andere Kräfte, andere Gesetze und auch andere Analogien haben, als es bei unserem Makrokosmos der Fall ist. All dies näher zu beschreiben ist – ohne zu übertreiben – ein Ding der Unmöglichkeit.[81]

„Makrokosmos" bezieht sich auf das für den Menschen erfassbare Universum, wobei es jenseits dieser Welten „noch viele und bei weitem größere Kosmen gibt", in denen ganz andere Kräfte und Gesetze wirken. Damit sind die höherdimensionalen Welten „oberhalb" von Bhūrloka gemeint, also Bhuvarloka, Svarloka (= Svargaloka) usw. bis hin zu Satyaloka, der Welt des Brahmā. Bardons Aussage weist auch auf die Begrenztheit aller magischen Bemühungen hin, denn die eigene Initiative ist immer beschränkt und von materiellen Bedingungen und Qualifikationen abhängig. Wer sich jedoch nicht an materielle, sondern an spirituelle Quellen wendet, überwindet alle materiellen Begrenzungen und öffnet sich für göttliche Einsichten und göttliche Kräfte, die man durch eigenmächtige Anstrengungen nie erlangen könnte.

Die Schlüsselstellung der Erde

Aus materialistischer Sicht ist die Erde nur ein winziges Staubkorn im Universum, ein Staubkorn unter vielen Billionen, auf dem sich zufällig eine organische Lebenswelt entwickelte, die genauso ohne höhere Bedeutung ist wie das Staubkorn selbst. Ganz anders präsentiert sich das Universum, wenn wir in eine multidimensionale Sicht wechseln und die feinstofflichen Welten sowie den spirituellen Urgrund mit in Betracht ziehen. Dann erkennen wir auch die besondere Bedeutung der Erde:

- **Die Erde als Schnittstelle der „unsichtbaren" Welten:** In der Skala der sieben Lichtwelten und der sieben Dunkelwelten (Spiegelsphären) befindet sich die Welt der Erde (Bhūrloka) in der Mitte oder im Zentrum, d. h. im Überlappungsbereich der beiden Hemisphären. Deshalb sind auf der Erde sowohl positive als auch negative Einflüsse wirksam. Nur auf dieser Ebene des Kosmos ist es möglich, dass auf demselben Planeten Wesen aus den „oberen" und den „unteren" Welten leben. Die Wesen aus den Welten der Trennung bekommen hier die Möglichkeit, sich für das Licht zu entscheiden und sich wieder mit der göttlichen Quelle zu verbinden.

- **Die Erde als Ort des freien Willens:** Die Erde ist eine karmische Drehscheibe, wo sich entscheidet, ob ein Individuum in seiner Entwicklung den positiven oder den negativen Mächten dienen will. Weil beide Tore offen sind, hat der Mensch die Möglichkeit, innerhalb der Dualität das Positive oder das Negative zu wählen oder sich zu entscheiden, die Trennung vom Ursprung zu überwinden. Die Erde wird deshalb auch Karma-Loka, „Ort des karmischen Handelns; Ort des freien Willens", genannt, weil hier die Weichen für viele nachfolgende Inkarnationen gestellt werden.

- **Die Erde als Schauplatz „apokalyptischer" Auseinandersetzungen:** Weil die Erde ein Ort des freien Willens ist, bekommen im Kali-Yuga die gottabgewandten Mächte die Möglichkeit, sich zu entfalten und ihre Pläne durchzusetzen. Gleichzeitig erscheinen auch Gottgesandte und Gott-Inkarnationen, da die Erde eine solch wichtige Schlüsselstellung innehat. Wer sucht, findet immer Hinweise auf das Positive und das Göttliche. Denn der Erde stehen Lichtkräfte bei, die aufgrund ihrer göttlichen Vollmacht viel mächtiger sind als die Asuras. Ab einem gewissen Zeitpunkt ist der „freie" Wille der Asuras nicht mehr relevant, weil das Licht die Dunkelheit auflöst – und erlöst, wenn die Dunkelheit das Licht in dieser wahren Form erkennt.

- **Die Erde als kosmischer Kraftort:** Aufgrund der besonderen Stellung der Erde innerhalb der kosmischen Dimensionen sind auf allen Kontinenten besondere Kraftorte vorhanden: Gitterpunkte der planetaren, solaren und galaktischen Energien, Dimensionstore und spirituelle Zentren der Lichtwesen. In einem holografischen Universum ist das Ganze auf eine fraktale Weise auch in seinen Teilen enthalten, weshalb die strukturellen Muster des Universums auch auf der Erde wiedergegeben sind. Religiöse und weltliche Machtorganisationen sind bestrebt, ihre Zentren und Zweigstellen an solchen Schlüsselorten zu errichten. Deshalb sind wichtige energetische „Drehscheiben" heute okkupiert. Viele Kraftorte blieben aber auch frei und zugänglich, einige wurden zu bekannten Pilgerorten.

Die Erde ist für uns Menschen also ein Schulungsplanet (Ort des freien Willens) und ein Tor ins Licht, denn sie bietet die Möglichkeit, dass wir uns wieder mit der göttlichen Quelle verbinden. Wenn wir in Dunkelheit sind, besteht der erste Schritt in Richtung Licht darin, dass wir uns dem Licht zuwenden. Der eigentliche Schritt der Befreiung/Erlösung ist, dass wir aus dem dunklen Bereich heraustreten und uns direkt ins Licht begeben. Dies ist der spirituelle Weg von *Gottzugewandtheit* zu *Gottesbewusstsein.* Aus spiritueller Sicht sind auf der Erde die Voraussetzungen für die Entwicklung von Gottesbewusstsein ideal, weil gleichzeitig angenehme und unangenehme Zustände vorhanden sind und sich abwechseln. Die Erfahrung der Gegensätze bietet uns die Möglichkeit, dass wir uns von beiden Aspekten des materiellen Daseins lösen, um Befreiung zu erlangen, d. h. Beendigung der Reinkarnation und „Erwachen" in der spirituellen Welt jenseits aller Dualität.

Kosmisch gesehen, ist ein Leben als Mensch auf der Erde eine sehr seltene Gelegenheit und ein großes Geschenk. In den Sanskritschriften wird erwähnt, dass sogar die Devas darum beten, auf der Erde geboren zu werden:

> „Wir beten, dass wir [nach unserem Leben in den himmlischen Welten] auf der Erde geboren werden können, wo es möglich ist, in der direkten Erinnerung an Gott zu leben, weil er *(hari)* dort [in der irdischen Dimensionswelt] die Glückseligkeit der Gottbewussten persönlich vergrößert und vermehrt [durch innere und äußere Hilfen und Anstöße]." (*Śrīmad-Bhāgavatam* 5.19.28)

Das Leben auf der Erde gibt uns nicht nur innere, sondern auch äußere Anstöße als Entwicklungsimpulse auf dem persönlichen Weg. Die Vergänglichkeit ist auf der Erde viel deutlicher erkennbar als in den höheren Welten, weshalb im obigen Zitat gesagt wird, die Erde sei potentiell ein Ort „der direkten Erinnerung an Gott". Der Begriff für Gott *(hari),* der an dieser Stelle verwendet wird, bedeutet „derjenige, der die Herzen zu sich ruft", aber auch „derjenige, der Anhaftungen und Illusionen wegnimmt" (von der Verbwurzel *hṛ,* „nehmen; ergreifen; stehlen"). Die Eingeweihten aller gottverbundenen Traditionslinien weisen deshalb darauf hin, dass die Erde als Ort höchster Materieverdichtung auch „die höchste Emanation des Gottesprinzips beinhaltet":

> Die „Erdzone" ist nicht begrenzt und erstreckt sich auf den ganzen Kosmos, also nicht nur auf unsere Erdkugel. Diese Gesetzmäßigkeit der Erdzone ist nicht räumlich aufzufassen, sie bezieht sich auf unseren ganzen Mikro- und Makrokosmos und ist mit diesem in analogem Zusammenhang. Aus diesem Grunde erreicht der Mensch seine Vollkommenheit, seine höchste magische Reife, seine Gottverbundenheit, nur in der Erdzone. Hieraus ist ersichtlich, dass die Erdzone vom magischen Standpunkt aus die niedrigsten Schichten, aber auch die höchste Emanation des Gottesprinzips beinhaltet. [...] Auf der Erdzone manifestiert sich eben die ganze Schöpfung, von der höchsten Vollkommenheit Gottes angefangen bis hin zur niedrigsten und gröbsten Form.[82]

Fazit und Ausblick

Es ist nicht möglich, die unsichtbaren Welten „objektiv" zu beweisen. Die Meinung, das Objektive sei wahrer als das Subjektive, entspringt einer materialistischen Weltsicht, in der „Realität" über Projektionen definiert wird. Eine ganzheitliche Wissenschaft vereint das Objektive und Subjektive als gleichwertige Pole, wie Yin und Yang. Menschen mit höherer Wahrnehmung und Erkenntnis – die spirituellen Lehrerinnen und Lehrer – geben ihr Wissen an uns weiter, das für uns theoretisch und „objektiv" bleibt, bis wir es subjektiv für uns verifiziert haben. Das Subjektive ist das, was wir durch persönliche Erkenntnis und Anschauung wissen.

Wenn viele Menschen über eine ganzheitliche Schulung und Wissenschaft die gleiche Erkenntnis bestätigen, wird diese subjektive Erkenntnis zu einer „objektiven" Tatsache, wie z. B. die Existenz der unsichtbaren Welten. Die religiösen, spirituellen und esoterischen Traditionen der Welt unterscheiden sich in vieler Hinsicht, aber dieser eine Punkt gehört in allen zum grundlegenden Wissen: Höherdimensionale Welten und Wesen sind eine Realität, und sie existieren in hierarchischen Stufen – von den höchsten Lichtwelten bis hin zu den dunklen Astralwelten.

> „Werdet stark durch die Verbindung mit Gott und in der Macht seiner Kraft! Zieht die Waffenrüstung an, die Gott euch gibt, dann kann euch das Wirken der Dunkelheit („des Teufels") nichts anhaben. Denn wir kämpfen nicht gegen Menschen („nicht gegen Wesen aus Fleisch und Blut"), sondern gegen unsichtbare Fürsten und Mächte und Herrscher der Finsterniswelten und Geistwesen der Bosheit in den himmlischen [astralen] Welten. Deshalb ergreift die ganze Waffenrüstung Gottes! Nur wenn ihr wohlgerüstet seid, könnt ihr dem Feind widerstehen, wenn er euch angreift. So haltet stand mit der göttlichen Wahrheit, sie sei euer Gürtel; Rechtschaffenheit sei euer Brustpanzer; und als Schuhe tragt die Bereitschaft, das Evangelium des Friedens

> zu verkünden. Und haltet bei allem den festen Glauben als Schild vor euch, damit ihr die Brandpfeile des Satans abwehren könnt. Die Gewissheit eurer Rettung sei euer Helm, und das Wort Gottes sei das Schwert, das der Geist euch gibt. Und bei allem betet und bittet immerzu im Geiste [in innerer Verbindung mit Gott]. Seid wachsam und hört nicht auf, für alle Gläubigen zu beten [und für alle, die Böses tun, erst recht]." (Brief an die Epheser, 6.10–18)

Höherdimensionale Welten und Wesen, lichte und dunkle Hierarchien – dies sind subjektiv verifizierte Fakten und Erfahrungen, die auch den okkulten Mächten bekannt sind. Sie besitzen dieses Wissen und stehen hinter dessen Verschleierung, denn die diesbezügliche Unwissenheit der Menschen ist ihren Zielen dienlich. Ansonsten würden diese Erkenntnisse schon längst an allen Hochschulen gelehrt und weiter erforscht, denn seit einhundert Jahren zeigt die parapsychologische Forschung, dass die transdimensionalen Phänomene Realitäten sind, die nicht einfach ignoriert werden sollten. Was die Überwindung des ideologischen Materialismus betrifft, so ist die „offizielle" Wissenschaft heute weniger weit als vor einhundert Jahren ...

Fortschritt im ganzheitlichen Sinn bedeutet, die Anker des Kali-Yugas – Materialismus und Pseudoskepsis auf der einen Seite, religiösen Dogmatismus auf der anderen – zu lichten. Deshalb werden im vorliegenden Buch gewisse „unwissenschaftliche", aber eigentlich selbstverständliche Befunde als das dargestellt, was sie sind: Fakten. Nur so kann vermieden werden, dass sich die Diskussion endlos im Kreis dreht. Die wichtige Frage lautet nicht: Gibt es höherdimensionale Welten und Wesen? Denn dass es sie gibt, gehört zum Urwissen der Menschheit. Die wichtigen Fragen lauten vielmehr: *Was ist die Natur dieser Welten und Wesen? Welche Einflüsse haben sie auf uns? Welche Beziehung haben wir zu ihnen?*

Diese Themen wurden in den bisherigen Kapiteln bereits mehrfach gestreift und sollen nun weiter vertieft werden.

Kapitel 7

Mythische Dualität: Licht- und Schattenwelten

Mythologische Überlieferungen aus aller Welt berichten von Göttern und Dämonen, von übermenschlichen Helden und unmenschlichen Tyrannen, von Schlachten im Himmel und auf der Erde, von einem ständigen Ringen zwischen den Mächten des Guten und des Bösen. Zahlreiche Romane, Symbolgeschichten und Science-Fiction-Filme der heutigen Zeit weisen ebenfalls auf diese interdimensionalen Vorgänge im Hintergrund der dreidimensionalen Kulissen hin. Die Menschen können also nicht sagen, sie hätten nichts gewusst und „man" habe ihnen nichts gesagt. Der Glaube, dass diese Mächte und Kämpfe nur Fantasie seien, ist direkt ein Teil dieses Kampfes, eines Kampfes um die Seelen der Menschen. Manchmal verläuft der Kampf sehr einseitig (in Diktaturen und Gewaltstrukturen), doch Spaltung und Einseitigkeit haben nie dauerhaften Bestand. Wie im letzten Kapitel erwähnt, haben die höherdimensionalen Wesen viel „Zeit" und planen über Jahrtausende hinweg, sowohl die Dunkel- als auch die Lichtwesen.

Aufgrund des vorherrschenden Geistes im gegenwärtigen Zeitalter (Kali-Yuga) gingen die Aufklärung und die Wissenschaft in eine Richtung, die nicht dem Wohl der Menschen und des Planeten diente. In den Fabriken der Industrieherren entstand ein neues Sklaventum, der Raubbau wurde mit globaler Ausweitung intensiviert, und der Materialismus griff um sich, parallel dazu auch der Fundamentalismus.

Im Hintergrund dieser Entwicklung blieben auch die alten Wissenslinien bestehen, einerseits im Kern der religiösen und esoterischen Traditionen, andererseits auch durch die vielen Individuen, die das Wissen durch ihre Reinkarnationen weitertrugen. All diese Stimmen sprechen von höheren Welten, kosmischen Hierarchien und auch von astralen Welten und dunklen Mächten – und von einer bevorstehenden Wendezeit. Sie vermitteln eine multidimensionale Weltsicht, wodurch auch die alten Götter- und Dämonenmythen in einem neuen Licht erscheinen. Mit Mytho-logik kann man erkennen, dass sie Urmuster (Archetypen) von irdischen Konflikten sind, die sich wiederholen, bis die „unsichtbaren"

Ursachen gelöst sind. Die Wiederholungen können in unterschiedlichster Form geschehen, aber das archetypische Muster bleibt dasselbe.

Was einst geschah, geschieht auch heute, und zwar in einem verschärften Ausmaß, denn die irdischen, solaren und kosmischen Zyklen führen zu einer globalen Transformation – und der Kampf dreht sich darum, wie diese Zukunft gestaltet werden soll. Die Verfechter der alten Machtstrukturen meinen, nun erfülle sich endlich ihr Traum einer globalen Herrschaft, für den sie schon seit langer Zeit kämpfen. Aber: Allein die Tatsache, dass sie Jahrhunderte und Jahrtausende lang kämpfen mussten, und dazu auch noch mit Betrug, Massenmorden usw., zeigt, dass sie keine natürlichen und keine legitimen Herrscher sind. Das ursprüngliche Licht der Erde ist so stark, dass es auch durch diese lange Zeit von Attacken weder besiegt noch ausgelöscht werden konnte.

Ein Paradies ohne Gott: die Hemisphäre der Asuras

Die Erde gehört zu jenem Bereich, in dem sich die positive und die negative Hemisphäre des Universums berühren. Deshalb sind auf der Erde Licht und Schatten nebeneinander gegenwärtig, wobei das Verhältnis der Licht- und Schattenanteile je nach Zeitalter unterschiedlich ausfällt.

Dass in der materiellen Welt auch in hohen Sphären (aber nicht in den höchsten) positive *und negative* Wesen existieren, gehört in allen spirituellen Traditionen zum bekannten Wissen. Die positiven werden im Sanskrit als Devas, „Lichtwesen", und Upadevas, „untergeordnete Devas", die negativen als Asuras, „Unlichtwesen, Gegengötter", bezeichnet (siehe S. 116). In westlichen Traditionen kennen wir diesbezüglich Begriffe wie Engel, Erzengel und Elohim-Schöpferwesen und, auf der negativen Seite, gefallene Engel, Dämonen, luziferische Intelligenzen usw.

Die Devas und die Asuras befinden sich, was die materielle Verdichtung betrifft, auf ähnlichen Stufen. Aus der Sicht der Menschen sind sie höherdimensionale Wesen, die mit übernatürlichen Kräften ausgestattet sind und über faszinierendes Wissen verfügen. Der entscheidende Unterschied liegt in den *Weltbildern und Motiven,* von denen sie bewegt werden, und demzufolge auch in ihren Handlungen. „An den Früchten kann man sie erkennen." (Mt 7,16–20)

In den Sanskritschriften finden sich viele Beschreibungen der oberen Welten und auch der Unterwelten. Diese sollen den Menschen vor Augen führen, dass nicht alle astralen und „höheren" Einflüsse positiv und lichtvoll sind.

Die folgenden Zitate aus den Sanskritschriften veranschaulichen, dass die Schattenwelten (Unterwelten) konkrete Existenzebenen sind: Parallelwelten mit einer Vielzahl von halbphysischen und astralen Wesen. Diese Welten werden im Sanskrit als „Imitationshimmel" bezeichnet, denn sie sind voll von verlockenden Annehmlichkeiten und Manipulationsmöglichkeiten. Sie stellen ein luziferisches Paradies dar, ein „Königreich Gottes ohne Gott", in dem die Asuras für eine gewisse Zeit in ihren Illusionen leben können, und zwar so lange, wie das Karma-Gesetz es ihnen erlaubt. Wenn ihre Zeit abgelaufen ist und neue Wellen der persönlichen Entwicklung einsetzen, werden sie durch den Lauf der Reinkarnation in andere Lebensumstände versetzt, die ihren Karma-Reaktionen entsprechen, ihnen gleichzeitig aber auch Möglichkeiten des Lernens und des Ausgleichs bieten.

> In der ersten Unterwelt, Atala, befinden sich viele Stützpunkte der Asuras und der Nāgas (astrale „Schlangenwesen"). [...] In dieser ersten Unterwelt sah ich Tausende von Städten, alle mit schwarzem Boden. In ihnen leben Nāgas, Dānavas (riesenhafte Wesen) und Rākṣasas (vampirische Wesen)./ In der zweiten Unterwelt, Sutala, befinden sich die Festungen folgender Anführer der Daityas (Dämonen) und Rākṣasas [...]. (*Brahmāṇḍa-Purāṇa* 1.2.20:15b-20)

Die Unterwelten werden hauptsächlich von dämonischen Wesen bewohnt, aber auch göttliche Wesen können dort „geboren" werden, um die Alternative des höheren Wissens anzubieten:

> Auf diese Weise habe ich die sieben Unterwelten beschrieben. Dort, in den Welten der Asuras, Nāgas und Rākṣasas, leben immer auch Devas (Wesen mit göttlicher Gesinnung). Unterhalb dieser sieben Welten herrscht vollständige Abwesenheit von Licht. Niemand kann in diesen Bereich gehen, auch Siddhas (Wesen mit Meisterkräften) und Sādhus (Wesen mit nur gutem Karma) nicht. Er ist sogar den Devas unbekannt. (*Brahmāṇḍa-Purāṇa* 1.2.20.55b-57)

Diese Beschreibungen zeigen, dass nicht alle Bewohner der Unterwelten graue lichtscheue Wesen sind, die hässlich und furchterregend aussehen. Die mächtigsten unter den Asuras sind ebenfalls von leuchtender Erscheinung, da ihre Dimension, obwohl negativ gepolt, sehr hochschwingend ist. Die mächtigen und hochrangigen Asuras könnte man als „kalte Lichtwesen" bezeichnen. Sie haben die Fähigkeit, in beliebigen Formen zu erscheinen, auch als Engel und religiöse Figuren, um das Vertrauen der Menschen zu gewinnen. Sie können die äußere Erscheinung und auch die Worte der göttlichen Lichtwesen imitieren, aber nicht deren Schwingung und Liebe und ganzheitliche Klarheit. Das Unterscheiden der Geister gehörte und gehört zu den wichtigen Themen der spirituellen

Schulen. Nicht alles, was medial und paranormal ist, stammt aus dämonischen Quellen, wie gewisse religiöse Dogmatiker behaupten. Vieles ist gut und göttlich, und dieses gilt es zu erkennen:

> „Verachtet nicht die Worte aus dem Geist Gottes. Prüfet alles, und das Gute behaltet. Und von jeder Art des Bösen haltet euch fern." (1 Thess 5,20–22)

Der Einfluss der Unterwelten

Die höchsten Stufen der irdischen Machtpyramiden sind nicht die höchste Stufen der Macht. Sie sind die sichtbare Spitze eines magischen Eisbergs, der größtenteils im Unsichtbaren existiert. Durch sie wirken die astralen Unterwelten auf die Erde ein (*astral* bedeutet „zu den Paralleldimensionen eines Planeten gehörend", S. 22).

Welche Mentalität führt dazu, dass ein Wesen in den Bereich der Unterwelten gerät? Wie beeinflussen diese Welten die Welt der Menschen? Die Antwort auf diese Fragen ist schon längst bekannt, und sie überrascht nicht. Die Weisheitstraditionen sagen mit unterschiedlichen Worten das gleiche und bestätigen damit, was die Menschen auch intuitiv und vom Gewissen her wissen. Die folgende Beschreibung stammt vom bereits zitierten Dr. Friedrich Weinreb und zeigt erneut, dass das Wissen um die doppelte Siebnereinteilung des Universums in vielen Kulturen bekannt ist:

> [Die Oberflächlichkeit] kann zum alleinigen Genuss des Äußerlichen verleiten. [...] Befriedigung schlechthin. Und dabei lässt man sogar diese unsere siebente Welt hinter sich und begibt sich ins Reich der Unterwelten, jener sieben Welten, die, im Gegensatz zu den sieben anderen, keinerlei Sinn mehr aufweisen. [...] Die sieben Unterwelten sind von unzähligen Wesen bevölkert, die nichts anderes als Sinnlosigkeit verkörpern, ja, die jeden Sinnes spotten. [...] Sie können nur dann in der Welt wirken, wenn sich ihnen die Umhüllung [die grobstoffliche Körperhülle] eines Menschen zur Verfügung stellt. [...] Nur ausnahmsweise bildet ein vom Dämon Besessener das Bild der Raserei. Im allgemeinen gebärden sie sich gesittet und verträglich. Sie führen sich wie „normale" Menschen auf, heiraten, bekommen Kinder und sterben. Das einzige, das sie verrät, ist der ihnen eigene Hang zu den Dingen des Scheins, mehr noch, ihr Eifer, diese als unumgänglich notwendig anzupreisen. [...] Man ist versucht zu sagen, die heutige Gesellschaft entspreche den alten Beschreibungen der sieben Unterwelten recht gut.[83]

Diese Beschreibung aus einer alten religiösen Tradition deckt sich mit den Aussagen und Prophezeiungen vieler anderer Traditionen in aller Welt. Die Menschen werden, so heißt es, ohne höheren Sinn leben und keinen höheren Sinn kennen, weil sie über dieses Höhere, das Spirituelle, in Unwissenheit sind. Sie werden sich darüber sogar lustig machen und es bekämpfen. Dadurch gehen sie mit entsprechenden „Frequenzen" in Resonanz und werden zu Kanälen und Instrumenten dieser Gedanken und Intelligenzen. Wer so tickt, hängt an „Dingen des Scheins" und meint, diese seien „unumgänglich notwendig" und normal sowieso. Im großen Bogen der Yugas ist diese Phase (Kali-Yuga) jedoch nur ein relativ kurzer Unterzyklus, und er geht gerade jetzt seinem Ende zu, weil wir – gemäß dem Kalenderwissen der Zeithüter-Tradition der Mayas – seit 1987 in der Übergangszeit zum nächsten Zeitalter leben.

Unsichtbare Hintergründe des Weltgeschehens

Das Negative ist nicht auf die Erde beschränkt, genauso wie auch das Positive nicht auf die Erde beschränkt ist. Alles, was auf unserem Planeten geschieht, geht von Individuen aus, die irdisch verkörpert sind, also in Menschengestalt auf der Erde leben, und bewusst oder unbewusst aus nichtirdischen Quellen Kraft beziehen. Äußerlich betrachtet, spricht man hier von positiver oder negativer „Inspiration", und Inspiration ist immer auch „magisch".

Magie bedeutet nichts anderes als die Belebung von Materie durch Bewusstsein. Wie bereits erwähnt (S. 104), beleben wir durch unser Bewusstsein Buchstaben und Bilder, die uns gedruckt oder digital erreichen, und das ist bereits eine Form von Magie. Poesie, Kunst und Musik können in einem positiven bis göttlichen Sinn ebenfalls „magisch" sein. Wenn Buchstaben, Worte und Bilder der Unwahrheit oder Propaganda dienen, hat dies mit „schwarzer Magie" zu tun. Das Verführerische an dieser Art von Magie ist, dass man sehr schnell konkrete Ergebnisse bekommt, sei es Anerkennung durch den Zeitgeist und in gewissen Fällen auch Geld, Macht und hohe Positionen. Tritt jemand mit Dunkelwesen in Kontakt, heißt es im Volksmund, dass er dem Teufel seine Seele verkauft hat – was nicht so außergewöhnlich und unmodern ist, wie diese altertümliche Formulierung vermuten lassen könnte. (Das Thema Magie wird in Kapitel 10 weiter ausgeführt.)

Die hohen Manipulatoren unserer Welt denken nicht materialistisch, obwohl sie dieses Denken fördern. Sie sind Okkultisten, und diese wussten schon immer von der Realität der höherdimensionalen Welten und Wesen. Auffällig ist, dass dieses Geheimwissen seit einigen Jahrzehnten einer breiten Öffentlichkeit über Kinofilme und TV-Serien vor Augen

„Der höchste Schöpfer, Viṣṇu, manifestiert seine Energie durch Māyā, um die materielle Schöpfung entstehen zu lassen. Die Asuras meinen, diese Energie sei nichts anderes als eine Illusion, kreiert durch Viṣṇus magische Kräfte. Aber sie sind Dummköpfe, weil sie nicht wissen, was Realität ist, und deshalb fallen sie in tiefste Dunkelheit. In Wahrheit ist das, was wir Māyā nennen, nichts anderes als Prakṛti [die materielle Energie unter Viṣṇus Führung], die von höheren Energien beseelt wird, und das hat nichts mit magischen Illusionen zu tun." (*Garuḍa-Purāṇa* 3.3.26)

„Wenn sich jemand auf die Gemeinschaft mit Menschen niederer Gesinnung einlässt, wenn jemand schändliche Taten vollbringt oder vor hinterhältigen Machenschaften nicht zurückschreckt, dann ist das Leid, das dadurch verursacht wird, auf den Einfluss von negativen Astralwesen zurückzuführen." (*Garuḍa-Purāṇa* 2.20.28)

„Die Menschen leiden unter dem Einfluss mächtiger negativer Astralwesen (Daityas). Insbesondere im Kali-Yuga wird das Leid der Menschen immer häufiger und unmittelbarer." (*Garuḍa-Purāṇa* 3.16.57)

„Mächtige Yakṣas und Rākṣasas, die eine andere Gestalt angenommen haben, nehmen wieder ihre eigentliche Gestalt an, wenn sie sterben, wenn sie schlafen, wenn sie zornig werden, wenn sie erschrecken oder wenn sie sich sehr freuen." (*Vāyu-Purāṇa* 3.8.140)

„Wenn negative Wesen als Menschen geboren werden, ändern sie ihre Natur nicht, die geprägt ist durch ihre Untaten [durch ihre Trennung von der Quelle]. Solche Menschen sind immer streitsüchtig [nie zufrieden]. Sie schrecken vor keinem Betrug, keiner Hinterhältigkeit und keiner Grausamkeit zurück. Wisse, dies sind die dunklen Wesen auf der Erde." (*Padma-Purāṇa* 1.76.55-56)

„Unwirklich *(asatyam)* und ohne spirituelle Grundlage *(apratiṣṭham)* sei die Welt, sagen sie [die Asuras], und es gebe keinen Gott und keinen göttlichen Willen *(anīśvaram)*. Sie sei ohne Sinn und Ziel entstanden *(aparaspara-sambhūtam)*, und es gebe keine andere Ursache als materielle Anziehung [Selbstorganisation der Materie].

Diejenigen, die einer solchen Weltsicht folgen, haben die spirituelle Selbstwahrnehmung verloren *(naṣṭa-ātmānaḥ)* und haben eine beschränkte Unterscheidungskraft/Intelligenz *(alpa-buddhayaḥ)*. Sie führen unheilvolle Tätigkeiten aus *(ugra-karmāṇaḥ)*, die große Zerstörung verursachen. Sie sind Feinde der Menschheit *(ahitāḥ)*." (*Bhagavad-Gītā* 16.8-9)

Quellentexte: Das Wirken der Asuras

geführt wird, d.h. in einer Form, die immer die Möglichkeit offenlässt zu sagen: „Ach, das ist doch alles nur Fantasy und Science-Fiction!“ Im negativen Bereich erzeugen aber auch Fantasiegeschichten suggestive Eindrücke, und zwar Ein-Drücke im wörtlichen Sinn: prägende Programmierungen im Unterbewusstsein, die bewirken, dass die Menschen mit entsprechenden Gedankenfrequenzen und Wesen in Resonanz gehen, sei es durch Angst und Horror oder durch Faszination und heimliche oder offene Bewunderung.

Natürlich finden wir auch im Fantasy-Bereich viele positive und lichtvolle Beiträge. Eine aufschlussreiche Geschichte ist *Der Herr der Ringe* – ein Titel, der die Frage provoziert: Wer ist dieser „Herr“? Der Autor, J. R. R. Tolkien (1892–1973), verband in seinen Geschichten christliche und altenglische Symbolismen und schuf dadurch ein Werk, das Einblicke in die unsichtbaren Dimensionen hinter dem Weltgeschehen gibt: von den hohen Lichtwesen bis hin zu den schwarzmagischen Herrschern. In der Tolkien-Geschichte war der höchste dunkle Astralfürst der „Herr der Ringe“, der viele Völker dazu verführte, „Ringe der Macht“ herzustellen, was eine Falle und Täuschung war, denn er besaß den zentralen Ring, genannt „der Eine Ring“ *(the One Ring)*. Wer immer in dieses dunkle Ringkartell einstieg, geriet mit Leib und Seele unter die Macht des Herrn der Ringe, und das über den Tod hinaus. Der Eine Ring trug die Inschrift:

> *Ein Ring, sie zu knechten, sie alle zu finden,*
> *Ins Dunkel zu treiben und ewig zu binden.*

Wie bereits erwähnt (S. 155f.), hat die Erde eine besondere spirituelle Bedeutung. Sie gehört zur Zone der physikalischen Materieverdichtung und ist Ziel von Einflüssen aus den Lichtwelten wie auch aus den Dunkelwelten. Im irdischen Bereich wählen die Seelen den weiteren Kurs ihres Lebens: wohin sie gehen, wo sie ihre Energie hinlenken, wem sie dienen. Deshalb lautet ein bedeutungsvoller Satz in den Sanskritschriften: „Wer die Erde beherrscht, beherrscht das Universum.“

> „Das Universum besteht aus fünf grobstofflichen Elementen und vierundzwanzig Faktoren. Auf der Erde, wo die Materie sich in ihrer gesamten Verdichtung entfaltet hat, erheben sich die Lebewesen [zu höheren Welten], und zur Erde kehren sie zurück. [...] Wer die Erde beherrscht, beherrscht das Universum, und nur deshalb streben viele Herrscher nach Macht über die Erde und töten sich gegenseitig.“ (*Mahābhārata, Bhīṣma-Parva* 4.18–21).

Die Spitze der irdischen Machtpyramide ist die unterste Stufe der nächsthöheren hierarchischen Pyramide. Diejenigen, die im Kali-Yuga irdische

Macht besitzen, sind nicht die wirklich Mächtigen, sondern sind Abhängige in einer dunklen Vernetzung, in der sie sich verfangen haben, insbesondere dann, wenn sie sich in okkulte Machtstrukturen einbinden ließen. Anfänglich hatten sie vielleicht hohe Ideale, die sie aber bald ihrer Karriere opferten. Im Lauf der hierarchischen Einweihungen besteht die Gefahr, dass die astrale Besetzung zunimmt, was bewirkt, dass die „Eingeweihten" immer mehr ihr Gewissen verlieren und als Folge davon alles rechtfertigen, was sie und ihre Kreise tun. Auf den höchsten Stufen glauben sie, das Absolute sei nur Energie und Einheit ohne Bewusstsein und Willen; deshalb sei der Glaube an einen allbewussten Gott die größte Lüge, die man mit allen Mitteln bekämpfen müsse ...

Kosmisch gesehen, haben die Lichtwesen immer eine Vormachtstellung, weil sie in Harmonie mit der ursprünglichen Wirklichkeit leben und dadurch mit der höchsten Quelle von Kraft verbunden sind. Licht ist immer stärker als Dunkelheit. Die Asuras meinen jedoch, die Vormachtstellung der Lichtwesen sei nur eine vorübergehende Erscheinung und sei unrechtmäßig, weil sie auf einer großen „Lüge" beruhe.

Kampfziel: Planet plus Inventar

Vielerorts, auch in Kreisen der modernen Ufo-Forschung, wird gesagt, das oben beschriebene Szenario sei absurd und paranoid, hier werde Science-Fiction mit Realität verwechselt. „Gäbe es negative Außerirdische, hätten sie mit ihrer Supertechnologie die Erde schon längst erobert. Die Tatsache jedoch, dass keine Eroberung stattfindet, beweist, dass es keine negativen außerirdischen Mächte gibt."

Diese Argumentation klingt plausibel, ist aber naiv, denn eine Eroberung muss nicht immer militärisch sein. Auch im irdischen Leben sehen wir, dass die Stärkeren die Schwächeren nicht immer nur mit roher Gewalt unterwerfen und ausbeuten. Und direkte Gewalt führt nur selten zu Erfolg. Wenn jemand über möglichst viel Geld verfügen möchte, ist ein direkter Banküberfall („Geld oder Leben!") die dümmste Methode. Viel effizienter ist es, selbst Teil des Finanzsystems zu werden. Wer bis in die höchsten Gremien vordringt, bekommt einen direkten Zugriff auf die Steuerung des globalen Geldflusses, und dort entscheidet man tatsächlich über „Geld oder Leben" – und das ganz legal.

Die eingangs erwähnte Argumentation geht davon aus, dass astrale und transdimensionale Wesen direkte und physische Angriffe durchführen würden. Wenn keine offene Attacke stattfinde, bedeute dies, dass keine Eroberung stattfinde. Aber läuft die Eroberung nicht schon längst? Ist nicht die beste Form von Eroberung diejenige, die gar nicht als solche erkannt wird? Das Ziel der Asuras besteht darin, die gesamte Erde zu beherrschen, und zwar mit willigen Untertanen. Sie wollen den Planeten mitsamt Inventar, und zum Inventar gehört auch das „Personal".

Alte Warnungen, lang bekanntes Szenario

„Am Anfang schuf Elohim die [sechs] Himmel und die Erde." Die Erde gehört zu den sieben Welten, die als direkte göttliche Schöpfung entstanden, weshalb unser Planet von Natur aus eine viel höhere Schwingung hat als die niederastralen Welten. Die Weltgeschichte zeigt, wie viel Energie die imperialistischen Mächte aufwenden müssen, um ihre irdische Macht zu behalten und zu erweitern, und das, obwohl sie schon seit fünftausend Jahren vom Kali-Yuga „profitieren". Sie wollen eine möglichst totale Macht, die sie jedoch nie bekommen, selbst wenn sie lokal (oder global) für eine gewisse Zeit scheinbar alles beherrschen. Die Erde wird von der Elohim-Ebene beschützt, aber dieser Schutz kann von den Asuras durchbrochen werden, wenn die Karma-Situation auf der Erde und die Bewusstseinsfrequenz der Menschen eine „Einladung" an sie darstellen. Und das Bewusstsein der Menschen kann dementsprechend beeinflusst werden ...

In der jüdisch-christlichen Tradition wird der Elohim-Schutz der Erde durch Erzengel Michael repräsentiert. Eine ausführliche Beschreibung des Wirkens dieses Erzengels finden wir in der Johannes-Offenbarung, dem letzten Buch der Bibel, genannt *Apokálypsis,* wörtlich „Enthüllung" (dieses Buch wurde in Altgriechisch niedergeschrieben). Darin wird als prophetisches Bild geschildert, wie in der Endzeit ein „Krieg im Himmel" ausbricht und Michael sich dem Drachen entgegenstellt. Der Drache wird als „die alte Schlange" *(archaîos óphis)* bezeichnet und ist „der Teufel und Satan" *(diábolos kaì o satanâs).* Erzengel Michael und seine Engel können den Drachen und dessen Engel stoppen, und sie werden „auf die Erde gestürzt", was bedeutet, dass diese Wesen nur durch Inkarnation und astrale Infiltration auf die Erde gelangen können und nicht durch einen direkten Angriff. Mehr konnten und durften die Lichtwesen nicht unternehmen, denn der „Krieg im Himmel" musste – zu seiner vollständigen Beendigung – die unterste, dichteste Welt erreichen. Die Lichtwesen wussten, dass die Zeit des Bösen auf der Erde „nur kurz bemessen" ist.

„Das Leben der Menschen, so heißt es, ist ein Krieg zwischen den Devas und den Asuras, den Göttern des Lichtes und den Dämonen der Dunkelheit. Die Asuras suchen immer Mittel und Wege, um ins Leben der Menschen einzugreifen und sie zu beeinflussen. Die Asuras beherrschen die Unterwelt, fördern Verbrechen und stehen hinter den meisten Kriegen. Ihre Absicht ist es, die Entwicklung der Menschen zu unterbinden und uns über unsere wahre spirituelle Identität in Unwissenheit zu lassen. Sie versuchen dies zu erreichen, indem sie unsere innere Entschlossenheit schwächen./ Besessenheit durch Asuras ist die gefährlichste Form der Besessenheit. Die Asuras verursachen schwerwiegende Formen von Verrücktheit, zu der auch Psychosen gehören können. Sie können von Menschen Besitz ergreifen, wenn diese sich in einem Zustand des übermäßigen Zornes, des Hasses oder des Fanatismus befinden, alles Zustände, in denen die Menschen ihre Selbstbeherrschung verlieren. [...] ‚Huṁ' ist das beste Mantra, um Asuras zu vertreiben. Es stellt ein besonderes Feuer-Mantra dar und repräsentiert den Klang des göttlichen Zornes, der mit Śiva in Verbindung steht. Es vermag alle Negativität zu neutralisieren und ist auch ein Schutz gegen Geister. Aber wir müssen rein sein, um dieses Mantra zu verwenden, denn es wird auch alle Negativität, die in uns selbst ist, angreifen./ Das beste Mantra, das den Schutz des göttlichen Lichtes gewährt, ist ‚Rāma'. Es öffnet unsere Aura für die lenkende Intelligenz des Schöpfers und verschließt sie für alle niedrigeren Einflüsse aus der Astralebene. Es hilft bei allen mentalen und psychischen Störungen, und seine Verwendung ist vollkommen unproblematisch." (Āyur-Veda[84])

„Dämonische Astralwesen, wie die Bhūtas, Pretas, Piśācas, Yakṣas, Rākṣasas und Vināyakas, sowie vampirische Wesen wie Koṭarās, Revatīs, Jyeṣṭhās, Pūtanās und Mātṛkās sind immer bestrebt, den Körper, die Lebenskraft und die Sinne der Menschen schlecht zu beeinflussen, indem sie den Verlust aller guten Vorsätze sowie Wahn und Albträume verursachen. Sowohl bei erfahrenen Gelehrten als auch bei Kindern können sie die Ursache großer Störungen sein. Doch all diese Einflüsse können bezwungen werden, indem man einfach Viṣṇus Namen ausspricht (*viṣṇor nāma-grahaṇa*), denn all diese Wesen können bei der Schwingung von Viṣṇus Namen [Kṛṣṇa, Rāma] nicht bestehen und müssen weichen." (*Śrīmad-Bhāgavatam* 10.6.27-29)

„Wenn es in einer Familie auch nur einen einzigen Menschen gibt, der sein Leben Viṣṇu weiht, der seine Sinne zügelt, der sich dem Licht zuwendet und eine göttliche Gesinnung annimmt, vermag er unzählige Familienmitglieder zu befreien./ Im Lauf des Kali-Yugas, wenn das wahre Gottesbewusstsein (Dharma) immer mehr zerfällt, ist ein einziger Gottgeweihter im Land oder in der Stadt genug, um die Familie, das Dorf, ja sogar die gesamte Bevölkerung zu beschützen." (*Padma-Purāṇa* 1.76.64-65)

Quellentexte: Spiritueller Schutz durch Gottesbewusstsein

> Da brach im Himmel ein Krieg aus. Michael und seine Engel kämpften gegen den Drachen. Der Drache und seine Engel schlugen zurück; aber sie wurden besiegt, und sie durften nicht mehr im Himmel bleiben („eine Stätte für sie war im Himmel nicht mehr zu finden"). Der große Drache wurde hinuntergestürzt. Er ist die alte Schlange, der Teufel und Satan, der die ganze Welt verführt. Mit all seinen Engeln wurde er auf die Erde hinuntergestürzt. Und ich hörte eine mächtige Stimme im Himmel: „[...] Gewarnt seien die Erde und das Meer: Der Widersacher ist nun bei euch, und er ist sehr zornig, denn er weiß, dass seine Zeit nur kurz bemessen ist." (Offb 12.7-12)

Wenn das Bewusstsein der Menschen und damit die Karma-Situation auf der Erde negativ ausgerichtet sind, stellen sich die Devas (Lichtwesen) den Dunkelmächten nicht direkt entgegen, denn sie respektieren immer den freien Willen, auch den freien Willen der Asuras. Aber sie warnen die Menschen und senden Botschaften durch Zeichen und Gesandte: „Gewarnt seien die Erde und das Meer: Der Widersacher ist nun bei euch ..." Die Widersachermächte verursachen durch Übergriffe und Gewalt negative Karma-Ketten, und mit ihren ausbeuterischen Handlungen ziehen sie die Menschheit, die Erde und das Meer gewaltsam in Mitleidenschaft. Sie kommen in eine Welt, die eine göttliche Schöpfung ist, aber sie sehen aufgrund ihrer Mentalität nur „Materie" und „Objekte" und keinen höheren Sinn hinter dieser Schöpfung. Sie wollen die Erde kolonisieren und beherrschen, weshalb sie die Ureinwohner enteignen und zu Untertanen machen, d.h. Übergriffe auf die Menschheit ausführen – mit all den tragischen bis traumatischen Schicksalen, die nicht oder nicht nur von Karma-Reaktionen abhängig sind (siehe S. 115).

Wie im nächsten Kapitel ausgeführt wird, sind die Devas in ihrem Wirken dem Karma-Gesetz verpflichtet. Das bedeutet: Wenn es dem Karma-Schicksal der Menschheit entspricht, von Asuras dominiert zu werden, greifen die Devas nicht ein. Das typische Beispiel hierfür ist die Situation im Kali-Yuga. In diesen fünftausend Jahren haben die Herrschenden Strukturen aufgebaut, die ihrer Machtstellung sowohl organisatorisch als auch energetisch dienen. Die Menschen führen mittlerweile weltweit Handlungen aus, durch deren Resonanz die eingestrahlte negative Frequenz exponentiell verstärkt wird. Aus diesem Grund haben im zwanzigsten Jahrhundert die Kriege, die Umweltzerstörung, die Tierschlachtungen usw. ein noch nie gesehenes Ausmaß angenommen.

Der Umstand, dass Manipulation von Verheimlichung und Beeinflussung abhängig ist, deckt zugleich auch ihre große Schwäche auf. Die Manipulation kann, wie die symbolische Dunkelheit, nur existieren, wenn das Licht ferngehalten wird, und das ist ein unnatürlicher Zustand, der auf die Dauer nicht aufrechterhalten werden kann. Wer die Menschen in Dunkelheit halten will, wird früher oder später mit der Tatsache konfrontiert, dass jedes Individuum ein Lichtwesen, ein leuchtender Gottesfunke, ist. Wenn die Menschen zu dieser Selbsterkenntnis gelangen, ändert sich ihre Resonanz, und die Dunkelheit löst sich auf, wie wenn sie nie dagewesen wäre.

> „Ihr seid das Licht der Welt. [...] Stellt euer Licht nicht unter den Scheffel, sondern auf den Leuchter, damit alle, die hereinkommen, es sehen. Es gibt nichts Verborgenes, und sei es noch so sehr im Dunkeln, das nicht ans Licht kommen wird." (Mt 5,14/ Lk 8,16f.)

Kapitel 8

Bewusstseinsstufen hin zum Licht oder weg vom Licht

Im zyklischen Verlauf der Geschichte treten immer wieder „Engel in Menschengestalt" auf, die mit ihrem Wirken einen nachhaltigen Eindruck hinterlassen, sei es im Kleinen, sei es im Großen. Im gegenwärtigen Zeitalter sind sie meistens im Hintergrund tätig. Sie schöpfen Inspiration aus ihrer inneren Quelle und sind deshalb auch für andere Menschen eine Quelle von Inspiration, Kraft und Zuversicht, selbst wenn sie Anfeindungen ausgesetzt sind oder körperliche Gebrechen zu tragen haben.

Das Bewusstsein der negativen Wesen hingegen ist gänzlich auf die feinstoffliche und die grobstoffliche Materie gerichtet, was bedeutet, dass sie sich über das abgetrennte Ich (das „falsche Ich") definieren und nur die projizierten Formen sehen. Aufgrund dieser Mentalität haben sie im Spannungsbereich der Dualität eine einseitige Position bezogen und sehen alle „anderen" als Kontrahenten. Deshalb ist die charakteristische Eigenschaft dieser Mentalität das *Manipulieren:* der ständige Versuch, anderen Menschen und der Materie den eigenen Willen aufzuzwingen. Warum? Weil man im Bewusstsein der Trennung nicht mehr die Ganzheit sieht, was zu Angst und Mangelbewusstsein führt. Man hat sich von der göttlichen Quelle getrennt und will diesen Verlust von Unendlichkeit durch Macht und Energieraub aufwiegen.

Die göttliche Quelle selbst ist allgegenwärtig. Wir sind von Natur aus mit ihr verbunden und können uns jederzeit wieder mit ihr verbinden, wenn wir in Trennung gefallen sind. Die Verbindung mit der Quelle kann mit einer Treppe verglichen werden. Die Treppe geht von der Quelle aus, führt zur Quelle und mündet in die Quelle, und wir befinden uns immer auf derselben Treppe, egal ob wir aufwärts zum Licht oder abwärts weg vom Licht gehen:

> „Ich offenbare mich den Menschen entsprechend ihrer Geisteshaltung und dem Maß ihrer Liebe. Alle Menschen folgen meinem Pfad in jeder Hinsicht [d.h. befinden sich auf irgendeiner Stufe der Treppe, die zu mir führt]." (*Bhagavad-Gītā* 4.11)

Die höherdimensionalen Wesen, sowohl die positiven als auch die negativen, wissen allesamt durch direkte Wahrnehmung, dass die Materie aus unterschiedlichen Frequenzbereichen besteht und dass jeder dieser Bereiche eine eigene Welt darstellt. Erst bei der Frage, was der höchste bzw. absolute Urgrund dieser Welten ist, scheiden sich die Geister des Lichts und des Unlichts. Ansonsten klingen beide Seiten oft sehr ähnlich, und man könnte meinen, dass sie dasselbe wollen, denn beide sprechen von Verantwortung, Umweltschutz, Frieden, Gott usw. In der praktischen Umsetzung zeigt sich jedoch, wie sehr sich die Ziele und Motivationen hinter diesen Idealen voneinander unterscheiden. (Dies war bereits Thema in Kapitel 4 und wird im Folgenden zusammengefasst und weiter vertieft.)

Die materielle Welt als virtuelle Realität

Das Licht des Tages und die Dunkelheit der Nacht, Sonne und Mond, Licht und Schatten usw. sind Aspekte der natürlichen Polarität. Beide gehören zusammen und ergänzen sich gegenseitig. Aber wir können Licht und Schatten/Dunkelheit auch auf die Dualität beziehen, was bedeutet, dass diese Begriffe nicht mehr physikalisch, sondern symbolisch oder metaphorisch verwendet werden. „Dunkelheit" bedeutet dann die Existenz, die sich vom Licht getrennt hat und dem Licht eine konstante Blockade entgegenstellt. Wer sich selbst vom Licht trennt, schneidet sich von der göttlichen Quelle ab und bekommt seine Lebensenergie nicht mehr aus dieser Quelle, weshalb die scheinbare Notwendigkeit entsteht, mit unterschiedlichsten Formen von Gewalt und Ausbeutung zu arbeiten, um dunkle Macht auszuüben und Energie zu rauben.

Im ursprünglichen Bezug sind „Schatten/Dunkelheit" Begriffe der Polarität, denn beides sind natürliche Aspekte der materiellen Welt (Tag und Nacht, Licht und Schatten, hell und dunkel usw.). Auch als Begriffe der Polarität können sie in einem symbolischen Sinn verwendet werden. „Licht" steht dann für das Spirituelle, den Urgrund (das Absolute), „Schatten" für das Materielle, die Schöpfung (das Relative). Die vedische Philosophie bezeichnet die gesamte materielle Welt (inkl. Lichtwelten!) als Schatten der spirituellen Welt. In moderner Sprache bedeutet dies, dass alle materiellen Welten – die Lichtwelten wie die Dunkelwelten – *virtuelle Realitäten* sind. Im technischen Bereich sind virtuelle Realitäten computergenerierte Welten als Abbilder von echten Welten (z. B. in Flugsimulatoren oder in Programmen zum Erlernen des Fallschirmspringens) oder als Darstellung von Fantasiewelten. Durch die subjektive Wahrnehmung kann der Mensch mit dieser künstlichen Welt interagieren und die Simulation zeitweilig als real empfinden. Wenn das Bewusstsein des Menschen mit der virtuellen Welt verbunden ist und sich mit dieser Welt identifiziert, spricht man von Immersion („Eingetauchtsein"). Betrachten wir die materielle Welt als virtuelle Realität, so zeigt sich, wie tiefgehend die Immersion und wie perfekt die Simulation ist. Gleichzeitig wird deutlich, dass die materielle Welt nicht die einzige Realität ist. Sie ist ein vergängliches Abbild der spirituellen Welt, d.h. des ewigen Urgrundes, der sowohl allgegenwärtig als auch transzendent ist („in der Materie und jenseits der Materie").

Wenn die materielle Welt als Schatten der spirituellen Welt bezeichnet wird, ist dies eine Polarität und nicht etwa eine Dualität. Die Ganzheit umfasst sowohl das Materielle als auch das Spirituelle, das Relative und das Absolute. Aus der Sicht des Absoluten ist das Spirituelle unabhängig vom Materiellen. Das spirituelle, absolute Sein kann ohne das Materielle „existieren", sonst wäre es nicht absolut. Aber das materielle, relative Sein existiert nie ohne die Beseelung durch das Spirituelle. Das heißt, die materielle Welt (der gesamte multidimensionale Kosmos) existiert nur wegen der Allgegenwart der kosmischen Seele (Paramātmā). Und wir als Menschen mit einem materiellen Körper existieren nur wegen der Gegenwart der individuellen Seele (Ātmā). Die Seele ist das wahre Ich, bin „ich", das ewige, spirituelle Individuum.

Als ewige Seelen können wir uns in den virtuellen Realitäten, in den Welten der vergänglichen Objekte, verlieren, und dies wird im Sanskrit Māyā, „Illusion; falsches Sein", genannt. Nicht die materiellen Welten sind Illusion, denn sie sind göttlich geschaffene „Schatten". Māyā in diesem Sinn ist ein Bewusstseinszustand: die falsche Identifikation mit der Materie, die zu einem Vergessen unserer spirituellen Identität führt. Philosophisch gesprochen: Māyā ist immer „nur" subjektiv, nie objektiv. Wenn wir in Māyā (Illusion) sind, handeln wir entsprechend dem Diktat eines falschen Ichs und einer falschen Identifikation, weil wir aus einem Bewusstsein des Getrenntseins heraus handeln. „Falsches Ich" bedeutet, dass es auch ein wahres Ich gibt. Selbsterkenntnis und Erleuchtung führen nicht zu einer Auflösung des Ichs, sondern zu einem Leben aus dem wahren Ich, das heißt, wir identifizieren uns auf eine gesunde, natürliche Weise mit der Materie, ohne uns in ihr zu verlieren oder uns über sie zu definieren.

***Ewigkeit:* spirituelle Welt, das transzendente Reich Gottes**

GOTT (Ganzheit: lebendige Einheit, Nondualität und Individualität)

Gottes Teile:
die Seelen
liebende,
individuelle
Einheit mit GOTT

Gottes Energien
spirituelle Energie und *materielle Energie*

Unendlichkeit:
materielle Welt,
göttliche Schöpfung in Raum und Zeit

Ort der „Geburt" der unendlich
zunehmenden Anzahl Seelen
→ Identifikation mit Materie
und materiellen Positionen

→ Wahl der Ausrichtung (freier Wille):
- Verbindung mit Gott oder „Neid" auf Gott?
- im Licht oder in Abspaltung (Dunkelheit)?
- im Gleichgewicht (Polarität) oder Fall in Einseitigkeit?

→ Dualität:

SPIRITUELL	**DUALITÄT**		
	gut	**spaltend böse**	
Harmonie mit Gott	**Harmonieren mit der Schöpfung**	**Manipulieren der Schöpfung**	
SPIRITUELLE LICHTWESEN	Sattva-Guṇa DEVAS	Rajo-Guṇa ASURAS	Tamo-Guṇa RĀKṢASAS
gottesbewusst	schöpfungsbewusst	egodominiert	triebdominiert
selbstlos	selbstgenügsam	selbstherrlich	selbstsüchtig
freier Wille	kooperierend	verführend	zwingend
Gottes Wille	verantwortungsbewusst	gewissenlos	skrupellos
gottgeweiht	gottzugewandt	dogmatisch*	dekadent
göttliche Hingabe	nichteinmischend	ausbeutend	totalitär
dienend in reiner Liebe	uneigennützig	egoistisch	vampirisch

* pseudoreligiös, Religion als Machtmittel

Tafel 5: Die spirituelle und die materielle Welt und die entsprechenden Bewusstseinsausrichtungen

Innerer Friede und äußerer Friede

Die Dunkelwelten gehören zur materiellen Welt wie die Lichtwelten, aber sie sind keine primäre Schöpfung, sondern eine sekundäre (weil Ergebnis von Abtrennung und Spaltung), so wie die Dualität erst entsteht, wenn „jemand" eine Polarität bricht. Die Präsenz des Negativen weist darauf hin, dass auch die Seite des Positiven nicht das endgültige Ziel der spirituellen Entwicklung darstellt. Das Positive ist gut, weil es in Resonanz mit dem Schöpfungsgleichgewicht ist, und das Negative ist böse, weil es das Positive ignoriert, missachtet oder sogar bekämpft. *Viṣṇu-bhaktaḥ smṛto daiva, āsuras tad-viparyayaḥ:* „Diejenigen, die Viṣṇu-bewusst sind, erkennt man als Lichtwesen (Devas). Asuras sind diejenigen, die sich gegenteilig verhalten." (*Caitanya-caritāmṛta, Ādi-Līlā* 3.91)

Jedes Individuum entscheidet für sich selbst, wem es dienen will – dem Ganzen mit all seinen Teilen oder dem diabolischen Geist. Die materielle Welt ist jener Bereich, in dem es möglich ist, Gott zu vergessen und das eigene Leben in scheinbarer Unabhängigkeit zu bestreiten. Die Lichtwesen wissen, dass keine äußere Manipulation Ordnung und Frieden erzwingen kann, denn das wahre Gute kann nur aus dem Selbst, aus der Seele, kommen. Deshalb arbeiten die Devas nie mit Manipulation und wollen niemanden zu irgendetwas zwingen, nicht einmal zum Guten, denn Freiwilligkeit und Liebe können nicht erzwungen werden.

Die materielle Welt kann als Schule der Selbsterkenntnis bezeichnet werden, und die Devas sind gleichsam die Hauswarte dieser Schule. Sie bemühen sich, die Schule in Ordnung zu halten, um die bestmöglichen Lernbedingungen zu schaffen. Die Hauswart-Funktion schließt natürlich nicht aus, dass die Devas gleichzeitig auch als Lehrerinnen und Lehrer tätig sind und selbst ebenfalls noch lernen und sich fortbilden.

Wenn die Devas (und Upadevas) auf der Erde ungehindert ihr Wirken entfalten können, entsteht eine paradiesische Natur. Diese himmlische Atmosphäre ist aber keine Garantie, dass diejenigen, die darin leben, sich für die bewusste Verbindung mit Gott entscheiden. Doch sie bietet die *ideale Voraussetzung* für diese Entscheidung, denn der äußere Friede fördert – bei Menschen mit entsprechender Resonanz – den inneren Frieden. Deshalb sagt Kṛṣṇa in der *Bhagavad-Gītā* (2.66):

> „Wer nicht mit der göttlichen Quelle verbunden ist, hat weder spirituelle Intelligenz noch Festigkeit der Gedanken. Ohne diese Festigkeit gibt es keinen inneren Frieden, und wie kann es ohne inneren Frieden Zufriedenheit (Glück) geben?"

Die hohen und höchsten Formen des Harmonierens

Die Erkenntnis, dass auch die materiellen Lichtwelten virtuelle Welten sind, weist darauf hin, dass die Identifikation mit den Lichtwelten immer noch eine materielle Identifikation ist. Innerhalb der Dualität ist dies die positive Seite, die dem Schöpfungsgleichgewicht dient, während die negative Seite gegen dieses Gleichgewicht arbeitet und die Einseitigkeiten des Zuviel und des Zuwenig schürt. Die Analogie mit den virtuellen Welten zeigt, dass die materielle Welt nicht die einzige Realität ist. Sie ist ein Abbild der ewigen, spirituellen Welt, die der Urgrund alles Materiellen ist, ohne selbst materiell zu sein. Erst wenn unsere Sicht auch die spirituelle Welt umfasst, haben wir eine Sicht der Ganzheit. Alles andere ist nicht ganzheitlich im eigentlichen Sinn dieses Wortes.

Wie bereits erwähnt (S. 156), lassen sich in der Entwicklung des Gottesbewusstseins zwei fließend aufeinanderfolgende Stufen unterscheiden, denn das Licht kann von zwei Positionen aus gesehen werden: (1) Wir befinden uns im Bereich des Schattens und blicken in das Licht, das heißt, wir sind „lichtzugewandt", oder (2) wir haben uns bereits ins Licht begeben oder haben das Licht nie wirklich verlassen; wir sind „im Licht". Die erste Position entspricht den gottzugewandten, positiven Schöpferwesen, die zweite den gottgeweihten, ganzheitlichen Schöpferwesen. Wir können sie auch als die materiellen und die spirituellen Lichtwesen bezeichnen. Beide sind gut und gottesbewusst: die einen harmonieren mit der Polarität, die anderen mit der Ganzheit. Oder religiös ausgedrückt: Die einen harmonieren mit der Schöpfung, die anderen mit dem Schöpfer. Dies ist kein Widerspruch oder Gegensatz, sondern eine Hierarchie im wahren Sinn des Wortes, eine „heilige Ordnung" (S. 136). Die kosmischen Lichtwesen sehen die Schöpfung im Licht der Ganzheit und arbeiten mit den spirituellen Lichtwesen zusammen.

Die kosmischen Lichtwesen harmonieren mit der Polarität, d.h. sie dienen dem Schöpfungsgleichgewicht und handeln aus der Dynamik der sich ergänzenden Pole heraus: Energie und Bewusstsein, Yin und Yang (feminin und maskulin), Raum und Zeit, Schöpfung und Auflösung, usw. Die Polarität trägt immer auch die Trinität in sich: Energie und Bewusstsein führen zu Schöpfung als Trinität der göttlichen Entfaltung. Der feminine und der maskuline Pol erzeugen ein Kraftfeld der Liebe als höchste Schöpfungskraft (Vater-Muttergott und die „Kinder" Gottes, von den ersten im Kosmos bis zu den irdischen). Aus Raum und Zeit entstehen Länge-Breite-Tiefe sowie Vergangenheit-Gegenwart-Zukunft, usw.

Polarität ist das Zusammenspiel von gleichwertigen, sich gegenseitig ergänzenden Schöpfungspolen, wodurch immer neue göttliche Schöpfungen hervorgehen (Prinzip Polarität-Trinität).

Das Licht jenseits der Dualität

Aus der Sicht der Relativität befinden sich die positiven Schöpferwesen immer noch innerhalb der materiellen Dualität, aber sie haben keine manipulierende Mentalität, sondern harmonieren mit der Schöpfung, indem sie alle Schöpfungsgesetze respektieren. Deshalb streben sie nie nach Dingen, die ihnen nicht zustehen, und sind weder neidisch noch eigennützig. Sie identifizieren sich jedoch mit ihrer Position in der materiellen Welt, was erforderlich ist, damit sie ihre Aufgaben erfüllen können. Dazu gehört gegebenenfalls auch die Auseinandersetzung mit der negativen Seite, aber sie wissen, dass sie – selbst im „Kampf" – nicht in Resonanz mit dem Bösen gehen sollten.

Überwindung von Dualität bedeutet, dass wir unser Selbst weder über das Negative noch über das Positive definieren. Dies ist nur dann möglich, wenn wir das Ziel „jenseits von Gut und Böse" kennen. Gottabgewandte Mächte wird es in der materiellen Welt immer geben. Wir können die Existenz des Negativen nicht auflösen, aber wir können *uns selbst* vom Negativen lösen. Deshalb müssen die Menschen über das Negative aufgeklärt werden, damit jeder für sich die Freiheit findet, entsprechend zu unterscheiden und sich zu entscheiden. Die negativen Mächte wollen den Menschen diese Freiheit vorenthalten, indem sie das Göttliche bekämpfen oder durch einseitige Lehren verzerren.

Weil die Gottgeweihten nicht nur der Schöpfung, sondern auch dem Schöpfer dienen, kennen sie auch den göttlichen Schöpfungsplan. Zu diesem Plan gehört, dass diejenigen, die in Trennung und Dunkelheit gefallen sind, wieder zum Licht zurückfinden. Die Lichtwesen identifizieren sich nicht mit der materiellen Dualität und sehen die Negativen nicht als Feinde. Sie respektieren das Gesetz des freien Willens und deshalb auch den freien Willen der negativen Wesen, die in Dunkelheit sein *wollen*. Das Ziel ist für alle dasselbe, egal wie nah oder weit entfernt man von diesem Ziel ist: die Erkenntnis, dass wir in unserer wahren Identität spirituelle Seelen sind, Teile Gottes.

In esoterischen Kreisen wird oft gesagt, alles in der materiellen Welt sei eine „notwendige Erfahrung", auch das Böse. Aber die einzige notwendige Erfahrung ist die Erkenntnis, dass dies alles *nicht notwendig* ist!

Das grundlegende Prinzip ist immer der freie Wille und damit auch die Eigenverantwortung. Niemand muss im Licht sein, und niemand muss das Licht verlassen ...

Die Philosophie der Manipulatoren

Niemand muss im Licht sein, und niemand muss das Licht verlassen. Wer das Licht verlässt, tut dies aus eigenem Willen und nicht, weil dies erforderlich wäre. Das Licht ist ein Symbol für die göttliche Ganzheit (spiritueller Urgrund und materielles Schöpfungsgleichgewicht), und diese Ganzheit braucht kein Gegenteil, um *ganz* zu sein, sonst wäre sie nicht ganz und allumfassend. Zur Ganzheit gehört auch die Möglichkeit der Illusion zu denken, man sei vom Ganzen getrennt, so wie Licht potentiell Dunkelheit enthält. Illusion *(māyā)* entsteht aus dem kausalen Gedanken, man brauche „mehr" als das Ganze, weil das Ganze nicht genügend sei, um das Ganze (Gott) zu erkennen; das Licht brauche die Dunkelheit, das Gute brauche das Böse, usw. Wer sich durch solche Illusionen von der göttlichen Quelle trennt und in Dunkelheit fällt, bringt sich selbst in die Situation, ausbeuten und manipulieren zu „müssen". Das schlägt sich auch in den entsprechenden Weltbildern nieder, mit denen beide Seiten der Spaltung ihr Handeln rechtfertigen wollen, sei es durch Doktrinen im Namen von Gott oder durch andere egobedingte Konzepte.

Spaltung führt immer zu Kampf, und „wenn zwei sich streiten, freut sich der Dritte". Diese dritte Macht arbeitet mit der Methode „Teile und herrsche" und schürt die Spaltung, ja „lebt" von dieser Spaltung. Wer so denkt und handelt, ist dia-bolisch im wörtlichen Sinn („spaltend"), und Spaltung führt immer zu einem Zuviel und Zuwenig, so auch in der Frage nach Gott. Im Fall von „zu viel Gott" entstehen die diabolischen Formen von Religion, im Fall von „zu wenig Gott" die diabolischen Formen von Atheismus. Im Folgenden betrachten wir Letzteres.

Atheismus existiert in verschiedensten Schattierungen – vom plumpen Materialismus bis hin zu manipulativer Magie und deistischer oder monistischer Ersatzreligion –, doch ihnen allen ist gemein, dass sie Gott nur als Energie und nicht als bewusste Ganzheit sehen. Gott ist für sie nichts anderes als eine neutrale Einheit jenseits aller Polarität und Relativität. Ein solcher Gott ist keine Instanz, vor der man verantwortlich ist, denn sie definieren das Absolute nur als abstraktes Symbol, das weder Bewusstsein noch Willen hat. Diese „Einheit" sei die einzige Wirklichkeit, alles andere sei Illusion (Māyā); deshalb sei auch jedes Konzept von

Zweiheit Illusion, angefangen mit dem Glauben, Gott habe Bewusstsein und Willen, denn das wäre eine Zweiheit: das Subjekt, das sich bewusst ist, und das Objekt, dessen man sich bewusst ist. Mit derselben Begründung glauben sie auch, dass man dem Absoluten gegenüber keine Verantwortung habe; Verantwortung sei ein moralisches Konzept, das der Zweiheit entspringe: ich und irgendeine Instanz außerhalb von mir, vor der ich verantwortlich sei. „Es gibt keinen Gott außerhalb von mir", lautet ihr Glaubenssatz, weshalb sie meinen, sie seien nur vor sich und ihren eigenen Strukturen verantwortlich.

Wenn wir diese Philosophien durchschauen, wird nachvollziehbar, warum gewisse Personen ohne Bedenken negative Handlungen ausführen oder in Auftrag geben. Aufgrund ihres Asura-Glaubens sind diese Dinge für sie nichts Negatives oder Böses, sondern bloß notwendige Aspekte, die zum Leben gehören wie alles andere auch. Deshalb fördern sie sowohl das Positive als auch das Negative, z. B. humanitäre, kulturelle und entwicklungspolitische Unternehmungen und gleichzeitig auch finanzpolitische, militärische und totalitäre. Schließlich soll man „nicht urteilen" und das eine nicht dem anderen vorziehen! „Denn alles ist eins."

Auf diese Weise werden spirituelle Wahrheiten zu diabolischen Halbwahrheiten.

Das Streben nach Totalherrschaft

Wenn im Absoluten „alles eins" ist, warum leben wir dann in einer Welt voller Bewusstsein und Vielfalt, in der alles verschieden ist? Dieser Sachverhalt allein zeigt eigentlich schon, dass die Aussage „Alles ist eins" in der monistisch undifferenzierten Form nicht stimmen kann.

Wenn atheistische Monisten diese Frage überhaupt stellen, dann antworten sie, jegliche Vielfalt sei letztlich eine Illusion; das einzig Wirkliche sei die Einheit ohne Vielfalt.* Warum eine absolute Einheit die „Illusion" von Vielfalt (Individualität und Bewusstsein) hervorbringt, vermögen sie nicht zu beantworten. Hier gibt es auch keine Antwort, denn diese Ansicht ist bloß ein theoretisches Gedankengebäude von Intelligenzen, die nicht akzeptieren wollen, dass sie *Teile Gottes* sind. Weil sie Gott spielen wollen, streben sie danach, uneingeschränkt zu herrschen, um die Welt nach *ihren* Vorstellungen zu gestalten – erst dann, so meinen sie, werde es möglich sein, dass die Welt Ruhe und Frieden finde.

---

* Siehe: *Gott und die Götter,* insbesondere Kapitel 6, „Buddha, Śaṅkara, Caitanya".

Neben allen logischen und philosophischen Fehlern ist diese Weltsicht auch mit einem ganz praktischen Problem verbunden: Trotz der verabsolutierten Einheit sind die Verfechter dieser „Wahrheit“ keine Einheit! Viele wollen Gott spielen und der Welt ihre Einheitsstrukturen aufzwingen. Sie stehen sich als Kontrahenten gegenüber, und alle streben nach Totalherrschaft, denn nur dort, wo keine Konkurrenz mehr herrscht, herrscht „Friede“. Sie missverstehen die Polarität und glauben deshalb an eine falsche Einheit, an ein „Monopol“ (ein Gleichgewicht mit nur einem Pol), und dieses Monopol beanspruchen sie für sich selbst. Totale Macht ist ihr Ziel und Machbarkeit ihr Wahn.

Technologie als Machtmittel

Die Asuras sehen sich als Handelnde in einer Welt von unbegrenzter Energie, die sie nach eigenem Belieben formen und verwenden „dürfen“. Diese Mentalität führt zur Entwicklung von Technologien, die nicht dem Wohl der Ganzheit dienen. Viele dieser Technologieprodukte können auch für positive und spirituelle Zwecke verwendet werden, aber wir sollten uns von ihnen nicht täuschen oder fangen lassen.

Wenn die Gesellschaft über manipulative Strukturen organisiert wird, sind die Menschen auf Gedeih und Verderb von den Technokraten abhängig. Die Möglichkeiten der heutigen Technologie verlocken geradezu zum Missbrauch, ja viele dieser Technologien sind direkt zu solchen Zwecken (Kontrolle und Manipulation der Menschen) gebaut worden.

Lichtvolle Intelligenzen würden viele dieser Technologien gar nicht erst fördern und auch nicht benötigen. Wenn auf der Erde wieder ein göttliches Bewusstsein vorherrscht, werden die Menschen auch andere Hilfsmittel, z. B. die sogenannte „freie Energie“ oder Ätherenergie, zur Verfügung gestellt bekommen. Momentan wird das Verfügbarwerden solcher Energieformen – und die entsprechende Freiheit der Menschen – noch unterdrückt. Die Kali-Yuga-Herren tun dies in erster Linie dadurch, dass sie die Entwicklung eines göttlichen Bewusstseins verhindern, und *ihre* Technologie ist ihnen dabei in vielfacher Hinsicht dienlich.

Natürlich verfügen auch die Lichtwesen über „technische“ Hilfsmittel, aber diese sind von ganz anderer Natur. Sie harmonieren auf eine höherdimensionale Weise mit der Natur und dem Kosmos und werden nie zu manipulativen Zwecken eingesetzt. Deshalb vermitteln die Lichtwesen dieses technische Wissen nie einer Zivilisation, die nicht verantwortungsbewusst (d. h. gottesbewusst) ist.

Technologie im Kali-Yuga

Die Möglichkeit, dass eine grobstoffliche Technologie eine allesbeherrschende Stellung erlangen kann, bietet sich nur im irdischen Bereich der kosmischen Erdzone (Bhūrloka), und das auch nur im „dunklen Zeitalter" (Kali-Yuga). Was wir in diesem Zeitalter erlebten und erleben, ist der dichteste Zustand der Materie. Deshalb können die Menschen mit ihrer Technik nur noch von außen her auf die Materie einwirken, sei es mechanisch, chemisch, digital usw.

Weil das Kali-Yuga ein Zeitraum der größten physikalischen Materieverdichtung ist, sind die „paranormalen" Fähigkeiten der Menschen in diesem Zeit-Raum extrem beschränkt. Die Menschen haben für gewöhnlich keinen Zugang mehr zu den ätherischen und astralen Energien des Kosmos, weshalb die heute bekannte Technologie für die Menschen die einzige Möglichkeit darstellt, die Materie mit mehr als nur Körperkraft zu bewegen und umzuformen.

Technik ist eine Imitation der Mechanik natürlicher Vorgänge – wobei kein natürlicher Vorgang nur eine mechanische Funktion ist. Technik als Prinzip ist neutral, im Gegensatz zur heutigen Technologie, die weitgehend manipulativen Zwecken dient. Dies ist keine Ablehnung oder Verteufelung der heutigen Technologie, sondern nur ein Hinweis, dass auch noch ganz andere Technologien möglich wären. Mit Blick auf die multidimensionale Natur des Kosmos ist die im Kali-Yuga entwickelte Technologie kein Ausdruck von geistiger Hochentwicklung, sondern von Degeneration. Alles, was der Mensch in früheren Yuga-Zeitaltern mit geistigen, sogenannt paranormalen Kräften (wie Teleportation, Telepathie, Telekinese usw.) bewerkstelligen konnte, muss heute mit „Technik" imitiert werden. Diese Hilfsmittel sind wie Prothesen für den Kali-Yuga-Menschen: Autos und Flugzeuge sind Teleportationsprothesen, Telefone, Internet usw. sind Telepathieprothesen, Datenträger sind Gedächtnisprothesen, Computer sind Gehirnprothesen.

Bekämen wir Bilder aus den dunklen Astralwelten zu Gesicht, würden wir in einigen Fällen wahrscheinlich meinen, irdische Großstadtsilhouetten zu sehen. Wir erinnern uns an das Zitat von Friedrich Weinreb auf S. 162 über die gegenwärtige Herrschaft der Unterweltmächte: „Die Politik unterwirft sich ihr ebenso wie die Kirchen und die Wissenschaften. Alles stellt sich in ihren Dienst. Man ist versucht zu sagen, die heutige Gesellschaft entspreche den alten Beschreibungen der sieben Unterwelten recht gut."

Die kritische Betrachtung des Kali-Yugas soll unseren Blick auf das Kommende richten und zeigen, wie tiefgreifend die spirituelle Transformation sein muss und sein wird: „ein neuer Himmel und eine neue Erde" (Offb 21,1). Was die Johannes-Offenbarung hier sagt, wird von nordamerikanischen Traditionen als das Kommen der Fünften Welt bezeichnet, was dasselbe bedeutet wie das esoterische Konzept „Aufstieg in die fünfte Dimension".

Die Menschheit in den vier Yugas

Was die Situation auf der Erde betrifft, so lautet die frohe Botschaft: Es war nicht immer so und wird auch nicht immer so bleiben! Die Erde wird wieder in höherschwingende Seinsebenen eingehen, genauso wie schon in früheren Zeiten. Da Zeit nicht unabhängig vom Raum ist, verändert sich im Lauf der Zeit auch der Zustand der Materie, die „Masse". Einsteins Ausdruck der „Raumzeit" gilt nicht nur für Bezugssysteme der konventionellen Physik, sondern auch für die verschiedenen Erdzyklen. In diesem Sinn bedeutet das Sanskritwort *yuga* nicht bloß „Zeitalter", sondern „Raumzeitalter". Denn in jedem dieser Großzyklen herrschen auf der Erde andere Raum-Zeit-Verhältnisse. Tatsächlich wird beschrieben, dass der Körper der irdischen Menschen in früheren Yugas nicht derart verdichtet war wie heute. Im ersten Yuga war der Körper der Menschen ätherisch, d.h. für die heutigen Menschen unsichtbar. (Was heute als Knochen von frühen Menschenvorfahren interpretiert wird, sind Knochen von ausgestorbenen Großprimaten. Zudem sind die radiometrischen Datierungsmethoden, die Zeiträume von Jahrmillionen erfassen sollen, höchst fragwürdig. Es ist ein Trugschluss, wenn man meint, man könne die heutigen physikalischen Verhältnisse in der Zeit linear zurückprojizieren und dadurch richtige Erkenntnisse über die ferne Vergangenheit bekommen.)

Die Entwicklung der Menschheit in den vier Yugas wird in den Sanskritschriften an vielen Stellen erwähnt. Eine der aufschlussreichsten Stellen findet sich im vedischen Weltgeschichtsepos *Mahābhārata* (*Vana-Parva* 148). Dort wird beschrieben, wie am Ende des vorigen Yugas (Dvāpara-Yuga), also vor rund 5200 Jahren, der große Held Bhīma den berühmten „Affenmenschen" Hanumān traf. Vom göttlichen Hanumān weiß man, dass er bereits seit dem ersten Yuga (Satya-Yuga) auf der Erde lebt und in jedem Yuga erscheint. Als Bhīma diesem Zeitreisenden begegnete, bat er ihn um die Offenbarung jener Gestalt, die er (Hanumān) im

Satya-Yuga, also vor drei bis vier Millionen Jahren, angenommen hatte. Hanumān antwortete:

> „Die Körpergestalt, die ich im Kṛta-Yuga (Satya-Yuga) hatte, könnte gegenwärtig niemand wahrnehmen, weder du noch irgendjemand anders. Die materielle Eigenschaft der Erde war in jenem Yuga von anderer Art. Die früheren Verhältnisse sind heute nicht mehr existent. Im Kṛta-Yuga herrscht ein ganz bestimmter Zustand der Materie, im Tretā-Yuga ein anderer und im Dvāpara-Yuga nochmals ein anderer. Von Yuga zu Yuga findet eine Verringerung und Verminderung statt, und so habe ich heute nicht mehr dieselbe Gestalt wie damals. Der Planet, die Flüsse, die Pflanzen und Steine sowie die Siddhas, Devas und Ṛṣis passen sich der Zeit an, in Übereinstimmung mit dem Zustand der Dinge in den jeweiligen Yugas. Deshalb, o Held der Kuru-Dynastie, fordere nicht, meine damalige Gestalt zu sehen. [...]
>
> Das erste Yuga war ein Zeitalter der Vollkommenheit, weshalb es *kṛta* („vollkommen") genannt wird. Es bestand keine Notwendigkeit von physischer Arbeit. Alles, was zum Leben notwendig war, wurde einfach durch Gedankenkraft erlangt. Das einzige Ziel des Lebens war das Leben selbst, frei von materieller Anhaftung. Deshalb gab es in diesem Yuga keine Boshaftigkeit, keinen Stolz, keine Heuchelei, keine Uneinigkeit, keine Eifersucht, keine Hinterhältigkeit, keine Angst, kein Elend, keinen Neid und keine Habsucht. Das höchste Ziel aller Yogīs, das höchste Brahman (die spirituelle Welt) war für alle erreichbar. [...] Der gemeinsame spirituelle Ursprung war das eine Ziel aller Menschen, der eine Inhalt aller Gebete und die eine Essenz aller Meditation. Trotz der Vielfalt der Menschen folgten alle derselben Weisheit (Veda), und sie hatten eine einzige, gemeinsame Religion (Dharma). [...]
>
> Im nachfolgenden Yuga, dem Tretā-Yuga, wurden Zeremonien eingeführt, und die Reinheit verringerte sich um ein Viertel. In diesem Yuga begannen die Menschen, gewünschte Dinge durch äußere Mittel zu erlangen, und sie erlangten sie durch Handlungen und gegenseitiges Schenken [und nicht mehr durch Gedankenkraft]. Sie wichen nie vom Pfad der Tugend ab, waren der spirituellen Entwicklung hingegeben und kannten nur das Verschenken. [...] Im Dvāpara-Yuga verringerte sich die Reinheit auf die Hälfte. Die Handlungen wurden vielfältig, und die spirituelle Entwicklung und die Geschenke wurden von Leidenschaft (Rajo-Guṇa) beeinflusst. [Das Schenken wurde zu einem Tauschhandel.] Nur noch wenige waren in der vollkommenen Wahrheit gefestigt. Wenn die Menschen von der Wahrheit abfallen, wird ihr körperliches Dasein beeinträchtigt. Wollust und auch Störungen in der Natur sind die Folge. Die meisten Menschen praktizieren Religion nur noch, weil sie sich von diesen Leiden und Gefahren bedroht sehen. Oder sie führen Zeremonien in Frömmigkeit aus, weil sie sich den Genuss angenehmer Dinge oder die Erhebung in die Welt der Devas wünschen.
>
> Wenn das jetzige Dvāpara-Yuga zu Ende geht, werden die Menschen aufgrund dieser Gesinnung des Eigennutzes weiter in die Materie versinken. O Sohn Kuntīs, wenn das Kali-Yuga anbricht, wird die Reinheit nur noch zu

einem Viertel vorhanden sein, und im Verlauf dieser dunklen Zeit wird sie noch mehr abnehmen. [...] Krankheit, Trägheit, Zorn und andere Beeinträchtigungen sowie Leiden von Seiten der Natur und Leiden im eigenen Leben, Angst und Mangel werden die Folge davon sein. Im Lauf der Yugas verringert sich die Reinheit, und wenn die Reinheit des Bewusstseins abnimmt, sinken die Geschöpfe immer tiefer in die Materie. Indem dies geschieht, verschlechtert sich der Zustand ihres Lebens. [Das heißt, der notwendige Aufwand, um das Leben zu bestreiten, wird immer größer.]"

Leid ist nicht not-wendig

Wenn auf der Erde gestörte Verhältnisse herrschen, ist dies ein Zeichen, dass gottabgewandte Mächte am Werk sind. „An den Früchten werdet ihr sie erkennen" (Mt 7,16). Die Verursacher der Störungen sehen in ihren „Früchten" – Umweltzerstörung, soziale Ungerechtigkeit, Kriege usw. – jedoch keinen Anlass zu Selbstkritik, denn sie glauben, Zerstörung und Leid seien notwendig, um etwas „Besseres" durchzusetzen, nämlich ihre Ideologie und Weltordnung. Für sie sind Krieg und Frieden, Ordnung und Zerstörung, Lüge und Wahrheit die zwei Seiten derselben Münze, die nicht zu trennen sind. Sie glauben dies, weil sie aufgrund eines falschen Konzepts von „Einheit" Polarität und Dualität gleichsetzen.

Intuitiv spüren wir, dass solche Ansichten nicht stimmen können. Mit einer ganzheitlichen Sicht lässt sich auch philosophisch erklären, warum dem so ist. Die gesamte Schöpfung beruht auf einer göttlichen Ordnung, die Ausdruck und Abbild des spirituellen Urgrunds ist. Nur wenn die Menschen die göttliche Ordnung erkennen und ihr entsprechend handeln, werden sie inneren und äußeren Frieden finden. Doch gerade diese Erkenntnis kann nicht erzwungen werden, auch nicht durch Leid! Sie leuchtet nur dann ein, wenn man bereit ist, einen inneren Wandel zu vollziehen.

Zum Leben gehören auch leidvolle Erfahrungen (durch Schicksalsschläge, Unfälle, Katastrophen oder auch durch Bösartigkeiten anderer Menschen) und selbstverschuldete Lektionen: „Wer nicht hören will, muss fühlen." Leid allein bewirkt aber nie einen Wandel. Ohne höheres Wissen hat das Negative keine positiven Folgen. Im Gegenteil, es führt zu Verbitterung und zu Anklage: „Wenn es einen Gott gibt, warum lässt er so etwas zu?"

Nicht Not, sondern spirituelle Information ist notwendig. Das Angebot dieser Information entspringt der Gnade Gottes, das Annehmen dem freien Willen. Innere und äußere Transformation geschieht durch die

Vereinung von Gnade und freiem Willen, von Gottes Wort und menschlicher Antwort. Damit dieses „Wort“ nicht in einer Leere verhallt, ist eine erfüllende Antwort notwendig, und diese Antwort ist die individuelle Ver-Antwort-ung des Menschen (engl. *responsibility*, wörtlich: *the ability to respond*, „die Fähigkeit zu antworten“).

In unserer Welt ist der negative Pol der Polarität (Schmerz, Tod, eigene Krankheit oder Krankheit Nahestehender, Katastrophen usw.) in der einen oder anderen Form unvermeidbar, denn beide Pole gehören zum Leben in der materiellen Welt und erfordern eine Antwort. Wie reagieren wir auf das Schöne und Freudvolle, wie auf das Schlechte und Leidvolle? Diese Fragen stellen sich noch mehr in der Dualität, in der das Böse und Diabolische hinzukommen. Zyniker setzen Polarität und Dualität gleich und sagen, das Böse gehöre genauso zur „Einheit“ wie das Gute, weshalb das Böse nicht wirklich böse und das Gute nicht wirklich gut sei; alles sei eins, alles sei eine notwendige Erfahrung, auch das Böse, eben weil das Böse nur die andere Seite des Guten sei und umgekehrt.

Dass solche Ansichten falsch (und „asurisch“) sind, erkennen wir nicht nur philosophisch, sondern auch praktisch: Haben Gewalt, Versklavungen und Kriege, haben der Erste und der Zweite Weltkrieg und die „Kriege gegen den Terror“ zu Einsicht, Weisheit und Frieden geführt? Die fünftausend Jahre des dunklen Zeitalters zeigen deutlich, welche Teufelskreise dieses Denken und Handeln nach sich zieht. Tatsache ist: Allein durch Leiden sind die Menschen noch nie zu spiritueller Erkenntnis gelangt. Denn diese entsteht nur durch eine innere Bereitschaft und nie durch Manipulation und Zwang und erst recht nicht durch Gewalt, Krieg und Trauma. Leid ist *nie die Ursache*, sondern höchstens ein Anlass des Lernens, nämlich dann, wenn jemand diese Bereitschaft schon in sich hat: „Durch Schaden (Leiden) wird man klug.“

Die negativen Wesen meinen, man müsse das Leiden fördern und künstlich erzeugen, damit die Menschen klug werden. Die göttlichen Wesen hingegen fördern die Klugheit (die spirituelle Information und Inspiration), damit die Menschen die Voraussetzung bekommen, von Unwissenheit und Illusion frei zu werden.

Zusammenfassung und Ausblick

Die frohe Botschaft der ganzheitlichen Selbst- und Gotteserkenntnis lautet, dass das Böse (Kriege, Gewalttaten, Diktatur usw.) nicht notwendige Erfahrungen sind. Deshalb betete Jesus im Vaterunser: „Erlöse uns vom Bösen!" Die Schöpfung mit ihrer Polarität hat den Zweck, den Individuen in der materiellen Welt die Möglichkeit zu geben, von falschen Identifikationen frei zu werden und ihre spirituelle Identität zu erkennen. Dieser Wandel im Herzen geschieht nie durch Zwang, sondern nur durch innere Bereitschaft und Erkenntnis. Weil die Devas diesem Schöpfungsplan dienen, arbeiten sie weder mit Verführung und Propaganda (Rajo-Guṇa) noch mit Zwang oder Zerstörung (Tamo-Guṇa), sondern bewirken auf natürliche Weise das Florieren einer Atmosphäre von Verantwortung und Gleichgewicht (Sattva-Guṇa), die Harmonie, Ruhe und Frieden mit sich bringt. Die Sattva-Atmosphäre ist nicht die Ursache für ein spirituelles Erwachen, genauso wenig wie es Zwang und Leid sind. Sie bietet jedoch die ideale Voraussetzung für höhere Erkenntnis und innere Entfaltung (siehe Tafel 2, S. 102).

Die Offenbarung, was es bedeutet, nicht nur mit der Schöpfung, sondern auch mit dem Schöpfer zu harmonieren und die Ganzheit (Gott) als innere Quelle zu erleben, kann durch keine materielle Ursache bewirkt und durch keine eigene Bemühung erzwungen werden. Göttliche Inspiration, Erleuchtung und Offenbarung sind immer Gnade, und auch die Bedeutung dieses Wortes kann erst durch die „Gnade" selbst erlebt werden. Wer göttliche Zeichen und Inspirationen annimmt, wird im Innersten immer bewusst mit Gott, der Quelle, verbunden sein. Dank dieses inneren Rückhalts ist es möglich, unabhängig von äußeren Umständen in einem authentischen Gottvertrauen verwurzelt zu sein, in „höllischen" Situationen genauso wie in „himmlischen".

Kapitel 9

Energie und Bewusstsein im lebendigen Kosmos

Alle Lebensvorgänge, Energieflüsse und Formbildungen auf der physischen Ebene geschehen aufgrund von Impulsen, die von höheren, weniger verdichteten Materieebenen ausgehen, letztlich von spirituellen Quellen. Hinter jeder Form wirkt Information, und In-Formation ist immer ein Ausdruck von Intelligenz, und das auf allen Ebenen. Deswegen ist es mehr als nur eine schöne Floskel, wenn wir von einer lebendigen Natur und einer kosmischen Intelligenz sprechen.

„Intelligenz" bedeutet ein gezieltes Setzen und Koordinieren von schöpfenden Impulsen. Tatsächlich sind in der gesamten Natur gezielt gesetzte und koordinierte Lebensfaktoren zu sehen, aber die materialistische Wissenschaft interpretiert dies nicht als Ausdruck von inhärenter Intelligenz, sondern als Ausdruck von Zufall und Notwendigkeit gemäß den Naturgesetzen. Sie glaubt an eine „Selbstorganisation des Universums" und sieht das Universum als materielles Produkt, das aus einem „Nichts" hervorgegangen ist, ohne spirituellen Urgrund und höheren Zweck, von einem höheren Sinn ganz zu schweigen.

Ein einfaches Bild, um den Zusammenhang von Materie und spirituellem Urgrund zu veranschaulichen, ist eine Linie auf einer Fläche. Sowohl die Linie als auch die Fläche sind unendlich, dennoch sind sie nicht einfach nur eine „Einheit". Im vorliegenden Kapitel wird aufgezeigt, was damit gemeint ist. Wenn wir das zweidimensionale Bild von Linie und Fläche ins Unendliche hochpotenzieren, bekommen wir ein Gefühl für die multidimensionale Struktur des Universums. Die Fläche symbolisiert den spirituellen Urgrund, der ewig (raum- und zeitlos) ist und zahllose Linien hervorbringt, d. h. Universen (Einheiten von Raum und Zeit), die in sich selbst – auf eine fraktale Weise – wiederum unendlich sind. In den Universen spiegelt sich „schattenhaft" (virtuell) der spirituelle Urgrund. Die Materie bringt in einem unendlichen Fluss vergängliche Ab-Bilder der spirituellen Vor-Bilder hervor, von den feinstofflichsten Energiefeldern bis hin zu den grobstofflich-physischen Formen.

Bewusstsein: höchste Energie und beseelende Kraft

Die Urkraft im Universum ist nicht eine materielle, sondern eine spirituelle Energie, nämlich *Bewusstsein.* Bewusstsein ist die Energie einer spirituellen Quelle (Seele), wobei zwei Kategorien von Seelen zu unterscheiden sind, die zusammen die lebendige Ganzheit bilden: die individuelle Seele (Ātmā) als Monade, d. h. „fraktaler" Teil des Ganzen, und die universelle Seele oder Überseele (Paramātmā) als allumfassende Monade, d. h. die Ganzheit, die unendlich viele Monaden enthält.

Bewusstsein prägt („programmiert") die feinstofflichen Muster, die feinstofflichen Muster bilden die grobstofflichen Formen. Dieses Schöpfungsprinzip gilt auf allen Existenzebenen. Brahmā als erstes und höchstes Lichtwesen innerhalb des Universums erschafft „Himmel und Erde" direkt aus sich selbst heraus, denn bei ihm sind Körper und Geist nicht verschieden. Sein Körper ist reine Geistenergie: reine „Intelligenz" (sanskr. *buddhi*) als Schöpfungselement der Kausalebene. Was Brahmā als geistiges Bild schafft („sich vorstellt"), ist sogleich Kreation und Realität. Nach demselben Schöpfungsprinzip wirken auch die anderen höherdimensionalen Wesen als Medien der Involution (Schöpfung durch Verdichtung).

Die Selbstorganisation des Universums geschieht auf ähnliche Weise wie die Selbstorganisation eines lebendigen Körpers. Alle physiologischen Vorgänge in unserem Körper laufen ab, ohne dass wir sie bewusst aktivieren und steuern müssen. Wenn die Seele den Körper verlässt, fällt diese Selbstorganisation in sich zusammen, was zeigt, dass das Lebensprinzip „Selbstorganisation" ein *spirituelles* Prinzip ist. Der Körper beseelt sich nicht selbst, sondern ist nur deshalb lebendig, weil er von der inkarnierten Seele beseelt wird. Dasselbe gilt für das Universum, das ebenfalls ein lebendiger und beseelter Körper ist: ein multidimensionaler Kosmos. Die materielle Welt entsteht auf der Grundlage der spirituellen Welt durch die all-bewusste Schöpfergottheit, die im Sanskrit Viṣṇu genannt wird. Viṣṇu ist das „Medium", das die materielle Welt mit der spirituellen Welt verbindet.

Am Anfang war kein Ur-Knall von Materie, sondern ein Ur-Sprung von Bewusstsein. Das Ewige bringt ewig-zyklisch das Unendliche hervor. Alles entspringt letztlich aus Gottes Bewusst-Sein. Gottesbewusstsein ist deshalb der Schlüssel zu allumfassender Erkenntnis.

Die Linie und die Fläche

Mit einer Sicht, die über das Materielle hinausgeht, erkennen wir, dass das Universum nicht einfach aus sich selbst heraus existiert. Die Schöpfung, d.h. die gesamte materielle Welt, existiert „in“ und „auf“ dem spirituellen Urgrund, was mit einer Geraden auf einer Fläche illustriert werden kann (eine Gerade ist eine unendlich lange Linie). „Linie und Fläche“ ist ein ideales Symbol für die Ganzheit (Gott), die sowohl die materielle Schöpfung als auch das ewige spirituelle Sein umfasst. Die Linie und die Fläche sind beide unendlich, dennoch ist die Fläche „mehr“ und „unendlicher“ als die Linie. Zwischen beiden bestehen Unterschiede; sie sind nicht eins und dasselbe. Die Linie ist unendlich lang (ohne Anfang und Ende), aber begrenzt durch zwei „Seiten“ (Raum und Zeit). Die Fläche hingegen ist sowohl unendlich als auch unbegrenzt (raum- und zeitlos). Die Linie symbolisiert die materielle Energie. Als Energie ist die Materie unendlich (ohne Anfang und Ende), aber alle materiellen Schöpfungen sind durch Raum und Zeit begrenzt. Die „Selbstorganisation“ des Universums geschieht also nicht aus einem Nichts heraus, auch nicht einfach aufgrund von inhärenten Gesetzen gemäß Zufall und Notwendigkeit. Der spirituelle Urgrund ist ewig (raum- und zeitlos) und bringt „Einheiten“ (Universen) von Raum und Zeit hervor, die in sich selbst – auf eine fraktale Weise – wiederum unendlich sind.

Wer die „Linie“ (die Natur, die Materie) richtig erforscht und studiert, kann allein anhand der Linie erkennen, dass es auch eine Fläche, einen spirituellen Urgrund, geben muss: die spirituelle Welt, die Ewigkeit. Ewigkeit ist nicht eine unendlich lange Zeit, sondern das Sein jenseits von Raum und Zeit, das Raum- und Zeitlose. Die spirituelle Welt beseelt, formt und trägt die materielle Welt in ewiger Gegenwart und ist „gleichzeitig“ auch jenseits der materiellen Welt ein eigenes, unendliches und unbegrenztes Sein. Energetisch ist Gott allpräsent, als kosmische Schöpferkraft immanent und als allbewusster Urgrund transzendent.

Wie bereits dargelegt (S. 88f.), sind Allpräsenz, Immanenz und Transzendenz die drei Aspekte der Ganzheit, d.h. des Zusammen-Seins des Absoluten und des Relativen. Wenn einer dieser Aspekte herausgegriffen und verabsolutiert wird, entstehen die sprichwörtlichen Halbwahrheiten, die im hier beschriebenen Zusammenhang nur Drittelwahrheiten sind: Materialismus, Monismus, Mono-Theismus (Religionen mit Monopolanspruch). Anhand des Bildes mit der Linie und der Fläche lassen sich die drei Gottesaspekte nochmals – und sehr anschaulich – erklären:

Allpräsenz: Gott als Energie (Brahman); die undifferenzierte Einheit von „Linie“ und „Fläche“, denn beides (= alles) ist göttliche Energie.

Immanenz: Gott als kosmische Intelligenz und Schöpferkraft (Paramātmā, „Überseele“); die differenzierte Einheit von „Linie“ und „Fläche“, denn dort, wo die Linie ist, ist auch die Fläche. Der Urgrund bringt die Schöpfung aus sich selbst hervor, trägt sie und ist in ihr als Paramātmā immanent präsent. (In der vedischen Kosmogonie entspricht dies den drei Formen bzw. Wirkungsweisen des Viṣṇu, siehe S. 138.)*

Transzendenz: Gott als allbewusster Urgrund (Bhagavān) jenseits der Materie, jenseits von Raum und Zeit; die „Fläche“ jenseits der „Linie“, denn die Fläche hat jenseits der Linie ein eigenes und von der Linie unabhängiges Sein.

Die materielle Schöpfung wird vom spirituellen Urgrund getragen, durchdrungen und geformt. Das Alldurchdringende ist der göttliche Aspekt der Allpräsenz (Brahman), das Formende der Aspekt der Immanenz (Paramātmā) und das Tragende der Aspekt der Transzendenz (Bhagavān). Der spirituelle Urgrund ist nicht nur eins mit der materiellen Schöpfung, sondern auch gänzlich verschieden, aber qualitativ nie getrennt von ihr. Deshalb trägt die spirituelle Welt die materielle, ohne in ihr aufzugehen, so wie die Fläche nicht auf die Linie beschränkt ist.

Gott ist sowohl „Nondualität“ (ungeteiltes Sein, Energie = Brahman) als auch „Individualität“ (unteilbares, ewiges Sein und Bewusstsein = Bhagavān). Die Immanenz kann als „Neutralität“ bezeichnet werden, denn der Paramātmā ist die neutrale Schöpferintelligenz, die gemäß dem freien Willen der unendlich vielen Ātmā-Monaden (Seelen) sowohl das Positive als auch das Negative zulässt. „Nur“ im transzendenten Aspekt ist Gott Liebe mit Willen und Gnade (Gebetserhörung, Offenbarung usw.), woraus die göttlichen Richtlinien für Ethik und die Unterscheidung von Gut und Böse ableitbar werden („Dein Wille geschehe, wie im Himmel so auf Erden … Und erlöse uns vom Bösen“). Deshalb ist es so wichtig, Gott nicht nur als Energie oder universelle Schöpferkraft zu sehen.

---

* Viṣṇu ist der Sanskritname für Gott im Aspekt als Schöpfer und immanente Schöpfungskraft. Im Bild der Linie und der Fläche ist Viṣṇu jener Bereich der Fläche, wo die Linie erscheint und existiert. Der Linienbereich der Fläche ist Teil der Fläche, aber die Fläche ist mehr als nur der Linienbereich. Die Fläche symbolisiert die Ganzheit (Gott), die sowohl den spirituellen Urgrund als auch die materielle Schöpfung (die „Linie“) umfasst, wobei auf der Fläche unendlich viele Linien Platz haben, weshalb es heißt, dass aus Viṣṇu unendlich viele Universen hervorgehen.

Unsichtbare Welten und kosmische Intelligenzen

Die Materie als multidimensionale Energie ist ∞ („unendlich“), anfanglos und endlos in Raum und Zeit, und dies sowohl im Horizontalen als auch im Vertikalen, d. h. im Grobstofflichen wie im Feinstofflichen. Nur schon im Bereich der sichtbaren Materie offenbart sich Unendlichkeit: Wie viele Zilliarden Tonnen Materie umfassen alle Planeten und Sonnen aller Galaxien unseres Universums? Und dieses eine Universum ist nicht das einzige! Die Rechnung lautet also: die unendliche Menge Materie des einen Universums mal „unendlich viele“ Universen ...

Wir können uns die Unendlichkeit der Materie nicht einmal in ihrer grobstofflichen Dimension vorstellen – und die Materie umfasst auch feinstoffliche Dimensionen: von den erdnahen Astralwelten bis hin zu den höchsten Lichtwelten. Die Quelle der Unendlichkeit ist der spirituelle Urgrund, der ewig ist, und für „ewig“ haben wir nicht einmal ein Zeichen, wobei auch schon ∞ für unseren Verstand und Intellekt nicht mehr vorstellbar ist.

Wenn wir von unsichtbaren Welten und Wesen sprechen, müssen wir uns bewusst sein, dass wir über eine Unendlichkeit innerhalb einer Unendlichkeit innerhalb der göttlichen Ewigkeit sprechen. Die Ganzheit (Gott) umfasst sowohl das Spirituelle (Ewigkeit) als auch das Materielle (Unendlichkeit). Die Materie beinhaltet das Potential zu unendlich vielen Formen, aber diese entstehen und entfalten sich erst, wenn das Schöpfungsprinzip „Bewusstsein“ einwirkt, angefangen mit der Entstehung des gesamten multidimensionalen Kosmos durch das allgegenwärtige Bewusstsein der Ganzheit (Viṣṇu). Die göttliche Schöpfungsintelligenz wirkt durch die Schöpferwesen, die deshalb auch kosmische Intelligenzen genannt werden.* Im Hebräischen wird Gott als kosmischer Schöpfer *Elohim* genannt, was ein Pluralbegriff mit Singularprädikat ist: „Götter (Elohim) schuf“ – nicht „schufen“. Dies ist vergleichbar mit Begriffen wie „Gruppe; Kollektiv; Schar; Engelschar“, wo ebenfalls „schuf“ und nicht „schufen“ stehen würde. Mit Elohim ist das Kollektiv der göttlichen

* Kreationistisch und holistisch forschende Wissenschaftler haben als Überwindung der Paradigmen von Urknall & Evolution das Paradigma des „Intelligent Design“ ausformuliert. Materialistische Kosmologen und Evolutionstheoretiker behaupten, man könne in der Natur und im Kosmos nirgendwo Hinweise auf ein *intelligent design* finden; alles, was in diese Richtung interpretiert werde, sei nur eine Projektion der menschlichen Vorstellung. Angesichts dieser Verblendung drängt sich die polemische Entgegnung auf: „Um in der Natur und im Kosmos *intelligent design* erkennen zu können, muss man selbst intelligent sein – und nicht nur intellektuell.“

Schöpferwesen gemeint, die als dynamische Einheit wirken gemäß dem Christusbewusstsein „Ich und der Vater sind eins" (Joh 10,30). Deshalb spricht Gott als Elohim (Brahmā) manchmal in der Wir-Form: „Lasset uns Menschen machen in unserem Abbild, uns ähnlich ..." (Gen 1,26)

Alles ist beseelt – das Universum als lebendige Einheit

Die universelle Seele (Paramātmā) ist der primäre Schöpfungsfaktor, das Bewusstsein der individuellen Seele (Ātmā) der sekundäre. Wir als Individuen setzen ständig geistige Impulse, und diese erzeugen Reaktionen, aber nicht über eine lineare oder „mechanische" Kausalität, sondern über eine kosmisch-bewusste Koordination und Synchronisation, weil immer unendlich viele Impulse gleichzeitig verarbeitet werden müssen. Wir erzeugen mit unseren Gedanken, Wünschen, Handlungen und Emotionen kausale Impulse, aber wir sind nicht die einzigen, die denken, wünschen, handeln und emotional reagieren. Was in unserem Leben geschieht, ist nicht allein von uns abhängig, denn wir sind Teil einer großen Vernetzung, in der zahllose Individuen gleichzeitig interagieren.

Im Licht der Ganzheit ist zu erkennen, dass alles auf einer göttlichen Ordnung beruht, die von einer kosmischen Intelligenz (Paramātmā) gelenkt und aufrechterhalten wird, und die Lichtwesen dienen dieser Ordnung. Gottlose Wesen, die weder Gott (Paramātmā) noch sich selbst (Ātmā) verstehen, handeln dieser Ordnung zuwider und wollen eine eigene, „bessere" Weltordnung schaffen. Mit dieser Mentalität setzen sie Impulse ins Kollektiv, die von ganz anderer Art sind als jene der Lichtwesen.

Die grobstofflichen Formen werden über feinstoffliche Informationsfelder gebildet, und diese feinstofflichen Programme werden durch das individuelle Bewusstsein programmiert. Hinter allen grobstofflichen Formen und feinstofflichen „Inform-Feldern" wirken bewusste Wesenheiten – wir selbst, aber noch viele andere, sowohl inkarnierte als auch nichtinkarnierte.

Wir erinnern uns an das Sanskritwort *kṣetra:* „Bewusstseinsfeld und Energiefeld eines Ātmā" (S. 83). In Bezug auf Pflanzen, Tiere und Menschen bedeutet *kṣetra* „Körper" in unterschiedlicher Relativität, denn ein Mensch ist sich seines Körpers anders bewusst als ein Tier oder eine Pflanze. Gleichzeitig zeigt eine nicht-materialistische Betrachtungsweise, dass bei den Pflanzen und Tieren und erst recht beim Menschen „Kṣetra" nicht auf den grobstofflichen Körper beschränkt ist. Pflanzen und Tiere verhalten sich in vieler Hinsicht auf eine Weise, die von einer höheren Führung und Intelligenz zeugt. Man nennt dies Instinkt, aber „Instinkt" ist nur ein Begriff für dieses Rätsel, keine Erklärung. (Im Anhang werden einige erstaunliche Beispiele aus der Tierwelt angeführt.)

Nur schon die Phänomene „arteigene Intelligenz" und „Instinkt" bei Pflanzen und Tieren zeigen, dass der Körper als Bewusstseins- und Energiefeld (Kṣetra) nicht einfach ein materielles Produkt ist. Noch komplexer wird dieses Thema beim Menschen, der als inkarnierter Ātmā sich selbst bewusst wahrnimmt. Und es geht noch weiter, denn „Kṣetra" bezieht sich nicht nur auf die pflanzlichen, tierischen und menschlichen Körper, sondern auf alle Körper, auch auf die Himmelskörper (Monde, Planeten, Sonnen, Galaxien usw.) und auf das gesamte Universum, das ebenfalls ein lebender, d. h. beseelter Körper ist.

Jede Erscheinungsform der grob- und feinstofflichen Materie ist vernetzt mit dem Bewusstseinsfeld von höheren Wesen, die in einem multidimensionalen Sinn als Götter und Göttinnen bezeichnet werden können, z. B. der Gott oder die Göttin des Waldes, der Luft, des Meeres, der Erde, der Sonne usw., aber auch der „Gott" oder „Geist" des Krieges, der Zwietracht, der Lüge, der Spaltung usw.

Die höheren Schöpfungsebenen überlagern und durchdringen die untergeordneten, weshalb die makrokosmischen Strukturen mit den mikrokosmischen verbunden sind und diese wiederum mit den makrokosmischen – „kosmisch" bedeutet immer auch multidimensional. Alles steht unter der Führung und Lenkung bewusster Intelligenzen in vielschichtig verzweigten und verschachtelten Hierarchien – allgegenwärtig koordiniert durch den Geist Gottes, den Paramātmā.

Form entsteht durch In-Formation

Die materielle Schöpfung geht aus dem spirituellen Urgrund hervor: das Unendliche aus dem Ewigen oder, bildlich gesprochen, die Linie aus der Fläche. Der Ursprung des Kosmos ist ein Ur-Sprung und kein „Urknall": ein kosmischer Quantensprung vom Spirituellen ins Materielle, wobei das Entstandene (die Materie) das Bestehende (das Spirituelle) weder verändert noch verringert. Die vedische Kosmogonie gibt hier die Beschreibung, dass Gott als urschöpfende Kraft (Viṣṇu) die Universen ausatmet: unendlich viele Universen aus unendlich vielen „Poren". Das Bild des Atems finden wir auch in der jüdischen und christlichen Tradition.

Gott (Elohim) erschafft Himmel und Erde durch sein Wort, und „Wort" hat immer auch mit Atem zu tun. Der Atem Gottes wird aber auch direkt erwähnt: Gott (JHWH) lässt den Menschen entstehen, indem er ihm den Lebensodem einhaucht (Genesis 2,7), und dieser Odem unterscheidet den Menschen von allen anderen Geschöpfen im Garten Eden.

Die Schöpfung ist auf allen Ebenen ein Wunder: das Mineralreich, das Pflanzenreich, das Tierreich, das Menschenreich, das Engelreich bis hin zu den höchsten Ebenen des multidimensionalen Kosmos und noch weiter. Nur schon das Mineralreich sprengt die Grenzen unseres Verstandes. Es ist über den ganzen grobstofflichen Kosmos verbreitet, und als erstes stellt sich die Frage: Woher kommt die unendliche Menge von physikalischer Materie, die sich zu Galaxien, Sonnen und Planeten formte? Und: Wie entstand die Vielfalt von irdischen Lebewesen? Die Evolutionstheorie sagt: durch eine Serie von Genmutationen, die zu immer komplexeren genetischen Informationen führte.[85] Die spirituell-holistische Wissenschaft sagt: durch das Wirken höherdimensionaler Wesen, weshalb das Schöpfungsprinzip „Form entsteht durch Information" auf allen Ebenen gilt. Alle natürlichen Formen, die wir in unserer Welt sehen – die anorganischen und die organischen –, sind die „Fingerabdrücke" der höherdimensionalen Wesen (Elohim-Wesen, Deva-Wesen). Die Formen weisen auf die sie prägende Information hin, die wiederum Ausdruck von Intelligenz ist. Die feinstofflichen Schöpferintelligenzen begleiten die Erde durch alle Zyklen hindurch und existierten auch schon vor dem Entstehen der Erde.

Der jetzige Menschheitszyklus begann vor rund vier Millionen Jahren mit dem ersten Zeitalter (Satya-Yuga). In dieser paradiesischen Welt erschien der Mensch durch eine Materialisation von „adamischen" Lichtwesen* – im Unterschied zu den Tieren, Pflanzen und Mikroorganismen (Mikroben), die nicht durch eine direkte Materialisation der Schöpferwesen entstanden, sondern durch eine interdimensionale „Projektion". Dies soll im Folgenden näher erläutert werden.

---

* Die geistige Herkunft des Menschen ist das Thema meines Buches *„Ihr seid Lichtwesen" – Ursprung und Geschichte des Menschen.*

Entstehung der Pflanzen und Tiere

Die göttlichen Schöpferwesen (Elohim-Wesen, Deva-Wesen) ließen – ausgehend von Brahmā – den gesamten multidimensionalen Kosmos entstehen. Pflanzliche und tierische Lebensformen existieren nicht nur auf der Erde, sondern auch in den feinstofflichen Welten, dort natürlich in feinstofflichen Formen. Zur Erschaffung der irdischen Lebewesen projizierten die Schöpferwesen „prototypische" Urbilder von Pflanzen- und Tierformen in die Dimension der organischen Materie, was eine genetische In-Formation der organischen Materie bedeutete – und diese Information ließ die Materie Form annehmen. Die Deva-Wesen schaffen mit ihren geistigen Frequenzen eine interdimensionale „Informatik", die sowohl die Hardware als auch die Software der organischen Körper hervorbringt. Auf diese Weise entstanden die jeweils ersten GENerationen von Mikroben, Einzellern, Pflanzenarten und Tierarten – alle mit einer perfekt „programmierten" Genstruktur, und das von Anfang an, denn sonst wären sie nicht lebensfähig gewesen.

Die hier gegebene Erklärung (Involution, siehe auch S. 308) ist eine logische Ausformulierung mytho-logischer Beschreibungen der Schöpfung inkl. Entstehung der Pflanzen und Tiere. In dieser herabsteigenden Evolution haben die irdischen Pflanzen und Tiere sehr wohl Vorstufen, nämlich feinstoffliche! Eine zentrale Rolle bei der Involution der Lebewesen erfüllen die Manu- und Prajāpati-Dualpaare.* Die Manu-Paare sind die feinstofflichen Ureltern der irdischen Menschen. Die Prajāpati-Paare sind die feinstofflichen Ureltern der irdischen Pflanzen und Tiere. Die Körper der Pflanzen, Tiere und Menschen sind allesamt Ausdrucksformen einer kosmisch-interdimensionalen Schöpfung.

Die Genesis-Kapitel der Sanskritschriften, insbesondere der Purāṇas, enthalten ausführliche Beschreibungen, wie die Prajāpati-Paare über ihre Nachkommen die Vielzahl der Lebewesen entstehen ließen. Wer ohne das hier gegebene Vorwissen die vedischen Aussagen über die Entstehung der Arten liest, wird meinen, dies sei eine primitive und abstruse Mythologie, der man nicht einmal eine symbolische Bedeutung abgewinnen könne, von einer wissenschaftlichen ganz zu schweigen. Wer jedoch die

---

* Manu: von *manas,* „Geist; Denkkraft"; von Manu leitet sich der Sanskritbegriff für Menschheit, *manuṣya,* ab. Das Wort „Mensch" bedeutet in dieser Etymologie „denkendes Wesen; Wesen, das sich seiner selbst bewusst ist".
Prajāpati: „Eltern/Vorfahren aller Geschöpfe"; von *prajā,* „geborenes Wesen; Nachkommenschaft; Geschöpf [kann sich auf Devas, Menschen, Tiere und Pflanzen beziehen]", und *pati,* „übergeordnet [an Position oder Alter]; Elternteil; Vorgesetzter; Meister".

Bildsprache der vedischen Meta-Physik versteht, kann sie leicht übersetzen und logisch ausformulieren. Zuallererst ist zu beachten, dass es hier um höherdimensionale Bereiche (mit irdischem Bezug) geht.

Das Folgende ist ein Beispiel aus dem 6. Canto des *Bhāgavata-Purāṇa,* auch *Śrīmad-Bhāgavatam* genannt:

> Danach brachte Prajāpati Dakṣa zusammen mit seiner Frau Asiknī gemäß Brahmās Auftrag sechzig Töchter hervor. [...] Diese Töchter und ihre Nachkommen füllten die drei Welten mit Lebewesen. [Dazu gehörten viele Lichtwesen, untergeordnete Schöpferwesen und Astralwesen, aber auch die „prototypischen" Urformen der irdischen Tiere und Pflanzen.] [...] Das berühmte kosmische Schöpferwesen Kaśyapa erzeugte mit Pataṅgī alle Arten von Vögeln, mit Yāminī die Heuschrecken, mit Vinatā den Viṣṇu-Adler Garuḍa und Aruṇa, den Wagenlenker des Sonnengottes, sowie mit Kadrū die vielen Arten von Schlangen. [...] Durch weitere Dualverbindungen des Kaśyapa entstanden die Lebewesen des gesamten Universums: [...] durch Timi die Wasserlebewesen, durch Saramā die wilden Tiere wie die Tiger und die Löwen, durch Surabhi die Büffel, die Kühe und alle anderen Paarhufer, durch Tāmrā die Adler, die Geier und andere große Raubvögel, durch Muni die engelhaften Apsarā-Wesen, durch Krodhavaśā weitere Arten von Schlangen und Reptilien und die Moskitos, durch Ilā die Sträucher und Bäume, durch Surasā die niederen Astralwesen, durch Ariṣṭā die Gandharva-Lichtwesen, durch Kāṣṭhā die Pferde und alle anderen Unpaarhufer, durch Danu einundsechzig Söhne, die wiederum viele Nachkommen hatten. [Es folgen noch 16 Verse mit weiteren Aufzählungen.] (*Śrīmad-Bhāgavatam* 6.6.1/3/21 - 22/25 - 29)

Diese Zeilen beschreiben die sekundären Stufen der feinstofflichen Urschöpfung, ohne die keine grobstoffliche und irdische Schöpfung möglich wäre. Die Prajāpati-Paare handeln „gemäß Brahmās Auftrag", und aus dem Kontext ist klar, dass Wörter wie Zeugung und Geburt hier etwas ganz anderes bedeuten als im grobstofflich-irdischen Zusammenhang. Nur Schöpferwesen der höchsten feinstofflichen Dimensionen sind in der Lage, „die Lebewesen der drei Welten" hervorzubringen. Die „drei Welten" sind die Lichtwelten, die irdische Welt und – auf späteren Stufen der interdimensionalen Schöpfung – die Dunkelwelten. Durch das Wirken der Prajāpati-Paare „entstanden die Lebewesen des gesamten Universums". Die Beschreibung ist sehr abgekürzt, weil damals – in der vedischen Zeit – das höhere Wissen als selbstverständlich vorausgesetzt wurde. Hinweise wie „gemäß Brahmās Auftrag" und „die Lebewesen der drei Welten" genügten, um das Gesamtbild zu zeichnen. Die Menschen verstanden natürlich, dass von den feinstofflichen Schöpferwesen nicht direkt grobstoffliche Pflanzen und Tiere hervorgingen, sondern dass hier mit wenigen Worten eine von Dimensionswelt zu Dimensionswelt schrittweise entfaltete Schöpfung (Involution) beschrieben wird: „entstanden die Lebewesen des gesamten Universums" *(yat-prasūtam idaṁ jagat).* Mit *jagat* ist nicht nur das physikalische Universum gemeint, sondern der gesamte multidimensionale Kosmos.

Die Ur-Generationen und die De-Generationen

Die vielen Urformen von Einzellern, Pflanzen und Tieren erschienen in ihren jeweils ersten Generationen mit einer perfekt „programmierten" Genstruktur, die alle späteren Formen von Variation und Adaption bereits in sich enthielt. Der Artbegriff muss im Kontext der Involution anders definiert werden als in der konventionellen materialistischen Biologie. Von der Paläontologie wissen wir, dass in den früheren Erdepochen eine größere Vielfalt von Pflanzen- und Tiergattungen existierte als heute. Heute leben z. B. nur noch vier Kategorien von Großprimaten auf der Erde: Schimpansen, Gorillas, Orang-Utans und Gibbons. Die Fossilien zeigen, dass früher viele weitere Großprimatengattungen existierten, die heute alle ausgestorben sind, hauptsächlich aufgrund von Katastrophen, die in der Forschung als „Flaschenhalsereignisse" bezeichnet werden. (Ebenso verhält es sich mit den Menschen. In den früheren Epochen existierte eine viel größere Vielfalt an Menschenlinien als heute, aber das hat nichts mit ausgestorbenen Großprimaten zu tun, denn diese waren keine Menschenvorfahren!)

Die ursprünglichen Formen von Pflanzen und Tieren waren nie primitiv, im Gegenteil: Sie trugen die vollständige Geninformation ihrer Gattung/Art in sich – mit dem Potential für eine praktisch unendliche Vielfalt von Unterarten und Rassen (gemäß Adaption und Variation) sowie auch für Zuchtformen. Mit der Verzweigung in spätere Formen ging immer auch eine Verringerung der genetischen Information einher, weil die Entstehung eines Zweiges eine Selektion und damit eine Reduktion der genetischen Information bedeutet. Aus den Urformen können die späteren Formen entstehen, aber aus den späteren Formen nicht die Urformen, zumindest nicht auf natürlichem Weg. Verglichen mit den Urformen sind die heutigen Formen de-generiert (im neutralen Sinn dieses Wortes).

Alle Schöpfungsberichte der Welt enthalten Hinweise auf die Entstehung der Arten über Urformen. So finden wir am Anfang der Bibel, im ersten Kapitel des Buches Genesis, die Auffälligkeit, dass immer wieder betont wird, Gott (Elohim) habe die Lebewesen „in ihrer jeweiligen Art" geschaffen. Im hebräischen Original wird diese Formulierung in fünf Versen zehnmal wiederholt.* Das hebräische Wort, das als „Art" übersetzt wird, lautet *mîn* und wird dort nur im Singular verwendet, also nicht „Elohim schuf die verschiedenen Arten von Lebewesen", sondern „Elohim schuf die Lebewesen in ihrer jeweiligen Art", d.h. Urform. Wegen dieser Formulierung meinten die Bibeltheologen bis ins 19. Jahrhundert, dass die Arten „konstant" seien. Die Wissenschaft konnte jedoch leicht nachweisen, dass die Arten sich verändert haben. Die Theorie von der Konstanz der Arten entsprang offensichtlich einer falschen Interpretation des Wortes *mîn*. „In ihrer jeweiligen Art" bedeutet, dass Pflanzen und Tiere in vielen gegeneinander abgegrenzten Fortpflanzungsgruppen entstanden. In kreationistischen Kreisen wurde für *mîn* der neue Begriff „Grundtyp" geprägt (im Englischen *created kinds*, hebr. *baramîn*),[86] aber hier besteht noch ein großer Bedarf an Forschung in einem ganzheitlichen Zusammenhang.

Was ist der Unterschied von Tier und Mensch?

Gemäß dem Erklärungsmodell der Involution entstand der Mensch durch eine direkte Materialisation von „adamischen" Lichtwesen. Die Tiere, Pflanzen, Pilze, Algen und Mikroorganismen (Mikroben) entstanden durch eine indirekte Materialisation von Lichtwesen, d.h. durch eine interdimensionale Projektion oder projizierte Materialisation. Die entsprechenden Schöpferwesen projizierten „prototypische" Urbilder der jeweiligen Pflanzen- und Tierformen in die Dimension der organischen Materie, was eine geistige In-Formation der Materie bedeutete und zur Entstehung der spezifischen Körperformen führte.

Tiere, Pflanzen, Pilze, Algen und Mikroben sind *Kollektivwesen* und müssen weder „lernen" noch „sich geistig entwickeln", weil sie eine ganz andere Aufgabe haben als die Menschen. Sie dienen dem Schöpfungsgleichgewicht auf eine instinktiv-perfekte Weise, und sie haben kein Karma. Deswegen kann die kosmische Seele (Paramātmā) diese Lebewesen durch das Informationsfeld der jeweiligen Schöpferwesen direkt lenken und „für sie entscheiden". Sie alle leben und „funktionieren" auf eine göttlich-natürliche Weise „automatisch": Sie können nicht gegen die Schöpfung verstoßen oder anders leben, als ihre Art es ihnen vorgibt.

---

* In Genesis 1,11 steht diese Formulierung einmal, in 1,12 zweimal, 1,21 zweimal, in 1,24 zweimal und in 1,25 dreimal.

Im Unterschied zu ihnen sind die Menschen und die höherdimensionalen Wesen *karmische Wesen:* Wesen mit Entscheidungskraft, freiem Willen und Verantwortung. Sie erzeugen Karma und sind gefordert, nicht in Karma-Bindungen zu geraten bzw. sich von Karma-Bindungen zu lösen, d. h. aus materiellen und spirituellen Erfahrungen zu lernen.

Die Natur mit ihrer Vielfalt von Lebewesen zeigt dem Menschen das immanente Wirken der Schöpferintelligenz und weist auf den transzendenten Urgrund der Materie hin. Jede Tier- und Pflanzenart verkörpert eine einzigartige energetische Frequenz, die zur gesamten Schöpfungssymphonie gehört, weshalb das Ausrotten von Tier- und Pflanzenarten Schäden verursacht, die nicht nur materiell zu ermessen sind. Die Herausforderung für uns Menschen besteht darin, das Vorbild der Natur richtig zu verstehen. Wir schätzen und lieben die „anderen" Lebewesen und erkennen, dass sie in Harmonie mit der Natur leben und ihre Schöpfungsaufgabe erfüllen, wenn auch unbewusst und ohne Wahl. Die einzigen, die gegen die Schöpfung und gegen ihr eigenes Wesen handeln können, sind die karmischen Wesen: die Menschen und auf einer höheren kosmischen Stufe auch die Schöpferwesen, weswegen Engel und „gefallene Engel" unterschieden werden.

Grausame Natur?

Die Erwähnung der (relativen) Vollkommenheit der Pflanzen- und Tierwelt provoziert häufig den Einwand, dass die Natur grausam sei, weil dort das Prinzip „Fressen und Gefressenwerden" herrsche. Das ist jedoch eine Projektion menschlicher Vorstellungen und Emotionen auf die Natur und damit eine Verwechslung der Ebenen. Wenn z. B. ein Gepard eine Gazelle jagt und erlegt, ist dies nicht grausam, weil Tiere ein anderes „Bewusstsein" und eine andere Wahrnehmung haben als die Menschen. Auf der Ebene von anatomischen und biologischen Kriterien bestehen zwischen Tieren und Menschen viele Parallelen, aber als Gesamtes gesehen – und aus ganzheitlicher Sicht – sind sie kategorisch verschieden, denn Tiere gehören zur Kategorie der Kollektivwesen, Menschen zur Kategorie der karmischen Wesen.

Bei den Tieren geht es immer um das Überleben des Kollektivs, nie um Individualität. Wenn bei gewissen Arten im „Kampf ums Überleben" eine große Anzahl von Tieren bzw. Jungtieren ums Leben kommt, sollten wir daraus nicht den Schluss ziehen, hier wirke keine höhere Intelligenz. Angesichts der vielen einzelnen Tiere, die aufgrund extremer Anforderungen und/oder Umweltbedingungen ums Leben kommen, ist es oftmals ein Wunder, dass überhaupt irgendeines dieser Tiere überlebt – und *darin* zeigt sich die perfekte „instinktive“ Koordination der Tierwelt (und der gesamten Natur) durch den Paramātmā. Im Anhang wird dies anhand mehrerer Beispiele illustriert, insbesondere der Kaiserpinguine in der Antarktis, der Monarchfalter und der Wasserschildkröten.

Exkurs: Selektion und Zufall in der Natur

Die Tatsache, dass im „Kampf ums Überleben“ oftmals viele Tiere/Jungtiere ums Leben kommen, macht eine philosophische Erklärung erforderlich. Wie ist diese (scheinbare) Allpräsenz des Todes in der Natur zu erklären, und was bedeutet sie? Wir bekommen heute fast nur zwei Arten von Antworten, und beide entspringen – wie dies für das Kali-Yuga typisch ist – derselben Spaltung und stellen zwei Arten von Einseitigkeiten dar. Auf der einen Seite der Spaltung steht der Materialismus/Atheismus, auf der anderen der Fundamentalismus/Dogmatismus.

Materialistische Gläubige verwischen die Grenze zwischen Mensch und Tier und sagen, der Mensch sei ein Tier (Säugetier) und habe – genau wie die Tiere – kein Leben nach dem Tod; die ersten Lebewesen seien durch „Zufall und Notwendigkeit“ aus leblosen organischen Strukturen entstanden, und der Tod sei die Triebfeder der Evolution; „Selektion“ bedeute, dass von Natur aus die meisten „Linien“ aussterben bzw. nicht überleben.

Religiös-dogmatische Gläubige sagen, das „Fressen und Gefressenwerden“ gehe auf den Sündenfall von Adam und Eva zurück, der auch die Tiere und Pflanzen in einen gefallenen Zustand versetzt habe; durch diese Ursünde sei der physische Tod in die Schöpfung gekommen.

Was sagt eine ganzheitliche Betrachtungsweise? Wie bereits erwähnt, geht es bei den Tieren – und erst recht bei den Pflanzen – immer um das Überleben des Kollektivs, und dies bedingt bei vielen Tierarten, dass jede Generation eine hohe Anzahl von Nachkommen erzeugt. Weil „Individualität“ bei den Tieren kein Kriterium ist, müssen wir auch in wissenschaftlicher Hinsicht erkennen, dass Tiere und Menschen unterschiedliche Schöpfungskategorien darstellen, die nicht gleichgesetzt werden dürfen. Ansonsten entstehen falsche (einseitige) Auffassungen über das Wesen des Phänomens „Leben“ und auf einer geheimeren Ebene auch gefährliche bis diabolische Doktrinen über Moral und elitäre Privilegien.

Hier einige bekannte Beispiele für Massentode im Daseinskampf von Tieren: Die großen Gnu-Herden in der Serengeti überqueren auf ihren jährlichen Wanderungen regelmäßig Flüsse, die bei hohem Wasserstand Todesfallen sind (Krokodile, die reißende Strömung, die streckenweise hohen Uferböschungen). Die Population der Lemminge steigt aufgrund der kurzen Vermehrungszeit innerhalb weniger Jahre um ein Tausendfaches an, weshalb sporadisch große Gruppen von Lemmingen auf Wanderung gehen, was für viele den Tod bedeutet.* Oder aus den Beispielen im Anhang: Zahlreiche Eltern- und Jungpinguine sterben aufgrund von Kälte und Auszehrung oder durch natürliche Feinde. Im Hochland von Mexiko überwintert jedes Jahr eine halbe Milliarde Monarchfalter auf Bäumen, wobei Stürme manchmal Äste abbrechen und Millionen dieser Schmetterlinge, die sich in Winterstarre befinden, in den Tod stürzen. Jährlich schlüpfen mehrere Millionen Wasserschildkröten an Meeresstränden, und nur schon in den ersten Stunden kommt rund die Hälfte von ihnen ums Leben.

Angesichts der hohen Anzahl von Tieren, die ums Leben kommt, wäre es ein kategorischer Fehler, den tierischen Daseinskampf mit menschlichen Projektionen zu beurteilen, weil dadurch die oben erwähnten Trugschlüsse „religiöser" und „wissenschaftlicher" Art entstehen. Was sind die Gründe, die bestimmen, welche Tiere sterben und welche überleben? Wenn die Wissenschaftler die Faktoren Selektion und Zufall als Kriterien verwenden, ist dies nicht falsch, nur müssen diese Faktoren am richtigen Ort erkannt werden, und sie sollten nicht einer materialistischen Interpretation „zum Opfer fallen". Selektion und Zufall sind tatsächlich Faktoren in der Natur. Wenn die schwächsten oder langsamsten Tiere zur Nahrung für andere Tiere werden oder anderweitig ums Leben kommen, ist dies *Selektion*. Der Faktor *Zufall* entscheidet in der Frage, welche gesunden Tiere erbeutet werden, z. B. wenn ein großer Fisch in einen Schwarm von kleinen Fischen hineinschwimmt und sich einzelne Fische schnappt, wenn Raubvögel aus der Luft auf die Meeresoberfläche hinunterschießen und Fische oder junge Schildkröten erbeuten, usw. Das gleiche gilt auch für die Pflanzenwelt, wenn Tiere Keimlinge oder junge

* Dass Lemminge sich in einem Massenselbstmord von Klippen stürzen, ist eine Falschdarstellung, die hauptsächlich auf den Disney-Film *White Wilderness* (1958) zurückgeht, weil darin eine solche Szene zu sehen war. Dies war jedoch ein „special effect", weil Hunde die Lemminge jagten, was im Film nicht zu erkennen war. Die Redewendung „wie die Lemminge" beruht also auf einer manipulierten Reportage und wird der inhärenten Intelligenz der Tierwelt nicht gerecht.

Baumsprösslinge fressen und dadurch „töten". Der göttliche Plan ist, dass die Tiere und Pflanzen *als Kollektiv* überleben, was in der Natur auf perfekte Weise in Erfüllung geht. Aber welche *einzelnen* Tiere und Pflanzen sterben bzw. gefressen werden, ist Selektion oder Zufall.

Der vielfach missverstandene Begriff Zufall bedeutet nicht etwa „außerhalb der göttlichen Ordnung" oder gar „ohne Ursache". Alles hat eine Ursache. Wenn in der Natur Fische, Gnus, Lemminge, Mäuse, Mücken usw. erbeutet werden, sind die Ursachen offensichtlich: die Nahrungskette und das ökologische Gleichgewicht. In Bezug auf die Tier- und Pflanzenwelt bedeutet Zufall, dass keine höhere Absicht oder Sinngebung entscheidet, welche einzelnen Tiere und Pflanzen gefressen werden. Um es nochmals zu betonen: Wir sprechen hier von der Tier- und Pflanzenwelt, nicht von der Menschenwelt!

Wir sagen häufig: „Nichts ist Zufall", und meinen damit einfach: „Nichts geschieht ohne Ursache", was natürlich stimmt. Als philosophischer Begriff bedeutet *Zufall* jedoch nicht „ein Geschehnis ohne Ursache" (was eine absurde Definition wäre, denn jedes Geschehnis hat eine Ursache), sondern *ein Geschehnis ohne determinierten Grund.* In diesem Sinn ist Zufall Teil der göttlichen Ordnung und Ganzheit. Die Ganzheit beinhaltet auch den Faktor „Zufall", sonst wäre sie nicht ganz und vollständig (allumfassend).

Gemäß deterministischen Weltbildern gibt es keine Geschehnisse, die ohne determinierten Grund „zufallen". Der Determinismus besagt, dass alle Ereignisse durch Vorbedingungen eindeutig festgelegt sind (von lat. *determinare:* „im Voraus bestimmen, festlegen, begrenzen"; und *determinatus:* „im Voraus bestimmt, festgelegt"). Die esoterische Form des Determinismus sagt: „Im Überlebenskampf kommen nur jene Tiere und Pflanzen ums Leben, für die ein solches Ende prädestiniert ist, nämlich durch das Karma der Seele des jeweiligen Lebewesens. Menschen, die Gewalt gegen Tiere ausüben oder auch nur Fleisch essen, können unter Umständen als Tiere wiedergeboren werden, um dasselbe Tierschicksal zu erleiden, sei es durch Menschenhand oder durch ‚natürliche Feinde', damit sie lernen, den Naturgesetzen entsprechend zu leben." Deterministische Karma-Theorien dieser Art sind problematisch, weil sie das Prinzip der Prädestination verabsolutieren und noch einen weiteren Fehler machen (siehe nächster Abschnitt). Sie implizieren, dass ein reinkarnierendes Wesen durch Gewalt und Tötung höhere Einsichten bekomme. Wenn dies bei Tieren stimmen würde, dann erst recht bei den Menschen, die ihre Situation ja bewusst wahrnehmen – was bedeuten würde, dass

Kriege, Massaker usw. in erster Linie „Lernerfahrungen" der Opfer wären. (Was sollen Mücken, Mäuse, junge Schildkröten usw. „lernen", wenn sie gefressen werden? Auch bei Schlachttieren müssen nicht *sie* etwas lernen, sondern die Menschen ...)

In der Tier- und Pflanzenwelt geschieht vieles ohne determinierten Grund, obwohl alles eine Ursache hat. Wir dürfen die Gesetze von „Ursache und Wirkung" und „Aktion und Reaktion" nicht gleichsetzen, was der Determinismus jedoch tut. „Ursache und Wirkung" kann als *absolute Polarität* bezeichnet werden, weil alles diesem Prinzip folgt, nicht nur das Materielle, auch das Spirituelle (dort gemäß *spiritueller* Kausalität). „Aktion und Reaktion" kann als *relative Polarität* bezeichnet werden: Jede Aktion verursacht eine Reaktion, aber nicht alles, was geschieht, ist eine Reaktion auf eine Aktion, zumindest keine direkte. Wenn z. B. Fische in der Nähe der Wasseroberfläche schwimmen und ein Raubvogel einen von ihnen packt, hat dieser eine Fisch keine Reaktion auf eine Aktion erfahren, jedoch die Wirkung einer Ursache. (Ansonsten müsste jeder Fisch, der in der Nähe der Wasseroberfläche schwimmt, wegen dieser „Aktion" dieselbe „Reaktion" erfahren.)

Die differenzierte Betrachtung von Aktion und Reaktion ist noch viel wichtiger in Bezug auf das Leben der Menschen, wo das Gesetz des Karma (Aktion und Reaktion *als geistiges Prinzip*) mitwirkt. Nicht alles, was Menschen zustößt, ist karmisch determiniert, das heißt, nicht alles ist die Folge einer eigenen Aktion. Aber alles ist die Folge einer Ursache, und die Ursachen sind immer unterschiedlich. (Nostradamus nennt dies *les principes de la première cause,* „die Prinzipien der ersten Ursache", und erwähnt grundlegend drei Prinzipien, die als erste Ursache in Frage kommen; siehe *Gott und die Götter,* S. 245f.).

Die Frage der Reinkarnation

Menschen gehören zu den karmischen Wesen, die Tiere, Pflanzen usw. nicht. So stellt sich die Frage, ob die Seelen der nicht-karmischen Wesen genauso reinkarnieren wie die „Menschenseelen". Die esoterischen, schamanischen und spirituell-religiösen Traditionen der Welt beantworten diese Frage unterschiedlich. Die meisten bejahen sie und sagen: Die Seele steigt „evolutionär" auf, angefangen bei den Mikroben und Einzellern – da ja auch diese Organismen beseelt sind –, geht dann durch Pflanzen- und Tierkörper und inkarniert irgendwann als Mensch. Einige sagen, dass die Seele, wenn sie die Stufe des Menschen erreicht hat, nicht mehr zurückfallen und als Tier oder Pflanze geboren werden könne. Andere sagen, dass auch dies möglich sei, wenn eine Seele dies wolle oder die Lektion benötige, gemäß den Naturgesetzen handeln zu *müssen*.

Sind Tiere, Pflanzen usw. reinkarnierende Ātmās, die durch zahllose Lebensformen wandern, bis sie als Mensch geboren werden? Sind einige sogar zurückgefallene „Menschenseelen"? Warum müssen die Seelen zuerst als Mikroben, Algen, Pilze, Pflanzen und Tiere geboren werden, bevor sie als Menschen inkarnieren? Die Antworten der einzelnen Schulen gehen hier auseinander, und sie alle haben ihre Berechtigung und Logik, aber auch ihre Tücken, wenn sie nicht auf einer ganzheitlichen Sicht beruhen. Andere Erklärungen gehen davon aus, dass die Kollektivwesen nicht reinkarnieren, sondern mit einer Gruppenseele verbunden sind. Was damit gemeint ist, wird im Folgenden dargelegt.

Allgemein zur Frage „Reinkarnation oder keine Reinkarnation?" sei gesagt, dass alle Versuche, spirituelle Realitäten mit Theorien des menschlichen Intellekts zu beschreiben, immer nur unvollständig und „perspektivisch" sein können. Deshalb sollten wir die unterschiedlichen Lehren und Ansichten nicht zu Dogmen mit Absolutheitsansprüchen erheben, wie dies in fundamentalistischen und materialistischen Ideologien der Fall ist. Es ist nicht entscheidend, ob man an Reinkarnation glaubt oder nicht, denn das Leben findet immer im Jetzt statt. Man kann gottesbewusst und gottverbunden sein, ohne die Perspektive der Reinkarnation in Betracht zu ziehen. Wer jedoch wahrhaft gottesbewusst ist, würde Menschen, die an Reinkarnation glauben, nie verurteilen oder gar verteufeln. Unsere Welt ist eine Welt der Relativität und wird von uns immer nur durch relative Perspektiven gesehen, vor allem auch hinsichtlich des Lebens der ewigen Seele in der vergänglichen Welt. Im Bild von der Linie und der Fläche heißt dies: Geburt und Tod finden nur auf der Linie statt und nicht auf der Fläche.

Kollektivwesen und Gruppenseelen

Die Menschen entstanden durch eine direkte Materialisation von Lichtwesen, die nicht-karmischen Wesen durch eine indirekte, projizierte Materialisation, das heißt, die Mikroben, Algen, Pilze, Pflanzen und Tiere entstanden, indem Schöpferwesen die entsprechende In-Formation in die organische Materie eingaben. Das Bewusstseinsfeld dieser Schöpferwesen ist interdimensional und für uns Menschen unvorstellbar. Betrachten wir unser eigenes Bewusstseinsfeld, das den gesamten Körper mit seinen rund 75 Billionen Körperzellen beseelt und koordiniert. So wie wir mit diesen Billionen von Zellen auf eine unbewusste Weise verbunden sind, sind die Schöpferwesen der Tiere, Pflanzen usw. mit „ihren" Millionen oder Billionen von Lebewesen auf eine *bewusste* Weise verbunden. Die Schöpferwesen werden nicht persönlich zu Mikroben, Algen, Pilzen usw., sondern durchdringen und beleben das kollektive Feld der jeweiligen Lebewesen mit ihrem Bewusstsein, d. h. mit ihren „Seelenanteilen". Diese Perspektive führt zur Theorie der Gruppenseelen.

Die Erklärung, dass alle Lebewesen reinkarnierende Ātmās sind, und die Erklärung mit den Gruppenseelen können als komplementär aufgefasst werden, vor allem weil sich Fragen über das Leben nach dem Tod bzw. Leben außerhalb der Physis auf Bereiche beziehen, die jenseits des materiellen Verstandes sind: die Unendlichkeit der Materie und die Ewigkeit der Seele. Der feinstoffliche Kosmos ist noch viel „unendlicher" als der grobstoffliche und kann mit unseren irdischen Erklärungsmodellen nur annähernd beschrieben werden. Das Leben in der feinstofflichen Welt ist „transrational" und sollte nicht auf intellektuell-theoretische Konzepte beschränkt werden. Die beiden erwähnten Erklärungen sind vom Konzept her verschieden, aber führen zu denselben hohen ethischen Prinzipien, auch hinsichtlich des Umgangs mit den Tieren, und dazu gehört die dringliche Empfehlung einer vegetarischen bzw. veganen Ernährungsweise.

Gemäß der Erklärung mit den Gruppenseelen sind Tiere, Pflanzen, Einzeller und Mikroben unterschiedliche Kategorien von Kollektivwesen, die von einem übergeordneten Schöpferwesen sowohl geschaffen als auch beseelt werden. Das Schöpferwesen ist die „Seele" jener Gruppe von Lebewesen, die es geschaffen hat und für die es als koordinierende Kraft zuständig ist. Sie beseelen die von ihnen geschaffenen Lebewesen mit geistigen Fraktalen über das verbindende Informationsfeld (Stichwort „holografisches Universum"). In jedem Tier, in jeder Pflanze, in jedem Einzeller und in jeder Mikrobe ist der schöpfende Geist des entsprechenden Deva-Wesens gegenwärtig, in Harmonie mit dem allgegenwärtigen Geist Gottes, dem kosmischen Gesamtbewusstsein (Paramātmā).

Die Frage, ob Seelen, die die Menschenstufe erreicht haben, wieder in Tier- oder Pflanzenkörper zurückfallen können, stellt sich in der Gruppenseelentheorie nicht, weil sie die Kollektivwesen nicht als evolvierende Seelen auf einer niedrigen Reinkarnationsstufe sieht. Nur die karmischen Wesen sind reinkarnierende Seelen: die Menschen und die höherdimensionalen Wesen (Devas, Upadevas, Asuras usw.). Jene Devas, die als feinstoffliche Schöpferwesen auch grobstoffliche Kollektivwesen hervorbringen, werden dadurch zur Gruppenseele ihrer irdischen Geschöpfe. Im Gegensatz zu den karmischen Wesen bedürfen Tiere, Pflanzen usw. keiner „Erlösung" oder „Entwicklung", weil sie nie von der Quelle getrennt sind. Sie erfüllen ihre Funktionen innerhalb der Natur in perfekter Entsprechung mit den kosmischen Schöpferintelligenzen, aus denen sie ursprünglich hervorgegangen sind.

Die Aussage, dass die Kollektivwesen keine eigenständigen Ātmās sind, die reinkarnieren und aufsteigen „müssen", vermindert ihre Bedeutung in keiner Weise. Jedes Tier, jede Pflanze usw. ist als „Fraktal" einzigartig, und durch jedes dieser Wesen kommt das Schöpferbewusstsein des jeweiligen Deva-Wesens zum Ausdruck: bei den einfachen Lebensformen sehr beschränkt, aber nicht minder perfekt, bei den „höheren" Tieren sehr differenziert und mit einer eigenen charakterlichen Prägung (zur Ermöglichung einer Gruppendynamik/Gruppenstruktur sowie als Reaktion auf Artgenossen und Umweltfaktoren und auf die Menschen, mit denen sie in Kontakt sind). Wenn wir sehen, welche Formen von künstlicher Intelligenz (Roboterwesen usw.) die heutige Technik zu schaffen vermag, bekommen wir einen schattenhaften Eindruck vom Wirken der höherdimensionalen Schöpferwesen, die *organische Lebewesen* schaffen: Lebewesen, die sich selbst reproduzieren, die dank einer instinktiven Intelligenz perfekt „funktionieren" und sich selbst „reparieren", ja durch Adaption sogar transformieren, um so auf Veränderungen in den Lebensbedingungen bestmöglich zu reagieren.

Der Mensch im Spiegel der Pflanzen und Tiere

Die Natur könnte sehr gut ohne den Menschen existieren, denn im ökologischen Gleichgewicht erfüllen alle Lebewesen ihre Funktionen auf perfekte Weise. Die Natur entstand mit einem höheren Sinn – und nicht aus Zufall oder aus einem Nichts. Sie ist das Schöpfungswerk kosmischer Intelligenzen, die dem göttlichen Schöpfungsplan dienen (siehe Anhang 3).

Tiere und Pflanzen sind „Botschafter" der höheren Welten und erinnern uns an den Schöpfungsplan – wenn wir die symbolische Sprache der Schöpfung verstehen. Spirituell gesprochen: Die Tiere und Pflanzen sind aus der Liebe Gottes heraus entstanden und leben als nichtkarmische Wesen auf der Erde, einerseits als Garanten und Hüter des ökologischen Gleichgewichts, andererseits auch als Spiegel und Prüfung für den Menschen. Wir Menschen haben einen freien Willen, und eine der Prüfungen unserer Mentalität besteht darin, wie wir mit den Tieren umgehen: Sehen wir sie als minderwertige Statisten, die „man" ausbeuten und töten darf? Oder sehen wir sie als Geschöpfe mit einem geistigen Hintergrund? Erkennen wir sie als Ausdruck der göttlichen Schöpfungskraft und als Repräsentanten ihrer Schöpferwesen?

In früheren Yugas hatten die Menschen einen direkten Kontakt mit den höheren Welten, aber im Kali-Yuga ging diese bewusste Wahrnehmung verloren. Deshalb begannen die Wesen der höheren Welten, über mediale und andere, mittelbare Wege mit den Menschen zu kommunizieren. Eine besondere Rolle kommt den Haustieren zu. Bezeichnenderweise sind diese erst mit dem Beginn des Kali-Yugas „entstanden". Das Verhältnis der Menschen zu den Haustieren hat verschiedene Ebenen. Viele Menschen verwenden Haustiere als Projektionsfläche für eigene emotionelle Defizite, wenn nicht sogar als Ersatz für menschliche Beziehungen. Tiere erfüllen auf dieser Ebene eine wichtige „therapeutische" Funktion. Einige spiegeln auch Gemütszustände und innere Themen der Menschen, in deren Energiefeld sie leben, weil sie dieses Feld auf eine „bioresonante" Weise reflektieren.

Ein weiterer Aspekt offenbart sich durch die Erkenntnis, dass die Tiere und Pflanzen Repräsentanten ihrer Schöpferwesen sind und ihnen als „Kanal" dienen. Sie sprechen wortlos zu uns, sind immer im Hier und Jetzt und leben in vollkommener Harmonie mit der Schöpfung. Durch die Natur mit all ihren Pflanzen und Tieren haben wir immer auch eine Verbindung zu den Schöpferwesen. Hier eröffnet sich ein faszinierendes Feld der Forschung und der lebendigen Kommunikation mit der gesamten Natur!

Kosmischer Geist, beseelte Natur

Die Weisheitsschulen in Ost und West sind sich der lebendigen Vernetzung der Natur bewusst. Sie erkennen die Heiligkeit (göttliche Ganzheit) aller Lebewesen. Von nordamerikanischen Traditionen kennen wir Begriffe wie *Manitu* und *Wakan-Tanka,* die praktisch die gleiche Bedeutung haben wie die Sanskritbegriffe Paramātmā und Viṣṇu.

Das folgende Zitat stammt aus einer europäischen Mysterientradition, konkret: aus einem Zweig der Rosenkreuzer. Der Gruppen-Deva wird hier als „Gruppen-Geist" (= Gruppenseele) bezeichnet:

> Es gibt nicht etwas so Unbestimmtes wie einen „blinden" Instinkt. Es ist nichts „Blindes" an der Art, wie der Gruppen-Geist seine Glieder lenkt, es ist *Weisheit* darin. Wenn der geübte Hellseher sich in der Empfindungs-Welt betätigt, kann er mit diesen Gruppen-Geistern der Tierarten verkehren und erkennt, dass sie viel intelligenter sind als ein großer Prozentsatz der Menschen. Er kann sehen, mit welcher Einsicht sie die Tiere, die ihre physischen Körper sind, führen. Der Gruppen-Geist ist es, der in der abnehmenden Jahreszeit seine Vogelscharen sammelt und sie veranlasst, in den Süden zu ziehen, nicht zu früh und nicht zu spät, um dem Eishauche des Winters zu entfliehen; der ihre Wiederkehr im Frühling lenkt und sie in der richtigen Höhe fliegen lässt, die für jede der einzelnen Arten eine andere ist. Der Gruppen-Geist des Bibers lehrt ihn, seine Dämme durch den Strom genau im richtigen Winkel zu ziehen. Er zieht die Schnelligkeit der Strömung in Betracht, beobachtet alle Umstände wie ein geübter Ingenieur und zeigt sich in jeder Einzelheit des Handwerks ebenso geschult wie der technisch gebildete Mensch. Die Weisheit des Gruppen-Geistes ist es, die die Biene ihre Zellen mit solcher geometrischer Genauigkeit im Sechseck bauen lässt. [...] Wohin man blicken mag – Weisheit, Weisheit, so großzügig, dass der wirklich ernsthafte Beobachter mit Verwunderung und Ehrfurcht erfüllt ist.[87]

„Wohin man blicken mag – Weisheit, Weisheit, so großzügig, dass der wirklich ernsthafte Beobachter mit Verwunderung und Ehrfurcht erfüllt ist." Wenn die Menschen die göttliche Genialität in der Schöpfung wahrnehmen und auf sich wirken lassen würden, täten sie vieles nicht, was heute als „normal" gilt. Die Botschaft der Tier- und Pflanzen-Devas steht deutlich hörbar im Raum, und man muss nicht medial begabt sein, um diese Botschaft zu empfangen ...

Alle Tiere und Pflanzen sind „Kinder" von Mutter Erde, und der Begriff „Mutter Erde" ist nicht nur bildlich gemeint. Auch die Erde ist ein beseeltes Wesen. Die Göttin des Erdplaneten wird im Sanskrit Bhūmi genannt, im Griechischen Gaia. Mutter Erde erfüllt vielfache Funktionen, unter anderem ist sie die Gruppenseele der Kühe. Was die Menschen den Kühen antun, tun sie auch der Erde und sich selbst an. Dasselbe sagten die nordamerikanischen Ureinwohner über die Bisons. Wir dürfen also annehmen, dass Mutter Erde auch die Gruppenseele der Bisons ist.

Die Kühe repräsentieren Mutter Erde, weshalb die indische Kultur betont, dass Kühe heilig sind. Das Sanskritwort für „Kuh" ist *go*. Vielleicht besteht hier über die indoeuropäische Sprachverwandtschaft sogar eine Verbindung zum Namen *Gaia*. Wie wir heute mit den Kühen umgehen, beeinflusst direkt unser Schicksal, denn sie sind „persönliche" Repräsentationen von Mutter Erde. (Um diesen Zusammenhang zu illustrieren, rufe ich in Kapitel 11 das weltweite Milchwunder vom 21.9.1995 in Erinnerung. Dies war ein stilles Zeichen der Devas, das eine deutliche Botschaft vermittelte, aber niemanden zu einer Erkenntnis zwang.)

Die Intelligenzen hinter den „modernen" Energien

Alle ursprünglichen und natürlichen Schöpfungen gehen auf das Wirken der Elohim-Lichtwesen zurück. Alle schöpfungswidrigen und lebensfeindlichen Strukturen gehen auf das Wirken von negativen Kräften zurück. Und die Menschen – weil sie im Bereich leben, wo die Licht- und Dunkelwelten sich berühren – stehen vor der Wahl, auf welche Weise sie aktiv und erfinderisch sein wollen: zum Wohl von Mensch und Natur oder im Widerspruch dazu?

Die gegenwärtige Zivilisation ist von industriell generierten Energien abhängig, insbesondere von den unnatürlichen Formen von Elektrizität, Magnetismus und Nuklearenergie (Radioaktivität). Im 18. Jahrhundert begannen die herrschenden Mächte, die Technisierung und Industrialisierung zu fördern, um die Arbeiterklasse von einer Art der Versklavung in die nächste zu treiben. 1801 schrieb der visionäre deutsche Dichter Friedrich Hölderlin in seinem elegischen Gedicht *Der Archipelagus:*

> Aber weh! es wandelt in Nacht, es wohnt, wie im Orkus,
> Ohne Göttliches unser Geschlecht. Ans eigene Treiben
> Sind sie geschmiedet allein, und sich in der tosenden Werkstatt
> Höret jeglicher nur, und viel arbeiten die Wilden [modern: die Gestressten]
> Mit gewaltigem Arm, rastlos, doch immer und immer
> Unfruchtbar, wie die Furien, bleibt die Mühe der Armen.
> Bis, erwacht vom ängstigen Traum, die Seele den Menschen
> Aufgeht, jugendlich froh, und der Liebe segnender Odem
> Wieder, wie vormals oft, bei Hellas blühenden Kindern,
> Wehet in neuer Zeit [...]

Mit dem gesteigerten Kohle- und Metallabbau ging die Entwicklung von Wasserturbinen und Dampfmaschinen einher. Daraus folgte die Mechanisierung des Militärs (Maschinengewehre, Panzer, U-Boote, bombentragende Flugzeuge) und die Technisierung der Zivilisation, mit einer neuen, schicksalhaften Abhängigkeit: Erdöl. Elektrizität brachte künstliches Licht in die Nacht und in die Büroräume. Chemie und Physik wurden in eine profitbringende Richtung gelenkt. Bald griff der Mensch nach den innersten Strukturen der physischen Materie: in die Atome und in die Gene. Die Atomphysik wurde zur Quantenphysik, die im Jahr 1945 mit dem Abwurf der beiden Atombomben über Hiroshima und Nagasaki einen entscheidenden Meilenstein des „Fortschrittes" setzte.

Esoterik-Eingeweihte wiesen bereits im 19. Jahrhundert warnend darauf hin, dass untergegangene frühere Zivilisationen ihren technischen bzw. technomagischen Fortschritt in die falsche Richtung trieben und dadurch eine massive, fast totale Selbstzerstörung verursachten; die heutige Menschheit schlage nun erneut eine solche Richtung ein, ohne zu wissen, dass hier alte Fehler wiederholt werden – und dass früher bereits solche Zivilisationen existierten.

Das Wissen um diese „mythische" Vergangenheit ging jedoch nie gänzlich verloren. Alte Wissenstraditionen hielten die Erinnerung lebendig, in Europa z. B. die Rosenkreuzer und Freimaurer. Die Theosophin Helena Blavatsky erwähnt in ihrem Monumentalwerk *Die Geheimlehre* (1888) mehrfach das technische Wissen der alten Kulturen. Im Kapitel „Die kommende Kraft" berichtet sie, wie dieses Wissen im 19. Jahrhundert ansatzweise wieder entdeckt wurde, dass es diesen Erfindern aber nicht erlaubt war, über eine gewisse Grenze der Entwicklung hinauszugehen:

> [...] weil das, was er [einer dieser Erfinder] unbewusst entdeckt hat, die furchtbare siderische Kraft ist, welche den Atlantiern bekannt war [...] und von den indischen Rischis in ihrer Astra Vidya [„Waffen-Wissenschaft"] mit einem Namen bezeichnet wurde, den zu veröffentlichen wir nicht für gut finden. Die Kraft selbst ist eine Tatsache, an der man in Indien ebensowenig zweifelt wie an der Existenz der Rischis, da sie in allen geheimen Büchern erwähnt wird. [Im Zusammenhang mit der siderischen Kraft thematisiert die Autorin im selben Kapitel auch die sogenannte Vril-Kraft.]

Tatsächlich enthalten die altindischen Schriften viele Beschreibungen von Waffen und Kriegen, die für den heutigen Menschen in einem bedrohlichen Sinn futuristisch klingen. Besonders relevant ist das Epos *Mahābhārata,* in dem ein großer Krieg beschrieben wird, der vor 5200 Jahren stattfand. Der Atombombenphysiker Robert Oppenheimer (1904 - 1967) sagte deshalb, dass Explosionen im Ausmaß der Atombombe nur für die heutige Zeit neu seien. Er zitierte öfter die *Bhagavad-Gītā,* die Teil des *Mahābhārata* ist:

> „[Beim Anblick der ersten Atombombenexplosion:] Wir wussten, dass die Welt nicht mehr dieselbe sein würde. Einige lachten, einige weinten, aber die meisten schwiegen. Ich erinnerte mich an eine Zeile aus der Hindu-Schrift Bhagavad-Gita [...]: ‚Nun bin ich der Tod geworden, der Zerstörer der Welten.'"[88]

> „Wenn die Strahlung von Tausend Sonnen vereint zusammen am Himmel explodieren würde, dann wäre dies wie der blendende Glanz dieses Mächtigen, der sagte: Ich bin der Tod, der Zerstörer der Welten."[89]

Rudolf Steiner (1861 - 1925), ein langjähriger Vertreter der Theosophie, der dann die Anthroposophie gründete, warnte bereits zu Beginn des 20. Jahrhunderts vor den Gefahren einer lebensfeindlichen Technisierung der Welt: hinter der Elektrizität wirke der Geist des Luzifer, hinter dem Magnetismus der Geist des Ahriman und hinter der Nukleartechnik der Geist der Asuras (Steiner verwendet konkret dieses Sanskritwort). Ahriman ist die mittel- und neupersische Formulierung der altpersischen Namensform *Angru Mainyu*, „finsterer, zorniger Geist". Mythologisch ist er der Gegner des Sonnengottes *Ahūrā Mazdā*. Ahriman ist der Herr der Unterwelt und verkörpert den Geist der Schwere und der Finsternis; er ist der „Widersacher, der jeder Schöpfung seine verneinende Antischöpfung entgegensetzt".[90]

Während Ahriman als einseitige Kraft des „Zuwenig" bedeckend und herunterziehend wirkt, stellt Luzifer das andere Extrem dar: das Zuviel, die Übertreibung, die Hybris – was ursprünglich in seiner Rebellion gegen die Schöpfermacht Gottes zum Ausdruck kam.

> Ahriman und Luzifer haben *die höchste Macht über den Menschen, wenn der Mensch von ihnen nichts weiß*, wenn sie an ihm hantieren können, ohne dass er es weiß. [...] Es ist eigentlich erschreckend, in welch hohem Grade ahnungslos unsere heutige Naturforschung eine Dämonologie ist, eine Ausbeutung der Dämonen. Man muss sich dessen nur bewusst werden, denn auf die Bewusstheit kommt es dabei an – wir leben im Zeitalter der Bewusstseinsseele.[91]

Der auf Ausbeutung aufbauende Fortschritt wurde nur möglich durch die technische Nutzbarmachung der elektrischen und magnetischen Kräfte. Wenn der Mensch beginnt, die natürlichen Gleichgewichte zu stören, werden diese Kräfte zu verschlingenden, eigendynamischen Entitäten, die den Menschen zu immer weiteren Konzessionen zwingen. Der Aufwand, um diese technischen Produkte herzustellen und den Planeten an sie anzupassen, ist weitaus größer als ihr Nutzen, und ihre Produktion erfordert einen Raubbau an der Natur.

Hat der moderne Mensch dank Maschinen, Autos und Computern wirklich Zeit gewonnen? Die Ent-Täuschung ist heute auf schmerzliche Weise offensichtlich: Noch nie hatten so viele Menschen „keine Zeit"! Jemand stiehlt ihnen die Zeit, ohne dass sie es merken, und auch andere Freiheiten kommen abhanden. Aber Wissenschaft und Technik müssten nicht ahrimanisch und luziferisch sein. Der Mensch könnte auch lichtvolle und schöpfungsharmonische Technologien entwickeln, und diese wurden auch schon längst erfunden bzw. entdeckt. Aber sie wurden von technokratischen Magnaten aus bekannten Gründen unterdrückt und deren Anwendung verhindert. Einer der führenden Ufo-Forscher der heutigen Zeit, Dr. Steven Greer, schreibt: „Wir haben die Schwerkraftkontrolle seit 1954 gemeistert. Kostenlose saubere Energiesysteme hätten fossile Brennstoffe längst ersetzen können."[92]

Individuelle Beeinflussung durch negative Wesen

Gedanken erzeugen Gedankenbilder und Gedankenformen, genannt Elementale. Die prägende Kraft der mentalen Energie ist in allen esoterischen Wissenstraditionen der Welt bekannt, und wir bekommen entsprechende Warnungen, zum Beispiel:

> „Wir liefern durch niedrige Gedankenformen diesen asurischen Wesenheiten Nahrung. [...] Darin [in diesen niedrigen Gedankenformen] verkörpern sich solche asurischen Wesenheiten, die den Menschen dann herunterziehen können."[93]

Ein relativ harmloses Beispiel, das im ersten Kapitel (S. 43) erwähnt wurde, wird in diesem neuen Zusammenhang sehr illustrativ. Jemand sah während einer Nahtoderfahrung, wie ein „ganz gewöhnlicher Mann auf der Straße lief, und ohne dass es diesem bewusst gewesen wäre, sei einer von diesen bekümmerten Geistern über seinem Kopf einhergeschwebt. [...] Sie [die Astralwesen] wollten sich immer verständlich machen, aber es ging nicht, sie kamen nicht durch. Die Menschen schienen keine Ahnung zu haben von ihrer Existenz."

Was diesen „verstorbenen" Jenseitswesen, die in einer erdnahen Astralsphäre umherirren, nicht gelingt, gelingt den mächtigen negativen Astralwesen. Es gelingt ihnen aber nur bei jenen Menschen, die sich dieser Negativität gegenüber öffnen. Wenn die Menschen die Klarheit ihres Geistes, die Reinheit ihres Gewissens und die Natürlichkeit ihrer Lebensweise schwächen oder preisgeben, bedeutet dies aus astraler Sicht, dass ihr feinstofflicher Körper durchlässig wird; sie sind nicht mehr richtig mit dem grobstofflichen Körper verbunden, sie sind ver-rückt und „nicht mehr ganz dicht". Dadurch öffnen sich Tore für astrale Einflüsse. In gravierenden Fällen kann es geschehen, dass Menschen fremdbestimmt und besetzt sind oder sogar „die Seele verkaufen".

Auch die negativen Wesen dürfen nur reagieren, aber sie reagieren sehr schnell und arbeiten mit Manipulationen und Verführungen, damit die Menschen sich für ihre Einflüsse öffnen. Die negativen Kräfte sind von ihren irdisch inkarnierten Mittelspersonen abhängig, denn nur durch sie ist es ihnen möglich, auf der Erde einen konkreten Einfluss auszuüben.

Negative Astralwesen streben deshalb danach, Menschen zu besetzen und sich dienstbar zu machen, um Situationen zu schaffen, die es ihnen ermöglichen, noch mehr Energie abzusaugen. Dies tun sie beispielsweise, indem sie gewisse Politiker, Wirtschaftsleute und Finanzmagnaten feinstofflich manipulieren, damit Kriege entstehen. Überall, wo Blut fließt und Menschen oder Tiere einen gewaltsamen Tod sterben, sind solche unmenschlichen Wesen am Werk.

Blut ist feinstofflich stark angereichert, denn es ist der physische Träger der Lebensenergie. Deswegen wird in okkulten Geschichten oftmals beschrieben, dass der „Verkauf der eigenen Seele" mit Blut besiegelt wird. Die bekannteste Darstellung eines solchen Geschehens finden wir in Goethes *Faust – Der Tragödie Erster Teil.* Die diabolische Intelligenz namens Mephistopheles verlangt, dass Doktor Faust den Vertrag mit seinem Blut unterschreibe. Faust ist wegen der verführerischen Versprechen, die er bekommen hat, dazu sofort bereit:

Mephistopheles: Blut ist ein ganz besondrer Saft.
Faust: Nur keine Furcht, daß ich dies Bündnis breche!
Das Streben meiner ganzen Kraft
Ist grade das, was ich verspreche.

Was hier in klischeehafter Form als „Teufelspakt" dargestellt ist, ereignet sich in der konkreten Welt nicht selten und in unterschiedlichster Form: durch gute Bezahlung für das Vertreten einer vorgegebenen Meinung, durch subtile Magie, durch das Fördern von Ausbeutung usw. Es hat psychologische und charakterliche, aber auch astrale und „unsichtbare" Gründe, warum Menschen Unmenschliches tun oder unterstützen und schönreden, und das seit nunmehr fünftausend Jahren.

Fortschrittskritik und wirklicher Fortschritt

Oft wird gesagt, Götzendienst sei eine Sache der Vergangenheit. Aber auch die moderne Menschheit dient Götzen, und nicht minder blutrünstigen, zum Beispiel jenen, deren Geist zur heute alles beherrschenden Form von Technologie und „Fortschritt" geführt hat. Täglich werden diesen Götzen Tausende von Menschen geopfert, und die Menschheit nimmt dies irgendwie als selbstverständlich hin. Einer dieser Moloche ist der Verkehr. Mit jedem Tag, der anbricht, ist es garantiert, dass weltweit Tausende von Menschen – gesunde Männer und Frauen und viele Kinder – in Verkehrsunfällen getötet oder verletzt werden. Nicht zu unterschätzen ist auch der ganz gewöhnliche Alltag, der zahlreiche Menschen in den Selbstmord treibt: In der Schweiz sind es jährlich über 1000, weltweit rund 800 000 Menschen[94] – Tendenz steigend. Und dann auch die Kriege, die vielen Hungertoten, die Drogennetzwerke, die Organmafia, der Menschenhandel usw.

Viele Menschen reagieren empört und gereizt, wenn ihre Götzen derart kritisiert werden: „Sollen wir etwa zurück ins Mittelalter oder in die Steinzeit?" Dieser Einwand zeigt, wie fortgeschritten die Programmierung der Menschen bereits ist: Sie können sich gar nichts anderes mehr vorstellen als derartige Verhältnisse!

Bei der Kritik der heutigen Art von Technik geht es nicht um eine Rückkehr in die Steinzeit, sondern um *Fortschritt in ein Zeitalter des ganzheitlichen Gottesbewusstseins,* durch das die Menschen reif werden für neue Technologien, „alternative" Energiesysteme und spirituelle Lebensinhalte. Ein solches Zeitalter steht im Zyklus der Zeiten wieder bevor, und die negativen Mächte sind eingeladen, die Zeichen der Zeit zu erkennen und ihr Handeln zu hinterfragen, um letztlich den Schritt ins Licht zu vollziehen. Die Dunkelheit kann sich nicht selbst erhellen, sondern benötigt Licht, d. h. Menschen, die das Böse erkennen und durchschauen und gerade deshalb mit der Kraft der Liebe und des Verzeihens „Licht in die Dunkelheit" bringen. Wir können für alles, was gewisse Mitmenschen den Tieren, den Pflanzen, der Erde und anderen Menschen antun, Verantwortung übernehmen und stellvertretend für Ent-Schuldigung und Heilung beten. Das dunkle Zeitalter (Kali-Yuga) ist eine Zeit, in der das Getrennte und Gespaltene (das „Diabolische") wieder mit dem Licht und der göttlichen Quelle in Kontakt kommen kann. Dies ist die „epochale" Chance, die das Leben auf der Erde jedem Menschen bietet.

Kapitel 10

Magie, Religion und Spiritualität

Entgegen dem heute vermittelten Schulwissen und „Allgemeinwissen" ist die Existenz höherdimensionaler Welten und Wesen eine Realität, und es ist durchaus möglich, sie zu kontaktieren. Entsprechend den Motivationen bieten sich den Menschen unterschiedliche Kanäle und Methoden an. Eine erste mögliche Motivation ist Neugier und Faszination. Man möchte diese Wesen sehen und mit ihnen in Kontakt treten. Denn hier eröffnen sich Welten, in denen alle Arten von Wundern möglich sind. Darf man da nicht hoffen, diese Quellen für sich selbst nutzbar machen zu können? Man könnte ungeahnte Fähigkeiten erlangen, magische Kräfte, Reichtum, Macht, geheimes Wissen. Wer bleibt angesichts dieser vermeintlichen Gratisangebote selbstbeherrscht, selbstlos und wunschlos, frei von Ambitionen? Wer würde aus diesem Wissensvorsprung nicht irgendwelche Vorteile gewinnen wollen?

Wer nur seine Neugier befriedigen möchte, wird sich dem Spiritismus zuwenden und niedere Astralwesen beschwören. Wer nachhaltige Macht über die Materie wünscht, wird sich den anspruchsvollen Geheimwissenschaften zuwenden, die im Westen unter Begriffen wie Magie und Alchimie zusammengefasst werden. Interessanterweise leitet sich das moderne Wort „Chemie" vom Begriff Alchimie (auch: Alchemie) ab, also von einer alten Geheimwissenschaft, deren Namen auf den koptischen und altägyptischen Namen für Ägypten, *Kemet*, zurückgeht. Die Pharaonen nannten ihr Reich nicht „Ägypten", was ein spät entstandener Name ist, den die Griechen prägten, sondern Kemet („Land der dunklen/fruchtbaren Erde"). Alchimie entstand über das arabische Wort *al-kīmiyā* und bezeichnet die altägyptische Geheimlehre, in der es darum ging, Materie durch den Geist zu beeinflussen. Erst viel später wurde dieser Begriff auf die Bedeutung „Kunst der Metallverwandlung" beschränkt. Allein schon das Wort *Chemie* öffnet das Tor in eine ferne Vergangenheit, in der Pyramiden entstanden und „Götter" bei den Menschen wohnten …

Die echten Geheimwissenschaften gewähren einen höheren Zugang zur Materie (über den Schlüssel des Bewusstseins) und erlauben es dem Menschen, bei zunehmender Meisterschaft paranormale Kräfte zu entwickeln: Heilkräfte, Gedankenlesen, Astralreisen, Fernwahrnehmung, Telepathie, Medialität, Materialisationen, Dematerialisationen usw.

Diese Fähigkeiten – als Ziel aller okkulten („geheimen") Wissenschaften – waren in den vergangenen Yugas für die Menschen normal. Solche geistigen Kräfte sind nur in der heutigen Zeit „paranormal"; eigentlich gehören sie zum natürlichen Potential des Menschen. Einige Individuen besaßen solche Fähigkeiten auch in unserer historisch dokumentierten Zeit, sei es aufgrund eigener Avatāra-Kräfte oder aufgrund von karmisch aufgebauter Begabung.

Wer nicht von Natur aus über solche Fähigkeiten verfügt und sie durch eigene Bemühung erwerben will, muss nach den genannten okkulten Methoden greifen. Diese ermöglichen ein machtvolles Gebieten über Energien und astrale Wesen, entweder *entsprechend* oder *entgegen* der Harmonie der Schöpfung. Das eine wird weiße, das andere schwarze Magie genannt.

„Magie" ist die metaphysische Wissenschaft des Umgangs mit höherdimensionalen Energien und Wesen. Wer die verborgenen Vernetzungen im multidimensionalen Kosmos durchschauen will, kommt nicht umhin, auch das Thema der Magie mit einzubeziehen, denn viele Einflüsse, die auf die Menschheit eindringen, sind „magisch".

Die Erde, ein Ort der Entscheidungen

Das Universum ist ein „Kosmos" (grch. *kósmos,* „das Geordnete"), d.h. eine Ordnung von Dimensionen, die alle für sich eigene Welten bilden: Parallelwelten von unterschiedlicher Dichte und Beschaffenheit mit einem jeweils eigenen Schwingungsspektrum. Aus diesem Wissen heraus beschreiben vedische, antike und indigene Traditionen eine Vielzahl von hierarchischen Wesen: Erzengel, Engel, Devas, Suras, Seraphim, Elohim, Cherubim, Naturgeister, Götterboten usw. All diese Wesen üben innerhalb ihres Bewusstseinsfeldes konkrete Funktionen aus, jedoch nie unabhängig – auch die Asuras nicht (obwohl sie es meinen).

Die Lichtwesen handeln nicht launenhaft nach dem eigenen Willen, sondern freiwillig entsprechend Gottes Willen. Ihre Kräfte sind für die Menschen unvorstellbar, denn sie verfügen innerhalb ihres Zuständigkeitsbereichs über eine göttliche Voll-Macht. Die Ausübung dieser Vollmacht ist jedoch vollkommen an die Einhaltung der Karma-Gesetze gebunden. *Mit ihrer Vollmacht dürfen sie gegenüber den Menschen nur reagieren, aber nicht agieren!*

Die karmischen Wesen haben während ihrer Existenz auf der Erde die Möglichkeit, ihre Wünsche auszuleben – mit freiem Willen und deshalb mit voller Verantwortung. Wer als Mensch auf der Erde geboren wird, darf *nicht nur reagieren, sondern auch agieren.* Die Erde ist wie ein vielstöckiges Shopping-Center, in dem ein Querschnitt durch alle positiven und negativen Angebote des Universums vorhanden ist. Man kann die einen oder die anderen Angebote wählen, oder man kann auch von den präsentierten Angeboten Abstand nehmen und sich für spirituelle Ziele entscheiden.

Die „Erdzone" (Bhūrloka) ist jener Bereich im multidimensionalen Kosmos, wo es möglich ist, dass Wesen aus den Licht- und aus den Dunkelwelten auf demselben Planeten leben, weil die physische Welt Inkarnationen aus allen Dimensionsbereichen zulässt. In diesem kosmischen Mittelbereich – so auch auf der Erde – können die inkarnierten Seelen direkt wählen: Licht oder Dunkelheit, eben weil beides nebeneinander existiert. Die Seelen aus den dunklen Welten können sich wieder dem Licht zuwenden und sich ins Licht begeben. Die Seelen aus den Lichtwelten verkörpern das Licht, und im Kali-Yuga halten sie das Licht aufrecht, trotz aller Anfechtungen, Angriffe und „Verluste".

Die Devas der höheren Welten sind Schöpferwesen, die das Licht nie verlassen haben oder wieder ins Licht zurückgekehrt sind. Die Asuras sind Wesen, die sich für das Gegenteil entschieden haben – und in ihren Welten besteht keine wirkliche Wahlfreiheit, weil nur „Dunkelheit" vorhanden ist. Erst in der physischen Welt bietet sich wieder eine echte Möglichkeit für die Anwendung des freien Willens, weshalb diese Welt besonders umkämpft ist.

Die Devas: Hüter der Zeitzyklen

Die Devas werden in den Religionen und in spirituellen Visionen als die Engelscharen des Himmels beschrieben. Wenn wir künstlerische Darstellungen dieser Engelscharen sehen, scheinen die einzelnen Engelwesen in einem großen, fast unendlichen Kollektiv unterzugehen, und das materielle Ego erschrickt ob des Gedankens, ein „anonymer" Lichtpunkt in einem Meer von Lichtpunkten (Lichtwesen) zu sein. Wer das Leben materialistisch sieht, glaubt lieber an die Absolutheit der Materie und an eine Selbstorganisation des Universums – ohne höherdimensionale Welten und ohne spirituellen Urgrund, ohne ewige Seele und ohne Leben jenseits des sterblichen Körpers. Man findet sich damit ab, zu einem materiellen

Nichts zu werden, zu einem beliebig ersetzbaren Rädchen in einem gottlosen Kollektiv, zu einem Schattenwesen in einer uniformen Leere. Durch solche Weltbilder wird der Mensch buchstäblich zu einem Schatten seiner selbst ...

Einmal mehr zeigt sich, wie gefährlich es ist, irdisch-materielle Konzepte auf die höherdimensionalen Welten zu projizieren. Engel sind nicht Sklaven Gottes. Sie harmonieren auf vollkommene Weise mit Gottes Schöpfung – obwohl sie nicht „müssen". Sie sind ein kosmisches Orchester von perfekten Solisten, die klanglich in der göttlichen Symphonie aufgehen, aber jederzeit auch als Einzelstimme aktiv werden können. Dass auch die Schöpferwesen einen freien Willen haben, wird spätestens bei jenen ersichtlich, die sich vom Licht trennen und Dunkelheit erzeugen, weil sie nicht „nur" Teil eines kosmischen Kollektivs von Lichtwesen sein wollen. Sie wollen als Solisten ihr eigenes „Orchester" ...

Was auch immer auf der Erde geschieht, die Devas und Upadevas dürfen nicht direkt eingreifen. Ihre Einflussnahme auf die Menschen wird vollständig von der Wirkungsweise des Karmas bestimmt, d. h. von der Vorgabe des kollektiven und individuellen Karmas der Menschen sowie von den galaktischen, solaren und irdischen Zyklen. Sie handeln nie eigenwillig oder unabhängig, sondern folgen auf vollkommene Weise der inneren Führung durch den Paramātmā.

Praktisch bedeutet das: Wenn es dem Karma-Schicksal der Menschen entspricht, von negativen Wesen heimgesucht und beherrscht zu werden, müssen die Devas „tatenlos" zuschauen und dürfen nur die vorgegebenen Karma-Reaktionen auslösen. Dies entspricht dem *kosmischen Gesetz des freien Willens* und der *Nichteinmischung*. Die Devas als Diener in Gottes Schöpfung respektieren dieses Gesetz, und zwar so sehr, dass sie auch den freien Willen der negativen Wesen respektieren. Sie respektieren, dass diese den freien Willen der anderen Menschen nicht respektieren! Individuell erzeugen die Täter dadurch ein negatives Karma, aber kollektiv können die negativen Mächte ihre Macht behalten und ausbauen, solange es der Rahmen des dunklen Zeitalters erlaubt. Wenn das Zeitalter zu Ende geht, zählt der „freie Wille" der Dunkelwesen jedoch nicht mehr, weil sich spätestens dann ihr kollektives Karma bemerkbar macht, um es neutral zu formulieren.

Die höhere Gerechtigkeit zeigt sich nicht immer sichtbar auf der irdischen Ebene, aber mit dem Ende des dunklen Zeitalters wird sie sich global entfalten, spätestens dann, wenn die Devas konkret eingreifen, um die Erde und die Menschheit in das neue Zeitalter zu erheben. Begriffe hierfür sind: Aufstieg der Erde, Entrückung, Transformation, die fünfte Dimension usw. In der Apokalypse (21,1) berichtet Johannes über seine Zukunftsvision: „Ich sah einen neuen Himmel und eine neue Erde." Ähnliches lesen wir im 2. Petrus-Brief:

> Dies sollt ihr vor allem wissen: In den letzten Tagen werden Spötter kommen, die nur ihren eigenen Begierden folgen und sich über euch lustig machen werden. Sie werden sagen: „Wo bleibt seine verheißene Ankunft? Denn seit die Väter entschlafen sind, bleibt alles wie von Anfang der Schöpfung an." Sie wollen nicht wahrhaben, dass es schon einmal einen Himmel und eine Erde gab. [...] Ebenso ist es mit der jetzigen Welt: Sie besteht nur so lange, wie Gott es bestimmt hat. Wenn der Tag des Gerichts kommt, wird sie durch Feuer untergehen und mit ihr alle, die gegen Gottes Ordnung verstoßen haben. Meine Freunde, ihr dürft eines nicht vergessen: Bei Gott sind ein Tag wie tausend Jahre und tausend Jahre wie ein Tag. Gott erfüllt seine Verheißung nicht zögernd, wie einige meinen. Im Gegenteil: Er hat Geduld mit euch, weil er nicht will, dass jemand verloren geht. Er möchte, dass alle die Gelegenheit finden, von ihrem falschen Weg umzukehren. [...] Denn nur deshalb werden die Himmel in Flammen vergehen und die Himmelskörper zerschmelzen, damit Gott Neues schaffen kann. Gott hat uns einen neuen Himmel und eine neue Erde versprochen. Dort wird es kein Unrecht mehr geben, weil Gottes Wille regiert. Auf diese neue Welt warten wir. (2 Petr 3,3 - 13)

Was hier beschrieben ist, bezieht sich auf das Ende des gegenwärtigen dunklen Zeitalters. An einem gewissen Punkt greifen die Schöpferwesen direkt ein, „damit Gott Neues schaffen kann". Wie schon in der Vergangenheit bei den großen Yuga-Übergängen leiten sie das Ende des einen Zyklus ein und „starten" den nächsten. Beim jetzigen Übergang dürfen wir annehmen, dass sie die Elemente von der langen Vergewaltigung durch die dunklen Intelligenzen befreien werden. Sie können Objekte de- und rematerialisieren: das Eisen zurück in die Erze, das Gold zurück in die Goldadern der Erde, usw.

Die Devas sind die kosmischen Hüter der Zeit und – in Bezug auf die Menschen – bevollmächtigte „Beamte" in der irdischen Karma-Verwaltung. Neben diesen amtierenden Devas leben im Universum noch viele andere höherdimensionale Wesen. Wenn es sich um positive Wesen handelt (Upadevas), halten sie sich ebenfalls an das Gesetz des freien Willens und wirken nicht manipulierend, denn sie alle wissen und respektieren, dass die Menschen ihre eigenen Lernaufgaben haben, und dieses Lernen kann den Menschen niemand abnehmen. Man stelle sich vor: Ein Schulkind ist dabei, seine ersten Rechenaufgaben zu lösen, und der große Bruder kommt und verrät alle Ergebnissee. Dadurch zerstört er die Mög-

„Brahmā, das ersterschaffene Lebewesen, ist der oberste Schöpfer der Geschöpfe. Er war derjenige, der existierte, als noch keine anderen Lebewesen existierten. Er ist Hiraṇyagarbha (das „goldene Urlicht"). Durch Brahmā entstehen im Universum alle feinstofflichen und grobstofflichen Formen, und Brahmā ist der Kṣetra-Jña (der „Feld-Wahrnehmende"). [...] Das Universum ist das Kṣetra, und Brahmā ist der Kṣetra-Jña: Sein Bewusstsein durchdringt das gesamte Universum [alles im Universum befindet sich im Bewusstseinsfeld des Brahmā]. Die Schöpfung aller materiellen Formen im Universum wird von diesem Kṣetra-Jña gelenkt. Am Anfang [noch bevor Brahmā existierte] befand sich die Materie in einem unmanifestierten Zustand [Pradhāna, „Chaos"], und auf einmal erschien das Universum, jählings wie ein Blitz." (*Vāyu-Purāṇa* 1.4.69/80)

„Was immer sich Brahmā vorstellt, erscheint vor ihm als erschaffene Realität. Diese Erschaffung geht auf natürliche Weise aus dem Unmanifestierten hervor. Brahmā verfügt über solch unvergleichliche Schöpfungskräfte, weil in seiner Dimension [in der höchsten Lichtwelt] noch keine Einschränkung durch andere materielle Bedeckungen vorhanden sind." (*Vāyu-Purāṇa* 1.5.25)

„Die richtige Verehrung der Devas besteht darin, dass man sie als Teile des Ganzen sieht, die unterschiedliche Aspekte des Einen (*ekaḥ*) repräsentieren. Wenn Menschen in diesem Bewusstsein die Gottheiten, denen sie sich verbunden fühlen, mit Opfergaben, Ritualen und Mantras verehren, bekommen sie die Erfüllung ihrer Wünsche, denn weil Viṣṇu allumfassend *(pūrṇaḥ)* ist, gewährt er ihnen die Segnungen, die sie sich wünschen, obwohl sie sich nur an einen Teil des Ganzen gewandt haben./ Viṣṇu erfüllt auch materielle Wünsche seiner Geweihten, aber nur dann, wenn dies nicht zu immer neuen Wünschen führt. Was er denen, die sich aufrichtig an ihn wenden, jedoch immer gibt, ist die Möglichkeit, direkt zur Quelle („zu seinen Lotosfüßen") zu kommen, selbst wenn dies nicht bewusst ihr Wunsch war. Denn dies wird ihre Wünsche wahrhaft erfüllen. Das ist die besondere Gnade Gottes [das besondere Geschenk Gottes an jene, die nach Gottesbewusstsein streben]." (*Śrīmad-Bhāgavatam* 5.19.26-27)

„Nachdem König Parīkṣit den ehrwürdigen Kṛpācārya zu seinem Guru ernannt hatte, führte er am Ufer der Gaṅgā drei Aśvamedha-Zeremonien durch und verteilte viele Spenden. Bei dieser Festlichkeit erschienen die angerufenen Devas vor den Augen der Menschen *(devā yatrākṣi-gocarāḥ)*." [Das heißt, noch vor fünftausend Jahren erschienen die Devas sichtbar auf der Erde.] (*Śrīmad-Bhāgavatam* 1.16.3)

Quellentexte: Brahmā und die Gegenwart der Devas

lichkeit, dass das Kind selbst rechnen lernt. Ähnliches tut der luziferische „Große Bruder“: Er meint, er habe die perfekte Hilfe für die Menschen, und will diese „Lösungen“ mit Bevormundung und Zwang durchsetzen, nicht selten auch mit Gewalt.

Wahres Lernen geschieht nur durch eigene Erkenntnis und freiwillig. Deshalb mischen sich die Devas nicht – oder nicht direkt – in Lernsituationen ein, wirken aber im Hintergrund durch die Naturgesetze. Bei empfänglichen Menschen bewirken sie auch Inspirationen (musische, poetische, visionäre usw.) oder treten telepathisch in Kontakt. *Sie dürfen zwar nicht intervenieren, aber sie dürfen inspirieren und informieren.*

Wenn Individuen aus der Sphäre der erdnahen Lichtwesen direkt in das irdische Geschehen eingreifen möchten, bekommen sie die Möglichkeit, als Menschen auf der Erde geboren zu werden. Dadurch begeben sie sich in den Einflussbereich des irdischen Karmas und unterliegen ebenfalls den Gesetzen der grobstofflichen Welt, aber sie behalten ihr intuitives, sensitives Wissen und handeln aus dieser inneren Motivation heraus. Sie unterstützen die ursprünglichen „adamischen“ Lichtwesen und gehen oftmals tiefer in die Materie und das Erdgeschehen hinein als jene. Durch all die Jahrhunderte und Jahrtausende hindurch kamen auf diese Weise neue Wellen von Lichtwesen auf die Erde. Gemeinsam dienen sie alle der Transformation, wohl wissend, dass sie als Lichtwesen auf gewaltigen Widerstand stoßen werden ...

Die Beziehung der Menschen zu den Devas

Die Menschen können sich überall und jederzeit direkt an Gott wenden. Ist ihr Bewusstsein rein und selbstlos, tun sie das ohnehin. Aber man kann auch mit persönlichen Wünschen zu Gott beten, wobei dann allerdings nicht garantiert ist, dass die Wünsche genau in der Form in Erfüllung gehen, wie man selbst es möchte (siehe Zitat auf S. 220, *Śrīmad-Bhāgavatam* 5.19.27). Wer dieses „Risiko“ vermeiden will, kann sich an die Devas wenden. Deva-Zeremonien sind jedoch materielle Vorgänge, weshalb – wie bei einem physikalischen Experiment – alle Bedingungen erfüllt werden müssen. Um sich mit der hohen Schwingung der Devas zu verbinden, ist es erforderlich, dass durch äußere Vorkehrungen (Rituale) und Gebetsformeln bestimmte feinstoffliche Energiemuster erzeugt werden. Durch diese weiße Magie entsteht eine kollektive Bewusstseinsschwingung, die es den Devas erlaubt, die gewünschten Fügungen zu vollziehen. Aus eigener Initiative dürfen sie ja nicht intervenieren, sondern nur dann, wenn die Menschen ein klares Zeichen geben, und als solche Zeichen dienen diese Deva-Rituale (sanskr. *yajña,* „Verehrungszeremonie“, und *makha,* „Darbringung; Opfer“).

In der vedischen Zeit waren sich die Priester und alle Beteiligten bewusst, dass die Devas bevollmächtigte Repräsentanten der vielen Schöpferaspekte Gottes (Viṣṇus) sind. Die Devas harmonieren mit Gottes Schöpfung, und durch ihren Gottesdienst fügten sich die Menschen in diese Schöpfungsharmonie ein. In der vedischen Hochkultur des Tretā- und Dvāpara-Yugas war diese magische Wissenschaft derart entwickelt, dass die irdischen Könige und Brāhmaṇa-Priester durch ihre Deva-Verbindung „Zugriff“ zu den Naturkräften hatten. Somit waren sie direkt für den Wohlstand der Gesellschaft verantwortlich. Störungen wie Umweltkatastrophen, Erdbeben und Dürren waren deshalb nicht einfach nur „höhere Gewalten“, sondern Ereignisse, für die der König und die Königin persönlich die Verantwortung trugen. In diesem Licht wird ersichtlich, dass die heutigen globalen Störungen für die verantwortlichen Machthaber ein vernichtendes Zeugnis ablegen.

Eine weitere Möglichkeit besteht darin, die Devas mit persönlichen Wünschen zu kontaktieren: für Reichtum, Gesundheit, Kindersegen, Wissen, Erfolg usw. Diese Methoden funktionieren heute noch, wie einige indische Familiendynastien glaubhaft demonstrieren. Sie verehren schon seit vielen Generationen dieselben Devas und gehören zu den reichsten Familien der Welt.

Diejenigen, die solche Rituale ausführen, zeigen dadurch, dass sie grundlegende Zusammenhänge der materiellen Existenz verstanden haben. Sie erkennen und anerkennen, dass sie nie unabhängig sind, sondern einer höheren Ordnung unterstehen. Deswegen wenden sie sich an die kosmischen Deva-Instanzen, um die bestmögliche Ausgangslage für die Erfüllung ihrer Wünsche zu bekommen.

Gott ist nicht eifersüchtig auf die Götter. Im Gegenteil, Gott befürwortet die Verehrung der Götter, wenn ein Mensch noch nicht bereit ist, sich direkt dem Höchsten hinzugeben:

> „Wenn jemand eine bestimmte Gottheit aufrichtig verehrt, festige ich [als Paramātmā] den Glauben dieses Menschen, damit er erkennen kann, dass die von ihm verehrte Gottheit wahrhaft existiert. / Dank des bestärkten Glaubens bemüht er sich, diese Gottheit zu verehren, und erlangt die Erfüllung seiner Wünsche. In Wirklichkeit jedoch werden diese Segnungen von mir allein gewährt.“ (*Bhagavad-Gītā* 7.21 - 22)

Die Deva-Verehrer verstehen, dass sie immer abhängig sind. Sie verstehen aber nicht, dass auch die Devas abhängig sind, denn diese dürfen nichts aus eigener Gunst gewähren, sondern nur das, was den Karma-Reaktionen entspricht. „Diejenigen, die aufgrund einer beschränkten Sicht Devas verehren, erlangen nur Dinge, die vergänglich sind. Die Verehrer der Devas gehen in die Welten der Devas, wohingegen meine Geweihten zu mir kommen." (*Bhagavad-Gītā* 7.23)

Die acht magischen Fähigkeiten oder „Meisterkräfte" (Siddhis)

Die vedische Makha-Wissenschaft ist auch im Westen bekannt, nämlich unter dem Begriff Magie. „Magie" und „Makha" sind etymologisch verwandt. Das Sanskritwort *makha** erscheint z. B. im bekannten Vers des *Śrīmad-Bhāgavatam* (12.3.52): *tretāyāṁ yajato makhaiḥ*. „Im Tretā-Yuga war *makha* die Methode der Gottesverehrung." Diejenigen, die bei diesen *makha*-Gottesdiensten als Priester wirkten, hießen *maga*.

Über die altpersisch-awestische Sprache, die direkt mit dem Sanskrit verwandt ist, gelangten die Wörter *makha* und *maga* ins Griechische.[95] Der *mágos* der Antike war ein metaphysischer Wissenschaftler und Weiser (ein Druide, Schamane oder Brahmane) und nicht ein Magier im modernen Sinn. In den griechischen Evangelientexten lesen wir, dass Jesus nach seiner Geburt von drei *mágoi* aus dem Morgenland besucht wurde, was meistens übersetzt wird als „drei Weise" oder „drei Astrologen". Es ist bezeichnend, dass es zuerst drei Magier *(mágoi)* waren, die Jesus erkannten und fanden – „Magier" im ursprünglichen Sinn des Wortes.

Magie als vedische *makha*-Wissenschaft ist eine heilige Handlung, die in einem umfassenden Gottesbewusstsein ausgeführt wird, um die Menschen auf eine äußere und innere Harmonie mit den Devas einzustimmen. Sie beruht auf der Erkenntnis, dass die Materie multidimensional ist und dass die sichtbare Materie nur die äußerste Schicht einer vielschichtigen Hierarchie von Verdichtungsstufen darstellt. Wenn es einem Menschen gelingt, Zugang zu den feinstofflichen Energien zu finden, bekommt er einen geheimen Schlüssel zur Materie und wird fähig, sie von ihren inneren Strukturen her umzuformen. Solche paranormalen Fähigkeiten werden im Sanskrit Siddhis („mentale Errungenschaften; Meisterkräfte") genannt. Grundlegend gibt es acht Kategorien von Siddhis:

---

* *Makha*: sanskr. „heilige Handlung; Heiligung; Opferdarbringung", gleichbedeutend mit lat. *sacrificium* und *sacramentum*.

- **Mahimā-Siddhi („sehr groß werden"):** die Fähigkeit, mit dem feinstofflichen Körper den grobstofflichen Körper zu verlassen und das eigene Bewusstseinsfeld in den Hyperraum und in höherdimensionale Schöpfungsbereiche hinein zu erweitern (Fernwahrnehmung, Astralreisen, telepathische Kontakte). Mythisch: die Fähigkeit, den eigenen Körper ins Riesenhafte zu vergrößern.
- **Aṇimā-Siddhi („sehr klein werden"):** die Fähigkeit, mit dem feinstofflichen Körper in die atomaren Strukturen eines Objekts einzudringen, um dessen Form oder Beschaffenheit von innen her zu verändern; die Fähigkeit, sich unsichtbar zu machen. Mythisch: die Fähigkeit, den eigenen Körper ins Zwergenhafte und noch weiter zu verkleinern.
- **Laghimā-Siddhi („sehr leicht werden"):** die Fähigkeit, den eigenen physischen Körper oder andere Objekte schwerelos zu machen (Levitation, Antigravitation).
- **Prāpti-Siddhi („Erlangen von Dingen"):** die Fähigkeit, ein Ding von einem entfernten Ort heranzuholen (Teleportation), d. h. Dinge zu bewegen, ohne dass diese den dazwischenliegenden Raum linear durchqueren müssen.
- **Vaśitvā-Siddhi („Beherrschen"):** die Fähigkeit, Naturabläufe zu beeinflussen (durch Gebieten über die Elementarwesen) und die eigenen Gedanken zu beherrschen bzw. Gedanken zu lesen oder Menschen zu hypnotisieren; die Fähigkeit, Ereignisse geistig zu steuern.
- **Iśitvā-Siddhi („Umwandeln; Erschaffen oder Auflösen"):** die Fähigkeit, Materie und organische Strukturen von Innen her umzuwandeln oder umzuformen, z. B. Geistheilungen und „paranormale" Operationen. Oder als modernes Beispiel: Reparieren von technischen Geräten durch geistiges Einwirken auf die Materie.
- **Prākāmya-Siddhi („Wirken durch Willenskraft"):** die Fähigkeit, mit mentalen Kräften materielle Objekte zu bewegen (Telekinese) oder zu verformen sowie Dinge zu materialisieren oder zu dematerialisieren.
- **Kāmāvasāyitā-Siddhi („jede gewünschte Form von Beeinflussung der Materie"):** die Fähigkeit, unabhängig von den auf der Erde herrschenden Naturgesetzen zu handeln, z. B. die physische Körperform zu verändern, an zwei oder mehreren Orten gleichzeitig zu sein (Bilokation), durch Wände zu gehen, unsichtbar zu werden (durch die Veränderung der physischen Struktur des eigenen Körpers) oder denselben Effekt bei anderen Körpern auszulösen.

Beispiele für Menschen mit Siddhi-Kräften

Alle Urvölker der Erde besaßen ein umfangreiches Wissen über Magie, außerkörperliche Wahrnehmung und feinstoffliche Kräfte. Viele dieser Fähigkeiten gingen weitgehend verloren, einerseits „im Lauf der Zeit", weil die Menschheit immer tiefer in die Materie hineinging, andererseits auch, weil gerade die Urvölker weltweit angegriffen und massakriert wurden. Dennoch blieb das Wissen über die paranormalen Potentiale des Menschen erhalten, und die Wissenden der alten Zeiten reinkarnieren immer wieder, so auch in der heutigen Zeit.

Wir kennen viele Überlieferungen und Zeugenberichte von allen Kontinenten, einige wurden auch journalistisch oder wissenschaftlich untersucht. Beispiele sind die Kahuna-Schamanen aus Hawaii und die philippinischen und brasilianischen Trance-Chirurgen, die mit bloßen Händen und einfachsten Hilfsmitteln komplizierte Operationen durchführen. (Viele dieser Heiler arbeiten jedoch nicht mit persönlichen Siddhis, sondern mit Astralwesen, für die solche Fähigkeiten normal sind.)

Im Verlauf des 20. Jahrhunderts wurden zahlreiche Beispiele von paranormalen Phänomenen bekannt (einige wurden in den ersten drei Kapiteln des vorliegenden Buches vorgestellt). Hervorragend dokumentiert ist das Wirken des Wunderheilers Bruno Gröning (S. 75). Ein weiteres Beispiel, und wahrscheinlich das berühmteste, ist der indische Heilige *Sathya Sai Baba* (1926 - 2011). Sein Anliegen war es, dass die Menschen aller Religionen zu einem eigenständigen Gottesbewusstsein finden, und zu diesem Zweck vollbrachte er „nebenbei" auch Geistheilungen und andere erstaunliche Siddhi-Wunder, insbesondere Materialisationen und hellsichtige bzw. telepathische Kommunikationen.[96] Materialistische Ideologen behaupteten sogleich, diese Wunder seien nur Betrug und Scharlatanerie, aber das tun sie immer, um ihr Weltbild zu verteidigen (siehe auch Kap. 11). Sai Baba ließ sich mehrfach von Wissenschaftlern und Parapsychologen begleiten und beobachten, und sie alle bestätigten die Echtheit der Wunder. Er selbst war jedoch nicht interessiert, Skeptiker oder religiöse Kritiker zu überzeugen oder Lügen zu widerlegen. „Wer mich kennt, weiß, was wahr ist." Er wirkte über sechzig Jahre lang in seinem Geburtsort Puttaparthi in Südindien. Dieser Ort, anfänglich ein abgelegenes Bauerndörfchen, ist heute einer der wichtigsten neuen Pilgerorte Indiens. Sai Baba gründete viele wohltätige Institutionen und Initiativen (Wasserversorgung, Essensverteilung, Gratisspitäler für die Ärmsten, usw.) und ermutigte die Menschen zu einem gottesbewussten Leben in Freiheit von Drogen und Fleischkonsum sowie in Freiheit von

Dogmatismus und religiösen Absolutheitsansprüchen. Durch sein Wirken wurden Millionen von Menschen weltweit im Herzen berührt. Dass eine derartige spirituelle Revolution, so still sie auch war, in gewissen Kreisen Kritik, Neid und Feindschaft hervorrief (mit Verleumdungen und Angriffen), ist im gegenwärtigen Zeitalter nicht erstaunlich.

Weniger bekannt ist der wohl wichtigste Wunderheiler und Mystiker Europas in der zweiten Hälfte des 20. Jahrhunderts: *Daskalos*, der auf Zypern lebte und während mehr als fünfzig Jahren mit vielfältigen Siddhi-Fähigkeiten wirkte. Obwohl er in seiner Heimat und in den umliegenden Ländern bereits in den 1950er Jahren für seine Geistheilungen berühmt war, erfuhr die breitere Öffentlichkeit erst in den 1980er Jahren von ihm, als Kyriacos Markides, Professor für Soziologie an der *University of Maine* (USA), Berichte über ihn veröffentlichte, insbesondere das Buch *Der Magus von Strovolos* (Strovolos ist ein Stadtteil von Nikosia, der Hauptstadt Zyperns). Prof. Markides, der selbst aus Zypern stammte, prüfte Daskalos' Fähigkeiten und Integrität über mehrere Jahre hinweg, bevor er über ihn schrieb.

„Daskalos" war der spirituelle Ehrentitel von *Dr. Stylianos Atteshlis* (1912 - 1995). Vor dem Zweiten Weltkrieg gehörte er zu den führenden Dichtern in griechischer Sprache und gewann einen Preis als Kunstmaler, er hatte zwei Musikdiplome (für Violine und Klavier) und besaß drei Doktortitel. Dennoch ging er nur einem einfachen Beruf nach. Den Menschen, die zu ihm kamen, half er unentgeltlich. Aus den Publikationen über ihn, die gegen Ende seines Lebens immer zahlreicher wurden, und aus Tausenden von Zeugenberichten geht hervor, dass er über mehrere Siddhis verfügte. Er war ein Meister im Umgang mit feinstofflichen Energien, die er „psychonoëtische Kräfte" nannte. Er wirkte vor allem als Heiler, konnte aber auch Gedanken lesen, Gegenstände materialisieren, anhand von Fotos die Krankheiten oder den Verbleib einer Person herausfinden, usw. Er beherrschte die Eksomatose, das heißt, er konnte mit seinem feinstofflichen Körper den grobstofflichen verlassen und auf diese Weise an entfernten Orten wirken, ja sogar erscheinen, indem er seinen feinstofflichen Körper zur Sichtbarkeit verdichtete. Daskalos betonte jedoch immer: „Es interessiert uns nicht, psychonoëtische Kräfte zum Selbstzweck zu entfalten, bloß um Phänomene zu produzieren. Wir wollen solche Kräfte nur zur Heilung entwickeln, also, um unseren Mitmenschen dienen zu können."[97]

Im Lauf der Jahrzehnte ließ Daskalos viele Menschen mit scheinbar unheilbaren Krankheiten in kürzester Zeit wieder gesund werden.

Markides schildert, wie er einmal dabei war, als Daskalos eine Frau heilte, die unter fortgeschrittener Osteoporose an der Wirbelsäule litt. Er behandelte ihren Rücken zwanzig Minuten lang mit sanften Handbewegungen und löste die kristalline Struktur der Wirbelknochen auf, woraufhin er die weiche Knochensubstanz mit ätherischen Händen in die natürliche Form zurückbrachte und wieder verfestigte.[98] Die Frau, die sechs Monate lang im Bett gelegen hatte, konnte nach einer halben Stunde aufstehen und vollzog sogleich erste Bewegungsübungen. Diese Heilung konnte durch Röntgenaufnahmen eindeutig dokumentiert werden, genauso wie viele andere Heilungen auch: „In diesem Fall konnten wir durch die Prägeeigenschaft des Äthers zwei ätherische Hände erzeugen und mit ihnen ins Körperinnere der Patientin gehen. Durch Beherrschung der Sinneseigenschaft des Äthers konnten wir dann mit den Spitzen unserer ätherischen Finger fühlen, was die Wirbelsäule brauchte, und die Wirbel in Reih und Glied bringen. Jetzt waren also vier Hände am Werk: die materiellen Hände außerhalb des Körpers und die ätherischen Hände im Innern."[99]

Die Wirbel der Frau hatten bereits Knochenwucherungen (Exotosen) gebildet, die wahnsinnig schmerzhaft waren. „Durch die Bildung der ätherischen Hände konnte ich diese kleinen Verknöcherungen fühlen und dann dematerialisieren. Ich musste aber auch neue Knochensubstanz erschaffen, weil – du hast es vielleicht auf den Röntgenaufnahmen gesehen – ihre Wirbelsäule an verschiedenen Stellen schon recht porös geworden war. Die Knochen waren am Zerfallen. Durch Materialisation schuf ich feste Knochensubstanz, eine Art belebter Materie."[100]

Über fünfzig Jahre lang war Daskalos aktiv und half Tausenden von Menschen in Zeiten von Krankheit, Verzweiflung und Krieg (Zweiter Weltkrieg, Zypern-Kriege). In den letzten Jahren seines Lebens kamen Menschen in Scharen aus aller Welt zu ihm, und so nahm auch die Zahl der Heilungen zu. Daskalos jedoch sah sich immer als Diener Gottes und wollte in keiner Weise als Heiliger verehrt werden.

Als Lehrer vermittelte Daskalos höchstes ganzheitliches Wissen der christlich-esoterischen Ausprägung. In seinem Buch *Esoterische Lehren* schrieb er: „Insgesamt gibt es sieben Himmel. Unser derzeitiges Ziel soll unsere Entwicklung bis zum dritten oder vierten Himmel sein. Über die anderen drei wollen wir jetzt jedoch nicht sprechen."[101]

Ihm war natürlich bewusst, dass all diese Himmel, also auch der siebte, nicht das wahre, spirituelle Ziel darstellen. So sagt einer seiner Schüler: „Später lernte ich, dass sowohl diese Welt als auch die psychonoëtischen [feinstofflichen] Ebenen letzten Endes Illusion sind und dass die Wirklichkeit jenseits aller Welten liegt."[102]

Die Gefahren der Magie

Die Unterscheidung zwischen weißer und schwarzer Magie wurde bereits erwähnt (S. 216). Die schwarze Magie ist negativ, weil sie den Menschen tiefer in den Karma-Strudel hineinzerrt. Die weiße Magie ist positiv, weil sie den Menschen mit den positiven Wesen in Kontakt bringt, was nur möglich ist, wenn man mit *allen* göttlichen Schöpfungsgesetzen harmoniert (und nicht nur mit einigen, wie die Schwarzmagier). Ein Meister der weißen Magie weiß, dass alle Energien im Universum von individuellen Wesen und deren Bewusstseinsfeldern abhängig sind. Er kann direkt oder indirekt (z. B. über Symbole) mit diesen Wesen Kontakt aufnehmen, bei entsprechender Schulung oder Berufung sogar mit den höchsten Erzengeln und Lichtwesen.

Was für die Menschen der Erde paranormal, fantastisch und faszinierend ist, ist für die höherdimensionalen Wesen sowohl der Licht- als auch der Dunkelwelten normal. Aber nicht alle Wesen dieser hierarchischen Welten verfügen über die gleichen Kräfte. Die hohen Lichtwesen sind den dunklen Mächten überlegen, obwohl es nicht immer so aussieht (weil sie den freien Willen und das Karma-Gesetz respektieren).

Makha-Zeremonien waren ursprünglich Methoden, um die hohen Lichtwesen zu kontaktieren und zu „evozieren" (d. h. sichtbar erscheinen zu lassen). Dadurch waren sich die Menschen immer ihrer Stellung innerhalb des Kosmos bewusst, und Magie war eine Form des Gottesdienstes. Mit dem Beginn des dunklen Zeitalters vor fünftausend Jahren wurden jedoch Priester und Magier aktiv, die ihr Wissen nicht mehr für heilige Handlungen verwendeten, sondern für Manipulationen und Machtstreben. Eine solche Bewusstseinsfrequenz entspringt einem Kontakt mit den niederen Astralebenen und den Spiegelsphären, selbst wenn die entsprechenden Würdenträger sich dabei auf hohe Namen berufen.

Alle aufrichtigen Kenner der Materie warnen vor dem Missbrauch der magischen Wissenschaft: „Wie Sie diese Macht anwenden, liegt ganz bei Ihnen, doch glauben Sie mir: Wenn Sie sie missbrauchen, werden Sie es zutiefst bereuen."

Diese Worte stammen von Walter E. Butler (1898 - 1978), einem bedeutenden Magielehrer des 20. Jahrhunderts, der westliche Magie mit östlicher Philosophie verband. (Er hatte für lange Zeit in Indien gelebt.)[103]

Butlers Ausführungen machen deutlich, aus welchen Bereichen viele Geschehnisse auf der Erde genährt werden:

> Aus den niederen Astralbereichen kommen jene zum Teil recht kuriosen und oft üblen moralischen und psychischen „Epidemien", welche die Welt in Erstaunen versetzen und zu erschüttern vermögen. Und aus den hohen Astralbereichen stammen jene spirituellen Impulse, die der Erhöhung bzw. Erneuerung der Menschheit dienen.[104]

Es heißt, dass nur ein Magier andere Magier erkennen kann. Vieles, was auf der Erde geschieht, entspringt magischen Manipulationen, die bezwecken, die Menschheit aus dem Gleichgewicht zu stoßen und in die Spaltung zu stürzen. Butler konkretisiert:

> Es handelt sich um die Existenz des organisierten Bösen, das in unseren Tagen oft übersehen wird. Es scheint fast, als habe der materialistische „Überhang" aus dem vergangenen [19.] Jahrhundert im Geist der modernen Menschen eine Art Hemmung oder Sperre errichtet, so dass es für sie außerordentlich schwierig ist zu erkennen, dass es so etwas wie ein organisiert Böses überhaupt gibt – sowohl auf den physischen wie metaphysischen Ebenen.

Als unbestreitbares Beispiel für die Existenz des organisierten Bösen nennt Butler „die bewusst beabsichtigte und berechnete Bestialität, die während des Krieges ihre Fratze zeigte".[105]

> Sämtliche alten Religionen haben die Existenz eines organisiert geistig Bösen anerkannt und gelehrt. Im christlichen Glauben wurde es als Satan personifiziert.
>
> Auch Paulus spricht von diesem organisiert Bösen in den metaphysischen Sphären, wenn er sagt: „Denn wir haben nicht mit Fleisch und Blut zu kämpfen, sondern mit Fürsten und Gewalten, nämlich mit den Herren der Welt, die in der Finsternis dieser Welt herrschen, mit bösen Geistern unter dem Himmel."[106]

Śiva und Śakti – Gott und Göttin der Materie

In der vedischen Kosmogonie wird das erste und höchste Lichtwesen des Universums Brahmā genannt. Brahmā lässt durch eine Involution den gesamten multidimensionalen Kosmos innerhalb „seines" Universums entstehen, beginnend mit seinen direkten Emanationen, genannt Mānasa-Putras, „die aus dem Geist Brahmās erschienenen Kinder". Unter diesen ragt der mächtige Śiva heraus, der in Brahmās Universum als Rudra erscheint. Der Name Rudra bedeutet „der Wilde, Ungezähmte; der Brüllende", weil er als höchste „Naturgewalt" zyklisch verschiedene kosmische Ebenen durch (Klang-)Schwingung auflöst. Was Magie und Macht über die Materie betrifft, so wird niemand mächtiger als jemand, der sich mit Śivas Energie zu verbinden weiß. Śiva wird auch Mahā-Deva („der große Deva") und Maheśvara (Mahā-Īśvara, „der große Herrscher") genannt, weil er als direkte Emanation Viṣṇus in der materiellen Welt tatsächlich der höchste Herrscher ist, denn auch Brahmās Schöpfung untersteht Śivas Macht. In der Trinität Brahmā-Viṣṇu-Śiva ist Śiva die Kraft der Auflösung, die letztlich auch Brahmās Universum auflösen und in den Urquell (Viṣṇu) zurückführen wird, worauf durch Viṣṇu ein neuer Schöpfungszyklus beginnt.

Śiva ist die höchste Gottheit der Materie und wird in vielen Kulturen direkt oder indirekt verehrt.[107] Śiva ist ein Schöpferaspekt Gottes, ist jedoch nicht eine isolierte männliche Gottheit. Das Absolute ist eine vollkommene und dynamische All-Einheit der Zweiheit, und so sind auch die Devas der Schöpfung immer eine kosmische Yin-Yang-Einheit. Śivas weibliche Energie oder „Gemahlin" ist Śakti*, die in ihren Parallelformen Durgā und Kālī genannt wird. Kālī ist die göttliche Urkraft von Kāla („Zeit"), die im Laufe der Zeit alle materiellen Formen auflöst („vernichtet") und umwandelt. (Der Name Kālī und der Begriff Kali sollten nicht verwechselt werden – siehe Glossar: „Kālī" und „Kali"/„Kali-Yuga", S. 333f.)

So wie Raum und Zeit nie getrennt sind, sind auch Śiva und Śakti als Schöpfungsfaktoren nie getrennt. Śiva und Śakti sind gottgleiche Emanationen Viṣṇus und sind Gott/Göttin der materiellen Energie. Sie stehen als „Urformen" von Raum und Zeit jenseits der Materie und sind deshalb eine *neutrale Quelle von Energie,* die allen Wesen im Universum zugänglich ist, sowohl den Devas als auch den Asuras. Im Gegensatz zum transzendenten Gott (Kṛṣṇa), der sich nur bei selbstloser Liebe offenbart, lässt sich Śivas Energie durchaus instrumentalisieren – obwohl dies Śivas Willen widerspricht. Diejenigen, die Gott für irdische Machtansprüche verwenden wollen, gelangen deshalb direkt oder indirekt zu Śiva, selbst wenn sie diese Instanz nicht als Śiva kennen.

Śivas Neutralität ist der Grund, warum viele Schwarzmagier Śiva oder Śakti „anzapfen" oder „anpumpen". Sie wollen keine Belehrung und keine Bekehrung, sondern einfach nur die kurzfristige Erfüllung ihrer kurzsichtigen Wünsche. Mit anderen Worten, es ist möglich, Śivas oder Śaktis

* Śakti: „spirituelle Macht, Stärke, Energie, Schöpfungskraft; die Bewegerin, Schaffende, Hervorbringende" (von der Wortwurzel *śak,* „fähig sein, können, machen, ausführen, in Bewegung setzen").

Energie mit egoistischen Motiven zu beschwören. Sie ist, bildlich gesprochen, käuflich. Dies darf nicht missverstanden werden: *Die Energie* ist käuflich, nicht Śiva.* Als Beherrschende der materiellen Energie sind Śakti und Śiva neutral. Wenn man die magischen Bedingungen erfüllt, kann man von ihnen praktisch alles bekommen, was man will: Kräfte, Gewinne, Erfolge usw. Spirituelle Segnungen kann man nicht erzwingen, aber materielle „Segnungen" durchaus. Man muss nur lange genug an bestimmten Vorstellungen festhalten, und irgendwann, vielleicht auch erst in einem späteren Leben, erfüllt sich der Wunsch, von dem man besessen war.

Śiva und Śakti haben einen „beruflichen" und einen „persönlichen" Aspekt. Beruflich sind sie die Chefs der Firma „Kosmos" und geben jeder Person gemäß Leistung und Investition die gewünschte Lohnauszahlung, auch wenn diese Person dann Dinge tut, die schöpfungswidrig sind. Wer Śiva und Śakti in ihrem persönlichen Aspekt kennt, weiß, was sie wirklich wollen und was ihre wirkliche Funktion ist. Sie harmonieren auf vollkommene Weise mit Gottes Schöpfung und Schöpfungsplan, zu dem auch die Auflösung/Umwandlung aller materiellen Formen gehört.

Die höchste direkte Instanz in der materiellen Welt ist Śiva. Absolut unabhängig ist aber auch er nicht. Śiva selbst ist sich seiner Stellung als Maheśvara bewusst und dient auf vollkommene Weise Gottes Willen und Schöpfungsplan. Im *Brahma-Purāṇa* (118.7) ist beispielsweise folgende Aussage zu finden:

> Maheśvara (Śiva) sprach zu den Weisen: „O erhabene Brāhmaṇas, ich sehe für die Menschen, die sich im Netz des Karmas verfangen haben und leiden, keine andere Möglichkeit der Befreiung, als beim Allmächtigen *(vāsudeva)* Zuflucht zu suchen."

Wer sich direkt an Gott wendet, verbindet sich mit der Wurzel allen Seins und braucht sich nicht getrennt an andere Instanzen zu wenden, denn diese sind – als Äste und Zweige desselben Baumes – allesamt ebenfalls von dieser Wurzel, der göttlichen Quelle, abhängig. In der *Bhagavad-Gītā* (9.11) sagt diese Quelle deshalb: *mama bhūta-maheśvaram.* „In Wirklichkeit bin ich [Kṛṣṇa] der Maheśvara."

---

* Wer Śivas Wesen und Position nicht richtig versteht, könnte dem Irrtum verfallen, Śiva mit Luzifer gleichzusetzen. Dies erläutere ich ausführlich im Buch *Einheit im Licht der Ganzheit – Orientierung im Labyrinth von Religion, Erleuchtung und New Age,* Kapitel 9: „Weltmacht im Namen von Erleuchtung", Unterkapitel „Luzifer-Theorien und der missverstandene Shiva".

„Ich offenbare dir dieses zeitlose Wissen des *yoga* (Verbindung mit der Quelle), weil du mein Geweihter und mein Freund bist, denn dies ist das höchste Mysterienwissen *(rahasyam uttamam)*. [...] Ich offenbare mich den Menschen entsprechend ihrer Geisteshaltung und dem Maß ihrer Liebe. [...] O Arjuna, weil du frei von Neid bist, offenbare ich dir vertraulichstes Wissen und dessen Verwirklichung [praktische Anwendung]. Durch dieses Erkennen wirst du von den Leiden und Ängsten des materiellen Daseins befreit werden. Dies ist der Kern des Veda und das Ziel aller Geheimlehren *(rāja-vidyā rāja-guhyam)*." (*Bhagavad-Gītā* 4.3/11a; 9.1f.)

„Jene, die geringes Wissen haben, berufen sich auf die blumigen Worte der [vier] Veda-Ritualschriften mit Überbetonung [Dogmatismus] *(veda-vāda-ratāḥ)* und sagen, es gebe keine höhere Wahrheit als dies./ Weil ihr Bewusstsein von Begierde geprägt ist, streben sie nach feinstofflicher Erhebung mit Karma-Vorteilen im nächsten Leben, und sie führen komplizierte Rituale aus, um Reichtum und Macht zu erlangen." (*Bhagavad-Gītā* 2.42-43)

„Wenn ein Yogī jedoch weiterhin über die Materie herrschen will, indem er sich wünscht, die höchste Welt zu erreichen, mit den Himmelsbewohnern zu genießen oder die acht Siddhi-Fähigkeiten zu erlangen, bleibt er unter dem Einfluss der Guṇas, gebunden durch das Mentale und das Sinnliche./ Das Ziel der wahren Yogīs *(yoga-īśvarāṇām)* ist das Spirituelle. So wird es ihnen aufgrund ihrer Hingabe, Entsagung, spirituellen Kraft und Weisheit möglich, sich ungehindert zu bewegen, sowohl innerhalb als auch jenseits der materiellen Welt." (*Śrīmad-Bhāgavatam* 2.2.22-23)

„Diejenigen, die eine himmlische Existenz in den erdnahen Lichtwelten (Svargaloka) erreichen, müssen wieder auf Martyaloka („Ort der Sterblichen", die Erde) zurückkehren, wenn die Karma-Ergebnisse ihrer frommen Handlungen erschöpft sind. Wer die Rituale der drei Vedas mit materiellen Wünschen ausführt, erlangt nur das, was kommt und geht./ Diejenigen aber, die ihr Bewusstsein unbeirrt auf mich richten, mich wahrhaft erkennen und immer mit dieser Hingabe (Konsequenz, Disziplin) handeln – ihnen gebe ich [Gott selbst] den höchsten Segen: die innere Sicherheit, dass sie immer mit mir verbunden sind *(yoga-kṣemam)*." (*Bhagavad-Gītā* 9.21-22)

„Das Zeitalter des Kali ist ein Meer von Drangsalen. Aber es hat eine einzigartige gute Eigenschaft: Indem man einfach das Bewusstsein auf Gott und Gottes Namen richtet *(kīrtanād eva kṛṣṇasya)*, kann man von materieller Bindung frei werden und das höchste Ziel erlangen *(mukta-saṅgaḥ paraṁ vrajet)*./ Was man im Satya-Yuga durch asketische Viṣṇu-Meditation, im Tretā-Yuga durch Makha-Rituale und im Dvāpara-Yuga durch Tempelzeremonien erlangen konnte, kann man im Kali-Yuga einfach durch das Lobpreisen Gottes erlangen *(kalau tad hari-kīrtanāt)*." (*Śrīmad-Bhāgavatam* 12.3.51-52)

Quellentexte: Von Magie zu Spiritualität *(yoga/religio)*

Gott, sowohl Energie als auch Individuum

Die höchsten Weißmagier und Mystiker, die mit ihren Kontakten bis in den „siebten Himmel" zu Brahmā und Rudra (Śiva) gelangen, überblicken eine vielschichtige Hierarchie von irdischen und überirdischen Wesen, und irgendwann stellen sich ihnen die Fragen: Was ist das wirkliche Ziel von Magie? Wie hängt Magie mit Religion und Spiritualität zusammen? Was oder „wer" ist Gott?

Aber lässt sich die Frage nach Gott überhaupt beantworten? Ist Gott nicht gerade das Unbeschreibliche und Unverständliche, das sich den Worten und dem Verstand der Menschen für ewig entzieht? Das stimmt natürlich, aber das ist nur die eine Hälfte der Ganzheit. Wäre Gott nur unbeschreiblich und unverständlich, wäre „er" nicht vollkommen, denn es fehlten ihm die Aspekte der Beschreiblichkeit und Verständlichkeit. Gott ist unverständlich, jenseits des menschlichen Fassungsvermögens, und ist gleichzeitig verständlich, fassbar und zugänglich. Gott ist das Absolute (das „Ungebundene", Unbegrenzte, vollkommen Unabhängige), von dem alles Relative (das „Bedingte", Begrenzte, Geschaffene) abhängig ist. Das Absolute umfasst alles Relative. Alles, was im Relativen (in der materiellen Welt) existiert, ist auch im Absoluten gegenwärtig, aber nicht in einer relativen Form, sondern in der spirituellen Urform.

In unserer relativen Welt sehen wir *Individualität, Vielfalt* und *Bewusstsein.* Diese Eigenschaften und Faktoren sind im Relativen nur deshalb vorhanden, weil sie auch im Urgrund vorhanden sind. In dieser ganzheitlichen Sicht ist Gott *gleichzeitig eins und alles:* eins, d. h. ungeteilt und unteilbar (= Individuum), und alles, d. h. alldurchdringend und allumfassend (= Energie). Gott ist gleich-zeitig Individuum (Bewusstsein) und Energie (Einheit). Gott auf das eine oder das andere zu beschränken wäre einseitig und halbwahr, und Halbwahrheiten sind bekanntlich gefährlicher als Unwahrheiten.

Diejenigen, die Gott nur als Individuum sehen und nicht auch als allumfassende Energie, missbrauchen Gott für sektiererische oder elitäre Ansprüche, indem sie glauben, nur *ihr* Gott sei der wahre Gott. Diejenigen, die Gott nur als Energie sehen, sehen sich vor keinem Gott verantwortlich und wollen selbst Gott sein, indem sie die göttliche Ordnung leugnen und eigene „Ordnungen" einführen. Sie sehen das Absolute als abstrakte Einheit, die sie nur durch eine Verneinung aller Relativität definieren.

Eine spaltende („diabolische") Gesinnung erkennt man über die einfache philosophische Frage: Wird Gott verabsolutiert oder relativiert? „Gott relativieren" bedeutet zu behaupten, jede theistische Erklärung von Gott sei eine Projektion des Menschen; das Absolute sei nur Energie (ohne Bewusstsein und Willen). Solche Aussagen wenden sich gegen jede Verabsolutierung von Gottesvorstellungen und einzelnen Gottesbüchern, sind aber selbst Teil des Problems und nicht Teil der Lösung. Ganzheitliche Religionen sind nicht exklusiv, sondern „inklusiv", das heißt, sie integrieren die Gegensätze im Licht einer differenzierten Selbst- und Gotteserkenntnis. Dementsprechend lässt sich die philosophische Unterscheidungsfrage auch praktisch formulieren: Wie sehen Religionen bzw. Ideologien die „anderen"? Halten sich die Gläubigen einer bestimmten Religion für besser als die „Andersgläubigen"? Und auf der anderen Seite: Was sagt eine Ideologie über Religion und spirituelle Weltbilder? Will sie Religion/Spiritualität diskriminieren oder gar eliminieren? Im 20. Jahrhundert stand die Hälfte der Menschheit unter dem Diktat solcher Ideologien.

Wie können wir wahre Einheit finden?

Es ist unbestreitbar, dass man die Gesamtheit aller Energie „Gott" nennen kann. Das tun, wie oben erklärt, auch die Atheisten und Asuras. Gott ist aber mehr als nur Energie, genauso wie wir – als ewige Teile Gottes – mehr als nur Energie sind. Gott ist sowohl Energie als auch Individuum, wörtlich „unteilbares und ungeteiltes Sein und Bewusst-Sein". Das ist eine frohe Botschaft,* eine ermächtigende Offenbarung: Das Absolute ist individuell und allgegenwärtig, was bedeutet, dass es möglich ist, jederzeit und überall eine bewusste Verbindung zu Gott zu entwickeln – ohne Magie, ohne ritualistische Bedingungen, frei von Absolutheitsansprüchen religiöser Institutionen.

Als allgegenwärtiges Sein und Bewusstsein kann Gott nicht nur eine verborgene und unbekannte Wahrheit sein, denn eine Wahrheit, die niemand kennt, ist nutzlos. „Wer sucht, der findet." Wo offenbart sich Gott als Ganzheit, als Energie (Einheit) und Individuum, als wahrhaft absolutes Wesen, das alles umfasst (auch alles Relative)?

Wer dieser Frage nachgeht, wird bestimmt auch die *Bhagavad-Gītā* (wörtl. „Gottes Gesang") wertschätzen lernen. Ich erwähne diese Schrift,

---

* „Die Frohe Botschaft": Übersetzung des Begriffs *Evangelium,* vom kirchenlateinischen *eu-angelium,* grch. *eu-aggélion,* „gute Nachricht; Siegesbotschaft", wörtl. „Gute-Nachricht-Überbringung; das, was ein Freudenbote (grch. *eu-ággelos*) als Neuigkeit bringt"; darin enthalten derselbe Wurzelbegriff, den wir auch im Wort „Engel" finden, grch. *ággelos,* lat. *angelus,* „Bote; Gottesbote; Mittlerwesen zwischen Gott und Mensch".

die heute für eine Milliarde Menschen eine heilige ist, ohne dadurch die anderen heiligen Schriften abwerten zu wollen. Im Gegenteil: Das Wertschätzen und Verstehen des „Fremden" kann helfen, auch die eigenen Offenbarungen besser zu verstehen und in ihnen dieselben Wahrheiten zu erkennen.

> „Diejenigen, die frei von Geltungssucht und Täuschung sind und falsche Anhaftungen überwunden haben, die sich im Licht des wahren Selbst *(ātmā)* und des Ewigen *(nityā)* sehen und sich nicht von Begierden treiben lassen, weil sie über den Gegensätzen stehen, die als Glück und Leid empfunden werden – sie sind wahrhaft weise und haben das Sein des Unvergänglichen *(padam avyayam)* gefunden [d.h. den Pfad der echten Religion und ganzheitlichen Gotteserkenntnis]." (*Bhagavad-Gītā* 15.5-7a)

„Frei von Geltungssucht und Täuschung" *(nirmāna-mohā)* beinhaltet, dass man die eigene Religion oder Weisheitsschule nicht verabsolutiert, aber auch, dass man Religion/Esoterik nicht mit materialistischer Arroganz ablehnt. Beide Positionen sind Teil derselben Spaltung. Wahre Einheit finden die Menschen dann, wenn sie beide Formen von Einseitigkeiten überwunden haben und ein ganzheitliches, integrierendes Gottesbewusstsein entwickeln (= Weg der Spiritualität).

Dass Gott jenseits der materiellen Welt auch eine von der Materie unabhängige (transzendente) Realität ist, wird von ernsthaft Suchenden schnell erkannt. Denn Gott antwortet ihnen mit Inspirationen und individuellen Offenbarungen. Aus diesem Grunde warnen auch die Meister der weißen Magie davor, Gott auf einen abstrakten Pantheismus zu beschränken: „die Vorstellung, Gott sei einfach die Gesamtheit der Natur."[108] Echte Spiritualität bedeutet, dass man Gott „stets sowohl als immanent (Seiner Schöpfung innewohnend) als auch transzendent (als Höchster Herrscher über alles) betrachtet".[109]

Da wir *Teile* dieser Ganzheit sind, können wir Rückschlüsse vom Teil auf das Ganze ziehen und bekommen auf diese Weise ein Gefühl sowohl für die Nondualität als auch die Individualität Gottes:

> „Es wäre töricht anzunehmen, dass der Schöpfer von Augen und Ohren nicht selbst sehen und hören kann. Und es wäre gleichermaßen unvernünftig zu meinen, dass er, der uns die Fähigkeit des Selbstgewahrseins schenkte, seiner selbst nicht gewahr ist."[110] [Siehe auch Kastentext auf S. 236]

> „Wir sind ein Ebenbild und Gleichnis des absoluten Seins – nach der Qualität gleich, in der Quantität sicherlich nicht."[111]

Die Welt ist wirklich; nur ein Wirkliches allein
Bringt Wirkliches hervor, Gott muß drum wirklich sein.
Die Welt ist Leben; nur Lebendiges allein
Kann Leben wirken, drum muß Gott lebendig sein.
Der Geist des Menschen denkt; nur Denkendes allein
Kann Denken schaffen, Gott muß also denkend sein.
Des Menschen Willen will; nur Wollendes allein
Kann Willen wirken, Gott muß selber wollend sein. [...]
Du bist kein Tropfe, der im Ozean verschwimmt,
Du fühlest dich als Geist auf ewig selbst bestimmt.
Vom höchsten Geiste fühlst du dich nicht zur Verschwimmung
Im höchsten Geist bestimmt, sondern zur Selbstbestimmung.

Diese Zeilen stammen vom Lyrik- und Sprachgenie Friedrich Rückert (1788–1866), aus: *Die Weisheit des Brahmanen – Ein Lehrgedicht in Bruchstücken,* veröffentlicht in den Jahren 1836 bis 1839 mit 2788 Kurzgedichten.[112] Die oben zitierten Stellen finden sich in Band 1 (1836), IV.12, und Band 3 (1837), VIII.15. Sie weisen auf die Mängel der monistischen Lehre hin, indem sie betonen, dass der Mensch als spirituelles Individuum Teil des Ganzen ist: nicht „zur Verschwimmung im höchsten Geist bestimmt, sondern zur Selbstbestimmung“. Gott ist die Ganzheit = Einheit in der Vielheit, Vielheit in der Einheit.

Wenn du erkennen kannst, wie vielfach ist das Eins,
Fällt mit der Vielheit ein die ganze Welt des Scheins. (I.18.)

Das Ewige, das ganz [= in Ganzheit] genossen Göttersöhne,
Ward Menschen dreigeteilt das Wahre, Gute, Schöne. (V.69)*

Fürs Ganze bist du ganz, wenn ganz für dich du bist,
Erkennend, daß durch dich das Ganze ganz nur ist. (VIII.34)

Ich seh' ein Ganzes, wo ihr sehet manchen Bruch,
Und hör' Einklingendes, wo ihr hört Widerspruch.
Wenn mein die Täuschung ist, so gönn' ich euch die Wahrheit;
Ist aber mein das Licht, so kommt in meine Klarheit! (X.36)

Das Größte gehet ein ins Kleinste, und das Ganze
Ins Einzelnste; die Sonn' ist Sonn' in jedem Glanze.
Sohn, mache durchs Papier den feinsten Nadelstich,
Und sieh' hindurch, dir zeigt die ganze Sonne sich. (XVIII.72)

* In einem anderen Gedicht schrieb Friedrich Rückert:
„Wahres und Gutes wird sich versöhnen,
Wenn sich beide vermählen im Schönen.“

Lyrische Meditation: Rückschlüsse vom Teil auf das Ganze

Liebe als Urkraft: die Ungetrenntheit (Nondualität) von Seele und Gott

Wie bereits erwähnt (S. 189f.), ist der Aspekt der Transzendenz entscheidend für eine ganzheitliche Gott- und Selbsterkenntnis, denn erst mit diesem Aspekt ist Gott auch Bewusstsein, Liebe und Gnade*. Wenn gewisse Kreise glauben, das Absolute sei nur eine nonduale Einheit oder eine abstrakte Energie, bedeutet dies, dass deren „Gott" bewusstlos, lieblos und gnadenlos ist.

Der transzendente Aspekt Gottes ist nichts Esoterisches oder Geheimes. Wenn die Menschen von der „Liebe Gottes" und von „Gottvater" oder vom „Mutter-Vater-Gott" sprechen, ist damit der transzendente Aspekt Gottes gemeint. Auch Gebete richten sich immer an den transzendenten Gott – und nicht an eine allpräsente Energie oder eine immanente, neutrale Intelligenz.

In der vedischen Theologie wird zwischen verschiedenen Identitäten des transzendenten Gottes unterschieden: die Vielheit in Einheit. All diese Gottformen sind Individuen, aber qualitativ sind sie alle identisch (die Einheit in der Vielheit). Die zwei grundlegenden Identitäten des transzendenten Gottes sind Viṣṇu und Kṛṣṇa. Salopp ausgedrückt: Viṣṇu ist Gott „beruflich", „Gott bei der Arbeit" (= Gott als Schöpfer), Kṛṣṇa ist Gott „privat" (= Gott außerhalb der Schöpfung). Viṣṇu als Urschöpfer ist nicht nur Gottvater, sondern auch Gottmutter: die göttliche Urenergie, die in ihrer Emanation die Materie (von lat. *mater,* „Mutter") hervorbringt. „Mutter" und „Vater" sind jedoch Bezeichnungen aus der Sicht der „Kinder Gottes", der Seelen. In ihrer eigenen Beziehung und Verbindung sind Mutter und Vater Geliebte und Geliebter. Gott in diesem „privaten", „intimsten" Aspekt ist Rādhā-Kṛṣṇa.

„Liebend" und „geliebt" ist im Absoluten keine Zweiheit, sondern die höchste Einheit der Individualität. Diese Liebe ist die Grundeigenschaft der spirituellen Welt. Liebe ist die höchste Urkraft: die Ungetrenntheit (Nondualität) von Seele und Gott. Im spirituellen Bewusst-Sein ist diese Liebe die wahre Einheit der Gegenseitigkeit: die Freude des Gebens und

* Der missverständliche (und vielfach vereinnahmte) religiöse Begriff „Gnade" bezieht sich auf das Wirken der göttlichen Kraft in Form von Inspirationen, inneren Erkenntnissen, Synchronizitäten, Heilungen usw. bis hin zu Karma-Auflösung und „Sündenvergebung". All diese Impulse von „außen" (von Gott, der in uns und überall ist) sind *Gnade/Barmherzigkeit,* weil sie nicht gemäß dem Karma geschehen, also nicht, weil wir sie uns „verdient" haben. Sie sind göttliche Geschenke gemäß unseren aufrichtig empfundenen *spirituellen* (egofreien) Wünschen und Gebeten.

Empfangens. Liebe ist die Freude, die geliebte Person zu erfreuen. Auf der vollkommenen Ebene ist diese Liebe bedingungslos, ewig und immer gegenseitig. Deshalb besteht im Absoluten kein Gegensatz zwischen denjenigen, die dienen, und denjenigen, denen gedient wird. Wäre Gott nur „Bedienter" und „Geliebter" (also „nur" Ziel und Empfänger von Verehrung und Liebe), wäre er nicht vollkommen. Gott ist aber vollkommen, weil „er" auch *Rādhā* ist. Rādhā ist der Aspekt des Liebens und Dienens in der Einheit der vollkommenen Liebe, die immer beides ist: lieben und geliebt sein. Gott in diesem höchsten Aspekt (Rādhā-Kṛṣṇa) ist die allumfassend-dynamische Einheit von „feminin" und „maskulin": Kṛṣṇa dient Rādhā, Rādhā dient Kṛṣṇa, und alle gottliebenden Seelen dienen Rādhā, die Kṛṣṇa dient, der allen dient. Die spirituelle Realität ist ein bewusstes Sein von unendlicher Liebe, die ewiglich zunimmt. Damit sind wir wieder beim vedischen Evangelium, der Frohbotschaft des Yuga-Avatāras (siehe S. 96), die heute – wie prophezeit – nach fünfhundert Jahren weltweit bekannt wird.

Die vedische Gottesoffenbarung von Rādhā-Kṛṣṇa ist keine Projektion des Menschen. Vielmehr ist Rādhā-Kṛṣṇa das spirituelle, ewige Urbild, in dem alle anderen Realitäten enthalten sind, auch die Schöpfungsaspekte der relativen Realität, wie z. B. elterliche und geschlechtliche Liebe.

Wie der männliche Aspekt Gottes, so hat auch der weibliche Aspekt als unbegrenzte spirituelle Wesenheit (Rādhā) unendlich viele Parallelformen, z. B. Śakti, „die Urbewegerin", und Śrī, „die Allbeglückende". Śrī-Viṣṇu und Śakti-Śiva sind immer eins und individuell („verschieden") als absolute Harmonie-Dynamik der göttlichen Feminin- und Maskulinaspekte. Sie sind schöpfungsbezogene Emanationen der ursprünglichen „polaren Einheit" Rādhā-Kṛṣṇa. Diese „polare Einheit" spiegelt sich in der materiellen Welt als die Polarität von männlich und weiblich, angefangen bei den höchsten Devas wie Brahmā und seinem weiblichen Pol („Dual"), Sarasvatī. Die Lichtwesen leben im Bewusstsein ihrer ewigen Verbundenheit mit Gott, und diese Gottnähe drückt sich auch in der äußeren Gestalt aus, die – in den aufsteigenden Hierarchien – immer gottähnlicher wird; denn in der absoluten Welt besteht zwischen Wesen und Gestalt (Seele und Körper) kein Unterschied. Dasselbe gilt für die Namen Gottes, denn im Absoluten sind das Bezeichnende und das Bezeichnete nicht verschieden: Gott und seine Namen sind „eins". Das wiederum ist ein Hinweis auf die Kraft von Gebeten und Mantras.

Die Kraft von Gebeten und Mantras

In der materiellen Welt ist es der tiefste Wunsch eines jeden Individuums, glücklich und erfüllt (nicht getrennt, nicht einsam) zu sein, d.h. geliebt zu sein. Echte, erfüllende Liebe findet die ewige Seele aber nicht in mentalen oder emotionalen Projektionen, sondern in der Verbindung mit der Ganzheit. Mit „weniger" als der Ganzheit kann die Seele nicht zufrieden sein, aber dies ist eine *spirituelle* Zufriedenheit, ein innerer Friede, der nicht von äußeren Faktoren abhängig ist. Was wir konkret tun, um die Verbindung mit der Ganzheit (Gott) zu finden und zu vertiefen, ist absolut individuell, aber das grundlegende Prinzip ist immer die Ausrichtung des Bewusstseins auf spirituelle Kraftquellen, wodurch wir die lichtvolle und erhebende Kraft der Gedanken erleben, insbesondere in Form von Meditation, Andacht und Gebet.

In früheren Zeitaltern waren Makha-Zeremonien und Yoga-Askese die empfohlenen Vorgänge der Selbsterkenntnis. Im Kali-Yuga sind diese Zeremonien und Askese-Praktiken nicht mehr möglich, aber auch nicht nötig, denn gemäß vedischer Offenbarung ist im gegenwärtigen Zeitalter der beste und wirkungsvollste Weg zu Selbsterkenntnis die *Gemeinschaft mit Gleichgesinnten (saṅga; saṅkīrtana).* Dasselbe sagte auch Jesus: „Wo zwei oder drei in meinem Namen zusammenkommen, bin ich in ihrer Mitte." (Mt 18,20)

Wenn Menschen in spiritueller Liebe und Verbundenheit zusammen sind, erzeugen sie ein spirituelles Kraftfeld, das in Resonanz mit der göttlichen Allgegenwart ist, verbunden mit der Gemeinschaft der höherdimensionalen Lichtwesen. In einem solchen Kraftfeld bekommt das gemeinsame Lesen, Sprechen, Singen und Schweigen eine einzigartige Qualität, wodurch es möglich wird, dass Geistesgaben aktiviert werden, innere Blockaden sich auflösen, Heilungen geschehen, usw. Dies wiederum bereichert die individuelle Meditation, denn das eine ersetzt oder erübrigt nicht das andere. Ein wichtiger Schlüssel in beidem sind die Namen Gottes: „Geheiligt werde dein Name!"

Die Namen Gottes sind Bestandteil aller spirituellen Mantras. Mantra-Meditation ist eine Anrufung Gottes, die unabhängig von materiellen Bedingungen (wie perfekte Aussprache) und unabhängig von äußeren Formen ist. Mantra-Meditation beinhaltet das Wiederholen von Gottes Namen als Gebet, sei es im gemeinsamen Singen oder in stiller Meditation. Durch das Wiederholen eines Mantras wird das Bewusstsein zentriert und entspannt, weil wir uns direkt in die spirituelle Klangschwingung vertiefen, ohne aus dem Intellekt heraus eigene Worte formulieren zu müssen. Wer in der Meditation die Ebene der Gedanken und des Intellekts hinter sich lassen kann, dringt in die Seelendimension des Bewusstseins vor. Konkret bedeutet dies: Wir vergessen die Zeit. Wir vergessen die Zeit manchmal während der Arbeit, bei Computerspielen, bei Filmen usw. Können wir die Zeit auch bewusst während des Singens, in der Stille und im Gebet „vergessen"?

Nārada-Purāṇa 1.15: „Es gibt zehn Arten von Religion, kulminierend in Bhakti. In der materiellen Existenz ist Bhakti wie ein Feuer, das alle Karma-Reaktionen verbrennt. Diese zehn Arten von Religion unterscheiden sich gemäß dem Einfluss von Sattva-, Rajo- und Tamo-Guṇa."

Religion unter dem Einfluss von Tamo-Guṇa

Niedere Stufe: Verehrung von Gott, um Gegner oder Andersgläubige zu vernichten.
Mittlere Stufe: Gottesverehrung mit negativen Hintergedanken und egoistischen Absichten.
Höhere Stufe: Gottesverehrung mit Konkurrenzdenken; man will andere Menschen an Frömmigkeit übertreffen.

Religion unter dem Einfluss von Rajo-Guṇa

Niedere Stufe: Verehrung von Gott für Profit, Reichtum oder Sieg über Gegner (Konkurrenten).
Mittlere Stufe: Verehrung von Gott für Ruhm, Ansehen und Anerkennung (Propagierung der eigenen Religion).
Höhere Stufe: Verehrung von Gott, um in Gottes Reich paradiesisch genießen zu können.

Religion unter dem Einfluss von Sattva-Guṇa

Niedere Stufe: Verehrung von Gott, um sich von Leid zu befreien bzw. nicht für Sünden bestraft zu werden.
Mittlere Stufe: Frommes Leben auf der Grundlage von Pflichtgefühl.
Höhere Stufe: Dienen aus Nächstenliebe, um Leid zu verringern.

Spirituelle Religion (Bhakti): persönliche Spiritualität und Meditation, frei von egomotivierten Wünschen und ohne Erwartung von Lohn und Anerkennung; Handeln aus ganzheitlicher Selbst- und Gotteserkenntnis im Bewusstsein der Ewigkeit: man sieht sich als Teil des Ganzen und dient dem Ganzen (Gott und allen Teilen Gottes) mit Liebe und Hingabe (= Bhakti); „Dein Wille geschehe, wie im Himmel, so auf Erden".

Tafel 6: Die zehn Stufen von Religion

Ohnmacht und Macht des einzelnen Menschen

In der Seelendimension findet das Individuum zu seiner wahren Identität zurück und erkennt sich als ewigen Teil Gottes. Die Verbindung des eigenen Selbst mit dem Absoluten wird im Sanskrit *yoga* und im Lateinischen *religio* genannt. Diese Begriffe bedeuten „Verbindung" bzw. „Wiederverbindung". *Yoga/religio* im ursprünglichen Sinn ist das, was wir heute als Spiritualität bezeichnen: ganzheitliches Selbst- und Gottesbewusstsein auf der Grundlage von Eigenverantwortung, Unterscheidungsvermögen und Liebe (Gottes-, Selbst- und Nächstenliebe). Spiritualität ist frei von der Ambition, andere Menschen vereinnahmen oder ihnen den eigenen Glauben aufzwingen zu wollen.

Menschen, die sich mit reiner Absicht Gott zuwenden, finden inneren Frieden und wahre Freiheit, die nicht von äußeren Faktoren abhängig sind: „Wenn ihr meinen Worten folgt, folgt ihr mir wahrhaftig, und ihr werdet die Wahrheit (Gottes Wirklichkeit) erkennen, und die Wahrheit macht euch frei." (Joh 8,31)

Spiritualität bedeutet deshalb auch Verbindung und Zusammenarbeit mit Menschen, die bereits gottesbewusst sind. Solche Menschen sind selbstlos und frei vom Wunsch nach persönlicher Macht, weshalb sie nicht Macht, sondern *Voll-Macht* bekommen (S.216). Dazu gehört die natürliche Begabung („Gabe"), in anderen Menschen den Wunsch zu wecken, ebenfalls in göttlicher Liebe tätig zu werden. Dies kann niemand mit magischen oder mentalen Techniken erreichen. Die Zusammenarbeit mit bevollmächtigten Lichtwesen (inkarnierten und höherdimensionalen) ist der Schlüssel zur eigenen Bevollmächtigung, denn wir können nicht aus eigener Kraft und Macht heraus andere Menschen inspirieren und zu einer inneren Transformation bewegen.

Ein Schlüsselvers der *Bhagavad-Gītā* nennt uns hierzu drei wichtige Punkte:

> „Spirituelles Wissen empfängst du durch Hingabe, richtiges Fragen und praktisches Dienen. Die Wissenden können dir echtes Wissen offenbaren, denn sie haben diese Wahrheiten selbst erschaut./ Dank solcher Erkenntnis wirst du nie wieder in Illusion fallen, denn du wirst sehen, dass alle Lebewesen *ātmā,* ewige spirituelle Seelen, sind und somit Teile von mir, dem Allumfassenden." (4.34 - 35)

Die drei Punkte sind: Hingabe und gegenseitiges Vertrauen („Wenn zwei oder drei in meinem Namen zusammenkommen"; Guru-Prinzip), richtiges Fragen (mit der Bereitschaft zu lernen) und praktisches Dienen

(Tätigsein, Anwenden des Gelernten). Wer sich in einer solchen Haltung an die inkarnierten und höherdimensionalen Lichtwesen wendet, wird in dieser Gemeinschaft weiterführende Erkenntnisse, Inspirationen und Offenbarungen empfangen – nicht „auf Knopfdruck" und noch weniger durch Fordern und Verlangen, sondern im Fluss des Lebens als innere Einweihungen. Einweihungen müssen keine institutionellen Rituale sein, die zudem oftmals energetisch oder magisch bindend sind. „Einweihung" bedeutet, wie die Redewendung sagt: Man wird in ein Geheimnis eingeweiht. Bei inneren Einweihungen geht es um die Geheimnisse des eigenen Lebens (Berufung, frühere Leben, Heilung alter Wunden, Klarheit über nächste Schritte, usw.), die ebenfalls mit den drei genannten Punkten verbunden sind.

Wenn die Menschen sich wahrhaftig neue Lebensumstände wünschen und bereit sind, dementsprechend zu leben, wird ein mächtiges spirituelles Bewusstseinskollektiv erzeugt, das ungeahnte Dynamiken auslöst. Die gesamte Schöpfung lebt und existiert auf der Grundlage von Bewusstsein (Ātmā und Paramātmā). Deshalb ist *Bewusstsein* der Schlüssel zur spirituellen Macht und Kraft der inkarnierten Seele als Schöpferwesen. Jeder Mensch kann sich Hilfe, Schutz und Veränderung wünschen und beginnen, im eigenen Leben Schritte in diese Richtung zu tun, angefangen mit den entsprechenden Gebeten und Meditationen. „Hilf dir selbst, so hilft dir Gott."

Schon seit längerer Zeit weisen Zeichen – positive und negative – darauf hin, dass der Kurs der Menschheit geändert werden muss und sich ändern wird. Die positiven Zeichen und Hinweise sind meistens still und richten sich nur an einzelne Personen oder Gruppen. Dennoch gelangen gewisse positive Zeichen auch in die Berichterstattung, werden aber kaum als solche erkannt, vor allem, weil die Massenmedien immer sogleich materialistische Erklärungen oder lächerlich machende Formulierungen liefern.

Ein Beispiel für ein positives Zeichen, das für eine kurze Zeit weltweite Aufmerksamkeit bekam, wird im nächsten Kapitel beschrieben. Es zeigt, dass die Lichtwesen eine konkrete Realität sind und dass sie sich heute wieder *persönlich* bemerkbar machen, im besagten Beispiel auf eine stillspektakuläre – und auch humorvolle – Weise.

Kapitel 11

Ein weltweites Zeichen der höchsten Devas

Vor fünftausend Jahren fand der letzte große Yuga-Übergang statt: Ende des dritten Yugas, Beginn des vierten Yugas. Jedes dieser großen Yugas beinhaltet viele Unterzyklen, und so begann vor fünftausend Jahren auch der erste Unterzyklus des vierten Yugas: das dunkle Zeitalter (Kali-Yuga). In den Jahrtausenden zuvor, so berichten uns Überlieferungen aus aller Welt, hatten sich gewaltige Naturkatastrophen ereignet, die zum Untergang der damaligen Kulturen führten. Die Sanskritschriften sagen, dass die „Endzeit" des dritten Yugas 72 000 Jahre dauerte. Während dieser Übergangszeit waren Erdteile in den Fluten der Meere versunken, zudem war der Meeresspiegel weltweit um 120 m angestiegen. Ein großer Teil der Überlebenden war in ein Höhlenbewohnerdasein zurückgeworfen worden, und die nachfolgenden Generationen kannten nichts anderes mehr als den „steinzeitlichen" Kampf ums Dasein. Die hochstehenden Kulturen der Vergangenheit existierten nur noch als sagenhafte Überlieferung. Indien war relativ verschont geblieben, doch hatten die gewaltigen Erdveränderungen auch dort ihre Spuren hinterlassen: Der Ganges floss in die entgegengesetzte Richtung, und der in den alten Hymnen gepriesene Strom Sarasvatī, der bis zu fünf Kilometer breit gewesen war, hatte seine Quelle im Himālaya verloren und war versiegt.[113]

In den Sanskritschriften finden wir ausführliche Beschreibungen der historischen Phase des Yuga-Übergangs vor nunmehr sechs- bis fünftausend Jahren. Zu dieser Zeit hatte sich die Erde von der langen Katastrophenserie erholt, aber im Vorfeld des Kali-Yugas entwickelten sich neue Machtstrukturen, die einem tyrannischen und „patriarchalen" Ungeist entsprangen. Besonders betroffen war das Land südlich des Himālaya, weil dort trotz der Endzeit-Katastrophen (= Ende der Eiszeit) die vormalige spirituelle Tradition fortbestand. Während in weiten Bereichen der Erde nur noch verstreute Jäger- und Sammlergemeinschaften existierten, konzentrierte sich das Eindringen der Asuras vorerst auf den indischen Subkontinent und die angrenzenden Gebiete. Durch diese Invasion (durch Inkarnation) verbreiteten sie auf der Erde den Geist der Spaltung, denn nun brach „ihr" Zeitalter an: das Kali-Yuga.

Das Sanskrit-Epos *Mahābhārata* beschreibt, wie die diabolischen Teile der Elite Personenkulte und schwarzmagische Rituale förderten. Einer der unheimlichsten Herrscher dieser Epoche, König Jarāsandha, führte sogar Menschenopfer durch und brachte Tausende von Gegnern in Massengefangenschaft, um sie bei seinen „Gottesritualen" töten zu lassen. Gleichzeitig kam es zu großen Schlachten, und viele Menschen, die sich dieser gottlosen Gewaltherrschaft entziehen wollten, flohen in die Berge und in die Wälder.

Mutter Erde (Bhūmi) litt sehr unter diesen mörderischen Mächten und wandte sich an Brahmā, den höchsten Deva des Universums, um von ihm Hilfe zu erbitten. Die Menschen und erst recht die selbstherrlichen Asuras ahnten nicht, dass die Göttin der Erde (siehe S. 208) persönlich Schritte zur Änderung der Situation einleitete. Bhūmi erschien vor Brahmā in der Gestalt einer Kuh, leidend, geschunden und betrübt. Brahmā, Śiva und die anderen hohen Lichtwesen (Devas) erhörten die Bitten von Mutter Erde und leiteten Gegenmaßnahmen ein, was bewirkte, dass Tausende von Devas auf der Erde geboren wurden, um die göttliche Intervention vorzubereiten und zu unterstützen. Denn in dieser Zeit der größten Not kam ein Avatāra Gottes auf die Erde, wie er nur einmal pro Yuga erscheint. Der damalige Avatāra war der berühmte *Kṛṣṇa,* an den sich die indische Kultur auch heute noch lebendig erinnert, ja sie wurde durch seine Erscheinung entscheidend geprägt.

In der *Bhagavad-Gītā* (4.1 - 3a) sagte Kṛṣṇa, rückblickend auf die Ereignisse der vergangenen Jahrtausende:

> „Vor langer Zeit kam das unvergängliche Gotteswissen *(yogam avyayam)* über den Sonnengott und Manu auf die Erde und wurde durch die Meister-Schüler-Nachfolge weitergegeben, und die heiligen Könige verstanden dieses Wissen [lebten und regierten entsprechend]. Doch unter dem mächtigen Einfluss der Zeit ist es fast gänzlich verlorengegangen. Deswegen wird das zeitlose Wissen über die göttliche Verbindung *(yoga)** von mir nun erneut offenbart."

---

* „Das zeitlose Wissen über die göttliche Verbindung" *(yoga purātana):* Das Wort *purātana* bedeutet „sehr alt; seit Urzeiten existierend; seit den Uranfängen offenbart", d. h. „zeitlos" in einem multidimensional-historischen Sinn. Der Inhalt dieses Urwissens ist *yoga,* das Wissen um die göttliche Verbindung von allem. „Alles ist verbunden": Teil und Ganzheit, Seele und Gott, Mensch und Kosmos/Erde/Natur, die Menschen untereinander, usw. Das Wort *yoga* kommt in den hier zitierten Zeilen der *Bhagavad-Gītā* dreimal vor.

Aus der Geschichte lernen ...

Wenn die Situation für Mutter Erde bereits vor fünftausend Jahren unerträglich war und eine göttliche Intervention erforderte, fragt man sich, was dies für die aktuelle Situation bedeutet.

Es ist ein Schickalsgesetz, dass vor großen karmischen und zyklischen Umwälzungen stets deutliche Zeichen gegeben werden, sowohl aufrüttelnde (negative) als auch weiterführende (positive). Aber werden diese Zeichen wahrgenommen? Bewirken sie eine Veränderung der ausbeuterischen Systeme und eine Überwindung der Extreme? Haben wir aus der Vergangenheit gelernt? Alle kennen die Geschichte von Noah, der die Zeichen der Zeit ernst nahm und begann, eine Arche zu bauen – und von den meisten ausgelacht und verleumdet wurde. Es ist nicht schwer, sich vorzustellen, wie die Schlagzeilen gelautet hätten, hätte es damals schon Zeitungen gegeben. Und wir kennen die große Warnung (Lk 17,26 - 37): In der „Endzeit", d. h. beim nächsten großen Zykluswechsel, werde es sein wie in den Tagen des Noah ...

Wie die bisherigen Ausführungen zeigten, ist aus ganzheitlicher Sicht das Böse nicht erforderlich, um ein Umdenken zu bewirken, denn ein Bewusstseinswandel zum Guten kann nicht erzwungen werden. Es sind die negativen Kräfte, die den Menschen ihre Ideologien und Dogmen aufzwingen wollen. Die lichtvollen Kräfte handeln anders. Auch die hohen und höchsten Schöpferwesen, die über kosmische Macht verfügen, wenden nie Zwang an. Sie manipulieren nicht, sie *inspirieren.* Deshalb sind ihre positiven Zeichen immer unaufdringlich, das heißt: Wer will, kann die offensichtliche Bedeutung erkennen. Wer nicht will, kann „ungestraft" alles leugnen oder falsch darstellen, seien es mystische Erlebnisse anderer Menschen, wie Lichtwesenkontakte, innere Offenbarungen und Nahtoderfahrungen, oder interdimensionale Phänomene wie Maria-Erscheinungen, Wunderheilungen, Ufos, Kornpiktogramme usw.

Während die positiven Phänomene meistens von astralen und außerirdischen Lichtwesen ausgehen, kam es 1995 zu einem Ereignis, bei dem die höchsten Devas des Universums irdisch-sichtbar handelten – „höchstpersönlich" und weltweit! Dies waren dieselben Devas, die Mutter Erde vor fünftausend Jahren um Hilfe angerufen hatte, und nun gaben sie erneut ein Zeichen. Wieder ging es um Mutter Erde und die symbolische Globalbedeutung der Kuh und der Tiere allgemein.

Das Milchwunder vom 21. September 1995

Seit Jahrtausenden findet in allen indischen Tempeln morgens eine Altarzeremonie mit Speiseweihung statt, in den großen Tempeln bereits um 4 Uhr, in anderen um 5 oder 6 Uhr. Bis spätestens um 8 Uhr hat auch jede fromme Hindu-Familie eine ähnliche Zeremonie im privaten Rahmen vollzogen. Man bringt auf dem Altar Gott und den hohen Schöpferwesen Speise dar, ein paar Süßigkeiten und einen Becher Milch.

Seit Jahrtausenden die gleiche Zeremonie: Der Priester oder die Priesterin stellt die vegetarischen Opfergaben auf den Altar, nimmt mit einem Löffel Milch aus dem Becher, hält ihn vor die Altarfigur (sanskr. *mūrti*) und spricht die Weihegebete. Nach der Zeremonie wird die geweihte Speise (Prasādam) an die Tempelgemeinde verteilt oder im privaten Kreis an die Familienmitglieder.

Am 21. September 1995, zur Herbst-Tagundnachtgleiche, geschah es, dass die Milch plötzlich aus dem Löffel verschwand! Der erste Bericht stammt von 4 Uhr morgens aus einem Tempel in New Delhi. Dann folgten weitere Berichte aus ganz Indien. Es waren vor allem Gaṇeśa- und Śiva-Mūrtis, die Milch „tranken", aber auch andere. Die Neuigkeit verbreitete sich rasend schnell, privat über das Telefon und am Morgen auch über erste Radio- und Fernsehnachrichten.

Im Verlauf des Vormittags kam es vor vielen Tempeln zu großen Ansammlungen von Menschen, die das Wunder mit eigenen Augen sehen wollten – und auch sahen. Bei einigen Tempeln warteten die Menschen in Kolonnen von über einem Kilometer Länge. In Mumbai berichteten Kabelfernsehstationen direkt aus den Tempeln.[114] „Das überweltliche Ereignis brachte die sehr weltliche Stadt New Delhi zu einem Stillstand [der 21.9. war ein Donnerstag], und die großen Milchvorräte dieser Stadt – über eine Million Liter – waren innerhalb weniger Stunden ausverkauft."[115]

Aufgrund der Zeitverschiebung begannen die vedischen Zeremonien in den westlichen Ländern bis zu zwölf Stunden später, aber im Verlauf des Tages war klar: Das Milchwunder geschah weltweit!

Neben den vielen Berichten aus Indien und England (dort leben außerhalb Asiens die meisten Hindus) bekam allein die Redaktion des Magazins *Hinduism Today* weitere Berichte aus Kanada, aus den USA, aus Trinidad, Guyana, Italien, Deutschland, Dänemark, Dubai, aus den Vereinigten Arabischen Emiraten, aus Mauritius, Kenia, Südafrika, Nepal, Bangladesch, Sri Lanka, Hong Kong, Thailand, Indonesien, Malaysia, Fiji, Australien und Neuseeland.[116]

Bei diesem Phänomen handelte es sich um folgenden Sachverhalt: Wenn man einen Löffel mit Milch bei einer Mūrti-Statue ansetzte oder den Löffel nur hinhielt, verschwand die Milch. Das war vorher noch nie geschehen (oder nur selten und vereinzelt), geschah an diesem Tag weltweit und hörte mit dem folgenden Tag wieder auf. Einzelne Mūrtis „tranken" auch noch am 22. und 23., aber dann kehrte nach der „Paranormalität" wieder die „Normalität" ein.

Das Milchwunder vom 21.9.1995 ist eines der bestdokumentierten paranormalen Phänomene der neueren Geschichte. Anhand dieses Ereignisses lässt sich vieles von dem, was im vorliegenden Buch beschrieben wird, praktisch illustrieren:

- die Lichtwesen (Devas) sind eine konkrete Realität;
- die jahrtausendealten Zeremonien sind auch heute wirksam (obwohl sie nur noch in vereinfachter Form durchgeführt werden);
- die Menschen bekommen von den Devas als Ankündigung epochaler Veränderungen klare Zeichen; diese Zeichen sind wundersam, aber unaufdringlich.

Weltweit erschienen Presseartikel. Das Fernsehen berichtete mit Filmaufnahmen, und Millionen von Menschen sahen es persönlich: Die Tempelfiguren „tranken" Milch! Die Milch dematerialisierte sich, und zwar in tausend-, ja millionenfacher Wiederholung. Für Anhänger materialistischer und atheistischer Weltbilder war dies ein Horror, weshalb sich sofort Skeptiker zu Wort meldeten, um das Milchwunder zu entmystifizieren und wissenschaftlich zu „erklären". Einmal mehr wurde ein vielfach bezeugtes und gut dokumentiertes Phänomen durch Scheinargumente verfälscht dargestellt. So ging auch das Milchwunder, eigentlich eine wissenschaftliche Sensation, schnell in der täglichen Informationsflut unter, ohne direkte Folgen für die vorherrschenden Weltbilder.

„Experten" als Verfechter des materialistischen Weltbildes

Zuerst muss festgehalten werden, dass alle Wissenschaftler, die sich als „Experten" an die Massenmedien wandten, eine materialistische und atheistische Weltsicht vertraten. Für sie *durfte* das Phänomen nicht real sein. Sie wollten nicht herausfinden, was geschehen war, sondern wollten nur ihr Weltbild verteidigen. Kaum wurde das Milchwunder bekannt, verkündeten sie: es handle sich um eine Massenhysterie, um eine reli-

Was sind Mūrtis?

Das Sanskritwort *mūrti,* wörtl. „das Geformte; die sichtbare Form (Manifestation); Verkörperung", wird meistens mit „Tempelfigur", „Gottesstatue" oder „Bildgestalt" übersetzt. Mūrtis sind dreidimensionale Darstellungen Gottes oder der Devas (aus Holz, Metall oder Stein), die auf dem Altar von hinduistischen und einigen buddhistischen Tempeln zeremoniell verehrt werden.

Mūrti-Verehrung beruht auf dem Verständnis, dass Gott überall und allgegenwärtig ist, also auch in einer materiellen Gestalt, wenn ein Mensch mit Liebe, Glauben und Andacht Gott in diese Präsenz einlädt. Wenn die Figur zerstört wird, wird nur die materielle Form zerstört, nicht aber die göttliche Präsenz.

Gott ist in allen Dimensionen gegenwärtig, so auch im Raum der vier Dimensionen. Wenn Gott nicht auch vier-, drei-, zwei- und eindimensionale Aspekte umfassen würde, wäre er nicht vollständig. Wäre Gott nur unfassbar, unverständlich und unsichtbar, würden ihm die Aspekte der Fassbarkeit, Verständlichkeit und Sichtbarkeit fehlen. Gott in der vollkommenen und vollständigen Offenbarung ist also auch fassbar, verständlich und sichtbar!

Die *vierdimensionalen* Aspekte Gottes sind die Erscheinungen im Bereich von Raum und Zeit, insbesondere die göttlichen Inkarnationen (Avatāras) und die Devas als Teilaspekte Gottes.

Die *dreidimensionalen* Aspekte sind (scheinbar) materielle Dinge, die in direkter Verbindung mit Gott gesehen werden, insbesondere heilige Schriften, Gotteshäuser, Mūrtis und Speisen, die den Mūrtis dargebracht wurden.

Die *zweidimensionalen* Aspekte sind Abbildungen der Mūrtis und Avatāras und vor allem auch die geschriebene Form der heiligen Texte.

Die *eindimensionalen* Aspekte sind die spirituellen Klangschwingungen, insbesondere Gebete und die heiligen Namen, denn Gott und Gottes Namen sind nicht verschieden (S. 89 und 238).

Die vedischen Quellen betonen, dass jede vollständige Gottesoffenbarung auch diese vier Aspekte umfassen oder sie zumindest andeuten muss.

Die nahöstlichen Religionen vertreten ein Bilderverbot gemäß dem Ersten Gebot: „Du sollst keine anderen Götter haben neben mir. Du sollst dir kein Gottesbild machen ..." Im historischen Kontext bezog sich dies auf Götzendarstellungen von dunklen Astralwesen und Astralfürsten, denen schwarzmagische Blutopfer dargebracht wurden. In einem universellen und überkonfessionellen Sinn bedeutet das erste Gebot, dass der Mensch Gott nicht auf eine einzige Vorstellung beschränken und mit nichts Materiellem gleichsetzen darf. Wer religiöse Vorstellungen (das eigene Bild/Konzept von Gott) verabsolutiert und dadurch zu Hass oder sogar Gewalt im Namen Gottes aufruft, verstößt gegen das erste Gebot und dient einem falschen Gott oder falschen Vorstellungen von Gott.

giöse Verschwörung und um wissenschaftliche Ignoranz; man könne alles mit einfachen physikalischen Gesetzen erklären.

Die materialistischen Ideologen behaupteten, sie verträten „die Wissenschaft", und im Namen von Wissenschaft versuchten sie aggressiv, das Narrativ zu dominieren. Am nächsten Tag (22.9.) druckten alle Zeitungen Indiens deren Erklärungen ab. „Man sieht, was man glauben will", lautete eine Schlagzeile in der großen indischen Zeitung *The Telegraph. The Asian Age,* eine andere große Zeitung Indiens, doppelte nach: „Wissenschaftler sagen, die Massenhysterie war inszeniert".

Federführend in dieser Aktion war die IRA, die *Indian Rationalist Association,* eine wissenschaftlich und politisch einflussreiche Organisation. Der Generalsekretär der IRA, Dr. S. Edamaraku, faxte seine Stellungnahme an alle Zeitungs-, Fernseh- und Rundfunkredaktionen und argumentierte darin wie folgt: Milch und jede andere Flüssigkeit bildet in einem seichten Behälter, z. B. einem Löffel, keine flache, sondern eine leicht gewölbte Oberfläche, was auf die Oberflächenspannung zurückzuführen ist. Kommt die Flüssigkeit mit einem nassen Objekt in Berührung, wird die Spannung aufgehoben, und die Flüssigkeit wird nach oben gezogen. „Das grundlegende Prinzip dahinter ist, dass zwei Tropfen einer Flüssigkeit, wenn sie zusammenkommen, einen einzigen Tropfen bilden." Wird der Löffel geringfügig gekippt, fließt die Milch heraus, wobei der dünne Fluss der Milch „praktisch durchsichtig" ist. Genau das sei beim Milchwunder der Fall gewesen, behauptete der IRA-Generalsekretär. Entscheidend sei dabei die „psychomotorische Bewegung der Muskeln": „Unsere Muskeln arbeiten entsprechend unserem Glauben und unseren Wünschen. Das Neigen des Löffels wird deshalb vom Gläubigen nicht gesehen, weil er sich dessen gar nicht bewusst ist. Der Muskel der Hand neigt den Löffel, weil der Gläubige ernsthaft wünscht, dass der Gott seine Opferung annimmt."

Der Star dieser Kampagne war der Schuster Dulichand aus Delhi, der angeblich einen IRA-Wissenschaftler auf die Lösung des Rätsels aufmerksam gemacht hatte: „Mein Amboss trinkt auch Milch!" Er führte vor der TV-Kamera ein Löffelchen Milch an das Eisen heran und kippte es langsam, so dass die Milch außen herunterlief. Die IRA-Leute lachten laut und ausgiebig über diese simple Erklärung, die ihnen, den Gelehrten, nicht eingefallen sei. Dem TV-Publikum fiel es leicht, sich mit diesem „genialen" Schuster zu identifizieren.

Das indische Nachrichtenmagazin *Frontline* brachte am 20. Oktober 1995 rückblickend einen Artikel mit der Schlagzeile „Wissenschaft und

Aberglaube – Der Milchwunder-Unsinn" und fasste darin die offizielle Meinung wie folgt zusammen: „Die Psychose des Wunders wurde durch eine Massenillusion hervorgerufen. [...] Der 21. September war ein Tag, an dem Millionen von Menschen unter sozialem Druck willig waren zu glauben, die Steinfiguren würden Milch trinken."

Des Weiteren rügte das Magazin das indische Volk, weil so viele – auch Priester, Politiker und Wissenschaftler – auf diesen „milk hoax" hereingefallen seien: „Wenn die Bürger in solch großer Zahl dazu gebracht werden können, etwas zu glauben, was so offensichtlich falsch und absurd ist wie das Milchtrinken der Götterfiguren, dann muss man sich fragen, wie sie in den komplizierteren und anspruchsvolleren Themen, die auf die Gesellschaft zukommen, urteilen werden."

Viele Inder wurden durch diese Stellungnahmen eingeschüchtert, oder zumindest wurde ihre Euphorie gedämpft, denn diejenigen, die jetzt noch zu sagen wagten, sie hätten das Wunder selbst gesehen, galten aufgrund der Medienpropaganda als abergläubisch, dumm und unbelehrbar.

„Man sieht, was man glauben will"

Was *The Telegraph* als Schlagzeile verkündete, gilt auch für die materialistischen Wissenschaftler: Sie sehen die Welt, das Leben und alle Phänomene der Schöpfung durch den Filter ihres gott- und seelenlosen Glaubens. Fassen wir ihre Erklärungsversuche zusammen.

Die dringlichste Frage war: Warum geschah das Milchwunder nur an diesem einen Tag? Hier antworteten die „Wissenschaftler" mit einer Verschwörungstheorie: alles sei **Trick und Betrug** gewesen. Die Tempelpriester hätten dieses Spektakel inszeniert, um die Menschen wieder vermehrt in die Tempel zu locken. Sie hätten das Gerücht selbst in Umlauf gebracht und dadurch die Hysterie ausgelöst. Es sei ja erwiesen, dass das Gerücht anfänglich nur von wenigen Tempeln ausgegangen sei. Die Priester hätten die Leute durch sozialen Druck dazu gebracht, an das vermeintliche Wunder zu glauben. Um die Spuren der herunterlaufenden Milch zu verwischen, hätten sie die Statuen während des Tages immer wieder rituell mit Milch überschüttet, damit die Milch, die von den Löffeln herunterfloss, nicht mehr auffiel.

Widerlegung: Es stimmt, dass einige der Mūrtis zur Feier des Tages mit Milch überschüttet wurden, so dass sie nass waren und in einer Lache Milch standen. Aber das war längst nicht in allen Tempeln der Fall und geschah sowieso erst, *nachdem* das „Trinken" begonnen hatte.

Die Behauptung, einige wenige Priester hätten durch Absprache eine weltweite psychologische Täuschung ausgelöst, ist absurd. Es waren die materialistischen Ideologen, die mit Falschdarstellungen und sozialem Druck arbeiteten. Und sie behaupteten, das Milchwunder sei leicht zu erklären. Dennoch waren die Erklärungen widersprüchlich und unklar. Grundlegend wurden zwei Theorien vertreten.

Theorie 1: Die Porosität des Steines. Dr. Majumdar, ein Chemieprofessor, sagte, die Erklärung sei ein Saugeffekt. Die Statuen seien nach dem heißen Sommer ausgetrocknet gewesen, weshalb der Stein die Milch wie ein Schwamm aufsog. „Prof. Majumdar nahm einen Backstein, der aus gebranntem Ton besteht. Er hielt einen Teelöffel voll Wasser gegen eine Ritze im Stein, und das Wasser wurde vom Stein aufgesogen." (*The Telegraph,* 22.9.1995)

Widerlegung: Viele Mūrtis waren aus Marmor oder Metall. Bei einigen verschwand die Milch in Sekundenschnelle und insgesamt literweise.

Theorie 2: Oberflächenspannung und Kapillarfunktion: Mit dieser einfachen Physik lasse sich erklären, wie die Milch aus dem Löffel abgeflossen und dann in einem dünnen Film außen an der Statue hinuntergeflossen sei. Ein „Experte" demonstrierte diesen Effekt wie folgt: Er hielt einer Tempelfigur einen Löffel mit gefärbter Milch an den Mund und kippte den Löffel langsam – und die Milch floss bis zum Sockel, wo sie in der weißen Milchlache aufgrund der Einfärbung deutlich erkennbar war.

Widerlegung: Wer dieses einfache Experiment ausführt, sieht sogleich, dass die herunterlaufende Milch nicht unsichtbar verschwindet. Das Abfließen der Milch ist unübersehbar. Doch genau dieses Herunterfließen wurde bei den Tempelfiguren nicht beobachtet.

Theorie 2+3: Theorie 2 allein führt noch zu keinem Ausfließen der Milch. Dies lässt sich leicht nachprüfen: Man fülle einen Löffel mit einer Flüssigkeit, bis sich die Oberfläche aufgrund der Oberflächenspannung wölbt, und dann berühre man mit einem Gegenstand die Flüssigkeit. Was geschieht? Die Flüssigkeit springt hoch und „klebt" am Gegenstand. Das ist alles! Es entsteht nicht die geringste Fließbewegung. Das wussten die IRA-Leute natürlich auch, und deshalb mussten sie einen zusätzlichen Faktor hinzuziehen: **die psychomotorische Bewegung der Muskeln.** Die Gläubigen hätten den Löffel unbewusst geneigt und die Milch ausgeschüttet, ohne es zu merken (oder merken zu wollen) und ohne dass die Zuschauer es sahen.

Entgegnung: Es ist eine arrogante Anmaßung zu behaupten, all die Menschen, die das Verschwinden der Milch sahen (darunter viele „Ungläubige"), hätten sich getäuscht und das angebliche Neigen des Löffels und Heruntersabbern der Milch nicht bemerkt, nicht einmal die Pressefotografen und TV-Reporter.

Augenzeugenberichte

Pandit Prakash, der Oberpriester des über 500 Jahre alten Śiva-Tempels in Chandigarh (Punjab/Indien), antwortete der Zeitung *The Asian Age* auf die Frage, was er von der Erklärung der IRA-Wissenschaftler halte (veröffentlicht in der Ausgabe vom 22.9.): „Glauben Sie, all diese Menschen, die das Verschwinden der Milch bezeugen, seien so blöd, dass sie es nicht sähen, wenn die Milch außen runterlaufen würde? Fünf Richter waren heute Morgen hier, der Chef des Hochbauamtes von Chandigarh und der Direktor der Stadtpolizei. Sie alle sahen es und bezeugen es." Und mit ihnen mehrere Millionen von Menschen, die an diesem Tag in Indien und weltweit in die Tempel strömten.

Der amerikanische Nachrichtensender CNN berichtete in einem Exklusiv-Report über das Milchwunder: Vor laufenden Kameras „trank" der elefantenköpfige Gaṇeśa innerhalb von zwei bis drei Sekunden einen Löffel Milch leer, und es war deutlich zu sehen, dass nichts runterlief oder tropfte. Der Löffel wurde flach gehalten und nicht bewegt. Auch Śivas Stier Nandī ließ vor der CNN-Kamera in Sekundenschnelle die Milch aus dem Löffel verschwinden. „*No apparent trickery here. A mass delusion? Who knows.*" („Anscheinend waren hier keine Tricks im Spiel. Eine Massentäuschung? Man weiß es nicht.") So lautete das Fazit des Reporters aus London.

Auch viele Journalisten führten das Experiment durch und konnten nur staunen. „*Eyewitness report: I went into the Hanuman Mandir a sceptic and came out a believer*"* – so lautete ein Untertitel auf der Frontseite der Zeitung *The Asian Age* vom 22.9. In diesem Artikel berichtete die Journalistin Meenal Baghel: „Mit überzeugter Skepsis hielt ich den Löffel vor die Lippen der kleinen Shiva-Statue. Ich wartete etwa 15 Sekunden, aber nichts geschah. ‚Sie müssen mit dem Löffel seine Lippen berühren',

* „Augenzeugenbericht: Ich ging als Skeptikerin in den Hanuman-Mandir [Hanumān-Tempel] und kam als Gläubige heraus."

drängten mich die gespannten Zuschauer. Ich tat es mit aller Vorsicht, um ja keine Milch zu verschütten. Jetzt verschwand die Milch mit nervenaufreibender Langsamkeit, bis nichts mehr im Löffel war."

Sorcar, Indiens David Copperfield, kündete öffentlich an, er und seine Familie würden das Verschwinden der Milch persönlich überprüfen. Mit Spannung erwartete die Presse die Stellungnahme dieser Bühnenprofis. Aber auch sie mussten eingestehen, dass sie keine Erklärung hatten. „In kleinen Stahlbechern brachten wir verschiedenen Statuen ungekochte Milch aus dem Kühlschrank dar. Es dauerte eine gewisse Zeit, aber am Schluss war jeweils ein beträchtlicher Teil der Milch aus dem Becher verschwunden. Nicht ein einziger Tropfen wurde vergossen. Jetzt, wo wir das Phänomen mit eigenen Augen gesehen haben, glauben wir es." (*The Asian Age*, 22.9.)

> Ein bekannter Rechtsanwalt in Malaysia staunte nicht schlecht, als er sah, wie ein metallener Ganesha, der auf dem Armaturenbrett eines Autos angebracht war, hintereinander sechs Teelöffel Milch leerte. In Nepal brachte König Birendra persönlich die Milchgabe dar. Tempelfiguren in Kenia und anderen Ländern „tranken" literweise Milch *(gallons of milk)*, während sie in seichten Metallbecken standen, die keinen Abfluss hatten. [...] In Los Angeles, im Tempel von Chatsworth, ereignete sich das Wunder anscheinend im großen Stil. „Am Donnerstagmorgen brachte der Präsident des Tempels, Dinesh Lakhanpal, Milch dar. Sie verschwand. Dann hielt auch ich die Milch hin, und sie verschwand ebenfalls", sagt Ravi Sharan, der Vizepräsident des Tempels. Teams von CNN und lokalen TV-Stationen konnten das Wunder ebenfalls bezeugen und berichteten darüber. „Eine Reporterin, Sharon Tae von Channel 5, war so bewegt, dass sie mich mit Tränen in den Augen umarmte", erzählt Sharan.[117]

Der folgende Bericht stammt aus England, geschrieben von der Journalistin Rebecca Maer für die Zeitung *Daily Express*, 23. September 1995:

> Es war das erste Mal, dass ich einen Hindu-Tempel besuchte. [...] Vor dem Tempel stand die wartende Menge in einer langen Schlange, aber nicht das geringste Zeichen von Unmut kam auf, als ich mich ungeduldig bis in die vorderste Position drängelte. [...] Im Tempel stand eine kleine Statue des Stieres Nandi [...]. Ich konnte direkt zuschauen, und alles, was ich sagen kann, ist, dass es tatsächlich so aussah, als ob die Statue die Milch trank. [...] Ein Fotograf einer großen Boulevard-Zeitung Englands war ebenfalls anwesend. Er sagte mir, er schaue nun schon seit Stunden zu, aber er sehe keinen Mechanismus, der dieses Phänomen erklären könnte.

Bernhard Imhasly, der Indien-Korrespondent der *Neuen Zürcher Zeitung*, berichtete:

> [...] wir trauten unseren Augen nicht: wie von einem unsichtbaren Strohhalm aufgesogen, leerten sich die Löffel langsam bis zum letzten Tropfen. Dasselbe geschah, als auch uns jemand Milch gab und wir zuerst Ganeshs Stoßzähne, dann die Schnauze von Nandi und schließlich das Kinn Krishnas vorsichtig in die Milch tauchten. Der Spiegel der Flüssigkeit sank, bis der Löffel leer war, obwohl wir genau darauf achteten, dass nichts verschüttet wurde. (*Neue Zürcher Zeitung*, 23.9.1995)

Ein Jahr später schrieb der NZZ-Korrespondent einen weiteren Artikel zum Thema und rekapitulierte:

> Allein in Delhi hatten sich laut einer Umfrage der *Times of India* 59 Prozent der Bevölkerung – sechs Millionen Menschen – an der Zeremonie beteiligt, in ganz Indien fünfzig Millionen. Dr. Raza [ein Skeptiker] weist zur Erklärung auf den milchig-weißen Marmor hin, der die Milch unsichtbar gemacht habe. Doch dies traf auf die vielen Statuen aus grauem Sandstein, schwarzem Marmor oder Bronze nicht zu. [...] Wie war es zudem zu erklären, dass das Wunder nach 24 Stunden zu Ende war? Und warum hatten die religiösen Organisationen den riesigen Erfolg ihrer Aktion nicht genutzt [wenn es denn ihre Aktion gewesen wäre]? Der kurz darauf einsetzende Wahlkampf für das indische Parlament war auch bei der Hindu-Partei *Bharatiya Janata Party* (BJP) geprägt von Themen wie Korruption, Wirtschaftsreform und Föderalismus. Vom Ganesh-Wunder sprach niemand mehr.[118]

Merkmale eines göttlichen Wunders

Die Realität des Milchwunders ist unbestreitbar. Das „Experiment" war an diesem Tag beliebig wiederholbar, Millionen von Menschen haben das Verschwinden der Milch gesehen und vielfach auf Video aufgezeichnet. „Ganescha trinkt wirklich! – Kein Betrug", das mussten auch die Vertreter der religiösen Konkurrenz eingestehen.[119] Sie sahen darin allerdings kein Zeichen Gottes, sondern das Wirken einer „Teufelskraft, die mit Trugzeichen und Lügenwundern" die Gläubigen verführe.[120] So lautete der besorgte Aufschrei alarmierter Christen und anderer Prediger. Aber es war ein falscher Alarm: Kein antichristlicher Führer trat auf, und niemand nützte das Ereignis aus. Im Gegenteil, es wurde von Materialisten, Politikern und feindlich gesinnten Anhängern anderer Religionen bekämpft und konnte leicht verspottet und „widerlegt" werden.

Mit einer sachlichen und dogmenfreien Sicht lässt sich leicht erkennen, dass die Merkmale des Milchwunders auf eine göttliche Quelle hinweisen: Es war wissenschaftlich nicht erklärbar, gleichzeitig aber auch unbestreitbar. Es bestätigte die bereits bestehenden Gottesoffenbarungen, ohne jemandem etwas aufzuzwingen. Die Gesetze des freien Willens und der Nichteinmischung wurden vollkommen beachtet. Wer nicht glauben wollte, dem stand es frei, das ganze Geschehen zu ignorieren. Jenseits religiöser Schranken durfte jeder Mensch Zeuge sein und sich seine eigene Meinung bilden. Am nächsten Tag „funktionierte" das Wunder nicht mehr. Was blieb, war eine einmalige und einzigartige Erfahrung – ohne „Beweise" und ohne rationale Erklärung. Es war eine spielerische Offenbarung, die so schnell vorbei war, wie sie begonnen hatte. Das Wirken der Lichtwesen im Milchwunder war keine Manipulation, sondern ein stilles Zeichen an die Menschheit und eine lebendige Bestätigung für die Gläubigen bzw. Wissenden.

Im Editorial der indischen Tageszeitung *The Asian Age* vom 23.9.1995 lautete ein Kommentar:

> Die Realität von dem, was die gläubigen Zeugen gesehen haben – Milch, die vor ihren Augen aus Tausenden von Löffeln verschwand –, hat diese Menschen tief verändert. In den letzten vierundzwanzig Stunden ist das Feuer des Glaubens unter den Hindus neu entfacht worden.

Es war also nicht nur religiöser Stolz, wenn das Monatsmagazin *Hinduism Today* auf der Titelseite seiner November-Ausgabe schrieb: *The Supernatural Event of this Century!* („Das übernatürliche Ereignis des Jahrhunderts!") Und im Artikel:

> Das „Milchwunder" wird in die Geschichte eingehen als das wichtigste Ereignis, das die Hindus in diesem Jahrhundert, ja sogar Jahrtausend erlebt haben. Es hat unter fast einer Milliarde Menschen ein unmittelbares religiöses Aufleben verursacht.

Natürlich ließ sich nicht vermeiden, dass ein solches Ereignis auch zu einem Politikum wurde. Ein umstrittener und zu dieser Zeit inhaftierter Hindu-Guru ließ durch seine Anhänger verlauten, das Milchwunder sei ein Zeichen der Götter für seine Unschuld. Andere sagten, es sei vielleicht ein Zeichen, dass ein hinduistischer Messias geboren worden sei. Einige Hindus nutzten das Milchwunder, um sich den Moslems gegenüber in Szene zu setzen. Giriraj Kishore, der Sprecher der nationalistischen Hindu-Partei *Vishva Hindu Parishad* (VHP), verkündete: „Es ist eine Prophezeiung! Das Wunder zeigt, dass die Hindu-Gesellschaft auf Säulen von Glauben und Wahrheit fußt. Das nächste Jahrhundert wird ein Hindu-Jahrhundert sein!"[121]

Und sie tranken nochmals

Am Abend des 20. August 2006 wurden in Indien plötzlich erste Meldungen laut, die Mūrtis tränken wieder Milch. Am 21. August lag erneut ein indienweites Phänomen vor, mit gleichen Berichten aus anderen Hindu-Tempeln in aller Welt. Eine Schweizer Tageszeitung schrieb darüber am 22. August 2006 wie folgt:

> **Götterstatuen „trinken" Milch:** Neu Delhi – Nach Berichten über angebliche Wunder sind gestern tausende Menschen in hinduistische Tempel im Norden Indiens geströmt, um Götterstatuen Milch trinken zu sehen. Fernsehsender berichteten aus dem Bundesstaat Uttar Pradesh. Sie zeigten, wie Statuen der Götter Shiva, Ganescha oder der Göttin Durga Milch angeboten wurde und wie diese auf wundersame Weise verschwand. „Ich habe Durga Milch angeboten, und sie hat einen Löffel davon getrunken", sagte Revati Sharma, Regierungsangestellte in der Provinzhauptstadt Lucknow. [...] Wissenschaftler erklären das Phänomen anhand von Kapillarkräften, mittels derer durchlässige Oberflächen – etwa Statuen – Flüssigkeiten aufsaugen könnten.[122]

Wie wir alle wissen, sind Stein- und Metallstatuen nicht für „durchlässige Oberflächen" bekannt. Personen, die im Namen von Wissenschaft solch stupide Behauptungen von sich geben, nur um ihre Ideologie zu verteidigen, machen sich des Missbrauchs der Selbstbezeichnung „Wissenschaftler" und der bewussten Irreführung der Öffentlichkeit schuldig. Echte Wissenschaft wäre ideologisch neutral und ergebnisoffen.

Die Botschaft des Milchwunders

Was sich am 21. September 1995 (und zu einem geringeren Maß auch am 21. August 2006) ereignete, war nichts Neues und eigentlich auch nichts Ungewöhnliches. Das Verschwinden von Opfergaben ist in der spirituellen Geschichte der Menschheit schon seit unvordenklichen Zeiten bekannt. Doch kommt dem hier geschilderten neuzeitlichen Wunder eine besondere Einzigartigkeit zu: Es war zum ersten Mal seit 5000 Jahren, dass die Devas wieder öffentlich Gaben annahmen, und zum allerersten Mal überhaupt, dass sie diese Gaben *weltweit* annahmen, und zwar auch von Menschen, die die nötigen Voraussetzungen nicht erfüllten. Normalerweise war eine anspruchsvolle Durchführung von Yajña-Ritualen erforderlich, und selbst dann nahmen die Devas die Opfergaben nur sehr selten *physisch* an. Diesmal jedoch geschah die Annahme bedingungslos. Jeder Mensch, ob Hindu oder Nichthindu, ob Gläubiger oder Nichtgläubiger – jeder durfte teilnehmen und das Unerklärliche sehen.

Was war nun die Botschaft dieses Ereignisses? Im Mittelpunkt des Milchwunders standen Gaṇeśa und Śiva. Śiva gehört zu den höchsten interdimensionalen Wesen des Universums und ist für die Auflösung bestehender Strukturen zuständig, um eine Neuordnung einzuleiten. Gaṇeśa ist eines von Śivas „Kindern" und wirkt ebenfalls bei der Neustrukturierung der Materie mit (durch die Beseitigung von Hindernissen). Gaṇeśa gilt deshalb als Gott des Schutzes und als Helfer bei Problemen, weshalb er in Indien sehr populär ist.*

In den Sanskritschriften lassen sich viele Parallelen zur heutigen Zeit finden. Wie am Anfang des Kapitels geschildert, herrschten am Ende des letzten Yugas ähnliche Zustände wie heute, und Mutter Erde litt unter der Übermacht der destruktiven Kräfte. Sie wandte sich in der Form einer Kuh an die hohen Devas des Universums und erflehte deren Eingreifen. Nun haben dieselben Devas ein Zeichen gegeben, indem sie *Milch,* die Gabe der Kuh, annahmen! Daraus können wir schließen, dass Mutter Erde (Bhūmi) sich auch jetzt wieder an die Devas gewandt hat und dass die Devas eingewilligt haben, der Erde zu helfen – weil die Zeit reif ist. Diese Entscheidung hat weltverändernde Konsequenzen, und das dürfte der Grund sein, warum die Menschen auffällig, aber unaufdringlich davon in Kenntnis gesetzt wurden.

Das hier beschriebene Zeichen sprach vorrangig die Menschen des hinduistischen Kulturkreises an, war aber nicht auf diesen Kreis beschränkt, denn die ganze Welt hörte davon. Somit war dieses Zeichen auch ein Prüfstein für die anderen Religionen, denn wenn Himmel und Erde „neu gemacht" werden, werden nicht nur die Organisationen mit materialistischen Ideologien, sondern auch die dogmatischen Religionen eine tiefgehende Transformation erleben ...

* Beim Milchwunder „tranken" auch Viṣṇu- und Kṛṣṇa-Mūrtis, jedoch nur vereinzelt und im Hintergrund des großen Treibens. Warum? Vielleicht deshalb, weil Viṣṇu (Gottes immanenter Aspekt) und Kṛṣṇa (Gottes transzendenter Aspekt) sich meistens nur dann offenbaren, wenn die Menschen sich darauf vorbereiten und es bewusst wünschen. Die Kuh (sanskr. *go*) ist jedoch eines der wichtigsten Attribute Kṛṣṇas, der deshalb auch Govinda genannt wird (siehe Glossar).

Anhang

Schöpfung als multidimensionale Realität: Neue Ansätze für eine ganzheitliche Wissenschaft

„Wohin man blicken mag – Weisheit, Weisheit, so großzügig, dass der wirklich ernsthafte Beobachter mit Verwunderung und Ehrfurcht erfüllt ist.“ Dies zitierte ich in Kapitel 9 (S. 208) und erwähnte dabei die Botschaft der Tier- und Pflanzen-Devas, die uns Menschen auf vielen Ebenen erreicht.

Die Stimmen der Natur vermitteln die Geheimnisse der Schöpfung und erinnern uns daran, dass wir selbst ebenfalls Teil der Schöpfung sind. Wir leben in der „Linie“, getragen von der „Fläche“. Wer die „Linie“ (die Natur, die Materie) richtig erforscht und studiert, kann allein anhand der Linie erkennen, dass es auch eine Fläche, einen spirituellen Urgrund, geben muss (S. 189). Und um diese Forschung geht es in den folgenden drei Artikeln: die multidimensionale Weltsicht und die sich daraus ergebende ganzheitliche Wissenschaft. Ganzheitlich ist eine Wissenschaft dann, wenn sie nicht reduktionistisch arbeitet und sich nicht über ein materialistisches Weltbild definiert, sondern von der Multidimensionalität des Kosmos ausgeht – und zum „Kosmos“ gehört alles Existierende: die feinstofflichen und die grobstofflichen Welten inkl. Erde mit all ihren Lebewesen. Hier im Anhang betrachten wir hauptsächlich die Tierwelt, denn Tiere zeigen uns auf eine wortlose, oft aber spektakuläre Weise die Wunder des Lebens. Tiere haben eine „instinktive“ Intelligenz, die es ihnen erlaubt, in allen natürlichen Lebenssituationen – bis zu einem gewissen Grad auch in unnatürlichen Situationen – immer die beste Lösung zu finden, sei es in der Fortpflanzung, in der Brutpflege, in der Nahrungsbeschaffung, in der Verteidigung oder im Selbstschutz. Wir werden sehen, dass die materialistischen Erklärungen von dem, was als „Instinkt“ bezeichnet wird, dem Phänomen in keiner Weise gerecht werden. Warum dieses perfekte Verhalten möglich ist, wird erst dann verständlich, wenn wir die höheren Informationsfelder und Schöpfungsintelligenzen mit in Betracht ziehen.

Heute werden die evolutionistischen „Erklärungen“ in fast allen Schulbüchern kritiklos als Tatsache bezeichnet. Diese Lehrmeinung sagt, im

Lauf von vielen Jahrmillionen hätten sich die ersten organischen Strukturen gebildet, aus diesen seien die ersten Lebewesen (Einzeller) entstanden, aus ihnen die ersten Vielzeller. In der Linie der Tiere seien aus bestimmten Weichtieren die ersten Wirbeltiere (Fische) hervorgegangen, aus den Fischen die Amphibien, aus ihnen die Reptilien, und aus säugetierähnlichen Reptilien seien die ersten Säugetiere entstanden: rattenähnliche Insektenfresser.* Diese kleinen Säugetiere seien die ursprünglichen Vorfahren der gesamten Vielfalt von Säugetieren: von Kängurus über Löwen und Wale bis hin zu Affen, Antilopen und Elefanten!

Es würde den Rahmen des vorliegenden Buches sprengen, wenn ich die vielen Diskussions- und Kritikpunkte zur Evolutionstheorie umfassend abhandeln würde. Dies tat ich bereits im Taschenbuch *Evolution,* das in der Reihe „Grundlagenwissen im Govinda-Verlag“ erschienen ist. Wichtig ist zu wissen: *Jeder angebliche Beweis für die Evolutionstheorie lässt sich auch anders erklären.* Diese Beweise sind keine echten Beweise, sondern Interpretationen, d. h. Versuche, die Fakten der Natur so zu erklären, dass sie die Evolutionstheorie stützen. Diese Fakten (Instinkt, Adaption, Fossilien usw.) bestätigen die materialistischen Paradigmen jedoch in keiner Weise …

Neben allen Diskussions- und Streitpunkten über die Evolutionstheorie usw. sollten wir auch einfach mal die praktische Frage stellen: Wie würden die Menschen mit den Tieren und Pflanzen – mit der „Umwelt“ – und miteinander umgehen, wenn sie mit einer multidimensionalen Weltsicht leben würden? Die bekannte Menschheitsgeschichte zeigt uns ja, was geschieht, wenn die Menschen materialistischen und fundamentalistischen Doktrinen folgen. Jetzt, nach über zweitausend, ja fünftausend Jahren des Lebens unter dem Diktat dieser Einseitigkeiten wäre es höchste Zeit, die Spaltung und die Einseitigkeiten zu überwinden und zu einem ganzheitlichen Verständnis von Kosmos, Erde und Mensch zurückzufinden.

---

* „Ältestes Säugerskelett entdeckt: Eine Forschergruppe um den chinesischen Paläontologen Ji Qiang fand ein mindestens 120 Millionen Jahre altes, nahezu komplettes Skelett eines Säugers: eines rattengroßen Jeholodens jenkinsi. Es ist das älteste bisher entdeckte Skelett dieser Art. […] Das Tier scheint nahe der Schnittstelle zwischen Reptilien und Säugern zu stehen […]: der Urahn aller Säugetiere?“ (*bild der wissenschaft* 6/1999, S. 8)

Anhang 1

Morphogenetische Felder und immanente Schöpferintelligenz

Höherdimensionale Schöpferwesen schufen, lange bevor der Mensch erschien, die Pflanzen und die Tiere und blieben über beseelende und steuernde „Felder" mit ihren lebenden Schöpfungen verbunden, und das bis heute. Über die Verbindung dieser Lebensfelder können sie in die Welt der sichtbaren Materie eingreifen, um neue Lebensformen entstehen zu lassen oder bei bereits erschaffenen Lebensformen notwendige Adaptionen zu bewirken. Auch die konventionelle Paläontologie erkennt in den verschiedenen Erdzeitaltern Schöpfungssprünge und plötzliche Adaptionen, interpretiert sie aber darwinistisch. Unbestritten ist, dass es in der Erdvergangenheit immer wieder zu großen Katastrophen gekommen ist, durch die zahlreiche Tierarten ausstarben. Dadurch wurde die Erde aber nicht etwa öde und leer, sondern eine nachfolgende Schöpfungswelle brachte *sprunghaft* viele neue Pflanzen- und Tierformen hervor, und die bereits existierenden Lebewesen erfuhren eine ebenfalls sprunghafte Anpassung. Wenn wir die Welt nach dem Aussterben der Saurier betrachten, so waren weiterhin Reptilien vorhanden, aber keine riesenhaften. Parallel dazu geschah es, dass neben den bereits existierenden Fischen, Amphibien und Reptilien in der neugearteten Lebenswelt plötzlich auch eine große Vielfalt von Vögeln und Säugetieren erschien.

Die evolutionistische Erklärung sagt, dass diese neuen Tierformen nicht „plötzlich" erschienen, sondern innerhalb einer geologisch kurzen Zeit, vielleicht innerhalb von 10 bis 20 Millionen Jahren – und zwar durch zufällige Mutationen mit natürlicher Selektion. Dies ist jedoch nur eine Hypothese auf der Grundlage einer vorgefassten Meinung.

Materialistisch denkende Menschen können sich nicht vorstellen, dass die Welt mit all ihren Lebensvorgängen mehr umfasst als nur materiell wahrnehmbare Faktoren. Die nächsthöhere Ebene wäre eine „fünfte" Ebene, die immer noch materiell ist, aber nicht physikalisch-materiell. Die vier Ebenen der physikalischen Materie sind Erde, Wasser, Feuer und Luft in der „metaphysischen" und „metachemischen" Bedeutung dieser Element- bzw. Essenzbegriffe, und die fünfte Ebene ist die fünfte Essenz, die *quinta essentia* („Quintessenz“): das morphogenetische, d. h. formerzeugende Informationsfeld.* Dieses Feld ist ein Informationsträger, aber generiert die Informationen nicht aus sich selbst heraus, sondern wird von höheren Ebenen (Bewusstseinsfeldern) programmiert und in-formiert.

Die Existenz solcher Felder ist eine plausible Erklärung, vor allem weil wir heute verschiedenste Experimente und Naturphänomene kennen, die zeigen, dass Geninformationen sich auch „spontan“ verändern können und perfekte Regenerationen oder Adaptionen verursachen. Dies geschah in der Natur in der fernen Vergangenheit und geschieht auch heute und lässt sich mittlerweile bis zu einem bestimmten Grad auch mit technischen Mitteln imitieren.

Nicht „Evolution“, sondern Transformation

1988 führte Dr. John Cairns mit einer Art von Bakterien, die keine Laktose aufnehmen kann, ein Experiment durch und setzte eine Population solcher Bakterien in eine Laktoselösung. Die Bakterien konnten sich nicht mehr ernähren und reagierten mit einem Abwehrmechanismus, der wie eine Schockstarre war. Aber schon am zweiten Tag wurden einige der Bakterien wieder aktiv – und konnten Laktose „verdauen“! Sie hatten ihre DNS umgeschrieben, was von den Forschern als eine „spontane Evolution“ bezeichnet wurde.[123] In diesen Zusammenhang passen auch die Experimente, über die Dr. Barry Hall 1990 berichtete: Man entzog Bakterien lebenswichtige Nährstoffe, und es zeigte sich, dass sie schon nach einigen Generationen in der Lage waren, diese Nährstoffe zu synthetisieren, also aus den vorhandenen Stoffen „künstlich“ herzustellen. „Was immer die Bakterien benötigten, um zu überleben, wurde ihnen zur Verfügung gestellt – durch die verborgenen Gesetze der Natur.“[124]

Schnelle Adaptionen wurden aber nicht nur bei Bakterien beobachtet, sondern z. B. auch bei Eidechsen. Das folgende Beispiel wurde 2008 in einem Fachartikel der Universität von Massachusetts veröffentlicht und verursachte sogleich große Diskussionen. 1971 hatten Zoologen fünf Paare von Eidechsen von Pod Kopište, einer vegetationsarmen Insel im adriatischen Meer, auf die 3,5 km entfernte Insel Pod Mrčaru versetzt, die vegetationsreicher ist. Dort geschah das Erstaunliche: Bei diesen Eidechsen, die sich vorher seit Tausenden von Generationen von Insekten, Spinnen und Raupen ernährt hatten, veränderte sich innerhalb einer rela-

* Siehe Einleitung, S. 21, und *Gott und die Götter*, S. 63 im Unterkapitel „Die Hierarchie der Elemente“.

tiv kurzen Zeit die körperliche Konstitution, so dass sie sich nun hauptsächlich von Pflanzen ernähren konnten. 2007 wurden bei Untersuchungen markante Veränderungen in der Kopfform und im Verdauungstrakt festgestellt. Der Kiefer und der gesamte Kopf waren größer geworden. Die kleinen Reptilien konnten nun dank einer größeren Bisskraft Pflanzen zerbeißen. Zudem waren im Magen Klappen entstanden, die Fermentationskammern bilden, damit die pflanzliche Nahrung verdaut werden kann. Pflanzliche Nahrung erfordert eine längere und differenziertere Verdauung als tierische Nahrung. Im neuartigen Eidechsenmagen können nun Mikroben mithelfen, die Pflanzen zu zersetzen und die Nährstoffe herauszulösen. Eine solche Art von Darm- und Magentrakt hat es bei dieser Eidechsenart noch nie gegeben. Evolutionisten behaupteten sofort, dies sei „Evolution vor unseren Augen", d. h. ein konkretes Beispiel für „schnelle und große evolutionäre Veränderungen" *(rapid and large-scale evolutionary changes).*[125] Doch das ist eine irreführende Darstellung. Was hier vorliegt, ist keine „Evolution" durch zufällige Mutation und Selektion, sondern eine *zielgerichtete Transformation,* also gerade das, was der Evolutionismus leugnet. Die physische Natur ist eingebettet in höhere Informationsfelder – hinter jeder Transformation wirkt In-Formation –, und Informationsfelder haben immer mit Intelligenz und Bewusstsein zu tun.

Das kosmische Prinzip lebendiger Information und Transformation wirkt in der gesamten Natur und bei jedem Lebewesen. Ein weiteres Beispiel: Fische in der Nordpol- und Südpolregion besitzen weitgehend identische „Frostschutz"-Proteine. Diese Tierarten entstanden jedoch getrennt voneinander, weshalb hier von einer „konvergenten Evolution" gesprochen wird, womit behauptet wird, bei diesen Tieren hätten sich dieselben spezifischen Merkmale parallel durch „Evolution" herausgebildet. Diese „Zufälle" sind aber noch viel weitreichender, wie das Projekt *The International Census of Marine Life* mit ihrem Versuch, einen Inventar aller Meereslebewesen zu erstellen, ans Licht bringt. Aus einem 2009 im Magazin *National Geographic* veröffentlichten Bericht geht hervor, dass in der Nordpol- und Südpolregion mindestens 235 identische Spezies von Wasserlebewesen (Weichtiere, Wirbeltiere, Würmer, Krustentiere) zu finden sind.[126] Wie konnten diese Spezies in einer *identischen* Form entstehen? Sie hatten nie Kontakt miteinander, denn sie können nur in eiskaltem Wasser leben und würden bei einer Wanderung von Norden nach Süden oder von Süden nach Norden im wärmeren Wasser sehr schnell umkommen. Das heißt, sie lebten immer entweder in der

Nordpol- oder in der Südpolregion! Selbst wenn ihre Vorfahren vor Jahrmillionen in demselben wärmeren Urmeer lebten und ihre Linien später aufgrund von geologischen Verschiebungen getrennt wurden, landeten sie erst viel später in der Nordpol- bzw. Südpolregion. Erst dort mussten sie sich an eisige Wassertemperaturen anpassen, und sie entwickelten *unabhängig voneinander* die identischen Kälteanpassungen. Die Wissenschaftler geben hier zu, dass sie vor einem Rätsel stehen.[127]

Technisch gesteuerte Genveränderungen

1993 veröffentlichte der koreanische Wissenschaftler Dr. Dzang Kangeng einen Bericht über ein erstaunliches Experiment: Es war ihm gelungen, genetische Informationen von einer Spezies auf eine andere zu übertragen! Dazu baute er eine besondere Bioresonanz-Einrichtung mit zwei verbundenen Kammern. In die eine setzte er eine Ente, in die zweite setzte er als „Zielobjekt" eine befruchtete Henne. Nun ließ er die Ente über fünf Tage hinweg mit einem hochfrequenten elektrostatischen Generator „zappen", wodurch er einen genetischen Informationstransfer zur Henne erzeugte. Als sie ihre Eier legte, schlüpften Küken, die einen flachen Schnabel, einen längeren Hals und anders geartete Organe hatten. Das Experiment wurde auf diese Art mit 500 Eiern durchgeführt. 480 wurden erfolgreich ausgebrütet. Von den geschlüpften Küken wiesen 80 % die erwähnten entenartigen Veränderungen auf, bei 25 % bildeten sich sogar Ansätze von Schwimmhäuten zwischen den Zehen. Diese Tiere konnten sich fortpflanzen, und ihre Nachkommen behielten die neuen körperlichen Formen bei, entwickelten sich also nicht zurück in die ursprüngliche Hühnerform. Kangeng ließ seine Erfindung patentieren und nannte sie eine „Vorrichtung für den Transfer von gerichteter biologischer Information" *(device for biological information-directed transfer)*.[128]

Eine ähnliche Vorrichtung erfand der italienische Wissenschaftler Pier Luigi Ighina. Er nannte sie „Magnetfeldoszillator". Jeder Körper hat eine bestimmte atomare Schwingungsfrequenz, und wenn es gelingt, diese Frequenz zu ändern, wird sich auch die organische Struktur ändern. Ighina richtete sein Gerät z. B. auf einen Aprikosenbaum und veränderte die Schwingung schrittweise auf die eines Apfelbaums – was dazu führte, dass die Aprikosen nach einiger Zeit fast vollständig zu Äpfeln mutierten. In einem anderen Experiment ermittelte er bei einem Kaninchen die Schwingungsfrequenz eines gesunden Knochens und übertrug diese Information auf ein Kaninchen mit einer Knochenverletzung, die dann sehr schnell ausheilte. Denselben Erfolg könnte man auch bei kranken Zellen, z. B. Krebszellen, erlangen.[129]

Der russische Wissenschaftler Dr. Pjotr Garjajev (Peter Gariaev) sandte einen besonderen Bio-Laserstrahl durch Salamandereier und leitete diesen Strahl weiter auf den Laich eines Frosches. Dadurch übernahmen die Froscheier die Information der Salamandereier, und aus den Froscheiern entstanden Salamander, die sich mit anderen Salamandern paaren konnten.[130]

So erstaunlich diese Experimente sind, sie zeigen weder „Evolution“ noch echte Innovation: Die künstliche Übertragung von genetischer Information erzeugt keine neuen Arten, sondern benötigt *die bereits existierenden Arten.* Die biotechnischen Imitationen zeigen auf schattenhafte Weise, wie die Devas wirken, die als „interdimensionale Wissenschaftler“ in den Schöpfungsanfängen tatsächlich neue Arten entstehen ließen. Alle Lebewesen haben – als göttliche Schöpfungen – auf genetischer Ebene das Potential zu praktisch unendlicher Variation und Transformation. Angesichts dessen, was die heutigen Wissenschaftler mit technischen Mitteln erreichen, stellt sich die Frage, was die Menschen früher mit *geistigen Kräften* vollbringen konnten!* Nur schon die hier angeführten „zivilen“ Beispiele lassen ahnen, dass die moderne Forschung längst in die gefährlichen Bereiche der „Life Science“ vorgedrungen ist, von den geheimen Forschungen ganz zu schweigen.

Mysteriöse Morphogenese

Auch bei Eingriffen durch den Menschen kann es vorkommen, dass die Natur Mechanismen in Gang setzt, die die Veränderungen korrigieren oder rückgängig machen. Ein Beispiel hierfür lieferte Francis Hitching anhand von Experimenten mit der Fruchtfliege *Drosophila.* Er entfernte die Gensätze, die die Bildung der Augen steuern, und tatsächlich hatten die nächsten Generationen keine Augen mehr. Aber schon nach fünf Generationen, d. h. nach etwa drei Wochen, erschienen die Augen wieder! „Irgendwie hatte der Gencode einen eingebauten Reparaturmechanismus, der die fehlenden Gene wiederherstellte.“[131] Aber was ist das für ein mysteriöser Mechanismus? Woher kommt er? Sicher nicht aus der hypothetischen Evolution. Denn die Drosophila hat in ihrer Vergangenheit nie

---

* Diese Perspektive lässt auch das Rätsel der sogenannten Domestikation in einem neuen Licht erscheinen, siehe dazu Kap. 10 („Die Neolithische Revolution: Was geschah vor 12 000 Jahren?“) im Buch *„Ihr seid Lichtwesen“*.

die Augen verloren und hat dadurch auch nie einen genetischen Reparaturmechanismus aufgebaut. Dennoch reagierte der Körper der Drosophila nach diesem künstlichen Eingriff gezielt und intelligent und stellte die ursprüngliche Genstruktur innerhalb kürzester Zeit wieder her.

Hierher passt auch das Experiment, das in Kapitel 3 erwähnt wurde: Einem Wassermolch wurde operativ die Linse aus einem Auge entfernt, doch die Linse wuchs wieder nach, und zwar aus dem oberen Rand der verletzten Iris. Bei der embryonalen Entwicklung wird die Linse auf völlig andere Weise gebildet (aus der Haut). Der Verlust der Linse kommt in der Natur nie vor, ihre Regeneration kann also nicht evolutionär in den Genen vorprogrammiert worden sein. Es muss ein höheres, nichtphysisches Konstruktionsmuster existieren.

Hinter jeder physischen Form wirkt ein feinstoffliches Muster, das seinerseits von einer „unsichtbaren" Quelle aktiviert wird. Dieses natürliche Zusammenspiel der Energien wirkt in jedem Lebewesen so harmonisch und unauffällig, dass man bei einer oberflächlichen Betrachtung glauben könnte, es existiere und agiere nur die sichtbare Materie.

Die ganzheitliche Wissenschaft erkennt, dass die Lebensprozesse nicht auf die Materie beschränkt sind und von der Materie allein auch nicht erzeugt und aufrechterhalten werden könnten. Hinter der physischen (grobstofflichen) Materie wirken höherdimensionale (feinstoffliche) Energien und Informationsfelder, die von bewussten Impulsen (Schöpferwesen) informiert und programmiert werden. Nur so lässt sich erklären, wie es überhaupt möglich ist, dass sich ein grobstofflicher Körper mit seiner vorgegebenen Form und all seinen Organen bildet. Das gilt sowohl für die Menschen als auch für die Tiere und Pflanzen.

Betrachten wir die vorgeburtliche Bildung des menschlichen Körpers: Wenn Samen- und Eizelle verschmelzen und sich zum ersten Mal teilen, entstehen zwei identische Zellen mit der gleichen Genstruktur und der gleichen Zellsubstanz. Das ändert sich auch bei den nachfolgenden Zellteilungen nicht. Käme es bei der Zellteilung zu irgendeiner Abweichung, entstünde eine Missbildung. Wenn sich alle Zellen jedoch identisch kopieren, müsste ein undifferenzierter Körper, eine gleichförmige Fleischkugel, entstehen! Obwohl alle Zellen *dieselbe* Information enthalten, „wissen" sie, welche unterschiedliche Position und Funktion ihnen zukommt. Die identischen Zellen gruppieren sich zu Knochen, Organen, Blutkörperchen, Muskeln usw. Diese billionenfach vernetzten Vorgänge beschränken sich nicht nur auf das Embryonalstadium, sondern finden konstant während des gesamten Lebens statt (Stoffwechsel, Bluterneuerung, Zellneubildung, Wundheilung usw.). Die alltägliche und allgegenwärtige *Morphogenese* („Formbildung“) gehört zu den größten ungeklärten Rätseln der Biologie.

Genauso wie ein Computer nur funktioniert, wenn er mit Energie und Programmen gespeist wird, so funktioniert auch der komplizierteste aller Computer, der grobstoffliche Körper, nur, weil eine höhere Energie und ein feinstoffliches Programm vorhanden sind. Aus sich selbst heraus könnte die Materie des Körpers diese lebenswichtige Kraft nicht aufbringen, denn diese Kraft ist die *Voraussetzung*, dass der Körper überhaupt entsteht.

Die Vermutung, dass übergeordnete Informationsfelder die Funktion und die Konstruktion der grobstofflichen Körper lenken, taucht immer wieder auf. In Kapitel 3 wurden als Beispiele die Forschungsarbeiten von Prof. Harold Saxton Burr („elektrodynamisches Feld des Lebens“) und Prof. Rupert Sheldrake („morphogenetische Felder“) erwähnt. Rupert Sheldrake, ein Pionier der holistischen Wissenschaft, kam zum Schluss, dass die morphogenetischen Felder in einer hierarchischen Ordnung voneinander abhängig sind: von den Atomen über irdische Körperformen bis hin zu den Galaxien. „Sie organisieren, integrieren und koordinieren alle Einzelaspekte eines Organismus so, dass das Ganze sich gemäß den in ihm liegenden Zielen entwickeln kann. Sie bewahren die Ganzheit des Systems“,[132] letztlich die Ganzheit des gesamten Universums.

Wie der feinstoffliche den grobstofflichen Körper prägt

Information ist immer mit Bewusstsein verbunden, was bedeutet, dass auch die morphogenetischen Informationsfelder mit Bewusstseinsfeldern verbunden sein „müssen“. Rupert Sheldrake zieht auch diese Erklärung in Betracht:

> Eine Möglichkeit ist, dass es im Universum viele andere Bewusstseinsformen gibt. Vielleicht hat der gesamte Planet Erde einen Geist *(mind)* – und das ganze Sonnensystem. Vielleicht gibt es eine Art Bewusstsein, das das gesamte Universum umfasst und es transzendiert.[133]

Damit verbinden sich neuste Erkenntnisse mit ältestem Wissen. Wissenschaftliche Pioniere dieser ganzheitlichen Forschung betonen, dass wir die physikalische (grobstoffliche) Materie nicht getrennt von der feinstofflichen Materie sehen dürfen. Die Gesamtheit der grobstofflichen und feinstofflichen Materie wiederum wird getragen, geformt und beseelt von spiritueller Energie (Bewusstsein).

Die feinstoffliche Energie wirkt auf den grobstofflichen Körper ein und „energetisiert" ihn, was auf endgültige Weise im Moment des Todes erkennbar wird, wenn diese Energetisierung aufhört. Der lebende Körper ist deshalb lebendig, weil er beseelt wird. „Tod" bedeutet, dass die Seele den Körper verlässt.

Der Schlaf wird manchmal als der kleine Bruder des Todes bezeichnet. Beim Tod verlässt die Seele den Körper für immer, beim Schlaf lockert sich die Verbindung der Seele mit dem Körper – und damit auch die Verbindung des feinstofflichen Körpers mit dem grobstofflichen Körper, was bewirkt, dass bei einem schlafenden Menschen das Körpergewicht abnimmt. Diesbezüglich aufschlussreiche Untersuchungen stammen von Dr. Klaus Volkamer (Promotion 1969 in Physikalischer Chemie an der Universität Freiburg im Breisgau). Er konstruierte eine Bettvorrichtung, die mit einer Hochpräzisionswaage verbunden ist. Auf diese legte sich der Proband und schlief in ruhiger Rückenlage ein. Die Gewichtsmessungen fanden im Takt von einer Sekunde statt: „Etwa eine Minute nach dem Einschlafen zeigte sich im bewegungslosen Zustand des Schlafenden ein plötzlicher Gewichtsabfall von ca. -340 g [...], gefolgt von einer Gewichtsstabilisierung bei etwa -100 g", und später, beim Übergang in die dritte Schlafphase, erfolgte ein stetiger Gewichtrückgang bis zu -650 Gramm! „Nach dem Aufwachen [...] sprang das Gesamtkörpergewicht dann wieder nahe an den Ausgangswert, also zur Nulllinie zurück. Das lässt deutlich erkennen, dass der vorhergehende stetige Gewichtsabfall über fast 20 Minuten durch ein ständig weiterschreitendes Abkoppeln feinstofflicher Feldkörperanteile geschah."[134]

Das Monumentalwerk von Klaus Volkamer trägt den Titel *Die feinstoffliche Erweiterung unseres Weltbildes – Ansatz einer erweiterten Physik zur unbegrenzten Gewinnung freier Energie aus der Feinstofflichkeit* (4. Auflage 2015). Darin werden auch viele frühere Pioniere dieser Forschung erwähnt – bis hin zu den vedischen Bezügen. Eine Physik, die die feinstofflichen Dimensionen unserer Welt mit berücksichtigt, müsste heute ein zentrales Forschungsanliegen sein, denn zahlreiche Indizien und Experimente weisen auf die Realität dieser Dimensionen hin. Deshalb, so betont Klaus Volkamer, „kann es neben menschlichem Bewusstsein aber durchaus auch noch höhere eigenständige, von der Grobstofflichkeit unabhängige Bewusstseinsformen geben, die bei der Entstehung und Evolution allen erdgebundenen Lebens durchaus eine wichtige, heute noch völlig unbekannte Rolle spielen können"[135].

Metaphysische Informatik: Die Realität des Vitalkörpers

Das Wirken des morphogenetischen Feldes ist vergleichbar mit einer DVD und dem Film, der auf dem Bildschirm des Computers erscheint. Wir sehen die Bilder des Films, und niemand würde behaupten, dass der Computer oder gar der Bildschirm diesen Film erzeugt. Aber genau dies meint die moderne Biologie in Bezug auf die Phänomene Bewusstsein, Information und Form: die organische Form unseres Körpers sei durch eine „Selbstorganisation der Materie" entstanden und es gebe keine höheren biologischen Informationsfelder.

„Selbstorganisation der Materie" – das ist das magische Zauberwort, mit dem die materialistische Wissenschaft alle Lebensvorgänge erklären will. Dies ist jedoch ein sehr kurzsichtiger Glaube, so wie wenn man meinen würde, der Film entstehe durch das DVD-Programm des Computers und der Computer habe das DVD-Programm sowie den Film selbst generiert. Bei diesem technischen Beispiel wissen wir, dass das Programm nur dann aktiviert wird, wenn wir eine DVD in das Laufwerk einschieben. Auf eine ähnliche Weise nimmt unser Körper nur deshalb eine bestimmte Form an, weil die organische Materie, angefangen mit der DNS, von einem nächsthöheren Informationsfeld die entsprechende Lebensinformation bekommt. Das Geheimnis hinter dem Film, der auf dem Bildschirm erscheint, ist die DVD als Informationsträger. Beim „Film" unseres physischen Körpers ist der Informationsträger der Ätherkörper, auch Vitalkörper genannt. Dies ist das messbare bioresonante Energiefeld der Menschen, Pflanzen und Tiere.

In der traditionellen Metaphysik gehört der Vitalkörper immer noch zur grobstofflichen Materie, stellt aber die feinste Form der physischen Materie dar: Erde, Wasser, Feuer, Luft, „Äther" (siehe S.21 und 263f.). Deshalb ist es auch möglich, das sogenannte L-Feld des Vital- oder Ätherkörpers technisch zu messen.

Mit dem Überbegriff der morphogenetischen („formschaffenden") Felder sind Informationsträger gemeint, welche die Information an die DNS des jeweiligen Körpers weitergeben, so wie die DVD die Information des Films via DVD-Programm an den Computer weitergibt. Die Komplexität der Existenz des Films hört jedoch nicht bei der DVD auf, denn der Film ist ja nicht durch eine Selbstorganisation der DVD-Scheibe entstanden. Ebenso erzeugt der Vitalkörper als Informationsfeld die Information, die er trägt, nicht selbst. Bei den Pflanzen stammt die über den Vitalkörper „transportierte" Information aus feinstofflich-kollektiven Energiefeldern in Verbindung mit dem Kausalkörper der einzelnen Pflanzen. Bei den Tieren ist der Kausalkörper differenzierter als bei den Pflanzen. Beim Menschen stammen die Informationen im Vitalkörper (Ätherkörper) von „Vorgaben" aus dem persönlichen feinstofflichen Körper, und diese wiederum sind Ausformungen von Impulsen aus der Bewusstseinsenergie des Individuums (Ātmā).

Der Urzeit-Code

1988 traten im Schweizer Fernsehen in einer Unterhaltungsshow („Supertreffer" mit Kurt Felix) zwei Wissenschaftler auf und präsentierten ihre Entdeckungen, die eine Sensation darstellten. Aber die entsprechende wissenschaftliche Revolution blieb aus. Die beiden Forscher, der Physikochemiker Guido Ebner und der Biologe Heinz Schürch, waren Angestellte des Pharmariesen Ciba-Geigy und hatten ihre Experimente in dessen Auftrag aufgeführt. Ciba-Geigy stoppte die Forschung, bevor sie weiteres Aufsehen erregte, und ließ das Verfahren patentieren! Und das Patentieren erlaubte ein „Schubladisieren". Anscheinend entsprachen diese wissenschaftlichen Erkenntnisse nicht den Interessen der Agrar-, Chemie- und Pharmaindustrie. Erst viele Jahre später entdeckte der investigative Journalist Luc Bürgin diese unterdrückte Sensation neu. 2007 veröffentlichte er darüber das bahnbrechende Buch *Der Urzeit-Code.*

Guido Ebner und Heinz Schürch hatten Laborexperimente mit einem elektrostatischen Feld durchgeführt, d. h. mit einem Hochspannungsfeld, in dem kein Strom fließt. In dieses Feld legten sie Samenkörner von Pflanzen und kamen dabei zu verblüffenden Ergebnissen: Die Pflanzen wuchsen in einer gesunden, aber veränderten Form, die in vielen Fällen der älteren, ausgestorbenen Form ihrer Vorfahren entsprach. Ein Wurmfarn wurde zu einer unbekannten Form des Hirschzungenfarns, das 41 Chromosomen aufwies, im Gegensatz zu den 36 des Wurmfarns. „In der ganzen wissenschaftlichen Literatur wurde noch nie von der plötzlichen Änderung der Chromosomenanzahl, die ja für eine Art charakteristisch ist, berichtet."[136]

Weizenkörner, die in das E-Feld gelegt wurden, wuchsen danach in *drei* statt, wie üblich, in sieben Monaten zur vollen Größe und bildeten zudem eine ertragreichere und resistentere Form. Maispflanzen brachten drei bis sechs, in einzelnen Fällen sogar zwölf Kolben hervor. (Eine heutige Maispflanze bringt nur einen oder maximal zwei Kolben hervor.) Aus dem E-Feld-Laich von gewöhnlichen Regenbogenforellen entstanden Wildforellen, die ein Drittel größer waren und Körpermerkmale ihrer ausgestorbenen Vorfahren aufwiesen. Dies waren *sprunghafte Veränderungen von einer Generation zur nächsten.* Die Möglichkeiten der weiteren Forschung waren unbegrenzt.* Diese Methode ist aber keine Genmanipulation, weil das Erbgut nicht verändert wird, es werden nur andere Informationen aktiviert. „Es wird kein gänzlich neuer Organismus geschaffen. Es wird lediglich die Genexpression geändert – der Abruf der vorhandenen Gene. Das ist etwas ganz anderes [als Genmanipulation]. *Auch die Natur könnte die nicht genutzten Gene reaktivieren.*"[137]

So stellt sich die Frage, ob in früheren Zeiten auf der Erde andere elektrostatische Verhältnisse herrschten, die bei Pflanzen und Tieren (und Menschen?) andere Körperformen entstehen ließen. Obwohl die jeweiligen Lebewesen *denselben Gensatz* behielten, brachten die Gene neue Formen hervor!

> „In dem Moment, wo ich mit einem schlichten elektrostatischen Feld, wie es die Natur auch kennt, einen Chromosomensatz ändern kann und immer wieder längst ausgestorbene Urformen der Lebewesen erhalte, muss ich zwingend ein Fragezeichen dahinter setzen, ob die gesamte Information für die Formgebung der Lebewesen wirklich in den Genen, in der DNS, im Zellkern gespeichert ist. Dies ist wohl nicht der Fall, denn die elektrostatische Aufladung der Atmosphäre ist sicher mit ein Faktor in der Gesamtinformation der Natur, welches Lebewesen eigentlich entstehen soll. Und offensichtlich reicht das Gedächtnis der Natur bis zu den Anfängen des Lebens überhaupt zurück."[138]

Technische Imitation von urzeitlichen Naturverhältnissen

In „Urzeiten" waren viele Tiere und Pflanzen bedeutend größer als ihre heutigen Nachfahren. Bekannt sind die Bärlappbäume und der Riesenschachtelhalm und bei den Tieren die Saurier, die Riesenvögel, die Libellen mit einer Spannweite von fast einem Meter, die Riesenfaultiere usw. Die Saurier hatten im Vergleich zu ihrem Körper einen sehr kleinen Kopf

---

* Die Vertreter des herrschenden Weltbildes bekämpften diesen neuen Forschungsansatz sofort mit Hohn und Spott. *Der Spiegel* schrieb in seiner Ausgabe vom 26. August 1996 in der Rubrik „Wissenschaft" zynisch: „Wissenschaftlich veröffentlicht hat Ebner seine Experimente bis heute nicht. Dafür geistert seit Anfang der 90-er Jahre seine mysteriöse Rückwärts-Evolution durch halbseriöse Fernsehsendungen, durch die Presse und esoterische Bücher." Dasselbe Magazin veröffentlichte auch den Kommentar von Alex Olek vom Max-Planck-Institut für molekulare Genetik, Berlin: „Wir haben uns schlapp gelacht!" Und Kaspar Zechel, Biophysiker am Max-Planck-Institut in Göttingen: „Die Behauptung, man könne Gene durch elektrische Felder revitalisieren, ist absoluter Unsinn." (zitiert nach Bürgin: *Der Urzeit-Code,* S. 83)

mit Nasenöffnungen, die nicht viel größer waren als die Nüstern eines heutigen Pferdes. Wenn der Sauerstoffgehalt in der Luft damals gleich gewesen wäre wie heute, hätten die Saurier hyperventilieren müssen, um durch ihre kleinen Nasenöffnungen genug Sauerstoff für ihren Riesenkörper zu bekommen. Tatsächlich war die Luft in einigen früheren Erdepochen sauerstoffreicher als heute. Die heutige Atmosphäre enthält 21 % Sauerstoff. Die Forschung zeigt, dass der Sauerstoffgehalt in der Atmosphäre nicht konstant ist, sondern in den verschiedenen Erdepochen zwischen 12 % und mehr als 30 % schwankte.[139] Wenn der Sauerstoffgehalt in der Luft höher ist als 21 %, verheilt z. B. eine offene Wunde viel schneller, und der Alterungsprozess kann verlangsamt werden. (Diese Erkenntnis führte zu Entwicklung der therapeutischen Sauerstoffkammern.)

So wie sich die Atmosphäre der Erde im Lauf der Zeit verändert hat, veränderte sich auch das Klima – von der Luftfeuchtigkeit über die Temperaturen bis hin zu Veränderungen in der Stärke und Ausrichtung des Erdmagnetfeldes. War früher auch die Ultraviolett- und Infraroteinstrahlung geringer als heute? Experimente zeigen, dass eine geringere UV- und IR-Einstrahlung sowohl den Ernteertrag als auch die Dimensionen von Pflanzen vergrößert. Pionierarbeit in der Erforschung dieses Phänomens leistete Dr. Kei Mori von der Keio-Universität in Tokio. Er konstruierte eine Einrichtung, die es erlaubt, UV- und IR-Licht herauszufiltern, und ließ Pflanzen in diesem Licht wachsen. Die Pflanzen erlitten nicht etwa einen Schaden, sondern intensivierten ihr Wachstum.[140] Er ließ diese Technik unter dem Namen „Himawari Sunlighting" patentieren. An der *Japan Expo* 1985 wurde unter seiner Leitung eine Tomatenpflanze unter den entsprechend eingestellten Licht- und Atmosphärenverhältnissen ausgestellt. Diese Pflanze wurde fast 10 m hoch und produzierte während der Expo, die sechs Monate dauerte, 13 000 reife Tomaten![141]

Eine geringere Ultraviolett- und Infraroteinstrahlung, ein höherer Sauerstoffgehalt in der Luft und ein höherer Luftdruck – dies alles weist darauf hin, dass die Lufthülle unseres Planeten früher einen anderen Aufbau hatte als heute. Was verursachte die spätere Verringerung des Luftdrucks und die Veränderungen in der Lichteinstrahlung? Kreationistische Forscher stellen die Theorie auf, dass diese Veränderungen sehr schnell erfolgten, ausgelöst durch die Ursachen, die zur Sintflut führten. Vor der Sintflut hätten die Menschen deshalb länger gelebt, so wie dies in der Bibel berichtet wird.

Eine kreationistische Ausrichtung ermöglicht neue Perspektiven und Ideen. Dr. Dan Carlson, der an der Universität von Minnesota studierte, ließ sich von der Bibelstelle Genesis 2,5 - 6 inspirieren, wo es heißt: „Gott hatte es noch nicht regnen lassen. Auch war noch niemand da, der das Land bebauen konnte. Nur aus der Erde stieg Wasser auf und tränkte den Boden." Eine Interpretation besagt, dass es sich hier um Nebel handelte, und so entwickelte Carlson eine Methode mit Wasserdunst, Klängen und einem Düngerspray, mit der er die Verhältnisse von Eden ansatzweise aufleben lassen konnte. Mit seiner patentierten Methode „Sonic Bloom" konnte er z. B. Kartoffeln mit einer Größe von 25 cm wachsen lassen. Am spektakulärsten waren seine Experimente mit der violetten Samtpflanze (Gynura aurantiaca), im Englischen *Purple Velvet Plant* und *Purple Passion* genannt. Die Pflanze, die normalerweise 30 bis 40 cm hoch ist, wuchs bei Dr. Carlson zu einer Länge von über 400 Metern, was zu einem Eintrag in das *Guinness Book of Records* führte.[142] Ein Sonic-Bloom-Team, das mit einem Kürbisfarmer zusammenarbeitete, erzielte erstaunliche Erfolge. Der größte Kürbis, den sie ernteten (September 2003), wog rund 660 kg, was einen Weltrekord darstellte.[143]

„Spontane" Evolution

Materialistische Wissenschaftler glauben an die biologische Allmacht von genetischen Mutationen und an eine Selbstorganisation der Materie. Bei den vielen Beispielen von nicht-linearen Entwicklungen sprechen sie einfach von „spontaner Evolution". Bei lebendigen Beispielen wie den Eidechsen auf Pod Mrčaru werden weitere Fantasiebegriffe geschaffen, wie z. B. „phylogenetische Plastizität" (für die plötzliche *und perfekte* Veränderung des Verdauungstrakts dieser Eidechsen).

„Spontane" Evolution ist jedoch nicht Evolution, sondern eine zielgerichtete Transformation! Spontan bedeutet nicht „zufällig", sondern gerade das Gegenteil: „aus einem plötzlichen inneren Impuls heraus; einer plötzlichen Eingebung folgend", vom lat. Wort *spons (spontis),* „innerer Antrieb; freier Wille; Entscheidungskraft". *Spontan* ist also ein zutreffender Begriff, widerspricht aber direkt dem materialistischen und evolutionistischen Weltbild. Spontane Anpassungen und Veränderungen können bei Pflanzen und Tieren und erst recht beim Menschen auftreten (Geistheilungen, Spontanheilungen, Joe-Dispenza-Methode usw.). Das geschah in der Vergangenheit und geschieht auch in der Gegenwart – beim Menschen heute weitgehend nur noch in einer destruktiven Form. Die bekannteste „spontane" Veränderung des natürlichen Zellwachstums wird von der heutigen Medizin ziemlich hilflos *Krebs* genannt …

Großer Forschungsbedarf

Die wichtigsten materiellen Faktoren für die Lebensrhythmen auf der Erde sind die Sonne (lat. *sol*, männlich) und der Mond (lat. *luna*, weiblich), ohne die auf der Erde kein Leben existieren würde. Die Luna hat mit ihren Zyklen einen direkten Einfluss auf die Erde und die Menschen, ebenso der Sonnenstern *sol*. Interessanterweise sind der Mond und die Sonne für uns Menschen am Himmel optisch gleich groß, worin wir eine hohe symbolische Bedeutung erkennen können.

Die Sonne steht ihrerseits in einer Wechselwirkung mit der Galaxie und dem galaktischen Zentrum, und die Erde folgt galaktischen und solaren Zyklen, die Ausdruck von kosmischer Ordnung und kosmischer Intelligenz sind. Aus diesen Quellen stammen die Informationscodierungen, die auf allen Ebenen die Formen und die Transformationen bestimmen – in den großen erdgeschichtlichen und biologischen Zyklen bis hin zu „spontanen" Adaptionen bei einzelnen Spezies.

Was besagt der Urzeit-Code über die früheren erdmagnetischen Verhältnisse auf der Erde? Warum erzeugt das elektrostatische Feld beim Mais eine Pflanzenform, die 6 bis 12 Kolben hervorbringt? Was verrät uns dies über die Urformen und die Ereignisse, die wir als „Domestikation" bezeichnen? Was sind die tatsächlichen Urformen, und was sind potentielle Formen, die noch nie entstanden sind, weil die entsprechende (solare? galaktische?) Aktivierung nicht vorhanden war? Wie wurden die Pflanzen, die Tiere *und die Menschen* von diesen unterschiedlichen energetischen Verhältnissen beeinflusst? Welches sind die natürlichen Grenzen in der Variation innerhalb der Arten?

Die Fragen sind fast unendlich und führen uns in höhere Wissensdimensionen: Was sagt eine ganzheitliche Biologie und Physik über das Wesen von Licht und Energie? Was sind kosmische Informationsfelder? Was ist Bewusstsein? Was sind relative Realitäten, was sind absolute Realitäten?

Wenn die Wissenschaft sich nicht durch ein materialistisches Denken selbst beschränken würde, könnte die Menschheit viele Irrwege überwinden und neue, ganzheitliche Erkenntnisse in das Leben integrieren, mit zukunftsfähigen, wahrhaft menschlichen Formen von gesellschaftlicher Organisation, Gerechtigkeit und Zusammenarbeit mit entsprechenden Formen von Bildung, Religion, Spiritualität, Kultur, Medizin usw.

Anhang 2

Was ist Instinkt?

Wenn eine Spinne ein Netz baut und wir einen Teil dieses Netzes zerstören, repariert sie den Schaden, ohne zuerst „überlegen" und „nachdenken" zu müssen, was zu tun ist. Sie braucht auch keinen Überblick über die Gesamtsituation. Sie beginnt sogleich mit der Arbeit, und was sie macht, ist in dieser Situation die beste Lösung.

Wenn in der Natur Störungen oder Zerstörungen auftreten, reagieren die Tiere und Pflanzen immer auf die bestmögliche Weise. Sie sind nie frustriert, sie resignieren nie, sie machen immer weiter – bis es keine Möglichkeit mehr gibt und sie als Einzelwesen sterben. Oder als Art aussterben. Dieses Aussterben hat nichts mit mangelnder Anpassung zu tun, sondern mit veränderten Umweltbedingungen, sei es aufgrund von natürlichen Ursachen (z. B. große Katastrophen) oder künstlichen Ursachen (durch Umweltzerstörung, Umweltvergiftung usw.).

Das Verhalten aller Kollektivwesen zeugt von einer arteigenen „Intelligenz", die nicht allein auf genetische Funktionen oder Hirnfunktionen zurückzuführen ist. Sie ist auch nicht angeboren, denn Fähigkeiten werden nicht einfach vererbt – bei den Kollektivwesen nicht und auch beim Menschen nicht. Gemäß der Evolutionstheorie müssten die überlebenswichtigen Körpereigenschaften und Fähigkeiten über eine „Entwicklung" entstanden sein, was bedeuten würde, dass die frühen Vorfahren sie noch nicht besaßen. Aber dann hätten sie nicht überlebt …

„Instinkt": eine Pseudoerklärung, die nichts erklärt

Bei jedem Tier und bei jeder Pflanze lassen sich perfekt ablaufende und gesteuerte Verhaltensformen finden. Diese artspezifische Intelligenz der Kollektivwesen wird von der materialistischen Wissenschaft mit Begriffen wie „Instinkt" und „Evolution" erklärt: „Die Natur stattete die Spinne mit einem Instinkt aus"; „über die Evolution entwickelte die Spinne diese Fähigkeit", usw.

Der Duden gibt für den Begriff „Instinkt" folgende Definition:

> **Instinkt:** unbewusst gesteuerter, natürlicher Antrieb zu bestimmten Verhaltensweisen; ererbte Befähigung besonders der Tiere, in bestimmten Situationen in bestimmter, nicht bewusst gelenkter Weise zu reagieren, [d.h.] ein bestimmtes (besonders lebens- und arterhaltendes) Verhalten zu zeigen.[144]

Der Begriff „Instinkt" ist abgeleitet von lat. *instinctae naturae,* „Naturtriebe" (von *instinguere,* „anstacheln, antreiben, hineinstechen"). Ein Synonym für „Instinkt" ist „angeborenes Verhalten". Aber was bedeutet „angeboren"? Wie kann ein intelligentes Verhalten „ererbt" sein? Was ist ein „unbewusst gesteuerter, natürlicher Antrieb"? Woher haben die Tiere die Befähigung, situationsspezifisch „in bestimmter, nicht bewusst gelenkter Weise zu reagieren"?

Die heutige Biologie versucht, den Instinkt mit der Funktionsweise des Hirns, der Nerven und der Gene zu erklären. Aber dies ist Ausdruck eines materialistischen Glaubens, der in der Natur keine wirkliche Bestätigung findet und auch nicht logisch ist. Wie bereits erwähnt: Diese Fähigkeiten können nicht über eine „Evolution" entstanden sein, denn das würde bedeuten, dass die Vorfahren sie noch nicht hatten, und ohne diese überlebenswichtigen Fähigkeiten wären die hypothetischen Zwischenstufen der natürlichen Selektion zum Opfer gefallen.

„Instinktive" Intelligenz

Tiere und Pflanzen finden immer die beste Lösung, sei es als Einzelwesen oder kollektiv – auch in Situationen, die sie noch nie erlebt haben. Solche Situationen entstehen heute vor allem durch industriell verursachte Umweltzerstörungen. Ein dramatisches Beispiel hierfür ergab sich auf der Insel Bonaire, die 80 km vor der Küste Venezuelas liegt. Dort lebt seit Menschengedenken eine besondere Art von roten Flamingos in einer lebensfeindlichen Region von Salzseen. Nur dank ihres hochspezialisierten Körperbaus konnten sie als einzige „höhere" Tierart in dieser Landschaft von Hitze, Wind und Salz überleben. Im Inneren ihres gekrümmten, hohlräumigen Schnabels befinden sich kammartig angeordnete Hornlamellen, die als Filter funktionieren, mit dem sie aus dem Wasser Salinenkrebse und Plankton herausfiltern.

1966 begann der Antillen-Zweig der *International Salt Company* den Salzabbau auf Bonaire stark auszubauen, was den Lebensraum der roten Flamingos drastisch verringerte und veränderte. Als den Flamingos „klar wurde", dass sie sich auf dieser Insel nicht mehr ausreichend ernähren können, taten sie plötzlich etwas, was sie noch nie getan hatten: Ein Großteil der gesamten Population erhob sich in die Lüfte und flog auf das weite Meer hinaus, und zwar Richtung Festland, von dem sie aber nichts „wissen" konnten. Das Festland war nicht in Sichtweite, und die Flamingos waren vorher noch nie dort gewesen. Während dieser Notaktion blieb ein kleiner Teil der erwachsenen Flamingos zurück und kümmerte sich um die Jungtiere. Für sie genügten die geschrumpften Nahrungsquellen. Die temporären Auswanderer erreichten nach zwei bis drei Stunden Flug das Ufer von Venezuela mit seinen ausgedehnten Mangrovensümpfen, Lagunen und Wattgebieten. Nach einigen Tagen flogen sie nach Bonaire zurück, um die Ernährung des Nachwuchses zu unterstützen. Als die jungen Flamingos drei Monate alt waren, mussten auch sie nach Venezuela fliegen. Ein Drittel überlebte diese lange Reise nicht. Diejenigen, die ankamen, blieben für fünf Jahre im „Ausland", bis sie zur Fortpflanzung auf ihre Heimatinsel zurückkehrten. Während dieser Zeit wurde auch in Venezuela der natürliche Lebensraum der Küste zunehmend verringert und verändert: durch die intensivierte Salzgewinnung, durch den Bau von Teichen und Lagunen zur Garnelenzucht und durch Hotelanlagen der Tourismusindustrie. Dank Umweltschutzorganisationen konnte das Schlimmste jedoch verhindert werden. 1969 wurde auf Bonaire im Gebiet der Salzseen ein Flamingoreservat gegründet. Diese sensiblen Vögel können nun wieder in ihrer Heimat überleben, aber kleine Gruppen fliegen manchmal aus kulinarischen Gründen für eine „Stippvisite" nach Venezuela.[145]

Weitere Beispiele für „instinktive" Intelligenz

Die erstaunliche Intelligenz der Tiere zeigt sich in all ihren Lebensbereichen: in der Fortpflanzung, in der Brutpflege, in der Nahrungsbeschaffung, in der Verteidigung, im Selbstschutz usw.

- Im Urwald von Costa Rica leben die winzigen Erdbeerfrösche. Ihre Körperlänge beträgt rund 2 cm. Sie legen ihren Laich am Boden in kleine Pfützen, die Eltern wechseln sich im konstanten Bewachen der Eier und der geschlüpften Kaulquappen ab. Die Kaulquappen brauchen das Wasser jedoch schnell auf, und die natürlichen Feinde „nahen". Nun lässt die kleine Froschmutter eine erste Kaulquappe auf ihren Rücken springen und klettert einen Baumstamm hinauf bis in 30 m Höhe, wo auf den Ästen Bromelien wachsen. Diese Pflanze bildet mit ihren zungenförmigen Blättern unten im Zentrum einen kleinen

Kelch, in dem sich Wasser befindet. Jede der etwa sechs Kaulquappen wird hochgetragen und zu einem eigenen Bromelienteich gebracht. Da es dort an Nahrung fehlt, kommt die Mutter während zwei Wochen täglich zu jedem ihrer Kinder zurück und legt ein unbefruchtetes Ei ins Wasser, das als Tagesration reicht. Nach zwei Wochen haben sich die Kaulquappen in Frösche verwandelt und klettern den Baumstamm hinunter.[146] Wie kann das geniale Brutverhalten der Erdbeerfrösche erklärt werden? Sollen wir glauben, dass die geschlüpften Tierchen sich an ihre Geburt und Kindheit „erinnern" und dann mit ihren Kindern dasselbe tun?

- Bei der Südseeinsel Niue lebt eine besondere Art von Wasserschlangen. Sie verbringen ihr ganzes Leben im Wasser: Sie jagen im Wasser, sie paaren sich im Wasser. Sie gehen nie an Land und können daher nicht wissen, dass es außerhalb des Wassers noch eine andere Welt gibt. Wenn jedoch die Zeit der Eiablage kommt, „wissen" sie, dass die Eier Luft brauchen, damit Sauerstoff durch die Schale dringt und die Entwicklung der Jungtiere ermöglicht. Die Schlange legt ihre Eier aber nicht einfach am Strand ab, sondern schwimmt durch einen Tunnel unterhalb der Insel in eine Höhle mit der passenden Temperatur und Luftzufuhr. Zugleich bietet diese Höhle einen idealen Schutz für die Eier. Nur zum Legen der Eier verlässt diese Schlange das Wasser, dann geht sie sofort zurück in ihr Element. Sechs Monate liegen die einsamen Eier ohne Bewachung oder Fürsorge in einer Felsennische der dunklen Höhle. Dann schlüpft der Nachwuchs. „Instinktiv zieht es die jungen Schlangen zum Wasser, das von nun an ihr Zuhause ist", heißt es im Kommentar.[147]

In der Natur finden wir unendlich viele Beispiele für instinktive Intelligenz. „Instinktiv" bedeutet, dass dieses Verhalten nicht auf eigenen Entscheidungen beruht, sondern auf einer immanenten Steuerung, die in *allen* Lebewesen wirkt – und allwissend ist. Der Erdbeerfrosch überlegt sich nicht, wie er die Kaulquappen retten und versorgen kann, um es dann mal mit einem Aufstieg auf einen Baum zu versuchen, wo er zufällig die passenden Bromelienblätter findet. Auch die Wasserschlange überlegt sich keinen Brutplan und profitiert auch nicht von irgendeinem Erfahrungswissen ihrer Ahnen. Alle Pflanzen und Tiere verhalten sich „von Natur aus" auf eine perfekt funktionierende Weise: Für den Erdbeerfrosch gäbe es keine bessere Lösung als die, die er wählt, ebenso für die Wasserschlange – und das gilt für alle Tiere (und Pflanzen).

Im Folgenden betrachten wir drei Beispiele, die durch Kino- bzw. Dokumentarfilme bekannt geworden sind, je ein Beispiel für ein Tier des Wassers, der Luft und des Landes (d. h. der Fortpflanzung an Land).

„Die Reise der Pinguine“

Der vielfach preisgekrönte Film *Die Reise der Pinguine* (u. a. Oscar für den besten Dokumentarfilm des Jahres 2005) zeigte Millionen von Menschen das wundersame Leben der Kaiserpinguine, die mitten im antarktischen Winter ihre Eier ausbrüten. Sie sind die einzigen Tiere, die in dieser Jahreszeit – mit Temperaturen bis zu -60° und Eiswinden bis zu 200km/h – in der Südpolregion leben, ganz zu schweigen davon, dass sie sich dort auch noch fortpflanzen. Die perfekte „Logistik“ der Zusammenarbeit unter lebensfeindlichsten Bedingungen und die einzigartige Anatomie der Kaiserpinguine ließ bei vielen Menschen große Zweifel an den Zufallstheorien des Darwinismus aufkommen, und die Evolutionstheoretiker hatten alle Hände voll zu tun, das „unwissende“ Volk aufzuklären und zu beruhigen: „Dabei ist der Kaiserpinguin geradezu das Paradebeispiel für Evolution durch natürliche Selektion und zufällige Mutationen [...]“[148]

Der englische *Guardian* veröffentlichte dazu einen ausführlichen Artikel und zitierte Steve Jones, Professor für Genetik am University College London, der im Artikel explizit als Atheist bezeichnet wird. Dieses Zitat zeigt, dass es hier nicht um Wissenschaft geht, sondern um Ideologie, die sich als Wissenschaft ausgibt:

> „Ich finde es schade, dass Leute mit grundlegend dummen Standpunkten dies nicht einfach als einen schönen Naturfilm sehen können, sondern ihre absurden Ansichten und Absichten daran hängen müssen. Das Problem mit ‚Intelligent Design‘ ist, dass es in der Natur keine Beobachtung geben kann, die diese Idee widerlegen könnte. Sie ist nicht Teil der Wissenschaft, weshalb sich Wissenschaftler nicht dafür interessieren. Eine Gruppe von Pinguinen, die [im Eissturm] zusammensteht, mag wie Kooperation aussehen, aber in Tat und Wahrheit kämpfen diejenigen, die außen stehen, darum, dass sie in Richtung Mitte kommen, und diejenigen, die im Inneren der Gruppe sind, wollen dort bleiben. Das ist ein klassischer darwinischer Kampf *(it's a classic Darwinian struggle).* Die Idee, dass das Leben eines Pinguins irgendwie schöner sei als das eines Malariavirus, ist absurd./ Anhänger des ‚Intelligent Design‘ meinen, wenn sie etwas sehen, was sie nicht verstehen, dann müsse das mit Gott zu tun haben. Ihnen entgeht es zu erkennen, dass sie selbst Teil der Evolution sind. Es [‚Intelligent Design‘] spricht die Unwissenheit an, weshalb es in der amerikanischen Politik im Moment so viel davon gibt.“[149]

Betrachten wir nun die Fakten und wägen ab, welche „Ansichten und Absichten“ eher die Prädikate „dumm“ und „absurd“ verdienen.

Der Film *Die Reise der Pinguine* zeigt einen alljährlichen Fortpflanzungszyklus der Kaiserpinguine, angefangen vom Beginn der Paarungszeit bis zum Zeitpunkt, wo die jungen Pinguine selbständig sind. Das eigentliche Element der Pinguine ist das Wasser. Wenn die jungen Pinguine sechs Monate nach dem Schlüpfen ins Südpolmeer tauchen, bleiben sie für vier bis sechs Jahre ununterbrochen im Wasser. Sie werden mit rund drei Jahren geschlechtsreif, kommen aber erst mit fünf oder sechs Jahren wieder ans Land, d.h. aufs Eis, um am Fortpflanzungskreislauf teilzunehmen. Dieser beginnt im antarktischen Herbst, im März. Die Pinguine springen an unterschiedlichen Orten aus dem Wasser, meistens rund 500 pro Stelle, und bilden einzelne Kolonnen. Die im Film zu sehende Kolonne war außergewöhnlich groß und umfasste rund 1200 Pinguine.

Nachdem die Pinguine an Land gekommen sind, beginnt **die erste Wanderung:** Die Kolonnen bewegen sich zu ihren jeweiligen Paarungs- und Brutorten, die bis zu 200 km vom Rand des Packeises entfernt sind. Die Pinguine „wissen“, dass der Ort, den sie benötigen, eine solide Eisfläche sein muss, die – im Gegensatz zum Eis auf dem Wasser – während des ganzen Jahres nicht schmilzt und wegbricht. Ebenso muss es ein möglichst geschützter Ort sein, eine Talsenke oder eine Fläche, die von Bergen umgeben ist. In der Antarktis gibt es vier solcher Brutorte, wo je rund 50000 bis 100000 Pinguine zusammenkommen. Obwohl sich die Eislandschaft jedes Jahr verändert und die Pinguine jedes Jahr woanders aus dem Wasser springen, finden alle Kolonnen immer den Weg zu ihrem angestammten Ort.

Männchen und Weibchen wandern zwei Wochen lang über das Eis. Nahrung finden sie auf dem Eis keine. Sie leben nur von ihren Körpervorräten. Am Ort angekommen, beginnt (im April) die Paarungszeit mit dem Zusammenfinden der Paare; die Weibchen sind in der Überzahl, nicht alle finden einen Gatten. Es kommen jedoch Zehntausende von Paaren zusammen, und sie alle vollführen komplexe Balzrituale. Ende Mai, in der ersten Phase des antarktischen Winters, legen die Weibchen ein einziges Ei. Das Ei erscheint im Schutz einer Bauchtasche, die wie eine Art Rock ist. Seit die Pinguine das Wasser verlassen haben, haben sie keine Nahrung mehr zu sich genommen. Die Mutter ist nach dem Legen des Eies derart ausgezehrt, dass sie schnellstmöglich zum Meer zurück muss. Deshalb übergibt sie das Ei ihrem Gatten. Die Außentemperatur ist -40 °C, weshalb die Übergabe sehr schnell erfolgen muss. Die Männchen haben eine ähnliche Bauchtasche wie die Weibchen. Das Ei muss von den Füßen des Weibchens auf die Füße des Männchens befördert werden. Das Ei hat „zum Glück" eine dicke Schale (die Schale macht 16 % des Gewichtes aus), weshalb es der tödlichen Kälte eine kurze Zeit standhalten kann. Wenn den Eltern die Übergabe nicht schnell genug gelingt, gefriert das Ei.

Nach der Übergabe des Eies beginnt **die zweite Wanderung:** Die Weibchen gehen im dunklen Antarktiswinter über das gefährliche und unebene Eis, bis sie einen Zugang ins Wasser finden. Dort lauern hungrige Seeleoparden. Da es in der Zwischenzeit noch kälter geworden ist, ist auch das Eis gewachsen. Die Wanderung geht wieder 200 km und mehr und dauert rund zwei Wochen, dann tauchen die Weibchen ins Meer und ernähren sich für rund einen Monat, bis sie wieder an Land gehen und zur Brutstätte zurückwandern – mitten im antarktischen Winter. Das ist **die dritte Wanderung.**

Während dieser zwei Monate blieben die Männchen zurück und brüten das Ei unter ihrem „Federfellrock" auf den Füßen aus. Nach 64 Tagen Brutzeit (bei konstanter Temperatur von 35°) schlüpfen die Küken, was drei Tage dauert, weil die Schale so dick ist. Die Männchen haben die ganzen vier Monate nichts gegessen und mussten den dunklen Winter mit eisigster Kälte und Schneestürmen über sich ergehen lassen. Um den Stürmen zu trotzen, rücken die Pinguinmännchen in großen Gruppen eng zusammen. Die Gruppe ist jedoch nicht ruhend, sondern ist in einer ständigen langsamen Bewegung, damit alle Pinguine in regelmäßigen Abständen in den inneren Bereich der Gruppe kommen. Evolutionisten wie der oben zitierte Prof. Jones machen sich über die Vorstellung einer Kooperation unter den Pinguinmännchen lustig und sehen nichts anderes als einen „darwinischen Kampf", was einer ideologischen Verblendung entspringt. Fände tatsächlich ein „darwinischer" Kampf ums Dasein statt, würden die stärkeren Tiere die schwächeren an den Rand drücken; diese würden erfrieren, und die ganze Gruppe würde kollabieren. Hier findet offensichtlich kein Kampf statt, sondern tatsächlich Kooperation: Die Gruppen der 200 bis 600 Pinguinmännchen bewegen sich mit einer harmonischen Dynamik, weil sie zu einem kollektiven Körper verschmolzen sind. Wissenschaftliche Analysen erkennen hier allein an den äußeren Bewegungen ein erstaunliches „thermodynamisches Gruppenverhalten", das mathematisch erfassbar ist.[150]

> [So] tauschen sie ständig die Plätze, von außen nach innen und umgekehrt – das alles ungeheuer sanft und diszipliniert, denn zu den gewaltigen Winden und dem unebenen Boden des Eises kommt für die Kaiserpinguinmännchen noch die Schwierigkeit hinzu, auf den Fersen stehend nicht das Gleichgewicht zu verlieren, während sie ihr Ei auf den Füßen balancieren.[151]

Die völlig ausgehungerten Männchen, die seit dem Verlassen des Meeres vor mehr als vier Monaten fast die Hälfte ihres Körpergewichts verloren haben, warten mit letzten Kräften auf die Rückkehr ihrer Gattinnen und können für eine kurze Zeit die frisch geschlüpften Küken mit einer proteinreichen Substanz aus einer Drüse in ihrer Speiseröhre ernähren. Wenn die Weibchen – nach neun Wochen – nicht innerhalb eines kurzen Zeitfensters von wenigen Tagen zurückkehren, müssten die Männchen die Küken aufgeben und selbst zum Meer gehen. Im Film erscheinen alle Weibchen rechtzeitig und finden unter den Hunderten von Männchen ihren Partner. Die Forschung vermutet, dass sie ihn an der Stimme erkennen. Es kommt zu einem kurzen Wiedersehen der beiden saisonalen Ehepartner. Das Männchen übergibt das junge Küken in die Obhut der Mutter, was ebenso gefährlich und heikel ist wie die Übergabe des Eies zwei Monate zuvor. (Immer wieder erfrieren einzelne Küken.)

Das Wiedersehen ist kurz, der Abschied klangvoll. Es heißt, dass sich die Küken den Klang der Stimme des Vaters einprägen, damit sie ihn nach der Rückkehr wiedererkennen. Der Vater kann sie ja nicht erkennen, da sie nun wachsen und als Küken alle gleich aussehen. Experimente haben gezeigt, dass ein Küken den Vater bereits nach zwei Zehntelsekunden einer Melodie erkennen kann, und es kann ihn selbst dann identifizieren, wenn sechs andere Elternpaare am selben Ort ihre Laute von sich geben und dabei auch noch bis zu sechs Dezibel lauter sind.[152]

Die Männchen müssen schnell losziehen. Das ist **die vierte Wanderung** im Fortpflanzungszyklus. Wenn das schlechte Wetter zu lange anhält, sterben viele der ausgehungerten Männchen unterwegs. Das ist der Hauptgrund, warum die Weibchen bei den Kaiserpinguinen in der Überzahl sind.

Nach der dritten Wanderung tragen die Mütter drei bis vier Kilogramm vorverdauten Fisch in sich und können so die hungrigen Küken wohldosiert ernähren. Ende August, nach zwei Monaten, kehren die Männchen zur Brutstelle zurück. Ab diesem Zeitpunkt können sich die Eltern für die folgenden vier Monate das Füttern aufteilen, weil nun die äußeren Zonen des Packeises zu schmelzen beginnen und der Weg zum offenen Meer kürzer wird. Hier zeigt sich der perfekte Zeitplan des Fortpflanzungsablaufs: Weil die Paarung im Herbst erfolgt, fällt die Wachstumszeit der jungen Pinguine in den antarktischen Sommer. Nur in dieser Jahreszeit ist es den Küken möglich zu wachsen und zu überleben, und die Eltern können ihre Jungen nur deshalb füttern, weil der Weg zum Meer nicht mehr so lang ist. Im Alter von etwa sechs Monaten werden die Jungtiere sich selbst überlassen, und sie begeben sich ins Meer, wo sie vier bis sechs Jahre lang bleiben, bis sie „instinktiv" wieder an Land gehen. Kaiserpinguine werden im Durchschnitt 20 bis 30 Jahre alt.

Einzigartige Eigenschaften: Der hauptsächliche Lebensraum der Pinguine ist das Meer, wo sie bis zu einem halben Kilometer tief tauchen. Damit setzen sie ihren Körper dem 40mal höheren Druck als an Land aus, was für jedes Landtier den Tod bedeuten würde. Die Pinguine jedoch haben einen besonderen Knochenbau und auch ein besonderes Blut, das mit wenig Sauerstoff auskommen kann, denn sie bleiben bis zu zwanzig Minuten unter Wasser. Zudem können sie den Stoffwechsel regulieren und die zeitweilig nicht gebrauchten Organfunktionen „runterfahren". Auch das Herz schlägt nur noch 15 bis 20 Mal pro Minute. Beim Tauchen müssen die Pinguine aber nicht nur den hohen Druck und den langen Atemstopp aushalten, sondern auch die Kälte des Wassers. Sie sind Warmblüter und können unter extremsten Bedingungen – vom Tauchen ins tiefe Polarmeer bis zum monatelangen Ausharren in den eisigen Stürmen – eine konstante Körpertemperatur von 39° behalten. Dies ist möglich dank ihres „thermodynamischen" Blutkreislaufes und ihres Federkleides, das in der gesamten Vogelwelt einzigartig ist. Die Federn machen 80 bis 90 % der Isolation aus. Sie haben 15 Federn pro Quadratzentimeter und zwischen den Federn auch noch daunenartige Fäden. Am Ansatz der Federn befinden sich Drüsen, die ein öliges Sekret abgeben, jeden Tag bis zu 100 Gramm!* Mit ihrem Schnabel und ihren Füßen reiben sie sich dieses Öl in die Federn und tun dies auf eine solch geschickte Weise, dass sie viele Luftbläschen mit einschließen, die eine zusätzliche lebens-

* Als im 19. Jahrhundert die Jagdschiffe bis in das südliche Polarmeer vordrangen, kam es vor, dass die Seefahrer Pinguine fingen, um sie – wegen der hohen Ölproduktion ihrer Federn – als Brennmaterial zu verwenden. „Wenn man also die Öfen mit lebenden Pinguinen heizte, hatte man einen guten Brennstoff und sparte gleichzeitig Kohle. Offiziere und Matrosen jener Zeit berichteten, dass auf ihrem Schiff im Durchschnitt 700 Tiere pro Tag verheizt wurden." mongolian-art.de/Wiederbelebung_von_20000_Pinguinen_durch_einen_jungen_Mongolen.html • Siehe auch: pinguine.net/pinguinlexikon/menschundpinguin/industrielleausbeutung/tranin

notwendige Isolation darstellen. Das Drüsensekret hält die Federn weich und geschmeidig, ermöglicht die Isolation und verhindert das Wachstum von Pilzen und Bakterien.

Ebenso einzigartig ist die Art des jährlichen Mauserns: Bei vielen Vögeln wird das Gefieder in dieser Phase dünner, aber das darf bei den Pinguinen nicht der Fall sein. Die neuen Federn wachsen bei ihnen unterhalb der alten Federn und drücken diese nach außen, bis sie abfallen. Die nachwachsenden Federn ersetzen die vorherigen Federn übergangslos, weshalb es zu keinem Wärmeverlust kommt.

Die Zunge der Pinguine hat harpunenartige, nach hinten gerichtete Zacken, wodurch es den Pinguinen möglich ist, mit ihrem schmalen Schnabel Fische und andere Beutetiere festzuhalten.

Auch die Füße der Kaiserpinguine sind phänomenal. Warum frieren die Füße nicht ab? Warum frieren sie nicht am Boden fest? Die Füße sind nur gering durchblutet und geben fast keine Wärme ab, weshalb sie wie Gummisohlen sind. Die Füße der Männchen sind jedoch an der Oberseite stark durchblutet und können *nach oben* Wärme erzeugen, was erforderlich ist, um die Eier über zwei Monate lang auszubrüten.

Alles nur ein Produkt von Mutation und „Evolution"? Wie das eingangs angeführte Zitat zeigt, vereinnahmt die materialistische Biologie den Kaiserpinguin als „Paradebeispiel für Evolution durch natürliche Selektion und zufällige Mutationen". Aber wie bei allen Lebewesen gilt auch bei den Pinguinen: Sie können nur überleben, wenn alle Eigenschaften in ihrer Gesamtheit vorhanden sind und als Gesamtheit funktionieren. Den Kaiserpinguinen darf kein einziges „Detail" fehlen, weder die Harpunenzunge noch die Öldrüsen, noch die Durchblutung der Oberseite der Füße bei den Männchen. Die Evolutionstheorie behauptet, die Gesamtheit aller perfekt abgestimmten Eigenschaften sei durch eine allmähliche Summierung von Genmutationen entstanden. Es gibt jedoch keine Vorstufe der Harpunenzunge oder der Füße. Entweder ist „man" antarktistauglich oder nicht.

In den Fossilien wurden ausgestorbene Formen von Pinguinen gefunden, aber auch diese waren perfekt ausgestattete und „fertige" Pinguine und nicht irgendwelche Vorstufen. Man fand sogar Fossilien von 1,5 m großen Pinguinen! Diese bestätigen keine Evolution, sondern zeigen nur, dass die Pinguine früher – so wie viele andere Tierarten auch – eine größere Körperstatur hatten. Irgendwann in der Vergangenheit kam es im Lebensbereich der Großpinguine aufgrund von Erdkatastrophen zu einem dramatischen Temperatursturz, und die Fossilien der Pinguine zeigen eine gezielte, fast sofortige Transformation zum Zweck der Anpassung an die neuen Umweltbedingungen. Die Transformation („Adaption") der Pinguine geschah gezielt durch eine immanente Steuerung (Paramātmā). Wären nur zufällige Mutationen die Ursache, wären zahllose Missbildungen entstanden, denn Mutationen führen fast immer zu genetischen Fehlern. Und wie groß ist die Wahrscheinlichkeit, dass eine Harpunenzunge, ein perfektes Federkleid, Öldrüsen, polartaugliche Füße usw. zufällig und *gleichzeitig* entstehen? Leider glauben viele Wissenschaftler – aber längst nicht alle – an materialistisch-atheistische Dogmen und behaupten, die Kaiserpinguine seien ein „Paradebeispiel für Evolution durch natürliche Selektion und zufällige Mutationen".

Überleben in einer unmöglichen Situation: Angesichts des weltweiten Staunens über den Film *Die Reise der Pinguine* versuchten evolutionistische Kommentatoren, das Wunder des Überlebens der Kaiserpinguine herunterzuspielen und zu banalisieren.

> Die wahre Reise der Pinguine ist nicht ganz so spektakulär, die Entbehrungen nicht so groß wie im Film dargestellt. Der Filmemacher hatte vorher eine Dramaturgie konzipiert und jede einzelne Szene geplant. So schafft er eine Erzählweise, die zwar in einigen Momenten kitschig wirken mag, seine Wirkung jedoch nicht verfehlt.[153]

Die Antarktismärsche der Pinguine sind in Wirklichkeit jedoch um einiges härter und gefährlicher, als im Film gezeigt wird. Viele Pinguine kommen während dieser langen Märsche ums Leben oder fallen ihren Feinden, vor allem Seeleoparden und Orcas, zum Opfer. Wenn ein Elterntier stirbt, bedeutet dies auch den Tod für das Küken. Im Durchschnitt schlüpfen nur zwei Drittel der Küken. In manchen Jahren sterben 80 % der Küken. Viele der Küken erfrieren oder werden von Raubvögeln (Raubmöwe, Riesensturmvogel) gejagt.

Angesichts dieser Tatsachen argumentieren Evolutionisten gegen die Existenz einer immanenten Schöpfungsintelligenz: Wenn Gott die Natur geschaffen habe – „warum machte er dann das Brüten für diese Pinguine so mühsam?"[154] Entweder ist für die Evolutionisten alles nicht so dramatisch und daher – aus ihrer Sicht – mit zufälligen Mutationen zu erklären, oder es ist so dramatisch, dass man Gott einen Vorwurf macht und sagt, hier sei keine Intelligenz zu erkennen.

Wie bereits erwähnt (S. 199), dürfen wir nicht menschliche Vorstellungen auf die Tierwelt projizieren. Tiere sind – im Gegensatz zu den karmischen Wesen – Kollektivwesen, und bei ihnen geht es immer um das Überleben des Kollektivs. Das Kriterium ist nicht, dass so viele Tiere, vor allem Jungtiere, ums Leben kommen. Das Wunder ist, dass überhaupt irgendwelche Jungtiere überleben, denn dies ist nur möglich dank der beschriebenen monatelangen Koordination, die von höherer Intelligenz und „instinktiver" Telepathie zeugt. *Hierfür* sind die Kaiserpinguine ein Paradebeispiel – und nicht für eine hypothetische Evolution.

Selbstverständlich können wir uns fragen, warum bestimmte Schöpferwesen ihre Geschöpfe in die Antarktis setzen. Hier können wir nur spekulieren. Es hat zunächst sicher etwas mit dem ökologischen Kreislauf der Erde und mit der Nahrungskette zu tun, aber auch mit göttlichem Schöpfertum und mit energetischen Gründen. Jede Tierart verkörpert eine ganz eigene „Frequenz", die für das Lebensfeld der gesamten Erde von Bedeutung ist. Wenn irgendwo durch eine Ausrottung ein Glied aus dieser Kette entfernt wird, löst dies eine Kettenreaktion aus, die irgendwann auch auf die Verursacher, die Menschen, zurückfällt.

Der jährliche Fortpflanzungszyklus der Kaiserpinguine beginnt im März, im antarktischen Herbst, wenn die fortpflanzungsbereiten Tiere das Meer verlassen und aufs Festland springen.

Foto: Christopher Michel - Antarctica, 2013, auf Wikimedia Commons (File: „Penguin in Antarctica jumping out of the water"; Bildnachweis S. 351)

„Die Reise des Schmetterlings"

Was das Reisen über lange Distanzen betrifft, so sind die Monarchfalter die Koryphäen unter den Schmetterlingen. Und sie verkörpern ein Geheimnis, das die Forschung erst seit den späten 1970er Jahren kennt, aber nur den äußeren Fakten nach, denn das Geheimnis selbst – der generationenüberbrückende Instinkt – lässt sich nicht materiell erklären.[155] Monarchfalter sind große Schmetterlinge (Flügelspannweite bis zu 10 cm), die hauptsächlich in Nordamerika heimisch sind, aber sie haben sich in den letzten drei Jahrhunderten über den pazifischen Raum bis nach Australien und Asien verbreitet. Verwandte Arten sind in weiten Teilen der Welt zu finden. Die größte Population von Monarchfaltern lebt in Nordamerika bis zum 50. Breitengrad im Süden Kanadas. Im Sommer lebten dort mehrere 100 Millionen dieser Schmetterlinge (seit rund zwanzig Jahren hat sich die Zahl drastisch verringert). Sie pflanzen sich dort über drei Generationen fort, denn Monarchfalter leben in dieser Phase des Jahres nur drei bis vier Wochen. Im September verschwinden sie von einem Tag auf den anderen und kommen im Frühling wieder zurück. Wo verbringen sie diese acht Monate? Ziehen sie wie Zugvögel in den Süden? Das wären mehrere Tausend Kilometer. Aber wie soll das möglich sein, wenn Monarchfalter – wie die meisten Schmetterlinge – eine Lebensspanne von nur etwa einem Monat haben?

In den 1930er Jahren begann der kanadische Schmetterlingsforscher Fred Urquhart die Reise der Monarchfalter zu erforschen. Aber erst 1975 fand er heraus, wo sich das Winterquartier dieses Wanderfalters befindet: in Mexiko, im Gebiet der Sierra Nevada, auf einem Hochplateau in den Vulkanbergen von Michoacán auf rund 3000 m Höhe.

Im Gegensatz zu den Frühlings- und Sommergenerationen lebt die Wanderpopulation viel länger: rund zehn Monate. Diese besonderen Monarchfalter fliegen in 8 bis 10 Wochen eine Strecke von mehr als 3000 Kilometern! Pro Tag legen sie durchschnittlich 50 km zurück, mit Tageshöchstleistungen bis zu 200 km (mit „Rückenwind"). Die Wanderpopulation besteht aus der vierten Generation seit der letzten Überwinterung und lebt bis zu zehnmal länger als die vorherigen drei Generationen. Die meisten von ihnen werden erst im letzten Monat ihres Lebens, d. h. nach der Überwinterung, fruchtbar. Einige, die nicht so lange leben, sind jedoch fruchtbar, weshalb unterwegs noch eine kleine fünfte Generation hinzukommt.

Die Monarchfalter des gesamten mittleren und östlichen Bereichs von Nordamerika ziehen, wie einem höheren Ruf folgend, in diese besonderen dere Region im Hochland von Mexiko. Einige fliegen sogar von Florida her über das Meer. Über eine lange Zeit hinweg versammelten sich dort Jahr für Jahr mehr als eine halbe Milliarde! Die insgesamt rund 12 Überwinterungskolonien befanden sich alle auf einem Gebiet von weniger als 20 ha, das größte Einzelgebiet umfasste nur etwa 3 ha. Über die letzten Jahrzehnte hat sich die Anzahl dieser Tagfalter stark verringert. Aber sie finden weiterhin ihr ehemals „geheimes" Zielgebiet: dieselben Orte und dieselben Bäume, wo ein Jahr zuvor ihre Ur- bzw. Ururgroßeltern überwintert haben. Sie lassen sich dicht gedrängt auf hohen Bäumen nieder, hauptsächlich Kiefern, und bedecken diese Bäume wie ein riesiger orangefarbener Schleier. Je dicker die Baumstämme, desto stabiler das Mikroklima und desto solider der Schutz, denn wenn sich die Bäume und Äste bewegen, besteht die Gefahr, dass ganze Trauben von „starren" Schmetterlingen herunterfallen. Ein Monarchfalter wiegt nur ein halbes Gramm. Auf den Bäumen, wo sie sich niederlassen, sind sie jedoch so zahlreich, dass sich die Äste unter ihrem Gewicht biegen, manchmal sogar brechen. Vier Monate lang, von Ende Oktober bis Ende Februar, verharren sie in einer Art Winterstarre (Diapause), je nach Temperatur durchgehend oder mit kleinen Unterbrüchen.

Die an Südosthängen gelegenen Bergwälder haben für die Monarchfalter ein ideales Klima. In den Wintermonaten bewegt sich die Temperatur zwischen 12° und 3°. Dadurch, dass sich diese vielen Millionen Falter auf Ästen und Stämmen dicht aneinanderdrängen, finden sie den bestmöglichen Schutz vor den Winden und der Kälte. Mit dem voranschreitenden Holzschlag[156] wurden auch die exklusiven Überwinterungsplätze der Monarchfalter in Mitleidenschaft gezogen. Lichtere Wälder bedeuten weniger Windschutz, größere Kälte und mehr Feuchtigkeit durch Regen und Nebel. Auch in früheren Zeiten verursachten Kälteeinbrüche und Stürme sporadisch den Tod von Millionen von Monarchfaltern, doch das Überleben des Kollektivs war nie bedroht. Diese Bedrohung kam erst durch den Menschen.*

---

* Stürme im Januar 1981 bedeuteten für fast die Hälfte der überwinternden Monarchfalter den Tod. Im Januar 1992 kamen 90 Prozent der Kolonie in einem höher gelegenen Gebiet ums Leben. Kälte, Stürme und Regen töteten im Januar 2002 75 Prozent der Gesamtpopulation (rund 500 Millionen Schmetterlinge). Zwei Jahre später kamen 70 Prozent der ohnehin schon stark verringerten Population ums Leben. Im Winter 2013/14 erstreckte sie sich nur noch über eine Fläche von 0,67 ha, was den bis dahin größten und alarmierendsten Tiefstand bedeutete.

de.wikipedia.org/wiki/Monarchfalter#Populationsdynamik

Ende Februar, wenn es wärmer wird, erwachen die Monarchfalter wieder zum Leben. Sie werden vor Ort aktiv, nehmen Flüssigkeit und Nahrung zu sich und kommen in die Phase der Begattung. Damit beginnt auch für die langlebigen Männchen und Weibchen der Wandergeneration der Countdown, denn nach der Paarung leben sie höchstens noch einen Monat. Im März verlassen sie die Bergregion und finden im Süden der USA ihre besonderen Wirtspflanzen, auf denen die Weibchen ihre Eier legen. (Näheres zu dieser Wirtspflanze folgt weiter unten.) Zwischen Ende April und Anfang Juni schlüpft die neue Generation. Auf dem weiteren Zug Richtung Norden, im Juni/Juli, folgt die zweite Generation. Bis Ende September erscheinen eine dritte und eine vierte Generation. Im Lauf dieser Monate folgen sie der Ausbreitung ihrer Wirtspflanzen bis in den Süden Kanadas. Anfang September verdorren diese Pflanzen auch in Kanada. Die vierte Generation ist die neue Wandergeneration, und diese begibt sich auf ihre herbstliche Reise in den Süden. Die vorherigen drei Generationen können sich bereits wenige Tage nach dem Schlüpfen fortpflanzen. Die Wandergeneration bleibt jedoch bis nach der Überwinterung, also rund sechs Monate lang, unfruchtbar.

Keine Evolution und keine langsame Adaption: Beim Monarchfalter ist es ziemlich offensichtlich, dass seine körperlichen Eigenschaften, die das lange Reisen ermöglichen, nicht langsam entstanden sein können. Die Flügel und der gesamte Körper einschließlich der Beine sind mit Mikroschuppen bedeckt. Jeder Monarchfalter hat rund 1,5 Millionen Schuppen in unterschiedlicher Form! Nur mit dieser perfekten aerodynamischen Konstitution sind sie überhaupt in der Lage, die lange Reise zu unternehmen und zu überstehen. Jeder Flügelschlag kostet Energie, weshalb sie jede Möglichkeit nutzen, um sich von den richtigen Winden und von Warmluftströmungen im Segelflug tragen zu lassen. Dass sie in mehreren Hundert Metern Höhe fliegen, ist keine Seltenheit. Sie wurden sogar schon in Höhen über 2 km gesichtet.[157]

Eine weitere Lebensbedingung für die Monarchfalter ist der Schutz vor natürlichen Feinden. Auch hier hat die Schöpferintelligenz eine perfekte Lösung gefunden. Die Monarchfalter legen ihre Eier nur auf Seidenpflanzen (Asclepias), eine Pflanzengattung innerhalb der Familie der Hundsgiftgewächse (Apocynaceae). Diese Pflanzen produzieren Gifte, um pflanzenfressende Tiere abzuwehren. Die Raupen der Monarchfalter sind jedoch immun gegen das Gift ihrer Wirtspflanze. Sie ernähren sich von deren Blättern und nehmen das Gift auf, wodurch sie für andere Tiere ungenießbar werden. Das Gift bleibt auch in der Puppe und geht auf den Schmetterling über. Im Gebiet, wo sie überwintern, leben 37 insektenfressende Vogelarten. Die Masse von ruhenden Schmetterlingen wäre für sie im wahrsten Sinn des Wortes ein gefundenes Fressen. Aber die Vögel vermeiden diese ungenießbaren Insekten. Nur zwei der 37 Vogelarten können sich selten und wohldosiert einen solchen Giftschmetterling genehmigen.

Die Raupen „wissen" genau, welche Konzentration des Pflanzengifts sie in sich aufnehmen dürfen. Um zu vermeiden, dass sie sich vergiften, arbeiten sie mit einer raffinierten Methode. Sie fressen eine kleine Kerbe in den Blattstiel und krabbeln dann aufs Blatt, um das Blatt mit ihrem Körpergewicht abzuknicken. Dadurch unterbrechen sie die feinen Gefäßkanäle, durch die der giftige Saft in das Blatt fließt.

In jeder Generation muss die Energieversorgung perfekt sein, vor allem bei der Wandergeneration. Die Monarchfalter überwintern in einer Massenansammlung, einerseits, um sich gegenseitig zu schützen, andererseits, um sicherzustellen, dass nach dem Winter keine lange Partnersuche erforderlich ist, denn dies würde überlebenswichtige Reserven kosten. Die Weibchen werden in den Tagen vor dem Losfliegen mehrfach begattet. Es geht dabei nicht nur um Fortpflanzung, sondern auch um Ernährung und Immunisierung. Die männlichen Sekrete enthalten neben Sperma auch Nährstoffe und das Pflanzengift. Die Weibchen können diese Sekrete über ihren Fortpflanzungstrakt absorbieren, und ihr Giftgehalt wird aufgestockt. Da sie die Eier legen, müssen sie länger überleben als die Männchen, und so kommt es zu diesem sexuellen Nährstoff- und Gifttransfer. Ohne dieses „Detail" wäre die gesamte Reise umsonst gewesen. Während der folgenden drei bis fünf Wochen legt jedes Weibchen unterwegs rund 400 Eier.

Nur jede vierte Generation macht die lange Reise: Die ersten drei Generationen werden „unterwegs" geboren, die Wandergeneration wächst im Norden heran und fliegt dann zurück zum entfernten Ort im Süden, wo ihre Ururgroßeltern überwintert haben. Woher kommt dieses generationenüberbrückende „Gedächtnis"? Welche Art von Entwicklung bzw. Schöpfung bewirkte, dass die herbstlichen Monarchfalter zehnmal länger leben als ihre Eltern, Großeltern und Urgroßeltern? Wenn die Schwärme im nordöstlichen Mexiko zusammenkommen, fliegen sie weiter nach Süden, indem sie zuerst der Ostflanke der Sierra Nevada folgen. Plötzlich schwenken sie jedoch ab in Richtung Südosten, überqueren die Hügelkette und fliegen in das innere Hochland mit den für sie idealen Überwinterungsorten. Wie ist es möglich, dass sie diesen Ort über eine Distanz von 3000 km und mehr finden?

Die konventionelle Erklärung projiziert bei diesen Fragen menschliche bzw. übermenschliche Fähigkeiten auf die Monarchfalter:

> Die Monarchfalter orientieren sich bei ihren Wanderungen am Sonnenstand und korrigieren den Azimut während des Tages, um den Kurs zu halten. Durch die Wahrnehmung polarisierter Ultraviolettstrahlung ist diese Navigation auch bei bedecktem Himmel möglich. Zusätzlich haben sie im Kopf Magnetit eingelagert und können sich dadurch mit Hilfe des Erdmagnetfelds orientieren. Bei ihren Wanderungen nutzen sie außerdem Landmarken wie etwa die Sierra Madre Oriental, der sie im Herbst entlang nach Süden mit leichter Ostausrichtung folgen, nachdem sie zuvor eine südwestliche Richtung durch Nordamerika flogen. Ebenso dienen Gewässer wie große Flüsse oder Seen und die Meeresküsten der Orientierung.[158]

Fakt ist, dass die Monarchfalter über eine Distanz von mehr als 3000 Kilometern hinweg ihren Zielort Jahr für Jahr auf den Kilometer genau

Ein Monarchfalter der Wandergeneration, die acht- bis zehnmal länger lebt als die Eltern-, Großeltern- und Urgroßelterngeneration.

Foto: Rbreidbrown, 2018, auf Wikimedia Commons
(File: „Monarch butterfly flying away from a Mexican sunflower"; Bildnachweis S. 351)

treffen. Wenn es heißt, dass die Monarchfalter „sich orientieren", setzt dies voraus, dass sie irgendwie wissen, was ihr Ziel ist, und dass sie den Weg kennen. Aber sie waren noch nie in dieser Gegend und können nicht wissen, was der Sonnenstand in Bezug auf den Weg bedeutet oder welchem Fluss sie zu folgen haben und bei welchem Hügel sie dann südwestlich abbiegen müssen. Die Monarchfalter fliegen einfach, und die inhärente Bio-Hard- und -Software funktioniert perfekt mit „individueller" Justierung, die jedem einzelnen Falter genau den Weg weist. Und die Forschung entdeckt immer neue Details. Sie kann die Genialität dieser Lebewesen zwar beschreiben, aber nicht erklären.

> Wie die Neurobiologen im Wissenschaftsmagazin „Science" berichten, verfügen die Schmetterlinge über eine interne Uhr, die durch den Rhythmus von Tag und Nacht gestellt wird. Für die Synchronisation sind offenbar bestimmte Gene verantwortlich, deren Aktivität während des Tages stark schwankt.[159]

Wie 2013 herausgefunden wurde, spielt bei der langen Reise die Temperatur eine entscheidende Rolle. Die Monarchfalter fliegen aus dem Norden in den warmen Süden, um zu überwintern, und versammeln sich in einer frostigen Bergregion in 3000 m Höhe! Dieses paradoxe Verhalten ist erforderlich, weil die langlebige Wintergeneration für ihren „Winterschlaf" einen Ort braucht, der den passenden Schutz bietet und von der Temperatur her nicht zu kalt, aber auch nicht warm ist. Es macht nämlich den Anschein, dass die Kälte die „Navigation" der Monarchfalter umstellt – weshalb der Instinkt sie wieder nach Norden fliegen lässt. Monarchfalter, die im Winter in Mexiko an einen wärmeren Ort gebracht wurden, flogen weiter in den Süden.[160]

Je mehr die Forschung herausfindet, desto mehr offenbart sich das subtil-perfekte Wesen dieser Tiere. Trotz Evolutionsglauben schreibt der WWF in einem seiner Bücher[161] pointiert:

> Es gibt Wunder auf der Erde. Und Rätsel. Und Monarchfalter …

„Tortuga – Die unglaubliche Reise der Meeresschildkröte"

Die Meeresschildkröte, die im Film *Tortuga*[162] portraitiert wird, dürfte eigentlich gar nicht existieren, so komplex wie ihre Lebenswege und ihre Fortpflanzungsbedingungen sind. Aber das könnte man eigentlich von allen Lebewesen sagen ...

Tortuga ist das spanische Wort für Schildkröte. Konkret geht es im Film um die „Unechte Karettschildkröte", die weltweit größte Schildkröte mit hartem Rückenpanzer (größer ist nur die Lederschildkröte). Diese Meeresschildkröten mit einer Panzerlänge bis zu 1,2 m sind in allen tropischen und subtropischen Meeren zu finden, einschließlich des Mittelmeeres. Wir betrachten nun die „unglaubliche Reise" jener, die in der Karibik leben. (Der Einfachheit halber verwende ich den Namen Tortuga.)

Alle zwei bis drei Jahre schwimmen die weiblichen Tortugas von den karibischen Inseln nach Florida, um dort an bestimmten Stränden ihre Eier zu legen, nämlich genau an dem Strand, wo sie selbst das Licht der Welt erblickten. In der Meereswelt vor den karibischen Inseln sind nur erwachsene Meeresschildkröten überlebensfähig, weshalb die geschlüpften Tiere zuerst eine „unglaubliche Reise" antreten. Alle, die überleben, kommen nach sechs Jahren an denselben Orten in der Karibik an. Jedoch schaffen dies allein wegen der natürlichen Feinde und der Umweltkräfte nur etwa ein Prozent eines Prozents (1 von 10 000). Aufgrund der Fischerei und der direkten Jagd durch den Menschen waren die Wasserschildkröten für eine lange Zeit vom Aussterben bedroht.

Jährlich schlüpfen an den Stränden von Florida rund 2 Millionen Meeresschildkröten, jeweils 80 Tage nach der Eiablage. Die jungen Schildkröten, die knapp 5 cm groß sind, graben sich langsam aus 50 cm Tiefe an die Oberfläche. Wenn sie diese Arbeit geschafft haben, bewegen sie sich sofort in Richtung Meer, das etwa 40 m entfernt ist. Auf dieser Strecke werden sie von Vögeln, Krabben und anderen natürlichen Feinden gejagt. Selbst wenn sie im Meer sind, schießen von oben Vögel ins Wasser und schnappen sich viele dieser Jungtiere. Einige werden auch von den Wellen wieder zurück an Land geworfen. Fast die Hälfte der jungen Schildkröten stirbt in den ersten Stunden. Die anderen schwimmen ununterbrochen zwei Tage und zwei Nächte lang, bis sie den Golfstrom erreichen, und auch dort „wissen" sie genau, was sie zu tun haben. Sie schwimmen in den Golfstrom hinein, bis sie nach weiteren 70 km(!) die Seetangteppiche erreichen. Dort finden die kinderhandgroßen Jungtiere erstmals Zuflucht und können sich ausruhen. Als Passagier im Seetang des Golfstroms sind sie jedoch gänzlich von den Strömungen abhängig. Einige werden quer über den Atlantik bis zu den Azoren getrieben, von wo sie nach Spanien weiterschwimmen, um dann wieder zu den Azoren zurückzukehren. (Das Meer bei den Azoren ist der zentrale Treffpunkt der heranwachsenden Wasserschildkröten, wo sie alle, wie „abgemacht", zusammenkommen, bevor sie an ihre Zielorte in der Karibik weiterschwimmen.)

Im Film wird die längste Route der Tortuga gezeigt, denn viele der jungen Wasserschildkröten geraten mit dem Seetangteppich in das bewegungslose Sargasso-Meer, das 3000 km breit ist. Dort bleiben sie bis zu fünf Jahre. Eine ihrer Hauptnahrungsquellen sind die feinen Tentakel einer besonderen Qualle („Portugiesische Galeere"), die für alle kleineren Fische giftig und lebensgefährlich sind. Die Fische werden von den Tentakeln umschlossen und dann von der Qualle „absorbiert". Nur für die jungen Tortugas sind diese Tentakel nicht giftig. *„Nach Millionen von Jahren haben sie eine Immunität gegen ihre Stiche entwickelt"*, lautet der darwinistische Kommentar im Film. Man fragt sich, warum dann nicht auch irgendwelche Fische „immun" geworden sind und wie die jungen Meeresschildkröten in früheren Zeiten überlebt haben, als sie – gemäß dieser Theorie – noch nicht immun gegen das Gift waren.

Die Schildkröte im Film *Tortuga* nimmt nach fünf Jahren „Kindheit" ihre Reise wieder auf und verlässt das Sargasso-Meer. Sie ist in der Zwischenzeit einen halben Meter lang geworden, ihr Panzer ist hart. 2500 km nördlich von Florida begibt sie sich wieder in den Golfstrom, der hier jedoch eine starke Strömung hat. Innerhalb von kurzer Zeit wird sie Hunderte von Kilometern in den Norden getrieben. Die Wellen vor Neufundland reißen sie mit und spülen sie in Richtung Land. Einige der jugendlichen Meeresschildkröten werden von den Wellen an die Felsen geworfen und sterben, wenn ihr Panzer zerbricht. Die Reise „unserer" Meeresschildkröte geht weiter. Sie wurde derart durch das Meer geworfen, dass man meinen müsste, sie sei nun im Meer verloren. Aber dem ist nicht so. *„Eine Meerschildkröte ist nie orientierungslos. Anhand der magnetischen Linien, die sich in Nord-Süd-Richtung wie unsichtbare Drähte über die Erde erstrecken, kann sie überall im Meer erkennen, wo sie sich befindet. Sie hat in sich nicht nur einen Kompass, sondern auch eine Karte der Meereswelten – und die Entschlossenheit, dem Weg ihrer Vorfahren zu folgen: Und das ist die sicherste Route, die sie durch einen von Gefahren erfüllten Ozean finden konnten, um ein fernes, unbekanntes Ziel zu erreichen."* So lautet der Kommentar im Film.

Die große Wasserschildkröte („Unechte Karettschildkröte“, lat. Caretta caretta) der Karibik schwimmt als Jungtier von Florida aus sechs Jahre lang durch den Atlantik, bis sie ihren permanenten Lebensraum erreicht und dort überleben kann.

Foto: ukanda, 2006, auf Wikimedia Commons
(File: „Loggerhead sea turtle“; Bildnachweis S. 351)

Die Tortuga schwimmt weiter nach Norden, hinein in den eisigen Nordatlantik südlich von Grönland. Bei der Neufundlandbank, mitten zwischen Kanada und Europa, bleibt sie vom Sommer bis zum Winteranbruch und schwimmt dann weiter Richtung Europa. Zu Beginn ihres 6. Lebensjahres hat sie mehr als 7000 km hinter sich. *„Obwohl sie noch nie hier war, weiß sie genau, wo's durchgeht.“*

Sie verlässt den Golfstrom und taucht in den Kanarenstrom ein, um mit ihm in den Süden zu reisen. In den seichten Gewässern bei den Azoren, 1900 km westlich von Afrika, findet sie erstmals wieder einen sicheren Platz zum Ausruhen. Die Azoren sind die große gemeinsame Zwischenstation, wo alle Meeresschildkröten dieses „Jahrgangs“ auf ihrer langen Reise hinkommen, egal wohin die Strömung sie als Jungtiere getrieben hat. Diejenigen, die direkt zu den Azoren getragen wurden und von dort weiter nach Spanien schwammen, kehrten danach zu den Azoren zurück, um dort ihre Wachstumsjahre zu verbringen. Der nächste Teil der Reise führt sie alle in einem südlichen Bogen Richtung Äquator, wo sie in die Äquatorialströmung gelangen. In vier Monaten überqueren sie den Atlantik und erreichen ihr Ziel: die karibischen Inseln. Wäre „unsere" Tortuga früher angekommen, hätte sie nicht überleben können. Nur ausgewachsene Meeresschildkröten sind in der Lage, sich dort durchzusetzen und zu ernähren. Sie kommt in ihrem gelobten Land an – und wartet 15 Jahre, bis sie geschlechtsreif ist. Dann schwimmt sie wieder hinaus in den Golfstrom, verlässt diesen bequemen „Rückenwind" aber plötzlich und biegt westwärts ab, zum Paarungsgebiet vor Florida. Von den ursprünglich 2 Millionen ihrer Generation erreichen höchstens 200 dieses Ziel. Es liegen 21 Jahre und mehr als 10 000 Kilometer hinter ihnen. Nach der Eiablage kehren die Wasserschildkröten zurück in die Karibik. Sie bleiben rund 40 Jahre lang fortpflanzungsfähig.

Tortuga – die darwinistischen Erklärungen: Im Tortuga-Film hören wir Formulierungen wie: *„Sie folgen ihrem inneren Kompass. [...] Sie reisen um den halben Planeten – ihr innerer Kompass leitet sie seit Millionen von Jahren."* Ein innerer Kompass? Was ist das? Gemäß dem naturalistischen Erklärungsmodell müsste dieser Kompass in den Genen angelegt sein und langsam, in kleinen Schritten, über Mutationen entstanden sein. Hinzu kommt, dass die Meeresschildkröten nicht alle denselben Weg gehen. Einige schwimmen über den hohen Norden, andere treiben direkt zu den Azoren und schwimmen dann weiter nach Osten. Aber am Schluss kommen sie alle in der Karibik an.

Im Film wird der Begriff *ancestral memory*, „Vorfahrengedächtnis", verwendet, also ein über die Vorfahren aufgebautes Gedächtnis. Solche Begriffe klingen irgendwie wissenschaftlich, sind aber pure Pseudowissenschaft. Das würde konkret bedeuten: Die ersten Meeresschildkröten schwammen direkt in die Karibik, merkten dann aber, dass sie dort als Jungtiere nicht überleben können, und reisten sofort wieder ab – und vererbten diese Erkenntnis sowie das „Wissen" über die verschiedenen Meeresrouten genetisch an ihre Nachfahren. Wenn die Tiere tatsächlich ein solches *ancestral memory* hätten, müssten auch die Menschen eines haben, da sie „evolutionär" ja weiter entwickelt sind. Der Sohn von Kolumbus hätte demnach von Geburt an den Seeweg nach Amerika gekannt, und Kinder von Musikgenies wären immer Musikgenies, so wie die Meeresschildkröten immer dieselben Fähigkeiten besitzen wie ihre Eltern, und dies sogar, obwohl sie ihre Eltern nie trafen.

Wie kann eine frischgeschlüpfte Meeresschildkröte wissen, in welche Richtung sie schwimmen muss? Dass sie beim Golfstrom weiterschwimmen muss, um die Seetangteppiche zu erreichen, ohne die sie vor Erschöpfung und Hunger sterben würde? Dass sie den magnetischen Linien zuerst nach Norden und dann plötzlich nach Süden folgen muss – falls sie denn tatsächlich diesen Linien folgt? Wie kann sie wissen, dass die Azoren für sie die ideale Zwischenstation sind und dass sie dann in die Karibik weiterziehen muss? Und dass die Strände von Florida der ideale Platz für ihre Eier sind? Wie bei allen Tieren, sehen wir auch hier eine situationsgemäß perfekte Intelligenz, die weit über das Hirn und die Gene der einzelnen Meeresschildkröten hinausgeht.

Instinkt im Reich von „Selektion und Zufall"

Mit dem Begriff „Instinkt" bezeichnet die heutige Wissenschaft das artspezifisch-intelligente Verhalten von Tieren und Pflanzen, aber sie kann das Phänomen nicht wirklich erklären, sondern nur beschreiben. Tatsächlich lässt sich mit einem materialistischen Weltbild nicht erklären, was Instinkt ist. Wenn Pflanzen und Tiere nur biologische Computer mit einem Genprogramm wären, dürften sie nichts tun können, was nicht im Programm der Gene angelegt ist. Dem ist aber offensichtlich nicht so. Wenn wir hingegen davon ausgehen, dass sie als Kollektivwesen durch das Wirken von Elohim-Schöpferwesen entstanden sind und mit dieser höheren Intelligenz verbunden bleiben, dann ist „Instinkt" das Wirken der höheren Schöpferintelligenzen durch die entsprechenden interdimensionalen Informationsfelder. Bei vielen Tierarten ist es ein Wunder, dass überhaupt irgendwelche Jungtiere überleben, denn dies ist nur möglich dank der kollektiven Dynamik, die von immanenter Intelligenz und „instinktiver" Telepathie zeugt.

Tiere und erst recht Pflanzen, Einzeller usw. haben kein Karma und auch „keine Wahl". Das Wirken der jeweiligen Schöpferwesen ist kein Eingriff in einen freien Willen, sondern Ausdruck ihrer Schöpferkraft in Wechselwirkung mit den Naturgesetzen. Welche der jungen Schildkröten das Meer und den fernen Zielort erreichen und welche nicht, ist nicht durch ein „Karma" prädestiniert, sondern ist das Ergebnis von natürlicher Selektion und Zufall (siehe S. 200 – 203). *Selektion und Zufall* sind tatsächlich Faktoren in der Natur: Sie sind Faktoren im Überleben, aber nicht im Entstehen der Arten.

Aufgrund des Instinkts rennen die kleinen Schildkröten nicht in alle Himmelsrichtungen, sondern direkt zum Meer und schwimmen dann genau in die richtige Richtung. Aber was ihnen unterwegs zustößt und wer einem natürlichen Feind zum Opfer fällt, unterliegt den Prinzipien Selektion und Zufall (Zufall im Sinn von „Geschehnis ohne determinierten Grund"). Einige der Schildkröten haben Glück, andere nicht, wobei diese Redewendung hier unpassend ist, ebenso unpassend wie der Begriff *Feinde* in „natürliche Feinde".

Feinde sind jedoch die Menschen, wenn sie mit ihrem Verhalten aufgrund von Gier die Schöpfungsordnung verletzen. Jedes Jahr sterben Zehntausende von Meeresschildkröten durch die Netze und die Angelhaken der Fischereiboote. Warum bewirkt die Schöpferintelligenz nicht, dass die Tiere die Fallen erkennen? Warum lernen sie nicht, dass bei den scheinbar frei im Wasser schwebenden Beutetieren „ein Haken dran" ist? Warum machen die Tiere Jahr für Jahr denselben Fehler und fallen immer wieder auf denselben plumpen Trick herein? Einerseits deshalb, weil es offensichtlich kein *ancestral memory* gibt, andererseits, weil es sich um unnatürliche Vorgänge handelt, die dem freien Willen des Menschen entspringen, und der freie Wille der Menschen wird nicht durch höhere Mächte gestoppt, zumindest nicht sofort. Der Mensch kann gemäß seinem Willen handeln, ist dafür aber verantwortlich. Der Mensch ist kein Tier und hat deshalb sehr wohl vieles zu lernen und muss sich geistig entwickeln. An einem bestimmten Punkt wird aber auch das destruktive Verhalten des Menschen gestoppt, sei es durch globale Kataklysmen oder – was dem „Dein Wille geschehe" entspräche – durch ein globales Erwachen und Bewusstwerden.

Gott als „Diener" aller Lebewesen

Die Pflanzen und Tiere bis hin zu den Einzellern und Mikroben leben und überleben nur dank ihrer „instinktiven" Intelligenz, d. h. dank einer inneren Steuerung. Die immanente Intelligenz, die bei allen Lebewesen diese Steuerung bewirkt, ist in ihrer Gesamtheit allwissend, denn sie „sieht" ständig in Echtzeit die unendlich vielen Faktoren der Natur und des Kosmos und passt das Verhalten der einzelnen Kollektivwesen diesen Faktoren an: von den vielen Details der direkten Umwelt über die großen Naturzusammenhänge bis hin zu den lunaren, solaren und galaktischen Zyklen. Die Pflanzen und Tiere existieren nur, weil ihr Leben von einer schöpfungsimmanenten Intelligenz koordiniert und gesteuert wird. Sie verhalten sich quasi „automatisch" auf eine perfekt funktionierende Weise, auf die sie selbst keinen Einfluss haben.

Die alles-koordinierende kosmische Schöpfungsintelligenz wird im Sanskrit Paramātmā („Überseele") genannt und entspricht dem immanenten Aspekt der Ganzheit (siehe S. 88 u. 190). Die Ganzheit (Gott) ist der Urgrund von allem. Alles, was wir in der Materie in projizierter und – auf sekundärer Ebene – in verzerrter und abgetrennter Form finden, ist im Urgrund in der ursprünglichen und vollkommenen „Form" präsent. Und wir sind Teile Gottes, Teile dieser Ganzheit. Unsere Vollkommenheit besteht darin, mit der Ganzheit zu harmonieren oder, religiös gesprochen, Gott zu dienen. Wo ist die Eigenschaft des Dienens dann in Gott zu finden? Die Ganzheit enthält auch diese Eigenschaft, und zwar auf vollkommene Weise. Was die materielle Welt betrifft, finden wir sie im Paramātmā. Als Paramātmā dient Gott allen Lebewesen absolut neutral gemäß den Vorgaben der jeweiligen Willens- bzw. Lebensimpulse (siehe auch S. 103). Die kosmisch-immanente Schöpfungsintelligenz koordiniert sowohl die karmischen Wesen des gesamten multidimensionalen Kosmos als auch alle Kollektivwesen unserer Erde, sonst wäre kein Leben möglich. In diesem Sinn können wir sagen, dass Gott (als Paramātmā) jedem Lebewesen dient, auch den Schnecken, Spinnen und Regenwürmern, den Einzellern und Mikroben und natürlich auch den Menschen. Der Paramātmā ermöglicht das Zusammenwirken der unbegrenzt vielen Faktoren der Natur sowie aller Aktionen und Reaktionen der karmischen Wesen.

Beim Menschen: Instinkt plus Intelligenz und Intuition

Tiere haben keine Wahl, ob sie dem Instinkt folgen wollen oder nicht. Sowohl die Tiere als auch die Menschen sind mit der göttlichen Quelle verbunden, jedoch auf unterschiedliche Weise. Tiere haben andere Aufgaben in der Schöpfung als die Menschen. Tiere haben keine Lebenslektionen zu meistern und müssen nichts „lernen" und „erfahren". Sie können deshalb von der göttlichen Schöpfungsintelligenz im artspezifischen Sinn direkt geführt werden. Aus Menschensicht gesprochen: Tiere müssen keine Entscheidungen treffen und keine Verantwortung übernehmen. Ihnen wird das Entscheiden abgenommen, „es" wird für sie entschieden. Wir hingegen haben einen freien Willen und individuelle Lebensaufgaben, weshalb uns nicht einmal Gott Entscheidungen abnimmt oder sagt, welche Entscheidungen wir treffen sollen.

Wenn Tiere durch eine immanente Intelligenz („Instinkt") perfekt geführt werden, so stellt sich die Frage: Wie können wir, die Menschen, uns mit dieser Schöpferintelligenz verbinden und uns von ihr führen lassen? Wie hängt die göttliche Führung mit dem freien Willen des Menschen zusammen? Wie lässt sich beides vereinbaren? Bevor sich solche Fragen stellen, muss der Mensch überhaupt erst einmal erkennen, dass eine solche Schöpferintelligenz „vorhanden" ist. Die Elohim-Schöpferwesen handeln in vollkommener individueller Harmonie mit dieser Schöpferintelligenz, allen voran das höchste Schöpferwesen, das aus dieser Intelligenz *(buddhi)* heraus ein ganzes Universum erschafft.

Auch der Mensch ist ein Elohim-Schöpferwesen, und der Grad, zu dem er sich seinerselbst – seines Selbst! – bewusst ist, gibt ihm eine entsprechende geistige Freiheit (Stichwort Guṇas). Die Guṇas sind wie unterschiedlich dicke Filter und lassen die Intelligenz des Menschen mehr oder weniger getrübt oder relativ ungetrübt durchscheinen. Intelligenz bedeutet wörtlich „Unterscheidungsvermögen" und besteht aus dem Zusammenwirken von Verstand *(intellectus)* und Vernunft *(ratio)*.*

Tiere haben eine andere Aufgabe als die Menschen. Müsste ein Mensch sein Menschenleben auf die gleiche Weise leben wie die Tiere, wäre dies eine Programmierung und instinktive Determinierung. Im Gegensatz zum Tier ist der Mensch gefordert, über die „animalischen" Triebe hinauszugehen und die innere Führung auch *bewusst* wahrzunehmen. Die innere Quelle, die Stimme Gottes im Herzen (Paramātmā), nennen wir „Intuition" – Intuition in der umfassenden und letztlich spirituellen Bedeutung dieses Begriffes. Intuition ist die göttliche Führung und Navigation in unserem Leben, die wir hören und befolgen können oder auch nicht. So wie die Tiere unbewusst dem Instinkt folgen, können wir lernen, der Intuition *bewusst* zu folgen.

Die Stimme des Herzens darf nicht mit den vielen mentalen und emotionalen Impulsen verwechselt werden. Im Gegensatz zu diesen Impulsen ist die Intuition nie eine treibende oder beeinflussende Kraft. Sie ist Ausdruck jener immanenten und kosmisch-allwissenden Intelligenz, die wir bei den Tieren und Pflanzen als „Instinkt" wahrnehmen. Damit sind wir wieder bei den Themen, die im vorliegenden Buch behandelt wurden und die auf dieser Grundlage vielseitig vertieft werden können.**

---

* Siehe *Der radikale Mittelweg*, Kap. 22: „Philosophie des Geistes".

** Zum Beispiel: *Gott und die Götter*, Kap. 8: „Karma, Schicksal und freier Wille" und Kap. 9: „Die Überwindung von Dualität und Karma-Bindung"; *Der radikale Mittelweg*, Stichwortverzeichnis: Einheit/Erleuchtung/Ermächtigung/Illusion/Intuition/Paramātmā.

Anhang 3

Schöpfung, Natur und die Aufgabe des Menschen

Wenn der Mensch aufhören will, schöpfungswidrig zu handeln, muss er die Schöpfung und seine Aufgabe als Mensch in einem spirituell-ganzheitlichen Sinn ergründen. Die größten Hindernisse dabei sind die heute vorherrschenden Weltbilder des Fundamentalismus einerseits und des Materialismus andererseits. Zu Letzterem gehören auch die Darstellungen über die Entstehung der Lebewesen und des Menschen gemäß der Evolutionstheorie. Deswegen weise ich immer wieder auf die Problematik der materialistischen Weltbilder hin (und auch der religiös-dogmatischen, aber diese sind hier nicht das Thema).

Was die Entstehung des Menschen betrifft, so finden wir in allen Schulbüchern die Darstellung vom Affen über die affenähnlichen Zwischenstufen hin zum Menschen. Mit solchen hypothetischen Entwicklungslinien will die Evolutionstheorie die Entstehung aller Pflanzen- und Tierarten erklären, auch die Entstehung des Menschen. Nehmen wir diese Theorie beim Wort! Die hypothetischen Entwicklungslinien sind vergleichbar mit den Bildern eines Films. Die einzelnen Bilder unterscheiden sich fast nicht, aber im zeitlichen Ablauf zeigen sich deutliche Veränderungen. Ebenso sollen geringfügige Mutationen über eine lange Zeit zu neuen Stämmen, Klassen, Ordnungen, Familien, Gattungen und Arten von Pflanzen und Tieren geführt haben. Wenn die Evolutionstheorie stimmen würde, müsste es möglich sein, bei jeder Pflanzen- und Tierart den „Film" rückwärts laufen zu lassen und dadurch die Vorstufen zumindest theoretisch zu rekonstruieren. Bei diesen konkreten Proben aufs Exempel zeigt sich aber sogleich, dass die Evolutionstheoretiker im falschen Film sind …

Nicht einmal theoretisch möglich!

Betrachten wir als konkretes Beispiel einen Schmetterling und lassen seinen „Film" zurücklaufen. Es wird sofort ersichtlich, dass keine evolutionären Vorstufen möglich sind. Wir sprechen hier nicht von ausgestorbenen Schmetterlingsarten, sondern von *Vorstufen*, die noch keine Schmetterlinge waren. Schmetterlinge entstehen durch eine vollständige Metamorphose von Ei zu Raupe zu Kokon zum Schmetterling. In dieser hochkomplexen Entwicklung darf nicht das Geringste fehlen. Vorstufen müssten Insekten gewesen sein, die z. B. noch primitivere Flügel hatten oder noch kein Kokonstadium durchliefen. Aber aus solchen hypothetischen Insekten wären nie Schmetterlinge geworden.

Oder die Fledermäuse (siehe Anm. 85, S. 326): Aus einer urzeitlichen Spitzmausgattung sollen die ersten Fledermäuse entstanden sein. Wie hätten die Zwischenstufen nach 20, 50, 80 und 95 % des Entwicklungsweges *Spitzmaus → Fledermaus* ausgesehen? Der größte Teil dieser angeblichen Mutationslinie hätte aus flugunfähigen Spitzmausmutanten mit unterschiedlich langen dünnen Fingern bestanden. Auch hier zeigt sich, dass es nicht einmal theoretisch möglich ist, plausible Vorstufen zu postulieren. Diese angeblichen Zwischenformen wären nicht überlebensfähig gewesen – und existierten auch nie!

Dasselbe gilt für jede der evolutionstheoretisch angenommenen Entwicklungslinien. Und so ist es auch nicht überraschend, dass die Fossilien dieser ohnehin unmöglichen „Evolution" widersprechen. Sie enthalten keine Hinweise auf Übergangsformen, die beispielsweise zeigen würden, wie aus Fischen „allmählich" und „Schritt für Schritt" Amphibien hervorgingen oder aus irgendwelchen Vorstufen Schmetterlinge. Die versteinerten Tiere und Pflanzen sind immer einer klar abgegrenzten Klasse, Ordnung, Familie, Gattung und Art zuzuordnen. Viele dieser vorzeitlichen Pflanzen und Tiere sind ausgestorben, andere sahen praktisch gleich aus wie ihre heute noch existierenden Nachkommen.

Das Fehlen von Übergangsformen wird auch von der konventionellen Evolutionsforschung zugegeben. Prof. George Simpson, einer der führenden Evolutionstheoretiker seiner Zeit, schrieb in seinem Standardwerk, veröffentlicht von der Columbia University Press:

> Dies [das Fehlen von Übergangsformen] gilt für alle 32 Säugetierordnungen. [...] Die frühesten und urtümlichsten bekannten Glieder jeder Ordnung weisen bereits die grundlegenden, ordnungsspezifischen Merkmale auf, und es ist in keinem Fall auch nur eine annähernd kontinuierliche Folge von einer Ordnung zur nächsten bekannt. In den meisten Fällen ist der Bruch so abrupt

> und die Lücke so groß, dass der Ursprung der Ordnungen spekulativ und umstritten ist. [...] Dieses regelmäßige Fehlen von Übergangsformen beschränkt sich nicht nur auf Säugetiere, sondern ist, wie Paläontologen schon seit langem festgestellt haben, ein fast universelles Phänomen.[163]

An dieser Bilanz hat sich bis heute nichts Grundlegendes geändert. Steve Jones, Professor für Genetik an einer Universität in London, schreibt:

> Die Funde offenbaren keineswegs die Vielzahl der Zwischenformen, die aufgrund der natürlichen Selektion und des aus ihr erwachsenden langsamen Fortschritts zu erwarten wäre, sondern viele Arten tauchen ohne Vorwarnung [ohne Vorstufen] auf [...]. Die Geologie zeigt uns mit Sicherheit keine fein abgestufte Kette des Lebendigen. Das ist der schwerwiegendste Einwand, der sich gegen die Evolutionstheorie einbringen lässt.[164]

In Anlehnung an das Märchen „Des Kaisers neue Kleider" besagt obige Aussage: „Der schwerwiegendste Einwand gegen die Existenz der unsichtbaren Kleider ist, dass man sie nicht sehen kann." Dennoch halten Evolutionisten am Glauben an die „unsichtbaren Kleider" fest und interpretieren alle Fakten entsprechend ihrer vorgefassten Sichtweise. Um die Theorie irgendwie zu illustrieren, sagen sie, gewisse ausgestorbene Tierarten seien Vorstufen heutiger Arten gewesen. Ein fast schon lustiges Beispiel ist die postulierte Entwicklungslinie der Delfine und Wale. Es wird behauptet, das ausgestorbene Hirschferkel „Indohyus" sei ein früher Vorfahre der Delfine und Wale; eine Linie dieses kleinen vegetarischen Tiers sei über Genmutationen zum aasfressenden wolfartigen Tier „Pakicetus" geworden, dieses dann zum schwimmfähigen „Ambulocetus natans" (verwandt mit den Nilpferden, in einigen Punkten Ähnlichkeit mit einem Seelöwen); danach seien die Beine zu Flossen, die Nasenlöcher zu Blaslöchern mutiert, usw. Eine Beschreibung dieses (angeblichen) Stammbaums veröffentlichte die Zeitschrift *bild der wissenschaft* in der Ausgabe 7/2009. Titel: „Wal-Verwandtschaften." Fazit: „Die größten Bewohner der Weltmeere stammen von kleinen Huftieren ab."

Die Fossilien zeigen, dass in früheren Zeitaltern auf der Erde eine größere Vielfalt von „wilden" Pflanzen und Tierformen existierte als heute. Von Erdepoche zu Erdepoche entstanden durch Adaption und Spezialisierung neue Zweige von Arten, die oftmals wieder ausstarben. Jeder Versuch, anhand der vorhandenen Fossilien evolutionäre Entwicklungslinien aufzuzeigen, ist spekulativ und theoriebedingt, wie anhand der konstruierten Linie der angeblichen Walvorfahren sehr deutlich wird.

Die ursprüngliche Vielfalt

Angesichts der vielen Pflanzensorten und Tierrassen, die der Mensch gezüchtet hat, könnten wir meinen, dass heute die Vielfalt viel größer sei als früher. Aber im Gegensatz zu dieser künstlichen Vielfalt war die natürliche Vielfalt früher viel größer als heute. Zuchtvorgänge stellen keine Evolution dar, im Gegenteil. Die Zucht von Pflanzen und Tieren und das damit verbundene Herauszüchten neuer Formen führt immer zu einer *Reduktion* der genetischen Bandbreite der jeweiligen Linie. Die Spezialisierung geht auf Kosten der genetischen Variabilität. Die gezüchteten Pflanzensorten und Tierrassen sind nur noch beschränkt anpassungsfähig und sind weitgehend, wenn nicht sogar total, von der Pflege und Versorgung durch den Menschen abhängig. In der Natur kommt es nie zu solchen künstlichen Aufspaltungen einer Art, sondern nur zu einer Anpassung der Wildformen, wenn die Umwelt sich verändert.

Wenn wir die Linie der natürlichen Adaptionen und Spezialisierungen zurückverfolgen, kommen wir zu Pflanzen- und Tierformen, deren Genstruktur die vollständigen Potentiale für alle späteren Abzweigungen enthielten. Wenn wir die Linie der Säugetiere zurückgehen, kommen wir nicht zu halbfertigen Säugetieren, die noch zu unterschiedlichsten Prozentsätzen reptilisch waren, sondern wir kommen zu den Urformen der jeweiligen Säugetiergattungen, deren Genstruktur *die höchste Komplexität* aufwies. Alle späteren Entwicklungslinien dieser Gruppen hatten nicht mehr die genetische Komplexität und Potentialität der ursprünglichen Formen.

Wie groß die vorhandene Vielfalt der Pflanzen und Tiere war, zeigt sich auch daran, dass über 99 % aller Arten, die jemals existiert haben, ausgestorben sind. Die auch heute noch erstaunliche Vielfalt von Pflanzen und Tieren stellt weniger als 1 % aller Arten dar, die jemals auf der Erde existierten! Die Tatsache, dass so viele Arten ausgestorben sind, wird von Evolutionisten häufig als Argument gegen die Existenz einer Schöpfungsintelligenz angeführt:

> [Vertreter des *Intelligent Design* sagen:] Alle Lebewesen sind optimal angepasst; ein intelligenter Schöpfer erzeugt keine unperfekten Lebewesen. [...] STIMMT NICHT. Lebewesen sind nicht optimal angepasst. 99,99 Prozent der jemals bestehenden Arten sind bereits wieder ausgestorben, ein unmissverständliches Zeichen dafür, dass sie nicht gut genug angepasst waren.[165]

Dieses Zitat zeigt, wie evolutionsgläubige Wissenschaftler und Journalisten dazu tendieren, die Argumente der schöpfungsgläubigen Wissenschaftler falsch wiederzugeben, nicht selten mit der Absicht, diese als dumm und inkompetent hinzustellen. Im obigen Zitat wird suggeriert, die nicht-materialistischen Wissenschaftler würden nicht wissen, dass „99,99 Prozent der jemals bestehenden Arten" ausgestorben sind. Diese Arten starben jedoch nicht deshalb aus, weil sie schlecht an ihre Umwelt angepasst waren, sondern weil sich die *Umwelt schnell oder sogar schlagartig veränderte.* Die Tatsache, dass viele Tiere und Pflanzen ausgestorben sind, ist kein Beweis für Evolution, sondern ein Beweis für große Umwälzungen durch Naturkatastrophen.

Gleichzeitig müssen wir uns in Erinnerung rufen, was nach den großen Aussterbewellen geschah (S. 263). Für die Pflanzen und Tiere als Kollektiv waren die Katastrophen kein Rückschlag, vielmehr reagierten sie immer mit sprunghaften Adaptionen. Zudem entstanden bzw. erschienen oft auch neue Kategorien von Pflanzen und Tieren. Das berühmteste Beispiel ist das Ende der Saurierzeit. Die Riesenreptilien starben aufgrund einer globalen Katastrophe aus – und die „Natur" reagierte mit einer wundersamen *Vergrößerung* der Vielfalt. Neben allen bereits existierenden Lebensformen erschienen damals auch viele neue Lebensformen: die gesamte Vielfalt der Vögel und der Säugetiere. (Gemäß der Evolutionstheorie stammen alle Säugetiere von rattenähnlichen „Ursäugetieren" ab, siehe S. 262.)

Involution: Schöpfung durch Materialisation

Die Pflanzen- und Tierzucht zeigt, dass im Genpotential der Urformen eine praktisch unendliche Vielfalt von Spielmöglichkeiten enthalten ist, auch wenn die Natur nie alle diese Möglichkeiten aktiviert. Die Lebewesen waren von Anfang an mit einer vollkommenen Genstruktur ausgestattet. Alle späteren Variationen und Spezialisierungen sind aus diesen ursprünglichen Gattungen und Arten hervorgegangen. Dies war aber nicht Evolution in einem materialistischen Sinn, sondern genau das Gegenteil.

Materialistische Weltbilder beschränken die Realität auf chemische und physikalische Faktoren und bestreiten – meist aus ideologischen Gründen – die Multidimensionalität des Kosmos. Die Spuren der Schöpfung, der Lebewesen und des Lebens zeigen jedoch, dass die Wirklichkeit nicht ausschließlich materiell erklärt werden kann. In einem ganzheitlich-wissenschaftlichen Zusammenhang führen diese Spuren zum Erklärungsmodell der *Involution.* Ausführliche Darlegungen finden sich in meinen Büchern *Der radikale Mittelweg, Gott und die Götter* und *„Ihr seid Lichtwesen"*.

Involution ist ein interdimensional-hierarchischer Schöpfungsablauf: die sukzessive Verdichtung der zweiten Dimensionswelt aus der ersten, der dritten aus der zweiten bis hin zur siebten, dem für uns sichtbaren Kosmos. (In den meisten Traditionen wird von sieben Welten bzw. Schöpfungsebenen gesprochen.) Involution* bezieht sich auf die Verdichtung von Lichtwelten und Lichtwesen aus den jeweils nächsthöheren Dimensionswelten heraus. Wenn in diesen Schöpfungsschritten die Grenze vom Feinstofflichen zum Grobstofflichen überschritten wird (beim Entstehen der siebten aus der sechsten Schöpfungsebene), bewirkt die Involution eine Materialisation.

Die Evolutionstheorie postuliert, dass die Entwicklung von den ersten Mikroorganismen hin zur Vielfalt von Pflanzen und Tieren zufällig und nur durch materielle Faktoren erfolgt sei. Die Involutionstheorie postuliert, dass die vielen Urformen von Lebewesen ohne Vorstufen entstanden sind, immer mit der perfekten, vollständigen Körperform. Die Fossilien weisen eindeutig auf Letzteres hin: Sie zeigen immer wieder ein plötzliches Auftreten neuer Lebensformen. Solche abgestuften Schöpfungsschritte, die in jedem Erdzeitalter die neuen und neu angepassten Pflanzen und Tiere hervorbrachten, entsprechen genau dem, was die Theorie der Involution sagt, nämlich dass die Deva-Schöpferwesen in den verschiedenen Erdzeitaltern die Urformen der jeweiligen Pflanzen und Tiere erscheinen ließen: zuerst im Wasser und dann an Land. Und am „Schluss" erschien der Mensch, für den diese Naturbühne bereitet worden war.

In Kapitel 9 wurde dargelegt, dass die Pflanzen und Tiere wie auch der Mensch durch das Wirken der höherdimensionalen Schöpferwesen entstanden. Die Urformen der Mikroben, Einzeller, Pflanzen und Tiere entstanden durch eine gestaffelte Materialisation, indem die jeweiligen Schöpferwesen diese Lebewesen durch eine Projektion der feinstofflich-morphogenetischen Information erschufen. Dies kann als eine „externe" Materialisation bezeichnet werden. Bei den ersten Menschen hingegen gingen die Schöpferwesen quasi „persönlich" in die physische Verdichtung. Das heißt, der Mensch entstand durch eine direkte Materialisation (im ersten Yuga): „Adamische" Lichtwesen verdichteten ihren Lichtkörper

---

* Der Begriff „Involution" ist abgeleitet von lat. *involvere,* „einrollen; einwickeln; sich involvieren"; hier: „Verdichtung; das sukzessive Hineingehen des Geistes in die Materie", was die damit verbundene, der jeweiligen Dimensionswelt entsprechende Verdichtung des Körpers dieser Wesen miteinschließt.

bis auf die Ebene der organischen Materie. Die neu erwachende Erinnerung, wie wir Menschen auf die Erde gekommen sind, gehört zum großen Bewusstseinswandel in der heutigen Zeit ...

Das Entstehen der ersten Lebewesen auf der Erde

Die ersten Lebewesen entstanden mit dem Beginn des gegenwärtigen großen Erdenzyklus, der in der altindischen (vedischen) Mysterientradition als ein „Tag des Brahmā" bezeichnet wird. Der gegenwärtige Schöpfungstag ist also nicht der einzige, obwohl es so aussehen mag, wenn wir heute mit unserer gewohnten linearen Sicht in die Vergangenheit der Erde blicken. Ein Tag des Brahmā dauert 4,32 Milliarden Jahre, was 12 Brahmā-Stunden entspricht. Ebenso lange dauern die 12 Stunden von Brahmās Nacht. Wenn die Brahmā-Nacht anbricht, wird die grobstoffliche Schöpfung durch Hitze „heruntergefahren". Mit dem neuen Tag wird sie wieder „hochgefahren", was für die Erde eine Neuschöpfung der organischen Lebenswelt bedeutet.

Gemäß der vedischen Wissenschaft ging die letzte Brahmā-Nacht vor rund zweieinhalb Milliarden Jahren zu Ende, worauf ein neuer Brahmā-Tag begann.* Die Erde war in einem glühenden Zustand in die letzte Brahmā-Nacht eingegangen und durchlief während dieser Nacht (4,32 Milliarden Jahre) eine materielle und strukturelle Regeneration. Mit dem Beginn des neuen Brahmā-Tages wurde der kalte und öde Planet Erde zu neuem Leben erweckt, was bedeutet, dass auf der anorganischen Oberfläche durch das Wirken der höherdimensionalen Schöpferwesen erste Formen von Lebewesen entstanden: einerseits Einzeller, die der damaligen Urwelt nach der Brahmā-Nacht angepasst waren und dann ausstarben („Ediacara-Fauna"), andererseits die Mikroorganismen, deren Linien auch heute noch existieren. Ihre Aufgabe bestand darin, die damals junge organische Welt auf elementarer Ebene für die nachfolgende Vielfalt des mehrzelligen Lebens vorzubereiten (Sauerstoffbindung, Bildung von organischer Ursubstanz in den Urmeeren, Humusbildung auf den nackten Gesteinsböden, usw.). Als diese Vorbereitungen abgeschlossen waren, folgten die nächsten Schöpfungswellen mit all den pflanzlichen und tierischen Organismen, die zur Grundlage der gesamten irdischen Flora und Fauna wurden, angefangen mit jener Schöpfungswelle, die heute als „kambrische Explosion" bezeichnet wird. Ganz

* Ausführlich dargelegt im Buch *Gott und die Götter,* Kap. 2, „Vedische Kosmogonie", und Kap. 4, „Multidimensionale Zeit und Ewigkeit".

am Schluss dieses gestaffelten Schöpfungswerkes, als die gesamte Tier- und Pflanzenwelt geschaffen war, wurden „adamische" Lichtwesen zu den ersten Menschen.

Nicht alle Tiere sind einfach „Tiere"

Im Gegensatz zum Menschen, der durch eine direkte Materialisation von Lichtwesen entstand, entstanden die Pflanzen und Tiere durch eine indirekte oder „externe" Materialisation. Wir können aber annehmen, dass gewisse Wesen, die wir als Tiere bezeichnen, ebenfalls durch eine direkte Materialisation von Lichtwesen entstanden sind, zum Beispiel die Delfine und Wale als Hüter der Meere.

Ursprünglich hatten die Menschen eine geistige Verbindung mit den Tieren und den Schöpferwesen der Tierarten. Vom Pazifik bis zum hohen Norden existieren Mythen, die eine enge Verbundenheit, ja Verwandtschaft zwischen den Walen und den Menschen zum Ausdruck bringen. Der mehrfach prämierte Film *Whale Rider* (2002) nach dem Roman mit dem gleichen Titel (1987) von Witi Ihimaera zeigt, dass die Menschen von Neuseeland bis Hawaii die Wale als ihre Vorfahren sehen oder sagen, ihre Vorfahren seien mit den Walen über das Meer gekommen.

Diesbezüglich sehr aufschlussreich ist der Wal-Mythos der Tschuktschen, eines kleinen indigenen Volkes, das im äußersten Nordostteil Sibiriens lebt, gegenüber von Alaska. Dieses Volk, das sich selbst *Lg'orawetlan,* „echte Menschen", nennt, war bis ins 19. Jahrhundert hinein von der modernen Zivilisation weitgehend unberührt geblieben und hatte bis 1930 keine geschriebene Sprache. Aus diesem Volk ging der Schriftsteller Juri Rytchëu (1930 - 2008) hervor, der – neben seinen kommunistischen Pflichttexten als Journalist – die alten Überlieferungen niederschrieb, die er noch von seinen Großeltern gehört hatte, so auch die Geschichte der ersten Menschen auf der Erde. Diese historisch-symbolische Darstellung der Entstehung und Entwicklung der Menschen aus der Sicht der Tschuktschen veröffentlichte er im Buch *Wenn die Wale fortziehen* (1975). Hier eine Zusammenfassung mit einigen wichtigen Zitaten:

Der erste Mensch war eine junge Frau namens Nau, die in einer tiefen All-Einheit mit allen Pflanzen und Tieren lebte. Sie dachte nicht darüber nach, wodurch sie sich von den Tieren des Landes, von den Vögeln des Himmels und von den Pflanzen und Steinen unterschied. In einer nächsten Phase ihres Erdendaseins zog es sie plötzlich hin zum Meer, wo ihr ein besonderer Wal auffiel, der jeden Tag bis nahe zur Küste hin schwamm. Sie spürte eine innere Verbindung mit diesem Wesen, und sie begann sich als Mensch wahrzunehmen. „Es war, als sei sie eben erst erwacht, und der Moment des Erwachens dauerte fort, als sehe sie den Himmel wie neu [...]“. Sie empfand eine Trennung und gleichzeitig eine bewusstere Verbindung mit der Natur, „und das Vogelgezwitscher weckte in ihrer Seele eine lichte Erwartung des bevorstehenden Wunders.“[166]

Nau spürte, dass sich etwas Besonderes anbahnte, ein Wunder, das die Welt verändern würde. Eines Tages geschah es. Nau war wieder am Meer und stand dem Wal gegenüber, der eine große Wasserfontäne ausstieß. Im feinen Sprühregen der Fontäne erschien ein Regenbogen, und der Wal wurde durchsichtig. Der Nebel löste sich auf, und in der Brandung stand ein Mensch. Er, Rëu, war anders als Nau und auch wieder nicht. „Eine nie gekannte, ungeheure, nur mit der Sonne vergleichbare Freude.“[167]

Rëu ging am Abend zurück ins Meer und kam am Morgen wieder – bis er aus Liebe zu Nau schließlich endgültig als Mensch an Land blieb. So entstand das erste Menschenpaar, Nau und Rëu. Nach dem Winter brachte Nau Walkinder zur Welt, die sie in der Bucht großzog. Nach dieser ersten Generation waren alle nächsten Generationen von Nachkommen Menschen.

„Die Wale und Menschen sind ein Volk! Vereinigt, gebaren das Meer und die Erde den Menschen“, lautete eines der Lieder von Rëu, das er seinen Kindern vorsang. Und er erklärte ihnen: „Wir sind auf die Erde gekommen, denn es gibt eine höchste Offenbarung des Lebens – die Große Liebe. Sie hat uns zu Menschen gemacht, hat mich zu einem Menschen werden lassen.“[168] Und „die Große Liebe ist ewig“, denn sie gründet im Ewigen.[169]

Rëu starb, aber Nau blieb als Urmutter bei den Menschen. Nau erzählte dem Küstenvolk Generation für Generation dasselbe, nämlich dass die Wale die Ahnen und die Geschwister der Menschen sind. Die Kinder lauschten mit Verwunderung und Ehrfurcht und gaben dieses Wissen wiederum an ihre Kinder weiter. Im folgenden Zeitalter geschah es, dass vermehrt Seelen inkarnierten, die eine andere Mentalität mitbrachten. Die wundersame Verbindung der Menschen mit den Walen wurde als Märchen hingestellt. Und dieselbe Geschichte, die immer gleiche Wahrheit, wurde plötzlich als langweilig empfunden. Man lachte darüber. Die intellektuelle Arroganz griff um sich: Die Liebe habe den Menschen entstehen lassen? Und der Mensch habe zu sprechen begonnen, einfach weil Nau und Rëu neben dem Schweigen gern auch miteinander reden wollten? „Irgendwie war das etwas zu einfach."[170] Und selbst wenn das alles stimmen würde, warum geschieht es dann jetzt nicht mehr? Warum wiederholt es sich nicht? Also kann es nicht wahr sein!

Erste Gewalttätigkeiten brachen aus. Die uralte Nau war entsetzt und konnte nicht glauben, dass Menschen auf solche Gedanken kommen. „Kann denn ein Mensch die Hand gegen einen anderen Menschen erheben? Sobald er das tut, hört er auf, Mensch zu sein ..."[171]

Wenn der Mensch beginnt, Gewalt gegen andere Menschen auszuüben, ist er kein Mensch mehr! Nau warnte die Menschen, aber sie hörten nicht und glaubten nicht, und so griff die Unmenschlichkeit um sich. Zwei Generationen später wurde ein Mann Häuptling, der die bereits vorherrschende Mentalität auf die Spitze trieb und verkündete, der Mensch könne von der Natur nehmen, was er wolle, er müsse niemanden fragen und niemandem danken; der Mensch sei der Herr der Erde. Als Urtyp des elitären Ausbeuters brachte er „seine ewige Feindseligkeit"[172] gegenüber der Schöpfung in die Welt und brach das letzte Tabu: die Heiligkeit der Wale. Er sah die Wale nur noch als riesige Lieferanten von Fleisch und Fett und überzeugte sein Volk, die Märchen von Nau endlich zu vergessen. Und so gingen sie eines Tages hinaus aufs Meer und ermordeten den ersten Wal. An diesem Abend starb die uralte Nau und richtete ein letztes warnendes Wort an den Häuptling: Wer einen Bruder tötet, nur weil dieser nicht wie ein Mensch aussieht, wird bald auch Menschen töten ...
Woher Nau, der erste Mensch, kam, wird im Buch nicht gesagt, auch nicht, woher die Wale kamen. Das Erscheinen von Rëu wird einfach als „Wunder" bezeichnet.[173] Gemäß der Erklärung der Involution war Nau ein Lichtwesen, das im ersten Zeitalter durch Materialisation zu einem irdischen Menschen wurde. Rëu, ihre Dualseele, ging ebenfalls in ein Erdendasein, aber wählte zuerst das Element Wasser. „Wir sind auf die Erde gekommen, denn es gibt eine höchste Offenbarung des Lebens – die Große Liebe. Sie hat uns zu Menschen gemacht ..."

Die Menschheit, die aus diesen ersten Generationen von materialisierten Lichtwesen entstand, bot weiteren Seelen die Möglichkeit, über Inkarnation auf die Welt zu kommen. Im ersten und zweiten Zeitalter lebten die Menschen gemäß der Schöpfungsordnung und ließen sich weiter auf die Materie ein. Im dritten Zeitalter und vor allem mit dem Beginn des vierten, des heutigen, wurden Menschen geboren, die eine Mentalität der Spaltung und der Ausbeutung mit sich brachten, so wie der Häuptling, der begann, Wale zu jagen.

Warum es überhaupt Menschen gibt

Als die Menschen entstanden, war die Erde bereits seit langer Zeit eine üppige Schöpfung voller Pflanzen und Tiere. Die Natur brauchte keinen Menschen als Gärtner und Kultivator. Es bestand kein materieller Grund, warum in diesem Paradies auch noch ein Mensch entstehen sollte. Und tatsächlich ist der Grund für das Entstehen der Menschen kein materieller, sondern ein spiritueller.

Warum wurden Lichtwesen Menschen? Aufgrund von Karma? Weil es eine notwendige Erfahrung war? Nein. Sie taten es aus dem einzigen Grund, aus dem Lichtwesen handeln: *Liebe.* Sie taten es freiwillig, ohne persönliche Notwendigkeit, ohne materiellen Beweggrund. Das ist die Bedeutung von Liebe. Und die Liebe, die zur Entstehung der Menschen führte, war eine ganz besondere: nicht „nur" die Liebe zu Gott und zu den Nächsten, sondern auch Liebe zu denen, die in die Dunkelheit gefallen waren. Die Lichtwesen sahen, dass ein Teil ihrer Brüder und Schwestern einen Irrweg der Illusion eingeschlagen hatte – ebenfalls freiwillig, d.h. aus einem Missbrauch des freien Willens heraus, und nicht etwa, weil es eine „notwendige Erfahrung" gewesen wäre.

Die Scheidung der Geister geschieht bereits in den hohen Lichtwelten und nicht erst auf der Erde. Licht schafft keine Dunkelheit und kann keine Dunkelheit schaffen. Aber im Licht (in der Ganzheit, in Gott) besteht immer die Möglichkeit, dass man durch Abwendung und Trennung Dunkelheit schafft und dann meint: „Ich kann etwas, was Gott nicht kann. Also ist Gott gar nicht wirklich Gott, sondern ich bin es, weil ich etwas kann, was er nicht kann!" Aber dieses „Mehr-Können-als-Gott" ist eine Illusion und eine Täuschung *(māyā).*

Die Lichtwesen sahen, dass die in Trennung Gefallenen nicht aus eigener Kraft ins Licht zurückkommen können und dies auch gar nicht wollen, weil sie ja meinen, ihre Dunkelheit sei das wahre Licht und ihre Weltbilder seien die wahre Erleuchtung. Die Dunkelwelten sind ebenfalls höherdimensional, und der Weg von dort zurück ins Licht führt über die Welt der dichtesten Materie, weil dies der Bereich ist, wo die Lichtwelten die Dunkelwelten berühren. Und das ist der Grund, warum die Lichtwesen Menschen wurden: um ihren gefallenen Brüdern und Schwestern entgegenzugehen und ihnen die Wahl zu geben, wieder ins Licht zu kommen, zuerst durch die Möglichkeit, überhaupt als Menschen geboren zu werden, und dann durch das Angebot, wieder das Licht und die Liebe zu wählen. Liebe ist das Bewusstsein, das die Einheit des Teils mit dem Ganzen, des Lichtstrahls mit der Quelle, lebendig werden lässt. Liebe ist das natürliche Bewusstsein in den Lichtwelten, und reinstes Licht in der dichtesten Materie hat die Kraft, das höchste Wunder der Schöpfung zu bewirken: die Verwandlung von Dunkelheit in Licht.

Gemäß dem Schöpfungsplan ist die Erde ein Ort der Entscheidung, wo sogar die dunkelsten Mächte eine neue Möglichkeit bekommen, ihren freien Willen zu gebrauchen. Denn solange sie in Dunkelheit sind, können sie nur innerhalb der Dunkelheit wählen, was keine wirkliche Freiheit ist. Nur wenn sich auch das Licht anbietet, haben sie überhaupt die Möglichkeit zu wählen. Ob sie dann das Licht wählen, ist eine andere Frage. Aber die Lichtwesen werden nicht davon beeinflusst, wie die „anderen" sich entscheiden. Sie wollen ihnen einfach die Möglichkeit bieten, wieder den Weg des Lichts zu gehen. Denn das Licht ist immer vorhanden, auch wenn sich ihm etwas entgegenstellt. Sobald die gottabgewandten Mächte nur die kleinste Ritze öffnen, ist das Licht da und strahlt in die Dunkelheit. Das ist die natürliche Eigenschaft des Lichts, religiös gesprochen: Gottes Gnade.

Der Beginn des irdischen Karmas

Die Seelen aus den getrennten Welten kamen im zweiten Zeitalter auf die Erde, aber mussten selbst zuerst Fuß fassen. Ihr Ziel war von Anfang an, den blauen Planeten als Gesamtes zu besitzen. Die ersten Schritte in der Verfolgung dieses globalen Plans unternahmen sie im dritten Zeitalter. Sie sahen die Ureinwohner und erkannten, dass diese rätselhaften Menschenwesen eine Quelle von hochpotenter spiritueller und emotionaler Lebensenergie (Liebe!) waren, die ihnen fehlte – und diese Energie wollten sie für sich nutzbar machen.

Die Urbevölkerung der Erde lebte frei von Karma-Bindungen und frei von negativen Emotionen. Es war für sie nicht erforderlich, sich schützend abzugrenzen, so wie auch das Licht sich nicht abgrenzt. Wenn Dunkelheit entsteht, erzeugt nicht das Licht die Trennung, sondern es ist die Seite der Dunkelheit, die sich vom Licht ausgegrenzt hat und ihre Dunkelheit dann für die „wahre Realität" hält.

Die Lichtwesen, die Menschen wurden, hatten gewusst, dass sie irgendwann ihren gefallenen Brüdern und Schwestern begegnen würden. Aus der „Theorie" war ihnen bekannt, dass es das Böse gibt, aber es war dann etwas ganz anderes, als sie diesen Menschen bzw. Unmenschen gegenüberstanden. Sie sahen sich plötzlich und erstmals mit den Mächten der Dunkelheit konfrontiert, deren negative Emotionen für sie völlig fremd und unvorstellbar waren: Gier, Arroganz, Lüge, Hass, Neid. Angesichts der verübten Gewalt gegen die Tiere, gegen die Natur und gegen die Menschen waren sie fassungslos und schockiert. Die negativ-ursprünglichen Übergriffe wurden zum Ur-Trauma der Menschheit (siehe auch S. 169) – ein Trauma, das sich in unterschiedlichsten Varianten in das kollektive Unterbewusstsein der Menschen einbrannte, mit programmierender Wirkung bis in die heutige Zeit …

Karmaketten sind materiell und haben einen Anfang (und irgendwann auch ein Ende). Es war nicht die „Resonanz" der Lichtwesen, die zu diesen Übergriffen führte, sondern der Wille der Täter. Die einzige „Schuld" der Lichtwesen war, dass sie sich in die gefährliche Randzone von Licht und Dunkelheit begeben hatten. Damit hatten sie freiwillig das entsprechende Risiko auf sich genommen. Denn die Erde ist ein Bereich des freien Willens, in dem sich auch nicht-selbstlose Wesen aufhalten. Wer sich in diesen Bereich begibt, akzeptiert die „Spielregel" des Karmas, nämlich dass alle (bis zu einem bestimmten Grad) tun dürfen, was sie wollen. Das bedeutet, dass wir und alle anderen Menschen jederzeit neue Karmaketten starten können, und dazu gehört auch die Möglichkeit, dass andere Menschen uns in *ihre* Karma-Handlungen hineinzerren.

Wie es weiterging – und die Situation heute

Im dritten Zeitalter gerieten nicht alle Menschen sogleich unter die Herrschaft der Mächtigen. Einige von denen, die nicht unterworfen wurden, fingen an, ihre eigenen Zivilisationen zu gründen, um ein Gleichgewicht der Kräfte herzustellen. Andere Stammeslinien behielten ihren Lebensstil als „Aborigines". Aber im Lauf der vielen Jahrtausende blieb niemand unbeeinflusst. In der Übergangszeit zum heutigen, dem vierten Zeitalter rollten Kataklysmen über die Erde hinweg, und die Menschheit wurde für viele Generationen in einen Kampf ums nackte Überleben zurückgeworfen. Die Lebensumstände waren damals tatsächlich primitiv, und die Menschen öffneten sich der Angst und verloren dadurch das hohe Urwissen ihrer Ahnen. Vor allem vergaßen sie ihre eigene geistige Herkunft. Was blieb, war meistens nur noch animistische Magie und Aberglaube. Die Atmosphäre der Angst wurde geschürt von denen, die davon profitierten.

Die Lichtwesen gingen als Menschen im Lauf der Zeitalter immer tiefer in die Materie hinein, bis die Verdichtung der Materie so hoch war, dass auch Seelen aus den abgetrennten Welten auf der Erde inkarnieren konnten. In den Zeiten davor war für sie die Erde praktisch unsichtbar gewesen, weil die Lichtschwingung der Erde zu hoch war. Je näher das Kali-Yuga kam, desto mehr geriet die Erde ins Visier von „Kolonisatoren" und „Imperialisten".

Obwohl das gegenwärtige Zeitalter aus irdischer Sicht ein dunkles Zeitalter ist, geprägt von Konflikten, Konkurrenzkämpfen und Kriegen, ist es auch ein Zeitalter der großen Chance, weil es die Möglichkeit bietet, die Trennung von der Quelle, die „Dunkelheit", wieder aufzulösen. All das Unmenschliche, das geschieht, ist nicht notwendig. Aber das dunkle Zeitalter ist notwendig, damit das Unmenschliche erkannt und überwunden werden kann. Wenn die Menschen sich wieder bewusst mit der Quelle verbinden, lösen sich Spaltung und Trennung auf wie Dunkelheit durch Licht. Was sich in der heutigen Übergangszeit nun konkret anbahnt, wurde schon seit langem auf vielen Ebenen vorbereitet und individuell erlebt (= manifestiert). Nach dem dunklen Zeitalter werden die Menschen auch als Gesamtheit wieder ihre spirituelle sowie menschliche und ökologische Verbundenheit mit dem Planeten und allen Lebewesen erkennen, im Licht einer universellen Selbst- und Gotteserkenntnis.

Anmerkungen

1. Aus dem Gedicht *Germanien* von Friedrich Hölderlin (1770 - 1843), geschrieben 1801, später als Reinschrift ins Homburger Folioheft (1803 - 1806) eingetragen.

   Bereits vor zweihundert Jahren schrieb dieser visionäre Dichter, dass ein symbolischer Adler „vom Indus" erscheinen werde, um ein erneutes Erwachen der Menschen auszulösen, denn: „Nicht länger darf Geheimnis mehr/ Das Ungesprochene bleiben,/ Nachdem es lange verhüllt ist."

   Die Enthüllung wird erst in einer neuen Weltepoche geschehen, wenn die Menschen sich wieder der „Götter", der unsichtbaren Welten und Wesen, bewusst sein werden, denn deren Existenz ist selbst Teil des Geheimnisses. Vor dem jetzigen dunklen Zeitalter waren die „Götter" sichtbar auf Erden, und Hölderlin erinnert sich (in den Anfangszeilen des Gedichtes) an sie, „die Seligen, die erschienen sind".

   Diese lebendige Erinnerung ist auch ein Blick in die Zukunft, und im weiteren Verlauf des Gedichtes weissagt der Dichter: Sie, die „Seligen", von denen heute nur noch „ein goldner Rauch, die Sage", vorhanden ist, werden „die Erde neubesuchen". Dann wird das Ungesprochene, das für lange Zeit ein Geheimnis war, wieder „vor Augen" sein, konkret und wahrnehmbar, „wahrhaftiger", so wie einst: „Entflohene Götter! auch ihr, ihr gegenwärtigen, damals/ Wahrhaftiger, ihr hattet eure Zeiten!"

   Als früher Vorbote spürt Hölderlin, dass nun die verheißene Zeit eines neuen Umbruchs naht: „Denn die da kommen sollen, drängen uns,/ Und länger säumt von Göttermenschen/ Die heilige Schar nicht mehr im blauen Himmel."

   Die heilige Schar von „Göttermenschen" will nicht mehr länger „im blauen Himmel" säumen und zuschauen, sondern wieder bei den Menschen erscheinen, um den neuen Tag einzuleiten, denn gemäß der Prophezeiung: „Muß zwischen Tag und Nacht/ Einsmals [dereinst] ein Wahres erscheinen."

   In Erwartung des neuen Tages blickt Hölderlin nach Osten, in das Land der Bibel, wo „prophetische Berge" stehen (Sinai, Zion, Karmel, Tabor), und er blickt über sie hinaus. In seiner Vision sieht er einen Adler, der vom Indus kommt und die historischen Epochen durchfliegt. Dieser Adler lässt das Gebiet des Alten Testaments und Griechenland hinter sich und sucht eine „Priesterin, die stillste Tochter Gottes":

   [...] Tal und Ströme sind
   Weit offen um prophetische Berge,
   Daß schauen mag bis in den Orient
   Der Mann und ihn von dort der Wandlungen viele bewegen. [...]
   Und der Adler, der vom Indus kommt,

Und über des Parnassos
Beschneite Gipfel fliegt, [...]
Die Priesterin, die stillste Tochter Gottes, [...]
Sie suchet er [...] und ruft es laut,
Der Jugendliche, nach Germania schauend:
„Du bist es, auserwählt,
Allliebend und ein schweres Glück
Bist du zu tragen stark geworden [...].
O trinke Morgenlüfte,
Bis daß du offen bist,
Und nenne, was vor Augen dir ist.
Nicht länger darf Geheimnis mehr
Das Ungesprochene bleiben,
Nachdem es lange verhüllt ist; [...]."

Hölderlin ist innerhalb der gesamten westlichen Weltliteratur der erste, der den Indus und auch den Ganges in poetischen Werken namentlich erwähnte. Er sah, dass von Indien ein wichtiger Impuls ausgeht (symbolisiert durch den jungen Bacchus/Dionysos), der „vom Schlafe die Völker wecken" wird. Und er sah sich selbst als Vorbote dieser freudvollen Entwicklung.

Anfänglich aber sind
Aus Wäldern des Indus,
Starkduftenden,
Die Eltern gekommen. (aus dem Gedicht *Der Adler*)

Des Ganges Ufer hörten des Freudengotts
Triumph, als allerobernd vom Indus her
Der junge Bacchus kam, mit heilgem
Weine vom Schlafe die Völker weckend. (aus: *Dichterberuf*)

[Die meisten Menschen schlafen noch.] Wir singen aber vom Indus her
Fernangekommen ...
(aus: *Jetzt komme, Feuer* [Der Ister])

Die Hymne *Germanien* und viele andere visionäre Gedichte Hölderlins blieben einhundert Jahre lang unveröffentlicht liegen, und erst heute wird die Tragweite dieser visionär verschlüsselten Botschaften erkennbar.

2. Moody: *Leben nach dem Tod,* 1977, S. 102
3. Das auf S. 30 (Anm. 2) zitierte Buch ist die deutsche Übersetzung dieses ersten Buches von Dr. Moody.
4. Moody: *Leben nach dem Tod,* 1977, S. 23
5. Siehe z. B. Alexander; Brinkley/Perry; Eadie; Ewald; Jakoby; Long; Moorjani; Morse/Perry; Parti; Sabom; van Lommel.
6. Moody: *Nachgedanken über das Leben nach dem Tod,* 1978, S. 32
7. Moody: *Leben nach dem Tod,* 1977, S. 68
8. ebd. S. 73

9. Moody: *Nachgedanken über das Leben nach dem Tod,* 1978, S. 54
10. ebd. S. 55
11. Brinkley/Perry: *Zurück ins Leben,* 1994, S. 23, 33-36
12. Dannion Brinkley bekam in seiner Nahtoderfahrung im Jahr 1975 Einblick in viele Ereignisse der näheren und ferneren Zukunft. Er konnte sich an 117 Ereignisse erinnern, die er alle aufschrieb. Ab 1978 bewahrheitete sich eine Vision nach der anderen, darunter der AKW-Unfall von Tschernobyl, der Fall des Eisernen Vorhangs, der Golfkrieg, die Massaker im jugoslawischen Bürgerkrieg, die Verschuldung Amerikas und Details der wirtschaftlichen Krise in Ost und West. Er sah auch, wie eine globale diktatorische Macht mit einem Implantier-Chip die gesamte Menschheit versklaven will: „Alle Menschen der Erde waren gesetzlich verpflichtet, sich einen dieser Chips unter die Haut einpflanzen zu lassen. Dieser Chip enthielt die gesamten persönlichen Daten des Menschen. [...] Dieser Chip besaß noch eine besonders heimtückische Eigenschaft. Man konnte das Leben eines Menschen verkürzen, indem man diesen Chip so programmierte, dass er sich auflöste und seinen Träger durch das Virus tötete. In dieser Weise wurden die Lebensspannen geregelt, damit die Regierung die Kosten sparen konnte, die alte Menschen verursachen. Mit diesem Verfahren wurden auch Menschen mit chronischen Krankheiten beseitigt, die das Gesundheitssystem belasteten." (Brinkley/Perry: *Zurück ins Leben,* S. 60f.) Etwas Ähnliches sagt die Bibel: „Da bekamen alle, die das Kennzeichen des Tieres trugen, ein schmerzhaftes und schlimmes Geschwür." (Offb 16,2)

    Im Jahr 2020 trat Dannion Brinkley zusammen mit dem esoterischen Autor und Forscher David Wilcock in mehreren Online-Seminaren und YouTube-Beiträgen auf.
13. zitiert in: Moody, *Leben nach dem Tod,* 1977, S. 32
14. ebd. S. 64
15. ebd. S. 67
16. Rainer Maria Rilke, einer der bedeutendsten deutschen Dichter, in einem Brief an Franz Xaver Kappus, 12.8.1904
17. Moody: *Nachgedanken über das Leben nach dem Tod,* 1978, S. 36
18. ebd. S. 37
19. ebd. S. 34
20. ebd. S. 38
21. Beschrieben z. B. in: Buttlar, *Drachenwege – Strategien der Schöpfung,* 1990, S. 87f. Ein Standardwerk über Astralreisen ist das Buch von Muldoon/Carrington (siehe Literaturverzeichnis).
22. Greber: *Der Verkehr mit der Geisterwelt Gottes – Seine Gesetze und sein Zweck,* 1932, S. 23, 32, 85. Wie die Zitate von Rilke und Greber zeigen, bezieht sich das Wort „Geister" im alten Gebrauch der deutschen Sprache auf alle Arten von Astralwesen: die hohen Lichtwesen, die „Geister Gottes", die guten Geister, die bösen Geister, die „armen Geister" (erdgebundene Seelen). Es wird auch von „Geisterwelt" und „geistiger Welt" gesprochen. Die Begriffe „astral" (Astralwesen, Astralwelten) und „höherdimensional" klingen für das moderne Ohr heute neutraler und allgemeiner als „Geister" und „Geisterwelt".
23. Ford: *Bericht vom Leben nach dem Tode,* S. 14, 16

24. Siehe Literaturverzeichnis unter „Cayce, Edgar (Sekundärliteratur)".
25. Ford: *Bericht vom Leben nach dem Tode,* S. 20, 46
26. ebd. S. 28
27. ebd. S. 31
28. ebd. S. 36
29. Fords größter Kritiker war Milbourne Christopher, einer der führenden amerikanischen Zauberkünstler. Christopher, ein eingeschworener Materialist, behauptete immer wieder, Ford habe große biografische Archive angelegt und arbeite mit Tricks; er täusche die Trance nur vor und sei ein guter Stimmenimitator. In seinem Buch *Geister, Götter, Gabelbieger* bestreitet Christopher jegliche höherdimensionale Realität (z. B. die Existenz eines feinstofflichen Körpers) und empört sich darüber, dass einige Menschen auch heute noch glauben, es gebe „Elementargeister" und „böse Geister seien auch für viele Selbstmorde verantwortlich" (S. 25). Am Schluss des Buches vertritt er sogar die Ansicht: „Bisher haben wir noch nichts über die menschliche Seele erfahren" (S. 319).
30. Ford: *Bericht vom Leben nach dem Tode,* S. 124
31. ebd. S. 230
32. Lubomir Bardon: *Erinnerungen an Franz Bardon,* S. 5
33. Franz Bardon: *Frabato,* S. 156; Lubomir Bardon: *Erinnerungen an Franz Bardon,* S. 28
34. Franz Bardon: *Der Weg zum wahren Adepten; Die Praxis der magischen Evokation; Der Schlüssel zur wahren Quabbalah.*
35. Lubomir Bardon: *Erinnerungen an Franz Bardon,* S. 16f.
36. Brown: *Kompositionen aus dem Jenseits,* S. 11
37. Das Myers-Phänomen wird in vielen Büchern über die Geschichte der Parapsychologie beschrieben. Eine gute Zusammenfassung findet sich im Buch von Arthur Ford, *Bericht vom Leben nach dem Tode,* dort in einem eigenen Kapitel („Der Frederic-Myers-Report").
38. Ford: *Bericht vom Leben nach dem Tode,* S. 182, 186. (Die medialen Texte, die Dr. Myers und auch andere verstorbene britische Parapsychologen während mehr als dreißig Jahren übermittelten, sind ausführlich dokumentiert im *Journal of the Society for Psychical Research,* London, Jahrgänge 1906 - 1938, insgesamt rund 3000 Seiten).
39. Ford: *Bericht vom Leben nach dem Tode,* S. 189f.
40. Siehe z. B. Sidgwick; Smith (Literaturverzeichnis)
41. in: Stevenson, *Children Who Remember Previous Lives,* 1987, p. 322 („One of the best, and best-investigated, mediums of all time, Gladys Osborne Leonard ...")
42. Über Sterbeforschung, Rückführungen, Reinkarnationserinnerungen usw. existieren zahlreiche Forschungsberichte und Zusammenfassungen, siehe z. B. Bedford/Kensington; Bernstein; Dethlefsen; Ebon; Hardo; Lazar; Leininger; MacGregor; Moody (1990/91); Mohr; Obst; Passian; Rosenberg; Scheidt; Stevenson; Wambach; Weiss; Woolger.
43. siehe z. B. Stevenson: *Xenoglossy,* 1974; *Unlearned Language – New Studies in Xenoglossy,* 1984
44. Die umfangreichste Dokumentation von Fällen natürlicher Reinkarnationserinnerungen bei Kindern verdanken wir Dr. Ian Stevenson (1918 - 2007), der

für viele Jahre Professor für Psychiatrie an der Universität von Virginia war. Stevenson zeigte, dass Reinkarnation sehr wohl Gegenstand einer wissenschaftlichen Untersuchung sein kann. Während mehr als zwanzig Jahren reiste er durch die ganze Welt, um die besten Fälle vor Ort zu untersuchen und die Kinder, wenn möglich, persönlich an den Ort ihrer Erinnerung zu bringen, wobei sich vielfach zeigte, dass die Kinder Geschwister, Ehepartner usw. aus ihrem früheren Leben erkannten, meist sogar mit Namen und anderen Detailangaben.

Siehe z. B. auch: Wayne W. Dyer: *Erinnerungen an den Himmel – Was Kinder aus der Zeit vor ihrer Geburt berichten* (2016); Dr. Jim B. Tucker: *Kinder erinnern sich – Dem faszinierenden Phänomen der Wiedergeburt auf der Spur* (2014) und *Before: Children's Memories of Previous Lives* (2021).

45. Siehe Literaturverzeichnis unter „Gröning, Bruno". Zwei Artikel von Armin Risi über Bruno Gröning auf armin-risi.ch: „Bruno Gröning: Geistheilung als Schlüssel zur globalen Heilung" und „Bruno Gröning im Licht der Bibel – und allgemein: Jesu Kriterien für wahre Gottverbundenheit".
46. Eine umfassende Analyse dieses Falles und ähnlicher Phänomene findet sich z. B. im Buch von Michael Talbot: *Das holographische Universum – Die Welt in neuer Dimension* (Zweiter Teil: Geist und Körper). Siehe auch: Stelter: *PSI-Heilung.*
47. Dr. med. Rüdiger und Margrit Dahlke: *Die spirituelle Herausforderung – Einblick in die zeitgenössische Esoterik,* 1994, S. 186
48. Talbot: *Das holographische Universum,* S. 116, 153ff.
49. Siehe Literaturverzeichnis unter „Therese Neumann".
50. Jasmuheen: *Lichtnahrung,* 1997; *Der Lichtnahrungsprozess – Erfahrungsberichte,* 2004; *Sanfte Wege zur Lichtnahrung,* 2004
51. Zum Beispiel: Aurélienne Dauguet: *Mein neues Leben mit der Lichtnahrung* (Tao.de in Kamphausen Media GmbH 2019); Dirk Schröder: *Lichtnahrung – Grenzen ausdehnen – lichtvoll leben* (Books on Demand 2012); Christine R. Schweinzer: *Lichtnahrung – Von Luft und Liebe leben* (novum pro 2015); Jan Gerhard Eduard Spitzer: *Die Wahrheit über Lichtnahrung* (Books on Demand 2018); Michael Werner, Thomas Stöckli: *Leben durch Lichtnahrung: Der Erfahrungsbericht eines Wissenschaftlers,* AT Verlag, 2005. Siehe auch: anthrowiki.at/Lichtnahrung
52. anthrowiki.at/Judith_von_Halle (aufgerufen Ende Dezember 2021)
53. Zitiert nach: Ford, *Bericht vom Leben nach dem Tode,* S. 192
54. Ash/Hewitt: *Die Wissenschaft der Götter – Zur Physik des Übernatürlichen,* S. 131
55. Sheldrake: *A New Science of Life / Das schöpferische Universum,* Einleitung (Übersetzung und Hervorhebungen durch A. R.)
56. Sheldrake: *Die Wiedergeburt der Natur – Wissenschaftliche Grundlagen eines neuen Verständnisses der Lebendigkeit und Heiligkeit der Natur,* 1993, S. 190
57. Sheldrake: *Das Gedächtnis der Natur,* 1990
58. Sheldrake: *Die Wiedergeburt der Natur,* 1993, Untertitel des Buches
59. Siehe: *Gott und die Götter,* Stichwortverzeichnis „Brahmā"
60. Ein wichtiger Pionier der holistischen Physik war David Bohm (1917–1992), der den Begriff der „impliziten Ordnung" als Urgrund des Universums prägte, was der vedischen Beschreibung des Mahat-Tattva entspricht (das urmaterielle Informationsfeld hinter dem multidimensionalen Kosmos). Herausragende Pio-

nierarbeit leistete auch der deutsche Physiker Burkhard Heim (1925–2001), der eine multidimensionale Physik mit sechs bzw. zwölf Dimensionen erarbeitete, um die grobstofflichen und die feinstofflichen Dimensionen des Kosmos zusammenhängend erfassen zu können. Siehe auch: Bürgin; Dürr; Lipton; Mann; Nelson; Schneider; Warnke; Wilcock.

61. Brown: *Kompositionen aus dem Jenseits,* S. 208

Rosemary Brown (1916–2001) stammte aus einer armen mittelständischen Familie in London. Ihre Eltern waren parapsychologisch interessiert und medial begabt. Rosemarys erste Kontakte mit der astralen Welt hatte sie bereits als Kind. Mit 15 wurde sie Postangestellte. 1952 heiratete sie den Wissenschaftler Charles Brown, wurde Mutter eines Sohnes und einer Tochter. Sie hatte grundlegende musikalische Kenntnisse und spielte Klavier auf einem mittelmäßigen Niveau. In den Jahren nach dem Tod ihres Mannes (1961) wurde sie medial sehr aktiv, insbesondere auf dem Gebiet der Jenseitskontakte. Bekannt wurde sie, weil sie musikalische Werke niederschrieb, von denen sie sagte, sie seien ihr von Bach, Mozart, Beethoven, Schubert, Schumann, Brahms, Debussy, Rachmaninow, Grieg, Chopin und Liszt diktiert worden. Sie schrieb ganze Partituren nieder, von Beethoven sogar zwei Orchestersymphonien! Die Werke waren eindeutig im Stil der jeweiligen Komponisten und hatten eine Qualität, die weit jenseits der musikalischen Fähigkeiten von Rosemary Brown lagen, vor allem auch hinsichtlich der markanten Unterschiede zwischen den Komponisten. 1971 erschien ihr erstes Buch: *Unfinished Symphonies – Voices from the Beyond* („Unvollendete Symphonien: Stimmen aus dem Jenseits"). Sogleich traten Kritiker auf, die behaupteten, dies seien ihre eigenen Werke oder Produkte ihres Unterbewusstseins. Neutrale Musikexperten hingegen erkannten die erstaunliche Qualität und Originalität dieser vielfältigen Werke.

Aus parapsychologischer Sicht stellt sich die Frage, ob Frau Brown bei ihren Jenseitskontakten tatsächlich so viele berühmte Komponisten „traf". Sind nicht zumindest einige von ihnen längst wiedergeboren? Eine mögliche Erklärung ist, dass es sich um „Elementale" handelte. Energie geht nie verloren, auch Körper- und Gedankenformen nicht. Jeder Mensch hinterlässt auf der feinstofflichen Ebene ein Abbild von sich. Wenn ein Mensch zum Zeitpunkt des Todes noch unvollendete Projekte in sich trug, bleiben die geistigen Informationen im energetischen Abbild (Elemental) gespeichert. Diese Abbilder sind interaktive feinstoffliche Hologramme. Man kann sie – mit medialer Hellsichtigkeit – wahrnehmen, mit ihnen reden, sie channeln usw., denn sie haben eine eigene „künstliche", d. h. elementale Intelligenz. Menschen, die mental intensiv tätig waren, hinterlassen stark aufgeladene und belebte Elementale, die so lange bestehen bleiben, bis deren Inhalte über mediale „Downloads" geleert oder durch spätere Aktivitäten der reinkarnierten Person – durch Realisation oder Transformation – aufgelöst werden.

62. *„We take the side of science in spite of the patent absurdity of some of its constructs […], because we have a prior commitment, a commitment to materialism. It is not that the methods and institutions of science somehow compel us to accept a material explanation of the phenomenal world, but, on the contrary, that we are forced by our a priori adherence to material causes to create an apparatus of*

investigation and a set of concepts that produce material explanations, no matter how counter-intuitive, no matter how mystifying to the uninitiated. Moreover, that materialism is absolute, for we cannot allow a Divine Foot in the door." Zitat von Prof. Richard Lewontin in seiner Besprechung des Buches von Carl Sagan: *The Demon-Haunted World: Science as a Candle in the Dark* (1996), wörtl. „Die von Dämonen heimgesuchte Welt: Wissenschaft als Kerze in der Dunkelheit", veröffentlicht in: *The New York Times,* 9. Januar 1997. In Anlehnung an Sagans Titel wählte Prof. Lewontin für seine Buchbesprechung die Überschrift „Billions and Billions of Demons" („Milliarden und Abermilliarden von Dämonen") und macht sehr deutlich, was damit gemeint ist: „die irrationalen und übernatürlichen Erklärungen der Welt, die Dämonen, die nur in der Einbildung der Menschen existieren". Diese Dämonen sollen nun ausgetrieben werden, damit die Menschen sich nicht mehr weigern, die materialistische Wissenschaft – so Lewontin – „als die einzige Erzeugerin von Wahrheit zu akzeptieren".

Den grundlegenden Glaubenssatz der materialistischen Wissenschaft formuliert Lewontin in diesem Artikel wie folgt: „Wir existieren als materielle Wesen in einer materiellen Welt, deren Phänomene allesamt die Folgen von physischen Beziehungen zwischen materiellen Gebilden sind." *(We exist as material beings in a material world, all of whose phenomena are the consequences of physical relations among material entities.)*

Der Materialismus behauptet, dass der obige Glaubenssatz die „einzige Wahrheit" sei, und seine Vertreter, wie Sagan und Lewontin, bezeichnen alles, was nicht dieser materialistischen Weltsicht entspringt, als „unwissenschaftlich", „irrational" und hier sogar als „dämonisch". Der Untertitel von Sagans Buch verrät zudem ein missionarisches Anliegen: Wissenschaft, d. h. der Materialismus, sei das Licht in der „Dunkelheit"!

Eine ausführliche Abhandlung über diesen Lewontin-Text findet sich in meinem Buch *Der radikale Mittelweg,* Kapitel 19: „Das Credo der materialistischen Wissenschaft".

63. Der *Bhagavad-Gītā*-Vers 2.64 beschreibt einen Menschen, der durch Selbstbeherrschung eine innere Meisterschaft erlangt hat. Dieser Mensch wird *vidheyātmā* genannt: „jemand, der in der göttlichen Ordnung lebt/den Lebensgesetzen folgt". *Vidheya* bedeutet „vorgeschrieben, vorgegeben sein; das, was angewandt, ausgeübt oder befolgt werden sollte", und dann auch „lernwillig, offen für Neues; (in einem positiven Sinn:) fügsam, ergeben, demütig", sich als Teil des Ganzen sehend und entsprechend handelnd. Swami Prabhupāda übersetzt diesen Vers in einer prägnanten theistischen Formulierung wie folgt: *„Wer aber von aller Anhaftung und Ablehnung frei ist und seine Sinne durch die regulierenden Prinzipien der Freiheit zu beherrschen vermag, kann die volle Barmherzigkeit des Herrn erlangen (can obtain the complete mercy of the Lord)."*

Das Wort *prasādam* ist vielschichtig und bezeichnete ursprünglich einen Bewusstseinszustand der Heiterkeit, Gelassenheit und Offenheit. In Bezug auf die Gottheiten und das Schicksal bedeutete *prasādam* für den Menschen günstiges Wetter, gute Ernten usw. Wörtlich besteht *prasādam* aus der Vorsilbe *pra-* und aus den Wurzeln *sāda,* „sitzen", und *sādati,* „hell/rein/ungetrübt sein; im Licht sein", hat also ein breites Bedeutungsspektrum: „Vorrang, Vorsitz; Zulassung;

Berufung, Vertrauen, Gunst; günstige Umstände; Hilfe, Beistand; Gnade, Barmherzigkeit; Erhörung; Geschenk, Überraschung, gute Fügung, Klarheit, Inspiration, Offenbarung". In der hinduistischen Umgangssprache bezeichnet der Begriff Prasādam heute vor allem „geweihte Nahrung", d.h. vegetarische Speisen, die in einem Bewusstsein der Weihung zubereitet und dann vor dem Essen durch ein Gebetsritual geopfert werden („geopfert" im Sinn von lat. *sacrificium,* wörtl. „Heilig-Machung", von *sacer* und *facere;* das Synonym im Sanskrit ist *yajña,* „weihende, heiligende Handlung"). Dass wir jeden Tag etwas zu essen haben, ist die Gnade und Barmherzigkeit Gottes, der Schöpfung und der Erde. Deshalb beten wir auch im Vaterunser: „Dein Wille geschehe, wie im Himmel, so auf Erden. Unser tägliches Brot gib uns heute ..."

64. Das Sanskritwort *sarga,* hier in Vers 16.6 in der deklinierten Form *sargau,* bedeutet „Schöpfung; Hervorbringung" und ist die Wurzel des griechischen Wortes *sarx,* „Fleisch" (die materielle Hülle der Seele). *Sarx* erscheint z.B. auch im Wort Sarkophag; *phag* kommt von grch. *phageïn,* „essen; verzehren". Lotophagen sind Lotosesser (Odysseus traf sie während seiner Irrfahrten), ein Anthropophage ist ein Menschenfresser, und ein „Sarkophage" ist ein Fleischesser, im Gegensatz zu einem Vegetarier.
65. L. Kin: *Gott & Co.* (1994), S. 117
66. Bereits vor 2500 Jahren sah der Prophet Joel voraus, dass eine Zeit kommen wird, in der einfache Männer und Frauen, auch solche aus den untersten Gesellschaftsschichten, vom Geist Gottes ermächtigt werden. Joel lebte in einer patriarchalischen Priestergesellschaft. Seine Vision muss auch für ihn ketzerisch und unvorstellbar gewesen sein. Dennoch sprach er wahrheitsgetreu aus, was die Gottesstimme ihm für diese ferne Wendezeit voraussagte: *„Und nach diesem wird es geschehen, dass ich meinen Geist ausgieße über alles Fleisch; und eure Söhne und Töchter werden weissagen, eure Greise werden in Träumen Offenbarungen bekommen, eure Jungen werden Gesichte [göttliche Visionen] sehen. Auch über die Knechte und Mägde werde ich in jenen Tagen meinen Geist ausgießen. Dann ist der große und schreckliche Tag nahe, an dem ich Gericht halte. Man wird seine Vorzeichen sehen am Himmel und auf der Erde: Blut und Feuer und Rauch, der in den Himmel steigt. Die Sonne verfinstert sich, und der Mond wird blutrot. Ein jeder aber, der den Namen Gottes anruft, wird gerettet werden."* (Joel 2,28-32 bzw. 3,1-5 in einer anderen Zählung)

    Das ist die berühmte Joel-Prophezeiung. Das kurze *Buch Joel* geht im Alten Testament fast unter, aber diese Stelle ist sehr bekannt, weil der Apostel Petrus sie beim Pfingstereignis zitierte, weshalb sie auch im Neuen Testament erscheint (*Apostelgeschichte* 2,17-21). Joel spricht von Blut, Feuer und Rauchsäulen, die die Sonne verfinstern. Das ist im 20. Jahrhundert eine weltweite Realität geworden, nicht nur aufgrund der Weltkriege und der nachfolgenden Kriege, sondern auch durch die vielen Industrieanlagen, durch den Verkehr, durch die Brandrodungen des Regenwaldes, usw. Überall steigt Rauch bis in den Himmel.

    Joel sah aber auch umwälzende positive Veränderungen voraus, insbesondere dass in dieser Wendezeit Spiritualität und Medialität ein Allgemeingut sein werden. Er sah, dass der Geist Gottes sich nicht oder nicht nur mit religiösen Schriftgelehrten und Würdenträgern verbinden wird, sondern mit geistig freien Menschen, weil diese offen für Neues sind und nicht alte Strukturen (und keine Machtpositionen) zu verteidigen brauchen. Natürlich wird sich auch in den hohen Rängen der Religionen ein Geisteswandel vollziehen, denn die Lichtwelten haben überall ihre Vertreter.

67. Das Modell eines „inflationären Universums", d.h. eines Universums, das sich plötzlich ruckartig aufbläht, drängte sich in der modernen Kosmologie auf, weil man im Urknallmodell davon ausgehen musste, dass die Materie sich gleichmäßig und symmetrisch ausdehnt. Heute ist die Materie im Universum jedoch alles andere als symmetrisch, sondern hat sich zu Galaxien, Sonnensystemen und Planeten verdichtet. Wie wurde die urmaterielle Symmetrie gebrochen? Und wie entstanden die Lebewesen? All diese Rätsel werden sogleich gelöst, wenn man die Realität nicht auf die Materie beschränkt.

68. „[...] *den Gott der Christen, den Vater Jesu, den Schöpfer* [...] An einen solchen Gott glauben wir nicht. Wir lehnen die Vorstellung von einem persönlichen, außerkosmischen und anthropomorphen Gott ab [...]."/ „Sie bringen also nicht einmal dem absoluten Prinzip Gebete dar?" „Warum sollten wir? Da wir sehr beschäftigte Menschen sind, können wir es uns kaum leisten, damit Zeit zu verlieren, dass wir Wortgebete an eine reine Abstraktion richten." (Blavatsky: *Der Schlüssel zur Theosophie,* S. 54 u. 57). „Es ist ‚Satan, welcher der Gott ist unseres Planeten und der Einzige Gott', [...] der aus einem irdischen einen göttlichen Menschen macht;" (*Die Geheimlehre,* II, S. 245, und I, S. 220). Siehe auch: Risi, *Der radikale Mittelweg,* Kap. 15: „Die Weltbilder des Monotheismus und der Gnosis", und *Einheit im Licht der Ganzheit,* Kap. 4, „Licht wirft keinen Schatten", und Kap. 9, „Weltmacht im Namen von Erleuchtung".

69. Blavatsky: *Die Geheimlehre – Kosmogenesis A,* S. 158, 295

70. Purucker: *Grundlagen der esoterischen Philosophie,* Bd. 2, S. 205ff.

71. ebd. S. 216f.

72. ebd. S 212f.

73. Weinreb: *Leben im Diesseits und Jenseits,* S. 68, 70

74. ebd. S. 102

75. Heindel: *Die Weltanschauung der Rosenkreuzer – Das esoterische Christentum der Zukunft,* S. 29f., 179ff.

76. „Die Himmel rühmen des Ewigen Ehre" wurde durch die Vertonung durch Ludwig van Beethoven (1770–1827) weltberühmt. „Die Himmel rühmen des Ewigen Ehre" ist die erste Zeile des Gedichts *Die Ehre Gottes aus der Natur* von Christian Fürchtegott Gellert (1715–1769), das er 1757 in der Sammlung *Geistliche Oden und Lieder* veröffentlichte. Ludwig van Beethoven vertonte die ersten zwei Strophen dieses Gedichts (1803 in seinem Liederzyklus *Sechs Lieder von Gellert*). Gellert benutzte für diese ersten zwei Strophen folgende Zeilen aus den biblischen Psalmen als Vorlage (in Luthers Übersetzung): „Die Himmel erzählen die Ehre Gottes, und die Feste [das Himmelsgewölbe] verkündet das Werk seiner Hände Werk./ Ein Tag sagt's dem andern, und eine Nacht tut's kund der andern,/ ohne Sprache und ohne Worte; unhörbar ist ihre Stimme./ Ihr Schall geht aus in alle Lande und ihr Reden bis an die Enden der Welt. [...]" (Ps 19,2–6)

77. Wolf: *Parallele Universen – Die Suche nach anderen Welten,* S. 15

78. ebd. S. 12

79. ebd. S. 15
80. Bardon: *Die Praxis der magischen Evokation,* S. 74, 80
81. ebd. S. 316f.
82. ebd. S. 84f.
83. Weinreb: *Leben im Diesseits und Jenseits,* S. 102ff.
84. Aus den Āyur-Veda-Lehren, formuliert von Dr. David Frawley, in: *Ayurvedic Healing,* p. 256.
85. Die Evolutionstheorie ist weder bewiesen noch allgemein anerkannt. Zahlreiche Wissenschaftler, die meisten mit einer kreationistischen Ausrichtung, weisen auf die grundlegenden Mängel dieser Theorie hin. Fakt ist, dass alle Gattungen/ Arten von Tieren und Pflanzen perfekte Körperformen haben und dass nicht einmal theoretisch „evolutionäre" Vorstufen beschrieben werden können. Ein Beispiel: Gemäß der Evolutionstheorie stammen die Fledermäuse von urzeitlichen Spitzmäusen ab. Diese mussten demnach über Mutationen ihre Körperform verändern, indem u. a. die kleinen Finger der Vorderpfoten immer länger und dünner wurden. Eine Spitzmaus mit verformten Fingern, die lang und dünn sind, aber noch keine flugfähigen Flügel darstellen, kann nicht überleben – und solche Zwischenformen existierten auch nie. Wie sähe eine Vorstufe der Fledermäuse aus, die zu 90% Fledermaus ist? Entweder hat eine Fledermaus perfekte Flügel, ein perfektes Echolotgehör usw., oder sie ist lebensunfähig, denn auch 90%-Flügel sind zu 100% fluguntauglich. Und wie nicht anders zu erwarten: Die ältesten Fossilien von Fledermäusen zeigen voll entwickelte Fledermäuse – vielleicht ausgestorbene Formen, aber dennoch Fledermäuse. Jeder Versuch, „andersartige" Formen von urzeitlichen Insektenfressern als Vorstufen von Fledermäusen zu bezeichnen, ist spekulativ und höchst unglaubwürdig.

    Eine Zusammenfassung der wichtigsten Kritiken an der Evolutionstheorie gebe ich im Taschenbuch *Evolution – Stammt der Mensch von den Tieren ab?* (Govinda-Verlag 2014).
86. Das Grundlagenwerk zu dieser Thematik (auf Mittel- und Hochschulniveau) ist Junker/Scherer: *Evolution – Ein kritisches Lehrbuch,* 1998, 7., aktualisierte Auflage 2013, Stichwortverzeichnis: Grundtyp; Grundtypenbiologie; Grundtypdiversifikation; Grundtypgrenzen; Grundtypmodell; Grundtypvariation. Weitere und z. T. auch einfachere Ausführungen hier: wort-und-wissen.org Siehe auch: Christian Ryan: „What Is Baraminology?", October 20, 2021, auf: https://newcreation.blog
87. Max Heindel: *Die Weltanschauung der Rosenkreuzer,* S. 79
88. J. Robert Oppenheimer, Interview über den Trinity-Bombentest, in der TV-Dokumentation „The Decision to Drop the Bomb" (1965), produziert von Fred Freed (NBC), zitiert nach: en.wikiquote.org/wiki/Robert_Oppenheimer (Siehe auch: Risi, *„Ihr seid Lichtwesen",* S. 214f.)
89. Dies war Oppenheimers eigene freie Wiedergabe zweier Zitate aus der *Bhagavad-Gītā* (11.12 und 11.32): "If the radiance of a thousand suns/ were to burst at once into the sky/ that would be like/ the splendor of the Mighty One and I am become Death, the shatterer of worlds", wiedergegeben in: *Current Biography Yearbook,* 1964, zitiert nach: de.wikipedia.org/wiki/Robert_Oppenheimer

90. Manfred Lurker: *Lexikon der Götter und Dämonen,* Stichwort „Ahriman", ^{2}1989, S. 11
91. Rudolf Steiner, Vortrag vom 28. Januar 1923
92. Aus dem Rückentext des Buches von Steven M. Greer, *Offiziell geleugnet – Das größte Geheimnis der Regierungen enthüllt: Wir sind nicht allein!* (2020); engl. *Unacknowledged: An Exposé of the World's Greatest Secret* (2019): "Humans mastered gravity control in 1954, and free, clean energy systems could have replaced fossil fuels long ago."
93. Rudolf Steiner, Vortrag vom 17. Oktober 1905
94. „Jeden Tag nehmen sich in der Schweiz vier Menschen das Leben. Bei den 15- bis 24-Jährigen ist jeder fünfte Todesfall eine Selbsttötung." *Tages-Anzeiger* vom 3. Dezember 1997, Beilage „Ernst", S. 5 („Der Flirt mit dem Tod")
    „Weltweit sterben jährlich rund 800 000 Menschen durch Suizid (WHO, 2018). In der Schweiz begingen im Jahr 2016 rund 1000 Personen einen Suizid (exklusiv Sterbehilfe; BFS, 2018) [...] Setzt man die rund 33 000 selbstberichteten Suizidversuche mit den Suiziden (für das Jahr 2016) ins Verhältnis, so kommen in der Schweiz auf jeden Suizid ca. 32 Suizidversuche." aus: „Suizidgedanken und Suizidversuche in der Schweizer Bevölkerung", OBSAN BULLETIN 7/2019 (Schweizerisches Gesundheitsobservatorium). Seit Beginn der Corona-Zeit im Jahr 2020 sind diese Zahlen stark angestiegen.
95. Die Spur des griechischen Begriffs *mágos* führt direkt in den Orient, denn *mágos* ist ein Lehnwort aus der altpersisch-awestischen Sprache und bezieht sich auf die Priester und Gelehrten der Maguš, eines sagenumwobenen Volkes im alten Persien. Mit dem Begriff *mágoi* (Plural von *mágos*) meinten die Griechen „einen iranischen Volksstamm, der durch die Stern- und Traumdeuterei seiner Priester bekannt war" (Wolff/Wittstock: *Latein und Griechisch im deutschen Wortschatz,* Berlin 1990). Neben *maguš* gab es im Altpersischen auch das Wort *maga,* „Bund, Geheimbund, speziell der zarathustrischen Religionsgemeinschaft" (Ch. Bartholomae: *Altiranisches Wörterbuch,* Straßburg 1904). Damit schließt sich der etymologische Bogen vom modernen Begriff „Magier" zum vedischen Maga-Priester, obwohl man die beiden in ihrer Funktion und Ausrichtung nicht gleichsetzen kann. Zwischen ihnen liegen nicht nur viele Jahrtausende, sondern buchstäblich ganze Welten. (Die indoeuropäische Wurzel *magh*, sanskr. *makha*, findet sich auch in deutschen Wörtern wie „Macht, machen, vermögen", ebenso in engl. *might, mighty, magic* usw).
96. Beispiele für Berichte von wissenschaftlich bzw. theologisch geschulten Akademikern über Sathya Sai Baba: Dr. Samuel Sandweiß: *Sai Baba – Der Heilige und der Psychotherapeut* (1983); Don Mario Mazzoleni: *Wer ist Sai Baba? Ein Priester erfährt Gott in Indien* (1991); Dr. Erlendur Haraldsson: *Sai Baba – ein modernes Wunder* (1986); Ausschnitt aus dem Rückentext: „Ein Forschungsbericht über paranormale Phänomene im Zusammenhang mit dem spirituellen Meister Sathya Sai Baba. Dieser Bericht basiert auf den Beobachtungen eines Wissenschaftlers und auf den Ergebnissen einer ausführlichen Befragung von Augenzeugen. Der Autor beschreibt paranormale Phänomene von außerordentlicher Vielfalt um einen der bemerkenswertesten Männer unseres Jahrhunderts."

97. Zitiert in: Markides, *Heimat im Licht,* S. 23
98. Markides: *Der Magus von Strovolos,* S. 242
99. ebd. S. 258
100. ebd. S. 273
101. Daskalos: *Esoterische Lehren,* 1991, S. 127
102. Markides: *Der Magus von Strovolos,* S. 52
103. Butler: *Das ist Magie,* S. 17; siehe auch: en.wikipedia.org/wiki/W._E._Butler
104. Butler: *Die hohe Schule der Magie,* S. 157
105. ebd. S. 47
106. ebd. S. 47f. (Zitat aus dem Epheser-Brief, siehe auch S. 157f.).
107. Ich möchte erwähnen, dass der alttestamentarische Gottesname JHWH (= YHVH) möglicherweise eine andere Form des Namens Śiva ist. Da im Hebräischen nur die Konsonanten ausgeschrieben werden, wird der Name JHWH, der nach jüdischem Verständnis nicht ausgesprochen werden darf, als Jahwe, Iova und Jehova interpretiert. Im Lateinischen finden wir die Laute *ihw(h)* im Namen Jove = Jupiter (im Genitiv *Iovis,* „des Jupiter"). Etymologisch geht der Name Jupiter auf die altindischen Wörter *dyauṣ* („Himmel, Licht, Tag") und *pitā* („Vater") zurück, mit der Bedeutung „Himmelsvater" (siehe: de.wikipedia.org/wiki/Dyaus_Pita). Ableitungen des Wortes *dyauṣ* finden wir in den Namen Zeus und Dionysos und in der alten Schreibweise Diēspiter für Jove/Jupiter. Aus *diēs* entstand das lateinische Wort *dies* für „Tag" → engl. *day.*

    Noch heute lautet der Name des Jupiter im Italienischen Giove, ausgesprochen *dschòwe,* und der Donnerstag heißt *Giovedì,* ausgesprochen *dschòwedi* („Tag des Jove"). Auch hier klingt eine Querverbindung von „Dschòwe" zu Jahwe und zu Śiva an. Sprachkundlich ist bekannt, dass in der Linie der indischen, altiranischen und semitischen Sprachen in der Zeit von 800 bis 600 v. Chr. eine phonetische Klangverschiebung von *s* auf *h* stattfand, weshalb z. B. aus dem Namen des Flusses Indus (sanskr. Sindhu) der Begriff „Hindu" entstand. Ähnliches geschah vielleicht auch mit den Sanskritwörtern Śiva („Gott") und *śaiva* („göttlich") als Vorstufe der Namen Jahwe/Jove.
108. Butler: *Das ist Magie,* S. 222
109. ebd. S. 177
110. ebd. S. 78
111. Daskalos: *Esoterische Lehren,* S. 29
112. Friedrich Rückert (1788 - 1866) war der Begründer der deutschen Orientalistik. Er war fünfzehn Jahre lang Professor für orientalische Sprachen an der Universität Erlangen. 1841 berief ihn König Friedrich Wilhelm IV. nach Berlin. Er übersetzte Texte aus dem Arabischen, dem Persischen, dem Chinesischen und dem Sanskrit (er beherrschte 44 Sprachen!). Das Studium des Sanskrit und der indischen Philosophie inspirierte Friedrich Rückert zu seinem umfangreichsten Werk: *Die Weisheit des Brahmanen.* Friedrich Rückert gehörte zu den wichtigsten Brückenbauern zwischen Ost und West. Siehe auch: *Gott und die Götter,* Anhang „Wie Europa Indien begegnete".
113. Frawley: *Gods, Sages and Kings – Vedic Secrets of Ancient Civilization,* 1991, S. 15, 37, 73

114. en.wikipedia.org/wiki/Ganesha_drinking_milk_miracle (aufgerufen 5.4.2021)
115. Aus: *Hinduism Today,* November 1995 ("It's a Miracle!" Rejoice Millions As Lord Ganesha Receives Milk/"The" Supernatural Event of This Century Is Experienced Simultaneously Worldwide), hinduismtoday.com/modules/smartsection/item.php?itemid=3481
116. ebd.
117. ebd.
118. Bernhard Imhasly, „Ganesch trinkt Milch – Millionen waren Zeugen, wie am 21. September 1995 indische Götterstatuen Milch schlürften", in: *NZZ Folio,* Dezember 1996, S. 23ff.
119. Schlagzeile in: *EWIG,* Assisi-Verlag, CH-Udligenswil, Januar/Februar 1996 [eine katholische Zeitschrift]
120. ebd. S. 32; viele andere religiöse Gruppen argumentierten mit ähnlichen Vorurteilen.
121. zitiert in: Bernhard Imhasly, „Ganesch trinkt Milch (s. Anm. 118), S. 24
122. *20 minuten* (Zürich), 22.8.2006; Dokumentation und Zusammenfassung des Milchwunders von 1995 und 2006 im Internet auf milkmiracle.com
123. David Wilcock: *The Source Field Investigations* (2011), p. 201f.
124. ebd., p. 202, mit ausführlichen Quellenangaben, hier: Richard Milton, *Shattering the Myth of Darwinism* (2000); Johnjoe McFadden, *Quantum Evolution: Outline 2* (Internet-Artikel); Rebecca Sato (University of Massachusetts), "'Hyper Speed' Evolution Possible? Recent Research Says 'Yes'", in: *Daily Galaxy,* 21. April 2008.
125. „Science News: Lizards Undergo Rapid Evolution After Introduction To A New Home", 17. April 2008, sciencedaily.com/releases/2008/04/080417112433.htm; siehe auch Wilcock, p. 202
126. *National Geographic* (15. Februar 2009): „Photos: Odd, Identical Species Found at Both Poles", news.nationalgeographic.com/news/2009/02/photogalleries/marine-census-deep-sea
127. *National Geographic* (engl.), Ausgabe vom 15. Februar 2009, nach: Wilcock, p. 204
128. D. Kangeng: „Bioelectromagnetic fields as a material carrier of biogenetic information", *Aura-Z* 3/1993, pp. 42 - 54, beschrieben in: Wilcock, p. 206f.
129. Leonardo Vintini: „The strange inventions von Pier L. Ighini", *The Epoch Times,* Ausgabe 25. September - 1. Oktober 2008, beschrieben in: Wilcock, p. 207f.
130. Wilcock, p. 209
131. Hitching: *The Neck of the Giraffe – Where Darwin Went Wrong,* S. 55; zitiert nach: Wilcock, p. 201
132. Sheldrake: *Die Wiedergeburt der Natur – Wissenschaftliche Grundlagen eines neuen Verständnisses der Lebendigkeit und Heiligkeit der Natur,* 1993, S. 190
133. „Tabubruch – Die spirituelle Befreiung der materialistischen Wissenschaft", Interview mit Prof. Dr. Rupert Sheldrake, in: *Tattva Viveka* Nr. 53 (November 2012), S. 12
134. Volkamer, S. 108f.
135. ebd. S. 89

136. Zitat von Heinz Schürch, in: Andrea Hengstler, „Schlafende Gene geweckt – Forscher entdecken die Ur-Formen der Natur“, *raum & zeit*, 152/2008, S. 60
137. ebd. S. 62 (Zitat von Guido Ebner)
138. ebd. S. 63 (Zitat von Heinz Schürch)
139. „Vermutlich hat der hohe Sauerstoffgehalt der damaligen Atmosphäre [der Karbon-Epoche] das Wachstum von so großen Insekten begünstigt. Rund 35 % Sauerstoff würde für Insekten eine verbesserte und erleichterte Atmung bedeuten (*Nature,* Vol. 375, S. 117 - 120). Das würde nicht nur ein Größenwachstum ermöglichen, sondern auch so energieintensive Tätigkeiten wie z. B. das Fliegen. Möglicherweise war die Atmosphäre auch dichter als heute. [...] Der Sauerstoffgehalt an der Perm-Trias-Grenze sank auf nur noch 15 %, möglicherweise sogar nur 12 %.“ Aus: Gunnar Ries (2011): „Der Sauerstoff in der Erdatmosphäre“, scilogs.spektrum.de/mente-et-malleo/der-sauerstoff-in-der-erdatmosph-re
140. „Sunflower over Tokyo“, *Popular Science,* Mai 1988, S. 75
141. Hiroshi, Koichibara, „Tomatomation“, UNESCO Courier, März 1987
142. dancarlsonsonicbloom.com/about
Siehe auch: „Sonic Bloom“, *Creation Illustrated,* Vol. 7, No. 2, 2000, pp. 24 - 31
143. „Atmospheric Experiments“, genesispark.com/exhibits/early-earth/experiments
144. duden.de/rechtschreibung/Instinkt (aufgerufen Februar 2022).
145. DVD „Die Welt der Flamingos“, Marco Polo Film 2005 • en.wikipedia.org/wiki/Bonaire • bonairebirdtours.com/bonaire-flamingos
146. DVD *Life – Das Wunder Leben,* BBC EARTH 2009, Vol. 1, Folge 1: „Der Kampf ums Dasein“. (Siehe auch: de.wikipedia.org/wiki/Das_Wunder_Leben)
147. ebd., Vol. 1, Folge 2 „Reptilien und Amphibien“
148. Susan Jacoby, *The Age of American Unreason* (Pantheon, 2008), p. 25f.: “The surprise hit movie of 2005, *March of the Penguins,* chronicled the bizarre reproductive cycle of the emperor penguin and managed [...] to avoid any mention of evolution. As it happens, the emperor penguin is literally a textbook example, cited in college-level biology courses, of evolution by means of natural selection and random mutation.”
149. „*How the penguin's life story inspired the US religious right*“, *The Guardian,* 18. September 2005, guardian.co.uk/uk/2005/sep/18/usa.filmnews
150. „Fluid Dynamics And Mathematics Used To Study Penguin Huddles“ (19. November 2012), naturalsciences.ucmerced.edu/news/fluid-dynamics-mathematics-used-study-penguin-huddles
„Penguins: The Math Behind The Huddle“ (20. November 2012), insidescience.org/content/penguins-math-behind-huddle/849
151. *Die Reise der Pinguine,* Beilageheft zur DVD-Sonderedition 2006 (mit 2 DVDs), (S. 6f.); arthaus.de
152. Forschungsergebnis von Pierre Jouventin vom Centre d'éducation fonctionnelle et évolutive (CNRS) in: Montpellier: web.archive.org/web/20121128120433/diereisederpinguine.de/pi_eigenschaften.php
153. „‚Die Reise der Pinguine‘ – Leiden für das Leben“, in *Der Spiegel,* 14.10.2005; spiegel.de/kultur/kino/die-reise-der-pinguine-leiden-fuer-das-leben-a-379488.html

154. Der Kolumnist George Will in der *Washington Post,* zitiert in *Der Spiegel* (4.10.2005): „Umstrittene Tier-Doku: Die Pinguin-Passion", spiegel.de/kultur/kino/umstrittene-tier-doku-die-pinguin-passion-a-378 033.html
155. Auf eindrückliche Weise dargestellt in den Dokumentarfilmen *Die Reise des Schmetterlings – Das Geheimnis des Monarchfalters* (2007) und *Metamorphose – Die geheimnisvolle Schönheit der Schmetterlinge* (2012). Der Film *Die Reise des Schmetterlings* entstand auf der Grundlage des Buches von Sue Halpern: *Four Wings and a Prayer: Caught in the Mystery of the Monarch Butterfly* (2002).
156. Im Buch von Sue Halpern und auch im Film *Die Reise des Schmetterlings* wird gezeigt, wie die Holzmafia trotz der 1986 erlassenen Gesetze zum Schutz der Schmetterlingswälder den illegalen Holzschlag vorantreiben. Der mexikanische Dichter und Umweltaktivist Homero Aridjis – sowohl im Buch als auch im Film eine der Hauptpersonen – spricht im Film von „Mächten der Zerstörung"; viele der großen Bäume in den geschützten Gebieten wurden gefällt, auch solche, die voller Monarchfalter waren. Diese Mächte der Zerstörung „hassen die Schmetterlinge und töten die Schmetterlinge", sagt er erschüttert.

    2010 meldeten die Umweltschützer einen dramatischen Rückgang der Monarchfalter in Mexiko um rund 75 %. Als Grund wird der jahrelange Holzschlag genannt, obwohl dieser in den letzten Jahren „deutlich zurückgegangen" ist, aber immer noch weitergeführt wird. „Mexiko: Schmetterlingssterben alarmiert Umweltschützer", *Spiegel online,* 17.8.2010
157. Spielhagen, S. 182
158. de.wikipedia.org/wiki/Monarchfalter#Orientierung (aufgerufen Ende 2021)
159. „Navigation: Nur pünktliche Falter kommen ans Ziel", *Spiegel online,* 23.5.2003
160. „Monarchfalter: Per Kälte-Navi in die Heimat", *Spiegel online,* 22.2.2013
161. Spielhagen, S. 172, als Untertitel zum Kapitel über die Monarchfalter: *Die Zarten und die Zähen – Es gibt Wunder auf der Erde. Und Rätsel. Und Monarchfalter …*
162. *Tortuga – The Incredible Journey,* dt. *Tortuga – Die unglaubliche Reise der Meeresschildkröte,* 2009, von Nick Stringer (Regisseur).
163. George Gaylord Simpson: *Tempo and Mode in Evolution* (1944), S. 105/107, zitiert nach Gish, S. 272
164. Steve Jones: *Wie der Wal zur Flosse kam – Ein neuer Blick auf den Ursprung der Arten,* dtv-Verlag, München 2002, S. 278 (zitiert nach Lazar, S. 161)
165. Marianne Oertl: „Intelligent Design – Mit Gott gegen die Evolution" in: *P.M. Magazin,* Mai 2006, S. 39f.
166. Rytchëu, S. 7ff.
167. ebd. S. 12
168. ebd. S. 37, 40
169. ebd. S. 81
170. ebd. S. 46
171. ebd. S. 105
172. ebd. S. 114
173. ebd. S. 9 („eine lichte Erwartung des bevorstehenden Wunders.")

Glossar der Sanskritbegriffe

Ahaṅkāra: (*aham:* ich; *kāra:* das, was tut, bewirkt, verursacht) „Ich-Macher“, das Prinzip der materiellen Identifikation; der erste materielle Schöpfungsfaktor; ermöglicht, dass spirituelle Seelen (→Ātmā) sich mit materiellen Körpern identifizieren. Ohne Ahaṅkāra wäre keine materielle Schöpfung möglich. Dieses projizierte Ich ist nicht bindend oder problematisch, solange es im Licht des wahren Ich gesehen wird. Ansonsten entsteht eine falsche Identifikation mit Materie (→Māyā), und man sieht sich nicht mehr in Verbindung mit der göttlichen Quelle.

Akarma: „Handlungen, die keine Bindung an →Karma-Reaktionen verursachen“; selbstlose, befreiende, spirituelle Tätigkeiten in Verbindung mit Gott (→Bhakti-Yoga) jenseits von →Vikarma und →Karma (3).

Ānanda: spirituelle Erfülltheit, Glückseligkeit. Siehe auch: *Sac-cid-ānanda.*

Asura: (1) „Feind der →Suras“, siehe S. 116; (2) Mensch, der bewusst die theistische Erkenntnis, manchmal sogar deren Vertreter bekämpft.

Ātmā: das „Selbst“; die ewige, individuelle Seele, die in der materiellen Welt durch verschiedene Körper wandert.

Avatāra: der „Herabgestiegene“; Inkarnation Gottes oder göttlich ermächtigter Mensch.

Bhagavad-Gītā: „der Gesang Gottes; Gottes Worte“; die Unterweisungen →Kṛṣṇas, die er vor fünftausend Jahren auf dem Schlachtfeld von Kurukṣetra offenbarte; ein Teil des →*Mahābhārata;* ist das zentrale und zusammenfassende Werk der Sanskritschriften und enthält die Essenz der vedischen Gottesoffenbarung.

Bhagavān: „Inbegriff *(vān)* aller Vollkommenheiten *(bhaga);* der Allumfassende, Allesbeinhaltende“; Bezeichnung für Gott in seinem transzendenten Aspekt; enthält die Aspekte →Brahman (Allpräsenz) und →Paramātmā (Immanenz), während die Allpräsenz und Immanenz für sich allein die Transzendenz noch nicht beinhalten. Erst mit dem transzendenten Aspekt kommen die entscheidenden Faktoren Bewusstsein, göttlicher Wille und freier Wille und göttliche (bedingungslose) Liebe (→Bhakti) hinzu. Dies betonte insbesondere →Caitanya durch die Philosophie der →*Bhagavad-Gītā.*

Bhakti: (von *bhaj-,* „verehren; sich verbinden; Zuflucht suchen“) „dienende Liebe, Hingabe“; Beziehung zu Gott (→Bhagavān, →Kṛṣṇa) in innerer Erfüllung (→Rasa); Harmonie mit dem göttlichen Willen und entsprechendes Handeln (→Akarma).

Bhakti-Yoga: Verbindung (→Yoga) mit Gott (→Bhagavān) durch →Bhakti.

Brahmā: „derjenige, der entfaltet/entstehen lässt“; das ersterschaffene, höchste Lichtwesen im Universum, der sekundäre Schöpfergott, der die Schöpfung innerhalb des Universums hervorbringt.

Brahman: „das große, unbegrenzt Wirkende; das Absolute“; die göttliche Allpräsenz, Gottes Aspekt als neutrale, alles umfassende Gesamtheit aller Energien.

Brāhmaṇa: „jemand, der sich des →Brahman bewusst ist"; allg. Begriff für Lehrer, Philosophen, Gelehrte, Priester und Priesterwissenschaftler in der vedischen Gesellschaft.

Caitanya (1): „Lebenskraft; Bewusstsein; universale Seele, die kosmische Intelligenz", von *cetana:* „bewusst, selbstwahrnehmend, erkennend", abgeleitet von *cit,* wie in →*Sac-cid-ānanda.*

Caitanya (2): Śrī Kṛṣṇa Caitanya Mahāprabhu (1486-1533); →Avatāra des →Kṛṣṇa in der Rolle eines Gottgeweihten; gilt in der Kṛṣṇa-Tradition als →Yuga-Avatāra, der im gegenwärtigen →Kali-Yuga erschien, um →Bhakti und den →Yuga-Dharma zu offenbaren.

Deva: „göttliches, himmlisches Wesen; Lichtwesen"; Schöpferwesen der höheren Dimensionsebenen. Siehe auch: Sura.

Dharma: „das Feststehende, Gesetzte"; (1) spirituelle und gesellschaftliche Aufgaben eines Menschen im Dienst des großen Ganzen; (2) persönliche Lebensaufgabe und Berufung (Leben der eigenen Talente, Überwindung von inneren Schwächen und Problempunkten).

Durgā: „die schwer zu Überwindende"; einer der Namen und Aspekte von →Śakti, Verkörperung der materiellen Energie (→Māyā) inkl. Zeit (→Kālī).

Govinda: (1) ein Name →Kṛṣṇas, wörtl. „derjenige, der den Kühen/ den Sinnen/ dem Land Freude spendet" (von *go:* Kuh; Sinnesorgan; Land; *vinda:* freudespendend); (2) in Indien ein beliebter männlicher Vorname.

Guṇa: „Seil; Saite"; Wirkungsart/Frequenzbereich/Erscheinungsweise der materiellen Energie, grundlegend in drei Kategorien: Tamo-Guṇa („Wirkungsart der Dunkelheit/Unwissenheit/Auflösung"), Rajo-Guṇa („Wirkungsart der Verdunkelung/der Leidenschaft/des Schaffens") und Sattva-Guna („Wirkungsart der Reinheit/der wahren Stärke/des Aufrechterhaltens"). Diese drei Grundeigenschaften bestimmen durch ihre unterschiedlichen Kombinationen und Mischungsverhältnisse die gesamte materielle Schöpfung. Die Guṇas reflektieren sich im Bewusstsein der Menschen gemäß deren Bewusstseinsausrichtung, die bestimmt, ob sie mit erhebenden, fesselnden oder destruktiven Guṇa-Kombinationen in Resonanz gehen. Sattva-Guna ist der Faktor, der die beiden anderen im Gleichgewicht hält und das Tor zu einem spirituellen, befreienden Bewusstsein öffnet.

Guṇa-Avatāra: Gottheit hinter einem →Guṇa (Schöpfungsprinzip und Schöpfungsfaktor). Gemäß den drei Guṇas gibt es drei Guṇa-Avatāre: Viṣṇu (Sattva-Guṇa), Brahmā (Rajo-Guṇa) und Śiva (Tamo-Guṇa).

Guru: „Lehrer; vorbildliche Person", von *guru,* „schwer; bedeutend; erfahren; mit Autorität ausgestattet"; Titel für Eltern, Älteste und spirituelle wie auch weltliche Lehrer. In religiösen Traditionen bilden die Generationsfolgen von Gurus und Schülern, die ihrerseits wieder Gurus werden, das System der →Paramparā.

Harā: „sie, die wegnimmt; erlöst; befreit"; einer der vielen Namen von →Rādhā. Die Vokativform ist Hare („o Harā"), siehe: Mahā-Mantra.

Kāla: „Zeit", der unendliche Zeitfluss von Schöpfung zu Auflösung zu Neuschöpfung usw. vor dem Hintergrund der ewigen (raum- und zeitlosen) spirituellen Welt; die Projektion der Ewigkeit (→Sat) in die Materie, ausgehend von →Viṣṇu durch →Kālī.

Kālī: die Wesenheit/Intelligenz hinter →Kāla. Siehe auch: Durgā.

Kali: Sanskritausdruck für „Spaltung; Entzweiung" sowohl in Bezug auf die Menschen (= Streit, Kriege usw.) als auch in Bezug auf Realität und Psyche (= Lüge, Betrug, Heuchelei, Selbsttäuschung usw.). Siehe auch: Kali-Yuga.

Kali-Yuga: das „Zeitalter des →Kali; Zeitalter der Spaltung"; die aktuelle Phase im Zyklus der →Yugas: erster Unterzyklus des vierten Yugas, das 3102 v. Chr. begann; dauert rund 5000 Jahre, ist gegenwärtig also in der Endphase. Oftmals wird das gesamte vierte Yuga, das 432 000 Jahre dauert, als „Kali-Yuga" bezeichnet. In der wörtlichen Bedeutung bezieht sich *Kali-Yuga* nur auf das jetzt zu Ende gehende „dunkle Zeitalter".

Karma: „das, was eine Wirkung verursacht"; (1) Handlung, die eine materielle – gute oder schlechte – Reaktion nach sich zieht und den Ausführenden dadurch an den Kreislauf von Geburt und Tod bindet; (2) das Gesetz des Karma: Gesetz von Aktion und Reaktion (gemäß der Schöpfungspolarität von Ursache und Wirkung) im Zusammenspiel von Prädestination und freiem Willen; (3) positives Handeln innerhalb der Dualität, d. h. fromme, materiell erhebende Handlungen (im Gegensatz zu →Vikarma-Handlungen).

Kīrtana. Siehe: Saṅkīrtana.

Kṛṣṇa: „der Allanziehende" oder (in einer anderen Wortherleitung) „der Schwarze; Dunkle; Unergründliche"; einer der vielen Sanskritnamen Gottes in seinem ursprünglichen Aspekt als →Bhagavān, d. h. Ganzheit, die nicht nur „Energie", sondern auch „Individuum" (unteilbares Sein) ist; Gott als „Einheit der Zweiheit" (Rādhā-Kṛṣṇa), liebend und geliebt, als Ziel der persönlichen Beziehung zu Gott (→Bhakti); ist durch seine Energien in der Schöpfung immanent allgegenwärtig und weilt gleichzeitig →transzendent in seinem ewigen spirituellen Reich („Königreich Gottes"). Siehe auch: Rādhā.

Mahābhārata: „die große Geschichte von Bhārata [Indien]"; mit über 110 000 Doppelversen das längste Epos der Welt; enthält die →*Bhagavad-Gītā.*

Mahā-Mantra: das „große →Mantra", bestehend aus drei zentralen Sanskritnamen Gottes (→Kṛṣṇa, →Rāma, →Harā, in der Vokativform Hare): Hare Kṛṣṇa, Hare Kṛṣṇa, Kṛṣṇa Kṛṣṇa, Hare Hare/ Hare Rāma, Hare Rāma, Rāma Rāma, Hare Hare; durch →Caitanya im Rahmen des →Saṅkīrtana bekannt geworden.

Mahāprabhu: „großer Meister", Ehrentitel →Caitanyas; von *mahā,* „groß; erhaben; besonders" (wie in Mahātmā und →Mahārāja), und *prabhu,* „Meister, Lehrer" (von *pra-bhu,* „herausragend; vorausgehend; an erster Stelle stehend").

Mahārāja: „großer König"; Titel der indischen Könige (Maharadscha).

Mahat-Tattva: die Totalität der feinstofflichen materiellen Elemente, aus denen alle materiellen Formen, angefangen mit den zahllosen Uruniversen, entstehen; die Form der →Prakṛti als das materielle „Alles", das – durch die Mittlerschaft Gottes als Urschöpfer (→Viṣṇu) – aus dem materiellen „Nichts" oder „Chaos" (→Pradhāna) hervorgegangen ist.

Manas: das Denken, Fühlen und Wollen, d. h. der Mentalkörper des Menschen, die „Psyche" oder der „Geist" (wie in den Begriffen Geisteshaltung, geistesgegenwärtig, geistesabwesend, geisteskrank usw.); als Wurzel z. B. im lateinischen Wort *mens,* im englischen Wort *mind* und im deutschen Lehnwort *mental* erkennbar.

Mantra: zusammengesetzt aus →Manas und *tra:* „beschützen; befreien "; (1) allg.: heilige Wortformel oder Gebet, die sich an einen →Deva oder direkt an Gott richtet; (2) spirituelle Klangschwingung mit den Namen Gottes, die das Bewusstsein vor materiellen Einflüssen beschützt und auf Gott richtet.

Manu: Titel der höherdimensionalen Urahnen der *manuṣya* (Menschheit); ihre „Kinder" wurden durch Verdichtung ihres Lichtkörpers zu den ersten Menschen.

Māyā: ungeklärte Etymologie, evtl. aus *mā,* „messen; formen; vergleichen; zeigen; präsentieren; projizieren", und *yā,* „gehen; bewegen" (= die Kraft, die das Begrenzte, Relative und Projizierte hervorbringt), oder *ma,* „meine", und *āyas,* „arbeiten; dienen" (= Gottes dienende Energie), oder *mā* als Verneinung (= das, was nicht wirklich real ist); (1) die Materie als göttliche Energie in ihrer Funktion als Schöpferin von unendlich vielen vergänglichen Formen; (2) „Täuschung; Illusion; Schein [statt Sein]", die bedeckende Kraft, durch die das subjektive Phänomen „Illusion" überhaupt erst möglich wird, wenn der →Ātmā sich vollständig mit dem →Ahaṅkāra identifiziert; (3) die Illusion selbst, d. h. das verblendete oder verdunkelte Bewusstsein, das Unwirklichkeit für Wirklichkeit hält und meint, Materie/Energie sei das Ein und Alles und es gebe keine höhere göttliche Ganzheit und Instanz.

Mūrti: „Bildgestalt"; die dreidimensionale Repräsentation →Bhagavāns oder eines →Devas im Tempel.

Paramātmā: „die höchste Seele; Überseele"; die immanente, dritte →Viṣṇu-Erweiterung in allen Atomen und in allen Lebewesen; wirkt als allgegenwärtige und alles-koordinierende Intelligenz Gottes in der materiellen Welt, ohne die die kosmische Ordnung und die Lebensfunktionen der Lebewesen (von den höchsten Lichtwesen bis zu den kleinsten Organismen) nicht möglich wären.

Paramparā: „von den Höheren/Vorangegangenen zu den nächsten gehend"; (1) das Herabreichen bzw. Empfangen spirituellen Wissens aus höherdimensionalen göttlichen Quellen; (2) Folge von →Gurus und Schülern, die ihrerseits zu Gurus werden, innerhalb einer bestimmten Traditionsfolge oder Mysterienschule.

Pradhāna: die unmanifestierte, potentielle Form der materiellen Energie; die Form der →Prakṛti als das materielle „Nichts" (= Chaos, Nullordnung), auf dessen Grundlage das potentielle „Alles" (→Mahat-Tattva) existiert.

Prakṛti: „das Vorangestellte, das zuerst Existierende (das, was schon vor der Entstehung aller Formen existiert); (1) allg.: Energie als Emanation von Gott (→Puruṣa), dem Energieursprung; (2) die materielle Energie, Materie als abhängige Energie, *apara-prakṛti* (im Gegensatz zur spirituellen Energie, genannt *para-prakṛti*); (3) Materie als Schöpfungsenergie, die in unmanifestierter Form (→Pradhāna) und in manifestierter Form (→Mahat-Tattva) existiert.

Purāṇa: „alter (zeitlich weit zurückreichender) Text"; die Schöpfungsberichte und mythisch-historischen heiligen Schriften Indiens.

Puruṣa: „das Wesen, das wahrnimmt, [mit Leben, Freude, Sinn] erfüllt" (von *prī,* „erfreuen; genießen", und, davon abgeleitet, *pūra,* „füllend, erfüllend; zufriedenstellend; üppig vorhanden; erfüllt"); (1) der →Ātmā, der in einem materiellen Körper lebt und diesen Körper mit Leben erfüllt; (2) der Mensch als Persönlichkeit in der zeitweiligen Einheit von Körper, Geist und Seele; (3) Gott als bewusstes, absolutes Individuum im „Gegensatz" zu Gott als Energie (Puruṣa und →Prakṛti). Um die dritte Bedeutung von den ersten beiden zu differenzieren, wird im Sanskrit des öfteren der Begriff *para-puruṣa* bzw. *ādi-puruṣa,* „höchster bzw. ursprünglicher Puruṣa", verwendet.

Rādhā: „Verehrende; Liebende (und Geliebte)"; der weibliche Aspekt Gottes; als untrennbare Aspekte sind Rādhā und →Kṛṣṇa die göttliche Einheit der Zweiheit als vollkommene Liebe und Individualität („Ungeteiltheit").

Rākṣasa: (von *rakṣas,* „etwas, wovor man [sich selbst, sein Leben, die Menschheit] beschützen muss"); „Angreifer; Verschlinger"; manipulierende, bösartige Dunkelmacht aus der Gegenwelt; mächtige vampirische Astralwesen oder inkarnierte Wesen (Etymologie nach Monier-Williams).

Rāma: „Lebensfreude; Quelle aller Freude"; (1) einer der Sanskritnamen Gottes; (2) Name eines heiligen Königs (→Avatāra) im Tretā-Yuga.

Rasa: „Geschmack; das Genießen"; in der theistischen Mystik: das Erleben der persönlichen Beziehung zu Gott in innerer Erfüllung als „Symptom" von →Bhakti.

Ṛṣi: „Seher; Weiser", von *dris,* „sehen", und *riṣ,* „gehen; reisen", hier: zwischen den Welten wandeln; durch geistige Vertiefung Einsicht bekommen; (1) die großen Weisen der höherdimensionalen Welten, angefangen mit den geistigen Söhnen des →Brahmā; (2) die großen Weisen und Gottgeweihten der vedischen Zeit; die Propheten und Schreiber der Veda-Schriften.

Sac-cid-ānanda: die drei grundlegenden Eigenschaften, die Gott (→Bhagavān, →Kṛṣṇa) und Gottes Teile (→Ātmā), d. h. das absolute Individuum und die relativen Individuen, gemein haben: →*sat* (ewig), *cit* (bewusst; →Caitanya) und →*ānanda* (in sich selbst erfüllt; glückselig).

Śakti: „Schöpfungskraft, Energie, Materie", die weibliche Urkraft der materiellen Schöpfung, verbunden mit der männlichen Urkraft der Schöpfung (→Śiva) wie Yin und Yang oder Zeit und Raum; ihre Wirkungsweise als „Zeit" kommt durch →Kālī zum Ausdruck; als →Durgā ist sie die Kraft der unüberwindlichen materiellen Gesetze.

Saṅkīrtana: von *sam-,* „gemeinsam; zusammen" (siehe auch *saṅga,* „Gemeinschaft, Zusammenkunft"), und *kīrtana,* „ruhmpreisen" (*kīrti:* „Ruhm"); das gemeinsame Ausrichten des Bewusstseins auf Gott, gottbezogene Themen und Gottes Namen in größeren Gruppen und/oder als „zwei oder drei in meinem Namen" (Mt 18,20); von →Caitanya als →Yuga-Dharma bezeichnet; praktische Umsetzung der Zeilen aus dem *Vaterunser:* „Geheiligt werde dein Name, dein Reich komme, dein Wille geschehe, wie im Himmel, so auf Erden!"

Sannyāsī: ein Mönch im Lebensstand des *sannyāsa* (Entsagung mit Zölibatsgelübde).

Sanskrit: von *saṁskṛti,* „die (nach kosmischen Mustern) geordnete Sprache"; die gesprochene und geschriebene Sprache der vedischen Hochkultur.

Sat: „ewig seiend"; die Eigenschaft der spirituellen Realität jenseits von Raum und Zeit, d. h. „ewig" im Sinn von raum- und zeitlos (und nicht im Sinn von unendlich langer Zeit, →Kāla).

Śiva: „der Glückspendende; der Gütige; der Erlöser/Befreier"; mächtiges Lichtwesen und Parallelform →Viṣṇus; verbunden mit →Śakti wie Yin und Yang oder Raum und Zeit; ist für die Auflösung des Universums zuständig.

Sura: „Lichtwesen" (etymologisch verwandt mit *sūrya:* die Sonne); (1) göttliches Wesen der höheren Dimensionen, im Gegensatz zu den →Asuras; (2) allg.: ein göttlicher Mensch. Siehe auch: Deva.

Tapas: „Glut; Entsagung; Loslassen", abgeleitet vom Verb *tap:* „glühen; verbrennen; durch Feuer/Hitze/Licht auflösen", im übertragenen Sinn „Karma verbrennen"; (1) Loslassen der Anhaftung an das →Ahaṅkāra, Loslösung von →Māyā; (2) das freiwillige Aufsichnehmen von Entsagung, um ein höheres Ziel zu erreichen; Läuterung des eigenen Daseins.

Tapasya: praktisch gleichbedeutend mit →Tapas; wörtlich „durch *tapas* generiert", im Sinn von „Loslassen" *(tapas)* und „Loslösung" *(tapasya),* „asketisch leben" und „Askese", „das Sichkasteien" und „Kasteiung"; allg. „sich [im spirituellen Sinn] bemühen".

Transzendent: „jenseits der Materie" (sanskr. *apraviṣṭa*); Eigenschaft Gottes in seiner Gegenwart jenseits der Materie (→Bhagavān), während er als →Paramātmā in der materiellen Welt gegenwärtig ist (immanent; sanskr. *praviṣṭa,* „[in die Materie] eingegangen"). Sowohl in seinem transzendenten als auch in seinem immanenten Aspekt ist Gott →transzendental.

Transzendental: „unberührt von Materie"; nicht den materiellen Grenzen unterworfen; sanskr. *divya,* „göttlich; spirituell", oder *nirguṇa,* „jenseits der Guṇa-Einflüsse"; gemeinsame Eigenschaft Gottes und der Teile Gottes (→*Sac-cid-ānanda*).

Vāsudeva: ein Sanskritname Gottes, von *vāsu,* „innewohnend; lebenspendend" (Gott in allen Lebewesen und alle Lebewesen in Gott).

Veda: „(heiliges) Wissen; Mysterienwissen; spirituelle Erkenntnis", abgeleitet vom Verb *vid,* „sehen; wahrnehmen; wissen"; mit gleicher Bedeutung später zu finden in grch. *ideīn,* lat. *videre,* ahd. *wizzan,* russ. *wedatj,* usw. Zum griechischen Verb *ideīn* gehört das Substantiv *idéa,* das Schlüsselwort in Platons Philosophie. Die Ideenlehre des Platon ist etymologisch und auch inhaltlich eine „Vedenlehre". Sie besagt, dass die materielle Erscheinungswelt auf einer „Urbild-Welt" beruht, dass also alles Materielle ein relativer, vergänglicher Ausdruck dieser ewigen, spirituellen Welt ist. Siehe auch *Gott und die Götter,* Kapitel 1: Was ist Veda?

Vedānta-Sūtra: theologisch-philosophisches Werk, das die Veda-Schlussfolgerungen (Vedānta) der vedischen Schriften in Aphorismen (Sūtras) zusammenfasst.

Vikarma: negatives Handeln innerhalb der Dualität; Handlungen, die – im Gegensatz zu →Karma (3) – für die ausführende Person schädlich sind und direkt oder indirekt auch das Umfeld (Mitmenschen, andere Geschöpfe, die Umwelt, den Planeten) in Mitleidenschaft ziehen.

Viṣṇu: „der Alldurchdringende"; (1) Gott (→Bhagavān) als Schöpfer und Erhalter der materiellen Welt in dreifaltiger Individualität: Mahā-Viṣṇu (von dem die zahllosen Universen ausgehen), auch Karaṇodakaśāyī-Viṣṇu genannt, „der auf dem Meer der Ursachen *(karaṇa-udaka)* liegende Viṣṇu"; Garbhodakaśāyī-Viṣṇu (der in jedes der Universen eingeht), „der auf dem kosmisch-morphogenetischen Feld (*garbha-udaka,* „Garbha-Meer") liegende Viṣṇu"; und Kṣīrodakaśāyī-Viṣṇu (→Paramātmā), „der auf dem kosmisch-immanenten Feld (*kṣīra-udaka,* „Milch-Meer") liegende Viṣṇu"; (2) allg.: Sanskritausdruck für Gott, den Schöpfer.

Vyāsa(deva): der göttlich ermächtigte →Ṛṣi (2), der bewirkte, dass das bis vor fünftausend Jahren mündlich überlieferte vedische Wissen nicht verloren ging, sondern mit dem Beginn des →Kali-Yuga niedergeschrieben wurde; gemäß Überlieferung schrieb er einige Schriften selbst und beauftragte andere Berufene, weitere Schriften für die unterschiedlichen Offenbarungsebenen und Lehrstufen zu verfassen.

Yajña: „durch Wissen *(jñāna)* geheiligte Handlung der Verehrung *(yaj-)*"; heiligende Handlung (lat. *sacrificium*, „das, was heiligt", missverständlich: „Opfer"); (1) rituelle Feuerzeremonie zur Verehrung →Viṣṇus und/oder der →Devas; (2) jede Handlung, die in Gottesbewusstsein ausgeführt und deren Ergebnis Gott als „Opfer" dargebracht wird, d. h. jede selbstlose Handlung in →Bhakti.

Yoga: „Verbindung"; Methode, um sich der eigenen Verbindung mit Gott bewusst zu werden.

Yogī: (1) jemand auf einem der vielen möglichen Pfade des →Yoga; (2) jemand auf dem Weg des →Bhakti-Yoga, d. h. ein Mensch mit umfassendem Gottesbewusstsein (→Brahman; →Paramātmā; →Bhagavān).

Yuga: „Zeitalter"; die vier großen Zeitalter auf der Erde, die mit zunehmend verdichteten Raum-Zeit-Verhältnissen verbunden sind und sich (als Zeitmuster, nicht inhaltlich) zyklisch wiederholen: Satya-Yuga („Zeitalter der Wahrheit"), Tretā-Yuga („das dritte Yuga"), Dvāpara-Yuga („das zweite Yuga") und dann das gegenwärtige, „erste" bzw. vierte Yuga, das oftmals gesamthaft als „Kali-Yuga" bezeichnet wird, was jedoch missverständlich ist (→Kali-Yuga). Die Grundeinheit der großen Yugas beträgt 432 000 Jahre als irdisches Zeitfraktal der solaren und galaktischen Zyklen. Das vierte Yuga dauert eine solche Einheit, das Dvāpara-Yuga („Zweier-Yuga", von *dvi*, „zwei") zwei solche Einheiten, das Tretā-Yuga („Dreier-Yuga", von *tri*, „drei") drei und das Satya-Yuga vier.

Yuga-Avatāra: In jedem der vier Yugas erscheint ein besonderer →Avatāra, der Yuga-Avatāra, der den →Yuga-Dharma offenbart und vorlebt. Der Yuga-Avatāra des gegenwärtigen Zeitalters ist gemäß Kṛṣṇa-Tradition →Caitanya.

Yuga-Dharma: der für ein bestimmtes →Yuga empfohlene, wirksamste Vorgang der Selbstverwirklichung und Gotteserkenntnis; im →Kali-Yuga, siehe →Caitanya; →Saṅkīrtana.

Der Autor

Armin Risi: (geb. 1962); Dichter, Philosoph und Sachbuchautor; besuchte das lateinische Gymnasium in Luzern; gehörte im Alter von 18 Jahren zu den führenden Schach-Junioren der Schweiz; 1978–1980: erste Gedichtsammlung und ein Drama in 5 Akten; 1980/81: Reisen und Naturaufenthalte, Austritt aus dem Gymnasium vor der Matura; lebte danach für achtzehn Jahre als Mönch in vedischen Klöstern in Europa und Indien; während dieser Zeit hauptsächlich als Übersetzer tätig; Mitarbeit bei der Übersetzung von 22 Werken der Sanskritliteratur (aus dem Englischen ins Deutsche); Studium der indischen und westlichen Philosophien; seit Ende 1998 freischaffender Schriftsteller und Referent; lebt mit seiner Frau Melanie in Zürich.

Webseiten: armin-risi.ch | theistic-network.org | science-of-involution.org

Veröffentlichungen:

1988: *Vegetarisch leben – Die Notwendigkeit einer fleischlosen Ernährung* (11., erweiterte und aktualisierte Auflage 2015); ist mit einer Gesamtauflage von fast einer halben Million Exemplaren heute im deutschen Sprachraum die am weitesten verbreitete Schrift über Vegetarismus; Website: vegetarisch-leben.ch.

1992: *Völkerwanderung – Epische Galerie* und *Der Kampf mit dem Wertlosen – Lyrische Meditationen* (700 Gedichte und Epigramme)

1995: *Da ich ein Dichter war – Reinkarnation: Gedanken, Gedichte und eine Begegnung mit Hölderlin*

1995: „Der multidimensionale Kosmos", Band 1: *Gott und die Götter – Das vedische Weltbild revolutioniert die moderne Wissenschaft, Esoterik und Theologie* (mehrere überarbeitete Auflagen; definitive Version ab 10. Auflage, 2020).

ab 1995: zahlreiche Artikel in grenzwissenschaftlichen und esoterischen Zeitschriften

1998, 2000, 2002, 2007: Armin Risis Gedichte *Die Karawane, Sehnsuche, Morgengrauen* und *„Friede ist langweilig"* werden in die Anthologien *Ausgewählte Werke,* Band 1, 3, 4 und 10, der Bibliothek deutschsprachiger Gedichte (München) aufgenommen.

1998: „Der multidimensionale Kosmos", Band 2: *Unsichtbare Welten* (mehrere überarbeitete Auflagen; definitive Version ab 9. Auflage, 2022)

1999: „Der multidimensionale Kosmos", Band 3: *Machtwechsel auf der Erde – Die Pläne der Mächtigen, globale Entscheidungen und die Wendezeit*

2001: *Das kosmische Erbe – Einweihung in die Geheimnisse unserer Her- und Zukunft* (mediale Texte von Tom H. Smith, übersetzt und erläutert von Armin Risi)

Januar 2004: *TranscEnding the Global Power Game: Hidden Agendas, Divine Intervention and the New Earth* (gekürzte und inhaltlich bearbeitete Übersetzung des Buches *Machtwechsel auf der Erde* als Zusammenfassung der wichtigsten Inhalte der Trilogie auf Englisch)

September 2004: *Licht wirft keinen Schatten – Ein spirituell-philosophisches Handbuch*

2006: *Machtwechsel auf der Erde,* 5., vollständig überarbeitete Auflage (Govinda-Verlag); Taschenbuchausgabe im Heyne-Verlag 2007

Dezember 2007: „Die Osiris-Krypta von Gizeh" in: Tagungsband zum *One-Day-Meeting der Forschungsgesellschaft für Archäologie, Astronautik und SETI,* München 2007, Ancient Mail Verlag, S. 63–79

Juni 2008: „Unterirdische Rätsel in Ägypten – Alles ein Werk der Pharaonen?" und „Monolithe und Göttermythen – Forschungsreise nach Borneo" im Anthologieband *Brisante Archäologie – Geschichte ohne Dogma* (Kopp-Verlag)

2009: Russische Übersetzung von *Machtwechsel auf der Erde (Смена власти на Земле)*

September 2009: *Der radikale Mittelweg – Überwindung von Atheismus und Monotheismus* (Das Buch zum aktuellen Paradigmenwechsel)

Januar 2011: *Ganzheitliche Spiritualität – Der Schlüssel zur neuen Zeit* und *Einheit im Licht der Ganzheit – Orientierung im Labyrinth von Religion, Erleuchtung und New Age*

2012: *Licht wirft keinen Schatten* in kroatischer Übersetzung (leicht gekürzt)

November 2013: *„Ihr seid Lichtwesen" – Ursprung und Geschichte des Menschen*

Mai 2014: *Evolution – Stammt der Mensch von den Tieren ab?*

2016: *„Ihr seid Lichtwesen" – Ursprung und Geschichte des Menschen* in polnischer Übersetzung

Januar 2017 (zusammen mit Sophia Pade): *Make That Change – Michael Jackson: Botschaft und Schicksal eines spirituellen Revolutionärs* (3. aktualisierte Auflage 2021)

2020: *„Ihr seid Lichtwesen" – Ursprung und Geschichte des Menschen* in französischer Übersetzung

Dezember 2020: *Gott und die Götter – Die prophezeite Wiederkehr des vedischen Wissens* (vollständig überarbeitete Neuauflage von „Gott und die Götter", 1995/2007)

April 2022: *Unsichtbare Welten – Der Kosmos ist multidimensional* (vollständig überarbeitete Neuauflage von „Unsichtbare Welten", 1998/2008)

Literaturverzeichnis

Für das breite Themenspektrum des Buches *Unsichtbare Welten* war es erforderlich, eine Vielzahl von Themen aus holistisch-wissenschaftlichen, esoterischen und parapsychologischen Bereichen mit aufzunehmen. Über diese Themen wurden in den letzten 100 und mehr Jahren unzählige Bücher und Artikel veröffentlicht. Die folgende Auflistung der von mir zitierten und verwendeten Fachliteratur kann verständlicherweise nur sehr unvollständig sein.

Die aufgeführten Werke müssen nicht meinen Ansichten und Schlussfolgerungen entsprechen, genauso wie die zitierten und erwähnten Autorinnen und Autoren nicht unbedingt mit jeder meiner Ansichten und Schlussfolgerungen einig gehen. Ebenso bedeutet das Fehlen eines Buches in dieser Liste in keiner Weise ein Werturteil. Für die Nichterwähnung von Büchern, die ebenso relevant gewesen wären wie die von mir angeführten, bitte ich um Verständnis.

Esoterische und spirituelle Traditionen/Grenzwissenschaften

Alexander, Eben: *Proof of Heaven – A Neurosurgeon's Journey into the Afterlife* (2012); dt. *Blick in die Ewigkeit – Die faszinierende Nahtoderfahrung eines Neurochirurgen,* Ansata Verlag, München 2012 [Ausführliche Abhandlung in Risi: *„Ihr seid Lichtwesen“,* S. 96 - 103]

Ash, David, u. Peter Hewitt: *Die Wissenschaft der Götter – Zur Physik des Übernatürlichen,* Zweitausendundeins, Frankfurt a. M. 1991

Bardon, Franz: *Der Weg zum wahren Adepten – Ein Lehrgang der Magie in 10 Stufen,* Bauer Verlag, Freiburg i. B. ^{16}1997

–: *Die Praxis der magischen Evokation – Anleitung zur Anrufung von Wesen uns umgebender Sphären,* ebd. 61986

–: *Der Schlüssel zur wahren Quabbalah – Der Quabbalist als vollkommener Herrscher im Mikro- und Makrokosmos,* Verlag Dieter Rüggeberg: Wuppertal ^{4}1987

–: *Frabato – Autobiographischer Roman,* Verlag Dieter Rüggeberg, Wuppertal ^{2}1988

Bardon, Dr. Lubomir: *Erinnerungen an Franz Bardon,* Verlag Dieter Rüggeberg, Wuppertal ^{2}1996

Bedford, James, u. Walt Kensington: *Das Delpasse-Experiment – Eine Entdeckung im Zwischenreich von Tod und Leben,* Heyne, München 1977

Bernstein, Morey: *Protokoll einer Wiedergeburt – Der weltbekannte Fall Bridey Murphy: Der Mensch lebt nicht nur einmal,* Scherz Verlag, München 1973; Fischer-TB 1982 (orig.: *The Search for Bridey Murphy,* 1965)

Blavatsky, Helena Petrowna: *Der Schlüssel zur Theosophie,* Adyar-Verlagsvereinigung, Graz 1969, ^{2}1989; engl. Original 1889

–: *Die Geheimlehre – Die Vereinigung von Wissenschaft, Religion und Philosophie,* 1899 (Datum der Erstveröffentlichung der deutschen Übersetzung; engl. Original 1888)

Bohm, David: *Die implizite Ordnung – Grundlagen eines dynamischen Holismus,* Dianus-Trikont, München 1985
–: (mit F. David Peat) *Das neue Weltbild – Naturwissenschaft, Ordnung und Kreativität,* Goldmann, München 1990
Brinkley, Dannion, &. Paul Perry: *Saved by the Light: The True Story of a Man Who Died Twice and the Profound Revelations He Received* (1994/2008); dt. *Zurück ins Leben – Die wahre Geschichte des Mannes, der zweimal starb* (Vorwort von Raymond Moody), Knaur, München 1994
Brown, Rosemary: *Unfinished Symphonies – Voices from the Beyond,* William Morrow and Company 1971, Corgi (Transworld Publishers/Penguin) 1984
–: *Kompositionen aus dem Jenseits – Das Medium Rosemary Brown berichtet,* Goldmann, München 1981 (orig.: *Immortals at my Elbow,* 1974)
Bürgin, Luc: *Der Urzeit-Code – Die ökologische Alternative zur Gentechnik,* aktualisierte und ergänzte Neuauflage, Langen Müller Verlag, München 2021 (Erstausgabe 2007)
Butler, Walter E.: *Das ist Magie – Die praktische Einführung in die Geheimnisse westlicher Magie,* Bauer Verlag, Freiburg i. B. [2]1994 (orig. 1963)
–: *Die hohe Schule der Magie – Über die Kunst, willentlich Bewußtsein zu verändern,* Bauer Verlag, Freiburg i. B. [5]1994 (orig. 1970)
Buttlar, Johannes von: *Drachenwege – Strategien der Schöpfung,* Herbig, München 1990; Knaur, München 1993

Cayce, Edgar (Sekundärliteratur):
Carter, Mary Ellen: *Prophezeiungen in Trance – Wirkungen und Offenbarungen des Edgar Cayce,* Scherz-Verlag, München 1974
Cayce, E. E.: *Edgar Cayce – Das Atlantis-Geheimnis,* Heyne, München 1990
Robinson, Lytle W.: *Edgar Cayces Bericht von Ursprung und Bestimmung des Menschen.* Goldmann, München [8]1992
Stearn, Jess: *Edgar Cayce: The Sleeping Prophet. His Earth-Shaking Prophecies and Remarkable Medical Cures* (1st edition 1967); *Edgar Cayce: The Sleeping Prophet. The Life, the Prophecies and Readings of America's Most Famous Mystic* (1989); dt. *Der schlafende Prophet: Edgar Cayces Prophezeiungen in Trance,* Ariston 1978/ Hugendubel 1999

Christopher, Milbourne: *Geister, Götter, Gabelbieger – Die Wunder der PSI-Begabten,* Heyne, München 1977
Dahlke, Rüdiger und Margrit: *Die spirituelle Herausforderung – Einblick in die zeitgenössische Esoterik,* Heyne, München 1994

Daskalos
Daskalos: *Esoterische Lehren – Die Botschaft des „Magus von Strovolos",* Knaur, München 1991
Markides, Kyriacos: *Der Magus von Strovolos – Die faszinierende Welt eines spirituellen Heilers,* Knaur, München 1988, Neuauflage im Schirner Verlag 2008
–: *Heimat im Licht – Die Weisheit des Magus von Strovolos,* Knaur, München 1988

Dethlefsen, Thorwald: *Das Leben nach dem Leben – Gespräche mit Wiedergeborenen,* C. Bertelsmann Verlag, München 1974/1978

–: *Das Erlebnis der Wiedergeburt – Heilung durch Reinkarnation,* ebd. 1976

Deussen, Paul: *Die Geheimlehre des Veda – Ausgewählte Texte der Upanishad's,* F.A. Brockhaus, Leipzig 1911

Dürr, Hans-Peter: *Warum es um das Ganze geht – Neues Denken für eine Welt im Umbruch,* oekom Verlag, München 2009, [3]2010

–: *Geist, Kosmos und Physik – Gedanken über die Einheit des Lebens,* Crotona Verlag, Amerang 2010

–: *Es gibt keine Materie! Revolutionäre Gedanken über Physik und Mystik,* Crotona Verlag, Amerang 2012

Dyer, Wayne W., & Dee Garnes: *Memories of Heaven: Children's Astounding Recollections of the Time Before They Came to Earth* (2015); dt. *Erinnerungen an den Himmel – Was Kinder aus der Zeit vor ihrer Geburt berichten,* Heyne, München 2016

Eadie, Betty: *Embraced by the Light: The Most Profound and Complete Near-Death Experience Ever* (1992/2002); dt. *Licht am Ende des Lebens – Bericht einer außergewöhnlichen Nah-Todeserfahrung,* Knaur, München 1994/2000

Ebon, Martin: *Neue Beweise der ASW-Forschung,* Goldmann, München 1982 [ASW: Außersinnliche Wahrnehmung = engl. ESP: Extrasensory Perception]

Ewald, Günter: *Auf den Spuren der Nahtoderfahrungen – Gibt es eine unsterbliche Seele?,* Butzon & Bercker, Kevelaer 2011, 3., korrigierte Auflage 2012

Ford, Arthur: *Bericht vom Leben nach dem Tode,* Scherz Verlag, München 1971, [3]1973; Neuauflage als Taschenbuch, Knaur 1994

Frawley, David: *Ayurvedic Healing – A Comprehensive Guide,* Passage Press (Morson Publishing), Salt Lake City 1989

–: *Gods, Sages and Kings – Vedic Secrets of Ancient Civilization,* Passage Press (Morson Publishing), Salt Lake City 1991

Gish, Duane T.: *Evolution – The Challenge of the Fossil Record* (1985); dt. *Fossilien – Stumme Zeugen der Vergangenheit,* CLV, Bielefeld 1992

Greber, Johannes: *Der Verkehr mit der Geisterwelt Gottes – Seine Gesetze und sein Zweck,* Teaneck N. J. (Johannes Greber Memorial Foundation) 1932/1958; [5]1977

Greer, Steven M.: *Unacknowledged – An Exposé of the World's Greatest Secret* (2017); dt. *Offiziell geleugnet – Das größte Geheimnis der Regierungen enthüllt: Wir sind nicht allein! Amra Verlag,* Hanau 2020

Gröning, Bruno:

Häusler, Grete: *Hier ist die Wahrheit an und um Bruno Gröning,* 1984, [7]2014 (Grete Häusler Verlag, Mönchengladbach)

Kamp, Dr. med. Matthias: *Bruno Gröning: Revolution in der Medizin – Eine ärztliche Dokumentation der Heilung auf geistigem Wege,* Grete Häusler Verlag, Mönchengladbach 1998

Macri, Mara: *Bruno Gröning – Das geheimnisvolle Leben des großen Heilers. Die Biographie.* Aquamarin Verlag, Grafing 2018 (ital. Original: *Bruno Gröning – Il dottore dei Miracoli,* 2015)

Internet: bruno-groening.org • bruno-groening-film.org • bruno-groening-w.org (wissenschaftliche Untersuchungen und Zeugnisse)

Hardo, Trutz; *Wiedergeburt – Die Beweise ... und die Bedeutung für ein neues Bewusstsein,* erweiterte und aktualisierte Neuauflage Verlag „Die Silberschnur", Güllesheim 2012 (Erstausgabe 1998)

Heim, Burkhard:

Das neue Weltbild des Physikers Burkhard Heim – Unsterblich in der 6-dimensionalen Welt. Burkhard Heim erklärt seine Theorie in Vorträgen, Interviews und in Gesprächen, kommentiert von Illobrand von Ludwiger, 2., aktualisierte Auflage, Verlag Komplett Media, München/Grünwald 2013 (komplett-media.de)

von Ludwiger, Illobrand: *Burkhard Heim – Das Leben eines vergessenen Genies,* Scorpio Verlag, Berlin/München 2010

Heindel, Max: *The Rosicrucian Cosmo-Conception,* 1909; dt. *Die Weltanschauung der Rosenkreuzer – Das esoterische Christentum der Zukunft,* Rosenkreuzer-Gemeinschaft, Darmstadt; neu veröffentlicht unter dem Titel: *Kosmo-Konzeption – Eine Philosophie über das Warum im Leben,* Heile Dich Selbst Verlag, Sils Maria [3]2006

Imhasly, Bernhard: „Ganesch trinkt Milch – Millionen waren Zeugen, wie am 21. September 1995 indische Götterstatuen Milch schlürften", in: *Neue Zürcher Zeitung, Folio* Dezember 1996 („Wunder")

Jakoby, Bernhard: *Die Brücke zum Licht – Nahtod-Erfahrungen als Hoffnung,* 2002, Rowohlt, Reinbek bei Hamburg [2]2007

–: *Das Tor zum Himmel – Was wir aus Nahtoderfahrungen für das Leben lernen können,* nymphenburger (Herbig), München 2016

Jasmuheen: *Lichtnahrung – Die Nahrungsquelle für das kommende Jahrtausend,* Koha Verlag, Burgrain 1997

–: *Der Lichtnahrungsprozess – Erfahrungsberichte,* Heyne, München 2004

–: *Sanfte Wege zur Lichtnahrung,* Koha Verlag, Burgrain 2004

Junker, Reinhard, & Siegfried Scherer (Hrsg.): *Evolution – Ein kritisches Lehrbuch,* Weyel Lehrmittelverlag (Biologie), Gießen 1998, 7., vollständig überarbeitete Auflage 2013; evolutionslehrbuch.info • eklb.info

Kin, L.: *Gott & Co. – Nach wessen Pfeife tanzen wir?* ScienTerra: Wiesbaden 1994; Osiris-Verlag, Schönberg 2018

Lazar, Prof. Dr. Oliver: *Jenseits von Materie – Bewegende Erfahrungen eines Wissenschaftlers mit der geistigen Welt und seine Jenseitsforschung,* Giger Verlag, Altendorf 2021 [u. a. mit Bezug auf das Werk von Armin Risi]

Leininger, Bruce & Andrea: *Soul Survivor: The Reincarnation of a World War II Fighter Pilot* (2009); dt. *Soul Survivor – Ein Junge erinnert sich an ein Leben vor seiner Geburt,* Allegria (Ullstein), 2017

Lipton, Bruce: *Biology of Belief – Unleashing the Power of Consciousness, Matter and Miracles* (2005), dt. *Intelligente Zellen – Wie Erfahrungen unsere Gene steuern,* Koha Verlag, Burgrain 2006

Long, Jeffrey, mit Paul Perry: *Evidence of the Afterlife – The Science of Near-Death Experience* (2010); dt. *Beweise für ein Leben nach dem Tod – Die umfassende Dokumentation von Nahtoderfahrungen aus der ganzen Welt,* Goldmann (Arkana), München 2010

Lurker, Manfred: *Lexikon der Götter und Dämonen,* Kröner, Stuttgart ^{2}1989

MacGregor, Geddes: *Reinkarnation und Karma im Christentum,* Knaur, München 1990

Mann, Frido, und Christine Mann (Enkel von Thomas Mann und Tochter von Werner Heisenberg): *Es werde Licht – Die Einheit von Geist und Materie in der Quantenphysik,* S. Fischer Verlag, Frankfurt am Main 2017, ^{5}2017

Mohr, Till A.: *Kehret zurück, ihr Menschenkinder! – Die Grundlegung der christlichen Reinkarnationslehre,* Aquamarin Verlag, Grafing 2004

Montgomery, Ruth: *A Search for the Truth,* W. Morrow & Co, New York 1967

–: *Here and Hereafter: Have You Lived Before? Will You Live Again? Fascinating New Revelations About the Experience of Reincarnation,* Coward & McCann, New York 1968

–: *A World Beyond: A Startling Message from the Eminent Arthur Ford,* Coward, McCann & Geoghegan, New York 1971

Moody, Raymond: *Leben nach dem Tod – Die Erforschung einer unerklärten Erfahrung,* Rowohlt, Reinbek bei Hamburg 1977

–: *Nachgedanken über das Leben nach dem Tod,* ebd., 1978

–: *Leben vor dem Leben,* Rowohlt 1990; engl. *Coming Back – A Research Odyssey into the Meaning of Past Lives,* Bantam Books, New York, 1991

Moorjani, Anita: *Dying To Be Me – My Journey from Cancer, to Near Death to True Healing* (2012); dt. *Heilung im Licht – Wie ich durch eine Nahtoderfahrung den Krebs besiegte und neu geboren wurde,* Arkana, München 2012 [Ausführliche Abhandlung in Risi: *„Ihr seid Lichtwesen"*, S. 106 - 111]

Morse, Melvin, u. Paul Perry: *Verwandelt vom Licht – Über die transformierende Wirkung von Nah-Todeserfahrungen,* Knaur, München 1994

Muldoon, Sylvan, & Hereward Carrington: *The Projection of the Astral Body* (1929); dt: *Die Aussendung des Astralkörpers,* Bauer Verlag, Freiburg i. B. ^{9}1996

Nelson, Roger D.: *Connected – The Emergence of Global Consciousness,* ICRL Press (International Consciousness Research Laboratories), Princeton, NJ, 2019

Nelson, Roger D., und Georg Kindel: *Der Welt-Geist – Wie wir alle miteinander verbunden sind,* edition a, Wien 2018

Obst, Helmut: *Reinkarnation – Weltgeschichte einer Idee,* C. H. Beck, München 2009

Parti, Rajiv, mit Paul Perry: *Dying to Wake Up – A Doctor's Voyage into the Afterlife and the Wisdom He Brought Back* (2016); dt. *Erwachen im Licht – Die außergewöhnlichen Erlebnisse eines Arztes, der aus dem Jenseits zurückkehrte und zu einem neuen Leben fand; mit einem Vorwort von Raymond A. Moody,* Ansata Verlag, München 2016

Passian, Rudolf: *Abschied ohne Wiederkehr? Tod und Jenseits aus parapsychologischer Sicht,* Reichl Verlag, St. Goar 1984, ^{3}2005

Purucker, Gottfried von: *Grundlagen der esoterischen Philosophie,* 2 Bände, Esoterische Philosophie GmbH, Hannover 1986; engl. Original 1932

Risi, Armin: „Das Milchwunder vom 21. September 1995 – Rückkehr des Aberglaubens, Massenhalluzination oder Sensation?" in: *Magazin 2000,* Nr. 109 (Feb./März 1996)

–: „Aufbruch in ein neues Zeitalter – Der Evolutionssprung", Vortrag am Kongress „Die große Transformation in Technik und Bewusstsein", Stuttgart 2020, in: →Schneider, S. 351 - 383

–: Liste der Publikationen auf S. 339f.

Rosenberg, Alfons: *Die Seelenreise – Wiedergeburt, Seelenwanderung oder Aufstieg durch die Sphären,* Verlag Otto Walter, Olten und Freiburg im Breisgau 1952 (Vorwort von Prof. Gebhard Frei)

Sabom, Michael: *Erinnerungen an den Tod – eine medizinische Untersuchung,* Knaur, München 1987

–: *Light and Death: One Doctor's Fascinating Account of Near-Death Experiences,* Zondervan Publishing House, Grand Rapids, MI, 1998

Scheidt, Jürgen vom: *Wiedergeburt – Geheimnis der Jahrtausende,* Heyne, München 1982

Schneider, Adolf und Inge (Hrsg.): *Die große Transformation in Technik und Bewusstsein – Sammelband der Vorträge des Kongresses vom 2. - 4. Oktober 2020 im Holiday-Inn,* Stuttgart-Weilimdorf, Jupiter-Verlag, Schaffhausen 2021 (jupiter-verlag.ch)

Sheldrake, Rupert: *A New Science of Life,* 1981/2009; dt. *Das schöpferische Universum – Die Theorie des morphogenetischen Feldes,* 1983/2008/ Ullstein 2009

–: *Das Gedächtnis der Natur – Das Geheimnis der Entstehung der Formen in der Natur,* Scherz Verlag, München 1990

–: *Die Wiedergeburt der Natur – Wissenschaftliche Grundlagen eines neuen Verständnisses der Lebendigkeit und Heiligkeit der Natur,* Scherz Verlag, München 1993

–: *„Tabubruch – Die spirituelle Befreiung der materialistischen Wissenschaft“,* Interview mit Prof. Dr. Rupert Sheldrake, in: *Tattva Viveka* Nr. 53 (November 2012)

Sidgwick, Henry, „An Examination of Book-tests Obtained in Sittings With Mrs. Leonard“, in: *Proceedings of the Society for Psychical Research* (31/1921)/ Smith, Susy: *The Mediumship of Mrs. Leonard,* University Books, New Hyde Park, N. Y. 1964

Spielhagen, Wolfgang (Hrsg.): *Faszination der großen Zahl – Von Herden, Schwärmen und Zügen,* WWF Schweiz, Pro Futura Verlag, St. Gallen 1998

Steiner, Rudolf: *Das Mysterium des Bösen, ausgewählt und herausgegeben von Michael Kalisch,* Verlag Freies Geistesleben, Stuttgart 1993

Stelter, Alfred: *PSI-Heilung – Parapsychologie und Medizin,* Goldmann, München 1977 [Der Autor, Professor für Physik und Chemie, war einer der besten Kenner des Phänomens PSI-Heilung: „Bei aller Sachlichkeit wird deutlich, daß diese paranormalen Erscheinungen zu einer Revolution in der Medizin führen müssen.“]

Stevenson, Ian: *Twenty Cases Suggestive of Reincarnation,* University Press of Virginia, Charlottesville, 1966, ²1974

–: *Cases of the Reincarnation Type,* ebd. 1975 - 1983 (vier Bände); Vol. 1: Ten Cases in India; Vol. 2: Ten Cases in Sri Lanka; Vol. 3: Twelve Cases in Lebanon and Turkey; Vol. 4: Twelve Cases in Thailand and Burma

–: *Xenoglossy: A Review and a Report of a Case,* ebd. 1974

–: *Unlearned Language – New Studies in Xenoglossy,* ebd. 1984

–: *Children Who Remember Previous Lives – A Question of Reincarnation,* ebd. 1987

–: *European Cases of the Reincarnation Type,* McFarland, Jefferson, NC, 2003

Einige Bücher von Prof. Stevenson wurden auch ins Deutsche übersetzt: *Reinkarnation – Der Mensch im Wandel von Tod und Geburt; Reinkarnationsbeweise; Wiedergeburt – Kinder erinnern sich an frühere Leben; Reinkarnation in Europa – Erfahrungsberichte.*

Talbot, Michael: *Das holographische Universum – Die Welt in neuer Dimension,* Knaur, München 1992

Therese Neumann (Resl von Konnersreuth):

Schwarz, Günther: *Das Zeichen von Konnersreuth,* inkl. „Das Aramäischphänomen der Therese Neumann“, Regensburg 1994

Steiner, Johannes: *Theres Neumann von Konnersreuth – Ein Lebensbild nach authentischen Berichten, Tagebüchern und Dokumenten,* München [10]2009

Siehe auch: konnersreutherring.de

Tucker, Jim B.: *Return to Life: Extraordinary Cases of Children Who Remember Past Lives* (2013); dt. *Kinder erinnern sich – Dem faszinierenden Phänomen der Wiedergeburt auf der Spur,* Ullstein Taschenbuch 2014

–: *Before – Children's Memories of Previous Lives,* St. Martin's Essentials, New York, NY, 2021

van Lommel, Pim: *Endloses Bewusstsein – Neue medizinische Fakten zur Nahtoderfahrung,* Patmos Verlag 2009, 4., aktualisierte und ergänzte Auflage 2011

Volkamer, Klaus: *Die feinstoffliche Erweiterung unseres Weltbildes – Ansatz einer erweiterten Physik zur unbegrenzten Gewinnung freier Energie aus der Feinstofflichkeit,* 2008, Borowski publishing, Berlin, 4., überarbeitete und erweiterte Auflage 2015

Wambach, Helen: *Leben vor dem Leben – Testergebnisse beweisen: Es gibt ein Leben vor der Geburt,* Heyne, München 1980

Warnke, Ulrich: *Quantenphilosophie und Spiritualität – Der Schlüssel zu den Geheimnissen des menschlichen Seins,* Scorpio, Berlin/München 2011, [4]2013

–: *Quantenphilosophie und Interwelt – Der Zugang zur verborgenen Essenz des menschlichen Wesens,* Scorpio, Berlin/München 2013

Weinreb, Friedrich: *Leben im Diesseits und Jenseits – Ein uraltes vergessenes Menschenbild,* Origo, Zürich 1974

Weiss, Brian L.: *Heilung durch Reinkarnationstherapie – Ganzwerdung durch die Erfahrung früherer Leben (mit einem Vorwort von Raymond Moody),* Knaur, München 1995; Ullstein-TB 2007, [3]2010

Wilcock, David: *The Source Field Investigations – The Hidden Science and Lost Civilizations Behind the 2012 Prophecies,* Dutton (Penguin), New York, NY, 2011; dt. *Die Urfeld-Forschungen – Wissenschaftliche Fakten belegen alte Weisheitslehren,* Kopp, Rottenburg 2012

Wolf, Fred Alan: *Parallele Universen – Die Suche nach anderen Welten,* Insel Verlag: Frankfurt a. M. 1993

Woolger, Roger J.: *Other Lives, Other Selves. A Jungian Psychotherapist Discovers Past Lives,* Bantam, New York 1988; dt.: *Die vielen Leben der Seele – Wiedererinnerung in der therapeutischen Arbeit,* Hugendubel, München 1992

Bibel-Ausgaben:

Sein Wort – Meine Welt. Die Studienbibel für das 21. Jahrhundert. Elberfelder Bibel. SCM-Verlag, Witten 2016

Die Bibel (in heutigem Deutsch), „Einheitsübersetzung“, Deutsche Bibelgesellschaft, Stuttgart 1984 (zweite, durchgesehene Auflage)

Die Heilige Schrift des Alten und des Neuen Testaments („Zürcher Bibel“), Verlag der Zürcher Bibel Zürich, 1987

Etz Hayim – Torah and Commentary. The Rabbinical Assembly/The United Synagogue of Conservative Judaism. Senior Editor: David L. Lieber. Published by The Jewish Publication Society. © The Rabbinical Society, New York, NY, 2001
[Die Bibelzitate im vorliegenden Buch stützen sich auf diese Ausgaben, z. T. wörtlich, z. T. in Form einer Verbindung einzelner Versionen.]

Sanskrit-Originaltexte

[Die Sanskrittexte im vorliegenden Buch sind stellenweise wörtliche Wiedergaben aus den deutschen bzw. englischen Übersetzungen in den hier aufgelisteten Ausgaben, stellenweise eine Verbindung der einzelnen Versionen oder Neuübersetzungen von Armin Risi unter Verwendung der hier angegebenen Übersetzungen.]

Agni Purāṇa, 4 vols., Translated and annotated by N. Gangadharan, Ancient Indian Tradition and Mythology Series, vols. 27 - 30, Motilal Banarsidass, Delhi 1984

Bhagavad-Gītā:
Bhagavad Gītā – Der Gesang des Erhabenen. Aus dem Sanskrit übersetzt und herausgegeben von Michael von Brück, Verlag der Weltreligionen im Insel Verlag, Frankfurt am Main und Leipzig 2007
Bhagavad-gītā wie sie ist, übersetzt und erläutert von A. C. Bhaktivedanta Swami Prabhupāda, The Bhaktivedanta Book Trust, Vaduz 1974/1987 (vedabase.io)
Bhagavadgita – Das Lied der Gottheit, aus dem Sanskrit übersetzt von Robert Boxberger, bearbeitet von Helmut von Glasenapp (1955), Reclam, Stuttgart 1971
Shrimad Bhagavad Gita, Text und Erläuterungen von Swami Sivananda, Mangalam Books, Lautersheim 2003
Śrīmad Bhagavad-Gītā, with commentaries by Śrīla Viśvanātha Cakravartī Ṭhākura and Śrīmad Bhaktivedānta Nārāyaṇa Mahārāja, Gauḍīya Vedānta Samiti, Mathurā 2000
The Bhagavad Gita, with the commentary of Sri Sankaracarya, translation: Alladi Mahadeva Sastry (1897), Samata Books, Madras 1981

Bhāgavata-Purāṇa. Siehe: *Śrīmad-Bhāgavatam*
Brahma-Bindu-Upaniṣad: "At the Feet of the Teacher: The Brahma Bindu Upanishad" auf: shaktionline.org/at-the-feet-of-the-teacher-the-brahma-bindu-upanishad/
—: classicyoga.co.in/2018/02/amrita-bindu-upanishad
Brahma-Saṁhitā, edited by Bhaktisiddhānta Sarasvatī Ṭhākura, The Bhaktivedanta Book Trust, Los Angeles 1985
Brahma Purāṇa, Ancient Indian Tradition and Mythology Series, vols. 33 - 36, Motilal Banarsidass, Delhi 1986
Brahma-vaivarta Purāṇa, The Sacred Books of the Hindus, vols. 24 (2 parts), translated by Rajendra Nath Sen, Allahabad 1920, reprinted 1974 by AMS Press, New York
Brahmāṇḍa Purāṇa, Translation by G. V. Tagare; Ancient Indian Tradition and Mythology Series, vols. 22 - 26, Motilal Banarsidass, Delhi 1984
Caitanya-caritāmṛta [in Bengali, mit vielen Sanskritversen], übersetzt und erläutert von A. C. Bhaktivedanta Swami Prabhupāda, 11 Bände, The Bhaktivedanta Book Trust: Vaduz 1977 - 1982 (vedabase.io)

Chāndogya Upaniṣad, in: Sri Bhakti Prajnan Yati, *Twelve Essential Upanishads,* Vol. 3, Gaudiya Math, Madras 1983

Garuḍa Purāṇa, Ancient Indian Tradition and Mythology Series, vols. 12 - 14, Motilal Banarsidass, Delhi 1982 - 1990

–: by Manmatha Nath Dutt, 3 vols., 1908, Cosmo Publications, New Delhi 1983

Kaṭha Upaniṣad, in: *Kaṭha & Kena Upaniṣads,* translated by Karṇāmṛta Dāsa Adhikāri, New Jaipur Press, Washington MS, 1989

–: in: *The Principal Upaniṣads,* S. Radhakrishnan, 1953/1968, HarperCollins Publishers India [3]1997

Mahābhārata, translated by Kisari Mohan Gaṅguli (12 vols.), Munshiram Manoharlal, Delhi [5]1990

–: translated by M.N. Dutt (7 vols.), Parimal, New Delhi 1988

Matsya Purāṇa, translated by a Taluqdar of Oudh 1916, Oriental Books Reprint: Delhi [2]1980

Māṇḍūkya Upaniṣad, in: Sri Bhakti Prajnan Yati, *Twelve Essential Upanishads,* Vol. 1, Gaudiya Math, Madras 1982

–: in: *The Principal Upaniṣads,* S. Radhakrishnan, 1953/1968, HarperCollins Publishers India [3]1997

Padma Purāṇa, Ancient Indian Tradition and Mythology Series, vols. 39 - 48, Motilal Banarsidass, New Delhi 1992

Praśna-Upaniṣad, in: *The Principal Upaniṣads,* S. Radhakrishnan, 1953/1968, HarperCollins Publishers India [3]1997

Śrīmad-Bhāgavatam:

–: *Śrīmad-Bhāgavatam,* übersetzt und erläutert von A. C. Bhaktivedanta Swami Prabhupāda, Canto 1 - 10 (Kap. 13), 12 Bände. The Bhaktivedanta Book Trust: Vaduz 1977 - 1983 (alle 12 Cantos online: vedabase.io)

–: Canto 10 [ab Kap. 14] - 12, translated by disciples of A. C. Bhaktivedanta Swami Prabhupāda. The Bhaktivedanta Book Trust, Los Angeles 1982 - 1988

–: *Bhāgavata Purāṇa,* Ancient Indian Tradition and Mythology Series, vols. 7 - 11, Motilal Banarsidass, Delhi 1980

–: *Śrīmad Bhāgavata Mahāpurāṇa,* Gita Press, Gorakhpur 1995

Śvetāśvatara Upaniṣad, in: Sri Bhakti Prajnan Yati, *Twelve Essential Upanishads,* Vol. 4, Gaudiya Math, Madras 1984

–: in: *The Principal Upaniṣads,* S. Radhakrishnan, 1953/1968, HarperCollins Publishers India [3]1997

Vāyu Purāṇa: Cultural History from the Vāyu Purāṇa, Devendrakumar Rajaram Patil, Motilal Banarsidass, Delhi 1973 (Reprint); First Edition 1946,

The Vedānta-sūtras of Bādarāyana with the Commentary of Baladeva, translated by Rai Bahadur Srisa Chandra Vasu 1912, Oriental Books Reprint: Delhi [2]1979

Wörterbücher:

Monier-Williams, Sir Monier: *A Sanskrit-English Dictionary,* Oxford University Press 1899; Motilal Banarsidass: Delhi 1990 (10. Neuauflage)

Mylius, Klaus: *Wörterbuch Sanskrit–Deutsch,* VEB Verlag Enzyklopädie, Leipzig 1987

Zur Aussprache des Sanskrits

Das Sanskrit-Alphabet besteht aus achtundvierzig Buchstaben bzw. Silben: aus dreizehn Vokalen (a, ā, i, ī, u, ū, ṛ, ṝ, ḷ, e, ai, o, au) und fünfunddreißig Konsonanten (die Gutturale: ka, kha, ga, gha, ṅa; die Palatale: ca, cha, ja, jha, ña; die Retroflexe: ṭa, ṭha, ḍa, ḍha, ṇa; die Dentale: ta, tha, da, dha, na; die Labiale: pa, pha, ba, bha, ma; die Semivokale: ya, ra, la, va; die Sibilanten: śa, ṣa, sa; der Hauchlaut: h). Für jeden dieser Vokale und Konsonanten gibt es im Sanskrit eigene Lettern (dazu kommen zahlreiche Ligaturen). So sehen z. B. die Lettern für die Buchstaben *ḍa* (ड) und *da* (द) völlig verschieden aus. Bei den Konsonanten stellt die Grundletter den Laut jeweils mit angehängtem a dar, also z. B. ka (क). Soll die Silbe aber ke (के), ki (कि), ko (को), ku (कु), kau (कौ) oder kai (कै) lauten, wird dies mit einem entsprechenden Zusatzzeichen markiert. Die im vorliegenden Buch verwendete Transliteration mit diakritischen Zeichen entspricht dem international üblichen System.

Der kurze Vokal **a** wird wie das **a** in h**a**t ausgesprochen; das lange **ā** wie das **a** in h**a**ben und das kurze **i** wie das **i** in r**i**tten. Das lange **ī** wird wie das **i** in B**i**bel ausgesprochen, das kurze **u** wie das **u** in B**u**tter und das lange **ū** wie das **u** in H**u**t. Der Vokal **ṛ** wird wie das **ri** in **ri**nnen ausgesprochen. Der Vokal **e** wird wie das **e** in **e**wig ausgesprochen; **ai** wie in H**ai**n und **o** wie in h**o**ch. Der *anusvara* **ṁ**, der ein Nasallaut ist, wird wie das **n** im franz. bo**n** ausgesprochen, und der *visarga* **ḥ**, der ein starker Hauchlaut ist, wird innerhalb einer Verszeile als weiches **k** und am Zeilenende (bei vollständiger Silbenzahl) mit Wiederholung des vorangegangenen Vokals ausgesprochen. So wird **aḥ** wie **aha** und **iḥ** wie **ihi** ausgesprochen. Die Silbe **jña** wird als **gya** ausgesprochen, z. B. **Jñā**na als **gya**na oder Ya**jña** als ya**gya**.

Die gutturalen Konsonanten – **k, kh, g, gh** und **ṅ** – werden in ähnlicher Weise wie die deutschen Kehllaute gebildet. **K** wird ausgesprochen wie in **k**ann, **kh** wie in E**ck**-**h**art, **g** wie in **g**eben, **gh** wie in we**gh**olen und **ṅ** wie in si**n**gen.

C wird ausgesprochen wie das **tsch** in **Tsch**eche, **ch** wie im engl. staun**ch**-**h**eart, **j** wie das **dsch** in Dschungel, **jh** wie im engl. he**dge**-**h**og und **ñ** wie in Ca**ñ**on.

Die Dentale (**t**, **th**, **d**, **dh** und **n**) werden wie die entsprechenden deutschen Konsonanten ausgesprochen. Die Retroflexe (**ṭ**, **ṭh**, **ḍ**, **ḍh** und **ṇ**) ähneln den Dentalen, doch wird bei der Aussprache die Zungenspitze gegen die vordere Region des harten Gaumens gepresst, was einen typisch indischen Klang erzeugt. Die folgenden Beispiele sind daher nur Annäherungen. **Ṭ** wird ausgesprochen wie in **t**önen, **ṭh** wie in Sanf**t**-**h**eit, **ḍ** wie in **d**ann, **ḍh** wie in Sü**dh**älfte und **ṇ** wie in **n**ähren.

P wird ausgesprochen wie in **p**ressen, **ph** wie im engl. u**ph**ill, **b** wie in **B**utter, **bh** wie in Gro**bh**eit und **m** wie in **M**utter.

Die Semivokale – **y, r, l** und **v** – werden ausgesprochen wie in **y**oga, **r**eden, **l**ieben, **V**ase. Der Hauchlaut **h** wird ausgesprochen wie in **h**elfen.

Die Zischlaute – **ś, ṣ** und **s** – werden ausgesprochen wie in **s**prechen, **sch**ön und fa**s**ten.

Bildnachweis

Umschlagbild: Gemälde von Urs Amann (1951 - 2019), „Die alte Stadt" (1992), veröffentlicht z. B. in seinem Buch *Der Privatmönch – Das Leben in Bildern,* Govinda-Verlag 2007, S. 77

S. 15: © Armin Risi, privat, 1999

S. 17 links: © Armin Risi, privat, 1999

S. 17 rechts: Strichzeichnung von Karuna Risi (karuna-risi.ch), © Armin Risi

S. 288: Christopher Michel creator QS:P170,Q5112871 (commons.wikimedia.org/wiki/File:Penguin_in_Antarctica_jumping_out_of_the_water.jpg), „Penguin in Antarctica jumping out of the water", creativecommons.org/licenses/by/2.0/legalcode
[Original in Farbe, Verwendung in schwarz-weiß durch Armin Risi]

S. 293: Rbreidbrown (commons.wikimedia.org/wiki/File:Monarch_butterfly_flying_away_from_a_Mexican_sunflower.jpg), creativecommons.org/licenses/by-sa/4.0/legalcode
[Original in Farbe, Verwendung in schwarz-weiß durch Armin Risi]

S. 301: ukanda (commons.wikimedia.org/wiki/File:Loggerhead_sea_turtle.jpg), „Loggerhead sea turtle", creativecommons.org/licenses/by/2.0/legalcode
[Original in Farbe, Verwendung in schwarz-weiß durch Armin Risi]

S. 339: Foto: Melanie Risi-Meier, 24. Februar 2022

Wikimedia-Quellenangaben: erstellt über lizenzhinweisgenerator.de (Lizenzhinweisgenerator – Lizenzhinweise für Bilder aus Wikipedia und Wikimedia Commons) via de.wikipedia.org/wiki/Wikipedia:Weiternutzung#Weiternutzung_von_Bildern_und_Mediendateien

Verzeichnis der Sanskritzitate

Stichwortverzeichnis

Bei Stichwörtern mit Unterpunkten sind diese inhaltlich und nicht alphabetisch geordnet.

Auf den folgenden Seiten:

Weitere Veröffentlichungen von Armin Risi und des Govinda-Verlages

Armin Risi

GOTT UND DIE GÖTTER

Die prophezeite Wiederkehr
des vedischen Wissens

ISBN 978-3-905831-81-8
12. Auflage, 410 Seiten, gebunden
€ 24,00 / Fr. 36.00

Die Menschen der früheren Zeitalter waren nicht primitiv, sondern schöpften aus geistigen Urquellen und verfügten über ein ganzheitliches Wissen, im Sanskrit „Veda" genannt.

Eines der erstaunlichsten Zeugnisse hierfür sind die Schriften der altindischen (vedischen) Hochkultur. Armin Risi entschlüsselt diese heiligen Texte im Licht der ursprünglichen Offenbarung und formuliert auf einzigartige Weise, was bisher nur Veda-Eingeweihten bekannt war. Diese sahen vor Jahrtausenden das gegenwärtige dunkle Zeitalter voraus, ebenso wie dessen Ende in der heutigen Zeit. Dann, so sagten sie, werde auch das vedische Wissen wieder weltweit zugänglich.

Aus dem Inhalt: • Ursprung und Aufbau des Universums • Höherdimensionale Welten • Die geistige Herkunft des Menschen • Die Hochkulturen im Zyklus der Zeiten • Die Lichtwesen und die Dunkelmächte • Prophezeiungen für die heutige Zeit • Prädestination und freier Wille • Ganzheit, Polarität, Dualität

Gott und die Götter: ein Grundlagenwerk der prophezeiten Wiederkehr des vedischen Wissens. In der heutigen Wendezeit sind die ältesten Erkenntnisse der Menschheit auch die neusten: zeitlos, revolutionär, zukunftweisend.

Theistische Mysterienschule (in 2 Bänden)

Armin Risi

GANZHEITLICHE SPIRITUALITÄT

ISBN 978-3-905831-07-8
Taschenbuch, 206 Seiten
€ 14,00 / Fr. 22.00

Band 1 – Der Schlüssel zur neuen Zeit: Der Ruf, dass heute ein „radikaler" Bewusstseinswandel erforderlich ist, sowohl in den Wissenschaften als auch in den Religionen, wird immer lauter. Aber wie müsste dieser Bewusstseinswandel aussehen? Wie kann die Menschheit in der heutigen Zeit der Extreme ihr Gleichgewicht und ihre Mitte wiederfinden? Durch eine ganzheitliche Spiritualität, durch einen konsequenten Mittelweg, der alle Formen von Einseitigkeiten und Halbwahrheiten erkennt und überwindet.

Armin Risi

EINHEIT IM LICHT DER GANZHEIT

ISBN 978-3-905831-08-5
Taschenbuch, 284 Seiten
€ 14,00 / Fr. 22.00

Band 2 – Orientierung im Labyrinth von Religion, Erleuchtung und New Age: Wie unterscheidet man atheistische und theistische Esoterik? Was bedeutet Advaita (Nondualität)? Was ist der Unterschied von Polarität und Dualität? Was ist Materie, was ist Maya (Illusion)? Leben wir in einer virtuellen Welt? Warum sollten wir Realität nicht auf die Nondualität beschränken? Wie können wir Gott als Ganzheit – und nicht nur als Energie und Einheit – erkennen? Welche Weltbilder bestimmen den heutigen Kurs der Menschheit?

Wie geht unsere Gesellschaft mit übersinnlich Begabten um?

Melanie Meier

LEVI

Schattenbereich der Normalität
(Roman)

ISBN 978-3-754146-87-3
212 Seiten, als Taschenbuch und eBook
€ 14,80 / Fr. 23.90 (eBook € 7,49 / Fr. 8.00)

Levi nimmt Dinge wahr, die andere nicht wahrnehmen. Als er dreizehn Jahre alt ist, diagnostizieren Ärzte eine Psychose, er kommt in psychiatrische Behandlung. Doch Levi ist überzeugt: «Ich bin nicht krank. Was ich sehe, ist tatsächlich da.»

Was sind das für Wesen, die ihm erscheinen und Ratschläge geben? Was hat es mit den Schatten auf sich, die an Menschen «saugen»? Warum kann er manchmal Dinge voraussehen?

Als Teenager und als Erwachsener steht Levi im stillen Kampf mit den gesellschaftlichen Normen. Er bewegt sich im Schattenbereich der «Normalität». Alle, die mit ihm in Berührung kommen, müssen sich fragen: Was ist wirklich und was nicht?

Melanie Meier, verheiratet mit Armin Risi, hat bisher zehn Para-Romane veröffentlicht. «Para-Romane» ist eine Wortschöpfung von Melanie Meier und Armin Risi, ursprünglich geschaffen als Genre-Bezeichnung für Melanies Romane, die je nach Buch als mystische Geschichte, als Mystery- oder Psycho-Thriller, als Fantasy, als paranormale Science-Fiction usw. beschrieben werden können. Merkmal ihrer Romane sind einzelne Personen, die auf die eine oder andere Weise übersinnlich begabt sind. Der junge Levi ist ein besonders aktuelles Beispiel. Im Nachwort schreibt die Autorin: «Levi ist mit seinen Fähigkeiten kein Einzelfall, keine Ausnahmeerscheinung. Die Welt ist voller Levis, nur weiß unsere Gesellschaft nicht mit ihnen umzugehen.»

Website: melanie-meier.de

Verbindung mit der inneren Quelle

Silvia Siegenthaler

MEDITATION

Inspirationen
auf pädagogischer Grundlage

Lektorat: Armin Risi

ISBN 978-3-905831-62-7
136 Seiten, gebunden, Schutzumschlag,
mit zwei Meditations-CDs
€ 28,00 / Fr. 36.00

Dieses Buch zeigt auf, welche Chance die Meditation uns allen – Erwachsenen wie auch Jugendlichen und Kindern – bietet. Gesunde Wurzeln für ein ganzheitliches Leben.

Die Autorin schreibt aus ihrer langjährigen beruflichen Erfahrung und aus ihrer persönlichen Meditationspraxis. Das Lesen dieses Buches ist selbst schon eine Form von Meditation.

Meditation ist Verbindung mit der eigenen Mitte, dem inneren Ort des Ausgleichs, der Gegenwart in Geistes-Gegenwart, jenseits von Gedanken an Vergangenheit und Zukunft. Die Selbstwahrnehmung und die Intuition verfeinern sich, und wir entdecken zunehmend die Ganzheitlichkeit unserer schöpferischen Natur.

Website: introvision.ch